Knaur.

*Im Knaur Taschenbuch Verlag sind bereits
folgende Bücher des Autors erschienen:*
Die Purpurlinie
Die Frau mit den Regenhänden
Drei Minuten mit der Wirklichkeit

Über den Autor:
Wolfram Fleischhauer studierte Literatur in Deutschland, Frankreich, Spanien und den USA und arbeitete neun Jahre als Konferenzdolmetscher in Brüssel. Mit dem *Buch, in dem die Welt verschwand* hat er eine Tetralogie von Spannungsromanen abgeschlossen, die um die Künste kreisen.

Wolfram Fleischhauer

Das Buch in dem die Welt verschwand

Roman

Knaur Taschenbuch Verlag

Besuchen Sie uns im Internet:
www.knaur.de

Vollständige Taschenbuchausgabe November 2005
Knaur Taschenbuch.
Ein Unternehmen der Droemerschen Verlagsanstalt
Th. Knaur Nachf. GmbH & Co. KG, München
Dieser Titel erschien im Knaur Taschenbuch Verlag
bereits unter der Bandnummer 62775.
Copyright © 2003 by Droemer Verlag
Ein Unternehmen der Droemerschen Verlagsanstalt
Th. Knaur Nachf. GmbH & Co. KG, München
Alle Rechte vorbehalten. Das Werk darf – auch teilweise –
nur mit Genehmigung des Verlags wiedergegeben werden.
Umschlaggestaltung: ZERO Werbeagentur, München
Umschlagabbildung: FinePic, München
Satz: Ventura Publisher im Verlag
Druck und Bindung: Clausen & Bosse, Leck
Printed in Germany
ISBN-13: 978-3-426-63315-1
ISBN-10: 3-426-63315-9

Niemand stirbt jetzt an tödlichen Wahrheiten.
Es gibt zu viele Gegengifte.

F. Nietzsche

Prolog

Die Geschwindigkeit war atemberaubend!
Nicolai Röschlaub starrte gebannt aus dem Fenster. Häuser und Bäume flogen an ihm vorüber. Der Lärm der Zugmaschine übertönte alle anderen Geräusche. Aber nicht nur die Geräusche, auch die Gerüche, so stellte er fasziniert fest, verschwanden bei dieser neuen Art des Reisens. Mit Ausnahme des Gestanks der im Dampfwagen verbrannten Kohlen.
Verunsichert suchte er einen Punkt, um seine Augen einen Moment lang auszuruhen. Doch das Eisenbahnfahren erforderte offenbar eine Anpassung des Sehapparates. Nur was weit entfernt und fast nur noch in Umrissen erkennbar war, konnte man mit Ruhe betrachten. Versuchte man indessen, die Dinge in nächster Nähe anzuschauen, so war das unmöglich, da sie zu schnell vorüberschossen.
Es ist ungeheuerlich, dachte er. Das Sichtbare war zwar noch da. Aber er konnte es vorübergehend nicht mehr wahrnehmen, denn es raste an ihm vorbei, mit fünfzehn Meilen in der Stunde.
Erschöpft wandte er den Blick von der vorbeirauschenden Welt ab und ließ ihn durch das Passagierabteil schweifen. Er schien der Einzige zu sein, dem die Geschwindigkeit zu schaffen machte. Auch seine Enkelin Theresa, die ihm gegenübersaß, schaute unbeirrt nach draußen und genoss die Aussicht offensichtlich. Ihr Anblick tat ihm wohl. Was für eine Erholung! Er verstand jetzt, warum man ihm geraten hatte, nicht aus dem

Fenster zu schauen. Sein Gesicht entspannte sich. Er brauchte nun diese Pause von der schnellen Bewegung.
Nach einer Weile schien Theresa seinen Blick zu spüren. Sie drehte sich zu ihm hin und sagte mit verzücktem Gesichtsausdruck:
»Ist es nicht großartig?«
»Durchaus«, antwortete er, »großartig.«
Dabei krallte er sich unwillkürlich an die Armlehnen der gepolsterten Sitzbank.
Nürnberg verschwand hinter ihnen. In wenigen Minuten würden sie in Fürth ankommen. Seit der Jungfernfahrt der Ludwigsbahn am 7. Dezember 1835 hatte sich die erste Aufregung um die Dampfwagen zwar gelegt, aber auch jetzt, ein drei viertel Jahr später, war es noch immer etwas Besonderes, mit der ersten deutschen Eisenbahn fahren zu dürfen. Die Wagen waren bis auf den letzten Platz gefüllt.
Als man Nicolai Röschlaub für seine Verdienste bei der Bekämpfung der letzten Choleraepidemie eine Reise zur Eisenbahnfahrt von Nürnberg nach Fürth anbot, hatte er zunächst abgelehnt. War er für solch ein Abenteuer nicht zu alt? Und Nürnberg? Es war über fünfzig Jahre her, dass er dort als junger Arzt einige unglückliche Monate verbracht hatte. Aber die Stadt war für ihn auch mit einer Erinnerung verbunden, auf die er heute mit Recht stolz sein konnte: Er hatte dort seine ersten Epidemiekarten gezeichnet. Damals war er belächelt und manchmal sogar angefeindet worden. Heute ehrte man ihn für Ideen, die ihm damals nur Hohn und Spott eingetragen hatten. Doch sollte er wirklich mit seinen fünfundsiebzig Jahren für eine Eisenbahnfahrt von wenigen Meilen durch halb Deutschland reisen?

Die glänzenden Augen seiner Enkelin hatten ihn am Ende bewogen, das Angebot anzunehmen. Das siebzehnjährige Mädchen war ganz aus dem Häuschen gewesen, als sie von der Einladung erfuhr. Wie aufregend! Ihre Begeisterung war auf ihn übergesprungen. Ihretwegen würde er diese Fahrt machen. Und sie sollte ihn begleiten. Ja, er war stolz darauf, dass sie durch ihn das Abenteuer des Fortschritts kennen lernen würde. Die Eisenbahn! Alle sprachen davon. Stand sie nicht für jene Zukunft, für die er sein ganzes Leben gekämpft hatte: die Herrschaft des Menschen über die Kräfte der Natur, den Siegeszug der Vernunft und der Wissenschaft?

Theresa schaute wieder aus dem Fenster und konnte von dem Schauspiel gar nicht genug bekommen. »Sieh nur«, rief sie belustigt, »auf der Chaussee scheuen die Pferde.«

Nicolai zögerte, aber dann blickte er doch wieder nach draußen. Nicht nur die Pferde scheuten. Auch die kleinen Kinder weinten vor Schreck angesichts des vorbeirauschenden Dampfwagens, während die Mütter und Väter den Reisenden zuwinkten.

»Warum weinen sie denn?«, fragte Theresa mit vor Aufregung geröteten Wangen.

»Das Getöse der Lokomotive erschreckt sie«, rief Nicolai. »Sie haben Angst.«

Theresa winkte den Schaulustigen zu. Dann legte sie die Hände an den Mund, formte einen Trichter und rief laut: »Habt keine Angst. Alles wird gut. Wir fahren in eine neue Welt!«

Die Passanten konnten sie natürlich durch den Lärm der Zugmaschine hindurch nicht hören, aber einige junge Männer warfen trotzdem wie zur Bestätigung ihre Hüte hoch. Die kleinen Kinder weinten unbeirrt weiter.

Theresa strahlte ihren Großvater an. Doch dessen Gesichtsausdruck hatte sich plötzlich verändert.

»Was ist mit dir?«, fragte sie besorgt. »Ist dir nicht gut?«

»Nein, nein. Alles in Ordnung«, beruhigte er sie. »Ich muss mich nur an diese Geschwindigkeit gewöhnen.«

Er erhob sich kurz und setzte sich wieder.

Wir fahren in eine neue Welt.

Der Satz hatte ein unheimliches Echo in ihm ausgelöst. Er hörte eine Stimme. Wie lange war es her, dass er diese Stimme nicht mehr vernommen hatte? Und jetzt war sie wieder da, als wäre das alles erst gestern gewesen.

Nicolai, es ist zu mächtig für uns. Du musst nein sagen.

Er schloss die Augen, aber es half nichts. Die Worte klangen noch immer in ihm nach.

Es verspiegelt den Himmel und führt uns in den Wahnsinn.

Unwillkürlich öffnete er die Augen wieder und schaute in den Himmel hinauf. Auch diese Perspektive hatte sich verändert. Ja, recht besehen hatte sie sich erübrigt; die Reisestrecke war ja festgelegt, und das Wetter konnte einem Dampfwagen, der auf Eisenschienen dahinrollte, nichts anhaben. Aber der Anblick des blauen Himmels, in dem einige weiße Wolken schwebten, war ihm immerhin noch vertraut. Es war das Panorama vor dem Fenster, das ihm nicht so ganz geheuer war.

Er mochte diesen Blick nicht. Aus einer Postkutsche heraus konnte man sowohl den Horizont als auch einzelne Gräser und sogar die Steine direkt vor sich auf dem Boden erkennen. Die Welt stand still, während man sich durch sie fortbewegte. Hier war es jedoch umgekehrt. Obwohl er es besser wusste, hatte er das Gefühl, als stehe in dieser Maschine er selbst still, als sei er ein Teil von ihr geworden und nicht mehr ein Teil der Welt, die an ihm vorbeiraste. Es gab nur noch Nürnberg und Fürth, Abfahrt und Ankunft. Doch was war mit dem Raum dazwischen geschehen? Er war noch da, er konnte ihn ja sehen. Aber zugleich war er anders geworden. Es war kein Raum mehr, sondern ein Zwischenraum. Man befand sich … im Nirgendwo.

Nicolai, bitte komm mit mir. Es ist die einzige Möglichkeit für uns beide, in der gleichen Welt zu bleiben.

Theresa plauderte aufgeregt los. Was sie nach der Rückfahrt in Nürnberg noch alles unternehmen könnten. Es sei unglaublich. An einem Tag konnte man von Nürnberg nach Fürth und wieder zurück fahren.

»Weißt du, dass man sagt, es werde schon bald eine Bahn nach München geben?«, fuhr sie fort. »Die Strecke, die jetzt achtundvierzig Stunden dauert, ist dann in nur sechs Stunden zu schaffen. Sechs Stunden! Wenn man die Strecke zweimal fährt, so hat man sechs Tage des Lebens gewonnen.«

Nicolai nickte, aber er hörte nur unaufmerksam zu. Er hätte doch nicht in diese Gegend zurückkehren sollen, dachte er. Zu viele Erinnerungen waren damit verbunden.

Aber nach einer Weile wurde ihm klar, dass sein Stimmungswandel nicht allein mit der Gegend zusammenhing. Und es war auch nicht nur Theresas Reaktion auf diese Eisenbahnfahrt, die ihn verstörte. Er griff in seine Jackentasche und befühlte das Buch, das er vor einigen Wochen zu lesen begonnen hatte. Das Buch dieses verfemten jungen deutschen Dichters, der in Paris lebte. Die Lektüre hatte ihn auf gespenstische Weise berührt. Ja, war es am Ende vielleicht sogar dieses Buch gewesen, das ihn bewogen hatte, die weite Reise zu unternehmen, um *ihre* Welt noch einmal zu sehen?

Hörte er nicht seit Wochen ihre geliebte Stimme? Magdalenas Stimme.
Ich habe dich nicht belogen, Nicolai. Und ich habe dich nicht getäuscht.
Aber konnte ich dir vertrauen?
Warum nicht?, flüsterte er lautlos. Warum?
Ich wollte es ja, aber hättest du mich verstanden? Ich habe dir meinen Körper geschenkt ...
Sein Herz zog sich zusammen. Nein, er ertrug diese Erinnerung nicht. Nicht hier. Nicht so. Aber eine Tür hatte sich geöffnet. Lautlos. Still. Unweigerlich. Nach so vielen Jahren.

★ ★ ★

»Wir fahren morgen noch nicht zurück nach Hamburg«, sagte er Theresa am Abend.
»Bleiben wir noch einen Tag in Nürnberg?«, erwiderte sie aufgeregt.
»Nein. Wir fahren aufs Land. Ich möchte jemanden besuchen.«
»Hast du hier Freunde?«, fragte sie verwundert.
»Nein. Aber hier in der Nähe lebt jemand, den ich lange nicht gesehen habe. Und ich denke, dass ich so bald nicht wieder in diese Gegend kommen werde. Kannst du reiten?«
»Reiten?«
Theresa, so stellte sich bald heraus, konnte es nicht. Ein Versuch am nächsten Morgen, das Mädchen auf ein Pferd zu setzen, scheiterte. Sie hatte zu große Angst, und das Tier schien das zu spüren.
Sie setzt sich in einen Dampfwagen, dachte Nicolai irritiert, in eine Maschine, von der sie nichts begreift und die hundertmal mehr Kraft hat als dieses Pferd. Doch ein Pferd macht ihr Angst?

»Sie können auch bis Wolkersdorf den Postwagen nehmen und dann die restliche Strecke zu Fuß gehen«, schlug der Stallmeister vor.

Nicolai warf einen unsicheren Seitenblick auf seine Enkelin, die von diesem unvorhergesehenen Ausflug sichtlich nichts hielt.

»Müssen wir denn aufs Land fahren?«, rief Theresa enttäuscht aus. »Und auch noch im Postwagen? Wie langweilig und mühsam. Wir haben doch noch den ganzen Rückweg nach Hamburg vor uns.«

»Die Gegend hier ist sehr hübsch, gnädiges Fräulein«, versuchte der Stallmeister sie zu trösten. »Vor allem jetzt im Herbst.«

»Wir nehmen Extrapost«, schloss Nicolai.

»Aber wohin fahren wir denn überhaupt?«, fragte Theresa unwillig.

»Lass dich überraschen.«

★ ★ ★

Nicolai hätte nicht geglaubt, dass die Fahrt nach Wolkersdorf ihn in einen derartigen inneren Aufruhr versetzen würde. Je näher sie dem Städtchen kamen, desto lebhafter stiegen die Erinnerungen an die seltsamen Vorfälle und Erlebnisse des Jahres 1780 in ihm auf. Wie konnte es sein, dass er so lange nicht mehr daran gedacht hatte? Er musterte neugierig die Umgebung und erkannte bald, dass sie gleich an Schloss Alldorf vorbeikommen mussten. Doch als er das zerfallene Gemäuer des nun seit vielen Jahren verlassenen Schlosses in der Ferne erblickte, war es ein Schock für ihn. Seine Augen wurden starr, sein Herzschlag stockte, und seine Hand griff unwillkürlich nach dem von der Herbstsonne gewärmten Klingelseil. Das

Schloss lag wie zerborsten auf dem Hügel. Hatten französische Revolutionstruppen es geschleift? Oder war es einfach jahrzehntelang als Steinbruch genutzt worden? Am liebsten wäre er sogleich auf den Hügel hinaufspaziert, doch im letzten Moment hielt er inne und gab kein Signal zum Anhalten. Nein. Es hatte keinen Sinn, an diesen Ort zurückzukehren. Einen Menschen wollte er noch einmal sehen. Das schon. Aber nicht die Ruinen einer verschwundenen Welt. Was vergangen war, war vergangen. Aber war es dann überhaupt eine gute Idee gewesen, diese Fahrt zu machen?

»Warum starrst du diese Ruine so an?«, fragte Theresa.

»Wie bitte?«, erwiderte er gereizt. »Ich starre gar nichts an.«

Was Theresa über die unerwartete Änderung der Reisepläne dachte, stand ihr ins Gesicht geschrieben. Sie langweilte sich sichtlich. Das unregelmäßige Geruckel der Kutsche gestattete es nicht, zu lesen, und was draußen vor dem Fenster zu sehen war, nahm sie nicht lange gefangen. Auch als sie von Wolkersdorf zu Fuß weitergingen, hob sich ihre Stimmung nicht merklich.

Sie brauchten etwas mehr als eine Stunde, bis sie das Kloster erreicht hatten. Eine Ringmauer, an der Weinranken emporwuchsen, umschloss das Anwesen.

»Wohin gehen wird denn nur?«, fragte Theresa jetzt hartnäckig.

»Wir besuchen jemanden«, erwiderte Nicolai kurz.

»In einem Kloster?«

Er nickte. Sie schritten durch eine geöffnete Pforte und gelangten über einen Kiesweg an die Eingangstür. Nicolai klopfte. Nach einer Weile hörten sie Schritte. Die Tür öffnete sich, und eine Schwester erschien.

»Ja bitte?«, fragte sie.

Nicolai nahm seinen Hut ab. Es war zwar schon seit einigen Jahren nicht mehr Mode, eine Perücke zu tragen, aber die Nonne war offenbar dennoch ein wenig unangenehm berührt, ein entblößtes Haupt zu sehen.

»Sie wünschen?«, fragte sie freundlich.

»Mein Name ist Röschlaub. Nicolai Röschlaub. Das ist meine Enkelin. Ihr Name ist Theresa.«

Theresa machte einen Knicks.

»Ich suche eine Bewohnerin Ihres Stifts«, fuhr Nicolai fort. »Ihr Taufname ist Magdalena. Magdalena Lahner.«

»Sie lebt hier, ja«, antwortete die Frau, nun schon etwas weniger freundlich.

»Könnte ich sie sehen?«

»Ich glaube nicht, dass das möglich sein wird.«

Die Schwester trat jedoch zur Seite und ließ sie eintreten. Dann schloss sie die Tür, verbeugte sich kurz und fügte hinzu: »Bitte warten Sie hier.«

Nicolai nickte. Sein Blick fiel auf einen Kalender neben der Eingangstür. Warten! Was für ein kleines Wort, unpassend für diesen Augenblick. Jetzt, da er hier stand, wusste er plötzlich, dass er eigentlich ein halbes Jahrhundert auf diesen Moment gewartet hatte. Ein halbes Jahrhundert? Fast sein ganzes Leben. Theresa war völlig perplex.

»Was tun wir hier?«, flüsterte sie, offenbar durch die ihr völlig fremde Umgebung verunsichert. »Wer ist diese Frau?«

Aber Nicolai antwortete nicht. Seine Kehle war auf einmal wie zugeschnürt. Sie war am Leben! Hier, irgendwo hinter diesen Mauern. Warum nur war er nicht früher gekommen? Er hatte doch schon vor vielen Jahren erfahren, dass sie sich hierher zurückgezogen hatte. Warum hatte er bist jetzt gewartet? Er hatte so oft an sie gedacht. Und nun durfte er möglicherweise nicht einmal zu ihr. Aber warum? War sie krank?

Er wollte nicht, dass Theresa seine Ergriffenheit bemerkte und ging daher ein paar Schritte in die Empfangshalle hinein bis zu einem Fenster. Von hier aus hatte man einen schönen Blick auf den Klostergarten. Eine Kastanie stand dort in der Abendsonne, das Herbstlaub in ihrer Krone gelbrot entflammt. Ein kleiner Brunnen in der Mitte des Gartens plätscherte vor sich hin. Sonst war nichts zu hören.

Ihr Gesicht. Ihre Lippen. Die Art und Weise, wie sie damals den Kopf gesenkt, ihre Hände betrachtet hatte. Das hatte er nie vergessen. Die riesenhafte Stille. Das verschwommene Bild einer schmutzigen Gasse zwischen krummen, eng stehenden Häusern unter einem grauen Himmel.

Als er sich wieder umdrehte, sah er eine andere Ordensfrau auf sich zukommen. Ihr Ornat war ebenso einfach wie das der Schwester, die ihnen geöffnet hatte. Die Art und Weise jedoch, wie sie auf ihn zuschritt, sowie ihr Gesichtsausdruck kündeten von einer Autorität und Würde, die auch ein prächtigeres Gewand nicht besser hätte zum Ausdruck bringen können.

Sie kam vor ihm zum Stehen, verbeugte sich leicht und sagte: »Herr Röschlaub?«

Nicolai nickte und winkte zugleich Theresa herbei, die noch immer misstrauisch am Eingang stand. »Das ist meine Enkelin.«

Die Schwester begrüßte das Mädchen. »Ich bin Schwester Rachel. Was kann ich für Sie tun?«

Nicolai spielte nervös mit seinem Hut. »In Ihrem Kloster wohnt jemand, der mir sehr viel bedeutet«, begann er unsicher. »Ihr Name ist Magdalena. Magdalena Lahner.«

Die Frau schaute ihn erstaunt an.

»Sie lebt doch hier, nicht wahr?«, fügte er hinzu.
»Ja. Und?«
Sonst sagte sie nichts, als erübrige sich jeder weitere Kommentar.
»Geht es ihr gut?«, fragte Nicolai. Er war jetzt selbst ein wenig verwundert über seine Frage. Aber es war das Erste, was ihm in den Sinn kam.
»Ja. Es geht ihr gut. Wer sind Sie, wenn ich fragen darf? Ein Familienangehöriger?«
»Nein, nein«, erwiderte er. »Nein. Das nicht. Ich bin ein Freund. Nichts weiter. Ein Freund.«
Er spürte Theresas Hand auf seinem Arm. Die Geste war gut gemeint, aber sie störte ihn dennoch. Er schaute sie kurz an, und sie zog ihre Hand wieder zurück.
Nach einer kurzen, peinlichen Pause sagte er: »Ich möchte fragen, ob ich sie sprechen kann?«
»Sprechen?«, fragte die Frau und schaute ihn an, als habe er den Verstand verloren. Dann schüttelte sie kurz den Kopf.
»Ich fürchte, das geht nicht, mein Herr. Schwester Magdalena spricht nicht. Mit niemandem.«
Nicolai schaute verlegen zu Boden.
»Ah ja«, sagte er dann. »Das ... das wusste ich nicht. Darf ich fragen, wie lange sie schon bei Ihnen ist?«
Die Frau runzelte die Stirn. Dann antwortete sie: »Sie sollten lieber fragen, wie lange ich schon bei *ihr* bin. Aber ich darf Ihnen leider keine Auskunft geben. Wir empfangen hier nur Familienangehörige. Daher muss ich Sie bitten, zu gehen.«
»Natürlich«, sagte Nicolai enttäuscht. »Ich weiß, dass ich eigentlich kein Recht habe, hier zu sein. Es ist nur ... ich habe nur diesen einen Wunsch gehabt, verstehen Sie.«

Die Art und Weise, wie er das gesagt hatte, musste einen gewissen Eindruck auf die Ordensschwester gemacht haben. Sie schaute ihn an. Auf ihrem Gesicht wechselten Skepsis und Verwunderung einander ab. Theresa wusste überhaupt nicht, wohin sie schauen sollte. Wie peinlich war diese Situation. Was taten sie denn bloß hier? Was war mit ihrem Großvater los?
»Woher kommen Sie?«, fragte die Schwester jetzt.
»Aus Hamburg.«
»Das sind viele Tagesreisen von hier. Hatten Sie in der Nähe zu tun?«
Er schaute zu Boden. Die Enttäuschung war nun doch größer, als er sich eingestanden hätte.
»Schwester Rachel, Sie werden das wahrscheinlich nicht begreifen, aber ich suche Magdalena seit vielen Jahren. Doch ich habe ... ich habe nie den Mut aufgebracht, herzukommen.«
Die Frau musste lächeln. Doch dann wurde sie wieder ernst und sagte: »Sie können nicht zu ihr. Niemand kann es. Sie lebt wie alle Silentisten in völliger Stille. Selbst wenn Sie ihr gegenübertreten würden, so würde es Ihnen nichts nützen.«
»Ich suche keinen Nutzen«, erwiderte er nach einer Pause. Seine Stimme war belegt. »Ich habe nur den Wunsch, sie noch einmal zu sehen.«
»Das ist nicht möglich.«
Nicolai nickte resigniert. Er stand unschlüssig da. Sein Kopf war leer, und er wusste nicht, was er noch sagen sollte. Aber er konnte doch nicht einfach weggehen.
Theresa griff ihn erneut am Arm, und diesmal ließ er es geschehen. Doch bevor er sich zum Gehen wandte, fragte er: »Wird sie ... erfahren, dass ich hier war und nach ihr gefragt habe?«
Die Schwester sagte erst nichts. Dann nickte sie kurz.

»Und falls sie mich sehen wollte, könnte sie das dann verlangen?«

Eine noch längere Pause trat ein. Dann nickte die Schwester erneut. »Ja. Aber das ist sehr unwahrscheinlich.«

Nicolai spielte nervös mit seinem Hut. Schließlich reichte er der Schwester die Hand. »Ich danke Ihnen. Auf Wiedersehen.«

»Ich begleite Sie hinaus.«

Sie gingen den Kiesweg hinab auf das Tor zu. Eine milde Herbstsonne beschien die ockerfarbenen Steine der umlaufenden Mauern.

»Wohin werden Sie jetzt gehen?«, fragte die Schwester, als sie das Tor erreicht hatten.

Theresa kam ihm zuvor. »Nach Wolkersdorf«, antwortete sie schnell. »Wir müssen heute noch zurück nach Nürnberg.«

Nicolai warf ihr einen gereizten Blick zu und erwiderte: »Wir werden in Wolkersdorf übernachten und morgen noch einmal vorsprechen. Das werden Sie mir doch nicht abschlagen, oder?«

Eine lange, unangenehme Pause entstand. Theresa schaute schamrot zu Boden. Nicolai ärgerte sich über sie. Aber dann besann er sich. Das Mädchen wusste ja von nichts. Sie hatte sich auf eine aufregende Zugfahrt und die eleganten Geschäfte von Nürnberg gefreut. Sie spürte nicht, was geschehen war. Und er, wie hätte er es ihr sagen sollen?

»Es ist sehr unwahrscheinlich, dass die Dinge morgen anders liegen werden als heute«, erwiderte die Schwester schließlich. »Sie können gerne noch einmal wiederkommen, bevor Sie die Rückreise antreten. Versprechen Sie sich aber nichts davon.«

»Ich danke Ihnen«, sagte er. »Sie sind sehr freundlich.«

Bald war das Kloster wieder hinter einer dichten Baumreihe verschwunden. Sie spazierten den Feldweg nach Wolkersdorf entlang. Theresa war zugleich enttäuscht und bedrückt. So kannte sie ihren liebevollen Großvater überhaupt nicht. Was war nur in ihn gefahren? Er wollte hier übernachten und morgen noch einmal in dieses Kloster gehen? Aber nach dem Vorfall von eben wusste sie nicht mehr, wie sie ihn ansprechen sollte.

Nicolai wurde immer schweigsamer. Auch am Abend, als sie in ihrer Herberge das Abendessen zu sich nahmen, sprach er nur das Notwendigste und war froh, als Theresa sich schon bald zur Nachtruhe in ihr Zimmer begab.

Er hatte ein unstillbares Bedürfnis, allein zu sein.

Würde sie ihn morgen empfangen? Wie sollte er ihr gegenübertreten? Und warum, warum nur hatte er so lange gewartet?

Er blieb den ganzen Abend in der Stube sitzen. Die Wirtsleute hatten nichts dagegen, dass er es sich am Feuer bequem machte. Er könne gerne die ganze Nacht dort sitzen und lesen, scherzte der Wirt. Holz sei jedenfalls genug da.

Eine Weile lang hörte er noch ihre Schritte auf der Treppe. Dann war alles still. Das Feuer knackte.

Das Buch des verfemten Dichters lag auf seinem Schoß. Er schlug es auf und überflog die ersten Zeilen des Absatzes, den er zuletzt gelesen hatte. *Ein eigentümliches Grauen, eine geheimnisvolle Pietät erlaubt uns heute nicht, weiterzuschreiben. Unsere Brust ist voll von entsetzlichem Mitleid – ...*

Nicolai starrte in die Flammen.

Mitleid.

Das Licht der Vernunft.

Das Licht der Gnade.

Theresas Stimme war in seinem Kopf.

Habt keine Angst.

Habt keine Angst ...

I.

I.

Das große Katzensterben des Jahres 1780 versöhnte ihn ein wenig mit seinem Schicksal. Nicolai Röschlaub hatte die frühen Morgenstunden vor seinem langen Arbeitstag genutzt. Auf seinem Tisch lagen Dutzende von wirren Skizzen, große Pergamentblätter mit Strichen, Kreisen und Ellipsen, über die eine Vielzahl von winzigen Punkten gestreut war, die er geduldig mit Tinte und Federkiel verzeichnet hatte. Manchmal hob er den Kopf. Dabei fiel sein Blick auf eine Staffelei, auf der eine große Landkarte des fränkischen Kreises auf einen Rahmen gespannt war. Daneben, hinter dem grünlichen Glas des Dachstubenfensters, konnte man in der Ferne, über verschneiten Dächern, die Spitze der Kirche Sankt Sebaldi aufragen sehen. Aber Nicolai nahm von Nürnbergs ältestem Gotteshaus keine Notiz. Und auch die Stadt war ihm völlig gleichgültig. Es war die Wahrheit vor ihm auf dem Papier, die sein Herz schneller schlagen ließ, nicht der Klang der Morgenglocken, die ihm meldeten, dass er bald aufbrechen musste. Eine sonderbare Wahrheit, die sich in unerklärlichen und doch geheimnisvoll sich wiederholenden Mustern offenbarte. Er würde sich hüten, seine Erkenntnisse noch einmal öffentlich zu verbreiten. Aber diesen heimlichen Triumph konnte ihm niemand streitig machen. Kein Pfaffe, kein Fürst, und erst recht kein neidischer Hofphysikus.

Das Katzensterben! Selbst die betagtesten Bauern hatten dergleichen noch nicht erlebt. Seit April waren die Tiere in großer

Zahl verendet. Im Sommer war die Sache plötzlich vorüber. Niemand hatte eine Erklärung dafür gehabt. Elektrizität, meinten manche unter Verweis auf ein jüngst entdecktes physikalisches Phänomen, von dem keiner so recht wusste, was sich eigentlich dahinter verbarg. Katzen seien empfindlicher als Menschen, hieß es, und daher unsichtbaren Energieladungen stärker ausgesetzt. Doch wenn dem so war, warum waren dann nicht schon früher Katzen gestorben?

Die Beschäftigung mit dieser unbekannten Krankheit hatte Nicolai allmählich aus seiner monatelangen Melancholie gerissen. Er hatte aufgehört, darüber nachzugrübeln, was an seinen Beobachtungen für die Welt so gefährlich sein sollte, und sich stattdessen wieder seinen Studien gewidmet. Etwas mehr als ein Jahr war es jetzt her, dass er das erste Mal öffentlich dargelegt hatte, wie sich ihm die Phänomene der Natur so ganz anders ordneten, als es in den Büchern stand. Das war ihm übel bekommen. Jetzt saß er hier in diesem finsteren Winkel Deutschlands, abgeschnitten von jeglichem Verkehr mit gebildeten Menschen, und konnte froh sein, als Adjutant von Stadtphysikus Müller ein kümmerliches Auskommen zu fristen. Hier wusste niemand etwas von den Ideen des Lizenziaten Nicolai Röschlaub, die ihn vor gut einem Jahr im Fuldischen die Existenz gekostet hatten, und er verspürte gegenwärtig wenig Neigung, in irgendeiner Weise aufzufallen.

Doch dieses Katzensterben hatte ihn nicht ruhen lassen. Das ganze Frühjahr und einen Gutteil des Sommers über hatte er, sobald die Zeit es zuließ, die Fälle beobachtet und verzeichnet. Er konnte einfach nicht anders. Er spürte regelrecht, dass die Natur ihm etwas mitzuteilen hatte und dafür eben eine Sprache wählte, die er erst noch lernen musste. Jede Meldung, deren er habhaft werden konnte, verzeichnete er. Manche der verendeten Tiere zergliederte er auch, aber er fand stets das gleiche unschlüssige Bild: eine Anfüllung des Leibes mit einer faulen, schwarzen, übel riechenden Flüssigkeit, durchsetzt von einer dunklen Materie. »Wie Fahrwegskot«, notierte er in seinem Arbeitsjournal.

Die Arbeit tröstete ihn über die Erniedrigung des Vorjahres hinweg, die er noch immer nicht ganz verdaut hatte.

Er war damals gerade erst von der Universität Würzburg examiniert worden und nun Lizenziat der Medizin. Zur Promotion, die im Wesentlichen darin bestanden hätte, die gesamte Fakultät drei Tage lang auf seine Kosten zechen zu lassen, hatte ihm das Geld gefehlt. So war er ohne einen richtigen Titel und auch auf Drängen seines Vaters, der seine Hilfe in der Apotheke brauchte, nach Fulda zurückgekehrt.

Als er zu Hause eintraf, hatte das Fieber schon einige Wochen gewütet. Panik machte sich breit. Keiner wusste, wie man der Krankheit begegnen sollte. Wenn man die Toten aufschnitt, fand man faules, stinkendes Wasser und einige Pfund Eiter. Die noch lebendigen Opfer erbrachen eine schwarze Masse. Als kein Mittel half, griff Panik um sich. Aus Angst vor einem giftigen Miasma, das offenbar durch den Kreis zog und sie alle hinwegraffen würde, weigerten sich die Bauern ausgerechnet zur Erntezeit, ihre Häuser zu verlassen. Der Fürst hatte schon Soldaten aufgestellt, um die Bauern aus den Häusern auf die Felder treiben zu lassen. Aber selbst die Soldaten hatten Angst. Schließlich hatte der Fürst einige Vertreter der Stadt und des Ärztestandes geladen, um über die Situation zu beraten. Nicolai bat darum, an der Besprechung teilnehmen zu dürfen. Zu seinem Unglück wurde ihm das gewährt.

Er hielt inne und betrachtete versonnen die Punkte vor sich auf dem Papier. Diese Muster übten eine ungeheure Faszination auf ihn aus. War es ein Zufall, dass sie sich manchmal so ähnelten und manchmal nicht? Hatte jede Krankheit ein Eigenleben? Auch wenn ihm schleierhaft war, wodurch sie alle ausgelöst wurden, so hinterließ doch die Art der Verbreitung der Fälle ein untrügliches Zeichen, dass diese Krankheiten, die er über die Jahre erfasst hatte, unterschiedlicher Natur sein mussten. Das hatte er damals auch in Fulda beobachtet. Aber hätte er doch nur den Mund gehalten.

Der Stadtphysikus hatte berichtet, wie das Fieber bisher verlaufen war, und erläutert, was man dagegen unternommen hatte. Die nachfolgende Diskussion hatte Nicolai an die Vorlesungen in Würzburg erinnert, an das endlose Aufzählen von unterschiedlichen inneren Flüssen und Stockungen, von Blitzschlag, Gewitter und Winden, von Sünde und moralischem Verfall, welche ebenfalls für das Fieber verantwortlich sein könnten. Vorsichtshalber hatte man einige Kanonenschüsse in die Luft abgegeben, um atmosphärische Gifte zu zerstreuen. Doch am Ende setzte sich die Kaffeetheorie durch. Da die meisten Opfer kaffeesatzartigen schwarzen Schleim erbrochen hatten, war man schon vor einigen Wochen zu der Überzeugung gelangt, dass Kaffeegenuss das Fieber ausgelöst haben musste. Daher waren alle Lieferungen vernichtet und die Kaffeehäuser geschlossen worden. Die Ursache sei also längst beseitigt und es gebe keinen Grund, nicht aufs Feld zu gehen.

Es folgten Auseinandersetzungen über die beste Behandlung der bereits Erkrankten. Manche plädierten für Tee, weil Tee das natürliche Antidot zu Kaffee sei. Andere widersprachen. Einigkeit bestand indessen über fortgesetztes Aderlassen und

Schröpfen. Die Vertreter der Kirche gaben zu bedenken, dass, da es sich um eine üble Seuche handelte, die gottlosen Juden verantwortlich sein müssten. Der Beweis dafür sei, dass sie schließlich den Kaffeehandel betreiben. Man empfehle daher, einige ihrer Güter zu kassieren und zusätzliche Messen zu lesen. Das sei gottgefällig und außerdem geeignet, die Ernteverluste auszugleichen, die diese verkommene Rasse verschuldet hatte. Der Fürst lauschte missmutig und wandte ein, man habe jetzt genügend Messen gelesen. Die Kaffeehäuser seien seit zwei Monaten geschlossen. Man purgiere und schröpfe seit Wochen ohne Erfolg. Er wolle wissen, wie man die Bauern wieder aufs Feld bekommen könne, denn da verfaule die Ernte.

Und irgendwann war ihm der junge Mann aufgefallen, der da unter den anderen saß, eine billige Perücke trug, die ihn zu jucken schien, aufmerksam lauschte, sich an keinem Disput beteiligte und doch zugleich in seiner ganzen Attitüde einen gewissen Hochmut an den Tag legte, der den Fürsten reizte.

»Und er dort«, fuhr er ihn an, »was hat er uns zu diesem Übel zu sagen?«

Nicolai erstarrte und schaute schamrot zu Boden.

»Das ist nur Lizenziat Röschlaub«, rief jemand dazwischen, »der Sohn von Apotheker Röschlaub.«

»Na und?«, donnerte der Fürst. »Ein Lizenziat hat auch etwas gelernt, oder? Trete er vor und rede er!«

Und dann hatte ihn der leibhaftige Teufel geritten. Wie hatte er es nur wagen können, das gesamte Kollegium so herauszufordern?

»Die Bauern sollten nur in der Mittagshitze aufs Feld gehen«, sagte er schnell. »Und ich würde nicht schröpfen oder zur Ader lassen.«

Es wurde still im Saal.//
»So?«, sagte der Fürst interessiert. »Was schlägt er also vor?«//
»Die Bauern sollen im Haus bleiben, alles verschließen und ein wenig Schwefel verbrennen. Ernten sollen sie nur von Mittag bis vier Uhr. Ich glaube, die Miasma-Tierchen, die das Fieber bringen, reisen mit den Stechfliegen.«//
Jetzt brach Gelächter los. Der Hofphysikus schüttelte amüsiert den Kopf und sagte: »Exzellenz, Lizenziat Röschlaub hat offenbar in Würzburg Theorien der Kontagionisten gelesen, die behaupten, Krankheiten würden durch so genannte *animaculi*, die leider noch niemand gesehen hat, übertragen. Niemand glaubt daran, außer ihren Erfindern, die sich damit originell machen wollen.«//
»Was sind Miasma-Tierchen?«, fragte der Fürst unwirsch.//
»Es sind kleine Lebewesen, die den Menschen angreifen und krank machen können«, antwortete Nicolai.//
Der Hofphysikus verbeugte sich und fügte hinzu: »Exzellenz, Lizenziat Röschlaub will damit sagen, dass ein niedriger, schmutziger kleiner Wurm von Gott die Gabe erhalten haben soll, Euch in Eurer Macht und Großartigkeit verwunden und dadurch krank machen zu können.«//
»Wie dies auch jede giftige Schlange vermag, sofern Euer hochwohlgeborener Fuß auf ihren niedrigen Schwanz treten sollte«, widersprach Nicolai.//
Ein Raunen ging durch die Versammlung. Der junge Arzt war gefährlich vorlaut.//
»Schlangen können wir jedoch mit unseren Augen sehen«, widersprach der Hofphysikus lächelnd, »was bei den Miasma-Tierchen nicht der Fall ist, nicht wahr, lieber Kollege? Außerdem ist die Schlange ein biblisches Geschöpf.«

Der Fürst schaute missmutig vor sich hin. Nicolai verbeugte sich unsicher und setzte sich wieder. Was fiel ihm eigentlich ein, sich mit dem Hofphysikus anzulegen?

»Wer hat ihm erlaubt, sich wieder zu setzen«, fuhr der Fürst ihn jetzt an. Nicolai erhob sich augenblicklich wieder und spürte jetzt alle Blicke auf sich.

»Wo leben diese Miasma-Tierchen?«, fragte der Landesherr.

»Sie leben ... sie leben überall«, sagte Nicolai stotternd.

»Und warum sollen sie jetzt ausgerechnet hier sein?«

»Weil ... ich weiß es nicht. Sie kommen ... unter bestimmten Bedingungen.«

»Was für Bedingungen?«

»Es hängt wohl ab von der Wärme und Feuchtigkeit ... und ... man weiß es nicht genau.«

»Er weiß es nicht genau! Aber er erdreistet sich, mir zu sagen, meine Bauern sollen sich vor Miasma-Tierchen verstecken und die Ernte verfaulen lassen. Was für ein Arzt ist er denn?«

Jetzt stieg eine brennende Wut in Nicolai hoch. Er spürte die hämischen Blicke der anderen Ärzte. Hätte er doch nur geschwiegen und die Niederlage eingesteckt. Warum hatte er nicht einfach den Mund gehalten? Aber als Dummkopf wollte er hier auch nicht hinausgehen.

»Wenn Euer Hochwohlgeboren gestatten«, begann er, »würde ich meine Behauptung gerne durch eine Beobachtung begründen, die man den Bauern zu deren Beruhigung auch leicht erklären könnte.«

Erstauntes Schweigen erfüllte jetzt den Raum. Woher nahm dieser junge Bursche das Selbstbewusstsein, so zu sprechen? Aber der Fürst betrachtete den jungen Arzt neugierig, und niemand wagte es, ohne Aufforderung durch den Landesherrn das

Wort zu ergreifen. Selbst der Hofphysikus schwieg zerknirscht. Sollte der Junge sich doch sein eigenes Grab schaufeln, schien er zu denken. Der Fürst nickte kurz, zog jedoch dabei seine Stirn in tiefe Falten.

»Er rede!«

Nicolai sprach langsam und versuchte, so harmlos wie möglich zu klingen.

»Ich habe beobachtet, dass sich das Fieber ausgerechnet dort hartnäckig hält und zum Tode führt, wo zur Ader gelassen und geschröpft wird. In entlegeneren Kreisen, die gleichfalls stark vom Fieber betroffen sind, hat es weniger Todesfälle gegeben, und dort ist das Fieber bereits stärker zurückgegangen als in der Stadt und den angrenzenden Gebieten, wo viel geschröpft wurde.«

Jetzt ging ein Raunen durch den Saal. Solch eine Ungeheuerlichkeit! Aus dem Mund eines solchen Grünschnabels!

»Weiter!«, sagte der Fürst. »Mich interessiert nicht, was er vom Schröpfen hält. Was ist mit diesen Miasma-Tierchen? Das will ich wissen.«

»Dieses Fieber ist nicht von hier. Es ist eingeschleppt worden. Seine Verbreitung ist ganz anders als die Verbreitung der hier bekannten Fieber. Ich habe mir erlaubt, die Krankheitsfälle zu erfassen und auf einer Karte zu verzeichnen. Vergleicht man nun diese Aufzeichnungen mit den Beobachtungen früherer Fieber, so zeigt sich ein eigentümlicher Unterschied.«

Sehr weit war er nicht gekommen mit seinen Erklärungen. Er hatte ausgeführt, dass es Krankheiten zu geben schien, die an einem Ort begannen, wohingegen andere an mehreren Orten gleichzeitig ihren Ausgang nehmen konnten. Ein englischer Arzt, der diesen Umstand studiert und dessen Schriften er gelesen hatte, sprach von lokalen und eingeschleppten Miasmen, die sich ganz unterschiedlich entwickelten. Nicolai hatte anbieten wollen, seine Karten zu holen und zu zeigen, dass es im Umland mindestens fünf anfänglich voneinander isolierte Gebiete gab, wo die Krankheit sich zuerst gezeigt hatte. Er habe das auf seiner Karte in Form von vielen eng aneinander liegenden Punkten, von denen jeder für einen Erkrankten stand, dokumentiert. Daraus könne man ablesen, dass die Krankheit eingeschleppt worden sei. Eigenartig dabei sei übrigens, dass die Krankheit erst dann in der Stadt ausgebrochen war, als die auf dem Land herumreisenden Ärzte überall begonnen hatten, die Opfer zur Ader zu lassen. Ein Aderlass nütze seiner Auffassung nach jedoch wenig, da die Krankheitstierchen ja offensichtlich von außen kamen und nicht aus dem Körper.

»Genug!«, platzte der Hofphysikus mit hochrotem Kopf heraus, und sogleich entstand ein regelrechter Tumult.

»Was hat er dazu zu sagen?«, raunzte der Fürst jetzt den Hofphysikus an. Der Mann warf Nicolai einen bitterbösen Blick zu.

»Lizenziat Röschlaubs Ausführungen sind skandalös. Es ist erwiesen, dass Krankheiten durch Reize im Körper entstehen, welche die prästabilierte Harmonie der Säfte stören. Dies kann zur Bildung von Krankheitstierchen führen. Aber sie kommen aus dem Körper. Woher denn sonst?«

Nicolai schüttelte den Kopf. »Francesco Redi hat nachgewiesen, dass Krankheitskeime eingeschleust werden. *Omne vivum ex ovo.* Alles Leben kommt aus dem Ei. Und das Ei, so klein es auch sein mag, muss gelegt werden.«

»Kann er das beweisen?«, fragte der Fürst.

»Setzt zwei Stücke Fleisch der Luft aus. Legt das eine in ein offenes Gefäß, das andere in ein Gefäß, das Ihr mit einer dünnen

Gaze verschließt. Ihr werdet sehen, dass aus dem offen daliegenden Fleisch bald Maden hervordringen, weil die von der Fäulnis angelockten Fliegen dort ihre Eier ablegen. Das andere Gefäß wird die Fliegen gleichsam anlocken, und sie werden ihre Eier in die Gaze legen, von wo die Maden versuchen werden, das Fleisch zu erreichen. Doch das Fleisch selbst bringt keine Maden hervor.«

»Was sagt Ihr dazu?«, meinte der Fürst zum Hofphysikus gewandt.

»Wie erklärt Ihr Euch dann das Auftreten von Würmern an Toten, die nicht nur durch Gaze, sondern durch drei Zoll dickes Eichenholz vor Fliegen geschützt sind?«

»Das sind keine Fliegenwürmer«, erwiderte Nicolai gegen losbrandendes Gelächter.

»Und warum«, führte der Hofphysikus triumphierend aus, »warum sollten die Miasma-Tierchen ausgerechnet unseren Kreis aufgesucht haben? Stinken wir vielleicht wie ein verrottetes Stück Fleisch? Will Lizenziat Röschlaub dies mit seiner Theorie beweisen?«

Das Gelächter ergriff jetzt auch den Fürsten. Er winkte amüsiert ab und entließ Nicolai mit einer wegwerfenden Handbewegung.

Die darauf folgenden Wochen waren verheerend gewesen. Sein Vater machte ihm heftigste Vorwürfe. Dann hieß es, der junge Röschlaub habe in Würzburg keine Medizin, sondern Spekulieren gelernt. Er sei ein Quacksalber, der die Alten verachte. Eine Aussicht auf ein Physikat war rasch dahin. Als auch die Apotheke seines Vaters mehr und mehr gemieden wurde, weil der rechtschaffene Mann solch einen missratenen Sohn beschäftigte, der zudem als hochmütig und verschlossen galt, wurde es auch dem Vater zu viel. Er solle zusehen, wie er sich andernorts durchschlug. Hier sei kein Platz für ihn, und er dulde nicht, dass die ganze Familie unter seinen Grillen zu leiden habe. Nicolai verließ Fulda noch vor dem Weihnachtsfest 1779.

Er brauchte fast vier Monate, bis er, halb verhungert, in Nürnberg eine kärglich besoldete Stelle fand.

2.

Seitdem suchte er alles zu vermeiden, das ihn irgendwie mit der Obrigkeit in Konflikt bringen konnte. Dieses Amt, so kümmerlich es auch war, wollte er auf keinen Fall so schnell wieder verlieren, und daher verhielt er sich bei allen Dingen, die ihm angetragen wurden, so umsichtig und vorsichtig wie möglich. Vielleicht reagierte er deshalb etwas abweisend, als am nächsten Abend eine Magd aus Alldorf vor seinem Haus auftauchte. Sie trat aus dem Schatten der Hofeinfahrt, als der junge Arzt sich soeben an der Haustür zu schaffen machte.

»Physikus Röschlaub?«, fragte sie schüchtern.

Er drehte sich zu ihr herum und hob seine Laterne hoch. Die Nacht war klar und hell durch den Neuschnee, aber die Gestalt, die wenige Meter von ihm entfernt neben der Einfahrt stand, zeichnete sich nur als dunkler Schatten ab. Sie kam zwei Schritte näher und trat in den Lichtschein der Laterne. Nicolai musterte das Mädchen. Es sah sehr jung aus, hatte ein rundes Gesicht mit den für die Gegend typischen Merkmalen. Flache Stirn, eher eng stehende Augen, gut ausgebildete Wangen und volle Lippen. Ein Gesicht, bei dem man jetzt schon erahnen konnte, wie es im Alter aussehen würde.

»Ich komme von Alldorf«, sagte sie jetzt, ohne eine Antwort abzuwarten. »Graf Alldorf ... er ist krank und bedarf eines Arztes. Physikus Müller hat mich an Euch verwiesen.«

Das war nicht verwunderlich, dachte Nicolai, während er weiterhin das Mädchen musterte. Stadtphysikus Müller wand sich seit zwei Tagen in Krämpfen, von denen man nicht wusste, ob eine Verstopfung daran schuld war oder die Mittel dagegen, welche sein Patron sich hartnäckig verabreichte. In jedem Fall war Müller unpässlich, und Nicolai hatte seit Tagen das doppelte Pensum zu erledigen.

»Es ist spät«, entgegnete er müde.

Das Mädchen kam noch einen Schritt auf ihn zu. Wie lange sie wohl schon hier in der Kälte auf ihn gewartet hatte?

»Morgen wird es vielleicht *zu* spät sein.«

Woher sie das so genau wisse, wollte er spöttisch erwidern. Aber etwas in ihrem Gesichtsausdruck ließ ihn unsicher werden. Er schloss die Haustür auf, trat beiseite und bedeutete dem Mädchen, einzutreten. Doch sie bewegte sich nicht von der Stelle und blickte ihn unverwandt an.

»Bitte kommen Sie nach Alldorf«, sagte sie.

»Willst du dich nicht erst einmal aufwärmen?«, fragte er.

Sie schüttelte schüchtern den Kopf. Erst als er sie nachdrücklich aufforderte, folgte sie ihm zögernd ins Haus.

Nicolai ließ das Mädchen vorgehen, betrat dann die Wohnstube und schloss die Tür. Die angenehme Wärme der beheizten Stube ließ die Aussicht, bei Einbruch der Nacht zu dem entfernt liegenden Schloss aufzubrechen, noch unangenehmer erscheinen. Das Lohensteiner Gebiet, zu dem Alldorf gehörte, begann zwar kurz vor Nürnberg, aber Alldorf selbst lag abseits, gut eine Stunde Fußweg bei gutem Wetter. Bei diesem Schnee konnten es zwei werden.

Er wies das Mädchen an, am Tisch Platz zu nehmen.

»Seit wann ist der Graf denn krank?«, fragte er dann.

»Seit acht Monaten«, erwiderte sie.

Nicolai zog die Augenbrauen hoch. Er wog die Antwort einen Augenblick lang unschlüssig ab und sagte schließlich: »Acht Monate. Und warum ist es dann so wichtig, dass ich heute Abend noch zu ihm komme?«

»Man hat mir gesagt, Sie dürfen keine Zeit verlieren ... Bitte, kommen Sie schnell.«

Er zog seinen Mantel aus, und als er sich wieder zu ihr umdrehte, schaute sie ihn immer noch an. Die Wärme der Stube hatte ihre Wangen gerötet. Unter ihrem Umhang, den sie jetzt geöffnet hatte, sah Nicolai das in diesem Landstrich übliche über der Brust geschnürte Mieder, unter dem sich, von einem gespannten Brusttuch verdeckt, abzeichnete, wofür die Frauen in dieser Gegend zu Recht gerühmt wurden.

»Hat der Graf dich geschickt?«, fragte er.

Sie schwieg, dann schüttelte sie den Kopf. »Nein, Kammerherr Selling.«

Nicolai wusste über Graf Alldorf nur, dass er hier in der Gegend ein mächtiger Mann war. Nicht zu ihm zu gehen könnte ihm übel ausgelegt werden.

Die Apothekertasche war noch von seinen heutigen Krankenbesuchen gepackt. Er füllte lediglich Brechweinstein und Essig nach, griff nach dem Tabaksklistier und einem Glas mit Blutsaugern und legte beides behutsam in einen dafür vorgesehenen gepolsterten Koffer. Was auch immer den Grafen plagte, so schlimm konnte es nicht sein, wenn er schon acht Monate damit lebte.

Sie saßen erst auf, als sie das Stadttor hinter sich gelassen hatten. Vor zehn Uhr würden sie nicht im Schloss eintreffen, und als Nicolai jetzt bewusst wurde, dass er wohl auch die Nacht dort würde verbringen müssen, sank seine Stimmung noch tiefer. Es verging ohnehin kein Tag, an dem er sich nicht bittere Vorwürfe über sein gegenwärtiges Los machte. Wäre er in Fulda nur nicht so vorlaut gewesen und hätte sich stattdessen bemüht, das Apothekergewerbe zu lernen, so säße er jetzt behaglich und wohl versorgt in der väterlichen Stube vor dem Kamin, anstatt nachts bei Schnee und Eis mit einer abergläubischen Magd durch einen fränkischen Wald zu reiten, um einem Grafen ein Klistier zu setzen.

Er hing seinen Gedanken nach. Die Erinnerung an eine Bäuerin, die er vor einigen Tagen behandelt hatte, ging ihm nicht aus dem Sinn. War nicht alles nutzlos, was er auf der Universität gelernt hatte? Wann immer er an ein Krankenbett trat, musste er feststellen, dass die Mittel, die er anzuwenden hatte, zwar in den gelehrten Büchern, jedoch nur selten bei seinen Patienten ihre Wirkung zeigten. Wurde einer wieder gesund, so hätte er beim Himmel nicht angeben können, wie es damit zugegangen war, hatte doch eine Woche zuvor ein anderer die gleiche Behandlung damit quittiert, sogleich aus dem Leben zu scheiden. War er denn mit seinen Pulvern und Klistieren weniger närrisch als die herumziehenden Bader und Quacksalber?

Jetzt sprach alle Welt vom Magnetisieren. Er hatte dem berühmten Vorkämpfer dieser Methode, Herrn Diakonus Lavater, geschrieben und ihn im Falle einer von Krämpfen geplagten

Bäuerin um Rat gebeten. Der Mann hatte geantwortet und ihm die Behandlung sorgfältig erklärt. Morgens und abends solle er die Frau jeweils eine halbe Stunde lang magnetisieren. Am dritten Tag seien ihr vier bis fünf Blutsauger hinter die Ohren zu setzen, zwei Tage später sollte er ihr ein Klistier geben und am darauf folgenden Tag einen Kräutertee verabreichen. Vierzehn Tage nach ihrer monatlichen Reinigung sei sie zur Ader zu lassen und dann jede Woche noch zweimal, dienstags und freitags, erneut zu magnetisieren. Sei das Übel dann noch nicht besiegt, so wären kalte Bäder bis zum Hals hinauf zu empfehlen; hierbei müsste allerdings das Kopfhaar abgeschnitten werden. Vor dem Schlafengehen seien der Kopf, der Rücken und der Bauch mit kaltem Wasser zu waschen. Ab dem zehnten Behandlungstage müsse die Patientin täglich vier Gläser Schwalbacher Wasser mit Milch trinken, wenig Fleisch und mehr Gemüse essen. Das Wasser sei gleichfalls zu magnetisieren.

Er hatte eine Weile gezögert, bevor er beschloss, die Methode wenigstens einmal auszuprobieren. Aber vor allem fehlten ihm hierzu die Magneten, die im ganzen Kreis nicht so leicht aufzutreiben waren. Und dann hatten seine Überlegungen plötzlich eine ganz andere Richtung eingeschlagen. Das leidende Frauenzimmer war Anfang dreißig, von einem hitzigen Temperament und hatte aus Überlegung den ehelosen Stand gewählt, was bereits auf eine starke Gemütsstörung schließen ließ. Und hatte er nicht bei Marcard gelesen, dass all diese neumodischen Heilmethoden bloße Wirkung der Einbildungskraft waren? Allerorten wurden derzeit Geister zitiert, Gold gemacht, Universaltinkturen gebraut, der Stein der Weisen gesucht und der Mond auf die Erde herabgezaubert. Das kranke Frauenzimmer war so abergläubisch wie noch der finsterste Jesuit. Sollte er es auf einen Versuch ankommen lassen, einen ganz neuen Behandlungsweg zu gehen?

Er ließ bei einem Schmied zwei Eisenplatten anfertigen. Als man ihm wieder einen heftigen Anfall meldete, erschien er mit wichtiger Miene im Zimmer der Geplagten, gefolgt von einem Gehilfen, der die schweren Platten trug. Sogleich wurde es still im Raum, und man beobachtete mit furchtsamer Hochachtung, wie er die Frau nach allen Regeln der Kunst, die er sich freilich kurz zuvor erst ausgedacht hatte, magnetisierte. Er legte ihr eine der Platten auf den Magen und hielt die andere an ihren rechten Fuß, denn die Krämpfe machten sich besonders an der rechten Seite bemerkbar. Er murmelte auch noch ein paar lateinische Sprüche, denn das machte stets Eindruck und konnte in jedem Fall nicht schaden. Im gleichen Augenblick fühlte die Patientin den magnetischen Strom. Sie erstarrte, gab seltsame Laute von sich, wurde jedoch bald ruhiger, und eine Viertelstunde später war der Krampf verschwunden. Den folgenden Tag wurde die Anlegung der Magnete mit dem nämlichen Erfolg wiederholt, und von dieser Zeit an war von krampfhaften Anfällen nichts mehr zu spüren.

Die Erfahrung hatte ihn in eine tagelange Niedergeschlagenheit gestürzt. Hätte er nun gleich eine Schrift aufsetzen sollen über die therapeutische Wirkung von Eisenplatten? War er nicht auf dem besten Weg, ein großer Scharlatan zu werden, wie Tausende andere, die das Land durchstreiften und jedes Leiden mit Kot und Urin zu heilen vorgaben? Kam zu all der Unwissenheit, die er ohnehin schmerzlich in sich verspürte, auch noch der Umstand hinzu, dass die heilige Natur mit der Vernunft Schabernack spielte? Welche rätselhafte Krankheit hatte er denn bloß in dieser Frau geheilt? Offenbar gab es eingebildete

Krankheiten, die wahre Symptome hervorrufen konnten! Wie sollte es also möglich sein, den wahrhaft erkrankten vom eingebildet erkrankten Körper zu unterscheiden? Und schlimmer noch – es hatte sich das eingebildete Mittel als das einzig wahre erwiesen! Hier war offenbar ein Fehler in der Schöpfung, an dem sein Verstand sich unablässig rieb.

Das Mädchen hinter ihm auf dem Pferd murmelte Geistersprüche. Nicolai spürte, dass seine ohnehin schwelende Gereiztheit dadurch noch zunahm. Er hätte nicht übel Lust gehabt, sie einfach abzusetzen und umzukehren. Doch er riss sich zusammen und konzentrierte sich auf den Weg, während hinter ihm Baumgeister und Waldtrolle mit beschwörenden Sprüchen bedacht wurden. Eine Weile gelang es ihm, diese Beschwörungsreden zu ignorieren. Aber als sie plötzlich auch noch zu singen begann, riss ihm der Geduldsfaden. Ob sie ihm bis Alldorf die Ohren vollplärren wolle mit diesem närrischen Singsang?

Sie verstummte augenblicklich, glitt vom Pferd, bekreuzigte sich dreimal in rascher Folge und ging zu Fuß weiter. Nicolai fluchte leise, stieg gleichfalls ab und folgte ihr in einigen Metern Entfernung. Ihr Gemurmel war noch immer hörbar, aber durch die Entfernung nun wenigstens stark gedämpft.

Er wusste selbst nicht, was ihn daran so störte. Aber offenbar sollte es sein Schicksal sein, in einem dunklen Wald dem Aberglauben hinterherlaufen zu müssen, dachte er grimmig. Dabei wusste er doch, dass es völlig sinnlos war, sich dagegen aufzulehnen. In Deutschland regierten noch immer die verfluchten Mönchskutten. Selbst die aufgeklärten Fürsten hatten vor ihnen resigniert. Einige seiner Kollegen hatten in den letzten Jahren den Kampf gegen Aderlassmännchen, Aderlasstafeln, hundertjährige Kalender, Sterndeuterei und Muttermalprophezeiungen aufgenommen. Sie hatten geschrieben, dass blaustichiges Blut nichts über die Gesundheit der Milz aussage und grünstichiges weder Herzweh noch Gallenkrankheit bedeute und dass die Blut- und Urinbeschauer allesamt Farbseher und Scharlatane seien. Sie hatten den Irrglauben widerlegt, dass rote Striemen auf Neugeborenen Kirschen oder Erdbeeren darstellten, nach welchen die Schwangere Sehnsucht gehabt habe. Weikard, der alte Spötter, hatte sogar dargelegt, dass es doch seltsam sei, dass noch nie ein Muttermal in Form eines Dukaten, eines Laubtalers oder eines schönen Kleides gesehen worden sei, wonach Frauen sich doch wohl öfter sehnen als nach frischem Obst. Aber das war alles vergeblich gewesen. Im Gegenteil. Sein Spott war ihm übel vergolten worden. Die Bauern waren scharenweise zusammengezogen und verbrannten seine Reformkalender öffentlich. Sie wollten nichts von Fruchtwechsel und Dünger hören, sondern Horoskope haben.

Und ihm war es jetzt genauso ergangen. Seit dem Zwischenfall während der Fieberseuche hatte sich der ganze Stand gegen ihn verschworen. Lizenziat Röschlaub müsse verschwinden, so hieß es. Hexen und Teufelsgeschichten wurden über den »Spekulierer« verbreitet. Niemand in seiner Heimatstadt würde ihn je als Arzt akzeptieren. Nun gut, er war gegangen, und die Bürger von Fulda hatten ihre Ruhe wieder. Doch jetzt war er schon wieder von Gespenstern umgeben.

Irgendwann war das Mädchen still geworden und stapfte einfach schweigend vor ihm her. Sie kannte den Weg offenbar gut, hatte mehrmals die Richtung gewechselt, ohne dass Nicolai einen Wegweiser hätte ausmachen können. Alldorf lag isoliert auf einer kleinen Anhöhe über der Pegnitz. Es führte auch eine

Landstraße dorthin, aber die machte einen großen Bogen und hätte die Wegzeit noch um ein Drittel verlängert.

Die Bäume standen jetzt dichter, und die Zweige hingen so tief, dass an Aufsitzen nicht zu denken war. Nicolai tat es fast ein wenig Leid, die Magd so barsch angefahren zu haben. Er schloss zu ihr auf und fragte sie mit versöhnlicher Stimme, ob sie schon lange auf Schloss Alldorf wohne.

»Seit drei Jahren«, gab sie wortkarg zurück, ohne zu ihm aufzusehen oder ihren Schritt zu verlangsamen.

»Und deine Eltern? Wohnen sie auch dort?«

»Nein. Die wohnen an der Weilermühle.«

»Aha«, sagte Nicolai und fügte nach einer Pause hinzu: »Ich dachte, die Weilermühle läge nicht auf Alldorfer Gebiet? Dann gehörst du eigentlich nach Wartensteig, oder?«

Sie schaute ihn kurz von der Seite an und sagte dann: »Ich gehöre dem Grafen, wie alles hier.«

Die Art und Weise, wie sie das sagte, ließ Nicolai verstummen. Was stellte er auch für dumme Fragen.

3.

Schon bevor sie das Schloss betraten, hatte er das Gefühl, dass etwas an diesem Krankenbesuch seltsam war. Das Mädchen führte ihn zu einem Seiteneingang. Das Mondlicht beschien einige Abfallhaufen, die den Weg säumten und trotz der kalten Witterung gehörig stanken. Es dauerte einige Minuten, bis endlich jemand die Tür öffnete und sie hereinließ. Ein Stallknecht nahm Nicolai die Zügel aus der Hand und führte sein

Pferd weg. Sonst war niemand zu sehen. Der Innenhof war völlig verlassen, die Fassaden dunkel bis auf zwei Fenster im dritten Stock, hinter denen Licht brannte.

Wohin das Mädchen ihn am Ende brachte, wusste er nicht. Nach soundso vielen Gängen und Treppen waren sie in einem kleinen Vorzimmer angekommen. Nicolai musste sich auf eine Holzbank setzen. Das Mädchen verschwand. Nicolai wartete. Im Nebenzimmer hörte er gedämpfte Stimmen, verstand aber nicht, was gesagt wurde. Außerdem fror er. Nach einer Weile öffnete sich die Tür, und ein älterer Mann kam auf ihn zu.

»Lizenziat Röschlaub? Ich bin Kammerherr Selling. Danke, dass Sie gekommen sind. Bitte folgen Sie mir.«

Im nächsten Raum brannte glücklicherweise ein Feuer. Selling schloss die Tür und wies Nicolai einen Stuhl zu, auf den er sich setzen sollte.

»Stadtphysikus Müller ist verhindert?«

Nicolai nickte.

»Sie müssen neu sein in Nürnberg. Ich kenne Sie nicht.«

»Ich bin erst seit April in der Stadt«, antwortete Nicolai.

Selling musterte ihn, was Nicolai Gelegenheit gab, den Mann seinerseits ein wenig in Augenschein zu nehmen. Er musste die vierzig schon überschritten haben, war also sicher doppelt so alt wie er selbst. Seine Perücke saß tadellos, und trotz der späten Stunde war der Mann frisch gepudert. Aber seine Gesichtszüge wirkten dadurch noch hagerer, als sie es ohnehin waren. Die leichte Röte seiner Wangen war wohl entweder krankhaft oder künstlich, und die großporige Haut sprach Bände über seinen Zustand. Unter anderen Umständen hätte Nicolai ihn sogleich ausgefragt, was für Speisen er normalerweise zu sich nahm. Doch er verwarf den Gedanken sogleich. Schließlich sollte er einen Grafen untersuchen, und nicht seinen Kammerdiener.

»Ich hoffe, es gefällt Ihnen in Nürnberg«, sagte Selling jetzt.

»Ja. Sehr gut, danke«, log Nicolai.

Was hätte er denn schon sagen sollen? Er hatte nichts von dem, was man Gastfreiheit oder Unterhaltung oder auch nur anständige Höflichkeit nennt, unter den Leuten in Nürnberg gefunden. In den Kaffeehäusern staunte man ihn an, als käme er aus einer anderen Welt. Man steckte die Köpfe zusammen, und wenn er den einen oder anderen anredete, so fertigte man ihn unter tiefen Bücklingen entweder mit einem kurzen Ja oder Nein ab, oder man pflegte bei seinem Erscheinen ganz in ein geheimes Stillschweigen zu verfallen. Er hatte sich zu Beginn durchaus vorgenommen, der Stadt etwas Angenehmes abzugewinnen, aber seine ersten Eindrücke von den Straßen und Gassen war genauso gewesen wie alle nachfolgenden: Sie schlangen und wanden sich ungeordnet durcheinander, und wo sie das nicht taten, gingen sie steil auf- oder abwärts. Gab es an sich schon wenig Grund, in den düsteren, zugebauten Gassen zu verweilen, kam indessen noch ein weiterer hinzu: die Gassenjungen, die unbehelligt von Polizei und Stadtaufsicht jeden Fremden unter dem unanständigsten Geschrei anbettelten, so dass er sich anfänglich gezwungen sah, in Mietkutschen von einem Haus zum anderen zu fahren. Erst nachdem er einige Male in Begleitung von Stadtphysikus Müller gesehen worden war, verschonte ihn diese Horde allmählich oder begnügte sich damit, ihm völlig unverständliche Vokabeln aus ihrem fränkischen Gossenwortschatz nachzurufen. Doch wie bedrückend er all dies fand, konnte Selling schwerlich interessieren. Schließlich war er hier, um einen Kranken zu besuchen.

Aber warum führte man ihn dann nicht zu ihm?
»Das freut mich«, sagte der Kammerdiener. »Die Stadt braucht tüchtige Männer. Wo haben Sie studiert?«
»In Würzburg«, antwortete er.
»Bei Papius?«
Nicolai nickte verwundert.
»Ein recht fauler Mensch, nicht wahr?«
Jetzt wusste er überhaupt nicht mehr, was er sagen sollte.
»Nun, er las nicht viele Kollegien, das stimmt«, antwortete er unsicher.
Selling lächelte. »Sie brauchen vor mir kein Blatt vor den Mund zu nehmen«, sagte er lächelnd. »Ich kenne den Schlendrian in Würzburg, habe dort selbst ein Jahr verbracht. Papius liebt die Jagd und das Kaffeehaus. Das war schon zu meiner Zeit so. Ist Ehlen noch dort?«
»Ja. Er liest über die Lebenskräfte.«
»Und tut dies mit völlig totem Vortrag. Narkotisch für die Seele, nicht wahr?«
Nicolai musste lächeln. Die vertrauliche Art des Mannes gefiel ihm.
»Herr Selling«, sagte er dann, »warum bin ich hier?«
»Wir warten noch auf jemanden«, erwiderte der Mann.
»Aber der Graf ... ist er denn nicht ... ich meine, ist keine Eile geboten?«
Statt einer Antwort erhob sich der Kammerdiener, trat ans Fenster und schaute kurz hinaus. Nicolai hatte völlig die Orientierung verloren, aber er vermutete, dass er sich in einem der beiden erleuchteten Zimmer befand, die er vom Hof aus gesehen hatte.
Selling wandte sich wieder ihm zu.

»Lizenziat Röschlaub, die Sache ist ein wenig kompliziert: Graf Alldorf hat seit zwei Tagen und Nächten seine Bibliothek nicht mehr verlassen. Bei seinem Gesundheitszustand ist das beunruhigend.«
»Hat der Graf keinen Leibarzt?«
»Nein. Es gibt hier keinen Arzt, nur einen Apotheker, Herrn Zinnlechner, den Sie gleich kennen lernen werden. Aber auf diesen hört Graf Alldorf ebenso wenig wie auf alle anderen. Er hat seine eigenen Vorstellungen von der Arzneikunst.«
Nach einer kurzen Pause fügte er hinzu: »Es ist seit Menschengedenken jedem Schlossbewohner bis zum Kastellan hinauf strengstens verboten, diese Bibliothek zu betreten, da der Graf dort geheime Studien betreibt. Ich bin der Meinung, die Situation gebietet es, dieses Verbot jetzt zu übergehen. Aber Herr Kalkbrenner, der Gutsverwalter und mein Vorgesetzter, ist anderer Meinung. Er weigert sich, gegen das Verbot des Grafen zu verstoßen. Ich möchte, dass Sie mir helfen, Herrn Kalkbrenner zu überzeugen, dass wir durch weiteres Zuwarten möglicherweise eine noch viel größere Schuld auf uns laden. Der Graf ist krank. Seit zwei Tagen und Nächten hat er seine Bibliothek nicht verlassen. Er hat schon oft mehrere Tage und Nächte darin zugebracht, aber nicht in solch einem Zustand.«
»Wird er denn irgendwie versorgt?«, fragte Nicolai.
»Ja. Natürlich. Es gibt einen Schacht, der die Bibliothek mit der Küche im Kellergeschoss verbindet. Aber seit zwei Tagen ist jeder Verpflegungskorb wieder so heruntergekommen, wie er hinaufgeschickt worden ist: völlig unangetastet.«
Nicolai brauchte einen Moment, bis er begriff, was Selling von ihm wollte: Er sollte offenbar eine Diagnose stellen, ohne den Patienten überhaupt gesehen zu haben.

Selling begann jetzt, ihm ein Bild vom Gesundheitszustand des Grafen zu entwerfen. Der Mann wusste offenbar, wovon er sprach, auch wenn er nur ein Jahr lang medizinische Kollegien gehört hatte. Nicolai stellte einige Rückfragen, und die Antworten waren ebenso präzise wie alarmierend. Wenn zutraf, was der Kammerherr beschrieb, dann war die Situation wirklich ernst.

Selling unterbrach seine Ausführungen, als sich die Tür öffnete.

»Ah, Herr Kalkbrenner«, sagte er.

Der Mann, der jetzt das Zimmer betrat, erwiderte nichts, reichte Nicolai aber immerhin die Hand. Dann nickte er kurz Selling zu und ließ sich schwer schnaufend auf einem Fauteuil nieder, der unter seinem Gewicht laut knarrte. Kalkbrenner hatte Selling nicht nur an Jahren, sondern auch an Körpergröße und Leibesfülle einiges voraus. Nicolai hatte sofort den Eindruck, dass die beiden sich nicht besonders mochten. In jedem Fall konnten sie unterschiedlicher nicht sein. Kammerdiener Selling hatte eine feine, etwas zurückhaltende Art. Er vermied direkten Augenkontakt, erweckte bei seinem Gesprächspartner aber dennoch das Gefühl, Gegenstand seiner gesammelten Aufmerksamkeit zu sein. Zugleich lag in seinem ganzen Gebaren etwas Delikat-Unauffälliges, als könnte er sich auf Verlangen sogleich in Luft auflösen. Kalkbrenner dagegen strahlte eine bedrohliche Energie aus, die geeignet schien, die Luft um ihn herum in Brand zu setzen. Er blickte sein Gegenüber forschend und prüfend aus kleinen, tief gesetzten Äuglein an und schnaufte dabei schwer. Sein Amt des allerhöchstgräflichen Eintreibers, denn nichts anderes war ja ein Gutsverwalter, mochte ihm bei seiner Statur und der nicht gerade menschenfreundlichen Physiognomie, mit der die Natur ihn ausgestattet hatte, recht leicht fallen.

»Wo ist Zinnlechner?«, brummte er Selling an.
»Ich habe ihn rufen lassen«, gab der zurück. »Er müsste gleich hier sein. Ich habe Herrn Lizenziat Röschlaub die Situation erklärt und ...«
»Es gibt keine Situation«, fuhr ihm der Mann über den Mund.
Selling wurde steif, beherrschte sich jedoch und setzte nach einer kurzen Pause erneut an. »Lizenziat Röschlaub ist der gleichen Auffassung wie ich. Graf Alldorf schwebt in Lebensgefahr, nicht wahr?«
Kalkbrenners streitbarer Blick traf jetzt Nicolai. Er wusste nicht, wie er reagieren sollte.
»Was ich über den Gesundheitszustand des Grafen gehört habe«, korrigierte er Selling vorsichtig, »ist bedenklich. Aber ob Lebensgefahr besteht, kann ich so natürlich nicht sagen ...«
»Sehen Sie«, bellte der Mann los. »Und ich soll meinen Kopf hinhalten. Sie kennen das Hausgesetz so gut wie ich. Niemand darf dort hinein, wenn der Graf es nicht ausdrücklich befiehlt. Unter keinen Umständen. Niemals!«
Selling blieb ruhig und wandte sich wieder an Nicolai.
»Lizenziat, sagen Sie, wie lange vermag ein fiebriger, kranker Mensch ohne Wasser und Speise auszuharren?«
Kalkbrenner verschränkte die Arme und schnaubte, sagte aber nichts, sondern musterte missmutig den Arzt.
Nicolai fühlte sich zunehmend unwohl. Er begriff überhaupt nicht, was hier vor sich ging. Warum hatte man ihn geholt? Der Fürst hatte sich krank in seine Bibliothek zurückgezogen, die niemand betreten durfte. Graf Alldorf hatte sich durch sein Verbot möglicherweise in eine bedenkliche Lage gebracht. Das Ganze erinnerte an die mittelalterliche Sitte, vom Pferd gestürzte Könige liegen zu lassen, solange kein Untertan von

angemessenem Rang zur Stelle war, um dem Verunglückten aufzuhelfen. Das hatte schon so manchen Monarchen das Leben gekostet.

Doch was sollte Nicolai in dieser Sache nun bewirken? Zwei Tage und Nächte ohne Wasser und Speise. Das sah nicht gut aus. Überhaupt nicht gut.

»Ohne Wasser nicht viel länger als …«

»Er hat Wasser«, fuhr Kalkbrenner wieder dazwischen. »So viel er will.«

»Nun«, erwiderte Selling, »wenn er welches hat, warum bleibt dann das Nachtgeschirr leer?«

Nicolai war versucht, an diese zwingende Beobachtung sofort anzuknüpfen. Kein Mensch, schon gar kein fiebriger, konnte so lange verharren, ohne Wasser zu lassen. Doch in diesem Augenblick ging erneut die Tür auf, und ein weiterer Mann betrat den Raum.

Selling sprach ihn sofort an. »Herr Zinnlechner, wann haben Sie das letzte Mal ein Nachtgeschirr des Grafen erhalten?«

»Am Mittwoch. Also vor zwei Tagen«, antwortete der Mann. Er musterte Nicolai kurz. Dieser lächelte unbeholfen und empfand es als etwas unpassend, nicht vorgestellt zu werden. Selling aber gab dem Apotheker erst gar keine Gelegenheit dazu, sondern setzte seine Fragen fort.

»Könnten Sie dem Lizenziaten Röschlaub schildern, was Sie gesehen haben?«

Zinnlechner vermied es, in Kalkbrenners Richtung zu schauen, und blickte vor sich auf den Boden, während er in knappen Worten seine Beobachtungen vortrug.

»Das letzte Nachtgeschirr, das im Speiseschacht herabgeholt wurde, enthielt spärlichen Urin. Er war rotstichig und trübe und roch sehr übel. Außerdem habe ich kleieartigen Bodensatz festgestellt.«

Jetzt fühlte Nicolai Kalkbrenners feindseligen Blick auf sich ruhen. Was wollte der Mann bloß von ihm? Er hatte doch überhaupt nichts getan, gehörte gar nicht zu den Schlossbediensteten. Erst dann kam ihm in den Sinn, dass dies natürlich der Grund war. Selling und Zinnlechner konnte er herumkommandieren, denn sie standen unter ihm. Aber er, Nicolai, kam von außen.

Die Situation wurde ungemütlich. Das Letzte, was Nicolai jetzt wollte, war in die Schusslinie irgendeines Großen zu geraten. Das hatte er sich nach dem Debakel in Fulda fest vorgenommen. Keine Konflikte mit der Obrigkeit. Freilich war er hier auf Lohensteiner Gebiet. Aber mit Sicherheit verfügte Kalkbrenner über gute Kontakte zum Nürnberger Magistrat. Bloß keinen solchen Mann zum Feind haben!

Er überlegte. Solch ein Urin verwies auf einen üblen inneren Fluss. Wenn dieser schon vor zwei Tagen eingetreten war, brauchte man sich keinen Illusionen hinzugeben. Vielleicht war der Graf bereits tot. Und wenn nicht, so war er möglicherweise so geschwächt, dass er sich nicht mehr selbst helfen konnte. Sellings Sorge war durchaus berechtigt. Und der Verwalter hatte Angst, einen Befehl zu missachten. Auch das war verständlich. Das Beste wäre, einen Vorschlag zu machen, der weder Sellings noch Kalkbrenners Gehorsamspflicht untergrub, noch ihn selber in diese undurchschaubare Sache mit hineinzog. Man musste die ganze Entscheidung jemandem überlassen, der sich weder vor Alldorf noch sonst einer Person hier zu fürchten brauchte.

»Warum prüfen wir nicht, was in der Bibliothek geschehen ist, ohne sie zu betreten?«, fragte Nicolai.

Selling und Zinnlechner wechselten einen überraschten Blick. Kalkbrenner atmete hörbar aus, war aber offensichtlich zu verblüfft über diesen Vorschlag, um eine Antwort parat zu haben.
»Wenn ich die Herren richtig verstehe«, sagte Nicolai jetzt, »ist das Problem tatsächlich ein medizinisches, aber in einem ganz anderen Sinne, als ich geglaubt habe.«
»Wie meinen Sie das?«, fragte jetzt der Apotheker.
»Nun, es ist nicht viel anders als bei einem Körper. Er gibt mir alarmierende Signale aus seinem Inneren. Aber die Natur verweigert mir den Zutritt. Von außen kann ich nur wenig tun. Verschaffe ich mir jedoch mit Gewalt Einlass, so ist dies mit großen Gefahren verbunden.«
»Und?«, brummte Kalkbrenner. »Was hilft uns das ganze Philosophieren? Wir können nun mal nicht durch die Wände hindurchsehen.«
»Nein«, entgegnete Nicolai, »wir nicht.«
Er schaute in die Runde, bevor er den Satz vollendete: »Aber ich wette, es gibt hier jemanden, der das kann.«

4.

Boskenner hatte ihnen eingeschärft, sich sauber zu kleiden und in den Wirtshäusern alles zu tun, um nicht aufzufallen. Er wahrte Distanz, beobachtete sie aus der Nähe, sorgte jedoch umsichtig dafür, nicht gemeinsam mit ihnen gesehen zu werden.
Die Instruktionen waren ihm genauso rätselhaft wie den vier Gesellen, die er für die Sache angeheuert hatte. Er hatte zu-

nächst überlegt, ihnen irgendeine Geschichte zu erzählen, aber was immer er sich ausdachte, klang noch phantastischer als der ohnehin schon unbegreifliche Auftrag. Handfest daran war nur die Bezahlung. Der Gedanke an das ganze Geld ließ ihn fast schwindelig werden. Der Mann hatte ihm ein Drittel der verabredeten Summe sofort in Gold ausbezahlt. Den versprochenen Rest hatte er ihm nur gezeigt, ungeschnittene Taler, einer schöner als der andere und leicht verdient. Dann hatte der Fremde ihm eine Landkarte vorgelegt, auf der eine Reihe von Postkursen markiert waren. Besonders riskant nahm sich der Auftrag nicht aus. Die Postkurse in den betroffenen Kreisen galten als recht sicher und waren daher keiner besonderen Bewachung unterstellt. Wenn sie rasch handelten, hätten sie den Auftrag erledigt, bevor Patrouillen eingesetzt würden. Wie immer musste nur alles sehr schnell gehen. Dann wäre die Angelegenheit einfach.

Dennoch hatte Boskenner ein schlechtes Gefühl. Der Auftrag schmeckte ihm einfach nicht, trotz allem. Der Fremde hatte weder seinen Namen genannt, noch hatte er erklärt, was der Zweck dieser Aktion sein sollte. Das war sein gutes Recht. Wer so gut bezahlte, war niemandem eine Erklärung schuldig. Aber eine Sache war, die Gesetze des Landes zu brechen, eine ganz andere, die der Logik. Er konnte in diesem Auftrag keine Logik erkennen. Und das war das Problem mit den anderen. Er hatte ihnen klar machen müssen, dass es für das Gelingen der Sache unverzichtbar war, genauso zu verfahren, wie der Kunde es wünschte. Andernfalls erhielten sie die dicke Kasse mit den schönen Talern nämlich nicht. Sie sollten die Kutschen überfallen, aber keine Beute machen. Die Bezahlung bekämen sie in der vereinbarten Höhe von ihrem Auftraggeber. In einigen

Wochen, nach Erledigung des fünften Überfalls. Irgendetwas daran behagte Boskenner überhaupt nicht.

Sie saßen in Erlangen. Der erste Wagen, um den sie sich kümmern sollten, war schon auf dem Weg. Aber sie hatten noch Zeit. Mit ihren Pferden waren sie um ein Vielfaches schneller als die schwerfälligen Postwagen. Es würde völlig ausreichen, gegen neun Uhr loszureiten. Um elf wären sie auf dem Posten. Bis dahin war der Wagen schon sieben Stunden unterwegs. Die Insassen wären schon recht zerschlagen und ziemlich müde. Kein Mensch rechnete zurzeit mit Überfällen. Nicht auf dieser Route. Im November war nirgends eine Messe geplant, zu der Kaufleute mit dicken Geldbörsen oder Wagen mit teurer Fracht unterwegs waren. Die ganze Sache wäre in einer halben Stunde erledigt. Er hatte beschlossen, seinen Leuten erst kurz vor dem Überfall die Einzelheiten zu erklären. Wie würden sie reagieren? Das war schwer vorherzusehen. Er wusste ja selbst nicht, was er davon halten sollte.

In jedem Fall würde er kein Risiko eingehen. Fast alle Reisenden fuhren heutzutage bewaffnet und machten von ihren Pistolen auch schneller als früher Gebrauch, wenn sie sich angegriffen fühlten. In jüngster Zeit waren schon Menschen verletzt oder gar getötet worden, die sich in völlig harmloser Absicht einer Kutsche genähert hatten, etwa um nach dem Weg zu fragen. Nein, sie mussten ganz überraschend zuschlagen. Sie würden kurz und hart zugreifen, dann die Sache hinter sich bringen und sofort wieder verschwinden. Wenn er durchrechnete, was dabei herauskam, so war die in Aussicht gestellte Bezahlung ein Vielfaches dessen, was sie sich in den Taschen und Börsen der Reisenden erhoffen konnten. Natürlich gab es Ausnahmen. Glücksfälle. Aber meist war es nicht so lohnend, und dann musste man die Beute auch erst noch verkaufen, um sie zu Geld zu machen. Hier nicht. Ungeschnittene Taler. Das Beste, was es überhaupt gab. In keinem Fall durfte man diesen Auftraggeber verprellen. Das würde er seinen Leuten noch einmal einbläuen müssen. Hände weg von den Habseligkeiten der Reisenden. Wir sind bereits bezahlt.

Er saugte an seiner Pfeife und blickte kurz zu dem Tisch hinüber, wo die anderen saßen. Sie soffen, was das Zeug hielt, aber Boskenner machte sich darum keine Sorgen. Er hatte mit jedem der vier schon gearbeitet. Es sah vielleicht nicht so aus, aber diese Leute waren handverlesen und würden, wenn es darauf ankam, zuverlässig mitspielen. Außerdem würde der Ritt an die verabredete Stelle sie wieder nüchtern machen. Und dann mussten sie ja noch gut zwei Stunden warten. Das würde ausreichen.

Es war ein anderer Rausch, vor dem ihm unbehaglich war. Der Rausch des Überfalls, der Gewalt, die Nervosität und die Gier. Das war unberechenbar. Und dass er nicht begriff, warum jemand für so etwas so viel Geld bezahlte.

5.

»Ich hole Ihnen den Hund«, sagte Kalkbrenner und verschwand ohne auch nur eine Antwort abzuwarten. Zinnlechner und Selling schauten beide erstaunt Nicolai an. Er hatte sich nicht sicher sein können, ob Alldorf einen Hund besaß, aber die Wahrscheinlichkeit war groß genug gewesen, die Wette zu wagen.

»Ein interessanter Einfall«, sagte Selling dann. »Sie glauben, das Tier wird uns signalisieren, wie es um den Grafen steht?«
»Wir sollten den Hund im Versorgungsaufzug hinaufschicken«, warf Zinnlechner ein. »Dann wissen wir gleich, wie es dem Grafen geht.«
»Davon würde ich abraten«, erwiderte Nicolai vorsichtig. »Der Vorzug dieses Experimentes ist es, dass die Reaktion des Hundes *vor* der Tür der Bibliothek uns vielleicht schon ausreichen wird um zu spekulieren, wie es *dahinter* aussieht.«
»Eben«, sagte Selling, »das ist ja das Raffinierte an dem Einfall. Es ist ein aufschlussreicher Versuch, der kein gräfliches Verbot verletzt. Nicht einmal Kalkbrenner konnte Einwände dagegen vorbringen.«
Das trifft zu, dachte Nicolai. Aber es war ihm nicht entgangen, wie feindselig der Verwalter ihn angestarrt hatte – als sei er für all das hier verantwortlich, und nicht etwa Selling, der ihn ja schließlich aus Nürnberg hatte holen lassen.
Ein Diener erschien und führte einen jungen Weimaraner Jagdhund mit sich. Nicolai nahm sich sofort des eleganten Tieres an, begann sein silberbraunes Fell zu streicheln, massierte seine sehnigen Läufe, seine Ohren und seinen Bauch. Der Hund genoss die Liebkosungen sichtlich, legte sich auf den Rücken und überließ sich bald völlig den Händen des Arztes. Es dauerte nicht lange, da begann das Tier freudig zu winseln.
»Sie scheinen Hunde zu mögen«, stellte Selling fest.
»Ja. Sehr.«
Fast hätte er hinzugefügt, wie nützlich sie auch für das Studium der Medizin waren. Aber er verschwieg lieber, was er in Halle erlebt hatte. Dort benutzte man Hunde nämlich, um physikalische Experimente mit ihnen anzustellen. Er hatte einmal einem

solchen Versuch beigewohnt. Der Professor zerschnitt in Gegenwart der versammelten Studentenschaft die Rippen, das Zwerchfell und den Herzbeutel eines Groenendaelers, um das Zusammenspiel von Lunge und Herz zu illustrieren. Hierzu machte er oben in der Luftröhre einen Einschnitt, in welchen er die Röhre eines Blasebalges hineinsteckte. Als er hierauf in die Lungen hineinblies, ward der Hund wieder lebendig. Wenn er zu blasen aufhörte, fiel er in Ohnmacht. Auf diese Weise machte er den Hund fast eine halbe Stunde lang abwechselnd lebendig und tot, sooft es der Gesellschaft gefiel.

Nicolai hatte fasziniert zugeschaut und immer wieder in die verdrehten Augen des Tieres geblickt, die im Takt zum Pfeifen des Balgs aufblitzten oder brachen. Einige Studenten hatten sich entrüstet abgewandt und das Anatomietheater verlassen. Und auch Nicolai hatte sich zunächst gegen dieses Experiment gesträubt, dieses sinnlose Spiel, das ein Lebewesen auf einen Automaten reduzierte, einen zuckenden Klumpen aus Adern und Fasern. Aber er war geblieben und hatte die Versuche bis zum Schluss aufmerksam verfolgt. Schließlich hatte der Mann dort auf ebendiese Weise entdeckt, dass es im Innern des Körpers zwei Sorten Fasern gab: solche nämlich, die auf Reize nur reagierten, und andere, welche Reize weiterleiten konnten. Lest die Alten, hatte man immer wieder verkündet. Und hier zeigte sich nun, dass die Alten sich geirrt hatten. Die Fasern unterschieden sich in Nerven und Muskeln. Und wenn der Weg zu dieser Erkenntnis auch leidvoll für das Tier war, welches Leid verursachte erst die irrige Annahme, Muskeln und Nerven seien das Gleiche?

Es war bereits elf Uhr, als die drei sich auf den Weg in den Gebäudeflügel machten, in dem sich die Bibliothek befand.

Nicolai führte den Hund, der erwartungsvoll neben ihm herlief. Die Gänge waren schlecht beleuchtet, doch sowohl Selling als auch Zinnlechner hatten sich mit einer Lampe versehen. Als sie den Treppenabsatz erreichten, der ins nächste Stockwerk führte, blieb Nicolai stehen und streichelte noch einmal den Hund. Das Tier war völlig ruhig. Es blickte erwartungsvoll die drei Männer an, schaute von einem zum anderen und knickte sogar die Augenbrauen ein, während es seine rote Zunge heraushängen ließ.

»Wie heißt er eigentlich?«, fragte Nicolai.

»Darius«, sagte Selling.

Der Hund spitzte die Ohren und bellte.

»Ja, ist ja gut«, sagte Nicolai und kraulte ihm bestätigend den Nacken. »Komm, Darius, wir suchen Alexander.«

Sie gingen die Treppe hinauf und betraten einen langen Flur. Schlagartig setzte eine Veränderung im Verhalten des Hundes ein. Er schlug zweimal laut an und schoss plötzlich nach vorn, so dass Nicolai Mühe hatte, ihn zurückzuhalten. Dann blieb er genauso plötzlich stehen, duckte sich wie unter einem unsichtbaren Hindernis und legte die Ohren an. Im nächsten Moment reckte er den Kopf steil nach oben. Den Grund hierfür konnten jetzt auch die drei Männer wahrnehmen. Im Hof hörte man das Geräusch von Pferdehufen. Selling eilte ans Fenster und sah hinab.

Das Hoftor war geöffnet. Kalkbrenner saß soeben auf und preschte im nächsten Augenblick davon.

Selling kniff die Augen zusammen. Der Apotheker trat neben ihn.

»Wo will er nur hin?«, hörte Nicolai die Stimme Zinnlechners.

»Ich weiß es nicht«, kam die Antwort.

Doch den Hund schien etwas ganz anderes zu interessieren. Er riss wieder an der Leine und zog Nicolai den Flur entlang. Wenige Augenblicke später stand er vor einer schweren Holztür. Der Hund kauerte davor und winselte jetzt ununterbrochen. Seine Schnauze fuhr dicht über der Schwelle hin und her. Nicolai ging neben dem Tier in die Hocke, umfasste es und versuchte, es ein wenig zu beruhigen. Doch vergeblich. Als Selling und Zinnlechner zu ihm aufgeschlossen hatten, sprang der Hund plötzlich an Nicolai hoch, warf ihn fast um, duckte sich dann wieder dicht vor der Schwelle hin und ließ ein bedrohliches Knurren ertönen. Er kratzte mit den Krallen, winselte dann wieder und fuhr mehrmals hintereinander in einer ausladenden Bewegung mit dem Kopf hin und her. Und dann, ohne dass Nicolai es verhindern konnte, riss er sich plötzlich los, wich rückwärts von der Tür zurück, bellte wütend dagegen an, duckte sich dann auf den Boden, legte die Ohren an und knurrte.

Selling trat beherzt einen Schritt vor, rüttelte an der Klinke, klopfte gegen die Tür und rief: »Exzellenz, bitte öffnen Sie.«

Aber es gab keine Reaktion.

»Exzellenz, hören Sie mich?«

Der Hund winselte wieder. Aus dem Inneren der Bibliothek war kein Laut zu hören.

»Wir müssen die Tür aufbrechen«, sagte Selling. »Herr Zinnlechner. Holen Sie bitte den Wagner.«

»Und nehmen Sie bitte den Hund mit«, fügte Nicolai hinzu. »Geben Sie ihm etwas zu fressen, damit er sich beruhigt. Ich glaube nicht, dass wir ihn noch brauchen.«

Der Mann ging mit raschen Schritten davon. Selling fuhr mit der Hand über die wuchtige Türzarge. »Das wird ein Stück Arbeit werden.«

»Gibt es keinen zweiten Schlüssel?«, fragte Nicolai.
Selling schüttelte den Kopf. »Ich habe es geahnt«, flüsterte er dann wütend. »Kalkbrenner muss es gewusst haben. Ich bin ein Narr ...«
»Wie meinen?«, fragte Nicolai.
Aber Selling wandte sich nur brüsk ab. »Ich bin gleich zurück«, sagte er noch. Dann stand Nicolai allein vor jener Tür.
Und dafür war er spät am Abend aus Nürnberg hergekommen? Was war hier nur geschehen? Kalkbrenner war weggeritten. Wollte er Verwandte des Grafen benachrichtigen? Das Lohensteiner Gebiet war in sechs Grafschaften aufgeteilt, aber die Güter lagen weit auseinander. Das Alldorf nächstgelegene war Wartensteig, das man in einer Stunde erreichen konnte. Die anderen, Zähringen, Ingweiler und Aschberg, waren fast eine Tagesreise weit entfernt. Doch jetzt fiel Nicolai noch etwas sehr viel Merkwürdigeres auf. Wo war eigentlich die Familie des Grafen? Wenn der Mann so krank war, vielleicht in Todesgefahr schwebte, warum stand dann vor dieser Tür nicht seine Ehefrau oder eines seiner Kinder oder Enkel, um sich um den Vater zu kümmern? Warum war dieses Schloss überhaupt so still und leer?
Er legte seinen Kopf gegen die Tür und lauschte. Aber es drang kein Laut nach draußen. Wie groß diese Bibliothek wohl war? Selling hatte gesagt, der Graf führe darin Experimente durch. Wahrscheinlich war es eine Mischung aus Bibliothek und Raritätenkabinett, wie man das in Fürstenhäusern ja oft antraf. Viele Fürsten widmeten sich der Goldmacherei oder anderen Schwarzkünsten. Hatte der Hund deshalb so reagiert? Der Geruch unter der Schwelle hatte ihn völlig verrückt gemacht.
Nicolai kniete nieder und hielt seine Nase so nah wie möglich

an die Stelle, wo die Tür gegen die Schwelle stieß. Die Duftspur war sehr fein, aber er erfasste den ekelhaften Geruch sofort. Und wenn selbst er es riechen konnte, wie musste erst der Hund mit seiner hundertmal empfindlicheren Nase von dem Gestank erschreckt worden sein. Hinter dieser Tür roch es nach Schwefel.

Nicolai richtete sich wieder auf und schaute sich um. Nein, außer der Tür gab es keinen Eingang. Sein Blick fiel auf ein Fenster in der Außenmauer, das auf die Rückseite des Schlosses hinausging. Er ging hin und lehnte sich so weit er konnte hinaus. Zu seiner Rechten konnte er Fenstersimse erkennen, die zur Bibliothek gehören mussten. Aber die Fassade war dunkel. Entweder brannte in der Bibliothek gar kein Licht, oder die Fenster waren abgedunkelt.

Er wollte gerade wieder vom Fenster zurücktreten, als sein Blick auf einen kleinen Garten fiel. Nein, es war gar kein Garten. Es war ein Friedhof. Buchsbäume umgrenzten das dünn verschneite Areal, auf dem sich, vom Mondlicht beschienen, vielleicht ein Dutzend Gräber befanden. Zwei große Engelstatuen bewachten den Eingang. Etwas an den Gräbern hatte seine Aufmerksamkeit erregt. Es dauerte einen Augenblick, bis ihm klar wurde, was. Einige Grabsteine fehlten! Aus drei Gräbern staken Holzkreuze hervor. Diese Gräber waren frisch. Wer immer dort begraben worden war, lag dort noch nicht lange.

Nicolai hatte plötzlich das Gefühl, dass er nicht mehr allein war, und fuhr herum. Anna, das Mädchen, das ihn aus der Stadt geholt hatte, stand keine zwei Schritte von ihm entfernt. Wo war sie so plötzlich hergekommen? Er hatte überhaupt nichts gehört. Sie stand reglos vor der Tür.

»Was tust du hier?«, fragte Nicolai und ging auf sie zu.

»Jetzt haben sie ihn, nicht wahr?«, kam die Antwort.
»Was? Wer? Wovon redest du?«
Aber sie drehte sich einfach um und ging davon. Offenbar waren hier alle ein wenig verrückt. Nicolai hätte gute Lust gehabt, einfach aufzubrechen und zurückzureiten. Aber jetzt hörte er Schritte und Stimmen auf der Treppe. Zinnlechner und ein stämmiger Mann in Arbeitskleidung und Lederschürze kamen auf ihn zu. Dahinter erschien auf einmal auch wieder Selling. Er trug zwei große Lampen, die er links und rechts neben der aufzubrechenden Tür abstellte und entzündete.
Der Wagner musterte die Beschläge, steckte prüfungshalber an unterschiedlichen Stellen die Spitze eines Stemmeisens in die enge Ritze zwischen den Türfallen, entschied sich dann für eine Stelle knapp unterhalb der Klinke und trieb das Stemmeisen mit zwei gezielten Hammerschlägen tief hinein. Sodann nahm er kurz Anlauf und presste seinen ganzen Körper gegen den so entstandenen Hebel. Ein lautes Krachen erfolgte, und der Mann stieß gegen den Türflügel. Ein von Holzsplittern umgebenes Loch war entstanden, aber die Tür hielt noch. Der Wagner wiederholte den Vorgang, bis man den Metallriegel des Schlosses zwischen den Holzsplittern erkennen konnte. Dann trieb er das Stemmeisen tief hinter den Riegel hinab und bat Zinnlechner, ihm beim Drücken zu helfen. Sie taten es, und mit einem lauten Knirschen brach das Schloss aus dem Holz heraus.
Der rechte Flügel schwang quietschend in den Raum hinein. Die Männer hielten schwer atmend inne. Doch plötzlich wichen sie zurück. Was für ein Geruch war das? Nicolai hatte sich vorsorglich schon zuvor etwas abseits gestellt und atmete flach. Der Eingang zur Bibliothek war nichts als ein gähnendes schwarzes Loch, aus dem übler Schwefelgestank hervordrang.

Sellings Lampen flackerten. Die Männer standen reglos da und wussten nicht so recht, was sie jetzt tun sollten. Nicolai ging noch einen Schritt zurück, denn er spürte bereits ein Würgen im Hals. Den anderen erging es ähnlich. Der Wagner warf seine Stemmeisen weg und eilte ans Fenster. Selling zog sich kurzzeitig in den Flur zurück. Nur Zinnlechner schien gegen den Geruch gefeit zu sein. Er rieb sich den Schweiß vom Gesicht, griff nach einer der Lampen, ging sogar noch einen Schritt nach vorn und starrte in die Dunkelheit.

Aus dem Untergeschoss klang gedämpft das Bellen des Hundes.

6.

Sie erreichten die Waldung ohne Zwischenfälle. Boskenner ritt voraus. Die anderen sollten nicht wissen, wohin die Reise ging. Sie sollten überhaupt nichts wissen. Auch nicht, dass sie nur für fünf Aufträge eingesetzt werden sollten. Danach würde Boskenner sich andere Helfer zu suchen haben, und man würde ihm mitteilen, welche Routen als Nächstes an der Reihe waren. Auch dies ein Rätsel. Warum diese Heimlichtuerei? Und gab es vielleicht noch andere Gruppen, die ähnlich wie er operierten? Aber in den Gazetten stand nichts über Überfälle. Das heißt, es stand nichts über solche Überfälle darin, wie er sie durchzuführen hatte. Bei Kiel hatte es mehrere Angriffe auf Wagen gegeben, die Waren zur Messe transportierten. Aber das war weit im Norden. Außerdem war das nichts Außergewöhnliches. Vor dem Kieler Umschlag gab es oft Überfälle. Die fette Beute auf den Landstraßen zu Messezeiten war eine zu große

Versuchung. Er selbst hielt sich von diesen Routen fern. Über kurz oder lang wurden alle geschnappt, die sich an die Kaufmannskutschen heranwagten. Niemand war so nachtragend wie ein Kaufmann. Sie gaben gerne ein Vielfaches des Betrages aus, der ihnen gestohlen worden war, nur um denjenigen zu fangen, der sie beraubt hatte. Selbst wenn sie ihr Geld nicht zurückbekamen, ließen sie nicht davon ab. Ein rachsüchtiges Gesindel, diese Kaufleute. Und jetzt schlossen sie sich auch noch zusammen nach dem englischen Modell, gründeten Versicherungskassen, um Patrouillen und Häscher anzumieten. Nein, er hielt sich lieber an die weniger bedeutsamen Routen. Die Schmuckschatulle einer wohlhabenden Bürgersfrau oder das Kollegiengeld eines Studenten reichte ihm völlig. Diese Opfer hatten meist solche Angst, dass sie sich nicht einmal recht erinnerten, wer sie ausgenommen hatte. Die Bürgersfrau wurde nicht arm und Studenten waren ohnehin ein nutzloses Pack.

Einer der vier Reiter schloss jetzt zu ihm auf. Es war Mailänder. Natürlich kam er nicht aus Mailand. Er hieß nur so, weil er das R rollte. Boskenner hatte vor Jahren bei Greisbach neben ihm gekämpft, als es gegen die Österreicher ging. Mailänder war der kaltblütigste Schütze, den er je erlebt hatte. Hinknien, laden, schießen, vorstürmen, während links und rechts Knochen und Schädel zersplitterten und Gliedmaßen von Granaten zerrissen wurden. Nach dem Hubertusburger Frieden hatten sie sich zwar aus den Augen verloren, aber die Welt, in der Boskenner sich nach dem Siebenjährigen Krieg bewegte, war klein und überschaubar. Und ein Schütze wie Mailänder erregte überall Aufsehen.

»Ist es noch weit?«, fragte der Mann ihn jetzt.

»Etwa eine Meile«, antwortete er.

»Hmm«, brummte der andere und fügte dann hinzu: »Warum sagst du uns nicht, was wir tun werden?«

»Das hat noch Zeit. Es ist schnell erklärt, wenn wir da sind.«

Mailänder spuckte in hohem Bogen aus. »Wer bezahlt uns eigentlich?«

»Ich.«

»Aha. Und warum?«

Boskenner zog die Stirn in Falten, aber das konnte Mailänder bei dieser Dunkelheit sicher nicht sehen. Außerdem wurde die Sicht schlechter, da ein leichter Schneefall eingesetzt hatte.

»Das ist Teil der Abmachung«, erwiderte er. »Wir stellen keine Fragen, dafür bekommen wir eine Menge Geld. Stört dich das?«

»Nein. An sich nicht.«

Boskenner spürte den argwöhnischen Blick des Mannes, schaute jedoch nicht zu ihm hinüber, sondern blickte starr geradeaus. Sie hatten doch alles besprochen. Warum jetzt noch einmal darauf zurückkommen?

»Wie sind diese Leute überhaupt auf dich gekommen?«

»Was für Leute?«

»Die uns bezahlen.«

Boskenner spürte genau, was Mailänder beabsichtigte. Er wollte Informationen aus ihm herauslocken. Mailänder war misstrauisch. Aber konnte er es ihm verübeln? Boskenner hatte ja die gleichen Fragen stellen wollen und keine Antwort erhalten. Wenn er an die Begegnung zurückdachte, hätte er die ganze Sache am liebsten hingeschmissen. Dieser Kontaktmann war ihm unheimlich gewesen. Völlig in Schwarz gekleidet. Ein blasses, ja bleiches Gesicht. Schmale Lippen. Wie ein verfluchter Mönch hatte der Mann ausgesehen. Ein Jesuit wahrscheinlich. Die liebten ja diese Art von Geheimniskrämerei. Aber das schöne Geld.

»Es sind Leute, die keine Fragen hören wollen«, sagte er.

Mailänder nahm die Zügel kürzer und zwang sein Pferd, auf gleicher Höhe zu bleiben. Boskenner bereitete sich darauf vor, dass der Mann ihn weiter aushorchen würde. Aber das geschah nicht. Stattdessen hielt er plötzlich sein Pferd an. Die anderen drei, die nur wenige Meter hinter ihnen geritten waren, hatten in wenigen Augenblicken zu ihnen aufgeschlossen.

Boskenner schaute verwundert auf Mailänder. Aber der kam ihm zuvor.

»Ich kehre um«, sagte er einfach. »Ihr könnt machen, was ihr wollt. Aber mir gefällt die Sache nicht.«

Ein kurzes, eisiges Schweigen entstand. Boskenner fluchte innerlich, ließ sich aber nichts anmerken. Die anderen drei Männer schienen verunsichert. Aber würden sie sich dieses lukrative Geschäft entgehen lassen? Boskenner trat die Flucht nach vorne an.

»Niemand wird gezwungen mitzumachen. Es geht auch zu viert. Das erhöht die Anteile. Wenn allerdings zwei von euch es sich anders überlegen, dann ist die Sache geplatzt, und ihr könnt sicher sein, dass ich euch zum letzten Mal Arbeit angeboten habe. Also. Was ist?«

»Warum sagst du uns nicht, was genau du von uns erwartest?«, fragte Mailänder wieder. »Eine kleine Erklärung, und alles ist in Ordnung. Ich habe einfach ein schlechtes Gefühl, wenn ich nicht weiß, was ich tue.«

Boskenner schaute von einem zum anderen. »Wir überfallen diese Kutsche und verbrennen sie«, sagte er dann. Sollten sie

doch machen, was sie wollten. So lautete der Auftrag. Wenn sie Bedenken hatten, dann eben nicht.
Die vier schauten ihn verblüfft an. »Verbrennen? Wieso verbrennen?«
»Das weiß ich nicht. Die Reisenden werden nicht behelligt und auch nicht bestohlen. Kutscher und Postillion werden zuerst überwältigt. Zwei von uns kümmern sich um die Insassen. Wir führen alle weg, spannen die Pferde aus und verbrennen den Wagen. Das ist alles. Dafür werden wir fürstlich bezahlt.«
Boskenner konnte regelrecht sehen, was in den Köpfen der Männer vor sich ging. Mailänder fixierte ihn lange. Dann sagte er nur: »So ein Irrsinn«, wendete sein Pferd und ritt davon.
Die anderen drei schauten unsicher vor sich hin, rührten sich jedoch nicht.
»Das erhöht euren Anteil«, sagte Boskenner. »Also, was ist? Wollt ihr Fragen stellen oder Geld verdienen?«

7.

Selling fand als Erster die Sprache wieder.
»Herr Zinnlechner, können wir dort hineingehen?«
Anstelle einer Antwort ging der Apotheker zwei Schritte vor und blieb stehen. »Der Geruch wird schon schwächer«, sagte er. »Ich bin daran gewöhnt. Aber Sie können sicher auch gleich nachkommen. Warten Sie, ich werde die Fenster öffnen …«
»Nein!«, rief Selling. »Was, wenn Sie ohnmächtig werden?«
»Unsinn. Es ist doch nur Schwefel. Davon wird ein Apotheker nicht ohnmächtig.«

Die anderen traten näher an die Tür heran und beobachteten, wie Zinnlechner mit seiner Lampe langsam in die Bibliothek eindrang. Das Licht beschien links und rechts Bücherregale, die bis an die Decke reichten und einen galerieartigen Eingang bildeten. Nach einigen Metern begann ein großer Vorraum, aus dem eine geschlossene, doppelflügelige Tür ins nächste Zimmer führte. Aber bevor Nicolai Genaueres erkennen konnte, war Zinnlechner schon nach links abgebogen. Der Lichtschein seiner Lampe huschte über ein riesiges Landschaftsgemälde, das dort die Wand schmückte.

Doch ein klapperndes Geräusch lenkte ihn ab. Er spürte einen frischen Luftzug. Der Schwefelgeruch wurde sogleich schwächer.

»Sie bleiben hier stehen«, befahl Selling dem Wagner, der mittlerweile Mut gefasst hatte, vom Fenster zurückgekommen war und mit staunenden Augen auf die hohen Bücherregale blickte. »Ich will hier niemanden sehen, verstanden!«, insistierte der Kammerdiener. »Wer immer vorbeikommt, Sie schicken ihn weg. Nur falls Herr Kalkbrenner zurückkommt, so rufen Sie mich.«

Nicolai war bereits ein paar Schritte in die Bibliothek hineingegangen und betrachtete sprachlos die endlosen Bücherreihen. So etwas Prächtiges hatte er noch nicht gesehen. Was dem Schloss an Unterhalt mangelte, war offensichtlich hierher geflossen. Und dies war nur der Vorraum! Aber Nicolai hatte keine Zeit, die Regale aufmerksam zu betrachten. Zinnlechner stand bereits an der Tür, die in den nächsten Raum führte, und wartete auf Sellings Befehl, sie zu öffnen. Der Kammerherr ging an Nicolai vorbei, trat vor die Tür, klopfte zweimal dagegen und rief den Namen seines Herrn. Aber nichts rührte sich.

»Exzellenz«, rief er noch einmal. »Gestatten Sie uns bitte einzutreten, oder geben Sie uns ein Zeichen, dass Sie sich wohl befinden.«

Aber wie zuvor war kein Laut zu hören. Selling drückte die Klinke, und die Tür sprang auf.

Ein neuer Schwall fauligen Geruchs floss über die Eindringlinge hinweg. Doch durch den entstandenen Luftzug verzog er sich schnell. Wieder war es Zinnlechner, der voranging. Nicolai trat als Letzter ein. Der Anblick ließ ihm den Atem stocken. Was um alles in der Welt war hier geschehen?

Er wusste gar nicht, wo er zuerst hinschauen sollte. Zu Zinnlechner, der zielstrebig zu den Fenstern eilte, um auch diese hier aufzureißen. Oder zu Selling, der mit raschen Schritten auf die menschliche Gestalt zulief, die am Ende des Raumes neben dem riesigen Kamin auf einem Sessel hingestreckt dalag, seltsam verdreht und zusammengesunken. Oder auf die Tische und Wagen, die allerorten herumstanden, vollgestellt mit Gläsern, Kolben, Schalen, Brennern und Instrumenten unterschiedlichster Art. Doch er hatte große Mühe, überhaupt irgendwo länger hinzuschauen, war doch in jeder Ecke dieses Raumes eine Kuriosität, eine Vitrine voller Gegenstände, ein ausgestopftes Tier oder sonst eine Eigentümlichkeit zu entdecken. Ihre wenigen Lampen erhellten ja nur einen Bruchteil des Raumes, und das schlecht.

Zinnlechner hatte irgendwo frische Kerzen gefunden und war damit beschäftigt, diese zu entzünden und aufzustecken, als Sellings Stimme vom Kamin her erschallte. »Lizenziat Röschlaub, Allmächtiger, so kommen Sie doch her und schauen sich das an.«

Nicolai bahnte sich vorsichtig einen Weg durch den Raum, an

Regalen und Tischen entlang, die so viele Geheimnisse zu bergen schienen, dass er sich zwingen musste, nicht hinzuschauen. Dann stand er neben Selling.

Das also war Graf Alldorf gewesen. Der Mann lag zusammengesunken auf seinem Sessel, halb von diesem heruntergerutscht und durch die seltsame Haltung, die er im Tode eingenommen hatte, an Hüfte und Brust zwischen der Arm- und Rückenlehne des Möbels eingeklemmt. Sein Kopf war auf die Brust herabgesunken, und das Kinn hatte sich fest gegen das rechte Schlüsselbein gepresst. Nicolai bückte sich zu dem Toten hinab. Der Anblick machte ihn schaudern. Welch entsetzlicher Gesichtsausdruck lag in diesen Zügen! Die Augen des Toten waren aufgerissen. Ebenso der Mund. Nicolai drückte kurz an zwei verschiedenen Stellen des entblößten linken Unterarmes auf die wächserne Haut und betrachtete die entstehenden Flecken. Dann richtete er sich wieder auf, sah Selling an und sagte: »Sie kommen zu spät. Hier kann kein Arzt mehr etwas tun.«

Der Mann schaute finster vor sich hin.

»Er hat überall Schwefel verbrannt«, ließ sich jetzt Zinnlechner vom Ende des Raumes vernehmen. »Überall diese Schalen mit Schwefel.«

»Sehen Sie denn nicht die Wunde«, flüsterte Selling.

Er bewegte seine Lampe so, dass ihr Licht jetzt auf die entblößten Beine des Toten fiel. Nicolai musterte die Wunde auf der rechten Wade. Sie war handtellergroß. Der Arzt beugte sich vor und betrachtete sie genauer.

»Es ist eine Brandwunde«, sagte er verwundert.

Selling erwiderte nichts. Nicolai schaute sich um. Sein Blick fiel auf ein Holzscheit, das unweit des Kamins zu Boden gefallen war. Plötzlich sprang er auf und sah sich neugierig im Zimmer um.

»Was haben Sie?«, fragte Selling.

Aber Nicolai antwortete nicht. Stattdessen ging er auf den großen Tisch zu, der in der Mitte des Raumes stand und über und über mit Büchern, Dokumenten und Papieren bedeckt war. Er musste nicht lange suchen. Zwischen den aufgeschlagenen Büchern befand sich ein kleines silbernes Tablett. Eine Karaffe mit ein wenig roter Flüssigkeit stand darauf. Daneben ein Glas und ein kleines Fläschchen aus geschliffenem Kristall. Nicolai griff behutsam nach der Karaffe, schlug den silbernen Verschluss zurück und roch vorsichtig daran. Dann nahm er das kleine Fläschchen zwischen die Fingerspitzen und hielt es vor den brennenden Docht einer Kerze, bevor er ebenfalls daran roch. Das Gleiche wiederholte er mit dem Glas.

Selling trat neben ihn. »Was tun Sie?«

Nicolai hielt ihm das kleine Glasgefäß hin. »Hier, riechen Sie.«

Selling nahm das Fläschchen in die Hand, machte jedoch keine Anstalten, Nicolais Vorschlag zu folgen. »Was ist das?«, fragte er stattdessen.

»Riechen Sie es nicht?«

Jetzt hob der Kammerdiener das Gefäß unter seine Nase, fuhr jedoch sogleich angeekelt zurück. »Das ist ja widerlich«, rief er erschrocken aus.

»Mäuseharn«, sagte Nicolai. »Selbst in hoher Verdünnung riecht man ihn noch.«

»Mäuseharn? Sie machen sich lustig. Der Graf soll Mäuseharn getrunken haben?«

»Nein. Es riecht nur so. Conium maculatum. Besser bekannt als gefleckter Schierling. Er hat das Gift getrunken und sich dann an den Kamin gesetzt. Die Lähmung begann in den Beinen. Als sie taub wurden, nahm er ein glühendes Holzscheit aus dem Feuer und drückte es auf seine Wade.«

Selling schaute ihn ungläubig an. »Aber warum sollte er das getan haben?«

Nicolai stellte die Karaffe auf dem Tablett ab, nahm Selling das Fläschchen aus der Hand und richtete alles wieder so her, wie er es angetroffen hatte. »Ich weiß es nicht. Ein Mensch, der Selbstmord begeht, steht mit seiner ganzen Seele im Widerspruch zur Natur. Manche Autoren sagen, es sei der Akt der absoluten Zerstörung, schlimmer noch als Mord.«

»Vielleicht wollte er nur sehen, wie viel Zeit ihm noch bleibt?«, sagte jetzt Zinnlechner, der zu ihnen getreten war. »Wie viele Gebete er noch sprechen konnte.«

Nicolai wandte sich wieder dem Toten zu. Er versuchte sich vorzustellen, wie die letzten Stunden im Leben dieses Menschen ausgesehen haben mochten. Er hatte sich hier eingeschlossen, was offenbar schon oft vorgekommen war. All die Bücher und Dokumente konnte er jedoch nicht erst in den letzten zwei Tagen übereinander gestapelt haben. Es sah hier überhaupt nicht so aus, als habe jemand studiert oder geforscht. Alles war viel zu durcheinander. Jemand hatte etwas gesucht. Überall waren leere Stellen in den Regalen, wo Bücher gestanden hatten, die jetzt auf diesen Tischen verstreut herumlagen.

Aber warum sah das so seltsam aus? Ja, irgendetwas war eigenartig an der Art dieses Durcheinanders. Nicolai versuchte, seine Gedanken zu ordnen, aber es gelang ihm nicht. Zu viele Eindrücke prasselten auf ihn ein. Und dann war da ja vor allem jener Tote zu begutachten. Hatte er in den Stunden vor seiner

letzten Tat all diese Bücher und Dokumente aus den Regalen gezogen? Und warum?
Nicolais Blick fiel jetzt auf den Kamin. Er war voller Asche. Der Graf hatte dort offenbar Papiere verbrannt. Er war versucht, den Kamin genauer zu untersuchen, ließ es dann aber bleiben. Er würde hier nichts berühren. Er war als Arzt hierher gerufen worden, und als Arzt konnte er nichts weiter tun, als den Tod dieses Menschen festzustellen. Alles andere ging ihn nichts an.
Er schaute unschlüssig auf die beiden anderen Männer. Zinnlechner rieb sich die Augen, schien jedoch auch nicht so recht zu wissen, was er jetzt tun sollte. Selling wirkte wie erschlagen von dem Anblick seines toten Herrn. Vielleicht machte er sich Vorwürfe, so lange gewartet zu haben? Oder wie sollte man den Ausdruck von mildem Entsetzen in seinen Augen anders interpretieren? Es verging eine kleine Weile, ohne dass einer der drei sich rührte. Um sie herum war alles still. Hunderte von Fragen schossen Nicolai durch den Kopf, aber er wartete und schwieg.
»Großer Gott«, sagte Selling irgendwann mit leiser Stimme. »Was soll nun bloß aus uns werden?«

8.

Gab es denn überhaupt keine Familie auf diesem Schloss, fragte Nicolai sich erneut, als er die Bibliothek in Begleitung von Zinnlechner wieder verließ. Doch der Apotheker brachte das Gespräch jetzt auf ein ganz anderes Thema.
»Sie können unmöglich um diese Zeit nach Nürnberg zurückreiten«, sagte der Mann, »ich zeige Ihnen die Küche. Dort

bekommen Sie jetzt bestimmt noch etwas zu essen, und danach soll man Sie zu mir bringen, dann zeige ich Ihnen, wo Sie schlafen können.«

Nicolai spürte, dass er Hunger hatte. Der Apotheker brachte ihn zu der Treppe, die in die Küche im Untergeschoss führte, und erklärte ihm, wo er ihn nachher aufsuchen sollte.

Die Küche war leicht zu finden. Einige Hofbedienstete saßen dort beisammen an einem großen Holztisch und schwatzten. Als er eintrat, unterbrach die Versammlung kurz ihre Unterhaltung, doch kaum war er als der Physikus aus Nürnberg erkannt, wies man ihm einen Platz am Tisch zu, stellte ihm eine Schale mit Suppe und ein Stück Brot hin und kümmerte sich nicht weiter um ihn. Er aß, lauschte dabei ein wenig den Unterhaltungen, die kreuz und quer um den Tisch herum im Gang waren, und genoss das Gefühl der Wärme, das allmählich in seine Glieder zurückkehrte. Eine weibliche Hand stellte plötzlich einen Becher Rotwein neben seinen Teller, und als er aufblickte, sah er, dass es Anna war.

Sie ließ sich neben ihm auf der Holzbank nieder, schaute ihn neugierig an und fragte dann: »Und, was ist mit ihm geschehen?«

Offenbar hatte die ganze Versammlung auf diese Frage gewartet, denn mit einem Mal wurde es still, und alle Augen ruhten auf ihm.

Nicolai räusperte sich. Er war unsicher, da er nicht wusste, ob es sich ziemte, dem Personal gegenüber über Dinge zu sprechen, die den Herrn betrafen.

Doch bevor er überhaupt etwas sagen konnte, zischte jemand: »Es war Gift, oder? Er ist vergiftet worden, nicht wahr?«

Der Arzt versuchte auszumachen, wer da gesprochen hatte,

war sich aber bei den vielen Gesichtern um den Tisch herum nicht sicher. So schüttelte er nur den Kopf, ließ seinen Blick von einem zum anderen wandern und antwortete: »Soviel ich erkennen konnte, ist Graf Alldorf an der Wassersucht gestorben.«

Einen Moment lang verharrte die Runde in Schweigen, dann brach ein Gelächter los, das sogleich wieder in heftige Einzelgespräche zerfiel. Anna beugte sich näher zu ihm hin und sagte: »Das haben alle immer gesagt. Aber es stimmt nicht. Sie haben ihn vergiftet. Ganz langsam. Um die Linie abzuschneiden. Sie müssen es doch gesehen haben. Sie sind doch Arzt.«

Nicolai überlegte einen Augenblick. »Wie kommst du denn darauf?«, fragte er.

Sie kam noch näher heran. »Wegen der schwarzen Besucher. Und wegen der blonden Frau. Seit Monaten waren sie hinter ihm her. Und jetzt haben sie es geschafft. Erst der Sohn, dann seine Tochter und danach seine Frau. Und jetzt ist er selbst hin.« Das Mädchen trug diese rätselhaften Anschuldigungen mit völlig ruhiger Stimme vor. »Seit Monaten gingen sie hier ein und aus«, flüsterte sie. »Ausgerechnet in seiner Bibliothek, wo doch sonst niemand hineindurfte. Und als er Verdacht schöpfte, schickten sie die blonde Frau, doch er durchschaute sie und hätte sie sicher bestraft, wenn sie ihm nicht entkommen wäre, das schlaue Biest. Doch das Gift musste schon gewirkt haben, sonst hätte er die schwarzen Männer nicht wieder zu sich gelassen. Sie stecken doch alle zusammen. Und jetzt ist er hin.«

Nicolai befiel ein ähnliches Gefühl wie vor einigen Stunden im Wald, als Anna Geister beschworen hatte. Daher nickte er nur, in der Hoffnung, auf diese Weise so rasch wie möglich von diesem Tisch wegzukommen, um irgendwo ein Strohlager zu finden, auf dem er bis zum Morgen ausruhen konnte. Doch plötzlich richtete eine andere Person das Wort an ihn.

»Lass gut sein, Anna, der Herr aus der Stadt glaubt dir kein Wort. Uns glaubt niemals jemand. Nicht wahr, Lizenziat Röschlaub?«

»Kennen wir uns?«, erwiderte er scharf. »Ich kann mich nicht erinnern, Ihnen vorgestellt worden zu sein?«

Der Mann winkte nur ab und schüttelte den Kopf. Nicolai beherrschte sich mühsam. Wie ihm diese Franken zuwider waren! Was hatte er hier überhaupt mit Lakaien und Dienstpersonal zu schaffen. Er verspürte keine große Lust, dieses Gespräch fortzusetzen, aber da sprach schon der Nächste in der Runde.

»Was weiß ein Physikus schon – höchstens, wo der Beutel sitzt!« Dabei griff er sich erst in den Schritt und dann an die Stelle seines Gürtels, wo üblicherweise die Geldbörse aufgehängt wurde. Die Runde brüllte vor Lachen.

Einfältiges Pack, dachte Nicolai, erhob sich wortlos und verließ den Raum.

Er kehrte in die Eingangshalle zurück und machte sich auf den Weg zu Zinnlechners Wohnstube. Aber ein Satz, den das Mädchen gesagt hatte, beschäftigte ihn doch. *Erst der Sohn, dann seine Tochter und danach seine Frau.* Stammten daher die drei frischen Gräber auf dem Schlossfriedhof? War Alldorfs ganze Familie gestorben?

9.

»Kommen Sie doch kurz herein«, sagte der Apotheker, als er die Tür geöffnet hatte. »Oder wollen Sie lieber gleich schlafen gehen?«
Nicolai kam der Aufforderung gerne nach. Das Gespräch in der Küche hatte ihn wach gemacht. Zinnlechner war offenbar auch nicht müde. Es roch nach frischem Tee in dem kleinen, spartanisch eingerichteten Zimmer. Eine Holzbank, ein Tisch und ein Schemel waren die einzigen Gegenstände in dem Raum.
Nicolai setzte sich und betrachtete den Mann jetzt zum ersten Mal etwas genauer. Er hatte eine ähnliche Statur wie sein Kollege Selling, war jedoch sehr viel ärmlicher gekleidet. Er trug eine abgewetzte Jacke aus dunkelblauem Kattun über einem Hemd aus vergilbtem Leinen und gleichfalls zerschlissene Hosen. Das Amt des gräflichen Hofapothekers war anscheinend genauso schlecht besoldet wie die Physikusstelle in Nürnberg. Auch ansonsten machte der Mann einen etwas heruntergekommenen Eindruck auf Nicolai. Seine grauen Augen wirkten matt und wie erloschen, Tränensäcke darunter unterstrichen den allgemeinen Ausdruck von Enttäuschung, der diesem Gesicht die vorherrschende Note gab. Auch um den Mund herum, der eigentlich schön geschnitten war, dominierte ein bitterer Zug, der auf gescheiterte Hoffnungen oder vielleicht auch Krankheit schließen ließ. Der Schädel des älteren Mannes war nun blank, denn die Perücke, die er zuvor in der Bibliothek noch getragen hatte, hing an einem Haken unweit der Tür, gerade so, als sei sie in Folge eines nachlässigen Wurfes dort gelandet.
Zinnlechner schenkte ihm ein.

»Wie kommt es, dass ein begabter junger Mann wie Sie in Nürnberg als Adjutant eines Physikus sein Leben fristen muss?«
»Warum glauben Sie, dass ich begabt bin?«
»Nun, Sie haben ein gutes Beobachtungsvermögen«, sagte Zinnlechner. »Und erfinderisch sind Sie auch. Diese Idee mit dem Hund hat Kalkbrenner völlig aus dem Konzept gebracht. Zucker?«
Nicolai nickte, hielt ihm die Tasse hin und sah zu, wie der Mann zwei erbsengroße Kristalle hineinfallen ließ.
Zinnlechner ließ sich jetzt auch am Tisch nieder und rührte in seiner Tasse.
»Warum hat man mich aus Nürnberg geholt?«, fragte Nicolai.
Der Mann zuckte mit den Schultern. »Das war Sellings Idee. Ich denke, er brauchte einen Vorwand, um endlich etwas unternehmen zu können.«
»Hat er mit Ihnen darüber gesprochen?«
»Nein. Das hätte er nicht getan. Da kennen Sie Selling schlecht. Sehen Sie, Kalkbrenner und Selling sind Alldorfs Kreaturen. Er hat sie gezüchtet wie zwei Hündchen, die sich um seine Gunst streiten. Die ganze Verwaltung ist so aufgebaut. Niemand weiß genau, welche Befugnis und welche Gunst bis wohin reicht. Die kleinen deutschen Herren versuchen auf diese Weise, das Hofleben zu imitieren, wie sie es sich in Frankreich vorstellen. Oben der Souverän und unten ein heilloses Gewimmel von Günstlingen, die sich permanent gegenseitig ausspionieren und gegenseitig behindern.«
Nicolai lauschte aufmerksam, doch eigentlich interessierten ihn ganz andere Dinge.
»In der Küche ist geschwätzt worden«, sagte er. »Von Hexen und Teufeln, schwarzen Männern und blonden Frauen, die das

Geschlecht Alldorf vergiftet haben sollen. Ich habe schon auf dem Weg hierher eine Kostprobe vom örtlichen Aberglauben bekommen. Diese Magd, die mich geholt hat ... Anna?«
Zinnlechner nickte.
»... und es gibt drei frische Gräber auf dem Friedhof.«
Zinnlechner schlug sich auf den Schenkel. Dann lächelte er.
»Wirklich bemerkenswert. Das haben Sie also auch schon entdeckt.«
»Ja, aber durch Zufall, als ich versucht habe, einen Blick auf die Fenster der Bibliothek zu werfen. Es stimmt also, was ich in der Küche gehört habe? Alldorfs ganze Familie ist tot?«
Zinnlechner nickte. »Ja. Die Alldorfer Linie des Hauses Lohenstein ist jetzt ausgelöscht. Innerhalb eines Jahres.«
Ausgelöscht? Nicolai wunderte sich über diese Vokabel. Aber Zinnlechner schlug die Beine übereinander und fuhr fort.
»In wenigen Wochen wird hier niemand mehr sein. Alldorf wird vermutlich Wartensteig zugeschlagen werden. Dass dies geschehen würde, war seit letztem Winter vorauszusehen. Das Dienstpersonal wird entlassen. Ich übrigens auch.«
»Aber warum sollte die Grafschaft Alldorf einfach so verschwinden?«, fragte Nicolai erstaunt. »Hatte Alldorf keine Kinder?«
»Doch, drei Söhne und eine Tochter.«
»Und wo sind sie?«
»Von den beiden Ältesten ist einer im Krieg gefallen, und der andere ist wahnsinnig. Er lebt in Wien in einem Hospital. Alldorf hat ihn dort untergebracht, weil er selbst ja auch fast nur am kaiserlichen Hof weilte. So war er mehr in seiner Nähe.«
»Und der dritte Sohn?«
»Maximilian? Ja, der war eigentlich als Erbe vorgesehen. Doch letztes Jahr kam er in Leipzig bei einem Unfall ums Leben.«

Zinnlechners Tonfall ließ schon erahnen, was er sogleich hinzufügte.
»Unfall ist das Wort, das man hier bei Hof zu benutzen hat. Er ist erschlagen worden. Von einem Studenten. Er ist in eine Fehde zwischen Burschenschaften geraten. Die Sache ist nie ganz aufgeklärt worden. Aber Sie wissen ja sicher aus eigener Erfahrung, wie es in Universitätsstädten zugeht.«
Doch, das wusste Nicolai. Er hatte einmal eine Woche in Gießen verbracht und die entsetzlichen Schlägereien und Saufereien aus nächster Nähe mit angesehen. Und in Würzburg war es auch nicht viel besser gewesen.
Aber Maximilian von Alldorf war doch wohl kaum Mitglied in einer Burschenschaft gewesen. Die Adeligen saßen hier und da vielleicht mit Bürgerlichen zusammen in den Kollegien, aber außerhalb der Universität lebten sie in völlig getrennten Welten.
»Das ist ja furchtbar.«
»Ja. Es war schlimm. Die Nachricht hat alle hier erschüttert. Aber das war nur der Anfang. Marie Sophie, Alldorfs Tochter, war durch den Tod ihres Bruders so mitgenommen, dass sie krank wurde und ebenfalls starb.«
Nicolai unterbrach ihn. »Wie meinen Sie das?«
»Nun ja, es hört sich vielleicht verrückt an, aber alle hier im Schloss hatten den gleichen Eindruck. Sophie verkümmerte von dem Augenblick an, als sie vom Tod ihrer Bruders gehört hatte.«
»Haben Sie sie behandelt?«
»Nein. Ich habe hier nie jemanden behandelt. Das tat der Graf schon selbst.«
»Der Graf war Arzt?«

Zinnlechner lächelte spöttisch. »Das kommt darauf an, wen Sie fragen. Er hielt sich für einen Universalgelehrten.«
»Und Sie?«
»Ich, ich durfte ihm die Tinkturen zubereiten, die er aus irgendwelchen Schriften zusammenschrieb.«
»Kannte er sich denn aus in der Heilkunst?«
»Wer sein Leben lang über Büchern brütet und mit Gelehrten aus der halben Welt korrespondiert, kann wohl nicht umhin, Kenntnisse zu erwerben. Alldorf haschte nach allem. Nach jedem Fetzen Wissen, der ihm unterkam. Er studierte von morgens bis abends, machte Experimente, lud Gelehrte zu sich ein, die ihm ihr Wissen beibringen sollten. Er wusste sicher sehr viel, aber ...«
Der Satz blieb unvollendet. Nicolai wartete, aber Zinnlechner griff den Gedanken nicht mehr auf.
»Woran starb das Mädchen denn?«, fragte er schließlich.
Der Apotheker zuckte mit den Schultern. »Ich weiß es nicht. Sie erstickte langsam. Aber es war keine herkömmliche Lungenschwindsucht. Sie hustete nicht. Es war wie ein langsames Vergehen. Unaufhaltsam. Sie erlosch einfach. Im Januar dieses Jahres.«
Zinnlechner verstummte einen Augenblick lang. »Noch etwas Tee?«, fragte er dann.
Offenbar verschaffte es ihm Befriedigung, Nicolai von all diesen Dingen zu erzählen, denn seine Augen hatten nun einen gewissen Glanz bekommen. Nicolai war mittlerweile hellwach. Es musste zwar inzwischen nach ein Uhr nachts sein, aber diese rasch aufeinander folgenden Todesfälle begannen ihn zu faszinieren. Hatte er richtig gehört? »Dann starb auch noch die Mutter?«

»Sie überlebte ihre beiden letzten Kinder um gerade einmal sechs Wochen«, sagte Zinnlechner.
»Alldorfs Ehefrau?«
»Ja. Agnes von Alldorf ...«
Nicolai wartete. Sicher würde der Mann ihm gleich sagen, woran oder wie sie gestorben war. Aber das tat er nicht. Stattdessen begann er nun wieder von Maximilian zu sprechen.
»Agnes von Alldorf vergötterte ihren Sohn. Sie erkannte in ihm wohl ihr einziges gelungenes Werk. Ihr Erstgeborener war siebzehnjährig gefallen, der Zweite war wahnsinnig, die Tochter melancholisch und in sich gekehrt. Kein Wunder, dass sie all ihre Hoffnung auf Maximilian setzte. Und auch seine Schwester liebte ihn abgöttisch, nahm an jedem noch so kleinen Ereignis in seinem Leben umso mehr Anteil, da sie selbst ja gar kein rechtes Leben hatte.«
Er fixierte Nicolai plötzlich wieder und fragte: »Meinen Sie, dass man an einer gebrochenen Seele sterben kann?«
Nicolai war völlig verblüfft über diesen unerwarteten Schwenk in Zinnlechners Rede.
»Die Seele ist kein Organ«, antwortete er vorsichtig. »Jedenfalls kein messbares. Insofern kann man darüber keine Aussage machen.«
Zinnlechner lächelte. »Alldorf hat einmal den Versuch mit einem Dutzend Kaninchen gemacht«, sagte er dann. »Er wog jedes einzelne sorgfältig. Dann brach er ihnen das Genick und wog sie erneut.«
Nicolai war sprachlos. »Und ... wieso?«
»Er wollte wissen, was eine Seele wiegt.«
»Aber ... Tiere haben doch überhaupt keine Seele.«
»Ja. Das hat er schließlich auch als Ergebnis festgehalten. Irgend-

wo in den Papieren, die Sie dort oben gesehen haben, wird es aufgeschrieben stehen.«

Nicolai hätte fast entrüstet gefragt, ob Alldorf auch seine Tochter gewogen hatte. Aber zugleich spürte er, dass ihn dieser Graf mehr und mehr zu interessieren begann. Ein gewisser Neid keimte in ihm auf, Neid auf die Sorglosigkeit, mit der Menschen vom Schlage Alldorfs ihren Studien nachgehen konnten. Hätte er selber nur über einen Bruchteil dessen verfügt, was Alldorfs Sohn als Apanage gehabt haben dürfte, er wäre längst ein angesehener Arzt in Halle oder Jena und kein kümmerlicher Adjutant in einem fränkischen Nest. Und er hätte seine Zeit gewiss nicht damit verschwendet, Seelen zu wiegen und alchemistische Apparaturen zusammenzubauen, sondern wirkliche Wissenschaft betrieben.

»Und Maximilian«, fragte er jetzt, »was tat er in Leipzig?«

»Er hörte Kollegien. Über Geschichte und Philosophie.«

»Ich dachte, junge Adlige studieren Kameralwissenschaften.«

Zinnlechner winkte ab. »Ich habe Maximilian aufwachsen sehen. Er war genauso wie sein Vater. Ein versponnener Träumer. Einmal demonstrierte ihm sein Hofmeister in der Geometriestunde die Unmöglichkeit der Quadratur des Kreises. Am nächsten Tag ging der Junge hin, legte einen Bindfaden um ein Fass herum, knotete die beiden Enden zusammen, nahm die so entstandene Schlaufe und probierte so lange, bis er sie zu einem Quadrat arrangiert hatte. Dann nagelte er das Ergebnis auf einem kleinen Holzbrett fest, trug es triumphierend zum Hofmeister und behauptete, ihn widerlegt zu haben. Der Mann war perplex über diesen possierlichen Streich des Jungen und wusste zunächst nicht, was er sagen sollte. Doch Maximilian warf ihm im nächsten Augenblick das Holzbrett mit dem darauf

genagelten Fadenquadrat vor die Füße und schrie: »Wie dumm er doch ist. Nur weil es *da* ist, ist es doch noch lange nicht *wahr!*«
Nicolai schwieg verblüfft. Ein Graf, der Seelen wiegen wollte. Ein Sohn, der abstrakte mathematische Beweise auf Holzbretter nagelte. Das Bild des toten Mannes in der Bibliothek kehrte wieder in seine Erinnerung zurück. Die verbrannten Papiere. Das Gift. Alldorf war ein überspannter Mensch gewesen. Die Magd hatte gesagt, er sei seit Monaten leidend gewesen. Offenbar hatte eine Lungenkrankheit die ganze Familie hinweggerafft. Vielleicht hatte Alldorf geahnt, wie er sterben würde, denn er hatte es ja an seiner eigenen Tochter gesehen. Er wusste über Krankheiten Bescheid und kannte ihren Verlauf. Und daher hatte er das Gift vorgezogen. Wenn er den Grafen in Ruhe hätte untersuchen können …
Nur weil es *da* ist, ist es doch noch lange nicht *wahr* …
Zinnlechners nächster Satz unterbrach seine Überlegungen.
»Die wirkliche Welt interessierte ihn überhaupt nicht. Dafür war Kalkbrenner zuständig. Er bekam einmal im Jahr Anweisung, was die Güter abzuwerfen hatten. Wie er das zustande brachte, war seine Sache. Nun ja, aber das ist jetzt alles ohnehin zu Ende.«
Ein Windstoß rüttelte an den Fenstern. Schneeflocken tanzten dort draußen durch die Luft. Zinnlechner blickte verdrießlich um sich. Nicolai konnte sich gut vorstellen, was in ihm vorging. Demnächst würden die Abgesandten der anderen Höfe hier eintreffen und zuallererst alle Bediensteten entlassen. Und wo sollte so jemand wie Zinnlechner jetzt hingehen? Mitten im Winter? Ob er andernorts Kontakte hatte? Nicolai brauchte nicht zu fragen. Der Gesichtsausdruck des Mannes war beredt genug. Doch etwas ganz anderes kam Nicolai plötzlich in den

Sinn. Was hier geschehen war, war völlig ungewöhnlich. Alldorfs heimlicher Tod hinter verschlossenen Türen hatte das Spektakel, das sich bei kränkelnden Fürsten üblicherweise einstellt, zu verhindern gewusst: Keinerlei Verwandte hatten im Vorzimmer des Kranken auf das Hinscheiden des Erblassers gelauert, um sich gegenseitig im Anschlagen der Besitzergreifungspatente zuvorzukommen. Recht besehen, war das Gut bereits seit zwei Tagen herrenlos. Hatte Alldorf das beabsichtigt? Hatte er sich deshalb eingeschlossen? Doch warum? Was hätte er damit bezwecken sollen? Und warum war der Verwalter ohne eine Erklärung weggeritten?

»In der Küche wurde von Besuchern gesprochen«, sagte Nicolai. »Von schwarzen Besuchern und einer blonden Frau.«

»Kurz vor Agnes von Alldorfs Tod, also im Februar dieses Jahres, war eine Frau auf dem Schloss erschienen. Sie kam wohl aus Leipzig und gab sich als Seelenschwester des toten Maximilian aus. Sie wünschte das Grab des Verstorbenen zu besuchen. Als sie daneben das frische Grab der Tochter erblickte, war sie zutiefst erschüttert und begann, leise zu beten. Diese Gebete machten auf Gräfin Agnes großen Eindruck, und sie bat die Frau, doch einige Tage auf dem Schloss zu bleiben. Aber die Frau reiste wieder ab. Als Gräfin Agnes plötzlich auch verstarb, kehrte sie jedoch zurück. Jetzt war es Graf Alldorf selbst, der die Besucherin an die Gräber seiner verstorbenen Familie führte. Wieder begann die Frau, ihre Gebete zu sprechen. Der Graf war wie behext von ihr. Er flehte sie an, im Schloss zu bleiben und ihm im Namen seines verstorbenen Sohnes Trost zu spenden.«

»Wissen Sie, wer sie war?«

»Nein. Niemand wusste etwas Genaues über sie. Die Frau blieb einige Wochen. Niemand sah ihr Gesicht, da sie stets verschleiert war. Ich kann mich nur an ihr schönes blondes Haar erinnern. Es hieß, sie spreche Trostgebete für den Grafen, die eine bemerkenswerte Wirkung auf ihn hätten. Doch nach einigen Wochen verschwand sie wieder.«

»Einfach so? Ohne Grund?«

»Ja. Alldorf tobte und wurde noch unleidiger. Kaum war sie verschwunden, warf ihn ein hitziges Fieber für Wochen nieder. Er genas erst allmählich wieder, und kaum ging es ihm etwas besser, da tauchten diese unbekannten Herren auf.«

»Was für Herren?«

»Ich weiß es nicht. Unbekannte Männer. Erst kamen sie einzeln. Dann in kleinen Gruppen. Tagelang saßen sie mit dem Grafen in der Bibliothek zusammen hinter verschlossenen Türen, und niemand durfte auch nur das Geschoss betreten, in dem sie tagten. Und die Gesundheit des Grafen wurde immer schlechter.«

Nicolai lauschte mit zunehmender innerer Anspannung.

»Selling begann sich Sorgen zu machen«, sagte Zinnlechner. »Aber er hatte ja kaum noch Zugang zu ihm. Alldorf saß wochenlang dort oben über seinen Büchern, allein oder in Begleitung eines dieser Besucher, ließ das Essen im Vorraum servieren und pflegte keinerlei anderen Umgang mehr. Einmal gab es eine furchtbare Auseinandersetzung mit Kalkbrenner, weil dieser darauf bestanden hatte, den Grafen in einer dringenden Angelegenheit zu sprechen. Aber Alldorf packte ihn eigenhändig am Kragen und schrie ihn wütend an, seine Befehle auszuführen und ihn nicht mit Fragen zu behelligen. Ich weiß, dass Kalkbrenner die anderen Häuser informiert hat. Aber weder Wartensteig oder Zähringen noch Aschberg oder Ingweiler wollten sich kümmern. Dort studierte man bereits die Sukzessionsregeln und rechnete aus, welche Besitzungen man sich nach dem Aussterben der Alldorf'schen Linie unter den Nagel reißen würde.«

»Sie verzeihen«, warf Nicolai jetzt ein, »aber ich kann Ihnen nicht ganz folgen. Was wollen Sie damit sagen?«

Zinnlechners Augen blitzten auf.

»Natürlich können Sie das nicht verstehen. Wer kennt sich schon mit den Sukzessionsregeln aus? Alldorf gehört seit dem zwölften Jahrhundert zum Haus Lohenstein. Bis vor etwa fünfzig Jahren ist es durch Erbteilungen zu immer weiteren Zersplitterungen gekommen. Erst in jüngster Zeit hat sich Lohenstein als eines der letzten Gebiete des Deutschen Reiches eine Primogeniturordnung gegeben, die sicherstellen soll, dass weitere Teilungen unterbleiben. Doch seit der Verabschiedung der neuen Ordnung ist kein Jahrzehnt vergangen, in dem nicht geerbt und geteilt, gestritten und verglichen wurde. Die Lohensteiner Linien gerieten wegen Erbstreitigkeiten mehrfach fast mit den Waffen aneinander, weil sie ihren Ansprüchen unterschiedliche Abmachungen zugrunde legten. Das Aussterben der Alldorf'schen Linie ist für die anderen Häuser ein rechtes Gottesgeschenk ...«

Zinnlechner ließ den Satz in seiner ganzen Vieldeutigkeit im Raum stehen. Nicolai brauchte einen Augenblick, bis er die Ungeheuerlichkeit der Anschuldigung vollständig begriffen hatte: Meinte Zinnlechner, Alldorfs Familie sei vorsätzlich ausgelöscht worden, um einen Seitentrieb zu kappen, der den Stamm schwächte? Der Gedanke war monströs. War Maximilian in Leipzig im Auftrag eines der konkurrierenden Lohensteiner Häuser ermordet worden? Und jetzt der Graf selbst?

»Nun, was meinen Sie«, fragte Zinnlechner jetzt spöttisch. »Woran ist Graf Alldorf gestorben?«

Nicolai zuckte mit den Schultern. Ein leiser Argwohn beschlich ihn. »Ich weiß es nicht«, sagte er. »Offensichtlich an Gift.«

Zinnlechner hob die Augenbrauen. »Gift«, wiederholte er langsam und nickte. »Das schon. Aber an welchem Gift?«

»Gefleckter Schierling«, antwortete Nicolai. »Ich habe es in dem Glas gerochen.«

Zinnlechner nickte erneut. »Und die Brandwunde? Wie erklären Sie sich das?«

»Dafür habe ich keine Erklärung«, erwiderte Nicolai ohne zu zögern.

»Und, macht Sie das nicht auch neugierig?«

Nicolai stutzte. Worauf wollte der Mann hinaus?

»Sie haben vorhin etwas Interessantes gesagt«, fuhr Zinnlechner fort. »Über den Körper, meine ich. Dass er uns oft alarmierende Signale gibt, die Natur uns jedoch den Zutritt verweigert.«

»Ja. So ist es leider.«

Nicolai wurde unbehaglich zumute. Doch zugleich dachte er an die merkwürdige Brandwunde auf Alldorfs Unterschenkel. Dies war wirklich seltsam und reizte jetzt sein Interesse.

Zinnlechner senkte plötzlich die Stimme. »Sie haben einen Weg gefunden, durch Wände zu sehen. Aber durch die Haut können Sie wohl nicht schauen, oder?«

Der Arzt musterte den Apotheker. Darauf lief dieses Gespräch also hinaus. Zinnlechner wollte etwas von ihm.

»Was meinen Sie damit?«, fragte er misstrauisch.

»Alldorf ist ermordet worden«, erwiderte Zinnlechner.

»Das ist ein schwerwiegender Vorwurf«, warnte Nicolai. »Wie kommen Sie darauf?«

»Seit Maximilians Tod war hier nichts mehr wie früher. Die Fremden ... die fremden Besucher, sie haben den Grafen völlig verändert. Gefleckter Schierling, pah! Das Gift mag er geschluckt haben. Aber was ihn wirklich getötet hat, muss hundertmal schlimmer gewesen sein. Ich habe ihn ja leiden sehen, entsetzlich leiden sehen. Aber man wird den Körper begraben. Niemand wird ihn öffnen, um nachzusehen, was wirklich in ihm geschehen ist. Und das macht mir Angst.«

Nicolai schaute den Mann ernst an. »Sie wollen sagen, Graf Alldorf litt an einer schweren Krankheit?«

»Krankheit! Nein. Es muss ein Gift sein, aber ein besonders heimtückisches.«

»Haben Sie Beweise für Ihren Verdacht?«, fragte er.

»Beweise!« Zinnlechner schnaubte. »Sie müssten ihn nur aufschneiden, dann würden Sie es sehen. Aber das dürfen wir ja nicht.«

»Nun«, sagte Nicolai nach einer Weile, »es gibt Mittel und Wege.«

Zinnlechner fixierte ihn. »Was wollen Sie damit sagen?«

»Dass es durchaus eine Methode gibt, in einen Körper hineinzuschauen, ohne ihn zu öffnen.«

»Sie scherzen!«

Die Verlockung war zu stark. Nicolai wollte sich zügeln, aber es gelang ihm nicht. Solch eine Gelegenheit durfte er sich nicht entgehen lassen. »Nein«, entgegnete er kühl. »Ich scherze nicht. Es gibt einen Weg.«

10.

Der unförmige Kasten bewegte sich im Kriechtempo über den erbärmlichen Waldweg. Man hörte ihn mehr, als man ihn sah. Der Postillion redete unablässig auf die Pferde ein und rief dem Kutscher Befehle zu. Wiederholt wankte das ganze Gefährt gefährlich, bis ein Peitschenknall einen Ruck durch das Fahrzeug gehen ließ und es unter heftigen Stößen ein paar Meter weiterzog. Die Wageninsassen, zwei Nonnen und ein Kaufmann aus Darmstadt, waren durch das stundenlange unablässige Herumgeworfensein in diesem harten Holzkasten längst in verzweifelte Taubheit verfallen. Erschöpft und mit zerschlagenen Gliedern mussten sie bei jedem Stein und Schlagloch, die den Wagen herumwarfen, aufpassen, dass sie sich nicht den Kopf stießen oder gar von der harten Sitzbank herunterrutschten. Insofern empfanden sie es im ersten Augenblick fast als Erlösung, als der Wagen plötzlich anhielt.

Was dann geschah, war einige Tage später gleich in mehreren Gazetten nachzulesen. Der Wagenschlag war plötzlich aufgerissen worden, und es hatte eine furchtbare Explosion gegeben. Alle drei Insassen waren zu Tode erschrocken. Nachträglich hatten sie sich die Sache so erklärt, dass der Angreifer entweder durch das gegenüberliegende Fenster geschossen oder seine Pistole ohne Kugel abgefeuert haben musste, um sie gehörig einzuschüchtern und sogleich gefügig zu machen, was ihm auch gelang. Ohne Widerstand zu leisten, stiegen sie hustend und keuchend aus dem vom Pulverdampf erfüllten Wageninneren heraus und ließen sich wie gelähmt vor Angst von zwei unbekannten und vermummten Männern wegführen. Dabei sahen sie, dass zwei weitere Männer bereits den Postillion und den

Kutscher in ihre Gewalt gebracht hatten und diese in entgegengesetzter Richtung vor sich her in den Wald trieben.

Indessen tat man ihnen weiter nichts. Sie wurden zwar durchsucht, doch mit Ausnahme einer doppelläufigen Pistole nebst geschliffenen Agatsteinen, die der Kaufmann bei sich trug, wurde ihnen nichts weggenommen.

Allerdings war damit der entsetzliche Vorfall bei weitem noch nicht ausgestanden. Sie hörten, dass die Pferde ausgespannt wurden. Im ersten Augenblick hatten die Überfallenen vermutet, dass es sich wohl nicht um normale Straßenräuber, sondern auch noch um Pferdediebe handelte. Doch dann hatte ein greller Lichtblitz sie belehrt, dass diese Überlegung falsch und der Vorfall, der sich vor ihren Augen abspielte, von solch Furcht einflößender Rätselhaftigkeit war, dass sie noch Tage später keinerlei Anhaltspunkt dafür finden konnten, warum ausgerechnet sie Ziel dieses sinnlosen Überfalls geworden waren.

Plötzlich stand der ganze Postwagen in hellen Flammen. Der Kaufmann schrie verzweifelt auf angesichts seiner Habe, die auf dem Dach verstaut und nun mit der restlichen Ladung dem sicheren Verderben preisgegeben war. Nach kurzer Zeit hatte das Feuer den Wagen verzehrt und hinterließ nur einen schwelenden Aschehaufen, aus dem hier und da noch ein glühendes Metallteil hervorstak.

Nach den Angreifern befragt, konnten die Opfer dieses schrecklichen Überfalls keinerlei Angaben machen. Noch bevor der Wagen halb verbrannt war, hatten sie sich aus dem Staub gemacht. Gestohlen wurde nichts.

11.

Nicolai folgte Zinnlechner durch die unbeleuchteten, kalten Gänge des Schlosses. Er hatte keine Ahnung, wo er sich befand, aber der Apotheker schien jeden Winkel des Schlosses zu kennen. Plötzlich blieb er stehen und öffnete eine Tür, die unscheinbar in die Holzvertäfelung einer Halle eingelassen war, die sie soeben betreten hatten. Eine schmale Treppe wand sich dahinter steil empor. Nicolai hatte Mühe, die hohen Stufen zu erklimmen. Glücklicherweise war der Weg kurz, und nach wenigen Augenblicken öffnete Zinnlechner eine weitere Tür.

»Gehen Sie vor«, sagte Zinnlechner. »Ich muss den Mechanismus einstellen, sonst kommen wir nachher nicht wieder hinaus.«

Nicolai tat zwei Schritte in das Zimmer hinein, blieb dann jedoch unentschlossen stehen. Im ersten Augenblick hatte er den Eindruck, in eine Kapelle geraten zu sein. Wohin das Auge blickte, schmückten Heiligendarstellungen die Wände. Schwere Vorhänge verdeckten die Fenster. Nicolai warf einen raschen Blick auf den in seinem Bett aufgebahrten Grafen an der gegenüberliegenden Wand. Er ging auf das Bett zu, schlug die Decke von dem Toten zurück und zog zwei der vier Kerzenständer heran, die das Bett umstanden, um besser sehen zu können. Die Diener, welche den Körper des Grafen aus der Bibliothek herausgeholt und hierher gebracht hatten, mussten die Leiche gestreckt haben. Offenbar war die Totenstarre im Abklingen.

Zinnlechner hatte sich nicht von der Stelle bewegt und stand noch immer neben der Wandtür.

»So kommen Sie doch her«, flüsterte Nicolai. »Ich brauche Ihre Mitarbeit.«

Zinnlechner überwand sein Unbehagen und trat neben ihn.
»Machen Sie Ihren Oberkörper frei und legen Sie sich neben den Toten«, befahl Nicolai ruhig.
»Wie ... wie bitte?«, stammelte Zinnlechner.
»Ja. Es geht nicht anders. Ich brauche den Vergleich mit einem gesunden Thorax, um den kranken vermessen zu können.«
Zinnlechner starrte auf die Leiche, dann wieder auf den Arzt.
»Ich soll ... mich neben den Toten legen?«
Nicolai hatte bereits mit einigen sicheren Handgriffen den Oberkörper des Grafen entkleidet. »Es wird Ihnen nichts geschehen. Ich könnte Ihnen die Behandlung auch erklären, aber das würde sehr viel länger dauern als die Demonstration. Bitte, nur keine Angst.«
Der Apotheker war immer noch unschlüssig. »Aber was genau wollen Sie denn tun?«
»Ich werde erlauschen, woran dieser Mensch gestorben ist«, sagte Nicolai.
»Erlauschen ...?«
»Ja. Schneiden dürfen wir ja nicht. Aber wir haben die Beredsamkeit *Ihres* Körpers, um das Schweigen von jenem da zu erkunden. Bitte, entkleiden Sie sich, denn die Nacht ist nicht mehr lang.«
Zinnlechner nahm sich endlich ein Herz und zog seine Jacke und sein Oberhemd aus. »Aber es ist doch nicht gefährlich, oder?«
»Nein. Ich verspreche es Ihnen. Ich habe mir diese Methode von einem Schüler des Erfinders zeigen lassen und sie bei vielen Patienten erprobt.«
»Aber dies ist kein Patient. Dieser Mann ist tot.«
»Das macht keinen Unterschied. Wirklich.«

Zinnlechner zögerte noch einen Augenblick, dann legte er sich neben den Toten.

Nicolai musterte ihn aufmerksam. Er hatte bei weitem nicht den Körperumfang des Grafen, aber der Anblick von Zinnlechners Oberkörper erfüllte ihn dennoch mit Zufriedenheit.

»Sie ähneln dem Grafen in Ihrer relativen Fleischigkeit«, sagte er. »Das ist gut. Das wird uns helfen.«

Er sah Zinnlechner an, dass dieser keinen Begriff davon hatte, was um alles in der Welt mit relativer Fleischigkeit gemeint sein könnte. Außerdem durchfuhr den Apotheker gerade ein Schauer des Ekels, als seine Schulter kurz die eiskalte Haut der Leiche berührte. Er schrak zurück. Nicolai lächelte und reichte ihm ein Tuch.

»Hier. Nehmen Sie das und bedecken Sie Ihren Brustkorb damit.«

Dann breitete er ein zweites Tuch auf der Brust des Grafen aus und beugte sich über ihn. »Das ganze Mittelalter hindurch zählte die Medizin nicht zu den sieben freien Künsten. Wussten Sie das?«

Zinnlechner schüttelte den Kopf und wirkte auch nicht besonders interessiert.

»Man betrachtete sie nicht als exakte Wissenschaft«, fuhr Nicolai fort. »Und wissen Sie, auf welchem Umweg die Heilkunde wieder Eingang in die Universitäten fand?«

Er klopfte zweimal leicht auf das Brustbein des Toten.

»Über die Musik. Gesundheit ist Musik des Körpers. Die Alten wussten das. Das Gesetz der richtigen Verhältnisse regiert alle inneren Bewegungen der Organe. Krankheit ist nichts anderes als eine Dissonanz. Hören Sie, wie schrecklich dieser Körper klingt?«

Er wiederholte die Abklopfbewegung an verschiedenen Stellen des gesamten Brustbereiches. Dann tat er das Gleiche auf dem Körper des Apothekers. Dieser schaute ihn verständnislos an.

Nicolai erklärte: »Der Brustkorb ist ein Hohlkörper, worin Organe liegen. Die unterschiedliche Größe und Lage der Organe führt dazu, dass das Klangvolumen der Brust völlig uneinheitlich ist. Wenn ich hier klopfe, ist der Ton hell. Tue ich es dort, wo Ihr Herz sitzt, so ist die Resonanz dunkler. Hören Sie das?«

Zinnlechner nickte unsicher.

»Das Prinzip ist einfach«, fuhr er fort. »Auenbrugger hat die Methode schon vor sechzehn Jahren an Leichen und Patienten entwickelt. Anhand des verschiedenen Widerhalls der Töne kann man sich ein Urteil über den inneren Zustand dieses Hohlraums bilden.«

Zinnlechner hob skeptisch die Augenbrauen. »Auenbrugger?«, fragte er.

»Ja, seien Sie nur misstrauisch«, sagte Nicolai, »aber begehen Sie nicht den Fehler von Vogel in Göttingen oder von Baldinger in Jena.«

Zinnlechners Gesichtsausdruck signalisierte ihm, dass der Apotheker von den beiden berühmten Ärzten noch nie etwas gehört hatte.

»Vogel und Baldinger«, fuhr er fort, »sind angesehene Professoren der Medizin, was sie nicht davon abgehalten hat, diese Methode ohne Prüfung zu verwerfen. Sie haben sie mit der hippokratischen Sukkussion verglichen. Dadurch haben sie sich das schlimmste Zeugnis ihres Unwissens ausgestellt. Machen Sie es nicht wie die Professoren, werter Herr Zinnlechner. Lauschen Sie einfach, vertrauen Sie Ihren Sinnen.«

Zinnlechner versuchte zu vergessen, dass er neben einer Leiche lag, und sich stattdessen auf die Töne zu konzentrieren, die Nicolai durch leichtes Klopfen auf seinen eigenen Körper und den des Toten hervorrief. Es ging nicht lange, und ein staunendes Lächeln stellte sich auf seinem Gesicht ein. Der unheimliche Schall war bald kurz und hell, bald von einer gewissen Völle bis hin zu einem fleischigen, dumpfen Ton. Schon nach einigen Minuten unterschied er weitere, sehr nuancierte Abstufungen. Er horchte ihnen erstaunt hinterher wie einer nie gehörten Musik.

»Sie haben Recht«, sagte er leise, »man kann das nur schwer erklären. Ja, es ist so, als taste eine unsichtbare Hand die Brusthöhle von innen ab. Welch eigentümliche Entdeckung.«

»Ein schöner Vergleich«, erwiderte Nicolai und ging dazu über, die Brust des Toten besonders sorgfältig abzuklopfen. »Hören Sie das?«, sagte er nach einer Weile. »Fast der ganze rechte Lungenbereich meldet uns einen fleischig gedämpften Ton.«

Zinnlechner hatte sich inzwischen wieder aufgerichtet und, um besser zu hören, seinen Kopf über die Leiche geneigt. »Die Brust wird voller Wasser sein«, schlug er vor. »Denken Sie an die Fäulnis. Die Zersetzung muss schon im Gange sein.«

»Ja, schon, aber hier ... warum hier dieses stumpfe Echo am linken unteren Lungenflügel? Es zieht sich bis in die Leistengegend. Hören Sie?«

Zinnlechner bewegte sein Ohr näher an die bezeichnete Stelle und klopfte behutsam den Bereich ab. Es stimmte. Hier war ein dumpfer Schall, der anders klang als der des Brustbereiches.

»Es ist diese Stelle hier«, sagte Nicolai und wies auf einen Punkt oberhalb des Zwerchfells. »Am unteren linken Lungenflügel stimmt etwas nicht.«

»Ein Fluss«, schlug Zinnlechner vor, »ein verstockter Fluss.«

Nicolai schüttelte skeptisch den Kopf.

»Auenbrugger, der Erfinder dieser Methode, hat zahlreichen Leichen die Brusthöhlen mit unterschiedlichen Mengen Wasser gefüllt und die Resonanzmerkmale genau beschrieben. Natürlich ist es schwierig, allgemeine Regeln abzuleiten, weil die Körperverhältnisse bei jedem Menschen anders sind. Die Dicke und Festigkeit der Haut und der Muskel- und Fettschichten, das Volumen des Brustkorbes, die Größe der Organe, aber ...«

Er hielt inne und klopfte mehrmals an die Stelle, die ihm die ganze Zeit schon aufgefallen war. »Hören Sie das? Der Ton ist zu dunkel für Wasser. Was immer da sitzt, es ist schleimig, jauchig.«

Er richtete sich auf, und ein seltsamer Glanz strahlte aus seinen Augen. »Ich wette, hier sitzt eine Vomika«, sagte er triumphierend.

»Vomika?«, fragte Zinnlechner ratlos.

»Ja.«

Zinnlechner erhob sich wieder, als erwecke dieser ihm völlig unbekannte Befund in ihm den Wunsch nach Abstand. »Was ist das?«

Nicolai erklärte: »Wenn sich ein gesunder oder kranker Humor durch den Blutkreislauf bewegt und irgendwo abgesetzt wird, so kann es sein, dass er sich zu einer dichten Masse formt. Von der Lebenskraft wird er meist derart aufgelöst, dass er sich von neuem mit Gefäßen zu einer flüssigen Menge umwandelt und sich in einem selbst gebildeten Behälter einschließt. Wirklich ein Jammer, dass wir nicht schneiden können. Ich vermute, diese Vomika ist geschlossen und jauchig.«

»Was soll denn das heißen?«

»Spüren Sie das? Dieser Bereich wirkt flüssig, oder?«

Nicolai nahm die Hand das Apothekers, der neben ihn getreten war, führte sie auf die kalte Haut des Toten und drückte sie mehrmals gegen die verdächtige Stelle.
»Es gibt zwei Arten von Vomika«, belehrte ihn der Arzt. »Jauchige und eitrige. Die jauchige pflegt bloß die Lunge zu erfassen, die eitrige findet sich in den übrigen Teilen des Thorax. Das hier ist gewiss eine jauchige, aber ... wie Sie selbst spüren, befindet sie sich unterhalb der Lunge.«
Zinnlechner versuchte zu folgen, war aber zu verwirrt.
»Und was bedeutet das?«, fragte er.
Nicolai schien sich selbst nicht ganz sicher zu sein. »Bei der jauchigen Vomika handelt es sich um einen Sack, der keine eitrige Materie in sich schließt, sondern eine dünne Flüssigkeit. Sie hat eine gelbrötliche oder braune Färbung. Vermutlich rührt sie von der Auflösung der scirrhösen Lungensubstanz her. Wenn sich die Substanz jedoch entzündlich auflöst, also ein Abszess vorliegt, dann entsteht eine weiße, zähe und fette Flüssigkeit. Diese beiden Befunde heißen offene Vomika, weil sie sich in der Verzweigung der Bronchien öffnen und unter Mitwirkung der erzeugten Sputa entleeren. Daher sind sie großflächiger als die geschlossenen.«
»Es gibt also vier Arten«, folgerte Zinnlechner, mittlerweile fasziniert durch das Experiment.
»Ja«, sagte Nicolai. »Wenn Sie so wollen. Geschlossen eitrig, offen jauchig und so weiter. Und diese hier ...«, er klopfte erneut auf die Bauchdecke des Grafen, »diese hier erscheint mir geschlossen und jauchig. Und das ist seltsam. Sie sitzt zu weit unten im Körper ... er muss Husten gehabt haben, nicht wahr?«, fragte er jetzt.
Zinnlechner nickte.

»War er trocken oder feucht?«

»Zu Beginn war er feucht«, erklärte Zinnlechner.

»Hatte er Auswurf?«

»Ja.«

»Und? Haben Sie ihn untersucht?«

»Er war blutig und eitrig. Wenn er erhitzt wurde, roch er faulig. In Wasser gelegt, sank er unter. Aber später wurde der Husten trocken, sehr trocken. Der Graf war fast die ganze Zeit heiser. Manchmal erbrach er sich, so tief würgten ihn die Krämpfe. Er hatte außerdem regelmäßig Fieber. Wangen und Lippen waren dann gerötet, und er aß kaum etwas. Zur gleichen Zeit begannen die Atembeschwerden. Einmal habe ich noch seinen Puls gemessen. Er war beim Herumspazieren im Schloss plötzlich niedergesunken und saß blass und zitternd auf einer Holzbank. Der Puls war zusammengezogen, frequent, von minderer Härte und ungleich. Ich wollte ihn zur Ader lassen, da das Blut offenbar verdickt war, aber er ließ es nicht zu. Danach genas er wieder ein wenig.«

»Wann war das?«, fragte Nicolai.

»Im Frühjahr, im Mai.«

»Und dann?«

»Das Atmen wurde ihm immer schwerer. Es war wie bei der Tochter. Er erstickte langsam, obwohl zwischendurch immer wieder Linderung einsetzte.«

Plötzlich sah Nicolai dieses Bild wieder vor sich. Der Tote auf dem Sessel, die eigenartige Position, die er eingenommen hatte, die Brandwunde auf seinem Unterschenkel. Ein Gedanke schoss Nicolai durch den Kopf.

»Wissen Sie, auf welcher Seite er schlief?«, erkundigte er sich.

»Warum fragen Sie das?«

»Weil es eigentlich nicht sein kann ...«, sagte Nicolai.
»Weil was nicht sein kann?«, fragte Zinnlechner ungeduldig.
»Seine Lage ... ich meine, erinnern Sie sich noch, wie wir ihn gefunden haben? Auf diesem Sessel am Kamin?«
»Ja. Sicher.«
»Legen wir ihn noch einmal so hin.«
»Aber ...«
»Bitte. Sie werden gleich sehen. Helfen Sie mir. Mit einem Kissen können wir ihn entsprechend betten.«
Die Totenstarre hatte zwar merklich nachgelassen, aber es dauerte dennoch ein paar Minuten, bis die beiden den Körper aufgerichtet und annähernd in die Position gebracht hatten, in der er einige Stunden zuvor gefunden worden war. Das Kerzenlicht beschien die aschfahle Haut des toten Grafen. Nicolai sah sich suchend im Zimmer um, ging dann rasch zum Kamin und kehrte mit einer Hand voll Asche zum Bett zurück. Er zerrieb die Asche mit dem rechten Zeigefinger in seiner linken Hand und begann, seine Diagnose auf den Leib des Toten aufzumalen.
»... bis hierher steht das Wasser in der rechten Lunge, nicht wahr?« Er zeichnete den Umfang des kranken Organs auf die wächserne Haut. »Normalerweise hätte Alldorf sich auf die rechte Seite legen müssen, denn ... schauen Sie! In dieser Position drückt die überschwere Lunge direkt auf das Herz. Sehen Sie das?«
Zinnlechner nickte. Das war tatsächlich seltsam.
»Hier unten sitzt jene andere Verhärtung, die wir uns nicht erklären können.« Nicolai malte die Umrisse der Vomika, wie er sie erspürt hatte, auf den Unterleib des Toten. Was nun zu sehen war, ließ die beiden für einen Augenblick verstummen.

Was für ein entsetzliches doppeltes Gewicht hatte diesem armen Menschen das Herz zerdrückt. Von der rechten Seite drohte ein wassergefüllter Lungenflügel mit Ersticken, auf der linken Seite ein wie auch immer gearteter Abszess mit schlimmsten Herzbeklemmungen. Es gehörte nicht viel dazu, sich vorzustellen, wie der Sterbende sich am Ende immer wieder ruhelos hin und her geworfen haben musste, zwischen Erstickungsanfällen und rasenden Herzschmerzen. Unmöglich, den einen Schmerz zu lindern, ohne zugleich den anderen zu verstärken. Der Tod kam von beiden Seiten. Kein Wunder, dass der Mensch seinem Leiden ein Ende gesetzt hatte. Aber welchem Leiden eigentlich?

Zinnlechner sprach es zuerst aus.

»Großer Gott. Er liegt auf der linken Seite! Er hat sich selbst erstickt.«

Der Körper hatte nicht einmal im Tod sein Gleichgewicht gefunden. Einen Augenblick lang schwiegen sie beide und betrachteten den toten Grafen. Es gab keinen Zweifel. Der Mann war erstickt. Die lividen Wangen, Zunge und Nägel zeugten davon.

»Er hat Gift genommen, aber zu spät«, sagte Nicolai. »Schauen Sie, die Wunde. Er hat es nicht ertragen, zu warten.«

Zinnlechner schüttelte den Kopf. »Das ist unmöglich. Niemand vermag sich selbst zu ersticken.«

»Aber das ist die einzige Erklärung«, widersprach Nicolai. »Schauen Sie doch, er hat ja selbst dokumentiert, wie unerträglich langsam das Gift wirkte. Die Schmerzen müssen so furchtbar gewesen sein, dass er sogar ungeduldig sein Bein mit einem glühenden Scheit traktiert hat, um zu sehen, wann es denn endlich so weit sei.«

Der Apotheker zog skeptisch die Augenbrauen hoch. »Aber was für eine Krankheit sollte das sein?«
Nicolai zuckte mit den Schultern. »Ein Geschwür vielleicht. Eine bösartige Verwachsung.« Er dachte einen Augenblick nach. Dann fragte er: »Alldorfs Tochter. Sie sagten, sie sei auch erstickt, nicht wahr?«
»Ja.«
»Waren Sie dabei, als sie starb?«
»Nein.«
»War überhaupt jemand bei ihr?«
»Nur ihr Vater.«
»Und wo war seine Frau?«
»Sie war auch schon sehr krank. Ich sagte Ihnen ja bereits, Maximilians Tod hat beide in eine furchtbare Melancholie gestürzt. Es war grauenvoll. Aber Alldorf hat niemanden zu ihnen gelassen.«
Nicolai erhob sich und trat ans Fenster. Das Schneetreiben hatte aufgehört. Weit unter sich sah er die weiß verschneiten Umrisse des kleinen Schlossfriedhofs. Hinter sich hörte er, wie Zinnlechner das Leintuch über den Toten zog. Dann signalisierte ihm ein leises Klicken, dass der Apotheker den Mechanismus der Geheimtür betätigt hatte. Er drehte sich um und folgte dem Mann aus dem Zimmer hinaus.

12.

Er schlief schlecht und erwachte früh. In der Küche gab man ihm eine Schale heißer Milch mit Gerstenflocken. Die Ereignisse der Nacht gingen ihm jedoch nach. Er aß nur die halbe Mahlzeit und ließ den Rest stehen.

Die kalte Winterluft tat ihm wohl. Er fand sein Pferd im Stall, gab dem Knecht einen Kreuzer und spürte eine große Erleichterung, als das Hoftor sich öffnete und er in der ersten Morgendämmerung den Weg zur Hauptstraße nach Nürnberg einschlug. Doch nach einigen Schritten hielt er wieder an, wendete den Kopf und betrachtete eine Weile lang das Schloss. Dann stieg er ab.

Der Neuschnee dämpfte den Hufschlag seines Pferdes. Er passierte wie am Vorabend die Abfallhaufen, die jetzt verschneit dalagen, kam an der Tür vorbei, durch die er gestern Abend mit dem Mädchen den Innenhof betreten hatte, und gelangte kurz darauf an die hintere Mauer.

In geringer Entfernung sah er den Friedhof. Er ging darauf zu. Die beiden steinernen Engel bewachten den Eingang. Das war alles, ein Tor gab es nicht. Er spazierte in das von einer niedrigen Mauer umgrenzte Areal und ließ seinen Blick über die Gräber schweifen. Er zählte siebzehn Grabsteine und drei Holzkreuze. Er ging auf die Gräber mit den Holzkreuzen zu, befreite ihre Vorderseiten vom Schnee, kniete sich hin und betrachtete die Namen. Agnes. Maximilian. Marie Sophie. Das Mädchen war nicht einmal zwanzig Jahre alt geworden. Der Junge zwei Jahre älter. Agnes von Alldorf. 1733–1780. Gott hatte ihr vier Kinder geschenkt und vor der Zeit wieder genommen. Vor der Zeit?

Nicolai raffte sich auf. Was tat er hier? Was ging ihn das Schicksal dieser Familie an? Er war Arzt. Was hatte er auf einem Friedhof verloren? Er sprach ein kurzes Gebet, eher aus Gewohnheit als aus einem inneren Bedürfnis heraus. Dann ging er zu seinem Pferd zurück. Beim Verlassen des Friedhofs fiel sein Blick erneut auf die beiden Engel. Die Figuren waren sehr schön gearbeitet. Nicolai verspürte auf einmal den Wunsch, sie zu berühren. Er streckte sich, doch der Sockel, auf dem sie standen, war zu hoch. Allerdings entdeckte er so die Inschrift, die halb unter einer Schneeverwehung verborgen war. Er strich die Stelle frei und las die eingemeißelten Wörter. Aber sie ergaben keinen vollständigen Satz. Nicolai ging um den Sockel herum, konnte jedoch keine Fortsetzung finden. Dann entdeckte er Schriftzeichen auf dem Fundament des anderen Standbildes. Offenbar war die Inschrift dort fortgesetzt. Wer immer diesen Friedhof betrat, durchschritt diese Sentenz, dachte er verwundert. Er näherte sich dem gegenüberliegenden Podest, strich mit der Hand über den Stein und legte die Fortsetzung des Spruches frei. Er stand lange dort, im trüben Zwielicht des beginnenden Tages, und las.

Behüte mich der Himmel, dass mein Herz nicht etwas glaubt, was meine Augen sehen.

II.

I.

»Sie sind sich sicher, dass Sie nichts berührt haben?«
Nicolai versuchte, sich nicht anmerken zu lassen, dass er nervös war. Aber der Mann, dem er gegenübersaß, schien es dennoch zu spüren.
»Nur die Karaffe mit dem Wein«, antwortete er. »Und das Glas, mit dem er das Gift zu sich genommen hat. Ich habe die Gefäße jedoch nur kurz untersucht und dann genau so wieder hingestellt, wie ich sie aufgefunden hatte.«
Giancarlo Di Tassi erhob sich und ging ein paar Schritte in den Raum hinein. Der Mann hatte eine eigentümliche Art, sich zu bewegen. Er schwankte etwas, als schiebe er zwischen den Schulterblättern ein Gewicht hin und her. Aber eigentlich war alles an ihm eigentümlich, insbesondere die Tatsache, dass er überhaupt hier war. Was hatte ein Justizrat vom Reichskammergericht in Wetzlar auf diesem heruntergekommenen Schloss zu suchen?
»Und wo war das? Hier? An dieser Stelle?« Di Tassi deutete auf den Tisch.
»Ja. Ich meine, es sah damals ganz anders aus, aber irgendwo dort stand das Tablett.«
Nicolai hatte Mühe, sich auf die völlig veränderte Umgebung einzustellen. Die Bibliothek war nicht wiederzuerkennen: ein heilloses Durcheinander. Auf dem Boden türmten sich Bücherstapel vor leer geräumten Regalen. Große Holzkisten standen allenthalben herum, aus denen die wissenschaftlichen Instru-

mente des Grafen herausragten. In anderen lagen seine gesammelten Kuriositäten kreuz und quer durcheinander. Doch das schlimmste Durcheinander herrschte auf dem riesigen Tisch in der Mitte des Raumes. Er war über und über von Dokumentenmappen übersät, die teilweise ordentlich gestapelt, teilweise umgestürzt waren, so dass man hier und da beschriebene Bögen sehen konnte. Nicolai vermutete, dass es sich um die Korrespondenz des Grafen handelte, um Briefe, die er erhalten, oder Kopien von Schreiben, die er selbst verschickt hatte. Hatte Zinnlechner nicht von der regen Korrespondenz gesprochen, die der Graf mit Gelehrten unterhielt?

Di Tassi war ans Fenster getreten und schaute auf die winterliche Landschaft hinaus. Nicolai musterte ihn verstohlen und hoffte, dass es mit dieser Befragung bald vorüber sein möge. Der Mann, der dort am Fenster stand, war offenbar nicht irgendwer. Das sah man schon an seiner Kleidung. Die Füße steckten in engen Schuhen mit großen Schnallen, die bei unvorsichtigem Gehen die Knöchel durchaus blutig schlagen konnten. Seidenstrümpfe waren über den Knien festgebunden und die Beinkleider unter denselben festgeschnallt. Es waren unbequeme Hosen, denn sie reichten oben nicht über, sondern nur bis an die Hüften und konnten nur durch festes Knöpfen und Binden dort gehalten werden. Aber die Distinktion der Persönlichkeit und vor allem die Möglichkeit, jegliche körperliche Betätigung an Diener zu delegieren, erforderte dergleichen. Der Rock lag wie angegossen an den Armen und wurde mit Mühe durch Häkchen über die Brust gezwängt. Das Halstuch war fest gebunden, das Haar mit Fett beschmiert und mit Mehl bestreut und im Rücken der Haarzopf gewaltsam zusammengedreht. Es fehlte nur der Dreispitz auf dem Kopf. Aber die Erscheinung war auch so autoritätseinflößend genug.

Justizrat Giancarlo Di Tassi war bereits zwei Tage nach Alldorfs Tod in Nürnberg erschienen, hatte sich dort jedoch nur wenige Stunden aufgehalten, die er damit verbracht hatte, die Poststation zu besichtigen. Dann war er ohne weitere Verzögerung nach Alldorf aufgebrochen. Der Anblick der zwei geschlossenen Kutschen, schwere Vierspänner, die gestern Nachmittag durch das Nürnberger Stadttor ins Lohensteiner Gebiet hinausgefahren waren, hatte in der ganzen Stadt gehörigen Eindruck gemacht.

Di Tassi war nicht alleine gekommen. Drei Herren begleiteten ihn. Zwei davon hatte Nicolai bei seiner Ankunft heute Mittag auf dem Flur vor der Bibliothek wiedererkannt, Reichsjustizbeamte in Zivil, die mit verschlossener Miene und blasiertem Gehabe umherliefen und Di Tassis Instruktionen ausführten. Aber was hier vor sich ging, wusste Nicolai noch immer nicht. Er hatte Gerüchte gehört, die sich schon bald nach Bekanntwerden des Todes von Alldorf im ganzen Kreis verbreitet hatten. Am Dienstagabend hatten sie den Toten gefunden. Schon am Mittwoch hatte es in Nürnberg einen tumultartigen Auflauf vor dem Rathaus gegeben. Einige wohlhabende Bürger hatten Alldorf offenbar Geld geliehen und wollten ihre Kreditbriefe beim Magistrat registrieren lassen. Doch dort wies man sie ab, weil, wie sich herausstellte, einige Magistratsmitglieder Alldorf ebenfalls Geld geliehen hatten und ihren Forderungen einen höheren Rang zugemessen sehen wollten. Und am Donnerstag war Di Tassi in Nürnberg erschienen.

Nicolai hatte sich zunächst nicht um die ganze Aufregung gekümmert. Er erstattete Müller Bericht, stellte einige Fragen über Alldorfs verstorbene Frau und Tochter, erfuhr aber nichts, was deren Schicksal hätte erhellen können. Müller erklärte, es seien im vergangenen Frühjahr, bevor Nicolai nach Nürnberg gekommen war, mehr als vierzig Menschen an Brust- und Bauchwassersucht gestorben. Und bei den Krankheiten gehe es nun einmal so zu, wie es sich die republikanischen Wirrköpfe in Frankreich für die ganze Gesellschaft wünschten: Vor ihnen waren alle gleich.

Di Tassi hatte Nicolai noch immer den Rücken zugewandt, als er seine nächste Frage formulierte. »Sie sagen also, Herr Selling habe nach Ihnen schicken lassen?«

»Ja.«

»Doch als Sie auf dem Schloss ankamen, war der Graf bereits tot?«

»Ja. Nach meinem Dafürhalten war er bereits am Vortag gestorben.«

Di Tassi räusperte sich, drehte sich dann wieder um und fixierte Nicolai mit zusammengekniffenen Augen. Nicolai konnte nicht umhin, über die äußere Erscheinung des Österreichers zu staunen. Die Spuren des Vielvölkerstaates, dessen Produkt er zweifellos war, waren darin gut sichtbar. Seine Gesichtszüge verrieten den Italiener, wie ja auch sein Name diese Herkunft bezeugte. Sein Körper indessen schien dazu nicht so ganz zu passen. Di Tassi überragte Nicolai, der selbst nicht gerade klein war, um eine ganze Kopflänge. Wenn er, was öfter geschah, eine nachdenkliche Pose einnahm, einen Arm anwinkelte und sein Kinn im Stehen auf die Faust stützte, so fiel Nicolai die übergroße Länge seiner Unterarme auf. Sein Deutsch, zwar wienerisch gefärbt, klang dennoch nicht so, wie Nicolai es aus dem Mund anderer Österreicher kannte. Seine Muttersprache war es jedenfalls nicht. Oder nur eine von mehreren. Mit seinen Mitarbeitern, die bisweilen hereinkamen, sprach der Mann entweder ein stark dialektgefärbtes Italienisch, das Nicolai nicht zuordnen konnte, oder er bediente sich eines lupenreinen Französisch. Mit einem der kaiserlichen Beamten sprach er eine für Nicolai völlig unverständliche Sprache. Vermutlich Ungarisch.

»Und dieses Gespräch zwischen Ihnen, Selling, Kalkbrenner und Zinnlechner ... wo fand das statt?«

»In einem Raum im unteren Stockwerk. Ich weiß nicht mehr genau, wo.«

»Und Sie glauben, Herr Kalkbrenner wollte verhindern, dass jemand die Bibliothek betrat?«

»Das war mein Eindruck. Aber die Schlussfolgerungen, die ich unter dem Eindruck der ungewohnten Situation gezogen habe, sind reine Spekulation. Herr Zinnlechner und Herr Selling können das sicher besser beurteilen als ich.«

Di Tassi zog eine Augenbraue hoch. »Die beiden Herren sind heute Morgen ebenfalls verschwunden. Wir werden sie sicher einfangen, aber bis dahin frage ich Sie.«

Nicolai horchte auf. Verschwunden? Alle drei? Er wollte genauer nachfragen, doch Di Tassi kam ihm zuvor.

»Bitte, Lizenziat Röschlaub, was wurde an dem Abend gesprochen?«

»Herr Kalkbrenner war gegen die Öffnung der Bibliothek. Deshalb schlug ich die List mit dem Hund vor. Als wir die Sache ins Werk setzten, verschwand Herr Kalkbrenner mit allen Anzeichen von Eile. Herr Selling ließ eine Bemerkung fallen, Herr Kalkbrenner habe sie alle getäuscht. Das ist alles.«

»Und sonst ist Ihnen nichts aufgefallen? Ich meine zwischen Selling und Zinnlechner?«

Nicolai schüttelte den Kopf. »Mein Eindruck war, dass beide Herrn Kalkbrenner nicht mochten. Aber zwischen dem Kammerherrn und dem Apotheker konnte ich keine Verstimmung feststellen. Sie waren beide um den Grafen besorgt.«

Sein Gegenüber ließ sich auf einem Hocker nieder und rieb sich die Schläfen. Nach einer Weile fragte er: »Kommen wir noch einmal auf Alldorf zurück. Woran ist er gestorben?«

»Er hat Gift genommen. Schierling.«

»Erinnern Sie sich genau. Wie haben Sie ihn vorgefunden?«

Nicolai schilderte so gut er konnte die Vorfälle jenes Abends. Als er Alldorfs Zustand beschrieb, unterbrach ihn Di Tassi.

»Ist das nicht eigenartig? Diese Brandwunde. Das Holzscheit? Wie erklären Sie sich das?«

Nicolai referierte, was ihm als einzig logische Möglichkeit erschien: dass Alldorf Gift genommen habe und den Prozess der allmählichen Lähmung seiner Glieder durch die Verbrennung nachvollziehen wollte.

»Und warum sollte er das getan haben?«

»Das weiß ich nicht. Möglicherweise, um die Wirkung des Giftes zu prüfen. Alldorf litt an einer Verwachsung, die ihm schwere Herzschmerzen verursachte. Ich vermute, er wollte sein Leiden beenden.«

»Besteht irgendeine Möglichkeit, dass eine dritte Person beteiligt war?«, fragte Di Tassi dann.

Nicolai zog skeptisch die Mundwinkel nach unten. »Das glaube ich nicht. Der Graf war todkrank. Alle im Schloss wussten dies. Nach dem, was Kammerherr Selling mir geschildert hat, hätte der Graf das Frühjahr wahrscheinlich ohnehin nicht mehr erlebt. Nein, ich denke, er wollte sein Leiden verkürzen.«

»Und woran litt er?«

»Ich habe den Grafen gemeinsam mit Herrn Zinnlechner später in der Nacht noch einmal untersucht. Dabei habe ich eine Verwachsung unterhalb seines linken Lungenflügels festgestellt. Dieses Krankheitsbild ist mir persönlich noch nicht begegnet. Aber ich habe über ähnliche Fälle in der Literatur gelesen.«

Nicolai unterbrach sich und musterte Di Tassis Gesicht. Aber sein Gesichtsausdruck verriet keinerlei Regung.

»Und?«, fragte er.

»Diese Verwachsung wird Vomika genannt«, fuhr er fort. »Sie entsteht durch die Heimwehkrankheit, meist bei Soldaten.«

»Soldaten?«, rief Di Tassi erstaunt aus.

»Ja. Daher muss es sich bei Graf Alldorf um etwas anderes handeln. Aber um Genaueres zu erfahren, müsste man den Körper öffnen.«

Di Tassi schüttelte den Kopf. »Das dürfen wir nicht. Aber wie haben Sie die Verwachsung überhaupt festgestellt?«

»Durch Perkussion«, antwortete Nicolai.

Er schilderte Auenbruggers Abklopfmethode. Di Tassi lauschte verblüfft. Jetzt merkte man ihm doch eine leichte Erregtheit an. Nicolai beschrieb in allen Einzelheiten, wie er Alldorf untersucht hatte, und schloss dann mit seinem Befund.

»Heimwehkrankheit?«, fragte Di Tassi noch einmal ungläubig nach.

»Bis vor einigen Jahren wurden viele solcher Fälle berichtet«, erklärte Nicolai. »Heute ist diese Krankheit eher selten. Wie gesagt, ich kenne sie nur aus Büchern. Und vermutlich hat Alldorfs Vomika andere Ursachen, denn er war ja kein Soldat und kann daher unmöglich unter der Heimwehkrankheit gelitten haben.«

Di Tassi schaute nachdenklich vor sich hin. Dann fragte er: »Gibt es vielleicht ein Mittel, das diese Krankheit hervorrufen kann?«

»Ein Mittel?«

»Ja. Ein Gift vielleicht?«

Nicolai schüttelte bestimmt den Kopf. »Das kann ich mir nicht vorstellen. Es ist eine Krankheit der Seele, ein eitles, vergebliches Sehnen, das zu schlimmen organischen Verwachsungen führt.«

Di Tassi erhob sich plötzlich, ging um den Tisch herum und griff nach einer der unzähligen Akten, die dort gestapelt lagen. Er blätterte darin herum und zog schließlich ein Dokument hervor, das er Nicolai reichte. Der nahm es in die Hand und schaute es verwundert an.

»Lesen Sie«, sagte Di Tassi.

Der Arzt überflog die Zeilen. Es war ein Brief, datiert vom 12. November 1779. Er trug weder Anrede noch Unterschrift.

»Es ist der Entwurf eines Briefes von Graf Alldorf an seinen Sohn Maximilian. Sie sehen am Datum, dass das Schreiben etwa ein Jahr alt ist. Beachten Sie vor allem die Formulierung im dritten Absatz: *ea re latenter in corpus inducta* ...

Nicolai las mit wachsendem Erstaunen. Im ersten Augenblick konnte er mit den Wörtern, die dort standen, überhaupt nichts anfangen. Das Latein war ungelenk. Nicolai war gewohnt, medizinische Schriften zu lesen, keine verschnörkelten Episteln, deren rhetorisch ausgefeilte Formulierungen mehr dazu geeignet schienen, den Sinn hinter einem Wortnebel zu verschleiern, als ihn vor Augen zu führen. Aber allmählich erkannte er, dass der Text ein medizinisches Phänomen zum Thema hatte. Graf Alldorf erklärte seinem Sohn offenbar die Wirkung einer

Substanz: ... *ea re latenter in corpus inducta ... sempiterno atque desperato dolore afficiuntur et necessario moriuntur.*

»... eingeführt in den Körper auf unkontrollierbare Weise«, übersetzte Nicolai. »... führt zu ewigem und unheilbarem Leid und zum unausweichlichen Tode ...«

Er überflog die Zeilen mehrmals. Di Tassi wartete.

»Und?«, fragte der Justizrat dann. »Was meinen Sie. Wovon redet der Graf hier?«

»Von einer Substanz, einem Gift offenbar«, antwortete Nicolai.

»Und von welchem?«

Nicolai zuckte mit den Schultern. *Ea re latenter in corpus inducta,* was immer das bedeuten sollte.

»Der Stoff hat anscheinend eine besondere Verabreichungsform ... aber der Text bricht hier unten ab. Haben Sie nicht auch die Fortsetzung?«

Di Tassi nahm das Papier wieder an sich und verwahrte es sorgfältig in der Akte. »Kommen Sie. Ich will Ihnen etwas zeigen.«

Er ging um den Tisch herum und dann auf den Kamin zu. Nicolai erhob sich, um ihm zu folgen. Sein Blick fiel dabei auf die reich geschnitzte Decke des gewaltigen Raumes, der durch die geplünderten Regale jetzt noch höher wirkte. Kleine Staubpartikel schwebten in den dünnen Lichtsäulen der von draußen hereinscheinenden Wintersonne. Es dauerte einen Augenblick, bis er die Erinnerung zugeordnet hatte, aber dann erkannte er die Formen und Farben wieder. Die Deckenbemalung enthielt die gleichen Motive wie die Wandbemalung in Alldorfs Schlafzimmer, religiöse Darstellungen aus der christlichen Überlieferung, alle in Vignettenform gehalten mit einer gewundenen Schärpe als Rahmen und lateinischen Sentenzen darauf, welche den allegorischen Sinn der Szenen kommentierten. Aber er hatte keine Gelegenheit, die Bilder im Einzelnen zu betrachten. Di Tassi hatte nämlich neben dem Kamin eine Tür geöffnet, die Nicolai bisher überhaupt nicht bemerkt hatte.

Im Nachhinein erschien es ihm offensichtlich, dass sich noch weitere Räume in der Bibliothek befinden mussten, denn schließlich erstreckte sie sich über das ganze Geschoss. Als er jetzt den Raum hinter dem Kamin betrat, fiel sein Blick zuerst auf eine große Öffnung in der gegenüberliegenden Wand. Das musste der Aufzug sein, durch den die Bibliothek mit der Küche im Erdgeschoss verbunden war. Selling hatte ja davon gesprochen. Hier hatte der Graf also seine Verpflegung serviert bekommen, wenn er sich tagelang zu seinen Studien eingeschlossen hatte.

Di Tassi ließ Nicolai einige Augenblicke Zeit, sich umzusehen. Der Raum war fensterlos. Er maß vielleicht acht mal acht Schritte, war jedoch ebenso hoch wie der Rest der Bibliothek, sodass man den Eindruck hatte, am Grunde eines Schachtes zu stehen. Alle Wände waren leer. Verstreut standen die gleichen Holzkisten herum, die auch draußen benutzt wurden, um Alldorfs Sammlung von Büchern und Kuriositäten zu verpacken. Als Nicolai den Kopf hob und nach oben schaute, entdeckte er eine Öffnung in der linken oberen Ecke der Decke, und als er sich direkt darunter stellte, sah er, dass von dort eine Art Kamin emporgebaut war, durch den man am weit entfernten Ende ein kleines Stück Himmel sehen konnte. Obwohl draußen heller Tag war, sah man in dem kleinen Quadrat am Ende des Schachtes den Himmel als dunklen Fleck und darauf eine Hand voll funkelnder Sterne.

Di Tassi hantierte an einem Gerät herum, das neben dem Aufzug auf einem Tisch aufgestellt war. Als Nicolai hörte, dass der Mann ein Zündholz entfachte, drehte er sich neugierig zu ihm um und schaute ihm zu, wie er eine Reihe von Kerzen ansteckte.

»Kommen Sie her«, sagte er dann. »Ich will, dass Sie das hier lesen.«

Er fuhr damit fort, eine ganze Batterie von Kerzen zu entzünden, die auf ein Magazin gesteckt waren. Der Arzt näherte sich dem eigenartigen Apparat. Er bestand aus einem Holzkasten, auf dessen Oberseite eine durchsichtige Glasplatte angebracht war. Unter dieser Platte schimmerte ein metallischer Gegenstand, aber Nicolai konnte nicht erkennen, was es war. Er beäugte misstrauisch die Verrichtungen Di Tassis.

»Was ist das?«, fragte er schließlich.

»Ein Makroskop«, erwiderte der Mann.

»Ein was?«

»Eine optische Maschine, welche durch Lichtprojektion Erscheinungen vergrößern kann. Sie werden gleich sehen, wie es funktioniert.«

Wonach wurde hier nur gesucht, fragte Nicolai sich zum wiederholten Mal. Di Tassi und seine Mitarbeiter hatten in den letzten zwei Tagen jeden Winkel dieser Bibliothek durchforstet. Aber warum nur? Di Tassi war offenbar kein gewöhnlicher Justizbeamter. Das Gerät, das er da handhabte, sah nicht weniger kompliziert aus als manche der Maschinen, die in Alldorfs Glasvitrinen standen.

»Gehört diese Maschine dem Grafen?«, fragte er.

»Nein«, gab Di Tassi kurz zurück.

Sein Tonfall klang nicht so, als habe er große Lust, ihn weiter aufzuklären. Mittlerweile hatte er fast alle Kerzen angezündet. Sie standen in Fünferreihen hintereinander, fünfzig an der Zahl, und verbreiteten einen hellen Lichtschein in dem dunklen Raum. Was als Nächstes geschah, war völlig phantastisch. Di Tassi begann, an der eigenartigen Maschine eine Reihe von Einstellungen vorzunehmen. Zunächst berührte er einen Mechanismus und entfernte eine Seite des Holzrahmens. Dann schob er das Magazin mit den Kerzen näher heran. Der Effekt war erstaunlich. Die Glasscheibe auf dem Holzkasten begann plötzlich hell zu leuchten. Jetzt erkannte Nicolai auch, dass unter der Glasscheibe kein Metall, sondern ein geneigter Spiegel installiert war, der das Licht der Kerzen sammelte und dann durch die Scheibe hindurch nach oben lenkte. Ein großer, heller Lichtfleck zeichnete sich auf der Decke ab. Di Tassi behielt ihn genau im Auge und schob mit der linken Hand das Kerzenmagazin noch ein paarmal hin und her, bis er die größte Helligkeit erzielt hatte.

Nicolai war sprachlos. Er betrachtete fasziniert die Verrichtungen dieses Mannes, die im Schein des Kerzenlichtes etwas Unheimliches bekamen. Di Tassi legte eine weitere Platte auf das Gerät. Nicolai erkannte zunächst nur ein schwarzes Viereck. Er trat näher heran und wollte herausfinden, was es damit auf sich hatte, aber Di Tassi hielt ihn zurück.

»Nein, warten Sie. So können Sie nichts erkennen.«

»Aber was ist das?«, fragte Nicolai neugierig.

»Asche«, sagte Di Tassi.

»Asche?«, wiederholte Nicolai ratlos. »Sie machen sich lustig?«

»Verbrannte Dokumente«, fügte er jetzt hinzu. »Was Sie hier sehen, ist der Rest eines Pergamentbogens, den wir im Kamin gefunden haben. Meinen Leuten ist es gelungen, einen Teil der Bögen hinter Glas zu fixieren. Diese Apparatur gestattet es, jede

beliebige Stelle des Bogens zu durchleuchten, so dass wir einen Teil der Zeichen entziffern können. Sehen Sie selbst.«
Nicolai traute seinen Augen kaum. Auf dem verkohlten Papier, das zwischen den zwei Glasplatten eingespannt war, waren eindeutig Zeichen zu erkennen.
»Aber .... wie ist das möglich?«, entfuhr es ihm.
»Mit Licht ist alles möglich«, erwiderte Di Tassi. »Man muss es nur dort hinführen, wo es üblicherweise nicht hingelangt.«
Di Tassi deutete auf eine Stelle in diesem Text. *Sapientia est soror lucis* stand dort geschrieben. Die Weisheit ist die Schwester des Lichts. Danach folgten einige völlig unleserlich gewordene Stellen, da der hauchdünne Ascherückstand beim Einfassen in das Glas zerbröselt sein musste. Helle, lichtdurchflutete Löcher waren dort zu sehen, die das Auge blendeten. Nicolai staunte über die Geschicklichkeit, mit der Di Tassis Mitarbeiter solche zerstörten Dokumente wiederherzustellen vermochten. Was waren das nur für Leute? Unterhielt das Reichskammergericht eine geheime Polizei, die sich mit derartigen Dingen befasste? Aber dann erregte ein anderer Satzstummel seine Aufmerksamkeit. ... *horror luciferorum* ... stand da, gefolgt von einer Aufzählung römischer Ziffern.
»Lesen Sie die Stelle hier«, sagte Di Tassi und deutete auf einen Abschnitt am unteren Ende des Dokuments. *Non modo animum gravat, sed etiam fontem vitae extinguit ...,* las er.
»Ein Stoff, der nicht nur den Geist beschwert, sondern die Lebensquelle austrocknet«, übersetzte Nicolai.
»Können Sie damit etwas anfangen?«, fragte Di Tassi.
Das Gelesene löste ein eigentümliches Echo in ihm aus. *Soror lucis! Horror luciferorum!* Was sollte das bloß bedeuten? Was hatte Licht mit dem Teufel gemein?

»Was ist das für ein Text?«, fragte er.
»Einer von mehreren Briefen Maximilians an seinen Vater«, antwortete Di Tassi.
»Und warum hat Alldorf sie vernichtet?«
»Eben. Warum? Was halten Sie davon?«
Nicolai blickte den Mann stumm an. Dann zuckte er mit den Schultern. »Warum fragen Sie mich das?«, erwiderte er. »Ich bin Arzt. Ich habe weder Alldorf noch seinen Sohn gekannt.«
Di Tassi schaute auf ihn herab. »Mich interessiert einfach Ihre Meinung. Wovon ist Ihrer Ansicht nach hier die Rede?«
Nicolai schwieg unsicher. Was wollte der Mann von ihm? Irgendetwas an seinem Verhalten kam ihm jetzt verdächtig vor. Warum zeigte er ihm all diese Dinge?
»Wissen Sie, Lizenziat, diese List mit dem Hund hat mich auf Sie aufmerksam gemacht. Sie sind offensichtlich jemand, der nicht in den üblichen Bahnen denkt. Deshalb interessieren mich Ihre Beobachtungen.«
Jetzt schmeichelt er mir, dachte Nicolai alarmiert. Di Tassi erfüllte ihn plötzlich mit Argwohn. Was tat der Mann hier? Was suchte das Reichskammergericht in diesem erbärmlichen Grafensprengel, in den wirren, versponnenen Aufzeichnungen dieser eigenartigen Familie?
Aber er kam nicht mehr dazu, zu antworten.
»Gnädiger Herr, gnädiger Herr«, erklang eine Stimme in der Bibliothek. Gleichzeitig krachte ein Türflügel gegen die Wand, und das Gepolter von schweren Schritten kam rasch näher.
Di Tassi drehte sich erschrocken um. »Feustking …? Was ist los?«
Der Mann, in voller Reitermontur, stand keuchend im Tür-

rahmen. Er war schweißüberströmt. Seine Hände zitterten. Sein Gesicht war aschfahl.
»Wir ... haben Selling gefunden. Kommen Sie. Schnell.«
Di Tassi reagierte sofort. »Wo?«
»Im Wald. Es ist ... grauenvoll.«
Di Tassi wurde starr. »Was ist geschehen?«
Aber Feustking schüttelte nur stumm den Kopf. Nicolai trat zu ihm hin. Der Mann hatte Tränen in den Augen.
»Was ist mit Ihnen? Was ist mit Kammerherrn Selling?«
»Bitte. Sie sind doch Arzt, nicht wahr? Kommen Sie«, stammelte er. »Kommen Sie schnell.«

2.

Nicolai hatte Mühe, mit Feustkings und Di Tassis halsbrecherischem Galopp Schritt zu halten. Sie ritten direkt nach Westen. Nicolai kannte diese Gegend überhaupt nicht. Irgendwo hinter den Hügeln am Horizont lag Ansbach. Aber das war weit entfernt. Das Gebiet dazwischen gehörte zur Grafschaft Lohenstein mit den ineinander verzahnten Ländereien der fünf unterschiedlichen Familienzweige. Zwei Grenzsteine hatten sie schon passiert, aber Nicolai hatte in der Eile nicht erkennen können, ob Wartensteiger, Aschberger, Zähringer oder Ingweiler Wappen darauf eingemeißelt waren oder ob sie wieder durch Alldorfer Gebiet ritten.

Sie durchpreschten ein Waldstück, kreuzten dann ein weites Feld, auf dem ein Schwarm Krähen in der aufgetauten Erde herumpickte. Sie flatterten erschrocken auf, als die Reiter vor-

beigaloppierten, und flogen laut krächzend davon. Kurz darauf hielten Di Tassi und Feustking auf offenem Feld an. Als Nicolai herangekommen war, hörte er Di Tassi schimpfen.
»Ich dachte, Sie kennen den Weg?«
Feustking schaute hilflos auf eine Karte in seinen Händen. »Ich bin so schnell geritten«, verteidigte er sich. »Hier sieht plötzlich alles ganz anders aus.«
Nicolai betrachtete staunend die Karte, die der Mann vor sich ausgebreitet hatte. So eine detaillierte Landkarte hatte er noch nie gesehen. Doch als er einen genauen Blick darauf werfen wollte, bemerkte er, dass Di Tassi seinem Mitarbeiter ein Zeichen machte. Feustking faltete die Karte unverzüglich wieder zusammen. Nicolai tat so, als habe er nichts bemerkt, und entfernte sich ein wenig, während die beiden Männer den weiteren Weg besprachen.
Der kurze Zwischenfall war Nicolai unangenehm. Wenn diese Landkarte so geheim war, sollte man sie auch nicht herumzeigen, dachte er verdrießlich. Vermutlich war es eine militärische Karte, doch dann stellte sich allerdings die Frage, wie ein Justizrat dazu kam. Doch was ihn besonders störte, war etwas ganz anderes. Warum konnte er solche Karten nicht bekommen! Wie viel genauer könnte er damit seine Katzenepidemie erforschen!
Er schaute sich um. Er wusste überhaupt nicht, wo sie sich befanden. Um sie herum erstreckten sich brachliegende Felder. Hinter ihnen verdeckte schemenhaft eine Baumreihe den Horizont, und vor ihnen schwamm in Augenhöhe eine blasse, weißgelbe Sonne an einem trüben, von schlierigen Wolken bedeckten Dezemberhimmel. Die Pferde schnaubten und stießen Atemfahnen in die kalte Luft hinaus.

»Es muss dort unten sein«, entschied Feustking schließlich und lenkte sein Pferd direkt über das angrenzende Feld in nördlicher Richtung. Di Tassi warf Nicolai einen kurzen Blick zu und riss dann ebenfalls sein Pferd herum. Nach einigen Minuten veränderte sich die Landschaft schlagartig. Sie erreichten einen Abhang, an dessen Fuß sich westwärts eine Ebene auszubreiten begann. Gegenüber jedoch erhob sich ein nicht unbeträchtlicher Bergrücken, aus dessen dichter Bewaldung hier und da schroffe Sandsteinformationen herausragten.

»Hier bin ich vorhin entlanggekommen«, sagte Feustking erleichtert. Di Tassi erwiderte nichts. Nicolai hatte genug damit zu tun, sich auf dem Pferd zu halten. Er begann seine Oberschenkel zu spüren, denn derartiges Reiten gehörte nicht zu seinen täglichen Beschäftigungen.

Sie brauchten fast zwanzig Minuten, bis sie die Niederung erreicht hatten. Das Flüsschen, das sie gegraben hatte, führte wenig Wasser, und sie gelangten ungehindert auf die andere Seite. Dort verloren sie indessen ein wenig Zeit, bis sie den Hohlweg gefunden hatten, der auf den Bergrücken hinaufführte. Hier gab es weit und breit keine menschliche Ansiedlung, dachte Nicolai. Was sollte Selling in diese unwirtliche Gegend geführt haben? Sein Blick glitt an den nassen Sandsteinfelsen hinauf, die über die Baumkronen hinaus in den verhangenen Himmel emporragten. Wie leblos hier alles wirkte. Ein unheimlicher Ort. Hier und da waren tiefe Höhlen in den Stein getrieben worden. Ob Menschen oder die Natur dies getan hatten, war schwer zu entscheiden. Die riesigen schwarzen Löcher waren Nicolai jedenfalls nicht ganz geheuer, und dass Feustking jetzt ausgerechnet vor einem von ihnen stehen blieb, war ihm überhaupt nicht recht.

»Es ist ... da vorne«, sagte Feustking furchtsam.
Di Tassi wandte sich an Nicolai. »Bitte warten Sie hier. Feustking. Los jetzt.«
Nicolai begriff nicht so recht, was dieser Befehl zu bedeuten hatte, aber die Stimme des Justizrates duldete keinen Widerspruch. Er schaute den beiden hinterher, bis sie um die nächste Biegung des Weges, dem sie gefolgt waren, verschwunden waren. Dann hörte er, dass sie in unmittelbarer Nähe einer Gruppe von Menschen angelangt sein mussten. Er stieg vom Pferd und spähte durch die Baumreihen. Aber er konnte nichts erkennen. Hinter ihm gähnte eine dieser schrecklichen Höhlen, aber er vermied es, dort hinzusehen. Stattdessen rieb er seinem Pferd zärtlich die Nüstern, tätschelte seinen Hals und schaute sich um, ob sich nicht ein Büschel Gras finden ließ. Aber daran war in diesem nassen, winterkalten und dunklen Waldstück natürlich nicht zu denken.
Und plötzlich geschah etwas Grauenvolles. Ein gellender Schrei zerriss die Stille. Nicolais Pferd scheute, riss sich los und verlor für einige Augenblicke den sicheren Stand auf dem abschüssigen Waldboden. Er reagierte schnell, beruhigte das Tier, fühlte jedoch gleichzeitig sein Herz rasen.
Er hörte einige aufgeregte Stimmen, dann erklang der Schrei erneut. Was geschah dort? Was sollte er tun? Doch da kam plötzlich Di Tassi zu Fuß den Weg entlang. Der Anblick des Mannes hatte jetzt etwas Unwirkliches. Warum ging er so langsam, so schwer?
Als er näher kam, wurde Nicolai unbehaglich zumute. Was war nur mit dem Gesichtsausdruck des Mannes geschehen? Er war aschfahl. Seine Augen waren aufgerissen. Aber zugleich brannte ein unbändiger Zorn darin.

Er kam direkt auf Nicolai zu. »Lizenziat, waren Sie im Krieg?«, fragte er.

Nicolai war völlig verdutzt. »Nein. Gott sei Dank nicht«, antwortete er ehrlich.

»Es hätte Ihnen auch nichts genutzt. Bereiten Sie sich vor, etwas zu sehen, das Sie selbst im Krieg nicht sehen würden.«

Nicolai wollte etwas erwidern, aber sowohl Di Tassis Worte als auch dessen Zustand verunsicherten ihn. Der Mann wirkte zutiefst erschüttert. Schließlich sagte er nur: »Ist ... Selling tot?«

Di Tassi schaute ihm fest in die Augen. »Mehr als das.«

Er machte eine Pause. Die Baumwipfel rauschten.

»Versuchen Sie, mehr zu erkennen als ich. Ich kann es Ihnen nicht schildern. Sie müssen das mit Ihren eigenen Augen sehen. Sie sind Arzt. Und Sie haben einen besonderen Blick auf die Dinge. Das spüre ich. Also bitte. Helfen Sie uns.«

Nicolai verstand überhaupt nicht, wie ihm geschah. Besondere Fähigkeiten konnte er an sich nicht erkennen. Ausgenommen vielleicht die Fähigkeit, an allem zu zweifeln, was ihm als ausgemacht und erwiesen vorgesetzt, von seiner Erfahrung jedoch ständig widerlegt wurde.

Außerdem bekam er jetzt Angst. Was würde er gleich anschauen müssen? Was war mit Selling geschehen? Was um alles in der Welt ging hier bloß vor sich? Doch bevor er weitere Fragen stellen konnte, brach erneut ein gellender Schrei aus dem Dickicht hervor.

Di Tassi hatte sich nicht von der Stelle bewegt. Er schaute nur bekümmert vor sich hin, war von dem Schrei offenbar überhaupt nicht überrascht worden.

»Was geschieht dort?«, stieß Nicolai atemlos hervor. »Was tun Sie hier?«

Wurde dort jemand gefoltert? Anders war solch ein Schrei nicht zu erklären. Das war die Stimme einer Frau! Kalter Schweiß trat Nicolai auf die Stirn.

»Ich will eine Erklärung, sonst gehe ich keinen Schritt weiter. Und Ihre Männer sollen aufhören ... egal, was sie da tun, sie sollen damit aufhören ...!«

Wie auf Befehl erklang der Schrei erneut. So grauenvoll und schauderhaft wie zuvor. Doch jetzt las Nicolai auf Di Tassis Gesicht, dass auch er nichts anderes wollte, als diese Schreie zu beenden. Dafür hatte Feustking ihn gebeten mitzukommen.

»Ich bitte Sie, sehen Sie selbst«, sagte Di Tassi matt. »Und wenn Sie es können, dann tun Sie etwas ...«

3.

Man hatte das Mädchen gebunden und auf Satteldecken gebettet am Rande der Lichtung abgelegt. Die beiden anderen Mitarbeiter Di Tassis hielten sie fest, hatten jedoch Mühe, ihren zuckenden Körper ruhig zu halten. Ihr Kopf flog hin und her. Ihre langen schwarzen Haare waren lehmverschmiert und schweißnass. Sie verdeckten ihr Gesicht vollständig. Nur manchmal blitzten zwischen den herumfliegenden Strähnen vor Angst irre gewordene Augen hervor. Nicolai stand neben ihr und schaute auf sie herab. Ihre von Lumpen umwickelten Beine zitterten. Ihr Unterleib zuckte wie unter schweren Krämpfen, und sobald einer der Männer seinen Griff etwas lockerte, tat sie alles, um sich aus der Umklammerung zu befreien. Kurz zuvor war es ihr gelungen, das Tuch, das ihr den

Mund verschloss, herunterzureißen, und Nicolai hatte ja selbst gehört, welch rasende Schreie sie ausstieß, wenn man sie ließ. Sie musste besessen sein. Oder wahnsinnig. Oder beides.

Nicolai kniete sich hin, griff nach ihrem linken Handgelenk und versuchte, ihren Puls zu fühlen. Doch bei der Berührung ging ein solcher Stoß durch das ganze Mädchen hindurch, dass er seine Hand erschrocken zurückzog. Sie stöhnte unmenschlich auf und bog ihren Kopf nach hinten. Ihre Haut war eiskalt. Nicolai erhob sich wieder.

»Was ist mit ihr geschehen?«, fragte er.

»Das wissen wir nicht«, antwortete Di Tassi. »Vor etwa einer Stunde haben meine Männer Selling gefunden.«

Er deutete auf Feustking, der auf der anderen Seite der Lichtung stand und dort etwas bewachte, das am Fuß eines Baumes lag. Was immer es war, jemand hatte eine große, dunkelbraune Decke darüber geworfen. Doch der Baum selbst wies auch eine Besonderheit auf. In Brusthöhe war ein schwarzes Tuch um den Stamm gebunden. Etwas ragte dort aus dem Baum heraus und beulte das darumgebundene Tuch aus; aber ob es ein Ast war oder ein Gegenstand, der dort angebracht worden war, war nicht ersichtlich.

»Hagelganz«, fuhr Di Tassi fort, »sagen Sie dem Arzt, was geschehen ist.«

Der Angesprochene kniete auf dem Boden und hielt noch immer das zitternde Mädchen fest. Er hob kurz den Kopf und erklärte in raschen Worten: »Wir haben sie erst entdeckt, als sie anfing zu schreien. Sie muss bewusstlos gewesen sein.«

»Ich vermute, sie hat alles mit angesehen«, warf Di Tassi ein. »Der Schreck muss ihre Sinne verwirrt haben, meinen Sie nicht?«

Nicolai schaute argwöhnisch über die Lichtung zu Feustking und dem dunklen Bündel hinüber. Was hatte sie mit angesehen?

Er fuhr sich mit der Hand über das Gesicht und öffnete dann kurz entschlossen seinen Arztkoffer. Was immer diesem Mädchen zugestoßen war – ihren Zustand konnte gegenwärtig nur Morpheus lindern. Wie er ihr ein Schlafmittel einflößen sollte, wusste er noch nicht, aber im Augenblick war dies die einzig sinnvolle Behandlung. Auch würde er sie zur Ader lassen, um Galle wegzuschaffen, von der ihr Blut völlig überflutet sein musste. Mit einigen schnellen Handgriffen hatte er die geeigneten Ampullen gefunden, zählte die entsprechenden Tropfen in einen Becher, fügte Wasser hinzu und schwenkte den Becher einige Male hin und her.

»Halten Sie sie gut fest«, sagte er dann zu den drei Männern. Er stellte den Becher neben sich ab und durchsuchte seinen Arztkoffer nach einem geeigneten Instrument. Doch er fand nur den Aufsatz eines Klistiers. Er musterte die Kanüle, beschloss, dass sie den Zweck erfüllen würde, nahm ein Glas mit Essig zur Hand und goss einige Tropfen in den Hohlstab hinein. Dann wischte er sorgfältig die Außenseite ab und schob das Instrument so in seinen linken Jackenärmel, dass er das Metall auf der Haut seines Unterarmes spüren konnte. Die Spitze der Kanüle schob er in den Saum des Kleidungsstücks.

Als Nächstes versuchte er, dem Mädchen das Haar aus dem Gesicht zu streichen. Sie bäumte sich auf, doch schließlich gelang es ihm, ihren Hinterkopf zu fassen. Er fuhr mit den Fingern in ihr dichtes Haar und hielt sie fest. Ihr Kopf wurde still. Er spürte die unbändige Kraft, mit der sie sich aus dieser Umklammerung losreißen wollte, doch er griff noch fester zu und gab ihr keinerlei Spielraum. Dann fuhr er mit der Handfläche seiner anderen Hand sanft über ihre Stirn und strich Strähne um Strähne die völlig verschmutzten Haare zur Seite. Er betrachtete erstaunt das völlig verzerrte Antlitz, das darunter zum Vorschein kam. Ihre Wangen waren zerkratzt. Zwei große braune Augen starrten zwischen entzündeten Lidern weit aufgerissen ins Nichts. Blaue, geschwollene Adern liefen unter der Haut ihrer Stirn entlang. Die Knebelung war fest auf ihren Mund gepresst, und das war gut so, denn Nicolai war sich sicher, dass die entsetzlichen Schreie sofort wieder einsetzen würden, wenn man das Tuch lösen würde. Er verstärkte den Griff in ihr Nackenhaar noch einmal. Ihre Augen verengten sich vor Schmerz, doch ihr Kopf lag nun völlig starr in seiner Hand.

Mit einer geschickten Drehung des Handgelenks ließ er nun die Spitze des Klistieraufsatzes aus seinem Ärmel in seine Handfläche gleiten, umfasste ihn, hob den Kopf des Mädchens etwas an und schob das Röhrchen unter dem Knebel hindurch so in ihren Mund hinein, dass die Kanüle zwischen der Innenseite ihrer Wange und ihrem Oberkiefer gegen das Zahnfleisch gepresst zu ruhen kam.

»Sie darf sich jetzt nicht bewegen«, wiederholte er. »Wenn sie das Metall mit den Zähnen zu fassen bekommt und zubeißt, kann sie sich verletzen.« Die Männer nickten und packten noch fester zu.

Nicolai griff nach dem Becher, nahm einen Schluck der Flüssigkeit in den Mund, umschloss dann das Ende der Kanüle mit seinen Lippen und ließ ein wenig des Mittels in den Mund des Mädchens hinabfließen. Sie versuchte, den Kopf wegzudrehen, aber Nicolai hielt sie unerbittlich fest. Die Flüssigkeit floss in ihren Mund hinein, und der Arzt beobachtete zufrieden, dass instinktiv Schluckbewegungen einsetzten. Nicolai wartete, beobachtete den Kehlkopf des Mädchens, ließ dann weitere Flüssigkeit nachfließen und wiederholte den Vorgang, bis sie die erste Portion des Mittels getrunken hatte.

Die ganze Prozedur dauerte fast zehn Minuten, denn Nicolai ließ nur sehr geringe Mengen durch die Kanüle fließen, um sicher zu sein, dass sie sich nicht verschluckte. Einmal schaute er auf und bemerkte, dass Di Tassi ihn aufmerksam beobachtete.

Das Mittel begann zu wirken. An den Augen sah man die Veränderung zuerst. Sie begann zu blinzeln, und die Starrheit des Ausdrucks wurde allmählich schwächer. Auch ihre bisher krampfhaft angespannten Muskeln lösten sich. Ihr Atem ging ruhiger, und es war nur noch eine Frage der Zeit, bis sie einschlafen würde.

Nicolai spülte sich den Mund aus, ließ seine Patientin jedoch keine Sekunde aus den Augen. »Lassen Sie sie noch nicht los«, sagte er und strich ihr noch einmal über die Stirn, bevor er den nächsten Eingriff vorbereitete. Doch als er ihren Fußknöchel nach der besten Stelle für einen Aderschnitt absuchte, erschrak er. Ihr Fußgelenk war geschwollen. Er tastete das Bein ab, was angesichts der Lumpen, mit denen es umwickelt war, nicht einfach war. Doch ob es gebrochen war, konnte er so nicht feststellen. Sollte er sie hier untersuchen? Vielleicht war ihr Knöchel auch nur verstaucht?

»Was ist mir ihr?«, fragte Di Tassi. »Ist sie verletzt?«

»Ihr linkes Fußgelenk ist geschwollen«, erwiderte Nicolai. »Ich werde auf alle Fälle ihr Bein schienen, bevor sie transportiert wird. Aber hier kann ich sie nicht richtig untersuchen.«

»Das können Sie in aller Ruhe auf Schloss Alldorf tun«, erwiderte Di Tassi. »Sind Sie mit ihr fertig?«

»Nein«, entgegnete Nicolai gereizt. Der plötzlich wieder herrische Ton des Mannes gefiel ihm überhaupt nicht. Das arme Mädchen vor ihm auf dem Boden schien ihn schon gar nicht mehr zu interessieren.

»Ich muss ihr Blut noch reinigen. Das wird einen Augenblick dauern. Dann brauche ich warme Decken, einige starke Holzstäbe und Verbandszeug.«

»Wir haben kein Verbandszeug«, sagte Di Tassi ungeduldig.

»Dann suchen Sie welches«, erwidert Nicolai. »Sie haben mich geholt, damit ich meine Arbeit tue. Also lassen Sie mich arbeiten.«

Der Mann wollte etwas erwidern, besann sich dann jedoch anders, zog mit einer raschen Bewegung eine der Satteldecken unter dem Mädchen hervor, warf sie einem der Männer hin, die sie bisher gehalten hatten, und befahl ihm, die Decke in Streifen zu reißen.

Das Geräusch zerreißenden Stoffes hallte über die Lichtung, während Nicolai die Ader am rechten Fußgelenk des Mädchens öffnete und Schale um Schale mit Blut füllte. Als der Aderlass beendet war, schlief das Mädchen. Nicolai verband die Wunde, schiente mit einigen raschen Handgriffen ihr linkes Bein, löste den Knebel von ihrem Mund und wusch ihr Gesicht ein wenig ab. Ihr von schwarzem Haar umrahmtes Gesicht sah sehr jung aus, doch ihr Körper, dessen Formen Nicolai durch ihre Kleidung hindurch erahnen konnte, hatte überhaupt nichts Mädchenhaftes. Ein Bauernmädchen, dachte er. Wie alt sie wohl war? Wie war sie hierher gekommen? Und was würde geschehen, wenn sie wieder zu sich kam?

Er hätte dieses Gesicht gern noch sehr viel länger angeschaut, aber um ihn herum war bereits Bewegung entstanden. Er riss

sich also davon los, erhob sich und verstaute seine Instrumente wieder. Di Tassis Männer schlugen weitere Decken um das Mädchen und wickelten sie gut gegen die Kälte ein.
»Ein Wagen ist unterwegs«, sagte Di Tassi. »Ich danke Ihnen. Das haben Sie wirklich sehr gut gemacht.«
Nicolai schaute noch ein letztes Mal auf das schlafende Gesicht. Dann blickte er zu dem Baum hinüber, an dessen Fuß noch immer jenes unheilvolle Bündel lag.
Er griff nach seinem Koffer.

4.

Jetzt brannten Fackeln auf der Lichtung. Die Dämmerung war hereingebrochen. Di Tassi hatte außerdem zwei Laternen mitgebracht, von denen er jetzt eine dem Arzt reichte.
»Ich muss Sie warnen«, sagte er, während sie langsam auf die Stelle zugingen, die im Lichtschein der Fackeln vor ihnen lag. »Man hat ihm die Kehle durchgeschnitten. Der Schnitt ist sehr tief und reicht bis zur Wirbelsäule.«
Sie waren nun bis auf einige Schritte herangekommen. Nicolai spähte aufgeregt über das schlecht ausgeleuchtete Bündel hinweg und versuchte die Erinnerung an den lebendigen Menschen Selling aus seinen Gedanken zu vertreiben. Aber je mehr er dies versuchte, desto eindringlicher wurde die Erinnerung an ihn. Er hörte plötzlich sogar seine Stimme wieder, den Tonfall seiner Rede, wie er ihn vor wenigen Nächten das letzte Mal gehört hatte. Er spürte einen Krampf im Hals, beherrschte sich jedoch und atmete tief durch.

Kurz bevor sie die Stelle erreicht hatten, blieb Di Tassi stehen und griff Nicolai am Arm. »Lizenziat, ich sollte Ihnen eigentlich sagen, was Sie gleich sehen werden, aber ich würde Sie lieber direkt damit konfrontieren.«

Nicolai schwieg nervös und starrte auf den Baum und dann wieder auf das umrisshaft sichtbare braune Leintuch davor auf der Erde. Offenbar erwartete ihn ein entsetzlicher Anblick. Eine durchschnittene Kehle war nichts Schönes, aber kaum Anlass für solch eine Vorbereitung. Er wusste, wie ein durchtrennter Hals aussah. Bei diesem Licht sähe er wenig mehr als eine keilförmig klaffende dunkle Öffnung unter dem Kinn. Entsetzlich wäre vor allem der Anblick des Gesichts, die weit aufgerissenen oder vielleicht halb geschlossenen Augen, die erstarrten Züge, die wächserne Farbe der Haut, und hier im Wald natürlich das Getier, das sich, durch die große Wunde angelockt, längst eingefunden haben würde. Wollte Di Tassi ihn darauf vorbereiten? Auf den Tierfraß?

»Wissen Sie, wie lange er schon hier liegt?«, fragte der Arzt.

»Nein. Aber nicht länger als einige Stunden.«

»Ist die Leiche angefressen?«

Di Tassi schüttelt den Kopf. Dann fügte er hinzu: »Das wäre ja noch zu verstehen. Bitte seien Sie vorbereitet. Aber erschrecken Sie nicht, sondern versuchen Sie, etwas zu verstehen.«

Nicolai schaute ihn verwundert an.

»Bitte. Schauen Sie.«

Di Tassi bückte sich, hielt die Laterne eine Armlänge über das verhüllte Bündel und schlug den Stoff zurück.

Nicolai stockte der Atem. Er fühlte, wie sein Verstand versuchte, Ordnung in das Bild zu bringen, das sich ihm bot. Aber es gelang ihm nicht. Er spürte ein Würgen im Hals. Aber auch dieser Reflex erstarb auf halber Strecke. Was war mit Sellings Gesicht geschehen? Oder besser: Wo war es hingekommen?

Er betrachtete sprachlos den unförmigen Klumpen, der auf Sellings Rumpf saß. Es war eigenartig, denn er erkannte fast alles an dem Mann wieder. Seine eleganten Hosen, den gestärkten Stoff seines weißen Hemdes, die Jacke mit den glänzenden Knöpfen. Plötzlich durchfuhr in ein weiterer Schock. Großer Gott! Die Hände. Nicolai starrte fassungslos auf die Stümpfe, die aus den Jackenärmeln herausragten. Diese Bestie, wer immer es war, hatte Selling die Hände abgeschlagen. Was war nur mit diesem Körper geschehen? Er schien einer ganz anderen Ordnung anzugehören, einer Ordnung, die aus einer völlig fremden, grauenvollen Welt zu stammen schien.

Nicolai ließ seinen Blick über die nächste Umgebung des Toten schweifen. Der Waldboden war wie umgepflügt. Stiefelspuren waren zu sehen. Offenbar hatte ein Kampf stattgefunden. Nicolai hatte den Eindruck, dass es mehrere Männer gewesen sein mussten, die den Kammerdiener überwältigt hatten. Der Angriff konnte nicht ganz überraschend gekommen sein, denn ein solcher Halsschnitt unterbrach augenblicklich alle Lebenskräfte. Das Opfer würde einfach zusammensacken und keine solche Bodenverwüstung in seiner unmittelbaren Nähe verursachen.

Nicolai betrachtete erneut die verstümmelten Unterarme. Vermutlich hatte Selling bereits auf dem Boden gelegen, als er den furchtbaren Schnitt empfing. Nicolai schloss die Augen. Welch entsetzliche Art zu sterben. Bilder schossen ihm durch den Kopf. Einer der Täter hatte vielleicht auf seinem Brustkorb gesessen und seine Arme festgehalten, während ein anderer seinen

Kopf nach hinten riss und das Messer hob, um ... Oder waren es noch mehr Täter gewesen? Oder doch nur ein einzelner?
Er öffnete die Augen wieder und verscheuchte das grauenvolle Bild. Aber warum? Wer sollte das getan haben? Und was war mit diesem Gesicht geschehen? Jetzt schaute er doch wieder hin, betrachtete mit Schaudern den Schnittrand, die weißliche, fleischige Linie, die von den Schläfen über die Wangenknochen zum Kinn hinablief und sich von dort auf der anderen Seite wieder zur Schläfe hinauf und dann quer über die Stirn zog. Innerhalb dieses Schnittes gähnte eine schwärende, rotbraune Fläche, wo einmal Sellings Gesicht gewesen war. Wangen, Lippen, die Nase und die Augenlider, sogar die Augen selbst waren verschwunden.
»Sind Sie bereit?«, flüsterte Di Tassi und machte einen Schritt auf den Baum zu.
Nicolai nickte. Was für einen weiteren Schrecken konnte der Mann jetzt wohl noch bereithalten? Er blickte auf und schaute zu, wie Di Tassi das Tuch von dem Baum entfernte.
»Allmächtiger ...«, entfuhr es ihm.
Welche barbarischen Mörder hatten das getan? In Brusthöhe stak ein Messer in der borkigen Rinde. Sein Schaft aus schwarzem Holz glänzte matt im Schein von Di Tassis Laterne. Die Klinge, etwa zwei Finger breit und stark verschmutzt, war tief ins Holz getrieben und hielt auf diese Weise etwas gegen den Baum geheftet, das Nicolai jetzt erkannte: Sellings Augen! Der Anblick schnitt ihm die Luft ab. Unwillkürlich wich er ein paar Schritte zurück. Wie konnte Di Tassi sich einbilden, er könne hierzu auch nur irgendeine Erklärung liefern. Welch monströses Verbrechen! Der arme Selling! Was hatte er getan, dass man ihn so bestialisch verstümmelte? Er dachte an das Mädchen.

War sie auch … hatte man ihr das Gleiche angedroht? Oder hatte sie alles beobachtet und war deshalb in solch einen Zustand verfallen?

Er bemerkte, dass Di Tassi ihn erwartungsvoll anschaute. Offenbar war die Sache noch nicht ausgestanden.

»Ich … ich kann Ihnen nicht helfen«, stammelte Nicolai. »Das ist … Teufelswerk. Ich … ich kann nicht.«

»Teufel hinterlassen aber keine lateinischen Botschaften, oder?«

»Bitte … decken Sie das wieder zu. Es ist entsetzlich … ich meine, dieser arme Mann hat doch nichts getan.«

Seine Stimme zitterte. Aber Di Tassi, scheinbar unbeeindruckt von der Bestürzung des Arztes, griff nach dem Messer und zog es mit einiger Mühe aus dem Holz heraus. Nicolai schauderte. Di Tassi trat vor ihn hin, reichte ihm das Messer, hob seine Laterne hoch und sagte: »Lesen Sie!«

»Ich kann nicht«, sagte er.

Di Tassi nahm das Tuch, wickelte es um die Klinge und entfernte mit einer kurzen Bewegung die aufgespießten Augen. Dann hielt er Nicolai erneut das Messer hin.

Der Arzt schaute angewidert auf die von eingetrocknetem Blut verschmierte Klinge, auf der sich jedoch unter dem Lichteinfall von Di Tassis Laterne jetzt eine Gravur abzeichnete. Nicolai las, aber seine Empörung wurde dadurch nur noch gewaltiger. Wer tat nur so etwas? Welche kranke Seele war zu solch einem Verbrechen fähig?

In te ipsum redi.

Schaue in dich selbst hinein.

Nicolai starrte verstört das Messer an.

Di Tassi schwieg. Auch die anderen Männer gaben keinen Laut von sich. Feustking stand neben dem Toten. Die beiden

anderen Mitarbeiter Di Tassis knieten neben dem jetzt schlafenden Mädchen auf der Erde. In der Ferne hörte man Hufschlag. Ein Wagen schien sich zu nähern.
In te ipsum redi.

5.

»Sie wissen also nicht, ob sie den Schock überwunden hat?«
»Nein. Sie schläft noch.«
»Ist sie verletzt?«
»Ihr Körper ist unversehrt, aber wie es um ihre Sinne steht, kann ich noch nicht sagen.«
»Haben Sie sie festgebunden?«
»Ja, vorsichtshalber.«
»Und wie lange wird es noch dauern, bis sie wieder zu sich kommt?«
»Drei, vier Stunden vielleicht. Daher möchte ich mich auch zurückziehen und ausruhen. Ich bin müde und würde die wenigen Stunden gerne zum Schlafen nutzen.«
Di Tassi schob Nicolai einen Becher hin und goss ihm aus einer bauchigen Flasche etwas Rotwein hinein. »Hier. Trinken Sie. Das wird Ihnen die Nachtruhe versüßen.«
Nicolai griff ohne Zögern zu und nahm einen großen Schluck.
Sie saßen in Sellings Büro. Hier hatte sich nichts verändert. Alles war genauso wie vor drei Tagen, als er das erste Mal auf dieses Schloss gekommen war. Doch zugleich war alles anders.
»Sie müssen sie unbedingt so weit wieder herstellen, dass sie uns eine Beschreibung der Täter geben kann«, sagte Di Tassi.
»Sie meinen also, sie hat das alles mit angesehen?«

»Haben Sie sonst eine Erklärung für ihren Zustand?«
Nicolai schüttelte den Kopf. Nein. Di Tassi hatte wohl Recht.
»Wissen Sie, wer sie ist?«, fragte er dann zurück.
»Nein. Aber das werden wir bald herausfinden. Zwei meiner Leute reiten morgen die Dörfer der Umgebung ab. Außerdem müssen wir Zinnlechner suchen.«
»Er ist also auch verschwunden?«
»Ja. Alles weist darauf hin, dass er der Täter ist.«
Nicolai stutzte. »Zinnlechner soll das getan haben? Das glaube ich nicht.«
Di Tassi erwiderte zunächst nichts, sondern schaute Nicolai nur auf eine merkwürdige Weise an. Etwas an diesem Mann verunsicherte Nicolai immer wieder. Die meiste Zeit fühlte er die naturgegebene Distanz nicht, die zwischen ihnen existierte. Doch dann war er plötzlich wieder der Reichsbeamte, ein Mensch aus der Welt der Fürstenhöfe und Kanzleien, der seine Pflicht tat, seine Untergebenen befehligte und unangreifbar im Schutz seiner mannigfaltigen Privilegien ein Universum bewohnte, das von dem Nicolais so weit entfernt war wie der gute Mond.
»Selling und Zinnlechner sollten mir heute Morgen über die Vorgänge der letzten Wochen und Monate Rede und Antwort stehen«, sagte Di Tassi. »Kurz bevor Sie hier eintrafen, wurde mir jedoch gemeldet, dass Kammerherr Selling das Schloss verlassen hatte. Ich ließ sein Gemach durchsuchen. Aber es war nichts mehr da. Er hatte in aller Heimlichkeit gepackt. Ich ließ Zinnlechner rufen, weil ich dachte, er wisse etwas über den Umstand. Aber Zinnlechner war ebenfalls verschwunden. Die Kleidertruhen leer. Sein Pferd gleichfalls nicht im Stall. Also schickte ich meine Leute los, die beiden zu verfolgen und einzufangen. Ihre Spuren im Schnee waren ja gut sichtbar. Sie

führten an die Stelle, wo wir Selling gefunden haben. Die weiteren Vorfälle haben Sie selbst miterlebt.«
»Selling ist weggeritten, und Zinnlechner ist ihm gefolgt?«
»Ja. So sieht es aus.«
»Und es gibt keine Hinweise, wo Zinnlechner sein könnte?«
»Nein. Bisher nicht. Aber ich lasse alle vier Spuren verfolgen.«
»Vier?«
»Ja. Es führen vier Pferdespuren von dieser Lichtung weg. Zwei verlieren sich kurz vor Ansbach, die dritte auf dem Weg nach Hanau, die vierte führt nach Osten. Das ist alles, was wir bisher wissen.«
»Und das Mädchen? Wie kam sie dorthin?«
»Sie muss zu einem der Dörfer hier unterwegs gewesen sein. Wahrscheinlich ist sie einem der Reiter gefolgt.«
»Aber warum sollte sie das getan haben?«, fragte Nicolai.
»Ich weiß es nicht. Deshalb hoffe ich ja, dass Sie sie wiederherstellen, damit sie uns diese Dinge erklären kann.«
Di Tassi schaute kurz zur Decke hinauf und atmete hörbar durch die Nase. »Ausgezeichnet, dieser Rotwein.«
Nicolai schwieg irritiert. Er fühlte sich noch immer wie zerschlagen von den letzten Stunden.
»Sie kannten diesen Selling, nicht wahr?«, fuhr Di Tassi fort.
Nicolai nickte. »Er empfing mich vor vier Tagen hier in diesem Zimmer. Kurz darauf kam Herr Kalkbrenner hinzu, und später auch noch Herr Zinnlechner.«
Di Tassi hob die linke Augenbraue, verzog das Gesicht ein wenig und sagte: »Und alle drei Herren hatten offenbar nach des Grafen Tod ein großes Interesse daran, dieses Schloss so schnell wie möglich zu verlassen.«
Der Satz blieb vieldeutig im Raum stehen. Nicolai dachte vor

allem an Zinnlechner. Er hatte mit dem Apotheker Alldorfs Leiche untersucht. Jetzt schauderte ihm bei dem Gedanken. Sollte es wirklich Zinnlechner gewesen sein, der Selling so zugerichtet hatte? Er konnte es einfach nicht glauben. Aber wer sonst sollte es getan haben?

Der Justizrat schien gleichfalls an den Apotheker zu denken.

»Zinnlechner haben Sie etwas näher kennen gelernt, nicht wahr?«, fuhr er fort. »Was machte er für einen Eindruck auf Sie? Gab es Spannungen zwischen ihm und Selling?«

»Nein«, entgegnete Nicolai. »Jedenfalls habe ich davon nichts bemerkt. Wenn es Spannungen gab, dann rührten sie von Kalkbrenner her.«

»Haben Sie dafür eine Erklärung?«

Nicolai überlegte kurz. »Darf ich Sie etwas fragen?«

»Bitte.«

»In Nürnberg gibt es Gerüchte, Graf Alldorf habe sehr viele Schulden hinterlassen. Stimmt das?«

»Warum fragen Sie das?«

»Es könnte erklären, warum Kalkbrenner verschwunden ist.«

Di Tassi zögerte einen Augenblick. »Wir haben das ganze Ausmaß des Betruges noch nicht erfasst«, erklärte er dann. »Aber es stimmt, es ist sehr viel Geld verschwunden.«

»Und Graf Alldorfs gesamte Familie ist innerhalb eines Jahres gestorben, nicht wahr?«

Di Tassi nickte. »Lizenziat, worauf wollen Sie hinaus?«

»Ich sammle nur die Fakten. Wenn Sie möchten, dass ich nachdenke, muss ich die Fakten kennen.«

»Und? Was sagen Ihnen die Fakten?«

»Kalkbrenner war Alldorfs Verwalter. Wenn Graf Alldorf unlautere Geschäfte betrieben hat, muss Kalkbrenner davon gewusst haben. Denkbar ist auch, dass Kalkbrenner selbst vielleicht für den Betrug verantwortlich war. Die Möglichkeit, dass der Graf gestorben war, machte Kalkbrenner natürlich Angst. Der Betrug würde nun entdeckt werden. Kalkbrenner musste Zeit gewinnen, um seine Flucht vorzubereiten. Also versuchte er die Öffnung der Bibliothek so lange wie möglich hinauszuzögern. Das erscheint mir durchaus logisch.«

Der Justizrat schenkte Wein nach und nickte zufrieden. »Ihre Überlegungen sind sehr interessant, Lizenziat. Sprechen Sie weiter.«

»Selling und Zinnlechner waren wirklich um den Grafen besorgt. Kalkbrenner indessen war bis zum Schluss dagegen, in die Bibliothek einzudringen. Gegen die Sache mit dem Hund konnte er jedoch nichts einwenden und entschied sich dann zur sofortigen Flucht. Aber die eigentliche Frage ist für mich eine andere.«

»Und welche?«

Nicolai versuchte sich zu erinnern. Der Apotheker hatte ihm in jener Nacht so manches berichtet, was erst jetzt allmählich einen Sinn zu ergeben schien.

»Wenn ich Herrn Zinnlechner richtig verstanden habe, so soll sich Graf Alldorf nach dem Tod seines Sohnes Maximilian letztes Jahr in Leipzig völlig verändert haben.«

Di Tassi erhob sich und ging ein paar Schritte auf und ab. Dann suchte er nach einigen Papieren, setzte sich wieder hin und begann sich Notizen zu machen. Indessen schilderte Nicolai, was der Apotheker ihm erzählt hatte – die kurz aufeinander folgenden Todesfälle und die Besuche jener blonden Frau und der unbekannten Männer.

Di Tassi lauschte mit wachsender Anspannung. Seine Feder

glitt behände über das Papier. »Zinnlechner glaubte also, Maximilian sei ermordet worden, um die Alldorf'sche Linie auszulöschen?«, fragte er, als Nicolai zum Schluss gekommen war.
»Ja. Das hat er jedenfalls angedeutet.«
»Aber Ihrer skeptischen Miene entnehme ich, dass Sie das nicht glauben.«
Nicolai hob abwehrend die Hände. »Mit Verlaub. Ich bin Arzt. Und Ihr Zeuge. Aber ich maße mir kein Urteil über diese Vorgänge an.«
Di Tassi trank einen Schluck. Dann sagte er: »Vielleicht kann ich von Ihnen etwas lernen. Wie denkt ein Arzt? Was würden Sie an meiner Stelle tun?«
Nicolai wurde unsicher. Was wollte Di Tassi von ihm? Dies war offensichtlich sehr viel mehr als eine Zeugenvernehmung. Öffnete sich hier eine Tür für ihn, die ihn aus seiner kümmerlichen Existenz in Nürnberg herausführen könnte?
Er schaute dem Justizrat in die Augen und sagte: »Ich würde an den Ausgangspunkt zurückkehren.«
»Und was heißt das?«, fragte Di Tassi.
Der Gedanke war ihm ganz plötzlich gekommen. Die Regeln der Vernunft galten überall gleich. In Fulda war er mit seinen Ideen nur auf Ablehnung und Widerspruch gestoßen. Aber dieser Di Tassi schien seinen Überlegungen gegenüber aufgeschlossener zu sein. Sollte er es riskieren?
»Eine Magd war in einen Nagel getreten«, begann Nicolai. »Die Wunde war klein. Dennoch wurde sie eitrig, und ein böser Fluss setzte ein. Offenbar hatte der Schreck oder der Schmerz der Verwundung im Körper der Magd dazu geführt, dass ein Krampf eine Verhärtung von Schleim oder Blut bewirkte, das sich nun staute, stockte und faul wurde. Die Wunde war als

Ausgang zur Ableitung dieser Fäulnis zu klein. Ich gab also abführende Mittel und türkischen Rhabarber, um die Säfte in die Beine zu treiben. Außerdem schnitt ich die Wunde auf, um mehr Eiter auszulassen. Aber es half nichts. Der Fuß begann zu schwären. Die Öffnung war zu gering. Daher ließ ich mehrfach zur Ader, um ausreichend Fäulnis aus dem Körper ablassen zu können. Aber es war zu spät. Die Säfte stockten mehr und mehr, der Fuß wurde schwarz, und die Magd starb.«

»Und weiter?«, fragte Di Tassi ungeduldig, da Nicolai eine Pause gemacht hatte.

»Ich habe Dutzende solcher Fälle erlebt und von Hunderten gelesen«, sagte der Arzt. »Und es will mir scheinen, dass wir in einem Irrtum gefangen sind, wenn wir die Ursache für die Vergiftung immer nur im Körper suchen.«

»Wo sollte man die Ursache denn sonst suchen?«, fragte der Justizrat erwartungsvoll.

Nicolai sprach ruhig weiter. »Was immer in diesem Schloss und mit dieser Familie geschehen ist, folgt einer Kette von Ursache und Wirkung. Drei, vielleicht sogar vier Menschen sind nacheinander krank geworden und gestorben. Drei weitere Menschen verhalten sich daraufhin sonderbar. Es ist offensichtlich, dass unser Denkvermögen versucht, diese Ereignisse nach Ursache und Wirkung zu ordnen. Aber wir stehen nur Phänomenen gegenüber. Einzelnen Erscheinungen. Wir wissen nicht, was eine Ursache und was eine Wirkung ist. Vielleicht haben wir es mit Symptomen zu tun. Nicht mit Ereignissen, die für sich stehen, sondern mit Folgen eines Ereignisses, von dem wir nichts wissen oder das wir nicht beobachtet haben. Um im Bild der Magd zu bleiben: Wir betrachten nur den Körper, die Manifestationen seiner Reaktionen, und suchen die Erklärung in ihm. Und nicht in den Beziehungen, in denen dieser Körper steht. Was wir als Erscheinung betrachten, ist vielleicht nur eine Fabel. Denn die eigentliche Frage lautet doch: Welches Ereignis ging allen anderen Ereignissen voraus? Wo begann die Kette von Ursache und Wirkung? Wann beschloss der Körper, krank zu werden?«

»Und wo sitzt Ihrer Auffassung nach die Ursache?«, fragte Di Tassi, jetzt wirklich ungeduldig.

»Ich weiß es nicht«, sagte Nicolai. »Aber vielleicht sitzt sie im Nagel.«

Di Tassi schwieg einen Augenblick lang und schaute Nicolai nur verwundert an.

»Im Nagel?«, wiederholte er verblüfft. »Und wo ist der Nagel?«

Nicolai hob die Augenbrauen. Sah der Mann dies nicht? Es war doch so offensichtlich. Di Tassi schaute Nicolai erwartungsvoll an.

»In Leipzig«, sagte Nicolai.

Di Tassi lehnte sich zurück und spitzte die Lippen. Seine Stirn war in tiefe Falten gelegt. Dann hellte sich seine Miene auf.

Doch er kam nicht mehr dazu, zu antworten. Ein lautes Klopfen unterbrach ihr Gespräch. Dann flog die Tür auf, und Feustking trat in den Raum. Nicolai erhob sich sofort, denn noch bevor der Mann sein Anliegen vorgetragen hatte, hörte er bereits im Hintergrund die Schreie des Mädchens. Sie war früher erwacht, als er gedacht hatte. Und ihr Zustand war unverändert. Ohne ein weiteres Wort eilte er hinaus.

6.

Die Hände zitterten ihm, als er ihr Kleid öffnete.
Ihr Atem ging ruhig, und ihre Brüste hoben und senkten sich mit beruhigender Regelmäßigkeit. Sie trug ein einfaches weißes Kattunhemd unter ihrem Kleid, so wie es für die Bauernmädchen in der Gegend üblich war.
Als er die Knopfreihe bis zur Taille hinab gelöst hatte, schob er vorsichtig seinen Unterarm unter ihren Rücken, hob sie leicht an, zog den Rest ihres Kleides vorsichtig über die Beine hinab und ließ den Stoff dann einfach zu Boden fallen. Sie reagierte nicht, sondern sank einfach wieder in die Kissen zurück, ohne dass sich in ihrem Gesicht irgendeine Reaktion einstellte.
Es hatte Stunden gedauert, bis sie sich beruhigt hatte. Er hatte sich lange dagegen gesträubt, sie erneut zu betäuben. Was immer in ihrer verstörten Seele vor sich ging, es musste sich dort austoben. Manchmal war sie ruhiger geworden, und Nicolai hatte diese relativ stillen Augenblicke genutzt, um ihr gut zuzureden. Er hatte sie noch immer nicht richtig untersucht und gehofft, damit warten zu können, bis sie halbwegs wieder zu sich gekommen war. Doch neuerliche Anfälle hatten diese Hoffnung zunichte gemacht und ihn gezwungen, ihr erneut ein Schlafmittel einzuflößen. Er hatte eine geringere Dosis gewählt, dann ihre aufgesprungenen Lippen mit Wasser benetzt, immer wieder ihre dunklen Haare aus der Stirn gestrichen und besänftigend auf sie eingesprochen, bis sie eingeschlafen war.
Und jetzt lag sie vor ihm. Er hatte große Mühe, seine Sinne unter Kontrolle zu behalten. Er betrachtete ihren Hals und dann ihre Schlüsselbeine, die sich unter ihrer Haut weich abzeichneten. Sie schien Fieber zu haben. Ihre Haut glänzte, und kleine

Schweißperlen waren auf ihrem Brustansatz zu sehen. Er hatte Mühe, sich zu konzentrieren. Er sollte ihr Fußgelenk untersuchen. Und vielleicht hatte sie ja auch noch andere Prellungen oder Brüche, um die er sich kümmern musste. Doch er vermochte kaum, den Blick vom Gesicht dieses Mädchens zu wenden. Sein Herz klopfte, und er spürte, dass er jemanden holen sollte, dass es nicht gut war, dass er mit ihr allein in diesem Zimmer war. Aber zugleich wollte er nichts dringlicher als mit ihr allein sein. Immer wieder kehrten seine Augen an jene Stelle zurück, wo die Brust des Mädchens sich unter dem weißen Kattunhemd hervorwölbte, sich hob und senkte mit den regelmäßigen Atemzügen, den Stoff anspannte und durchsichtig werden ließ. Durch das Gewebe hindurch sah er die großen, dunkelbraunen Höfe um ihre Brustspitzen und fragte sich, um andere Gedanken abzuwenden, ob sie schon geboren haben mochte. Ein unbeschreibliches Gefühl durchfloss seine Lenden, ein pulsierender, warmer Strom, der ihm Angst machte. Er riss sich zusammen, bedeckte ihren Oberkörper wieder und machte sich daran, ihre Beine zu untersuchen.

Das linke Fußgelenk, so schien es ihm, war noch weiter angeschwollen. Er löste die Tuchfetzen ab, mit denen sie sich in Ermangelung von Beinkleidern die Unterschenkel gegen die Kälte eingewickelt hatte. Dann tastete er das Schienbein bis zum Knie hinauf ab, fand dieses jedoch unversehrt. Sie musste umgeknickt sein. Aber gebrochen war das Bein nicht. Jedenfalls nicht am Unterschenkel. Er löste auch am anderen Bein die grob gewebten Stoffbahnen ab und fand dort alles gesund. Gegen die Schwellung, so wusste er, war er machtlos. Das Gelenk war ruhig zu stellen, und nach einiger Zeit würde die Natur den ursprünglichen Zustand wiederhergestellt haben.

Ebenso machtlos war er gegen die verführerische Kraft, die dieser Körper auf ihn ausübte. Er schaute sich um, als befürchte er, jeder im Schloss könne auch durch die verschlossenen Türen hindurch seine Gedanken erraten. Gleich würden sie kommen, um ihn von dem Mädchen wegzureißen. Aber nichts geschah. Er war alleine mit ihr in diesem Zimmer, das er noch nie gesehen hatte. Eine Magd oder sonst eine Hausangestellte dürfte es bis vor einigen Tagen bewohnt haben. Die Schränke standen noch offen und gaben den Blick frei auf leer geräumte Regale. Ein Bett, ein Stuhl, eine kleine Kommode. Das war das ganze Mobiliar. Der Bettkasten war mit Streu ausgeschüttet, die nun von den Satteldecken, mit denen das Mädchen umwickelt gewesen war, bedeckt wurde. Aber all dies nahm Nicolai gar nicht richtig wahr. Ein unbändiges Verlangen stieg in ihm auf. Er setzte sich auf die Bettkante und weidete sich an dem Anblick des schlafenden Mädchens, das ihm mit jedem Augenblick schöner erschien.

Er schlug die Decke, die er über ihr ausgebreitet hatte, wieder zurück. Er wusste, dass er etwas Verbotenes tat, aber er konnte nicht anders. Die Versuchung war zu stark. Er musste sie einfach ansehen. Ihr schwarzes Haar fiel über ihre hohen Wangen herab und umfloss ihre nackten Schultern. Nicolai nahm ein Tuch zur Hand und tupfte behutsam die Schweißperlen von ihrer Haut. Er strich über ihre Stirn, dann über ihre Wangen zu ihrem Hals hinab, dann vorsichtig über ihre Schultern und über die Wölbung ihrer üppigen Brüste. Langsam schob er den Saum ihres Hemdes mehr und mehr herab. Noch einmal zog er die Hand zurück, als könne er damit seinem Begehren Einhalt gebieten, doch das Gegenteil geschah. Schweiß trat auf seine Stirn. Sein Herz klopfte, und er spürte ein Stechen im Unterleib. Plötzlich wurde alles still in ihm. Er trat dicht an das Mädchen hin, ließ seine Finger unter den Saum ihres Hemdes gleiten und spürte die köstliche Weichheit und Wärme ihrer vollen Brüste. Dann, mit einer unendlich sanften Bewegung, schob er den Stoff beiseite und entblößte sie.

Was tat er hier nur? Aber etwas in ihm war stärker als alle Einwände seines Gewissens. Er beugte sich über sie und nahm den Anblick ihrer Nacktheit in sich auf wie einen berauschenden Duft. Alles, was er sah, betörte ihn. Ihr fein geschnittenes Gesicht, die ebenmäßigen Linien ihres Profils, ihr graziler Nacken, der sich in diesen wunderschön geformten Oberkörper ergoss, umrahmt von zierlichen Schulterblättern, zart wie Vogelschultern. Er beugte sich vor, senkte seinen Kopf auf sie herab, näherte sich der linken Brust und umschloss ihre Spitze mit seinen Lippen. Die Berührung war ein Schock für ihn. Die Weichheit und Wärme, die köstliche Zartheit dieser Haut drohte ihn um den Verstand zu bringen. Er musste sofort aufhören. Doch er konnte nicht. Wieder und wieder glitt seine Zunge über sie hinweg, als suche sie verzweifelt eine Erklärung für diesen Genuss, einen Namen für dieses Entzücken. Schließlich richtete er sich wieder auf. Er atmete schwer, betrachtete die nun feucht glänzende Stelle, die von seinem Vergehen zeugte. Das Mädchen lag bewegungslos da. Nichts auf ihrem Gesicht deutete darauf hin, dass sie etwas von den Vorgängen um sie herum gespürt hatte.

Nicolai fuhr sich mit der Hand über das Gesicht. Aufhören, sagte er sich. Du musst aufhören. Gewissensbisse keimten in ihm auf. Was er hier tat, war das Schlimmste, was ein Arzt sich zuschulden kommen lassen konnte. Ein völlig wehrloses Wesen so zu benutzen für seine Wollust. Aber die Einwände seines

Gewissens klangen matt und leer im Vergleich zu dem Lärm, den sein von Begierde überfluteter Körper veranstaltete. Tausend Glocken läuteten ihm zu, dieses Fest der Sinne fortzusetzen. Noch immer lag das halb entblößte Mädchen in seiner ganzen Schönheit vor ihm auf dem Bett, umspielten ihre schwarzen Haare ihre nackten Schultern, hoben und senkten sich ihre großartigen Brüste gleichmäßig zu ihrem ruhigen Atem. War es nicht seine Pflicht, auch ihre Oberschenkel zu untersuchen? Und sei es nur, um sich zu prüfen, um sicherzustellen, dass seine Verkommenheit nicht so weit reichte, das wirklich zu tun, was der lüsterne Teufel in seinem Kopf ihm schon seit geraumer Zeit einflüsterte: »Nimm sie dir! Niemand wird es erfahren!«

Er schüttelte angewidert den Kopf. Nein! Niemals! Das nicht! Er würde es diesem Teufel schon zeigen. So etwas würde er nie tun. Und zum Beweis würde er sich der Versuchung aussetzen, sie weiter entkleiden, um sicher zu sein, dass wirklich nichts an ihr versehrt oder gebrochen war. Und keinesfalls würde er diesem Teufel lauschen, sondern ihm ins Gesicht lachen, als Arzt, als Mensch, der seine Leidenschaften wohl zu kontrollieren weiß, denn das war er sich schuldig nach all dem, was jetzt schon geschehen war. Mein Gott, er hatte ihre Brust geküsst. Das musste er wieder gutmachen. Er würde sich bestrafen, diese Sünde aufheben durch eine noch größere Versuchung, der er mit stoischer Ruhe standhalten würde. Er trat an das Fußende des Bettes. Er würde seine Arbeit vollenden. Das war alles. Und niemand würde sagen können, er habe vor dieser Aufgabe versagt.

Das Oberhemd des Mädchens war bis an ihre Taille herabgerutscht. Nicolai griff mit beiden Händen nach dem Stoff und

zog ihn langsam nach unten. Ihr Bauchnabel erschien. Er hielt noch einmal inne. Seine Lunge tat ihm weh. Wieso ging sein Atem so schwer? Er betrachtete den hellen Flaum auf ihrer Haut unter dem Bauchnabel. Er zog den Stoff noch etwas weiter herunter. Seine Hände strichen über ihre Beckenknochen, die sich nun unter dem herabgleitenden Stoff aus ihrer zarten Haut emporwölbten.
Und dann sah er es.
Seine Hände verharrten auf dem Becken des Mädchens. Ihr Unterkörper, halb entblößt, lag vor seinen Augen. Die behaarte Wölbung des Venushügels bot sich ihm dar. Die geringste Bewegung seiner Hände würde ihm ihre Scham enthüllen. Doch etwas hatte sich plötzlich verändert. Von einer Sekunde zur anderen war seine soeben noch unerträgliche Lust einem grellen Argwohn gewichen. Wie konnte das sein? Er versuchte, Ordnung in seine Gedanken zu bringen, aber was er sah, widersprach jeglicher Logik und Erfahrung. Und dann begriff er endlich. Mit einem energischen Ruck, der nichts mehr mit der schüchternen Zartheit gemein hatte, die bisher seine Bewegungen bestimmt hatte, zog er das Hemd vollständig nach unten und legte das Geschlecht des Mädchens frei.
Der Blick des Arztes wanderte mehrmals hin und her, auf ihr schlafendes Gesicht, auf das schimmernde, tiefschwarze Haar, das ihr Gesicht umspielte, und dann immer wieder auf den hellblonden, gelockten Flaum, der ihr Geschlecht bedeckte.

7.

Die Beerdigung Alldorfs fand am nächsten Morgen statt. Es war die eigenartigste Zeremonie, die Nicolai jemals erlebt hatte. Es hatte sich kein Priester finden lassen, der bereit gewesen wäre, einem Selbstmörder eine Messe zu lesen. Die Familien der verwandten lohensteinischen Linien hatten lediglich Vertreter geschickt. Kein einziger Blutsverwandter ließ sich blicken. Der Trauerzug bestand somit aus einer Hand voll Fremder, welche dem im Leben wie im Tode gleichermaßen unnahbaren Grafen das letzte Geleit gaben. Niemand sprach ein Wort, als die vier Träger den Sarg in der Erde versenkten.
Beim Verlassen des Friedhofs war ihm erneut die eigenartige Inschrift aufgefallen. Selbst die letzte Ruhestätte dieser Familie war von Rätseln umgeben. Aber bald wären auch diese von Efeu überwachsen und vergessen, ebenso wie die bald verlassenen Mauern dieses Schlosses. Die Güter und Ländereien würden Wartensteig zugeschlagen, und die alten Gemäuer wären bald dem Verfall preisgegeben. Beispiele dafür gab es ja genug, Fürstentümer im Duodezformat, die einfach von der Karte verschwanden.
Nicolai hatte anschließend nach seiner Patientin geschaut, diese noch immer schlafend vorgefunden und sich die Zeit damit vertrieben, in dem bereits weitgehend leer geräumten Schloss herumzuspazieren. Überall standen die für den Abtransport zusammengetragenen Einrichtungsgegenstände verpackt umher. Das Ganze machte einen gespenstischen Eindruck auf ihn. Offenbar hatten die Lohensteiner Häuser auf diesen Tag ungeduldigst gewartet.
Als er wieder in das Krankenzimmer zurückkehrte, war das

Mädchen erwacht. Sie lag reglos in ihrem Bett, die Augen weit geöffnet, sprach jedoch kein Wort. Nicolai löste ihre Handfesseln und richtete sie auf. Dabei bemerkte er, dass sie das Bett genässt hatte. Sie konnte unmöglich hier in diesem Schloss bleiben, beschloss er. Sie brauchte Pflege, Pflege von Frauen. Er fragte sie, ob sie Hunger oder irgendeinen anderen Wunsch habe. Aber die einzige Antwort, zu der sie fähig schien, war dieser völlig ausdruckslose Blick in ihren Augen. Er flößte ihr etwas Wasser ein und legte sie dann wieder auf dem Bett ab.

Er benachrichtigte Di Tassi, der kurz darauf eintraf.

»Ich kann sie hier nicht behandeln«, ließ er ihn wissen. »Sie braucht eine Pflegerin.«

»Können Sie sie nicht erst zum Sprechen bringen?«

»Es kann Tage dauern, bis es so weit ist. Sie müssen sie nach Nürnberg bringen.«

Der Rat schaute mürrisch auf das Mädchen herab. »Nun gut, dann soll es eben geschehen. Ich werde alles Nötige veranlassen. Wo soll ich sie hinbringen lassen?«

»Ins St.-Elisabeth-Spital. Dort ist sie gut aufgehoben.«

»Sie reiten heute auch zurück, nicht wahr?«

Nicolai nickte.

»Kann ich Sie vorher noch sprechen?«

»Ja. Natürlich. Ich mache das Mädchen reisefertig, dann komme ich zu Ihnen.«

Di Tassi verschwand, und Nicolai versorgte das Mädchen, so gut er konnte. Jetzt plagten ihn Gewissensbisse. Was in drei Teufels Namen war letzte Nacht nur in ihn gefahren? Er konnte kaum fassen, welche Bilder die Erinnerung ihm nun ins Gedächtnis rief. Er beeilte sich, sie in warme Decken zu packen, setzte sich dann auf die Holzbank am Fenster und starrte in den

Hof hinaus. Schwere Regentropfen klatschten auf den morastigen Boden des Innenhofes. Die Schieferdächer der Schutzmauern glänzten schwarz. Nirgends war ein Mensch zu sehen. Das Rauschen des niedergehenden Regens war das einzige Geräusch, das er vernahm.

Er hatte durchaus schon bei Frauen gelegen, doch dieses Mädchen hier neben ihm war anders. Seine Sinne, wenn er sie nun auch unter Kontrolle hatte, waren noch immer gereizt von ihrer Anwesenheit. Er spürte noch die weiche Haut ihrer Brüste an seinen Lippen, obgleich es Stunden zurücklag, dass er sie so berührt hatte. Das Mädchen strahlte eine solche Unschuld aus, dass ihre Verführungskraft beim besten Willen nichts Unziemliches für ihn haben konnte. Er suchte nach Worten für dieses seltsame Gefühl und kam schließlich auf die seltsame Formulierung einer heiligen Lust, die dieses Mädchen in ihm entfacht hatte. Aber wie sollte Lust heilig sein? Dann dachte er an die seltsame Entdeckung, die er letzte Nacht gemacht hatte. Sollte er Di Tassi davon berichten? Er entschied dagegen. Nein, das konnte er nicht, denn damit würde er seine eigene Verworfenheit zugeben.

Eine Stunde später stand er am Schlosstor und schaute dem Wagen hinterher, wie er über die Landstraße nach Westen ruckelte.

Er war schon fast seinem Blick entschwunden, als plötzlich Reiter am Horizont erschienen. Sie preschten an dem Fuhrwerk vorbei und kamen in vollem Galopp näher. Es waren Landknechte, fast ein Dutzend von ihnen. Doch die eigentliche Überraschung war, wen sie als Gefangenen mit sich führten: Kalkbrenner.

Der Mann sah aus, als sei er zwischen zwei Mühlsteine geraten.

Wie Nicolai kurz darauf von Feustking erfuhr, hatten die Wartensteiger Landknechte, die ihn zum Verhör ablieferten, ihn gestern Nacht kurz vor der Grenze nach Hessen-Cassel erwischt. Bereits während der Verhaftung hatte er unklugerweise Widerstand geleistet und dies mit zwei Vorderzähnen bezahlt. Dann hatte er auch noch einen Fluchtversuch unternommen, was ihm eine große Platzwunde am Hinterkopf eingebracht hatte. Seine ehemals vornehme Gutsverwalterkleidung hing in Fetzen an ihm herunter. Abgerissen, vor Schmutz starrend, leise jammernd und wirklich Mitleid erregend war er auf Alldorf angeliefert worden und saß jetzt in dem Zimmer, das ehemals Zinnlechner als Unterkunft gedient hatte.

Nicolai war gerufen worden, um den Mann zu verbinden. Er war sich nicht sicher, ob Kalkbrenner ihn überhaupt erkannte. Der Verwalter war derart übel zugerichtet, dass er durch den stumpfen, brüllenden Schmerz hindurch, der überall in seinem aufgedunsenen Körper toben musste, vermutlich kaum etwas richtig wahrnahm. Halb totgeschlagen und schmutzstarrend, wie er war, war er jedoch sofort zum Verhör geschleppt, auf einen Stuhl geworfen und dort ohne weitere Umstände mit allem konfrontiert worden, was Di Tassi über seine kriminellen Machenschaften bisher herausgefunden hatte.

Der Mann lauschte stumm, nickte zu allen Vorwürfen und stammelte nur bisweilen, der Graf habe es befohlen, ihn treffe keine Schuld, er habe nur Befehle ausgeführt. Diese jedoch waren ungeheuerlich. Ein ganzes Jahr lang hatte Kalkbrenner bei wohlhabenden Bürgern systematisch Kredite für angebliche Reparaturarbeiten am Schlossgebäude aufgenommen. Allein die diesbezüglichen Schuldverschreibungen beliefen sich auf hunderttausend Taler. Dann waren Waldstücke mehrfach zum

Kauf angeboten worden. Die Urkunden hierfür hatte Kalkbrenner eigenhändig gefälscht, was natürlich keine Schwierigkeit gewesen war, da die entsprechenden Siegel sich ja im Besitz des Grafen befanden. Manche Parzellen wurden gleich dreimal verkauft, wobei Sorge getragen worden war, dass die Käufer weit entfernt voneinander in unterschiedlichen Kreisen wohnten und so keinesfalls sofort Verdacht schöpften. Die Besitztitel sollten erst im Februar des neuen Jahres überschrieben werden, waren also noch gar nicht eingetragen worden. Als Nächstes wurden Waldungen veräußert, die es gar nicht gab. Auch hierzu waren umfangreiche gefälschte Dokumente hergestellt worden, alles durch Kalkbrenner, der immer wieder nur die gleiche Entschuldigung zu murmeln vermochte: »Alldorf hat es so gewollt. Er hat mich gezwungen, diese Dinge zu tun.«
»Gezwungen? Zu stehlen? Zu lügen?«, brüllte Di Tassi.
Kalkbrenner wimmerte. »Ich bin ein Diener meines Herrn. Ich gehöre ihm, ich bin sein Arm. Was hätte ich denn tun sollen? Er hätte mich entlassen, oder schlimmer noch, unter irgendeinem fadenscheinigen Vorwand angeklagt und zu schlimmstem Arrest verurteilt. Meine Familie wäre verhungert. Ich konnte nicht anders.«
Nicolai verfolgte das Verhör mit gemischten Gefühlen. Der Mann war ihm zuwider, aber er tat ihm Leid. Traf ihn denn wirklich Schuld? Welcher Verwalter konnte seinem Herrn denn schon widersprechen?
»Aber es muss Ihnen doch klar gewesen sein, dass dieser Betrug nicht lange unentdeckt bleiben würde!«, warf Di Tassi ihm jetzt vor.
Kalkbrenner schüttelte mit verzerrtem Gesicht den Kopf. »Ich ... ich habe doch keine Wahl gehabt«, jammerte er. »Ich

habe den Grafen angefleht, mich nicht zu solch einem schändlichen Betrug zu zwingen, aber der Mann hat mich niedergeschrien, mir gedroht, mich und meine ganze Familie an den Galgen zu bringen, wenn ich nicht täte, was er von mir verlangte.« Seine Augen wurden starr, als er fortfuhr: »Niemand kann ermessen, was für ein unberechenbarer, jähzorniger und zu allem entschlossener Mensch Graf Alldorf gewesen ist. Nach Maximilians Tod ist der Teufel in ihn gefahren. Was hätte ich denn tun sollen?«, rief der Mann wimmernd. »Meine ganze Existenz hing an Graf Alldorf. Ein Wink von ihm, und ich wäre vernichtet gewesen. Ich konnte nicht anders.«

»Und Selling und Zinnlechner. Wussten die beiden etwas von dem Betrug?«

»Selling!«, zischte Kalkbrenner giftig. Sein Gesichtsausdruck war plötzlich kalt geworden. Blanker Hass strahlte aus seinen soeben noch Mitleid erregenden Zügen hervor, und zwischen verbittert zusammengepressten Lippen spuckte er die wüstesten Anschuldigungen gegen den Kammerdiener in den Raum.

»Selling ist die falscheste aller falschen Schlangen.«

»Was soll das heißen?«

»Er hat Graf Alldorf verhext.«

»Aha. Und wie kommen Sie darauf?«

Aber die Erklärung blieb der Verwalter schuldig. Er starrte nur böse vor sich hin und brummte kaum Verständliches. Selling stecke mit Graf Alldorf unter einer Decke. Er habe die Schlinge mitgeknüpft, an der sie demnächst alle baumeln würden. Wo er denn sei, der unbefleckte, unschuldige, pflichtbewusste und ehrsame Herr Selling?

»Herr Kalkbrenner«, unterbrach Di Tassi ihn harsch, »Kammerherr Selling ist tot.«

Kalkbrenner blinzelte verständnislos. »Tot?«, stammelte er. »Wie?«

»Das wissen wir nicht. Er wurde ermordet. Keine zwei Meilen entfernt von hier im Wald.«

Kalkbrenner schien wie gelähmt von der Nachricht. »Und das Geld? Das ganze Geld. Wo ist das Geld?«

»Sie behaupten also, Selling habe das Geld bekommen, welches Sie durch Ihre Betrügereien zusammengerafft haben?«

»Diese Schlange«, begann Kalkbrenner jetzt wieder und setzte zu einer weiteren Hasstirade auf den Kammerherrn an. Doch schon bald verlor sich diese in lauten Schluchzern, die dem übel zugerichteten Mann stoßweise aus der von Krämpfen geschüttelten Brust stiegen. Kurzzeitig bekam Nicolai Angst, er könnte einen Herzkrampf erleiden und vor ihren Augen sterben. Doch Kalkbrenner schien trotz der brutalen Behandlung, die er durch die Landknechte erfahren hatte, in seiner zähen Natur unversehrt zu sein. Es war sein Gemüt, das am meisten gelitten hatte. Seine Augen waren rot entzündet, sein Atem ging schnell und unregelmäßig, er schwitzte trotz der Winterkälte wie ein Vieh, und seine Augen irrten wild im Raum umher, als erwarte er, jeden Augenblick von einem unsichtbaren Geist vernichtet zu werden. Es war gerade so, als fürchte er sich noch immer vor Alldorf, als sei der Graf überhaupt nicht tot, sondern könne jeden Augenblick durch die Tür hereinkommen und seinen Verwalter mit furchtbaren Strafen überziehen.

Doch jetzt hatte Di Tassi vorerst genug von Kalkbrenners Gestammel, machte Nicolai ein Zeichen, ihm zu folgen, und verließ verstimmt den Raum.

»Verfluchte Lügner sind sie alle hier«, schimpfte er vor sich hin, während er den Gang hinablief. Nicolai sagte nichts, denn er war noch damit beschäftigt zu verarbeiten, dass Kalkbrenner Selling so schwer belastet hatte. Selling sollte auch etwas mit all den Unregelmäßigkeiten zu tun gehabt haben? Er hatte das ganze Geld bekommen? Der Kammerdiener war ihm als grundanständig und vertrauenswürdig erschienen. Aber sehr viel weiter kam er nicht mit seinen Überlegungen.

»Ich weiß, dass Sie bald nach Nürnberg zurück müssen«, stieß Di Tassi hervor. »Aber bitte, nur auf ein Wort.«

8.

»Greifen Sie zu«, sagte Di Tassi, als Nicolai sich wieder in der Bibliothek eingefunden hatte. Brot, Schinken und Käse waren appetitlich auf einem Tisch angerichtet. »Wir haben viel zu besprechen.«

Nicolai ließ sich das nicht zweimal sagen und schnitt sich ein großes Stück Schinken ab.

Der nächste Satz Di Tassis traf ihn wie ein Hieb: »Lizenziat, wollen Sie für mich arbeiten?«

Der Bissen blieb ihm fast im Hals stecken. »Für Sie ... arbeiten«, sagte er fassungslos. »Welche Ehre ... ich meine ... wie komme ich dazu ...?«

Di Tassi fuhr ihm über den Mund. »Lizenziat Röschlaub, ich habe keine Zeit für Floskeln. Sie sehen, dass hier entsetzliche Dinge geschehen. Sie sind ein kluger Kopf. Ich brauche fähige Leute. Was Sie in den letzten zwei Tagen hier beobachtet haben, ist nur ein Teil des Problems. Ich würde Ihnen gerne das ganze Panorama schildern, um Ihre Meinung darüber zu er-

fahren, muss Sie jedoch dann zu vollständigem Stillschweigen verpflichten. Ich kann Sie natürlich nicht zwingen, mit uns zusammenzuarbeiten, aber wenn Sie einwilligen, wird es Ihr Nachteil nicht sein, das kann ich Ihnen versichern.«
»Aber mit Verlaub«, entgegnete Nicolai, »ich weiß nicht einmal, für wen Sie arbeiten!«
»Ich arbeite für die Sicherheit des Deutschen Reiches, für das Reichskammergericht zu Wetzlar«, erwiderte der Rat. »Es gibt Kräfte des Bösen, welche die bestehende Ordnung untergraben wollen. Sie haben unterschiedliche Formen und Mittel, um ihr Ziel zu erreichen. Aber allen gemein ist, dass sie im Dunkeln, im Geheimen operieren. Somit ist es notwendig, ebenso geheim vorzugehen, um diese gefährlichen Verschwörungen auszuspähen. Ich werde Ihnen gleich einige Dinge sagen müssen, die höchster Geheimhaltung unterliegen, daher muss ich mich Ihrer Verschwiegenheit versichern. Verstehen wir uns?«
Nicolai schluckte den Bissen herunter, den er soeben noch gekaut hatte, und nickte schließlich. Di Tassi schob ihm ein Dokument hin.
»Lesen Sie das. Ich komme gleich zurück. Wenn Sie nicht unterschreiben, ist unsere Unterhaltung beendet, und Sie können nach Nürnberg zurückreiten. Ich werde Ihre Dienste dann nicht weiter in Anspruch nehmen.«
Er erhob sich und verließ den Raum. Die Art und Weise, wie der Mann gesprochen hatte, war bereits geeignet, Nicolai den Appetit zu verderben. Doch als er das Dokument las, wurde ihm erst recht bang zumute. Worauf war er im Begriff sich einzulassen? Das Schriftstück, in geschnörkeltem Amtsdeutsch verfasst, beinhaltete nichts weniger als ein absolutes Verschwiegenheitsgebot, verbunden mit der Androhung der Todesstrafe bei

Zuwiderhandlung. Der Unterzeichnende unterwarf sich unwiderruflich der militärischen Gerichtsbarkeit des Reichskammergerichts und entsagte jeglichen Rechten auf eine zivile Verteidigung im Falle eines Prozesses. Dafür genoss er für alle im Rahmen dieser Vereinbarung vorgenommenen Handlungen den besonderen Schutz des Reichskammergerichts, sofern eine Kollision mit den Gerechtsamen der deutschen Einzelstaaten gegeben war.

Nicolai brauchte eine Weile, bis er die Tragweite des Dokumentes begriffen hatte. Sobald er hier unterschrieb, war er direkt dem Reichskammergericht unterstellt. Kein Stadtschulze, kein Magistrat konnte ihn mehr belangen, sofern das, was er tat, in einem Zusammenhang mit der Aufklärung des Falles Alldorf stand. Doch zugleich unterstand er einer absoluten Instanz, vor der es kein Entrinnen gab.

Träumte er? Dieses Dokument würde ihn mit einem Federstrich zu einem privilegierten Amtsträger machen.

Der Arzt hob den Kopf und ließ seinen Blick über die Wände der Bibliothek schweifen. Warum bot Di Tassi ihm einen solchen Vertrag an? Und dann war der Gedanke an das Mädchen plötzlich wieder da. Mit jeder Minute, die verstrich, spürte er die Sehnsucht nach ihr stärker werden. Er musste sie wiedersehen. Er musste sie behandeln, sie aus ihrer Lähmung herausholen und ihr helfen, die Erinnerung an die Vorgänge, die sie im Wald beobachtet hatte, wiederzuerlangen.

Er überflog das Dokument erneut. Jetzt kam es ihm schon weniger bedrohlich vor. Natürlich musste man sichergehen, dass eingeweihte Mitarbeiter ihre Kenntnisse für sich behielten. Das war in jedem Staat so. Und wäre es nicht ein ungeheurer Vorteil für ihn, der Willkür und Bosheit der kleinen Fürsten auf diese Weise ein für alle Mal entzogen zu sein? Als Arzt im Dienste einer Sonderkommission des Reichskammergerichtes! War ein größerer Glücksfall überhaupt vorstellbar?

Er ließ das Blatt sinken und musterte erneut die leeren Bücherregale. Dabei fiel sein Blick auf das große Gemälde, das die Eingangshalle geschmückt hatte und nun an die Wand gelehnt auf dem Fußboden stand. Es war gar kein Landschaftsgemälde. Die schlechte Beleuchtung damals hatte den wichtigsten Teil der Darstellung verdeckt. Er ging näher an das Bild heran und betrachtete es aufmerksam. Zwei Engel bewachten eine aus Buschwerk und Bäumen gebildete Pforte. Sie trugen Flammenschwerter in der Hand. Vor der Pforte liefen verzweifelte Menschen durcheinander, rauften sich die Haare, schlugen sich gegen die Brust und zerrissen sich die Kleidung. Die Engel kümmerte das nicht. Sie holten weit aus mit ihren flammenden Schwertern und drohten jeden zu vernichten, der versuchte, durch die Pforte in den dahinter liegenden Garten zu gelangen. Aber etwas war merkwürdig an diesen Schwertern.

Nicolai schaute genauer hin. Ein Schriftzug war auf die brennende Klinge gemalt. Sellings Todesurteil stand da geschrieben: *In te ipsum redi.*

Er ging zum Tisch zurück. War Selling einem solchen Racheengel zu nahe gekommen, und war ihm deshalb der Blick gewaltsam gewendet worden? Hier waren entsetzliche Dinge im Gang. Er musste mithelfen, dieses Übel aufzuhalten, dachte er. Dann unterschrieb er Di Tassis Dokument.

★ ★ ★

»Dass ein Fürst betrügerischen Bankrott begeht, ist nichts Außergewöhnliches«, sagte der Rat und faltete sorgfältig ein Dokument auseinander. »Aber schauen Sie sich diese Liste an.«
Er reichte dem Arzt mehrere Bögen. Nicolai überflog die Namen, die darauf verzeichnet waren, und schaute ungläubig auf die Zahlen, die dahinter standen. Die Geldsumme, von der Müller gerüchteweise gehört hatte, lag weit unter dem Betrag, der hier zu lesen war. Fast zwei Millionen Taler! Das war astronomisch. Damit konnte man ein Heer aufstellen.
»Und kein Mensch weiß, wo das Geld hingekommen ist«, fuhr Di Tassi fort. »Wir haben alle Banken in Nürnberg befragt. Alle Handelshäuser. Alle Wechsler, Pfandleiher und Juden. Außer den Kreditgebern, die geprellt wurden, hatte niemand mit Alldorf Geschäfte. Das Geld war hier und ist verschwunden. Aber nirgendwo gibt es eine Spur davon.«
»Vielleicht wurde es heimlich weggeschafft?«, schlug Nicolai vor.
»Unmöglich. Wie sollte das geschehen sein?«
»Nun, es waren doch den ganzen Herbst über Besucher hier, fremde Besucher. Vielleicht haben sie das Geld mitgenommen, jedes Mal ein wenig.«
Di Tassi schüttelte den Kopf. »Solch eine Summe. In Gold? In Silber? Unmöglich. Man bräuchte jede Menge Wagen dafür. Nein, das Geld muss als Wechsel außer Landes gebracht worden sein. Über eine ausländische Bank vermutlich. Aber auch dies geht nur über einen Partner hier vor Ort. Auf irgendjemanden müssen die Wechsel schließlich gezogen sein.«
»Oder das Geld ist noch hier«, entgegnete Nicolai, »irgendwo versteckt.«
Di Tassi erwiderte nichts. Er schien gerade einen ganz anderen

Gedanken zu verfolgen, doch ein leichtes Kopfschütteln signalisierte, dass er dieser Idee, woraus immer sie bestanden haben mochte, keinen Glauben schenkte. Er machte eine kurze Pause. Dann verschränkte er die Arme auf dem Rücken, als seien sie ihm beim Nachdenken hinderlich, und fuhr fort:

»Seit einigen Jahren fallen uns immer wieder Briefe in die Hände, die von unsichtbaren Organisationen zeugen, welche im ganzen Reich Anhänger anzuwerben suchen. Die Brutstätte für diese zersetzenden Spaltgeister sind die Freimaurerlogen. In den meisten Logen haben wir Vertrauensmänner platzieren können und wissen daher recht gut über die Umtriebe Bescheid. Aber offenbar operiert im Hintergrund noch eine ganz andere Gruppe, die wir einfach nicht zu fassen bekommen. Wir wissen überhaupt nichts über sie. Aber sie ist unzweifelhaft da und bereitet etwas vor. Daher haben die deutschen Staaten in Wetzlar eine Sonderabteilung eingerichtet, die sich mit dem Ausspähen dieser Gruppe befasst. Ich leite die Briefüberwachung. Daher bin ich hier.«

»Briefüberwachung«, wiederholte Nicolai. »Wessen Briefe?«

»Alle«, sagte Di Tassi. »Wir haben auf sämtliche Poststationen im Reich Zugriff. Überall sind unsere Leute und informieren uns unverzüglich, sobald verdächtige Korrespondenz gefunden wird. Doch in letzter Zeit sind Vorgänge beobachtet worden, die wir nicht einordnen können. Wir wissen, dass sich etwas anbahnt, aber wir wissen nicht, was. Wir haben nur Indizien, unzusammenhängende Informationsfetzen, unerklärliche Ereignisse, die wir sammeln und zu verknüpfen versuchen. Diese enorme Summe, die hier verschwunden ist, in Verbindung mit all den Todesfällen, möglicherweise hervorgerufen durch ein unbekanntes Gift, und nun auch noch dieser grauenvolle Mord, all das kann nur in eine Richtung weisen, in Richtung jener dunklen Bedrohung, die irgendwo am Horizont aufgekeimt ist und allmählich auf uns zukommt. Aber wir können sie nicht fassen, das ist unser Dilemma. Wir müssen jede Spur verfolgen, doch wir wissen gar nicht, wen oder was wir jagen. Verstehen Sie mich?«

Nein. Nicolai verstand nicht viel. Doch dann dämmerte es ihm. Di Tassi! Mein Gott, vor ihm stand ein direkter Angehöriger der berüchtigten lombardischen Familie, der es über die Jahrhunderte gelungen war, das Postmonopol der habsburgischen Kaiser, das Taxis'sche Postsystem, aufzubauen.

»Hier, ich will Ihnen noch etwas zeigen. Nur damit Sie einen Eindruck bekommen, womit wir es zu tun haben.«

Di Tassi drehte sich herum und zog eine der Holzkisten heran, die auf dem großen Tisch standen. Mit zwei schnellen Handgriffen öffnete er die Eisenriegel, griff hinein und holte ein dunkelbraunes Bündel hervor. Er legte es vor Nicolai hin. Es handelte sich um Dokumente, die jemand in Wachstuch eingewickelt hatte. Als Di Tassi das Tuch zur Seite geschlagen hatte, sah Nicolai, dass es Briefe waren. Es mussten Hunderte sein. Sie hatten alle das gleiche Format. Doch nirgendwo war eine Adresse zu sehen. Die Briefe waren sorgfältig gefaltet und mit einem roten Siegel verschlossen, dessen Petschaftsaufdruck Nicolai aus der Entfernung jedoch nicht erkennen konnte. Di Tassi nahm nun einen Brief nach dem anderen zur Hand, hielt sie hoch, als könne er sie dadurch besser voneinander unterscheiden, entschied sich dann für eines der Schriftstücke, legte es direkt vor Nicolai auf den Tisch und zog plötzlich einen feinen Draht aus der Tasche. Jetzt war das Siegel für Nicolai besser zu sehen. Aber der Aufdruck war merkwürdig:

»Meine besten Leute schaffen davon ein Dutzend in der Stunde«, sagte Di Tassi stolz. »Ich bin etwas außer Übung, aber ich denke, ich kann es noch.« Damit fädelte er den Draht behutsam zwischen dem Papierfalz hindurch, bis er den Siegelabdruck fast ganz umschlossen hatte. Dann zog er mit einer zwar raschen, aber doch vorsichtigen Bewegung an der Schlinge, und wie von Geisterhand löste sich das Siegel lautlos vom Papier ab.
»Was ist das für ein Draht?«, fragte Nicolai erstaunt.
»Eine Klaviersaite«, antwortete Di Tassi. »Ich muss Sie bitten, das Schriftstück vorsichtig zu behandeln, denn es wird morgen früh wieder freigegeben.«
»Freigegeben? Was heißt das?«
»Wir kopieren den Inhalt, versiegeln die Stücke wieder und lassen die Sendungen dann an ihren ursprünglichen Bestimmungsort befördern.«
»Und der Empfänger ahnt nicht, dass die Schreiben untersucht wurden.«
Di Tassi schüttelte den Kopf. »Nein. Absolut nicht.«
»Aber Sie wissen durchaus, an wen diese Schriftstücke gerichtet sind?«
»Ja. Natürlich. Das hier sind Insinuationstabellen, Hunderte davon. Sie bilden einen wichtigen Bestandteil ihrer Zersetzungsarbeit. Sie werden gleich sehen.«
»Insinuationstabellen«, wiederholte Nicolai ratlos. Das Wort sagte ihm überhaupt nichts. Aber Di Tassi bedeutete ihm, sich das soeben geöffnete Dokument anzuschauen.

»Ich könnte Ihnen auch erklären, was das ist, aber die eigene Anschauung taugt mehr als hundert Worte. Hier, lesen Sie.«
Nicolai betrachtete das Dokument. *Tabella*, stand darüber, *verfasst von Ajax, den letzten Xbr. 1779, den Danaus betreffend.*
Das querformatige Schriftstück war in siebzehn Spalten unterteilt. *Name, Alter, Geburtsort, Aufenthalt, Würde* stand über der ersten Spalte. In der nächsten Spalte waren die *äußerliche Leibgestalt* und das *Ansehen* erfasst. Dann folgten *Moralis, Karakter, Religion und Gewissenhaftigkeit*. Nicolai las mit steigender Verwunderung. Was war dies nur Eigenartiges? Ein gewisser »Ajax« gab detailliert Auskunft über sämtliche die Person »Danaus« betreffenden Lebensumstände. Nicht nur die Person selbst war in allen nur denkbaren Facetten erfasst. Auch Freunde, Familienangehörige, Eigentumsverhältnisse, politische Überzeugungen, Lektüregewohnheiten, unternommene Reisen, Essgewohnheiten, ja alle nur vorstellbaren Informationen waren hier zusammengetragen. Darunter gab eine ähnliche Tabelle in verkürzter Form Auskunft über die Eltern, Geschwister, Tanten, Onkel, Gönner, Arbeitgeber und dergleichen mehr.
Nicolai las fasziniert die Beschreibung der Leibesgestalt:

Seine Länge ist beynahe über 5 Schuh: der ganze Bau seines durch Debauche mager gewordenen Körpers incliniert nun zum melancholischen Temperament: seine breite, hohe Stirn ist meistens in Runzeln gezogen: seine etwas matt scheinenden hellgrauen Augen und die übrige sehr bleiche Gesichtsfarbe zeigen nicht eben die beste dauerhafte Gesundheit an, wie er auch wirklich sehr oft krank wird. Seine Nase ist etwas länglicht, und in der Mitte erhoben: Adlersnase, sein Haar hellbraun. Taugt nicht in große Gesellschaft; aber unter Freunden ist er aufgeräumt, seine Gebärden sind gesetzt: sein Gang schnell, und sieht zu Boden. Zärtelt mit seinem Leibe; welches aber von der schwachen Complexion herkommen mag, in der er sich fühlt. Hat auf beyden Seiten unterhalb der Nase ums Maul herum eine Wärze.

Was diesen Kandidaten für die Geheimgesellschaft interessant machte, stand in Spalte vier zu lesen: *Fähigkeiten, womit er nutzen kann.*

Ist zur Philosophie am meisten aufgelegt, obwohl er auch im juristischen Fach gut ist: redet fertig welsch, französisch und trachtet dermalen zur geheimen Correspondenz zu kommen. Kann sich meisterlich verstellen und taugt ad Recept: vorn Orden, denn er sucht sich Menschenkenntnis zu erwerben.

»Ist Ihnen aufgefallen, was in Spalte vierzehn erwähnt wird?«, fragte Di Tassi. Nicolai schüttelte erstaunt den Kopf, ratlos und verwundert angesichts dieser bemerkenswerten Bestandsaufnahme. Dann überflog er die Eintragung in Spalte vierzehn. *Hat eingeschickt*, stand darüber. Offenbar wurden hier Mitgliederbeiträge erfasst.

Den 19. Jul 1779 1 Holländer Dukaten zu 5 fl., zwey chymische Bücher den 6. Jenner 1780.

»Offenbar ist ›Danaus‹ nicht nur in Philosophie und Jura beschlagen«, sagte Nicolai verwundert.

»Offenbar«, gab der Justizrat zurück. »Chymische Bücher. Wozu braucht eine Geheimgesellschaft solche Literatur?«
Das war wirklich seltsam. Dem Ganzen hafteten tatsächlich bedrohliche Züge an. Man hatte den Eindruck, als seien diese Menschen einem allwissenden Blick ausgesetzt. *Geht mit H. Geiser und H. Bramate um, als mit welchen er zusammen in einem Hause wohnt; auch mit Hrn. Berger, Aloys Sauer, Conrad Sauer, und correspondiert viel mit H. Gilbert Michl, Ordensgeistlicher vom Kloster Steingaden.* Doch wer sammelte alle diese Informationen? Und wozu?
»Wenn Sie wissen, wer all die Berichte bekommt«, antwortete Nicolai, »warum arretieren Sie diese Leute nicht einfach und befragen sie?«
»Weil es keinen Sinn hat, die Glieder eines Leibes abzuhacken, solange man nicht weiß, wo der Kopf sitzt.«
Dem Arzt wurde unwohl angesichts der Wortwahl Di Tassis. Dieser nahm das Schriftstück wieder an sich und faltete es sorgsam zusammen. Dann zog er ein kleines Behältnis aus der Tasche, das wie ein Schminktöpfchen aussah, und schraubte den Deckel ab. Auf der Innenseite des Deckels war ein kleiner Schwamm befestigt. Di Tassi strich mit diesem einmal kurz über das Siegel und verschloss den Brief wieder. Es schien wie Zauberei. Niemand hätte gesehen, dass der Brief geöffnet worden war.
Nicolai betrachtete noch einmal das Siegel.

»Ist das arabisch?«

»Nein. Leider nicht.«

»Und was bedeutet es?«

»Das wissen wir noch nicht. Es sind Zeichen, deren Code wir noch nicht entschlüsselt haben.«

»Und wie viele solcher Insinuationstabellen haben Sie bereits gefunden?«, erkundigte sich Nicolai nach einer kurzen Pause.

»Einige hundert«, sagte der Rat schließlich. »Und es werden immer mehr. Aber das ist noch nicht alles. Es gibt noch ein weiteres Rätsel.«

»Und das wäre?«

»Brennende Postkutschen«, sagte Di Tassi. »Seit einigen Wochen erhalte ich Meldungen über seltsame Überfälle auf Postkutschen. Es wird nichts gestohlen. Aber die Kutschen werden überfallen und verbrannt.«

Eigenartig. Wer sollte ein Interesse daran haben, Postkutschen zu verbrennen? »Haben Sie das Muster der Überfälle schon studiert?«, fragte Nicolai unwillkürlich.

»Muster? Was für ein Muster?«

»Nun ja, vielleicht arbeitet die Bande nach einem Plan. Wo haben die Überfälle stattgefunden?«

Di Tassi schien kurzzeitig verunsichert. Dann hob er eine Ledertasche vom Boden auf, griff hinein und holte ein Bündel Depeschen heraus.

»Hier«, sagte er und hielt sie dem Arzt hin. »Das sind die gemeldeten Fälle.«

Nicolai nahm die Depeschen entgegen. »Aber ich brauche noch etwas«, sagte er dann. »Eine Karte. Ich brauche eine Landkarte.«

Di Tassi wurde noch zögerlicher. Doch dann griff er noch einmal in seine Tasche und erfüllte Nicolai auch diesen Wunsch.

»Und jetzt?«, fragte der Rat.

Nicolai faltete die Karte auf. Sein Herz schlug aufgeregt. Was für ein Wunderwerk an Präzision! Der ganze fränkische Kreis war darauf zu sehen. Doch er spürte, dass Di Tassi äußerst nervös war. Solche Karten wurden von den Behörden eifersüchtig gehütet. Sie konnten im Kriegsfall über Sieg und Niederlage entscheiden. So etwas zeigte man nicht jedermann. Und er musste jetzt schnell beweisen, dass es noch eine andere Verwendung dafür gab.

Er öffnete rasch die Depeschen und begann, die von Überfällen betroffenen Postkurse auf der Karte durch Punkte zu markieren. Es dauerte nicht lange, und es war ein Muster entstanden, ein dürres Gespinst von Punkten, die sich von Alldorf ausgehend nach Westen auszubreiten schienen. Di Tassi schaute staunend zu.

»Ich kann es Ihnen nicht versprechen«, sagte Nicolai, als er den letzten Punkt eingetragen hatte, »aber es würde mich nicht wundern, wenn der nächste Überfall in diesem Gebiet stattfinden würde.«

Dabei kringelte er auf der Karte eine Fläche ein, die von den bisherigen Punkten ausgespart schien.

Di Tassi war sprachlos. Nicolai erhob sich.

»Wo wollen Sie hin?«, fragte der Justizrat.

»Nach Nürnberg. Zu meiner Patientin. Mit Verlaub.«

Damit verbeugte er sich und verließ den Raum.

9.

Zwei kurze Mitteilungen von Müller lagen auf dem Tisch, als er zu Hause eintraf. Eine Aufforderung vom Vortag, am Abend noch einen Krankenbesuch in Wehrd vorzunehmen, und eine mürrische Nachfrage vom heutigen Morgen, warum er der gestrigen Aufforderung nicht nachgekommen war. Nicolai war zu erschöpft von den Ereignissen der letzten vierundzwanzig Stunden, um sich jetzt noch Gedanken über sein unentschuldigtes Fernbleiben zu machen. Allerdings fiel ihm ein, dass er mit Di Tassi überhaupt nicht besprochen hatte, welchen Lohn er für seine Mitarbeit erwarten durfte. Außerdem war noch gar nicht ausgemacht, dass Stadtphysikus Müller ihn freigeben würde.

Sein Magen knurrte, doch es war nicht allein der Hunger, der ihn jetzt noch einmal hinaus in die unwirtliche Kälte des Dezemberabends trieb. Wie immer um diese Jahreszeit war die Stadt angefüllt mit fremden Besuchern, die sich auf dem Weihnachtsmarkt vergnügten, was dazu führte, dass es in der ganzen Stadt kaum eine Schenke gab, in der man einen Platz fand. Aber Nicolai wusste, wo es eine schmackhafte Suppe und eine beheizte Stube gab, in der weder Tabaksqualm noch das Gelächter und Geschrei von Wirtsgästen den Aufenthalt zur Qual werden ließen.

Der Küchenvorsteher des St.-Elisabeth-Spitals, ein stämmiger Franke mit rotem Haar, wies ihm einen Platz in einem kleinen Raum neben der Küche zu, wo auch die vierzehn Pflegerinnen ihre Kost zu sich nahmen. Allerdings waren nur noch zwei von ihnen anwesend und begrüßten Nicolai mit einem stummen Nicken, als er sich auf einer der Bänke niederließ. Er aß schweigend. Nach einigen Minuten verließen auch die beiden Pflegerinnen den Raum. Dafür gesellte sich nun der Küchenvorsteher zu ihm und begann, vom Tage zu plaudern.

Nicolai hörte fast ein wenig erleichtert zu, weil der Nürnberger Klatsch ihn von seinen eigenen Gedanken ablenkte. Dann ging es, wie schon oft zuvor, um Hausmittel, zu deren Wirkung der Mann ihn immer dann zu befragen pflegte, wenn sich die Gelegenheit bot.

Ob ein Magnet gegen Zahnschmerzen helfe? Ob richtig sei, dass von frisch vermählten Brautleuten jener zuerst sterben müsse, der zuerst ins Brautbett steigt? Wie man im Winter Fieber behandeln solle, da es doch keine Flusskrebse gebe?

»Was haben denn Flusskrebse mit Fieber zu tun?«, erwiderte er verwundert.

»Einiges«, gab der Mann zurück. »Ihr wisst doch, dass man, um ein Fieber loszuwerden, abgeschnittene Fingernägel in ein Papier wickeln und dieses einem Krebs an den Schwanz binden muss.«

Nicolai hielt einen Augenblick inne und überlegte, ob die Suppe, die er gerade verspeiste, aus ähnlichen Rezepturen entstanden war.

»Vielleicht gilt das für fiebrige Krebse«, erwiderte Nicolai hilflos. Woher stammten nur diese absonderlichen Heilmittel?

»Mein Onkel hat alle seine Fieber so besiegt«, bekräftigte der Küchenvorsteher.

»Und was tut er im Winter?«

»Eben. Deshalb frage ich Sie ja.«

Nicolai zuckte mit den Schultern. »Da muss ich erst nachlesen.«

»Außerdem wollte ich Sie schon lange fragen, ob man Muttermale auch mit einem Stück Schweinefleisch entfernen kann.«

»Schweinefleisch?«, sagte Nicolai. »Wieso Schweinefleisch?«
»Meine Großmutter sagt, dass Muttermale vergehen, wenn man sie mit einem Stück Rindfleisch bestreicht und dann dasselbe einem verstorbenen Schwindsüchtigen in eine unter dem Arm angebrachte Fleischwunde steckt. Mit der vollendeten Fäulnis des Körpers verschwindet das Muttermal. Und ich frage mich, ob es mit Schweinefleisch nicht auch funktionieren kann.«
Nicolai schob nun doch seine Suppe halb gegessen von sich und lehnte sich zurück.
»Ja, warum eigentlich nicht«, antwortete er ruhig und fügte dann hinzu: »Seien Sie so nett und bringen Sie mir ein Bier.«
Der Mann schaute ihn freundlich an, doch offensichtlich erwartete er zuerst eine Antwort auf seine Frage.
»Es gibt ein viel besseres Mittel«, sagte Nicolai schließlich. »Herr Le Comte, das ist ein Wundarzt in Paris, hat kürzlich durch Versuche gefunden, dass die durch ein Brennglas fallenden Sonnenstrahlen Fleischgeschwülste und harte Schwielen ungleich besser beseitigen als alle anderen Mittel. Vielleicht hilft dies auch gegen Muttermale.«
Die Augen des Mannes begannen zu strahlen. »Ja, natürlich, denn so entstehen sie ja auch.«
»Wie bitte?«
»Durch Hitze. Es heißt ja, dass eine Schwangere, wenn ihr beim Braten etwas Fett ins Gesicht spritzt, nicht nach dem schmerzhaften Teil greifen soll, denn das Kind bekommt sonst ein Muttermal.«
»Aha«, sagte Nicolai. »Sehen Sie, da haben wir es ja.«
Der Küchenvorsteher stand zufrieden auf und holte zwei Humpen Bier.

»Ist sonst etwas vorgefallen?«, fragte Nicolai, als der Mann mit den Getränken zurück war.

»Das Casteröl ist ausgegangen. Und es ist keine sibirische Schneerose zu bekommen. Das Pfund in Petersburg wird zu neun Rubel taxiert und ist dort schon zu diesem Preis reißend weggegangen. Außerdem geht durch die Überfälle zurzeit viel verloren. Herr Müller war heute hier und hat laut darüber geklagt, dass er nicht behandeln kann.«

Casteröl war kein Problem, dachte Nicolai, solange man Tabaksklistiere setzen konnte. Aber Schneerosenpulver war nicht zu ersetzen. Das Gichtmittel war stets teuer und rar gewesen. Doch in letzter Zeit war es überhaupt nicht mehr zu bekommen.

»Was für Überfälle?«

»Haben Sie nicht davon gehört? Irgendwelche Schurken verbrennen Postkutschen. Im ganzen Kreis wird darüber geredet.«

»Wahrscheinlich unzufriedene Kunden der Reichspost«, sagte Nicolai und trank einen großen Schluck, während sein Hirn fieberhaft arbeitete.

»Ha, ha. Sollte man meinen. Aber angeblich sind es Franzosen. Sagen jedenfalls die Zeugen.«

»Franzosen? Warum denn Franzosen?«

»Sie sehen so aus. Und zuzutrauen wäre es ihnen.«

Nicolai erwiderte nichts. Sollte der Mann doch weiterreden – vielleicht hatte er ja eine neue Theorie zur Erklärung des Geschehens beizutragen.

»Mein Bruder behauptet, dass die norddeutschen Buchhändler dahinter stecken!«

Nicolai stellte verblüfft sein Glas ab. »Buchhändler?«

»Ja. Reich und seine Leipziger Bande. Das sagt jedenfalls mein Bruder, der für Endter arbeitet.«

Endter war ein großer Nürnberger Buch- und Papierhändler, das wusste Nicolai. Aber von Reich hatte er noch nie gehört, geschweige denn von dessen Bande.
»Das verstehe ich nicht«, sagte er schließlich. »Warum sollten Buchhändler Kutschen verbrennen?«
Der Mann zuckte mit den Schultern. »Habe ich jedenfalls gehört.«

★ ★ ★

Wenig später stand er neben ihrem Bett. Sie lag reglos da und starrte zur Decke. Ihr Anblick versetzte Nicolai einen Stich. Er musste sich eingestehen, dass seit ihrem Abtransport von Alldorf heute Morgen keine Minute vergangen war, da er nicht an sie gedacht hatte. Und jetzt, wie er neben ihr stand und sie betrachtete, erschien sie ihm noch schöner und begehrenswerter als in der Erinnerung. Man hatte sie gebadet und gekämmt. Sie trug ein zwar geflicktes, aber sauberes graues Krankenhemd. Als Nicolai sie ansprach, fixierte sie ihn zwar kurz, doch er hatte nicht den Eindruck, dass sie ihn wiedererkannte oder wirklich verstand. Er setzte sich zu ihr und fühlte ihren Puls. Dann legte er ihr die Hand auf die Stirn. Aber sie hatte kein Fieber.
»Wie heißt du?«, fragte er dann leise.
Sie starrte unbeirrt zur Decke.
»Ich bin mir recht sicher, dass du mich hören kannst.«
Ihr Gesichtsausdruck blieb unverändert. Manchmal schloss sie kurz die Augen, aber sonst blieb sie reglos.
»Ich werde morgen früh wiederkommen, und dann können wir uns vielleicht schon etwas besser verstehen«, sagte er, blieb jedoch noch einen Augenblick lang sitzen in der Hoffnung, dass

sich vielleicht irgendeine Reaktion einstellen würde. Aber auch nach weiteren fünf Minuten hatte das Mädchen keinen Laut von sich gegeben.

Nicolai machte sich auf den Heimweg. Er hatte keinerlei Erfahrung mit solchen Fällen, und hier in Nürnberg kannte er auch niemanden, den er hätte fragen können.

Endters Papier- und Buchladen war noch geöffnet, als Nicolai daran vorbeikam. Er betrat das Geschäft und schaute sich um.

Im Mittelgang und an den Wänden reihten sich hohe Regale, in denen Pakete, Päckchen und Handstöße lagen. Eine Trittbank stand davor, etwas weiter eine Leiter für die weiter oben gelagerten Bestände. Zwischen zwei noch verschnürten Bücherballen lag ein dritter. Hoch aufgeschichtete Stöße ungebundener und ungeschnittener Bücher quollen daraus hervor. Daneben standen die Presse und ein kreisrundes Fass von gut einem Meter Höhe und anderthalb Metern Durchmesser, das bis an den Rand mit gebundenen Neuerscheinungen angefüllt war.

Nicolai kam oft hierher und weidete sich an den Schätzen, die er sich niemals würde leisten können. Doch heute interessierte ihn etwas anderes. Er brauchte nicht lange Ausschau zu halten. Ein junger Mann mit roten Haaren stand über das Fass gebeugt da, hielt einige Bände in der Hand und drehte sich jetzt zu ihm um.

»Was wünscht der gnädige Herr?«, fragte er.

Nicolai ging auf ihn zu. »Ich bin Lizenziat Röschlaub, Adjutant von Stadtphysikus Müller.«

Der Mann legte die Bücher zur Seite und machte einen Diener. »Ergebenst zu Diensten.«

Nicolai wusste nicht so recht, wie er beginnen sollte.

»Viel Geschäft mit den Besuchern?«, fragte er nach einer kurzen Pause.

Der Mann schüttelte den Kopf. »Nein. Auch nicht mehr als sonst.«

Er konnte ihn doch nicht direkt ausfragen. Aber wie sollte er das Thema auf die Überfälle bringen?

»Ich suche ein Buch ... ein medizinisches Buch ... von Haller. Führen Sie medizinische Bücher?«

»Manche«, gab der Mann zurück. »Aber wir besorgen alle. Wie lautet der Titel?«

»De partibus corporis humani sensilibus et irritabilibus«, sagte Nicolai. Diese Schrift war hier sicherlich nicht zu bekommen. Der Mann schüttelte auch erwartungsgemäß den Kopf und zog einen Messekatalog hervor.

»Das haben wir bestimmt nicht hier«, sagte er und begann zu blättern. Sein Finger glitt rasch über die Spalten des Verzeichnisses. »Hier ist es«, rief er dann. »Göttingen.«

Nicolai spürte, dass der Mann ihn kurz musterte. Und im nächsten Augenblick wusste er auch, warum.

»Es kostet zwei Taler«, sagte er.

Nicolai wusste selbst, dass er nicht wie jemand aussah, der zwei Taler erübrigen könnte. Er trug zwar Sorge, dass seine Kleidung sauber gebürstet war, aber auch gebürstete Armut blieb Armut.

»Es ist für Physikus Müller«, log er schnell. »Ich werde ihn fragen, ob er es bestellen will. Wie lange würde es dauern, bis er es bekommt?«

Die Miene des Mannes hellte sich kurz auf, sei es, weil er Müller kannte oder weil sich ein Geschäft abzeichnete. Doch sogleich verdunkelte sich sein Gesichtsausdruck wieder.

»Das kommt darauf an«, sagte er. »Normalerweise drei bis vier Wochen. Aber jetzt dauert es vermutlich acht.«
»Aha?«, antwortete Nicolai mit gespielter Verwunderung. »Und warum so lange?«
»Wegen der Überfälle«, erwiderte der Mann. »Wir lassen über andere Routen liefern. Das dauert länger.«
»Ach ja, richtig. Ich habe davon gehört. Schrecklich, diese Straßenräuber.«
»Straßenräuber?«, empörte sich der Mann und atmete laut und hörbar aus. »Die verfluchten Leipziger Verlage stecken dahinter. Man sollte gar nichts mehr bei ihnen kaufen.«
Nicolai schwieg einen Augenblick und setzte ein ahnungsloses Gesicht auf. »Bei wem kaufen?«
»Bei Reich und Weygand und Vandenhoek und wie sie alle heißen.«
»Hm. Und wieso?«
»Sie wollen uns Süddeutsche in die Knie zwingen mit ihrem verbrecherischen Monopolismus. Durch die Nachdrucke entgeht ihnen Profit. Deshalb haben sie jetzt ein paar Gauner angemietet, welche die Nachdrucklieferungen sabotieren.«
»Sie?«
»Na ja, die Kontanthändler. Reich und Weygand. Dietrich und die Vandenhoek'sche Handlung in Göttingen. Es ist offensichtlich. Man muss sich nur anschauen, welche Kutschen und welche Postkurse angegriffen werden. Das kann kein Zufall sein.«
»Was kann kein Zufall sein?«, fragte Nicolai.
»Dass sie ausgerechnet diese Kurse angreifen. Es sind die gleichen Routen, die im Frühjahr für die Nachdrucklieferungen zum Hanauer Umschlag benutzt werden. Die wollen uns Angst machen.«

Nicolai brauchte eine Weile, bis er begriff, was nach Auffassung seines Gegenübers die Kutschenbrennerei mit Nachdrucken und dem Hanauer Umschlag zu tun hatte.

Offenbar schwelte in Deutschland schon länger ein regelrechter Buchhändlerkrieg. Einige Jahre zuvor hatten ein paar Leipziger Verleger eigenmächtig und ohne jede Rücksichtnahme den bewährten Changehandel, wobei auf den Messen die Druckbogen getauscht wurden, aufgekündigt. Sie bestanden plötzlich auf Barzahlung und erhöhten außerdem ihre Bücherpreise schlagartig um fünfzig Prozent. Einer der mächtigsten von ihnen, Philipp Erasmus Reich, löste sogar sein Lager bei der Frankfurter Messe auf und lieferte nur noch ab Leipzig gegen Barzahlung zu einem außerdem geringen Rabatt von meist nur sechzehn Prozent. Ein schwäbischer Buchhändler hatte jedoch schon fast fünfundzwanzig Prozent Transportkosten, ganz abgesehen von den allgemeinen Messekosten, die mindestens noch weitere fünf Prozent verschlangen.

»Die Leipziger, Göttinger, Hallenser, Jenenser und Berliner Kontanthändler nutzen ihre Vorteile schamlos aus«, schäumte der Verkäufer jetzt. »Sie haben kaum Transportkosten. Da sie in Universitätsstädten drucken, haben sie einen sicheren Absatz für die ersten Auflagen und ein geringes Risiko. Dadurch sind ihre Kassen gut gefüllt, und sie können die teuersten Federn einkaufen. Dem Buchhandel im Süden bleibt nichts zu verdienen übrig. Die Verlage im Norden wollen alleine die Kaufherren bleiben und uns nichts weiter übrig lassen als die Ehre, die Krämer abzugeben und ihre überteuerte Ware ohne allen Profit zu empfehlen und abzusetzen. Das schwer verdiente Geld dürfen wir dann Reich und seiner Bande vor die Tür liefern.«

Der Mann begann sich richtig in Rage zu reden.

»Also wird seit Jahren im Süden fleißig nachgedruckt. Wer nicht nachdruckt, ruiniert sich. Hier, schauen Sie. Lessings Trauerspiele. In der Vossen'schen Ausgabe kosten sie 1 Taler und 48 Kreuzer. Der Schmieder'sche Nachdruck ist für 24 Kreuzer zu haben. Selbst wenn ich wollte, kann ich solchen Preisen keine Konkurrenz machen und Originale verkaufen, für die es nicht einmal richtigen Rabatt gibt. Die Leipziger sind Halunken und Diebe, die das Land aussaugen. Und weil sie den Nachdruck nicht stoppen können, greifen sie jetzt die Postrouten an, auf denen die Nachdrucke transportiert werden. Das ist die ganze Wahrheit.«

»Gibt es dafür Beweise?«, erkundigte sich Nicolai.

»Beweise? Man muss sich doch nur anschauen, wo diese Bande zuschlägt. Alles Kurse, die von Wien nach Hanau führen.«

»Hanau?«, fragte Nicolai. »Warum Hanau?«

»Dort findet die Nachdruckermesse statt. Wenn Leipzig Krieg will, werden sie Krieg bekommen. Der Süden wird sich diesen raffgierigen Monopolisten nicht beugen. Auch wenn sie sämtliche Nachdruckrouten angreifen, werden sie den Nachdruck nicht eindämmen können!«

Nicolai dankte und empfahl sich dem Mann, der so aufgewühlt war, dass er sich an die Bestellung des medizinischen Werkes wohl nicht mehr erinnern würde.

10.

Exzellenz,

wir haben gut daran getan, rasch zu handeln. Das ganze Ausmaß der Verschwörung ist uns auch nach nun fast vier Tagen intensivster Untersuchungen noch nicht ersichtlich, aber dass es sich um ein gewaltiges Netzwerk hoch gefährlicher politischer Umtriebe handelt, meine ich jetzt schon mit Sicherheit sagen zu können. Daher bediene ich mich heute der Codeziffernfolge Petri Salvat, denn ich bin mir nicht sicher, ob nicht sogar in unseren eigenen Reihen Schwachstellen entstanden sein könnten.

Die Situation vor Ort ist noch sehr unübersichtlich. Zwar haben wir in der Poststation von Nürnberg einen zuverlässigen Mann, der die Korrespondenzen in den letzten Monaten ohne Fehl geprüft und mannigfaltige Beweismittel gegen die Umtriebe dieser Illuminaten gefunden hat. Doch noch ist nicht ersichtlich, ob und wie Alldorf mit ihnen in Verbindung stand. Wir gehen davon aus, dass er die beträchtlichen Geldmittel auf verschlungenen Wegen in die Kriegskasse dieser hoch gefährlichen Gruppe geschleust hat. Allerdings haben wir hierfür noch keinerlei Beweise, da sämtliche Gelder offenbar über Wechsel zunächst ins Ausland transferiert wurden und dort unserer Kontrolle entzogen sind. Es sieht so aus, als sei ein Handelshaus in Amsterdam involviert, wobei ich nicht sagen kann, ob man dort von der Bestimmung der Gelder Kenntnis hat. Ich denke eher nicht. Wir verfolgen die Spur.

Was uns nach wie vor Sorgen bereitet, ist die enorme Summe. So viel Geld kann nur für ein gewaltiges Vorhaben zusammengebracht worden sein. Und ebendieses Vorhaben ist uns noch völlig verborgen. Wir positionieren uns, um unverzüglich zuzuschlagen, sobald einer der Köpfe dieser Hydra sich zeigen sollte, doch gegenwärtig müssen wir uns still verhalten, um sie in Sicherheit zu wiegen.

Um Alldorf herum haben wir allerlei zwielichtige Figuren aufgespürt. Einige sind noch flüchtig, aber wir werden sie finden. Einer von ihnen hat seinen Versuch, sich aus der Sache zurückzuziehen, offenbar mit dem Leben bezahlt. Ich habe noch keine genauen Informationen, mit wie vielen Subjecten wir es zu tun haben, aber hier einige Namen, die Ihnen nützlich sein mögen.

Gutsverwalter Kalkbrenner, Kammerherr Selling und Hofapotheker Zinnlechner waren die einzigen Bediensteten von Rang, die der Graf auf dem Schloss gehalten hat. Beim restlichen Personal handelt es sich um Lakaien, Dienstboten und sonstige Kanaille, die unserer Untersuchung wenig dienlich sein dürften.

Hofapotheker Zinnlechner ist flüchtig und steht im Verdacht, Kammerherrn Selling ermordet zu haben. Signalement des Gesuchten liegt bei. Gutsverwalter Kalkbrenner wurde auf der Flucht gefasst und bisher einmal verhört. Abschrift des Protokolls liegt bei. Kammerherr Selling ist, wie ich bereits sagte, im Wald ermordet aufgefunden worden, und alles deutet darauf hin, dass der Hofapotheker Zinnlechner gemeinsam mit zwei oder drei weiteren Personen, deren Spuren wir ebenfalls im Wald gefunden haben, für dieses grausame Verbrechen verantwortlich ist. Der Zustand der Leiche lässt darauf schließen, dass an Kammerherr Selling ein grausames Ritual durchgeführt wurde, dessen Sinn und Bedeutung uns bisher unbekannt ist. Beschreibung der Leiche beiliegend.

Wir haben natürlich die Spuren verfolgt und eine Beschreibung von Zinnlechner an alle Poststationen durchgegeben. Das Er-

gebnis ist nicht befriedigend, da sich die Spur der Verbrecher leider verloren hat. Sicher ist nur, dass sich die Täter im Laurenti-Wald getrennt haben. Die Spuren, soweit wir sie verfolgen konnten, führten in drei völlig verschiedene Richtungen. Einer der Männer ist querfeldein bis zur Landstraße nach Bamberg geritten, auf der sich seine Spur dann verloren hat. Eine zweite Spur konnten wir bis in die Nähe von Sulzbach verfolgen, und meine Leute glauben, der Mann sei wohl in Richtung Prag entkommen. Sie schließen dies aus der Tatsache, dass mehrere Personen einem einzelnen Reiter begegnet sind, der sich nach dem Weg nach Prag erkundigt hat. Der Beschreibung nach handelte es sich wohl um Zinnlechner. Eine dritte Spur von zwei Pferden führte nach Südwesten, aber auch hier mussten wir schon bald die Verfolgung aufgeben. Kurz vor Ansbach vermischten sich die Spuren mit vielen anderen. Niemand weiß, ob sie nach Stuttgart oder Ulm weitergeritten sind.

Was den toten Selling betrifft, so ist es bedauerlich, dass wir seinen Mördern nicht zuvorkommen konnten, um ihn auf unsere Weise zu befragen, denn er muss wohl doch über einige Vorgänge im Schloss unterrichtet gewesen sein. Eine Zeugin des Vorfalls, ein junges Bauernmädchen aus der Gegend, ist noch nicht vernehmungsfähig, da sie unter Schock steht. Aber sie wird von einem jungen, talentierten Arzt behandelt, der sie schon wiederherstellen wird.

Dieser Arzt ist indessen auch kein unbeschriebenes Blatt, und daher weiß ich noch nicht, ob ich ihm trauen kann. Er ist vor Jahresfrist in Fulda wegen aufklärerischer Umtriebe aufgefallen und verjagt worden. Jetzt hat er sich hier in Nürnberg angesiedelt, was Zufall sein kann, vielleicht jedoch auch mit Alldorfs Einfluss zusammenhängt. Er ist einundzwanzig Jahre alt, schlank, jedoch von stattlichem Wuchs. Sein bescheidenes Amt erlaubt ihm nur einfache Kleidung und eine nicht minder gewöhnliche Perücke, doch seine etwas hochmütigen, Neugier ausstrahlenden braunen Augen in einem zwar männlichen, aber doch jugendlichen Gesicht erregen hier bei den Dienstmädchen im Schloss erhebliches Interesse. Sie drehen sich nach ihm um und schauen ihm nach, wenn er durch die Gänge geht. Aber er hat dafür kein Auge, und dies ist allein der Grund, warum ich den Umstand überhaupt erwähne. Soweit ich nämlich beobachten konnte, richtet er seine Aufmerksamkeit ausschließlich auf Dinge, die seinen Geist stimulieren, nicht sein Herz oder seine Sinne. Mit einem Wort: Seine geistigen Fähigkeiten sind bemerkenswert.

Hagelganz gab jedoch zu bedenken, dass es sich bei ihm daher auch um einen Spion handeln könnte. Sein Verdacht in diese Richtung hat sich heute bestätigt. So hat der Arzt den nächsten Angriffsort der Postkutschenbande sehr genau vorausgesagt, was mich zu der Annahme zwingt, dass er mit jenen Leuten möglicherweise unter einer Decke steckt. Ich beobachte ihn aufmerksam, denn er wird uns in jedem Fall noch nützlich sein.

Bei diesem neuerlichen Überfall ist uns ein gedungener Straßenräuber ins Netz gegangen, der uns möglicherweise zu einem der Auftraggeber führen kann. Ich werde berichten, sobald wir diese Spur geprüft haben.

Bitte instruieren Sie alle Poststationen des Kreises, die Briefkontrollen zu verschärfen. Ich bedarf sämtlicher Abschriften verdächtiger Sendungen hier vor Ort, um sie mit meinen Leuten ordnen und sichten zu können. Die Alldorf'sche Bibliothek birgt noch so manches Geheimnis für uns, aber wir werden es lüften und diesen pestilenziösen Sumpf trockenlegen.

Ich bin sicher, dass die beträchtlichen Geldbeträge mit viel Umsicht über einen längeren Zeitraum beiseite geschafft wurden und für einen von langer Hand geplanten, massiven Angriff bereitgestellt wurden. Welches Ziel diese Verschwörer verfolgen und wie die ungewöhnlichen Kutschenüberfälle damit zusammenhängen, ist mir leider noch unbekannt. Aber wir werden es bald herausgefunden haben.

Ich bezeige, nach Hertzens-Aufrichtigkeit, dass ich mich glücklich schätze, mich mit Verehrung nennen zu dürfen und ersterbe

Giancarlo Di Tassi

11.

»Irgendjemand aus der Bürgerschaft hat wohl eine Klage nach Wetzlar geschickt«, sagte Müller und bohrte seine Finger in einen dicken Brotlaib vor ihm auf dem Tisch. »Es ist enorm viel Geld verschwunden. Ich weiß nicht, wie Alldorf das angestellt hat.«

Nicolai schob sich ein Stück gekochte Kartoffel in den Mund, sagte jedoch nichts. Die Begegnung mit Di Tassi ging ihm noch im Kopf herum.

»Wie können Sie dieses Zeug nur essen?«, fragte Müller und spie dabei kleine, halb gekaute Brotstückchen vor sich auf den Tisch. »Erdbirnen sind doch etwas für Tiere.«

»Wissen Sie, wie viel Geld?«, fragte Nicolai, ohne auf Müllers Bemerkung einzugehen.

Müller legte den Kopf schief, griff nach seinem Zinnbecher und nahm einen großen Schluck Bier zu sich. »Sehr viel. So viel eben, wie ein Großer in einem Jahr zusammenleihen kann.«
Nicolai lehnte sich zurück, ließ seinen Blick über den schmuddeligen Tisch wandern und versuchte, die Speisereste zu ignorieren, die Müller bei seinen Mahlzeiten stets um sich auszubreiten pflegte. Diese Mittagessen im Haus seines Brotgebers waren eine Tortur für ihn. Müllers Tischmanieren waren unerträglich. Schon nach kurzer Zeit lagen Käserinden, Wurstabschnitte, halb gekaut wieder ausgespuckte Knorpelstücke und ein immer bis über den Horngriff schmalzverschmiertes Messer vor ihm herum. Die Zusammenstellung einer jeden Mahlzeit war in seinem struppigen Bart gut dokumentiert.
Aber heute hatte er es sich nicht nehmen lassen, zu ihm zu kommen, denn Müller, auch wenn er in Nicolais Augen ein lausiger Arzt und ein unappetitlicher Mensch war, verfügte über etwas, das er jetzt dringend benötigte: Information. Mit neuen Gerüchten war es ja nicht anders als mit neuen Krankheitsfällen: Müller erfuhr stets sehr schnell davon.
»Und wer hat so viel Geld zu verleihen?«, fragte Nicolai beiläufig.
»Der Magistrat und so mancher reiche Bürger. Alldorf hat hoch verzinste Schuldbriefe auf sein Gut ausgestellt. Soviel ich weiß, haben sogar ein paar süddeutsche Fürsten gezeichnet. Es ist ein ziemlicher Skandal. Vor allem, weil es nach der Primogeniturordnung streng verboten ist, Eigentum an den Familienbesitzungen zu veräußern. Es wird furchtbaren Streit geben. Wartensteig hat schon Milizen aufgestellt.«
»Ist Di Tassi deshalb hier?«
Müller verzog das Gesicht und entfernte dann mit dem Nagel

seines linken kleinen Fingers, den er zu eben diesem Zweck etwas länger wachsen ließ als die anderen, ein Stück Maiskorn, das sich zwischen seine Schneidezähne geschoben hatte. Er studierte den aufgespießten, zermanschten gelben Klumpen, während er antwortete: »Ich nehme es an. Jemand aus der Bürgerschaft hat beim Reichskammergericht in Wetzlar Beschwerde eingereicht, weil sonst zu befürchten ist, dass der Magistrat und die Lohensteiner die Sache unter sich ausmachen und die Bürger leer ausgehen.«

Der Speiserest wanderte jetzt wieder in Müllers Mund zurück, gefolgt von einem weiteren Schluck Bier.

»Das verstehe ich nicht«, erwiderte Nicolai.

»Der Adel hier braucht dringend Geld«, erklärte Müller. »Aber es ist streng verboten, an Bürgerliche zu verkaufen. Also gibt es Strohmänner, dubiosen Briefadel, Leute mit leeren Taschen und einem Adelstitel, die als Fassade dienen. Wohlhabende Bürger versuchen so, sich in Pfründe einzukaufen, die ihnen von Gesetz wegen versperrt sind. Alldorf scheint allerdings ein ganz besonders schwerer Fall zu sein. Er hat nicht nur eine Fassade hinterlassen, sondern gleich mehrere. Er hat das Gut tatsächlich mehrfach verkauft.«

Er machte eine Pause. Dann fügte er hinzu: »Diese Erdbirnen werden Sie krank machen, das garantiere ich Ihnen. Die Bauern hier rühren sie nicht an, und ich verlasse mich immer auf die Bauern.«

»In Preußen forciert man sogar den Anbau und füttert dem Vieh nur die Überschüsse«, widersprach Nicolai.

»In Preußen, kein Wunder. Dort fressen sie ja alles. Soldatenvieh. Sie müssen noch viel lernen, Röschlaub. Haben Sie eigentlich den Jahresbericht fertig?«

Die Erinnerung an die leidige Arbeit ließ Nicolais Stimmung noch tiefer sinken. Hunderte von Behandlungsprotokollen des letzten Jahres sollte er ordnen, gliedern und zu einem Bericht an den Magistrat zusammenfassen. Für Müller war es ein Geschenk des Himmels, dass er diese Fronarbeit ihm aufbürden konnte.

»Ich arbeite daran«, log er und knüpfte dann wieder an das Thema an, das ihn eigentlich interessierte. »Di Tassi ist schon zwei Tage nach Alldorfs Tod hier erschienen. Finden Sie das nicht eigenartig?«

Müller zuckte mit den Schultern. »Vielleicht ist ihm schon vor geraumer Zeit jemand auf die Schliche gekommen und hat eine Untersuchung beauftragt. Ja, so wird es sein. Und wahrscheinlich hat Alldorf sich deshalb ... na ja, Sie wissen schon.«

Er machte eine eindeutige Handbewegung, erhob sich dann und ließ sich auf ein Kanapee plumpsen, das neben dem Fenster stand. Eine Staubwolke erhob sich augenblicklich aus der abgewetzten Matratze. Der Arzt griff nach einer zerbeulten Blechdose, holte ein paar Gegenstände daraus hervor und begann mit der Vorbereitung dessen, was Nicolai in Müllers Gegenwart am meisten fürchtete: das Pfeiferauchen.

Bis vor einigen Jahren hatte diese Gewohnheit noch unter die Genüsse der Karrenschieber, Stallknechte, Soldaten, Kutscher und der hier lebenden Orientalen gehört. Doch seit sechs bis sieben Jahren rauchte auf einmal jedermann Tabak, vom Lakaien bis zum Grafen, vom Ladenjungen bis zum Bankier, vom Praktikanten bis zum Referenten. Der dampfende Qualm schlug einem allerorts entgegen. In jeder Schenke hingen die Schwaden und machten es unmöglich, etwas zu essen oder zu trinken, ohne Gefahr zu laufen, von ätzenden Rauchwolken eingehüllt und fast erstickt zu werden. Nicolai beeilte sich, sei-

nen Abgang vorzubereiten, umso mehr, da er wusste, dass die verdauungsfördernde Wirkung des Tabaks seinen Brotgeber ohnehin gleich zu einer längeren Abwesenheit in den Hof treiben würde. Zu wünschen war es ihm, nach den ewigen Verstopfungen. Müller verabschiedete ihn mit einem Kopfnicken, denn er saugte bereits an dem stinkenden Kolben, in dem knackend die ersten Blätter zu glimmen begannen.
Nicolai machte sich auf den Weg zu den Krankenbesuchen, die er am Freitag und Samstag versäumt hatte. Die Kälte war schneidend, und so ging er mit gesenktem Kopf, um dem eisigen Wind so wenig Angriffsfläche wie möglich zu bieten. Eigentlich hätte er nach diesem Essen eine gewisse Trägheit spüren müssen, aber stattdessen fühlte er eine große Unruhe. Das Mittagessen mit Müller hatte ihm wieder gezeigt, wie erbärmlich seine Existenz hier war, dazu in einem Landstrich, der so rückständig war, dass man sogar die edle Kartoffel an das dumme Vieh verfütterte, weil man nicht begriff, wie segensreich diese Frucht war. Dabei mehrten sich doch die Berichte, die der Kartoffel wunderbare Eigenschaften zuschrieben. Aber wer las hier schon medizinische Gazetten?
Alldorfs Krankheit kam ihm wieder in den Sinn. Das Geschwür unter seinem Herzen. Und das Gift, das er getrunken hatte. Die seltsamen Bemerkungen in Maximilians Briefen. Wovon war dort die Rede? Die lateinischen Formulierungen klangen noch in ihm nach. *Sie verfügen über das Gift der Gifte, um uns zu vernichten. Es existiert keinerlei Gegenmittel. Es ist leicht herzustellen und noch leichter zu verstecken. Wer davon infiziert wird, sofern er nicht schon bald davon vernichtet wird, trägt es weiter und verbreitet seine verderbliche Wirkung ...*
Wovon sprach Maximilian da nur? Und wer waren SIE?

Vielleicht sollte er im Waisenhaus vorbeigehen und dort in der Bibliothek nachschlagen, was Haller oder van Swieten zur jauchigen Vomika zu sagen hatten.

Der Wind nahm an Stärke zu, und da er gerade die Station der kaiserlichen Reichspost passierte, beschloss er, die Gelegenheit zu nutzen und einen Blick auf die dort angeschlagene Gazette zu werfen. Die sechsseitige Ausgabe war neben den Postkursen an die Wand geschlagen. Die Nachrichten waren wenig interessant. In einigen benachbarten Gebieten war der Münzfuß schon wieder angehoben worden, eine elegante Weise, den Menschen das Geld zu stehlen, ohne auch nur in ihre Taschen greifen zu müssen. Die Aufmunterungsgesellschaft zu Basel hatte zwei Preisgelder ausgelobt: eines für ein Mittel, Wölfe auszurotten, ein weiteres für die Erfindung eines tragbaren Wärmegefäßes zum Gebrauch für die Armen. In der Sektion der interessanten Miscellaneen stand zu lesen, dass Frankreichs Damen ein Jahr ums andere zwei Millionen *pots de rouge* verbrauchten und man sich glücklich schätzen könne, in einem Lande zu leben, wo die Mädchen und Frauen nichts als Brunnenwasser benötigten, um ein schönes Rot auf ihre Haut zu zaubern. Seit Ende November hatte es mehrere Kutschenüberfälle gegeben, aber die Übeltäter waren offenbar betrunken oder verwirrten Sinnes gewesen, denn sie hatten nichts gestohlen, sondern Feuer an die Wagen gelegt, was der Schreiber mit Unverständnis kommentierte. Diese Kutschenbrenner waren merkwürdig. Doch nach einer Weile fiel Nicolai auf, dass das Interessanteste an der Gazette eigentlich das war, was nicht darin stand. Halb Nürnberg sprach von der Sache Alldorf, aber in der Gazette war kein Sterbenswörtchen davon erwähnt.

★ ★ ★

Die meisten Patienten, die Nicolai besuchte, klagten über Husten und Schmerzen beim Atmen, teilweise begleitet von heftigem Seitenstechen. Bei einer jungen Magd blieb er etwas länger, denn sie hustete Blut, und die auflösende Mixtur aus Sauerhonig und vitriolischem Weinstein, die er ihr vor einigen Tagen gegeben hatte, war ebenso wirkungslos geblieben wie der Sud aus Tamarinden, Sedlitzersalz und Brechweinstein, den er ihr gestern verabreicht hatte. Sie hatte zwar eine Menge zäher Galle erbrochen und anderen Unrat durch oft bewirkte Stühle abgeführt, aber das Blutspucken und das Seitenstechen wurden nur noch heftiger. Heute kamen sogar ein paar Blutstropfen aus der Nase, und die Frau klagte über rasende Kopfschmerzen. Da der Puls außerdem sehr schnell ging, entschloss sich Nicolai, eine mäßige Aderöffnung am Fuß vorzunehmen, und legte ihr danach ein Blasenpflaster auf den Nacken. Als er die Kranke verließ, redete sie wirr und warf noch immer gepeinigt den Kopf hin und her.

Nicolais Stimmung war auf einem Tiefpunkt, als er die Bibliothek des Waisenhauses betrat. Er fühlte seine Machtlosigkeit und sein Unwissen wie einen schweren Druck auf sich lasten. Wie hoffnungs- und wirkungslos war doch seine ganze Kunst! Er ließ seinen Blick über die glänzenden Lederrücken der medizinischen Bände schweifen, konnte sich jedoch lange nicht dazu bringen, einen davon herauszuziehen. Er hatte das doch alles schon gelesen. Er kannte die Rezepturen und Behandlungsmethoden, die van Swieten empfahl. Aber seine Patienten reagierten nach Gutdünken darauf und oft überhaupt nicht so, wie es beschrieben war. Und wenn sie es doch taten, so hatte er oft den Eindruck, dass andere Mittel vielleicht genau den gleichen Effekt hervorgerufen hätten.

Nach einer Weile raffte er sich auf und begann, über Vomika nachzulesen. Van Swieten ließ sich seitenweise darüber aus und führte diese Verwachsungen auf Verstopfungen oder Entzündungen zurück. Weiter unten stieß Nicolai auf die Unterscheidung von jauchigen und eitrigen Vomika. Aber was half dies eigentlich, wenn man deren Ursprung nicht kannte?

Vielleicht würde Auenbrugger ihm weiterhelfen. Es war eine Weile her, dass er sich mit dieser Schrift beschäftigt hatte. *Inventum novum ex percussione thoracis humani ut signo abstrusos interni pectoris morbos detegendi*, stand auf dem Buchrücken, eine Studie also, die versprach, mittels Anschlagen an den Brustkorb verborgene Brustkrankheiten zu entdecken.

Nicolai überblätterte die Einleitung, ging gleich zum spezifischen Teil über und begann das erste Kapitel zu lesen. *Von den chronischen Krankheiten, in denen der widernatürliche Ton der Brust vorkommt*. Doch auch hier fand sich wenig Konkretes. Im § 27 las er:

»Die Krankheiten, welche durch eine verborgene Kraft die Brusteingeweide angreifen, sind:

1. solche von erblicher Anlage zu Brustleiden;

2. Krankheiten, die von Gemütsaffekten stammen und hauptsächlich in vergeblicher Sehnsucht bestehen, worunter das Heimweh den ersten Rang einnimmt;

3. Krankheiten mancher Handwerker, denen von Natur aus allzu schwache Lungen beschieden sind.«

Nicolai lehnte sich zurück und überlegte. Erbliche Belastung war durchaus eine Möglichkeit. Sowohl Maximilian als auch Alldorfs Tochter Sophia schienen eine schwächliche Konstitution gehabt zu haben. Hatte Zinnlechner nicht gesagt, Sophia sei langsam erstickt? Die dritte Ursache konnte man ausschließen. Alldorf gehörte dem Adelsstand an, konnte also schwerlich an einer Handwerkerkrankheit leiden. Blieben also noch die »Krankheiten, die von Gemütsaffekten stammen und hauptsächlich in vergeblicher Sehnsucht bestehen«. Nicolai erinnerte sich, dass der Kreis der Seelenärzte in Halle solche Theorien entworfen hatte. Einige Bücher darüber waren schon vor längerer Zeit erschienen, Titel wie *Gedancken von Thränen und Weinen* oder *Abhandlung vom Seufzen*. Aber Nicolai stand diesen Leuten skeptisch gegenüber. Er hatte nie recht begriffen, wie man das Seufzen der Seele vom Seufzen des Körpers unterscheiden wollte. Und was sollte der Medizinwissenschaft eine Theorie über das Weinen dienen? Umso mehr wunderte er sich jetzt, bei Auenbrugger Spuren dieser halleschen Seelenärzte zu finden. Konnte ihm das, was er da las, irgendwie weiterhelfen?

»Zur Dämpfung des normalen Perkussionsschalls trägt nach meiner Beobachtung von allen Seelenleiden keines mehr dazu bei als die vernichtete Hoffnung, einen Wunsch zu erreichen. Deshalb, weil die Nostalgie (vulgo: Heimweh) hierin den ersten Platz einnimmt, gebe ich davon eine kurze Schilderung. Wenn junge, noch im Wachsthume begriffene Leute wider ihren Willen zum Soldatendienste genommen werden und sich dadurch gezwungen sehen, auf jede Hoffnung einer einstigen, wohlbehaltenen Rückkehr ins ersehnte Vaterland zu verzichten: so erfasst sie eine besondere Traurigkeit; sie werden schweigsam, auffallend träge, suchen die Einsamkeit, sinnen vor sich hin, seufzen und ächzen viel.

Endlich bemächtigt sich ihrer eine Unempfindlichkeit und Gleichgültigkeit gegen alles, was der Ernst des Lebens von ihnen fordert. Dieses Übel heißt Nostalgie, Heimweh, bei welchem weder Arzneimittel noch Vernunftgründe, weder Versprechungen noch angedrohte Strafen etwas zu ändern imstande sind. Der Körper siecht dahin, während alle Ideen sich auf das vergebliche Sehnen richten.

Indes nun die Idee des eitlen Sehnens vorherrscht, geht der Körper, der auf einer Seite den dumpfen Perkussionsschall ergibt, der Abzehrung entgegen.«

So weit, so gut, dachte Nicolai. Das konnte es auch nicht sein. Graf Alldorf war weder jung und im Wachstum begriffen, noch zum Militärdienst fortgerissen worden. Im Gegenteil. Vermutlich hatte er selber viele seiner Untertanen diesem Schicksal überlassen und befreundeten Landesherren für Feldzüge verkauft. Doch der nächste Absatz aus Auenbruggers Fallbeschreibung ließ ihn stutzig werden.

»Ich habe die Leichen vieler an dieser Krankheit Verstorbener eröffnet und stets die Lungen mit dem Rippenfell fest verwachsen gefunden, den Lappen aber auf der nicht tönenden Seite schwielig, verhärtet, mehr oder weniger eitrig.«

Dies wiederum entsprach recht genau seiner Diagnose. Sie hatten es ja in jener Nacht diskutiert, ein stumpfes Echo an Alldorfs linkem, unteren Lungenflügel, das sich bis in die Leistengegend zog. Solch eine Verwachsung könnte das erklären. Aber warum sollte Alldorf an Heimweh gestorben sein? Er war doch zu Hause, in seiner Bibliothek. Di Tassi würde ihn auslachen, wenn er ihm solch eine Diagnose anbieten würde. Ratlos las er noch einen Absatz weiter.

»Dieses vor einigen Jahren noch ziemlich häufige Übel kommt jetzt sehr selten vor, und zwar seit der Zeit, wo nach einer hochweisen Einrichtung mit den Gefährten Verträge auf bestimmte Jahre zugleich in der Hoffnung abgeschlossen wurden, dass sie nach Ablauf der Vertragsdauer aus dem Kriege zurückkehren und der Wohltaten ihrer Staaten sich erfreuen können.«

Er klappte das Buch verdrießlich wieder zu und starrte vor sich auf den Tisch. Zu allem Überfluss musste er an Müller denken und dessen Bemerkung während des Mittagessens: »Röschlaub, Sie müssen noch viel lernen.«
Er wollte ja lernen. Aber von wem nur?

12.

Das Mädchen schlief, als er am Abend noch einmal im Krankenhaus vorbeiging, und er beschloss, dass es besser war, sie jetzt nicht mehr zu stören. Er würde sie gleich morgen früh besuchen.
Doch als er einige Zeit später in seiner Schlafstube stand und sich entkleidete, fühlte er plötzlich eine unerträgliche Sehnsucht nach ihr. Er setzte sich auf die Bettkante, stützte den Kopf

auf die Hände und schaute aus dem Fenster in die Nacht hinaus. Doch selbst die Kälte des unbeheizten Zimmers konnte seine Unruhe und Erregung nicht besänftigen. Er hätte niemals seiner unzüchtigen Lust nachgeben und sie auf solch ein Weise berühren dürfen. Jetzt quälten ihn diese Bilder mit solcher Beharrlichkeit, dass er nicht wusste, wie er Schlaf finden sollte.

Irgendwann war er vor der Kälte doch unter die Decke geflohen und versuchte mit aller Gewalt, an etwas anderes zu denken. Er rief sich die schrecklichen Einzelheiten von Sellings verstümmelter Leiche in Erinnerung, aber selbst dieses Erlebnis war unauflöslich mit der köstlichen Versuchung verknüpft, die ihn jetzt hartnäckig heimsuchte. Ganz gleichgültig, welche Vorstellungen er in seinem Kopfe erzeugte, so schimmerten doch immer wieder die Umrisse des schlafenden Mädchens hindurch. Er sah sich allein mit ihr in jenem Krankenzimmer, wie er sie entkleidete und sich zu ihr legte. Während er sie liebkoste, erwachte sie, sprach ihn an und forderte ihn sogar auf, mit seinen Berührungen fortzufahren, dreister zu werden, und ... aber hier fuhr er hoch und verdrängte mit Gewalt das verlockende Bild. Solche Gedanken waren ihm noch nie zuvor in solch einer Form gekommen. Schwitzend und keuchend saß er in seinem Bett und starrte in die Dunkelheit. So konnte er unmöglich Ruhe finden. Was geschah nur mit ihm? Was war nur an diesem Mädchen, das ihn so verhext hatte? Irgendetwas stimmte nicht mit ihr. Warum hatte sie ihr Haar gefärbt? Was hatte sie am Fundort von Sellings Leiche zu suchen gehabt?

Dann war plötzlich ein lautes Pochen in seinem Kopf. Er griff sich an die Stirn, doch da wuchs das Pochen aus seinem Kopf heraus und verwandelte sich in laute Schläge gegen die Haustür.

Er riss die Augen auf. Sonnenlicht fiel in sein Zimmer hinein. Mit einem Satz war er aus dem Bett und die Treppe hinunter. »Lizenziat«, hörte er Di Tassis Stimme, noch bevor er das Schloss entriegelt hatte.

Der Rat stand auf der Schwelle und sah missmutig auf ihn herab. »Sie sind noch zu Bett? Wissen Sie, wie spät es ist?«

Nicolai verneinte schlaftrunken. Er war noch ganz verwirrt. Er erinnerte sich überhaupt nicht, eingeschlafen zu sein. Und jetzt war bereits heller Tag.

»Schnell. Wir müssen los. Ich erkläre Ihnen alles unterwegs. Nehmen Sie Ihre Tasche mit. Ich hole Sie in einer Viertelstunde ab.«

»Aber ... wohin?«

»Wir haben eine Spur. Ich brauche Ihre Hilfe.«

»Ich ... ich kann nicht einfach mit Ihnen mitgehen.«

Di Tassi schaute ihn an, als habe er etwas Unanständiges gesagt. »Sie arbeiten doch für mich. Das haben wir am Samstag ausgemacht, oder?«

»Ja. Aber wir haben überhaupt nicht über Geld gesprochen. Ich habe einen Vertrag mit Stadtphysikus Müller.«

»Wie viel zahlt er Ihnen?«

»Dreihundert Taler im Jahr.«

»Ich zahle Ihnen vierhundert. Jetzt machen Sie sich fertig.«

Damit machte er auf dem Absatz kehrt und lief zur Straße zurück auf seine Begleiter zu, die dort auf ihn warteten.

Vierhundert Taler? Nicolai glaubte zu träumen. Wofür bot der Mann ihm nur so viel Geld an? Doch im nächsten Augenblick kam ihm ein neuer Gedanke.

»Fünfhundert«, rief er ihm hinterher.

Di Tassi drehte sich wieder um. Er starrte ihn mürrisch an, dann sagte er: »Ich habe keine Zeit für solche Feilschereien. Also gut. Fünfhundert. Und damit Schluss. Was ist mit dem Mädchen? Hat sie geredet?«

Nicolai war jetzt hellwach. Die Summe war berauschend. Er schüttelte den Kopf.

»Sie muss reden. Wir brauchen eine Beschreibung der Täter. Lassen Sie sich etwas einfallen. Und beeilen Sie sich. Wir reiten gleich.«

»Aber wohin?«

»Das sage ich Ihnen dann. Verlieren Sie keine Zeit.«

★ ★ ★

Eine Stunde später lag Nürnberg bereits weit hinter ihnen. Sie ritten die Landstraße nach Norden, Richtung Eschenau. Entgegen seiner Ankündigung, ihn über diesen erneuten plötzlichen Ausflug aufzuklären, saß Di Tassi schweigend im Sattel und grübelte vor sich hin. Von Di Tassis drei Mitarbeitern ließ sich keiner zu einem Gespräch mit ihm herab. Feustking, der jüngste der drei, hatte ihn wenigstens mit einem Nicken begrüßt. Aber das war auch schon alles gewesen.

Nach zwei Stunden erreichten sie Schwabach, ein unbedeutendes Nest in einem sumpfigen Flusstal. Die Hauptstraße, soweit man sie überhaupt so bezeichnen konnte, war aufgeweicht. Bei jedem Huftritt schoss Brackwasser aus dem Erdreich und besprenkelte ihre Hosenbeine mit Matsch. Am Straßenrand standen einige Schweine herum. Sie glotzten den Pferden nach, bevor sie ihre Rüssel wieder in den Dreck versenkten.

Nicolai folgte Di Tassi und den anderen in ein Gasthaus und ließ sich neben dem Eingang auf einen Stuhl fallen. Sein Hinterteil schmerzte, und auf der Innenseite seiner Schenkel spürte er jeden Muskel. Di Tassi verhandelte mit dem Wirt. Die anderen drei Männer standen abwartend neben der Tür und behielten die Pferde im Auge. Im Augenblick waren sie die einzigen Gäste.

»Wir bleiben erst einmal hier«, sagte Di Tassi, als er vom Tresen zurückkehrte. »Ich habe ein Zimmer für uns gemietet. Wir treffen uns dort in einer Stunde. Ich muss noch einmal kurz weg. Und ... ach ja, Lizenziat, meine Leute kennen Sie ja schon. Feustking, Kametsky, Hagelganz. Kommen Sie bitte her.«

Die drei traten vor Nicolai hin, und einer nach dem anderen reichte ihm die Hand.

»Lizenziat Röschlaub wird uns helfen, diese Sache aufzuklären. Ich bin zuversichtlich, dass wir heute einen großen Schritt vorankommen werden. Ich zähle auf Ihre Mitarbeit. Lizenziat Röschlaub genießt mein Vertrauen, und damit auch das Ihrige.«

Ein kurzes Schweigen trat ein. Nicolai musterte die Gesichter der drei Männer. Er versuchte zu lächeln, doch keiner der drei erwiderte die Geste. Di Tassi unterbrach die peinliche Stille durch eine weitere Anordnung.

»Kametsky, Sie erklären ihm die Situation. Geben Sie ihm das Boskenner-Protokoll zu lesen. Falls noch weitere Boten eintreffen, so werten Sie die Depeschen aus und unterrichten mich dann nach meiner Rückkehr.«

Damit verschwand er.

Nicolai spürte die Blicke der drei Männer auf sich ruhen. Es war offensichtlich, dass sie zu nichts weniger Lust hatten, als ihn in *die Situation* einzuweihen. Feustking und Hagelganz machten sich wortlos am Gepäck zu schaffen und wuchteten ihre Satteltaschen die enge Stiege zum ersten Stock hinauf. Kametsky ging ohne ein weiteres Wort an das Ende des leeren Schankraumes und ließ sich dort an einem Tisch nieder. Nicolai stand noch unschlüssig an der Tür, und erst als Kametsky ihm ein Zeichen machte, bewegte er sich widerstrebend in dessen Richtung.

»Ich weiß nicht, wie es kommt«, begann der Mann mit einem wenig freundlichen Gesichtsausdruck, »aber es ist das erste Mal, dass ein Bürgerlicher für uns arbeitet.«

Nicolais Herzschlag begann zu rasen. Die Beleidigung war unerträglich, aber sein Instinkt meldete ihm, dass er hier in eine offene Falle laufen würde, wenn er auf die Provokation einging. Der Österreicher wartete offenbar nur darauf. Wie er diese blasierten Adligen hasste!

Kametsky brachte mit seinen schmalen Fingern einige Akten zum Vorschein.

»Ich werde Ihnen das Protokoll einer Vernehmung zu lesen geben«, sagte er, ohne Nicolai anzuschauen. »Der Befragte ist ein gewisser Boskenner, ein Dieb und Verbrecher, der uns vor zwei Tagen ins Netz gegangen ist. Die Zusammenhänge mit Alldorf ergeben sich daraus. Es ist in diesem Protokoll von einem Mann die Rede, den wir morgen zu arretieren gedenken. Herr Di Tassi möchte, dass Sie diesen Mann dann unverzüglich untersuchen.«

»Untersuchen? Woraufhin untersuchen?«

»Auf Gift«, entgegnete der Mann, ohne ihn anzuschauen. »Herr Di Tassi sucht ein unsichtbares Gift.«

Nicolai bemühte sich, ruhig zu bleiben. Der offensichtliche Widerwillen, den dieser Mensch ihm entgegenbrachte, entfachte einen schwer kontrollierbaren Zorn in ihm. Seine hochmütige Art tat ihr Übriges, ihn zu reizen. »Um ein Gift zu finden, muss man es kennen. Welches Gift soll ich bitte suchen?«

»Das weiß ich nicht. Das ist Ihre Sache.«
»Meine Sache.«
Die Wiederholung klang ebenso hilflos, wie er sich gegenwärtig fühlte.
Kametsky stand auf, schob ihm die Papiere hinüber und ging davon.

13.

Hanau, 14. Dezember 1780
Subject: Ewald Boskenner, 43 Jahre.
Signalement: Dunkles Haupthaar, schütter. Viereckiger Schädel, breite Stirn, buschige Augenbrauen. Augenfarbe: dunkelbraun. Nase eben, schmaler Rücken und unauffällige Flügel. Schmale Lippen. Geteiltes Kinn, kleine Narbe links von Bartwuchs nicht ganz verdeckt. Hautfarbe: matt.

FRAGE: Der Tag der ersten Kontaktaufnahme war wann?
ANTWORT: Irgendwann im November.
F: Wann im November?
A: Das weiß ich nicht mehr.
F: Wo fand der Kontakt statt?
A: In Nürnberg.
F: Wer hat Sie angesprochen?
A: Ich kenne den Namen der Person nicht.
F: Aber die Person kannte Sie?
A: Ja. Offensichtlich.
F: Warum?

A: Ich kenne viele Menschen. Und viele Menschen kennen mich. Er hat mich aufgesucht.
F: Wo?
A: In Nürnberg. Im Landecker Reiter.
F: Können Sie ihn beschreiben?
A: Nein.
F: War er groß?
A: Nein. Nicht übermäßig.
F: Dick. Dünn.
A: Schlank.
F: Was für Kleidung trug er?
A: Schwarz. Er war ganz in Schwarz gekleidet.
F: Ein Geistlicher?
A: Ja. Das heißt nein. Ja und nein.
F: Was soll das heißen. Ja oder nein?
A: Er trug schwarze Schuhe, schwarze Hosen und eine schwarze Kutte. Aber er war kein Pfaffe.
F: Woraus schließen Sie das?
A: Er war nicht fett und redete klar. Außerdem bezahlte er seine Rechnung, als er ging.
F: Und sein Gesicht?
A: Er blinzelte viel, als täten ihm seine Augen weh.
F: Trug er Augengläser?
A: Nein.
F: Und er war allein gekommen?
A: Nein. Sie waren zu dritt. Aber das habe ich erst später bemerkt.
F: Und die anderen beiden? Können Sie sie beschreiben?
A: Nein. Ich sah sie nur aus weiter Ferne.
F: Wie das?

A: Der Auftrag war seltsam. Daher bin ich dem Mann gefolgt, nachdem unser Gespräch beendet war. Kurz vor dem Stadttor traf er die beiden anderen, und dann ritten sie aus der Stadt hinaus.

F: Und Sie folgten ihnen?

A: Ja. Aber in einiger Entfernung.

F: Und wo ritten sie hin?

A: Nach Alldorf.

F: Sind Sie sicher?

A: Ja. Ich habe sie mit eigenen Augen durch das Tor reiten sehen.

F: Wann genau war das?

A: Ich weiß es nicht mehr. Im November.

F: Mein Gott, besinnen Sie sich!

A: Anfang November wohl, vor dem ersten Schneefall.

F: Es waren also drei Männer?

A: Ich habe drei gesehen.

F: Kommen wir auf den Auftrag zu sprechen. Was haben Sie im Landecker Reiter mit diesem Mann besprochen?

A: Er fragte mich, ob ich Ewald Boskenner sei und ob ich für eine leichte Arbeit ein gutes Geld verdienen wolle. Ich bejahte, wollte jedoch wissen, was für eine Arbeit. Er sagte, es sei eine einfache Sache, allerdings bräuchte ich dazu einige Helfer. Ob ich solche Helfer beschaffen könnte? Ich erwiderte, natürlich könne ich Helfer besorgen, aber zunächst müsste ich wissen, um was für eine Arbeit es sich handelt.

F: Und? Was sagte der Mann?

A: Nichts. Er reichte mir eine Karte mit den Postkursen von Deutschland.

F: Und weiter?

A: Manche der Kurse waren markiert.

F: Wo ist diese Karte?

A: Ich habe sie vernichtet, als wir in Öhringen gefasst wurden.

F: Gehörte das auch zu diesem Auftrag?

A: Ja. Es war eine der Instruktionen. Wenn wir jemals gefasst würden, sollten wir die Karte vernichten.

F: Aber Sie erinnern sich an die markierten Kurse?

A: Nicht an alle. Aber an manche schon.

F: Und welche Postkurse waren markiert?

A: Einige im Nürnberger Raum. Forchheim–Erlangen zum Beispiel. Feuerbach–Langenfeld. Andere lagen weiter westlich zwischen Würzburg, Aschaffenburg und Frankfurt. Bettelbach–Stetten gehörte dazu. Aber an alle erinnere ich mich nicht. Es waren zu viele.

F: Waren nur die Kurse markiert, oder ging es um bestimmte Fahrten?

A: Nur die Kurse.

F: Und Ihre Überfälle? Haben Sie einfach irgendwelche Fahrten herausgegriffen?

A: Nein.

F: Sondern?

A: Wir erhielten stets am Vortag die Anweisung, welche Post anzugreifen sei.

F: Wie das?

A: Durch berittenen Boten.

F: Und wie fand Sie der Bote?

A: Wir hatten Anweisung, an bestimmten Tagen in festgelegten Gasthäusern zu übernachten. Dort trafen die Botschaften ein.

F: Sie wussten also nie im Voraus, welche Strecke als Nächstes an der Reihe war?

A: Nein. Jedenfalls nicht genau. Natürlich konnte es immer nur in der Nähe der Herberge sein, in der wir uns gerade befanden, denn der Auftrag bezog sich immer auf den nächsten Tag. Aber welcher Kurs betroffen war, erfuhren wir immer erst kurz zuvor.

F: Was hielten Sie von dem ganzen Angebot?

A: Es kam mir äußerst rätselhaft vor. Deshalb habe ich den Mann ja auch verfolgt, nachdem unsere Unterhaltung beendet war.

F: Und hatten Sie eine Vermutung, was dahinter steckte?

A: Nein. Ich habe schon viel erlebt, aber noch nie hat mir jemand neunhundert Taler dafür geboten, dass ich Postkutschen verbrenne.

F: Das war der Preis? Neunhundert Taler?

A: Ja.

F: Das ist eine ungeheure Summe.

A: Deshalb habe ich ja zugestimmt.

F: Was genau sollten Sie bei diesen Überfällen tun?

A: Wir sollten die Kutsche anhalten, Kutscher, Postillion und die Fahrgäste aus dem Wagen entfernen und alles verbrennen.

F: Nur die Kutsche oder auch das Gepäck?

A: Vor allem das Gepäck und die Ladung. Nichts davon sollte übrig bleiben. Die Pferde waren auszuspannen und wegzuführen. Aber das Gerät und die Ladung sollten vernichtet werden.

F: Und das kam Ihnen nicht sonderbar vor?

A: Ja und nein. Wer so viel Geld bezahlt, wird wissen, was er tut. Im Krieg ist es ja auch nicht anders, oder? Ich habe einmal stundenlang auf ein leeres Waldstück gefeuert. Es war keine Menschenseele darin. Aber der Befehl lautete: das Waldstück beschießen. Wer bezahlt, befiehlt.

F: Und Sie wurden bezahlt?
A: Ja.
F: Wann?
A: Ein dritter Teil der Summe wurde sofort bezahlt. Nach dem fünften Überfall ist ein Treffen vereinbart. Da soll der Rest übergeben werden.
F: Wissen Sie überhaupt, was für Ladungen Sie da verbrannt haben?
A: Nein. Wir haben uns nie Zeit genommen, die Waren zu untersuchen. Wir schütteten Öl aus und zündeten die Wagen an, so schnell wir konnten.
F: Und haben Sie sich keine Gedanken darüber gemacht, zu welchem Zweck Sie angeheuert wurden?
A: Doch. Aber ich habe es bis heute nicht herausgefunden. Ich habe auch meinen Leuten nicht erklären können, was wir da eigentlich taten. Das war ein Problem. Aber die Bezahlung war gut.
F: Am Mittwoch treffen Sie den Auftraggeber.
A: Ja. So ist es ausgemacht.
F: Er wird Sie bezahlen und Ihnen neue Instruktionen geben?
A: Davon gehe ich aus.
F: Wir auch. Und ich schwöre Ihnen, wenn Sie sich irren und wir diesen Mann nicht erwischen, so gibt es nichts, was Sie vor dem Strick rettet.

14.

Boskenner sah ganz anders aus, als Nicolai ihn sich nach dem Signalement vorgestellt hatte. Freilich traf zu, was in dem Protokoll zu lesen gewesen war. Er hatte schwarzes Haar, einen viereckigen Schädel und eine Narbe, die unter seinem Kinnbart durchschien. Aber nirgends war von der bedrohlichen Größe dieses Menschen die Rede gewesen, von seiner hünenhaften Statur.

Nicolai sah ihn in Begleitung Di Tassis und einiger Landknechte die Hauptstraße hinaufkommen. Als er vor dem Gasthof abstieg, stand er keine zwei Meter von ihm entfernt und musterte ihn neugierig. Alles war riesig an diesem Mann. Seine Füße, die in abgetragenen Soldatenstiefeln steckten; seine Schultern, breit und stämmig wie das Kreuz eines Bullen; und seine Hände, die ebenfalls übergroß und dicht behaart waren. Doch sehr lange konnte er ihn nicht betrachten, denn die Landknechte brachten ihn augenblicklich in einem abgelegenen Raum der Herberge unter und setzten ihn unter Bewachung.

Nach der Lektüre des Protokolls hatte Nicolai sich leicht ausmalen können, welchen Plan der Rat verfolgte. Er wollte diesem unbekannten Hintermann eine Falle stellen. Welche Rolle ihm selber bei diesem Unternehmen zugedacht war, begriff er noch nicht. Die Effizienz dieses Spitzelnetzes begann ihm unheimlich zu werden. Nach der Lektüre des Protokolls hatte Nicolai die Nachmittagsstunden untätig in der Gaststube der Herberge verbracht und seine eigenen Mutmaßungen über die Vorgänge der letzten Tage angestellt. Zweimal war er dabei von heranreitenden Boten abgelenkt worden, welche Di Tassis Mitarbeitern Nachrichten überbrachten. Ob es sich dabei wieder um abgefangene Briefe handelte, konnte der Arzt nicht feststellen. Aber es waren mit Sicherheit Meldungen aus einem weit gespannten Informationsnetz, das selbst in diesem entlegenen Winkel funktionierte. Eines stand jetzt für ihn fest: Der Buchhändler hatte sich geirrt. Um Raubdrucke schien es bei diesen seltsamen Überfällen nicht zu gehen. Die Kutschenbrennerei war offenbar wirklich von dem toten Grafen in Auftrag gegeben worden. Aber wozu? Zugleich fühlte er ein geheimes Triumphgefühl in sich aufkeimen. Zweifellos war Boskenner gefasst worden, weil er auf Di Tassis Karte die Postrouten markiert hatte, die wahrscheinlich als Nächstes überfallen würden. Und seine Vermutung war eingetroffen.

Die Besprechung am Nachmittag galt der Planung des Hinterhalts am nächsten Tag. Boskenner würde sich gemäß den Instruktionen, die er von diesem unbekannten Auftraggeber bekommen hatte, um zehn Uhr an einer verlassenen Waldhütte zwischen Sulzbach, Thunbach und Weiden einzufinden haben. Die drei Wege, die zu dem Treffpunkt führten, müssten ab dem frühen Morgengrauen beobachtet werden. Man würde sich im Dickicht entlang der Wege verbergen und das gesamte Gelände observieren. Boskenner habe wie verabredet bei der Waldhütte zu warten. Sobald der Unbekannte auf einem der drei Wege auftauchte, solle, wer immer an dieser Stelle Wache hielt, dem Mann in einiger Entfernung bis zu der Hütte folgen. Erst wenn er dort eingetroffen sei und Boskenner die neuen Instruktionen übergeben hätte, sollte er arretiert werden. Durch ihre Überzahl würde es ihnen ein Leichtes sein, den unbekannten Auftraggeber zu überwältigen.

Der Plan war einfach und schien leicht in die Tat umzusetzen. Doch offenbar erwartete Di Tassi von Nicolai noch etwas anderes. »Lizenziat«, sagte er nach der Besprechung, »bitte bleiben Sie noch einen Augenblick hier.«

Der Rat wartete, bis die anderen gegangen waren, und verschloss dann die Tür. »Es wird nicht lange dauern«, beruhigte er Nicolai, »aber ich möchte Sie etwas fragen. Dieses Muster, das Sie auf die Landkarte gezeichnet haben … wie sind Sie auf diesen Gedanken gekommen?«

»Es war nur eine fixe Idee«, entgegnete Nicolai unsicher.

»Die aber sehr wirkungsvoll war. Auf diese Weise ist uns Boskenner ins Netz gegangen. Diese fixe Idee interessiert mich. Woher stammt sie?«

Nicolai fühlte sich geschmeichelt.

»Von einem Engländer«, antwortete er. »Von einem englischen Arzt, der versucht, die Ansteckungswege von Krankheiten zu erforschen. Ich habe mehrere Bücher von ihm gelesen und glaube, dass seine Methode für viele Bereiche von großem Nutzen sein kann.«

»Und worin besteht diese Methode?«

»Es ist nicht so ganz einfach zu erklären«, warnte Nicolai. »Aber dieser Arzt glaubt, dass Krankheiten nicht durch Miasmen entstehen, sondern durch Krankheitstierchen, die sich auf unterschiedliche Art und Weise fortbewegen.«

Di Tassis Gesichtsausdruck signalisierte Nicolai, dass er etwas zu rasch vorgegangen war.

»Es gibt in der Medizin gegenwärtig einen großen Streit darüber, ob und wie Krankheiten übertragen werden können«, erklärte er. »Manche behaupten, Krankheiten würden nicht übertragen, sondern entstünden im Menschen durch eine Veränderung der Atmosphäre, ein sogenanntes Miasma. Andere sind der Überzeugung, dass es winzige Tierchen gibt, welche wir zwar nicht sehen können, die uns jedoch angreifen und krank machen können.«

»Und weiter?«

»Nun, es wird wohl niemals möglich sein, diese Tierchen zu sehen, da sie zu klein sind. Aber man kann versuchen, ihre Wirkung sichtbar zu machen. Dazu hat dieser englische Arzt empfohlen, Krankheitsfälle auf Karten zu verzeichnen und auf diese Weise die Signatur der einzelnen Krankheiten und ihre Verbreitung zu studieren. Das ist alles.«

Di Tassi lauschte gespannt. »Und Sie, was glauben Sie?«

Nicolai zögerte einen Augenblick lang.

»Ich glaube gar nichts«, sagte er kühl. »Aber ich untersuche Tierseuchen und fertige Karten darüber an. Ich weiß nicht, wie die Tierseuchen entstehen, aber wenn man sie aufzeichnet, so sieht man unterschiedliche Signaturen und Verbreitungsmuster. Daher kam mir dieser Einfall, als Sie mir von den Kutschenüberfällen erzählten. Alles, was geschieht, erfolgt nach einem Muster. Diese Karten können solche Muster sichtbar machen.«

Der Justizrat erhob sich, stützte das Kinn auf und ging ein paar Schritte auf und ab. Nicolai wartete ab. Was er soeben gesagt hatte, überraschte ihn selbst ein wenig. Er war doch nur einem Reflex gefolgt, als er seine Kartenmethode auf die Kutschenbrennerei angewandt hatte. Und es hatte funktioniert. Jedenfalls in diesem einen Fall. Aber konnte man daraus schon eine Regel ableiten?

»Lizenziat, was meinen Sie, ist Alldorf an einer Krankheit oder an einem Gift gestorben?«

»Offensichtlich an beidem. Er hat Gift geschluckt, um sein Leiden zu beenden, an dem er früher oder später auch gestorben wäre.«

»Ja, sicher«, warf Di Tassi ein. »Aber dieses Leiden ... wie hieß es noch?«

»Vomika.«

»Diese Vomika, sie kann doch auch nicht natürlich entstanden sein, oder?«

»Nein. Eigentlich nicht«, bestätigte Nicolai. »Graf Alldorf kann unmöglich an der Heimwehkrankheit gelitten haben.«

»Und doch ist er daran gestorben«, wiederholte Di Tassi. »Und nicht nur er.«

»Woraus schließen Sie das?«

»Aus Maximilians Briefen«, sagte der Rat mit wachsender Erregung. »Er sprach von einem merkwürdigen Gift, erinnern Sie sich nicht?« Er zitierte aus dem Gedächtnis. »... *non modo animum gravat, sed etiam fontem vitae extinguit* ... ein Stoff, der nicht nur den Geist beschwert, sondern die Lebensquelle austrocknet.«

Nicolai erinnerte sich durchaus an die seltsame Formulierung. Aber was sollte das schon bedeuten?

»Lizenziat, kann es nicht sein, dass wir es mit einem hochwirksamen Gift zu tun haben? Möglicherweise ist die Substanz so gefährlich, dass selbst diese Verschwörer sie nicht völlig kontrollieren können.«

»Worauf wollen Sie hinaus?«

»Ich habe den Verdacht, dass Graf Alldorf selbst einem gefährlichen Gift zum Opfer gefallen ist, das er unterschätzt hat. Seine ganze Familie ist in kürzester Zeit gestorben. Erst der Sohn, dann die Tochter und die Mutter. Alle unter merkwürdigen Umständen.«

»Aber Maximilian ist doch ermordet worden!«, entgegnete Nicolai.

»Ja. Sicher. Aber zuvor klagte er über eine Vergiftung, die er sich zugezogen hatte. Dann starben Mutter und Tochter. Und Alldorf selbst wies Anzeichen einer ungewöhnlichen Verwachsung auf, die sich niemand erklären kann. Wer weiß, vielleicht ist es ein Gift, das sehr langsam wirkt. Oder diese ganze Sekte ist von einer furchtbaren Krankheit infiziert, die wir eindämmen müssen? Die Sache ist verwickelt. Deshalb brauche ich einen Arzt wie Sie, der in der Lage ist, mit solchen Dingen umzugehen.«

Nicolai runzelte irritiert die Stirn.

»Was ist mit Ihnen?«, fragte Di Tassi.

»Nun, wenn Ihre Vermutung zutrifft, dann müssen wir morgen sehr vorsichtig sein.«

»Ja. Durchaus. Wenn wir den Mann gefasst haben, müssen Sie ihn sofort untersuchen. Vielleicht finden wir das Gift bei ihm. Vielleicht aber auch nicht. Ich glaube nicht an Zauberei, aber möglicherweise verfügen diese Leute über Mittel, die wir hier nicht kennen und die uns beträchtlichen Schaden zufügen können. Lizenziat, Sie müssen mir helfen, das herauszufinden. Sagen Sie mir, was Sie dazu brauchen, und ich werde dafür sorgen, dass sie es bekommen.«

Nicolai schwieg einen Augenblick lang. »Darf ich Sie etwas fragen?«

»Bitte. Fragen Sie.«

»Der letzte Überfall auf die Ordinaripost von Weinheim nach Erbach ... Sie haben doch sicher untersucht, was in dieser Kutsche transportiert wurde?«

Di Tassi schaute bekümmert vor sich hin.

»Das ist ja das Eigenartige. Nichts von Wert. In der Kutsche saßen drei zahlende Passagiere. Keiner von ihnen hatte besondere Wertgegenstände bei sich.«

»War sonst keine Ladung vorhanden?«

»Schon. Aber nichts Nennenswertes. Eine Achse für eine Wagnerei in Erbach und eine Partie Druckwerk aus Stuttgart für ein Lager in Hanau. Für Straßenräuber wertloser Plunder. Jedenfalls nichts, das einen solchen Angriff erklären könnte.«

Nicolai überlegte. Di Tassi beobachtete ihn aufmerksam, aber der Arzt sagte nichts.

»Was denken Sie?«, fragte Di Tassi forschend.

»Nichts«, erwiderte Nicolai. »Jedenfalls nichts Konkretes.«

Nicolai behielt seinen Gedanken für sich. Bücher?, dachte er. Ging es doch um Bücher, um die Spannungen zwischen den norddeutschen und den süddeutschen Buchhändlern? Waren diese unsichtbaren Verschwörer vielleicht doch eine vom Norden angeheuerte Piratenbande, die den süddeutschen Raubdruckern das Handwerk legen sollte? Maximilian Alldorf hatte in Leipzig gelebt. War das eine Spur? Aber was sollte Alldorfs Familie mit Auseinandersetzungen zwischen Buchhändlern und Verlegern zu tun haben?

»Sie wollten wissen, was ich für die Untersuchung morgen brauchen werde, nicht wahr?«, fuhr Nicolai fort, um auf das Thema zurückzukommen.

»Durchaus.«

»Frösche«, sagte er, »besorgen Sie mir Frösche.«

»Frösche?«, wiederholte Di Tassi erstaunt und runzelte die Stirn.

»Es sind die empfindlichsten Giftindikatoren, die ich kenne«, sagte Nicolai.

Di Tassi schaute ihn verständnislos an. »Könnten Sie mir das bitte erklären?«

»Bloßgelegte Froschherzen«, antwortete der Arzt. »Sie reagie-

ren auf die geringsten Giftmengen. In Halle ist auf diese Weise eine Frau des Giftmordes an ihrem Mann überführt worden.«
Das schien den Justizrat zu interessieren. »Ach ja?«, rief er erstaunt aus. »Das müssen Sie mir erzählen!«
»Der Mann«, begann Nicolai, »lag eines Morgens tot im Bett. Seine Frau behauptete, er habe sich in der Nacht erbrochen, ohne dass sie es bemerkt hatte, und sei offenbar daran erstickt. Tatsächlich fand man ihn in dieser Weise vor. Doch ein Nachbar teilte der Polizei mit, die Frau habe bereits mehrfach gedroht, ihren Mann umzubringen, weil der sie immer schlug. Einige Tage zuvor hatte sie außerdem bei einem Buckelapotheker roten Fingerhut gekauft. Man gab eine Untersuchung in Auftrag. Eine Probe des Erbrochenen wurde gelöst und auf eine Froschherzpräparation aufgebracht. So konnte die Vergiftung nachgewiesen werden.«
»Faszinierend«, gestand Di Tassi, »auch wenn ich nicht weiß, wo ich jetzt im Winter Frösche finden soll.«
Dann verdunkelte sich seine Miene plötzlich, und er schob mit einer raschen Bewegung die Blätter vor sich zusammen.
»Wir werden das Geheimnis dieser Leute schon herausbekommen, mit oder ohne Froschherzen.« Und nach einer kurzen Pause fügte er hinzu: »Schlimmstenfalls schneiden wir ihre eigenen auf und schauen nach, was darin verborgen ist, nicht wahr?«
Nicolai lächelte unsicher. Der Mann machte eigentümliche Scherze. Er wandte sich zum Gehen, wartete jedoch noch einen Augenblick in der Hoffnung, dass Di Tassi noch etwas hinzufügen würde. Aber dieser machte keinerlei Anstalten, seine Äußerung als makabren Spaß zu entlarven.
»War noch etwas?«, fragte der Rat.
Nicolai schüttelte wortlos den Kopf. Nein, er hatte keine

Fragen mehr. Etwas ganz anderes beschäftigte ihn: das unheimliche Bild, das dieser Mensch in einem Nebensatz in den Raum gestellt hatte. Es begleitete ihn den ganzen Abend.

15.

Draußen herrschte noch tiefe Dunkelheit, als sie am Morgen aufbrachen. Nach dem Tauwetter der letzten Tage war es nun wieder kalt geworden. Über Nacht war Schnee gefallen, was es schwierig machen würde, sich ein Versteck zu suchen, ohne Spuren zu hinterlassen. Andererseits war es auf diese Weise möglich, die Wege auch aus größerer Entfernung zu überwachen, denn wer immer in der weißen Landschaft unterwegs war, wäre weithin sichtbar.

Nicolai hatte den Abend damit verbracht, die Karte zu studieren. Sie befanden sich auf halber Strecke zwischen Nürnberg und Bayreuth, allerdings in einem abgelegenen Gebiet in einem Dreieck zwischen Sulzbach, Thunbach und Weiden. Schwabach lag bereits wieder eine Post weiter in Richtung Bayreuth. Di Tassi hatte den Ort sicherlich deshalb ausgewählt, weil er sich, wenn man zu diesem Treffpunkt in der Waldhütte gelangen wollte, zuallerletzt als Übernachtungsort anbot. Sulzbach, Thunbach und Weiden lagen sehr viel günstiger. Der Mann, den sie suchten, würde gewiss von einem dieser drei Orte aus kommend den Treffpunkt ansteuern.

Die Gegend war unwirtlich und von durchklüfteten Tälern durchzogen. In jedem Fall ein guter Ort für geheime Zusammenkünfte, denn hierher verirrte sich wohl nicht so leicht jemand, der hier keine Geschäfte hatte. Während sie im Schritttempo durch den verschneiten Wald ritten, sah Nicolai öfter zu Boskenner hinüber und überlegte, ob es die Aussicht war, seine Strafe zu verringern, die den Mann gefügig gemacht hatte, oder die Einsicht, dass an Flucht in dieser unwirtlichen Gegend nur schwer zu denken war.

Auf einer Anhöhe zwischen Weiden und Thunbach trennten sie sich. Boskenner würde von hier etwa eine halbe Stunde bis zu jener Waldhütte brauchen, die dort unten im Tal lag. Hagelganz, Kametsky und zwei Landknechte würden einen großen Bogen nach Sulzbach reiten müssen, um sich an der südlichen Zufahrtsstraße zu postieren. Zwei weitere Landknechte sollten mit Di Tassi den Weg nach Weiden überwachen. Nicolai machte sich mit Feustking und den anderen beiden Landknechten auf den Weg Richtung Thunbach.

Die gedungenen Häscher waren schon die ganze Zeit sehr wortkarg gewesen, und Nicolai verspürte wenig Lust, mit diesen Burschen ins Gespräch zu kommen. Er war froh, dass diese finsteren Gesellen nicht hinter ihm her waren. Feustking indessen suchte auf einmal das Gespräch mit ihm. Er kam sogar auf Hagelganz zu sprechen und dessen eisige, abweisende Art, die Nicolai sich nicht zu sehr zu Herzen nehmen solle, denn er sei im Grunde kein schlechter Kerl.

»Er ist erbost darüber, dass Sie Einblicke in Dinge erhalten, die einem nur sehr kleinen Kreis ausgewählter Personen vorbehalten sind.«

»Ich habe nicht darum gebeten«, erwiderte Nicolai trocken.

»Das ist richtig«, sagte Feustking, »aber ich will Ihnen ja nur erklären, woher diese Reaktion kommt. Die meisten, die für den Justizrat arbeiten, stammen aus ehrwürdigen Familien. Es ist äußerst selten, dass jemand von außen dazustößt. Ärzte sind üblicherweise bei uns nicht vertreten.«

Nicolai erwiderte nichts. Was bildeten diese Leute sich eigentlich ein? Was unterschied sie denn von ihm, abgesehen von ihren unverdienten Privilegien und ihren teuren Perücken? Feustking schaute ihn von der Seite an. Doch bevor er noch etwas hinzufügen konnte, krachte plötzlich ein Schuss durch die morgendliche Stille. Nicolai spürte sein Pferd zusammenzucken. Der Nachhall der Explosion donnerte noch durch die Luft. Da folgte ein zweiter Schuss. Und sofort danach ein dritter.

Die Landknechte hatten bereits ihre Pferde herumgerissen und jagten in vollem Galopp den Weg zurück, den sie gekommen waren. Feustking und Nicolai folgten ihnen. Sie waren kaum ein kurzes Stück geritten, als sie erneut zwei Schüsse hörten, diesmal schon sehr viel näher. Aber von der anderen Gruppe war nichts zu sehen. Wer schoss hier auf wen? Jetzt hatten sie die Stelle erreicht, wo sie sich kurz zuvor getrennt hatten. Der Boden war noch aufgewühlt von den Hufen ihrer Pferde.

»Wohin?«, fragte einer der beiden Landknechte.

Feustking saß blass und nervös im Sattel und schaute suchend um sich. Aber es war nichts zu sehen. Ein feiner Geruch nach Pulverdampf hing in der Luft. Die Schießerei musste ganz nah bei ihnen sein. Und plötzlich hörten sie Di Tassis Stimme.

»Ergebt Euch. Ihr seid umstellt. Ihr habt keine Möglichkeit, uns zu entkommen. Lasst den Mann frei und lasst Eure Waffen fallen.«

Die Stimme kam von talabwärts.

»Mein Gott. Er ist ihm direkt in die Arme gelaufen«, flüsterte Feustking.

Nicolai überlegte. Offenbar hatte der geheimnisvolle Unbekannte auch den abgelegensten Weg zum Treffpunkt gesucht und war von diesem beträchtlichen Aufgebot an Verfolgern völlig überrascht worden.

»Sie müssen dort unten sein«, sagte er und deutete auf eine Lichtung, die sich zwischen einigen verschneiten Tannen talabwärts abzeichnete. Wie zur Bestätigung flammte dort plötzlich ein kleiner roter Blitz auf, gefolgt von einem weißen Wölkchen. Erst dann erreichte die krachende Explosion ihre Ohren.

»Verfluchter Verbrecher!«, rief einer der Landknechte und gab seinem Pferd die Sporen. »Los, wir müssen ihnen helfen.«

Wenige Augenblicke später waren sie nah genug an den Schauplatz der Auseinandersetzung herangekommen, um sich ein klares Bild von der Situation machen zu können. Boskenner saß an einen Holzhaufen gelehnt im Schnee und hielt mit beiden Händen sein Bein umklammert. Der Schnee daneben war rot gefärbt. Offensichtlich war er angeschossen worden. Hinter dem Holzhaufen ragte nichts weiter als eine Hand hervor, die eine Pistole umklammert hielt, deren Mündung direkt auf Boskenners Schläfe gerichtet war.

»Lassen Sie die Waffe fallen und kommen Sie hervor. Wir sind in der Überzahl.« Di Tassi hatte sich am Rande der Lichtung hinter einem umgefallenen Baum verschanzt. Von den anderen beiden Männern, die mit ihm geritten waren, war nichts zu sehen.

Nicolai stieg ab. Der Mann dort unten hatte keine Chance, zu entkommen. Di Tassis Begleiter waren sicher schon ausgeschwärmt, um ihn von hinten zu überraschen. Dennoch schoss er jetzt noch einmal eine Kugel in Di Tassis Richtung. Boskenner zuckte zusammen, denn die Waffe explodierte nur knapp

neben seinem Kopf. Oder war es der Schmerz in seinem Bein, der ihn zu dieser Grimasse veranlasste?
Und dann geschah etwas völlig Unerwartetes. Plötzlich hörte man eine Stimme rufen. Nein, es war kein Rufen. Es war ein Gesang. Feustking und die beiden Landknechte saßen noch auf ihren Pferden, schauten ebenfalls auf die Lichtung hinab und waren durch diese eigenartige Stimme gleichfalls einen Augenblick lang wie gelähmt. Nicolai hatte so etwas noch nie gehört. Der Gesang war zugleich entsetzlich und schön, wie eine Totenklage. Von dem Mann war nichts zu sehen. Nur sein Arm und die auf Boskenners Schläfe gerichtete Waffe.
Er wird ihn umbringen, schoss es Nicolai durch den Kopf. Es ist ein Wahnsinniger. Er wird ihn erschießen, vor unseren Augen. Er kniff die Lider zusammen. Das konnte er nicht mit ansehen. Dieser unheimliche Hinrichtungsgesang! Nicolai versuchte, einzelne Wörter herauszuhören, aber es gelang ihm nicht. Er konnte nicht einmal sagen, ob es überhaupt Wörter waren. Aber der Gesang ging ihm dennoch durch Mark und Bein. Und dann krachte wieder ein Schuss. Boskenner fiel zur Seite. Aber nur einen kurzen Moment später richtete er sich wieder auf. Niemand konnte sagen, was dort unten geschah. Boskenner begann am ganzen Körper zu zittern. Doch jetzt fiel Nicolai auf, dass die Waffe, die bisher auf ihn gerichtet gewesen war, verschwunden war. Di Tassi musste von seiner Position aus einen besseren Blick gehabt haben, denn er erhob sich jetzt und ging ohne jegliche Deckung auf Boskenner zu. Was dann geschah, konnten sie von hier oben nicht sehen. Di Tassi kümmerte sich überhaupt nicht um Boskenner, sondern ging direkt um den Holzstoß herum. Hatten die Landknechte den Mann von hinten überrascht und überwältigt? So musste es sein. Nur konnten

sie es von hier oben nicht richtig erkennen. Andernfalls hätte Di Tassi sich doch nicht so unvorsichtig aus seiner Deckung hervorgewagt.

Aber warum war es so still? Es war nichts mehr zu hören außer Boskenners Stöhnen.

Feustking und die beiden Landknechte setzten sich gleichzeitig in Bewegung und ritten jetzt das letzte Stück auf die Lichtung hinab. Nicolai saß wieder auf und folgte ihnen. Di Tassi war hinter dem Holzstoß verschwunden. Nicolai sah Feustking und die beiden Landknechte neben Boskenner anhalten, absitzen und ebenfalls um den Holzstoß herumgehen. Nicolai hielt sein Pferd etwas entfernt an und wartete. Dann hörte er Di Tassis Stimme.

»Wo ist der Arzt?« Der Rat kam wieder zum Vorschein, und als er Nicolai erblickte, machte er ihm ungeduldig Zeichen. »Wo bleiben Sie denn? Los, kommen Sie, es gibt Arbeit.«

Nicolai stieg langsam vom Pferd. Jetzt sah er auf der gegenüberliegenden Seite der Lichtung die beiden anderen Landknechte aus dem Wald hervorkommen. Hatten sie den Fremden doch nicht überwältigt? War er entkommen?

Nicolai sah wieder zu Boskenner hin. Was sollte er jetzt bloß tun? Er war kein Chirurg und auch kein Feldscher. Er wusste nicht, wie man Schusswunden behandelt. Boskenner schaute zu ihm auf, als er sich näherte. Der Mann war kreidebleich. Sein Gesicht war schweißüberströmt. Wo die Kugel ihn getroffen hatte, war nicht zu sehen, aber wo sie seinen Körper wieder verlassen hatte, war umso deutlicher. An der Innenseite seines rechten Oberschenkels klaffte ein großes, fleischiges Loch, aus dem stoßweise dickes dunkelrotes Blut hervorquoll. Nicolai kniete sich neben ihn hin, um die Verletzung genauer betrachten zu können. Doch bevor er noch irgendetwas tun konnte, erschien plötzlich Di Tassi neben ihm, griff ihn am Arm und riss ihn fast um.

»Nein. Nicht er. Hier ist Ihr Patient. So kommen Sie doch endlich.«

Nicolai richtete sich verstört wieder auf. Di Tassi zog ihn hinter sich her um den Holzstoß herum. Das Bild, das sich dort seinen Augen darbot, würde er niemals vergessen: Die beiden Landknechte und Feustking umstanden einen leblosen Körper. Nicolai war schon von der Blutlache im Schnee um Boskenners Schenkel herum angeekelt gewesen, aber was war das schon gegen die explodierte Masse aus Knochenstücken, Hautfetzen, zerborstenen Zähnen und Gehirn, welche verstreut um diese Leiche herumlagen. Nur der untere Teil des Kopfes war noch mit dem Rumpf verbunden. Der letzte Schuss musste diese Zerstörung angerichtet haben. Mit Sicherheit eine zweifache Ladung. Der Lauf der Pistole, die der Mann noch in der Hand hielt, war geborsten.

Nicolai schluckte. So etwas hatte er noch nie gesehen. Aber Di Tassi ließ ihm keine Zeit für längere Überlegungen.

»Hier, schauen Sie«, sagte er mit vor Wut zitternder Stimme und reichte ihm ein Notizbuch. Es war nicht groß, Octavformat. Sein Einband war blutverschmiert, und Nicolai zog seine Hand zurück, als er es entdeckte. Also schlug Di Tassi es selbst auf.

»Aufgefressen«, rief er aufgebracht, »er hat die Seiten aufgefressen. Sehen Sie doch, er hat jede Menge Seiten herausgerissen. Manche der Papierfetzen liegen hier noch herum. Aber die meisten hat er aufgefressen. Verfluchter Skorpion«, zischte er und versetzte dem Leichnam einen Tritt. »Los, Lizenziat. Holen Sie mir diese Papiere heraus.«

Nicolai begriff im ersten Augenblick überhaupt nicht, was der Rat von ihm wollte. Die anderen schauten gleichfalls entgeistert vor sich hin, sagten jedoch kein Wort.

Di Tassi hingegen war bereits in die Knie gegangen und hatte damit begonnen, den Mantel der grässlich verstümmelten Leiche aufzuknöpfen. »Ich will diese Papiere haben«, schrie er. »Und wenn ich sie mit meinen eigenen Händen holen muss.« Er riss ungeduldig an den Knöpfen, die den Mantel des Toten zusammenhielten, und als diese sich nicht einfach öffnen ließen, zog er so fest an dem Saum, dass er zerriss.

»Feustking, helfen Sie mir. Und Sie, Röschlaub, entweder Sie schneiden ihn selbst auf oder Sie sagen mir, wie ich dabei vorgehen muss. Aber es muss schnell gehen. Verdammt noch mal, stehen Sie nicht so herum. Packen Sie mit an. Holen Sie Ihre Instrumente.«

Nicolai schüttelte stumm den Kopf. Instrumente? Was für Instrumente? Nein. Das konnte der Mann doch nicht ernst meinen. Er wollte diesen Menschen ausweiden wie ein Vieh, um Papiere zu suchen, die er verschluckt hatte?

»Das ... das können Sie doch nicht tun«, stammelte Nicolai. »Sie haben kein Recht dazu.«

»Ich habe kein Recht? Dieser Mann hat auf mich geschossen. Und weil er wusste, dass er uns nicht entkommen kann, hat er sich mit einer zweifachen Ladung den Schädel weggesprengt. Und wissen Sie, warum?«

Di Tassi war so aufgebracht, dass ihm kurzzeitig die Stimme versagte. »Damit wir ihn nicht identifizieren können.«

Jetzt erhob er sich wieder und baute sich vor dem Arzt auf.

»Sie haben überhaupt keine Vorstellung davon, wie gefährlich diese Leute sind. Ich muss sie aufspüren und aufhalten, was

immer sie vorhaben. Und niemand wird mich daran hindern. Los jetzt, der Mann hat Papiere verschluckt, die er auf jeden Fall verborgen halten wollte. Also werden wir sie uns holen.«
Nicolai war noch immer zu keiner Bewegung fähig. Doch Di Tassis Rede bewegte dafür die beiden Landknechte, sich hinzuknien und mit einigen Handgriffen die Oberbekleidung des Toten wegzureißen. Ein blasser, jedoch muskulöser Körper kam darunter zum Vorschein. Der Anblick war entsetzlich. Nicolai konnte einfach nicht verhindern, dass sein Blick immer wieder auf dem zerfetzten Kopf zu ruhen kam. Die Nase, die Augenpartie und das Schädelhaupt waren einfach nicht mehr da. Dafür ragte wie zum Hohn die untere Zahnreihe aus dem zerschossenen Kiefer hervor. Di Tassi schien das überhaupt nicht zu beeindrucken. Er hatte bereits ein Messer in der Hand, kniete sich jetzt wieder hin und durchtrennte mit einem kräftigen Schnitt den Hosengürtel des Toten. Zwei weitere Schnitte, und der Unterleib der Leiche lag entblößt da.
Nicolai war kurz davor, die Fassung zu verlieren. Was tat er hier? War Di Tassi wahnsinnig geworden? Welcher Papierfetzen konnte es rechtfertigen, solch eine barbarische Schlächterei an einem Menschen vorzunehmen? Andererseits war der Mann wohl wirklich gefährlich gewesen. Zudem war er ein Selbstmörder. Ein Verbrecher und Selbstmörder, genauso wie all diejenigen, die in den Seziersälen der Universitäten zergliedert wurden. Nicolai hatte dabei nie selbst Hand angelegt. Es war immer schwierig, Leichen zu bekommen, und die wenigen Male, da er an einer Zergliederung teilgenommen hatte, war es ein solches Gedrängel gewesen, dass er mehr gerochen als gesehen hatte. Und jetzt lag vor ihm ein junger, gesunder Körper, der wenige Minuten zuvor noch gesungen hatte. Die Haut war

noch warm, das Herz zuckte womöglich noch leise in seinem verzweifelten Bemühen, die Lebenssäfte in diesem tödlich verwundeten Körper kreisen zu lassen. Wann würde er jemals wieder eine solche Gelegenheit bekommen?

Seine Gedanken hatten bereits eine andere Richtung eingeschlagen, und sein Gemüt wurde ruhiger. Es war fast das gleiche widersprüchliche Gefühl, das er beim Anblick des entblößten Körpers des Mädchens empfunden hatte. Etwas in ihm hielt ihn zurück, aber eine andere Kraft zog ihn mit sich. Irgendetwas in ihm war aus den Fugen geraten.

Wie hatte dieser Mensch da vor ihm im Schnee sich selbst nur solch ein entsetzliches Ende bereiten können? Nicolai konnte sich nichts vorstellen, das solch ein Opfer wert gewesen wäre. Warum eine solche Selbstvernichtung? Und glaubte Di Tassi wirklich, der Grund dafür würde auf einem Stück Papier aufgeschrieben sein, das dieser Unbekannte verschluckt hatte?

Doch während Nicolai seine wirren Gedanken noch zu ordnen suchte, versenkte Di Tassi schon mit zusammengebissenen Lippen sein Messer in der Kehle der Leiche. Dann beugte er sich nach vorne, um dadurch mehr Druck auf die Klinge zu legen, und zog diese mit einer einzigen, kraftvollen Bewegung über das Brustbein bis tief unter den Bauchnabel. Die Haut klaffte bereits nach dem ersten Schnitt weit auf. Nicolai erkannte kurzzeitig die weißlichen Poren der Fettschicht, bevor diese sich plötzlich rot färbten. Der Mensch war tot, aber der Körper reagierte noch. Zwei weitere kräftige Schnitte folgten. Man hörte es knirschen, als die Klinge den Knochen getroffen hatte. Etwas Helles begann aus der klaffenden Wunde hervorzuschimmern: das Brustbein.

Die Umstehenden sagten kein Wort. Feustking hatte sich ent-

fernt. Die Landknechte schauten sprachlos zu. Was immer in ihren Köpfen vor sich ging – auf ihren Gesichtern war es nicht zu lesen. Nicolai gab sich schließlich einen Ruck und ging neben der Leiche in die Hocke. Di Tassi schaute kurz zu ihm hin, fuhr jedoch zugleich damit fort, das Gewebe mit sichelartigen Schnitten zu lösen.
»Was tun Sie da?«, fragte Nicolai jetzt.
»Ich lege das Brustbein frei«, antwortete Di Tassi.
»Sie wollen das Brustbein durchtrennen?«, fragte Nicolai.
Di Tassi keuchte vor Anstrengung. »Ich will diese Papiere haben. Holen Sie mir ein Beil. Schnell«, sagte Di Tassi, ohne aufzuschauen.
Einer der Landknechte ging zu seinem Pferd. Als er zurückkam, lag der Brustkorb zwischen den Schlüsselbeinen und dem Zwerchfell bis auf die Höhe der Brustwarzen frei. Di Tassi griff nach dem Beil und holte aus, um zuzuschlagen.
Nicolai hatte sich die ganze Zeit nicht bewegt und Di Tassis Gesicht beobachtet. Was war das nur für ein Mensch? Er fiel ihm in den Arm.
»Warten Sie!«, rief er. »Geben Sie mir das Messer!«
Di Tassi reagierte nicht.
»Geben Sie mir das Messer!«, schrie der Arzt.
Der Justizrat hielt inne.
»Ein einfacher Bauchschnitt reicht, um den Magen herauszuholen, verstehen Sie?«
Di Tassi ließ das Beil sinken und reichte Nicolai das Messer. Der zögerte nicht lange, durchtrennte das Bauchfell und fuhr mit dem Arm in die Körperhöhle hinein. Er schloss kurz die Augen, doch das Bild in seinem Kopf war noch mächtiger als die Wirklichkeit, vor der er hatte fliehen wollen. Großer Gott,

was tat er hier nur. Er suchte mit den Händen in der Körperhöhle eines Toten nach einer geheimen Botschaft. War nicht dieses Bild selbst schon eine Botschaft?

Er schnitt den Magen heraus und legte ihn neben den Toten in den Schnee. Und dann entdeckte er die Verwachsung. »Schauen Sie!«, rief er plötzlich und ergriff Di Tassi am Arm.

»Was ist?«, protestierte dieser. »Los, schneiden Sie den Magen auf. Wir müssen schnell sein. Sonst zersetzt sich das Papier.«

»Sehen Sie doch, hier.« Nicolai deutete mit dem Finger auf eine Verdickung am unteren Lungenflügel.

»Was ist da?«, fragte Di Tassi.

»Der Lungenflügel, er ... er ist festgewachsen, am Rippenfell. Es ist ... es ist wie bei Alldorf.«

Di Tassi erstarrte. »Was sagen Sie da?«

Nicolai wich angstvoll zurück. Das schwielige, eitrige Gewebe glänzte feucht. Ein kleiner, von feinen, roten Blutbahnverästelungen durchwirkter, gelblich brauner Sack hatte sich hier gebildet.

»Was zum Teufel ist das?«, fragte Di Tassi.

»Ich weiß es nicht«, stammelte der Arzt. »Ich weiß nur, wie man es nennt.«

»Und? Wie nennt man es?«

»Vomika«, antwortete Nicolai.

16.

Schneeflocken tanzten durch die Abendluft, als er vor dem St.-Elisabeth-Spital abstieg. Von einer der Schwestern, die sich um das Mädchen kümmerten, hatte er erfahren, dass sie sich allmählich zu erholen begann, etwas Suppe zu sich genommen hatte und erst vor kurzem wieder eingeschlafen war. Gesprochen hatte sie nicht. Allerdings habe sie auch keinerlei Anzeichen von Krämpfen und Angstzuständen mehr aufgewiesen. Sie habe matt und kraftlos gewirkt, sei aber offensichtlich auf dem Weg der Besserung.

Während Nicolai durch die Gänge des Spitals ging, spukten noch immer die Bilder des Vortages durch seinen Kopf. Am Ende hatten sie alle um diesen aufgeschlitzten Leib im Wald herumgestanden und auf das blutige Werk gestarrt. Selbst der Justizrat schien sich wenigstens einen Augenblick lang der Ungeheuerlichkeit des Vorgefallenen bewusst geworden zu sein und schaute lange auf die Leiche herab, bevor er den Befehl gab, den Toten zu vergraben und nach Nürnberg zurückzukehren. Niemand sprach ein Wort, während sie zurückritten. Die Landknechte wurden bei Schwabach entlassen. Sie nahmen den schwer verwundeten Boskenner mit, der Di Tassi jetzt nur noch hinderlich war. Dann ging es weiter bis Eschenau, wo sie von heftigem Schneefall überrascht wurden. Der Justizrat beschloss daher, nicht durch Nürnberg, sondern direkt nach Alldorf zu reiten. Nicolai sollte nach dem Mädchen sehen und ihm so schnell wie möglich Bericht erstatten, falls sie vernehmbar sei. Doch ebendies hatte der Schneefall nun verhindert. Im Augenblick war an ein Durchkommen nach Alldorf nicht zu denken.

Ihr Anblick vertrieb augenblicklich die düsteren Bilder aus seinen Erinnerungen. Ihr schlafendes Gesicht sah gelöst aus. Ihre Arme lagen neben ihrem Körper ausgestreckt auf der Bettdecke, und Nicolai konnte ihre Hände mustern, die grazile Form ihrer Finger. Er setzte sich neben dem Bett auf einen Schemel und unterdrückte das Bedürfnis, diese Finger zu berühren. Wie wunderschön sie aussah! Er hätte mühelos die halbe Nacht hier sitzen und sie betrachten können. Aber er konnte hier nicht bleiben und würde sich wohl bis morgen früh gedulden müssen. Da würde sie ihm vielleicht schon erzählen können, wie sie in diesen Wald gelangt und was dort geschehen war.

Er trat kurz ans Fenster und schaute hinaus. Dicke Schneeflocken trieben vorüber. Nein, er sollte nach Hause gehen. Doch als er sich wieder umdrehte, hatte sie die Augen geöffnet! Ihr Blick war völlig starr, aber sie schien ihn anzuschauen. Oder nicht? Er war sich nicht sicher, ob sie ihn fixierte oder ob er sich nur zufällig an der Stelle befand, auf die ihre Augen nun einmal gerichtet waren. Doch allmählich erschien es ihm, dass sie ihn wahrnahm. Sie schlief nicht mehr.

»Kannst du mich hören?«, fragte er leise.

Ein leichtes Zucken ihrer Lider gab ihm die Antwort. Er lächelte, nahm jetzt doch ihre Hand und suchte mit seinen Fingern auf ihrem Handgelenk nach dem Puls.

»Du hast lange geschlafen«, sagte er dann. »Aber Schlaf ist der beste Arzt.«

Ihr Puls war normal. Einzig alarmierend war die Hitze, welche Nicolai an ihrer Hand spürte. Hatte sie Fieber? Oder kam die Hitze vielleicht von ihm selber? Er ließ ihr Handgelenk wieder los. Er konnte dieses Mädchen nicht behandeln. Bei jeder Berührung schlug ihm das Herz bis zum Hals.

»Wie heißt du?«, fragte er schließlich.
Ihr Blick war noch immer auf ihn gerichtet. Allein die Art, wie sie ihn anschaute, erregte ihn. Dieses Gesicht! Er versuchte zu lächeln. Aber seine Mimik gehorchte ihm nicht. Dazu kam jetzt noch das Gefühl, dass das Mädchen genau sah, was in ihm vor sich ging. Sie ist hellwach, durchfuhr es ihn. Und sie starrt mich an, weil sie mich erkennt.
Doch jetzt schloss sie plötzlich die Augen wieder und wandte den Kopf zur Seite.
»Wir haben dich im Wald gefunden, hier vor Nürnberg«, sagte Nicolai jetzt. »Du musst auf dem Weg nach Ansbach gewesen sein, nicht wahr? So ist es doch gewesen. Du warst auf dem Weg nach Ansbach und bist im Wald vom Weg abgekommen. Oder?«
Während er sprach, hatte sie die Augen wieder geöffnet und sich ihm zugewandt.
»Magdalena«, sagte sie dann plötzlich. »Ich heiße Magdalena.«
Der Klang ihrer Stimme überraschte ihn mehr als die Tatsache, dass sie Französisch sprach. Sie hatte so lange geschwiegen. Es waren seit drei Tagen die ersten Worte, die aus ihrem Mund kamen. Doch ihre Stimme, obgleich sie leise sprach, war klar und fest.
»Magdalena«, wiederholte Nicolai, ins Französische wechselnd. »Ein schöner Name. Die Zierde unseres Herrn.«
Sie zog die Augenbrauen hoch. »Eures Herrn?«
Nicolai wusste nicht, was er darauf erwidern sollte. Die Redensart war ihm nur so herausgerutscht.
»Le Seigneur de nous tous«, fügte er hinzu, ohne die geringste Spur von Überzeugung in der Stimme.
Unser aller Herr.

Das Mädchen fixierte ihn. Für einen Augenblick wurden ihre Augen kalt. Oder kam ihm das nur so vor?

»Ich habe Durst«, sagte sie dann, unvermittelt ins Deutsche wechselnd.

Nicolai erhob sich und griff nach einer Tonkaraffe, die auf einem Tisch in der Mitte des Zimmers stand. Er entfernte den Deckel, goss einen der Becher voll, die daneben standen, und kehrte damit an das Bett des Mädchens zurück. Sie trank den Becher in einem Zug leer, ohne die Augen von ihm zu nehmen. Dann sagte sie: »Wer bist du? Ein Priester?«

Nicolai schüttelte heftig den Kopf. »Nein, nein. Wie kommst du denn darauf?«

Es fühlte sich seltsam an, dass sie ihn duzte. Es gehörte sich eigentlich nicht, solch eine Vertraulichkeit. Es verunsicherte ihn, auch wenn es ihm wohl tat.

»Ich bin Arzt«, sagte er. »Man hat mich gerufen, nachdem du im Wald gefunden worden warst, und ich habe dich behandelt.«

Das Mädchen erwiderte nichts. Stattdessen hielt sie ihm den leeren Becher hin. Nicolai holte erneut Wasser und betrachtete sie, während sie trank. Sie musste doch Fieber haben, schloss er. Und keinesfalls war sie ein Bauernmädchen. Ihre gepflegten Hände zeugten davon. Keinerlei Spuren von Feldarbeit. Keine gesprungenen Fingernägel oder von Näharbeit zerstochene Fingerkuppen. Kein fränkischer Dialekt, von dem er kein Wort verstanden hätte, sondern rasch gesprochenes, elsässisch gefärbtes Französisch. Und ein melodisches Süddeutsch. Die wenigen Sätze, die sie bisher geäußert hatte, reichten allerdings nicht aus, um beurteilen zu können, welche der beiden Sprachen wohl ihre Muttersprache war.

»Arzt?«, sagte sie schließlich. Das Wort kam aus ihrem Mund, als versuche sie, eine kuriose und zugleich völlig nutzlose Vokabel auszusprechen. Dann, nach einer kurzen Pause, fügte sie hinzu: »Welcher Tag ist heute?«
»Heute ist Donnerstag«, antwortet Nicolai.
»Donnerstag?«
»Ja. Der achtzehnte Dezember.«
Sie nahm erneut einen Schluck Wasser, reichte ihm dann den Becher und ließ ihren Kopf auf das Kissen zurücksinken. Nicolai saß ratlos da und wusste nicht, was er sagen sollte. Die Ausstrahlung des Mädchens machte ihm mehr und mehr zu schaffen. Er hatte erneut Mühe, seinen Blick im Zaum zu halten. Noch nie hatte ein Frauenkörper ihn derart verstört. Ganz gleich, wie sehr er sich darauf konzentrierte, nur ihr Gesicht zu betrachten, spürte er am Rande seiner Wahrnehmung doch immer die provozierende Gegenwart ihrer unter den Bettlaken sich abzeichnenden Brüste. Die weiche Haut ihres schönen Halses zog seinen Blick an, auch wenn er nur ihre Hände betrachtete, und wenn er die Augen schloss, so spielte ihm die Erinnerung die Bilder jener Nacht vor, da er ihren Körper in seiner ganzen Schönheit gesehen hatte.
»Magdalena«, sagte Nicolai dann, »was ist mit Herrn Selling geschehen? Du hast es doch beobachtet, nicht wahr?«
Sie schaute ihn ruhig an. Ihre braunen Augen verrieten keinerlei Regung. Was war nur mit diesem Mädchen los? Dort draußen im Wald hatte sie sich wie eine Wahnsinnige aufgeführt, irre geworden vor Angst oder Grauen über ein entsetzliches Verbrechen, das sie beobachtet haben musste. Jetzt kam es ihm fast so vor, als habe ihre Seele sich einen schützenden Panzer umgelegt, der überhaupt keine Regung mehr zuließ. War dies

womöglich eine Wirkung des Mittels, das er ihr eingeflößt hatte? Aber es war doch nur ein Schlafmittel gewesen.
Sie schlug die Augen nieder und schwieg. Nicolai wartete, aber sie machte keine Anstalten, auf seine Frage zu antworten.
»Du warst auf dem Weg nach Ansbach, nicht wahr?«, fragte er wieder.
Sie reagierte nicht, und so fuhr er einfach fort mit der Schilderung dieses Nachmittags, so wie er es sich in den letzten Tagen zusammengereimt hatte.
»Du hast zwei Reiter bemerkt und bist ihnen gefolgt. Oder warst du schon in ihrer Nähe, als Selling angegriffen wurde? Der ermordete Mann. Er heißt Selling. Kammerherr Selling. Er wohnte auf Schloss Alldorf.«
»Armer Mensch«, sagte sie nur, ohne aufzusehen.
»Ja. Das kann man wohl sagen. Und du bist die Einzige, die gesehen hat, wer dieses entsetzliche Verbrechen begangen hat. Nicht wahr, du hast es doch mit angesehen?«
Keine Antwort. Magdalena hob lediglich ihre rechte Hand und betrachtete einen Augenblick lang ihre Handfläche. Nicolai wartete, in der Hoffnung, vielleicht eine Erklärung zu hören, aber es kam keine. Sie legte die Hand wieder ab, sagte jedoch nichts.
»Ich habe Herrn Selling gekannt«, fuhr Nicolai schließlich fort. »Er war ein braver Mann. Er hat niemandem in der Welt jemals ein Leid zugefügt …«
Ihre Geste ließ ihn verstummen. Sie hob nämlich ihre rechte Hand erneut und hielt sie nun direkt zwischen sich und ihn, die Handfläche Nicolais Gesicht zugewandt, als gelte es, einen bösen Geist abzuwenden. Der Ausdruck in ihren Augen ließ ihn frösteln.

Sie ließ die Hand wieder sinken und wandte den Kopf zur Seite. Nicolai lehnte sich zurück und wartete. Sie war keineswegs wiederhergestellt, dachte er. Die Gefasstheit, die sie an den Tag legte, war nur äußerlich. Tief drinnen musste ihre Seele noch immer verstört sein. Andernfalls würde sie nicht so seltsam reagieren. Di Tassi durfte sie noch nicht zum Hergang des Mordes an Selling befragen. Womöglich würden die Anfälle sonst zurückkehren.

Nicolai holte sich nun selbst einen Becher Wasser. Er musste vor allem ihr Vertrauen gewinnen, beschloss er. Sie beruhigen. Di Tassi und seiner herrischen Art würde sie sich niemals öffnen. Das konnte er jetzt schon voraussehen. Wenn sie bereits auf ihn so eigenartig reagierte, wie würde sie erst dem Justizrat begegnen?

Er gab sich die größte Mühe, seiner Stimme einen vertrauenerweckenden Tonfall zu verleihen, und fragte: »Woher stammst du, Magdalena? Aus Frankreich?«

Aber sie sagte nichts mehr. Nicolai wartete einen Weile. Dann versuchte er, das Gespräch wieder aufzunehmen. Aber es gelang ihm nicht. Sie hatte den Blick abgewendet und schwieg.

17.

Er stapfte durch den Neuschnee nach Hause und versuchte, Ordnung in seine Gedanken zu bringen. Dieses Mädchen! Irgendetwas stimmte nicht mit ihr. Warum hatte sie sich die Haare gefärbt? War es nicht seine Pflicht, Di Tassi darüber zu unterrichten? Oder sah er auch schon Gespenster? Aber der

Mord an Selling und der Selbstmord dieses Unbekannten waren unerhörte Ereignisse. Etwas Furchtbares war hier im Gang. Hatte das Mädchen vielleicht etwas damit zu tun?

Als er in seinem Zimmer saß, war er zu aufgeregt, um zu schlafen. Sein Blick fiel auf seinen Schreibtisch und seine Aufzeichnungen der Katzenepidemie, die er seit dem Tod des Grafen nicht mehr angeschaut hatte. Er setzte sich hin und betrachtete die Muster. Sollte Di Tassi Recht haben mit seiner Vermutung? Gab es dort draußen vielleicht eine Epidemie oder ein unbekanntes Gift, das die Vomika erzeugte? Alldorf hatte eine Vomika gehabt. Ebenso der Mann, der sich vor ihren Augen erschossen hatte. Ob Alldorfs Frau und Tochter auch daran gestorben waren, konnte man nun nicht mehr feststellen. Aber merkwürdig waren die Symptome allemal.

Und die Kutschenbrenner? Nein, es konnte hier keinen Zusammenhang geben. Und wenn, dann war es Zufall. Alle Phänomene folgten einem Muster, aber nicht alles, was einem Muster folgte, verwies auf das gleiche Phänomen. Die Kutschenbrenner folgten einer Logik. Die Vomika einer anderen. Er hatte Di Tassi nur seine Methode gezeigt, ein Muster sichtbar zu machen. Und der Justizrat hatte daraus den falschen Umkehrschluss gezogen, die Muster hätten etwas miteinander zu tun.

Er verbrachte eine unruhige Nacht. Am Morgen hatte er eigentlich vorgehabt, zu Müller zu gehen, um ihn von seinem Weggehen in Kenntnis zu setzen. Doch irgendetwas hielt ihn noch zurück. Sollte er sich wirklich diesem Justizrat anschließen? Was wusste er überhaupt über ihn. Für wen arbeitete er? In sein Zaudern hinein platzte gegen Mittag ein Bote des Rates, der erschöpft gegen seine Haustür klopfte.

Die ersten Minuten saß der Mann nur keuchend und schwitzend da, den Kopf auf die Hände gestützt, die Beine noch zitternd von der anstrengenden Reise. Drei Stunden hatte er für die Strecke von Alldorf gebraucht. Nicolai bot ihm heißes Wasser mit etwas Honig an. Tee hatte er sich noch nie leisten können, und von dem Löffel wertvollen Honigs trennte er sich jetzt auch nur, weil ihm der Bote in seiner Erschöpfung Leid tat. Lange würde er nicht bleiben können, sagte er, da er eilige Post nach Bayreuth bringen und daher noch am Abend weiterreiten müsse. Indessen machte ihn Nicolais Freundlichkeit gesprächig.

»Wir haben drei weitere Überfälle gemeldet bekommen«, sagte der Besucher irgendwann. »Es muss noch eine zweite Gruppe geben. Die Überfälle vom November waren nur der Anfang, und weiß Gott, wie viele es wirklich sind. Durch den Schnee sind viele Meldungen und Depeschen aufgehalten worden. Der Teufel soll mich holen, wenn ich schon einmal solch einen Dezemberschnee erlebt habe. Dieser verwünschte Geisenhang. Ein verfluchtes Stück Weg.«

»Drei weitere Überfälle, sagen Sie?«

»Ja. Und das war der Stand vor fünf Tagen. Vor dem Schneefall.«

»Und wo?«

»Bischofsheim, Oberburg und Ried.«

»Die Orte kenne ich nicht.«

»Es sind Posten im Würzburger Raum«, erklärte der Mann und rieb sich die Unterarme.

»Und was für Posten waren es?«

»Zwei Extraposten. Eine Ordinari.«

»Und wieder alles verbrannt?«

»Ja. Der gleiche Irrsinn. Nicht gestohlen. Aber alles zerstört.

Herr Di Tassi möchte wissen, wie es dem schreienden Mädchen geht.«

»Gut«, antwortete Nicolai. »Es geht ihr besser.«

»Kann sie sprechen?«

»Ja. Das kann sie.«

»Sie sollen sie umgehend nach Alldorf bringen.« Der Mann trank aus und erhob sich.

»Aber der Schnee«, protestierte Nicolai, »ich meine ... der Weg ist doch noch viel zu gefährlich. Sie ist noch sehr schwach. Warum kommt Herr Di Tassi nicht in die Stadt, wenn er sie sprechen möchte?«

»Ich überbringe nur Befehle«, sagte der Bote, nun wieder kurz angebunden. »Herr Di Tassi muss viele Vorbereitungen treffen für seine Reise nach Bayreuth. Deshalb muss ich jetzt auch gehen. Wir werden uns wohl bald wiedersehen. Gott befohlen.« Damit verließ er die Stube. Nicolai schaute ihm nach, wie er neben seinem Pferd davonging, und rätselte, was er mit einem baldigen Wiedersehen gemeint haben mochte. Wenn es nach ihm ginge, würde aus diesem baldigen Wiedersehen nichts werden. Er war freundlich gewesen, doch dieser Bote hatte ihn am Ende genauso herablassend behandelt wie alle anderen hoch- und höchstwohlgeborenen Mitarbeiter dieses erlauchten Justizrates.

Er zog seinen Mantel an und machte sich auf den Weg ins Spital. Er sollte Magdalena nach Alldorf bringen. Das war Di Tassis Befehl. Aber das Mädchen war nicht verpflichtet, diesem Befehl zu folgen. Di Tassi hatte keinerlei Verfügungsgewalt über sie.

Magdalena jedoch wollte durchaus nach Alldorf gehen.

»Natürlich werde ich dem Herrn sagen, was ich gesehen habe«,

sagte sie sofort, nachdem Nicolai ihr von der Nachricht des Boten berichtet hatte. »Liegt Alldorf auf dem Weg nach Ansbach?«
»Ja, aber der Weg ist beschwerlich«, entgegnete Nicolai.
»Ich werde zu ihm gehen. Und dann muss ich weiter.«
»Weiter? Wohin?«
»Nach Straßburg. Ich muss nach Straßburg. Mein Onkel wird sich schon Sorgen um mich machen.«
Nicolai schaute sie fragend an, aber wenn er erwartet hatte, dass sie ihm noch mehr über sich erzählen würde, so hatte er sich getäuscht.
»Ich werde mich ankleiden«, sagte sie. »In einer Stunde bin ich bereit.«
Nicolai warf einen Blick auf ihre Kleider, die gewaschen und gebügelt auf einem Stuhl neben ihrem Bett lagen. Sie waren viel zu dünn für diese Reise.
»Hast du keinen Mantel?«, fragte er. »Keine Gamaschen?«
»Nein.«
»Gut. Ich kümmere mich darum.«
Bevor Nicolai das Spital verließ, bat er die Schwester, das Mädchen nachher zu ihm zu bringen. Gegen Mittag traf sie bei ihm ein. Nicolai gab ihr wärmere Beinkleider sowie eine warme Jacke mit Kapuze, die sie während der Reise besser gegen die Kälte schützen würde als ihre abgetragene eigene Kleidung.
Während Nicolai seinerseits Ledergamaschen und Fellhandschuhe bereitlegte, die er sich von einem Nachbarn geliehen hatte, musterte Magdalena sein Zimmer. Nicolai beobachtete sie verstohlen. Besonders die Pergamentbögen mit Nicolais Aufzeichnungen zum Katzensterben erregten ihre Aufmerksamkeit.
»Was ist das?«, fragte sie, indem sie auf einen der Bögen deutete.

»Die Signatur einer Krankheit«, antwortete Nicolai.
»Welcher Krankheit?«
»Das weiß ich nicht. Aber sie hat fast alle Katzen der Gegend getötet.«
Magdalena betrachtete schweigend die Punkte und Striche.
»Warum tust du das?«, wollte sie dann wissen.
Nicolai verknotete die Lederriemen der Gamaschen an seiner Wade, bevor er antwortete: »Weil ich glaube, dass jede Krankheit ihre eigene Handschrift hat. Und weil ich verstehen will, warum sie so plötzlich auftauchen und wieder verschwinden.«
»Wer?«
»Die Krankheiten.«
Magdalena schaute ihn verständislos an. Nicolai gab sich keinen Illusionen hin, dass das Mädchen etwas von dem begreifen könnte, was er da sagte.
»Alles in der Natur entsteht durch Gegensätze. Durch Kraft und Gegenkraft, durch Verbreitung«, erklärte er. »Wir wissen nicht, wie das genau geschieht. Aber alles ist eine Folge von etwas. Jede Wirkung hat eine Ursache. Doch die Verknüpfung ist unsichtbar. Ich versuche, dieses Unsichtbare sichtbar zu machen.«
Das Mädchen betrachtete wieder die Skizzen. »Aber hier sehe ich nur schwarze Punkte«, entgegnete sie.
»Diese Punkte stehen für Tiere, die an einer Seuche gestorben sind. Nur Katzen waren davon betroffen. Irgendein Miasma hat sie hinweggerafft.«
»Was ist ein Miasma?«, fragte Magdalena.
»Miasmen sind faulige Dünste. Man sagt, dass Miasmen das innere Gleichgewicht unserer Körper stören und wir deshalb krank werden. Ich glaube jedoch, dass es Dünste geben muss,

die winzige Tierchen enthalten, die uns angreifen. Aber für das menschliche Auge sind sie unsichtbar.«

Magdalenas Gesichtsausdruck zeigte ihm, dass er die Grenze dessen erreicht hatte, was sie sich vorstellen konnte. Daher entschloss er sich, in Bildern zu sprechen: »In der Natur gibt es wilde Tiere, die uns zerreißen, wenn wir ihnen begegnen, Wölfe zum Beispiel.«

Sie nickte.

»Aber der Mensch hat manche Wölfe gezähmt, und es sind daraus Hunde geworden, die uns beschützen. Ich glaube, mit der Lebenskraft des Körpers ist es genauso. Sie vermag es manchmal, die winzigen Tierchen, die uns angreifen, mit der Zeit zu zähmen, genauso wie man aus einem reißenden Wolf einen gehorsamen, nützlichen Hund machen kann. Einmal erfolgt, schützt diese Zähmung vor weiteren Heimsuchungen, und unser Körper ist dann bei einem zweiten Angriff durch das gleiche Tierchen resistent. Die gezähmten Wölfe schützen uns gegen die wilden. In England gibt es einen Arzt, der darüber nachdenkt, bereits gezähmte, ehemals wilde Krankheitstierchen in den gesunden Körper einzubringen, damit diese ihm ihren Schutz schenken.«

Magdalena lauschte fasziniert. Nicolai freute sich darüber, jemanden zu haben, dem er von seinen Gedanken erzählen konnte.

»Meine Karte hier soll diese Widerstandslehre beweisen«, fuhr er fort. »Warum beginnen manche Krankheiten plötzlich, morden über Wochen gnadenlos wie ein Rudel hungriger Wölfe alles und jeden und verschwinden dann wieder? Weil Krankheiten wie Wölfe sind. Wenn sie satt sind, werden sie zahm und matt. Das kann man hier ablesen.«

»Und die Krankheitstierchen? Woher kommen sie?«
»Ich weiß es nicht«, antwortete er bekümmert. »Wir können sie ja nicht sehen. Sie sind so winzig klein, dass sie sogar durch unsere Schweißlöcher dringen können, ohne dass wir es bemerken. Man kann sie nur an ihrer Wirkung erkennen, an der Spur der Zerstörung, die sie hinterlassen.«
Magdalenas Gesichtsausdruck verdunkelte sich, während Nicolai weitersprach. In seinem Eifer bemerkte er ihren Stimmungswandel jedoch nicht.
»Schau dir diese Katzenepidemie an. Jeder Punkt steht für ein verendetes Tier. Hier sind ganz viele Punkte. Siehst du das? So viele wie sonst nirgends. Dann, nach Norden, werden es allmählich weniger, aber nicht so schnell wie nach Westen, wo die Verbreitung ganz abrupt aufhört. Hier fließt die Pegnitz. Jenseits davon ist kein Fall bekannt geworden. Also konnte das Miasma nicht über den Fluss gelangen. Die meisten Punkte sind hier, ganz in der Nähe der Gerberei, aber das Seltsame daran ist, dass ...«
Magdalena fuhr kurz mit dem Finger über das Papier und unterbrach ihn: »Aber diese Karte verzeichnet nur die Vergangenheit, nicht wahr?«
»Ja. Natürlich.«
»Über die Zukunft weiß sie nichts?«
»Nein.«
Sie zuckte mit den Schultern. Nicolai betrachtete sie irritiert.
»Du irrst dich«, sagte sie dann. »Die Natur ist kein Gegensatz. Sie ist eins. So wie auch wir eins sind – und zugleich unendlich.«
Nicolai atmete tief durch. Wozu ein solches Gespräch mit einem ungebildeten Mädchen? Aber ihre Kritik provozierte ihn.

Er konnte sich nicht zurückhalten, denn diese eine Überzeugung war ihm heilig: »In der Natur«, erklärte er bestimmt, »gibt es nur Kraft und ihren Widerpart. Nichts Drittes.«

»Doch!«, erwiderte sie, und schaute ihn ruhig an. »Es gibt Gott!«

Nicolai schwieg, wie vom Donner gerührt. Die Richtung, die dieses Gespräch eingeschlagen hatte, behagte ihm überhaupt nicht. Er wandte sich ab und beendete rasch seine Vorbereitungen für den Ritt nach Alldorf. Doch ein Geräusch ließ ihn herumfahren, und als er sich wieder zu Magdalena umgedreht hatte, sah er, dass sie in die Knie gegangen war. Er dachte zuerst, sie hätte einen Schwächeanfall. Im nächsten Augenblick bemerkte er jedoch, dass sie betete. Sie hatte sich neben seinem Schreibtisch hingekniet, hielt die Augen geschlossen und sprach leise ihm unverständliche Worte aus. Nicolai schaute missmutig zu ihr hinüber, zugleich betört von ihrem Anblick und verstimmt durch ihre Rede und ihr absonderliches Gebaren.

18.

Zunächst kamen sie schneller voran, als er vermutet hatte. Der Schnee war fest, der Himmel blau, und die Sonne schien so stark, dass es ihnen unter ihrer doppelten Vermummung fast zu warm wurde. Doch dann sah Nicolai, was der Bote gemeint hatte, als er vom verwünschten Geisenhang gesprochen hatte. Der Weg ging nur leicht bergauf, war jedoch völlig vereist. Sie brauchten fast eine Stunde, bis sie das verängstigte Pferd, das immer wieder auszurutschen drohte, obwohl sie ihm die Hufe mit Lappen umwickelt hatten, auf die Anhöhe gebracht hatten. Dann ging es über ein Feld, das sie recht schnell überquerten, nur um dann wieder im Schritttempo weitergehen zu müssen, als sie den tief verschneiten Wald erreichten.

Das Mädchen war sehr einsilbig geworden, und so hing Nicolai seinen eigenen Gedanken nach. Was tat Di Tassi eigentlich hier? Er jagte Anhänger einer merkwürdigen Sekte, die Postkutschen anzündeten. Und Alldorf hatte irgendetwas damit zu tun. Offensichtlich hatte er diese Leute finanziert. Oder war er ihnen zum Opfer gefallen? War Zinnlechner ein Agent dieser Verschwörer? Das war durchaus möglich. Er hatte den Grafen langsam vergiftet und ihn irgendwie dazu gebracht, sein Hab und Gut dieser Sekte zu überschreiben. Als sein Apotheker hatte er vermutlich genügend Gelegenheit gehabt, den Grafen mit giftigen Substanzen allmählich in seine Gewalt zu bringen. Er wäre nicht der Erste, der seinen Kunden erst krank machte, um ihn dann für teures Geld oder die Hoffnung auf ein lukratives Amt zu heilen. Hatte Zinnlechner den Grafen durch eine Substanz, die nur er kannte, in seine Gewalt gebracht? Und hatte Selling dies am Ende bemerkt? War er ihm deshalb gefolgt?

Aber dann war da noch Maximilian und dessen Briefe aus Leipzig. Der junge Grafensohn hatte vor einem Gift gewarnt. Und nun starben Menschen, und es wurden Kutschen verbrannt. Alldorf hatte an einer Vomika gelitten und ebenso der unbekannte Verschwörer, der sich vor ihren Augen erschossen hatte. Sollte Maximilian Recht gehabt haben? Gab es eine geheimnisvolle Epidemie, von der niemand etwas wusste? Selbst ihre Opfer nicht? Leipzig! Der Ausgangspunkt aller Vorgänge musste in Leipzig zu finden sein. Doch Di Tassi schickte sich an, nach Bayreuth zu reisen!

Sowie der Weg es gestattete, ließ Nicolai das Mädchen aufsitzen, und wenn ihm der verschneite Grund für Pferd und Reiterin zu gefährlich zu werden schien, hob er sie wieder auf den Boden herab. Er ertappte sich dabei, dass er das Auf- und Absteigen öfter als unbedingt notwendig befahl. Die Aussicht, ihren Körper umfassen und vom Pferd heben zu dürfen, ihre Hände zu halten und dabei den Hauch ihres Atems in seiner Nähe zu spüren, bereitete ihm immer wieder ein Hochgefühl. Einmal strauchelte sie. Sie musste sich an ihm festhalten, und dabei kam ihm ihr Gesicht so nah, dass er es leicht mit seinen Lippen hätte berühren können. Ein geringe Kopfbewegung ... doch er beherrschte sich. Allerdings bemerkte er, dass sie sein unterdrücktes Verlangen gespürt haben musste, und als er ihr kurz darauf anbot, wieder aufzusteigen, betrachtete sie ihn ernst, schüttelte dann den Kopf und stapfte durch den Schnee voran.

Es wurde bereits dunkel, als sie Alldorf endlich in der Ferne aus der verschneiten Landschaft aufragen sahen. Je näher sie kamen, desto zahlreicher wurden die Pferdespuren. Sie waren offenbar nicht die einzigen, die heute dem Wetter getrotzt hatten. Als sie gegen das Tor klopften, war es bereits völlig finster. Kametsky öffnete. Er musterte das Mädchen kurz. Sie schaute ihn an, doch hatte Nicolai nicht den Eindruck, dass sie den Mann wiedererkannte. Im Gegenteil, sie behandelte ihn, als habe sie ihn noch nie gesehen, und wunderte sich sichtlich, als er sie fragte, ob es ihr wieder besser ginge. Offenbar hatte sie keinerlei Erinnerung an ihren Zusammenbruch im Wald.
»Der Rat erwartet Sie schon«, sagte Kametsky zu Nicolai gewandt und nahm ihm die Zügel ab. »Gehen Sie nur gleich nach oben. Er ist in der Bibliothek.«

Während sie durch die Gänge liefen, die Nicolai jetzt schon etwas vertrauter vorkamen, fragte Magdalena: »Wo ist der Schlossherr?«

Nicolai zögerte einen Augenblick.

»Tot«, gestand er dann. »Er ist vor einigen Tagen gestorben.«

Magdalena schien die Antwort zufrieden zu stellen. Sie blickte neugierig auf die leeren Wände, an denen sie vorübergingen. Die Bilder, die hier einmal gehangen hatten, waren entfernt worden. Es lagen auch keine Teppiche mehr auf den Steintreppen. Selbst die Leuchter an der Decke waren verschwunden. Stattdessen stand hier und da eine Kerze auf dem Steinboden, was den Fluren ein feierliches und zugleich unheimliches Gepräge gab.

»Vor einer Woche sah es hier noch nicht so aus«, sagte Nicolai. »Die Familie hat es offenbar eilig, das Schloss zu verkaufen, und transportiert die Einrichtung ab.«

»Welche Familie tut so etwas während der Trauerzeit?«, fragte Magdalena.

Nicolai zuckte mit den Schultern. »Ich habe nicht den Eindruck, dass im Haus Lohenstein irgendjemand trauert«, sagte er verdrossen. »Wir müssen hier hinauf.«

Es war die Treppe, die zur Bibliothek führte. Kurz darauf durchschritten sie den Eingang zum Vorraum. Das Durcheinander hatte sich nach Nicolais Einschätzung eher noch verschlimmert. Bereits hier wölbten sich jetzt die Bücherstapel und türmten sich Kisten mit Akten.

Nicolais Interesse galt heute jedoch etwas ganz anderem. Er beobachtete das Mädchen. Was sah *sie* wohl hier? Waren Bücher ein vertrauter Anblick für sie? Oder war ihr eine solche Umgebung völlig fremd?

Magdalenas Blick glitt zunächst teilnahmslos über die zahllosen Gegenstände. Dann blieb er an etwas hängen.
Sie hatte das Bild entdeckt, das Gemälde mit den Engeln, die einer Gruppe Menschen die Rückkehr ins Paradies verwehrten. Es stand jetzt hier draußen auf dem Boden, achtlos gegen eine der Kisten gelehnt.
Sie ging auf das Bild zu und betrachtete es. Dann flüsterte sie etwas.
Zunächst verstand er nichts. Er hatte einfach nicht damit gerechnet, dass sie die Gelehrtensprache kannte. Aber es gab keinen Zweifel. Sie murmelte lateinische Worte. »... *mysterium patris*«, hatte sie gesagt.
Er beobachtete sie neugierig. Aber sie reagierte überhaupt nicht darauf. Es schien ihr völlig gleichgültig zu sein, was er über sie dachte. Oder war dies ein Zeichen? Wollte sie ihn in etwas einweihen? Nicolai spürte sein Herz schneller schlagen. Irgendetwas stimmte nicht mit diesem Mädchen. Was hatte sie in dieser Gegend zu suchen? In wenigen Augenblicken wäre sie Di Tassis bohrenden Fragen ausgesetzt. War dieses Gemurmel ein Zeichen für ihn, ein subtiles Angebot von Komplizenschaft? Er ergriff sie am Arm und zog sie zu sich herum.
»Wer bist du?«, zischte er mit unterdrückter Stimme. Er hatte seiner Frage einen vorwurfsvollen, scharfen Klang geben wollen. Doch sie schaute ihn nur stumm an. Ihre schönen Augen ruhten auf ihm, und er begriff, dass sie genau sah, was mit ihm los war. Er war besorgt, ängstlich, verwirrt. »Sieh dich vor!«, brachte er noch heraus, bevor sich die Tür zur Bibliothek öffnete. Magdalena lächelte.
Es war Hagelganz, der sie hereinließ. Er benahm sich so steif wie immer und betrachtete Nicolai und das Mädchen mit

unverhohlener Geringschätzung. Als er zur Seite trat, sah Nicolai den Justizrat sowie zwei edel gekleidete Herren am Ende des Raumes um einen Tisch herum sitzen. Sie schienen gestritten zu haben. Jedenfalls erhoben sich die beiden Herren abrupt, als Nicolai und Magdalena näher kamen.

»... dann mag der Kaiser sich darum kümmern, wir tun es nicht«, sagte einer der beiden im Aufstehen.

Di Tassis Blick schoss zu Nicolai herüber, als versuche der Justizrat damit, die Worte seines Gesprächspartners einzufangen und aufzuhalten.

»Ich habe verstanden«, erklang dann Di Tassis Stimme, offensichtlich bemüht, das Gespräch so schnell wie möglich zu beenden. »Bitte gewähren Sie mir die Ehre, Sie nach unten begleiten zu dürfen.«

Die beiden Männer antworteten nicht, sondern strebten dem Ausgang zu. Augenblicklich trat Hagelganz hinter Magdalena und Nicolai und versetzte beiden einen gehörigen Knuff.

»Reverenz!«, zischte er, schlug ihnen derb auf die Schultern und ging dann selbst als Erster in die Knie. Die beiden gehorchten erschrocken und knieten nieder. Die beiden Männer beachteten sie überhaupt nicht. Sie waren nicht mehr als Staubkörner für sie, an denen sie grußlos vorübergingen.

»Bemüht Euch nicht, wir finden den Weg«, hörten sie den einen sagen. Di Tassi blieb stehen und senkte unterwürfig das Haupt.

Es war das erste Mal, dass Nicolai ihn in solch einer Situation erlebte. Vermutlich lag es an dem Widerwillen, den er gegenüber dieser Sorte Mensch verspürte, die da an ihm vorüberging, dass er jetzt ein wenig Nachsicht mit Di Tassi empfand. Dies waren also seine Auftraggeber, vermutlich Vertreter von Wartensteig oder Aschberg, die mit den Untersuchungsergebnissen offenbar nicht zufrieden waren.

Doch im nächsten Augenblick war das Gefühl wieder wie weggeblasen. Der Rat begrüßte sie überhaupt nicht, sondern machte auf dem Absatz kehrt, wobei lediglich eine herrische Handbewegung in ihre Richtung signalisierte, dass sie an seinen Tisch treten sollten. Während sie sich wieder erhoben und der Aufforderung nachkamen, räumte Di Tassi geräuschvoll Dokumente zusammen. Er sah sehr unzufrieden aus.

»Wie heißt du?«, fuhr er Magdalena an.

»Sie heißt Magdalena«, antwortete Nicolai.

»Kann sie nicht für sich selbst sprechen?«

Nicolai verstummte. Magdalena schwieg ebenfalls. Das Einzige, was man hörte, war ein lautes Knurren aus Nicolais Magen. Di Tassi reagierte sofort.

»Hagelganz. Stehen Sie nicht so herum. Bringen Sie uns Wein, Brot, Käse und ein paar Äpfel, oder was immer Sie finden können.«

Dann wandte er sich wieder an Nicolai. »Wie war der Weg?«

»Sehr beschwerlich.«

»Eis?«

»Ja. Aber nicht überall.«

»Also. Wer bist du? Was machst du hier in dieser Gegend?«

Magdalena hatte befangen dagesessen. Jetzt, da Di Tassi sie direkt ansprach, erzählte sie in kurzen, schüchternen Sätzen, wie sie in diese Gegend geraten war, dass sie ihren Mann verlassen habe, der sie gequält und misshandelt hatte, und dass sie auf dem Weg nach Straßburg gewesen sei.«

»Wo wohnt dein Mann?«

»In einem Dorf bei Halle.«

»Und woher stammst du?«
»Aus Rapperswill.«
»Aus der Schweiz?«
»Ja. Aber ich bin in Straßburg bei meinem Onkel aufgewachsen. Vor zwei Jahren habe ich dort einen Offizier geheiratet und bin mit ihm nach Halle gegangen. Er schlug und quälte mich. Deshalb habe ich ihn verlassen. Ich kehre zu meinem Onkel zurück.«
Sie senkte den Kopf und fügte leise hinzu: »Bitte verraten Sie mich nicht. Mein Mann darf mich nicht finden.«
Di Tassi schwieg einen Augenblick. Nicolai fühlte sich ein wenig erleichtert. Deshalb die gefärbten Haare! Er konnte die Sache mit gutem Gewissen verschweigen. Das arme Mädchen.
Der Justizrat überging die Bemerkung schließlich und fragte: »Was hast du beobachtet?«
»Ich hatte das Gefühl, die Abzweigung nach Ansbach verfehlt zu haben. Als ich den Reiter sah, bin ich ihm gefolgt.«
»Ein Reiter, sagst du?«
Magdalena nickte.
»Und dann?«
»Kurz darauf kam ein zweiter. Aber ich hatte den Weg noch nicht erreicht.«
»Ritten sie zusammen?«
»Nein.«
»Aber sie gehörten zusammen?«
»Das weiß ich nicht. Ich sah erst den einen und etwas später den anderen, der ihm folgte.«
»Konntest du sie erkennen?«
»Nein. Sie waren zu weit weg.«
»Aber ihre Kleidung konntest du unterscheiden?«

»Nein, auch das nicht. Nur ihre Pferde. Das erste war schwarz. Das zweite braun.«

»Du bist ihnen also in dieses unwegsame Waldstück gefolgt? Warum?«

»Weil ich die Orientierung verloren hatte. Ich wollte sie nach dem Weg fragen.«

Di Tassi musterte das Mädchen, aber sein Gesicht verriet nicht, was er dachte. Jedenfalls erschien es Nicolai so unergründlich wie immer.

»Hat du etwas gehört, als du in die Nähe der Lichtung kamst?«

Sie schüttelte den Kopf.

»Nichts? Keine Schreie? Keinen Streit oder Anzeichen eines Kampfes?«

»Nein. Nichts. Ich sah eine Lichtung und ein Pferd, das am Rande der Lichtung stand.«

»Welches Pferd war es?«

»Es war das braune.«

»Und weiter?«

»Etwas lag auf dem Boden ... ich ging auf die Stelle zu, und ... dann sah ich das ganze Blut ...«

Di Tassi wartete. Nach einer kurzen Pause fuhr sie fort. »... es war entsetzlich ...«

Der Justizrat unterbrach sie. »Der Mann war also schon tot, als du dort eintrafst.«

Magdalena schaute ihn entgeistert an. »Ich ... hoffe es«, stammelte sie. »Wieso ... Sie meinen doch nicht ...?«

»Hast du sein Gesicht gesehen?«

Sie sagte nichts. Di Tassi fügte hinzu: »War es noch da?«

Sie schüttelte den Kopf.

Di Tassi schwieg einen Augenblick lang. Die Vorstellung des-

sen, was sich auf dieser Lichtung abgespielt hatte, schien selbst bei ihm jetzt eine gewisse Zurückhaltung auszulösen. »Die Wunde am Hals«, sagte er leise, »war sie schon vorhanden?«
Magdalena nickte. Sie war jetzt wie verwandelt, dachte Nicolai. Die Erinnerung machte ihr sichtlich zu schaffen.
»Was hast du dann getan?«
»Ich ... ich konnte mich zuerst nicht bewegen. Dann ging ich langsam rückwärts, weil ... weil ich Angst hatte, wenn ich diesem ... diesem Ding den Rücken zukehren würde, dann würde es aufstehen und ... ich weiß nicht ... alles war so still, so friedlich – und da lag dieses Ding ...«
»Was geschah dann?«
»Nach ein paar Schritten drehte ich mich um und wollte weglaufen. Aber da stieß ich gegen diesen Mann. Es war grauenvoll. Er stand plötzlich da. Direkt vor mir.«
»Wer?«
»Ein Mann.«
»Wie sah er aus?«
»Ich weiß es nicht. Er war ... er war ... nackt.«
Nicolai hielt den Atem an. Was erzählte das Mädchen da? Di Tassi zog die Stirn in Falten.
»Nackt?«, wiederholte er ungläubig. »Aber die Kälte?«
»Er war ... völlig nackt«, bekräftigte sie. »Aber das Schlimmste war ... sein Gesicht, seine Brust, alles war ... voller Blut. Sogar seine Haare und Hände, seine Unterarme. Überall Blut. Und er trug ... ein Messer.«
Nicolai schauderte. Doch zugleich versuchte er, all diese Einzelheiten in ein Bild zu fügen. Der Mann mit dem Messer ... sollte das Zinnlechner gewesen sein? Nicolai konnte es einfach nicht glauben. Nein, einer seiner Komplizen musste diese grau-

envolle Tat vollbracht haben. Das Mädchen hatte ihn bei seinem blutigen Werk überrascht. Er hatte ihr Kommen bemerkt, sich versteckt, gewartet, bis sich eine Gelegenheit bot, das Mädchen zu überwältigen. Aber warum war der Mörder nackt gewesen?

»Was geschah dann?«, fragte Di Tassi.

»Er kam auf mich zu. Ich schrie auf. Das Messer … er würde mir das Gleiche antun wie dem Toten auf der Lichtung. Er würde mein Gesicht wegschneiden … Ich versuchte aufzuspringen und wegzulaufen. Doch plötzlich waren da noch zwei Männer. Hinter mir. Ich hatte sie überhaupt nicht bemerkt. Sie stürzten sich auf mich und hielten mich fest. Und dann kam der nackte, blutüberströmte Mann auf mich zu … hielt das Messer vor mein Gesicht … und alles wurde schwarz.«

»Die Männer, die dich festhielten, waren die auch nackt?«

Sie schüttelte den Kopf.

»Konntest du das Gesicht des nackten Mannes erkennen?«, fragte Di Tassi.

Sie schüttelte den Kopf. »Es war voller Blut. Über und über von Blut verschmiert.«

»Aber er griff dich an?«

»Er trug dieses Messer in der Hand. Ich weiß nicht, es ging alles so schnell. Ich schrie auf, versuchte mich loszureißen, warf meinen Kopf hin und her und flehte die beiden anderen Männer an, mich loszulassen. Und danach weiß ich nichts mehr.«

Magdalena atmete schwer.

Di Tassi betrachtete sie mit einer Mischung aus Respekt und Verwunderung. Dann schaute er Nicolai an und sagte: »Nun, Lizenziat, was halten Sie davon?«

Nicolai war verwirrt von den Schilderungen des Mädchens.

Der Mörder war nackt gewesen. Nackt? Mitten im Winter. Warum nur? Oder war dies nur ein weiteres Indiz für die Gefährlichkeit und die krankhafte Natur dieser Sekte? Ihre Mitglieder schossen sich lieber den Kopf weg, als sich fangen zu lassen. Und wenn sie mordeten, so taten sie dies in der Tracht des Teufels: nackt und blutüberströmt!

Doch bevor der Arzt antworten konnte, erschien Hagelganz und brachte das Essen. Während er die Sachen auf dem Tisch ausbreitete, erhob sich Di Tassi und ging im Zimmer auf und ab. Als Hagelganz fertig war, kam Di Tassi wieder hinter dem Tisch zu stehen, goss die Gläser voll, die Hagelganz dort hingestellt hatte, reichte eines davon Magdalena und nickte ihr aufmunternd zu. Doch sie schaute ihn nur ausdruckslos an und machte keinerlei Anstalten, das Glas zu berühren. Schließlich stellte er es wieder ab, offerierte es mit einer lässigen Geste Nicolai und sagte zu dem Mädchen: »Du hast gesagt, dass sie hintereinander hergeritten sind. Das schwarze Pferd vorneweg.«

»Ja«, sagte Magdalena.

»Und du hast keine weiteren Pferde gesehen?«

»Nein«, sagte sie.

»Aber es waren noch mindestens zwei weitere Personen an diesem Ort, nicht wahr?«

Sie nickte.

»Und die hatten sich wohl schon zuvor dort im Wald versteckt, oder?«

Sie zuckte mit den Schultern. »Das weiß ich nicht.«

»Und Sie, Röschlaub, was meinen Sie?«

Nicolai sagte nichts. Er betrachtete verstohlen das Mädchen. Ihr Gesicht war blass.

Di Tassi gab sich selbst die Antwort. »Selling muss zu einer

Stelle im Wald unterwegs gewesen sein, von der Zinnlechner im Vorhinein wusste, dass Selling sie aufsuchen würde. Daher hat er seine Komplizen dort hinbeordert. Das ist doch logisch, oder?«

Nicolai nickte stumm. Aber er dachte das Gegenteil. Logisch? Was war an dieser ganzen Angelegenheit schon logisch?

»Selling trifft auf dieser Lichtung ein«, fuhr der Rat jetzt fort. »Was tut er jetzt? Ich vermute, er wollte einen Teil des Geldes holen, das er für den Grafen beiseite geschafft hat, oder?«

Nicolai stutzte. Das Geld! Daran hatte er gar nicht mehr gedacht. Kalkbrenner hatte behauptet, er habe das ganze Geld Selling gegeben. Und dieser hatte es im Wald versteckt?

»Haben Sie ein solches Versteck gefunden?«, fragte Nicolai überrascht.

»Nein«, antwortete Di Tassi. »Nicht eines. Aber Hunderte.«

»Was soll das heißen?«

»Die Höhlen. Es gibt zahllose Höhlen in diesem Waldstück. Manche davon sind so gut verborgen, dass man sie niemals finden würde. Eine jedenfalls war so gut versteckt, dass wir sie niemals gefunden hätten, wenn keine Fußspuren dorthin geführt hätten. Aber die Höhle war leer.«

Nicolai schaute wieder zu Magdalena hinüber, aber sie erwiderte seinen Blick nicht.

»Zinnlechner wusste also, dass das Geld irgendwo in der Nähe dieser Lichtung versteckt war, aber er wusste nicht genau, wo«, schlussfolgerte er aus Di Tassis Überlegung.

»Genau«, gab dieser zurück. »Selling kommt auf der Lichtung an, geht zum Versteck, wähnt sich unbeobachtet und holt das Geld. In diesem Augenblick schlagen die Komplizen zu. Sie überwältigen ihn. Zinnlechner trifft ein und schneidet dem

Kammerdiener den Hals durch. Doch warum verstümmelt er ihn auf solch eine bestialische Weise?«

Die Frage war an Magdalena gerichtet. Ja, sie war da gewesen. Aber wie sollte sie dafür eine Erklärung haben?

»Ich ... ich weiß es nicht«, sagte sie leise.

»Aber du hast ihre Gesichter gesehen, nicht wahr? Die Gesichter der Komplizen.«

Sie nickte.

Di Tassi schüttelte den Kopf. »Das verstehe ich nicht. Sie ermorden Selling, verstümmeln ihn, vermutlich aus dem einfachen Grunde, den Zeugen ihres Verbrechens zu beseitigen, aber sie lassen dich am Leben. Wie unvorsichtig.«

»Warum reden Sie so mit ihr«, fuhr Nicolai aufgebracht dazwischen.

Di Tassis Gesichtsausdruck war wieder hart und abweisend geworden. »Ich rede, wie ich will«, sagte er scharf.

Magdalena schaute zu Boden. Nicolai sah, dass sie jetzt aschfahl aussah.

»Sehen Sie nicht, wie sehr sie die ganze Sache aufwühlt? Erinnern Sie sich noch an den Zustand, in dem wir sie gefunden haben?«

Der Justizrat setzte sich wieder. »Schau mich an«, sagte er.

Magdalena hob langsam den Kopf. Schweiß stand auf ihrer Stirn. Alles Blut war aus ihrem Gesicht gewichen. Nicolai hielt den Atem an. Wozu quälte er sie so? Was hatte sie denn getan? Was war Di Tassi nur für ein Mensch?

Der Justizrat musterte sie lange. Dann wurden seine Züge wieder etwas weicher. Er erhob sich, schob ihr einen Teller mit Apfelschnitzen hin und sagte: »Iss!«

Dann verließ er den Raum.

19.

Nicolai starrte durch das Fenster auf die gegenüberliegende Fassade. Der zweite Stock war hell erleuchtet. Die Grafen Wartensteig und Aschberg speisten noch immer zu Abend. Sie waren also persönlich gekommen, um nach dem Rechten zu sehen und sich über den Schuldenstand des Gutes zu erkundigen, das sie geerbt hatten. Ihr Personal, das sie mitgebracht hatten, wartete im Vorzimmer auf. Für Nicolai war es ein Blick in eine fremde, ferne Welt. Die Welt der Mächtigen und Reichen. Dass nicht einmal Di Tassi mit ihnen speisen durfte, zeigte, über welchen Abgrund er gerade hinwegblickte. Die geringe Entfernung täuschte. Er hätte ebenso gut den Mond anschauen können. Aber der war schon schlafen gegangen.

Ein Kammermädchen Wartensteigs hatte sich Magdalenas angenommen. Bewachung wäre der bessere Ausdruck gewesen. Der Justizrat würde Magdalena so schnell nicht wieder ziehen lassen. Sie hatte immerhin zwei dieser Verschwörer gesehen. Das war sehr nützlich für den Rat. Nicolai hätte sich denken können, dass Di Tassi das Mädchen bei sich behalten würde, bis er in der Sache ein Stück weiter gekommen war. Ein Augenzeuge war zu wertvoll für ihn. Er würde sie mitnehmen … zum nächsten Hinterhalt. Und das bedeutete offenbar: Bayreuth.

Er beobachtete nervös das glänzende Treiben gegenüber. Er musste eine Entscheidung treffen. Doch zugleich hatte er den Eindruck, dass er gar keine Wahl mehr hatte. Er hatte keine Übung in den komplizierten Überlegungen des Herzens. Es reflektierte sich damit so ganz anders als mit dem Kopf. Er war daran gewöhnt, widersprüchliche Gedanken zu lösen, indem er sie einer höheren Wahrheit zuführte, von der aus gesehen der

Widerspruch keiner mehr war. Doch die Widersprüche, die er jetzt in seinem Herzen spürte, führten zu keiner höheren Wahrheit – sondern zu einer tieferen. Sie betrafen nicht die Welt – sondern ihn. Und das bereitete ihm Unbehagen.

Hinzu kam, dass ihn das Verhör in mehrfacher Hinsicht verstört hatte. Di Tassis Art hatte ihn abgestoßen. Er war gefühlskalt und unberechenbar. Aber an Di Tassi mochte der gesammelte Schmutz kleben, der sich durch eine erfolgreiche Karriere in Fürstendiensten zwangsweise ansammelt: Immerhin war es doch vertrauter, bekannter Schmutz. Man roch den Gestank, und er war einem zwar unangenehm, aber eben doch vertraut, auch wenn man ihn verabscheute.

Magdalena hingegen war ihm ein völliges Rätsel. Sie war ihm unheimlich. Offenbar hatte sie Angst vor Di Tassi gehabt. Wer hätte das nicht? Aber gleichzeitig schien sie sich ihm weit überlegen zu fühlen. Woher hatte sie diese Ausstrahlung? Oder bildete er sich das nur ein, weil sie ihn so bezauberte?

Ein Schatten schälte sich aus der Dunkelheit am Ende des langen Ganges und nahm allmählich die Gestalt Feustkings an. Wenigstens nicht Hagelganz, dachte Nicolai. Feustking war ihm von den Mitarbeitern des Rates immer noch der angenehmste. Doch bevor er zu ihm aufgeschlossen hatte, öffnete sich die Tür der Bibliothek. Kametsky stand dort im Türrahmen. Nicolai wartete noch, bis Feustking herangekommen war.

»Lizenziat«, sagte der nur und nickte ihm zu. Woran lag es nur, dass diese Menschen so versessen auf Titel waren?

Di Tassi stand mit verschränkten Armen neben dem Kaminfeuer und schaute ihnen entgegen, als sie die Bibliothek betraten. Hagelganz saß neben ihm an dem großen Tisch und ordnete

Papiere. Nicolai entdeckte beim Näherkommen, dass sich jetzt vor allem Landkarten darauf befanden. Neben dem Tisch stand der seltsame Apparat, den Nicolai schon einmal gesehen hatte. Es war das Gerät, auf dem Di Tassi die Fragmente der verbrannten Briefe Maximilians entziffert hatte. Nicolai fühlte sich von der ganzen Situation seltsam berührt. Hatte auch Alldorf seine Komplizen so empfangen wie jetzt Di Tassi? Hatte der alte Graf vielleicht vor wenigen Wochen an ebenjener Stelle, wo sich jetzt der Justizrat befand, vor dem Kamin gestanden und dort einen Plan entworfen, den Di Tassi jetzt entschlüsseln und vereiteln sollte? Hatten Selling, Zinnlechner und Kalkbrenner hier gesessen und ihm zugehört? Oder nur einer von ihnen? Schützten sie sich vielleicht gegenseitig und waren doch eingeweiht?

Di Tassi begann schon zu sprechen, bevor sie ihre Stühle erreicht und Platz genommen hatten. »Meine Herren, die Situation hat sich verändert. Hagelganz, bitte.«

Der Mann hob eine der Karten hoch, die vor ihm auf dem Tisch lagen. Nicolai musterte das Geflecht von Linien und Punkten. Es war eine Postroutenkarte des süddeutschen Raumes. Ein gutes Dutzend Kreuze waren darauf verzeichnet. Di Tassi hatte Nicolais Methode offenbar gründlich studiert und nun auf sein Problem angewendet.

»Das sind die Überfälle, von denen wir bisher erfahren haben«, sagte Di Tassi. »Es ist anzunehmen, dass es in anderen Gebieten, wo es nicht so stark geschneit hat, zu weiteren Vorfällen dieser Art gekommen ist. Wir wissen noch nichts Genaues, da einige unserer Boten selbst durch das Wetter behindert sind. Aber in jedem Fall bleibt schon jetzt etwas Auffälliges festzuhalten.«

Di Tassi hob kurz die Hand, und Hagelganz hob eine andere Karte hoch. Sie zeigte ganz Deutschland. Auch auf dieser Karte waren die Überfälle verzeichnet worden.

»Das Muster ist klar«, sagte Di Tassi. »Alle bisher betroffenen Streckenabschnitte befinden sich im süddeutschen Raum, fast ausnahmslos in katholischen Territorien. Jedenfalls ist uns nördlich von Frankfurt oder Coburg bisher kein ähnlicher Fall gemeldet worden. Damit dürfte bestätigt sein, dass unsere Vermutung richtig ist. Es handelt sich um eine Agitation antikatholischer Kräfte. Und diese Kraft hat zweifellos einen Namen: Illuminaten.«

Er verstummte. Das Wort hatte einen unheimlichen Klang. Di Tassi ließ es bewusst einen Augenblick lang im Raum stehen wie eine dunkle, unsichtbare Bedrohung.

»Wir wissen aus abgefangenen Briefen, dass seit einigen Jahren unterschiedliche Geheimbünde in Deutschland operieren. Ihr raffiniertes Zersetzungswerk ist auf Jahrzehnte hin angelegt. Sie arbeiten im Verborgenen, schlagen nur manchmal zu, verschwinden dann wieder, warten, bis sich eine neue Gelegenheit bietet, schleichen sich in die heiligsten Institutionen ein und zerfressen die Weltordnung allmählich von innen. Es gibt keinen Brief, keine Anweisung, keinen Aktionsplan von ihnen, der nicht immer wieder diese Vorgehensweise betonen würde. Es geht ihnen darum, mysteriöse Ereignisse und unerklärliche Vorfälle zu inszenieren, welche die Menschen verunsichern sollen. Dies soll ihnen Angst machen und zugleich suggerieren, eine neue, bessere Weltordnung bahne sich an, die nichts und niemand aufhalten könne. Es ist eine völlig neuartige Form der Subversion, eine bisher unbekannte Art, den Staat zu untergraben.«

Nicolai horchte interessiert auf. Geheimbünde, die das Deutsche Reich angreifen wollten? Darum ging es also!

»Sie wissen, wovon ich spreche. Seit Jahren beobachten wir die Entwicklung dieser geheimen Gesellschaften, die aus England gekommen sind und sich in Windeseile hier verbreitet haben. Die meisten sind harmlos, sagt man. Es seien Lesegesellschaften, Debattierklubs oder Freimaurerlogen, die sich ehrenvolle Ziele auf die Fahnen geschrieben haben. Aber dies ist eine täuschende Fassade. Es gibt nichts Verderblicheres in unseren Ländern als diese Pest der geheimen Gesellschaften. Es ist der Schimmel im Fundament des Staates.«

Der Justizrat ordnete einige Papiere vor sich auf dem Tisch und fuhr fort: »Diese Gruppen haben einen enormen Zulauf, vor allem unter den Studenten. Sie machen sich die allgemeine Verunsicherung zunutze, welche nach nun fast vierzig Jahren aufklärerischer Irrlehren in den Köpfen und Herzen der Menschen entstanden ist. Wo früher Gewissheit war, herrscht heute Zweifel. Wo einst Gehorsam galt, gilt heute Widerspruch. Doch das Schlimmste ist: Einem dieser Geheimbünde ist es gelungen, die Garanten der natürlichen Ordnung der Welt zu indoktrinieren. Selbst manche Fürsten sind den verderblichen Ideen dieser Leute erlegen.«

Di Tassi machte erneut eine Pause, um seinen Worten größeres Gewicht zu verleihen. Dann sprach er weiter.

»Diese Illuminaten sind zweifellos die gefährlichste Gruppe. Wir wissen noch nicht, wie es ihnen gelungen ist, Graf Alldorf für sich zu gewinnen. Aber er hat ihnen offenbar gewaltige Geldmittel zukommen lassen, die ihnen helfen werden, ihr zersetzendes Werk nicht nur hier, sondern überall im Reich voranzutreiben.«

Er nahm einen Packen Briefe vom Tisch auf und hob ihn hoch. »Meine Herren, die Bedrohung ist allumfassend. Vom Lakai bis zum Kommerzienrat, vom Stallmeister bis hinauf zu den Finanzbeamten, Hofräten und Kanzleidienern sind die Höfe infiltriert. Und so schleicht das Übel allmählich von unten herauf und erfasst den Kopf. Soll ich Ihnen die Namen der Fürsten nennen, die sich hinter den Decknamen verbergen, die wir in diesen Depeschen gefunden haben? Soll ich Ihnen auseinander legen, wie oft sie sich im Verborgenen treffen, geheime Rituale und Zusammenkünfte zelebrieren, ja selbst eine Geheimsprache miteinander sprechen, um sich inmitten argloser Zeitgenossen, die sich ihre Freunde und Verbündeten wähnen, unerkannt wichtige Informationen zuzuspielen? Selbst die Standesschranken sind in Auflösung begriffen. In der Loge trifft der Beamte den Handwerker, der adelige Offizier den bürgerlichen Skribenten. Selbst Frauen gibt es in ihren Kreisen. Sie würden es mir nicht glauben. Ich habe es selbst nicht glauben können. Der Feind ist mitten unter uns. Alles steht auf dem Kopf. Unsere Fürsten verraten uns an eben jene Elemente, die ihr und unser aller Verderben betreiben. Nun werden Sie fragen, wie ist das möglich? Wir wissen, dass unreife Völker sich gegen ihre Fürsten wenden. So hat jüngst erst das britische Volk in den Kolonien seinen König verraten. Aber die Umkehrung? Wie kann das sein? Wie kann ein Fürst sein Volk verraten? Die Antwort ist einfach. Früher gefielen sich unsere Fürsten darin, gefürchtet zu werden, um ihre Autorität zu stützen. Doch wie ist es heute? Heute möchten sie geliebt werden! Sie möchten *dienen,* und nicht *herrschen*. Welch irrwitzige Idee, werden Sie sagen. Aber es ist so. Doch wie soll ein Vater seinen Kindern dienen, Gott den Menschen, der Fürst seinem Volk, wenn er es

nicht beherrscht, sondern in sklavischer, allerniedrigster Liebessehnsucht zu denjenigen gefangen ist, die er erziehen und leiten soll? Ist dies nicht die denkbar teuflischste aller vorstellbaren Umkehrungen? Die Perversion des Herrschaftsgedankens? Glücklicherweise sind es bisher nur wenige, welche diesem fatalen Irrtum erlegen sind. Aber es werden täglich mehr. Die innerste Grundlage unserer Welt ist in Auflösung begriffen. Und an diesem Ort«, er ließ seine ausgestreckte Hand durch den Raum gleiten, »an diesem Ort wurde das Gift destilliert, das diese Auflösung vorantreiben soll, ein Gift, das eine Krankheit hervorruft, welche die Menschen schwach und gefügig macht.«
Nicolai lauschte gebannt. Ein Gift, nun doch wieder? Was für Informationen hatte Di Tassi da auf dem Tisch? Fürsten, die an Schwäche litten? Die sich in Geheimgesellschaften trafen und eine unsichtbare Revolution vorbereiteten? Er betrachtete die Karte mit den verzeichneten Schauplätzen der bisherigen Überfälle. Die Karte ähnelte jetzt so sehr seinen eigenen Epidemiekarten, dass er gar nicht anders konnte, als die Kutschenbrennerei als eine Art Seuche zu betrachten. Aber was für eine »Krankheit« verbarg sich hinter dieser Signatur? Es sah tatsächlich so aus, als verbreite sich von Nürnberg aus ein Ansteckungsmiasma über das Land, ein dünnes Netz von Punkten, unverbunden noch und kaum als Muster wahrnehmbar. Die Signatur wies jedoch alle Anzeichen einer beginnenden Epidemie auf. Di Tassis bildhafte Sprache verstärkte diese Gedankenverbindung in seinem Kopf noch. »Zersetzendes Werk.« »Innere Auflösung.« »Gift.« Er sprach ja fast wie ein Arzt, der die Verfallserscheinungen eines Körpers beschrieb. Nicolai verfolgte den Gedanken jedoch nicht weiter. Er durfte sich hiervon nicht blenden lassen. Nur die Methode war ähnlich. Nicht die

Erscheinungen. Diese Kutschen wurden von Menschen angegriffen, nicht von Krankheitstierchen. Er richtete seine Aufmerksamkeit wieder auf den Rat, der fortfuhr:
»Wir werden diese Illuminaten aufspüren und unschädlich machen. Das ist unser Auftrag. Wir jagen nicht etwa nur das Geld, das sie gestohlen, oder die Straßenräuber, die sie damit bezahlt haben, um ihre schmutzige Arbeit zu erledigen. Wir müssen die Köpfe erwischen. Doch Sie haben gesehen, mit was für Leuten wir es zu tun haben. Das heißt, nein! Sie haben es eben nicht sehen können. Die Organisation dieser Bande ist so geheim, dass keine, aber auch gar keine Spur der Identität ihrer Mitglieder zurückbleiben soll. Und wer ihr einmal angehört hat, verwirkt sein Recht auf ein normales Leben. Es gibt kein Zurück mehr. Und wer es dennoch wagt, der Organisation zu entsagen, wird vernichtet. So mordet diese Sekte selbst ihre eigenen Leute, und sie verstümmelt ihre Opfer auf so entsetzliche Weise, dass der erschlagene Mensch kaum mehr zu erkennen ist. Sie haben Sellings Leiche gesehen, ohne Gesicht, mit abgeschlagenen Händen. Und Sie erinnern sich, was vor wenigen Tagen bei der Verfolgung eines dieser Wahnsinnigen im Wald geschehen ist. Droht einer ihrer Anhänger gefangen zu werden, so sprengt er sich mit einer zweifachen Ladung Pulver den Kopf weg, um sicherzustellen, dass seine Identität nicht bekannt wird. Haben diese Leute Familie? Freunde? Brüder oder Schwestern? Wir wissen es nicht. Sie löschen sich aus, ohne Spuren zu hinterlassen. Dies als Warnung, worauf wir gefasst sein müssen, wenn wir das nächste Mal einen von ihnen eingekesselt haben. Und wir werden Erfolg haben, das verspreche ich Ihnen.«
Di Tassi schaute herausfordernd in die Runde, aber niemand

widersprach ihm. Nicolai hatte zahllose Fragen, aber auch er schwieg. Er würde abwarten. Offenbar sollten sie noch mehr erfahren. Di Tassi macht Hagelganz ein Zeichen, und dieser reichte ihm jetzt ein eigenartiges Objekt. Es sah aus wie ein faustgroßes, gewölbtes Stück Leder. Es war ... o Gott, der Magen des Toten.

»Die Arglist dieser Leute kennt keine Grenzen. Aber das wird uns nicht aufhalten. Wenn sie uns zu allem entschlossen angreifen, werden wir ihnen doppelt entschlossen antworten. Hier sehen Sie das Ergebnis unserer Entschlossenheit. Wir haben dem verruchten Illuminaten sein Geheimnis doch noch entrissen.«

Er legte den abscheulichen Gegenstand wieder zur Seite und zeigte der Versammlung die Papierreste, die daraus geborgen worden waren. Wie hatte Di Tassi das nur angestellt? Einer von seinen Mitarbeitern musste ein begabter Apotheker oder Schneidekünstler sein. Es war auf den Fetzen, die der Rat jetzt einen nach dem anderen hochhielt, zwar nicht besonders viel zu erkennen, aber einige Buchstaben und Wortstummel waren immerhin entzifferbar. Kametsky und Feustking beugten sich vor. Auch Nicolai machte Anstalten, sich dem Fund zu nähern, doch Di Tassi legte die Fundstücke beiseite und zeigte stattdessen ein weiteres Dokument vor, auf dem das Ergebnis der Untersuchung der verschluckten Papiere zusammengefasst war. Hagelganz schaute stolz in die Runde, während Di Tassi die Wortstummel und Zeichen erläuterte. Offenbar war er der geschickte Präparator, vermutete Nicolai.

»Sie sehen, es ist immer wieder das Gleiche. Hier haben wir eine Liste von Decknamen. *Ajax*, *Spartacus*, *Arian*, *Cato*, *Celsus*. Außerdem werden einige Orte genannt. *Athen*, steht hier. Und weiter unten ein Wortfragment ...*zerum*, was für *Erzerum* steht, wie wir aus anderen Briefen wissen. Doch der aufschlussreichste Fund, meine Herren, steht hier.«

Ein durchgeglühtes Holzscheit im Kamin gab dem Druck der darüber liegenden nach, und ein prasselndes Fauchen erfüllte kurzzeitig den Raum. Ein zwar zufälliger, aber wirkungsvoller Effekt für Di Tassis weiteren Vortrag. Nicolai konnte es kaum erwarten, bis der Rat dieses neue Geheimnis lüften würde. Und auch die anderen lauschten gespannt, obwohl ihnen das meiste, was Di Tassi vortrug, schon bekannt sein musste und nur der gemeinsamen Orientierung wegen noch einmal rekapituliert wurde. Es war eine jener Konferenzen, welche Di Tassi offenbar vor jedem größeren Einsatz abzuhalten pflegte. Blieb nur zu hoffen, dass die nächste Unternehmung weniger blutig verlaufen würde.

Di Tassi unterstrich ein Wort auf dem Bogen. *Sanspareil.* Nicolai las es mehrmals. Aber außer der deutschen Entsprechung fiel ihm absolut nichts dazu ein. *Unvergleichlich?*

»Es ist nicht verwunderlich, dass dieses Dokument mit dem Preis des eigenen Lebens geschützt werden sollte«, sagte Di Tassi feierlich, »enthält es doch den ersten konkreten Hinweis auf einen involvierten Fürsten. Und dieser Fürst ist nicht irgendwer. Weiß Gott nicht.«

Er atmete tief durch, bevor er weitersprach. »Aber ich will Sie nicht länger auf die Folter spannen. Hier haben wir den Beweis, dass Markgraf Christian Friedrich Carl Alexander von Ansbach und Bayreuth in seinem abgelegenen Felsengarten *Sanspareil* den Illuminaten offenbar Unterschlupf gewährt und ihnen somit einen geheimen Stützpunkt für ihre verschwörerischen Angriffe bietet.«

Es wurde totenstill im Raum. Nicolai hielt den Atem an. Allmächtiger Himmel. Was sagte der Justizrat da? Der Markgraf Alexander? Ein Illuminat?

»Es versteht sich von selbst«, fuhr Di Tassi fort, »dass wir den Markgrafen ebenso wenig belangen können, wie wir es noch vor wenigen Wochen hätten wagen können, Alldorf anzuklagen. Wir brauchen zunächst Beweise und müssen diese finden und vorlegen.«

Erst jetzt begriff Nicolai vollständig den Zusammenhang, den Di Tassi behauptete. Einige Fürsten des Deutschen Reiches arbeiteten offenbar freiwillig oder unfreiwillig mit diesen Illuminaten zusammen. Gegen einen Fürsten konnte man jedoch nicht so einfach vorgehen. Graf Alldorf war jetzt enttarnt worden, aber der Mann war tot und sein ganzes Geld dem Geheimbund zugeflossen. Doch der Markgraf von Ansbach lebte.

»Wir haben noch keine konkrete Handhabe«, erklärte Di Tassi, »lediglich ein Wort, das wir aus dem Körper eines Illuminaten herausgeschnitten haben und das den Markgrafen belastet. *Sanspareil.* Dieser einsame Felsengarten birgt vermutlich wertvolle Hinweise auf diese Gruppe. Möglicherweise ist dort sogar eine Versammlung geplant, zu welcher der tote Illuminat unterwegs war. Das wissen wir nicht, aber bisher unverständliche Codewörter aus anderen Depeschen, die wir abgefangen haben, könnten durchaus darauf hindeuten. Der Markgraf darf nicht erfahren, was wir bereits über ihn wissen. Wir müssen im Verborgenen operieren. Hierbei können wir uns eines Umstandes bedienen, der uns ausnahmsweise zum Vorteil gereicht: das Wetter. In den Wintermonaten ist diese Eremitage verlassen. Nur ein Kastellan und die Bewohner der umliegenden Dörfer halten sich dort auf. Und, wie ich vermute, die Leute, die wir suchen. Wir werden diesen abgelegenen Felsengarten ohne Kenntnis des Fürsten durchsuchen. Ich habe Kundschafter nach Bayreuth geschickt, welche unsere Arbeit vorbereiten werden. Die Gegend um den Garten herum wird dauerhaft observiert. Wir werden jede Bewegung dort erfassen und diesmal so plötzlich zuschlagen, dass der Überraschungseffekt auf unserer Seite sein wird. Hagelganz wird Ihnen Pläne der Anlage zeigen, die Sie sich einprägen sollten. Ich hoffe, wir werden dort einen Fang machen. In jedem Fall ist es das erste Mal, dass wir unsere Feinde aus einer völlig unerwarteten Richtung angreifen können.«

Nicolai spürte ein Rauschen in den Ohren. Worauf um alles in der Welt hatte er sich bloß eingelassen? Di Tassi wollte heimlich den Lustgarten von Markgraf Alexander von Ansbach und Bayreuth durchsuchen! Heimlich und ohne Genehmigung. Markgraf Alexander war doch nicht irgendwer! Er war der Vetter des Königs von Preußen, des großen Friedrich, eines der mächtigsten Könige des Reiches! Hatte Di Tassi den Verstand verloren? Und er sollte dabei sein? Und Magdalena!, durchfuhr es ihn. Di Tassi würde das Mädchen natürlich mitnehmen. Sie war die einzige Augenzeugin, die er hatte. Sie konnte diese Verbrecher identifizieren. Di Tassi brachte sie alle in Lebensgefahr!

Die Männer erhoben sich plötzlich. Nicolai schaute verwirrt auf. War die Versammlung zu Ende? Doch da traf ihn der Blick Di Tassis.

»Lizenziat. Bitte bleiben Sie noch auf ein Wort.«

Er blieb sitzen. Die anderen Männer nahmen die Dokumente entgegen, die Hagelganz ihnen reichte, und verließen dann rasch den Raum. Auch Hagelganz ging mit ihnen.

Di Tassi wartete, bis die Tür geschlossen war. »Ich nehme an, dass ich auf Sie zählen kann«, sagte er dann.
»Das ... das können Sie nicht tun«, erwiderte Nicolai unsicher.
»Was kann ich nicht tun?«
»Das Mädchen. Sie können sie nicht in solch eine Gefahr bringen!«
Di Tassi zuckte mit den Schultern. »Ich habe keine Wahl. Sie hat zwei dieser Leute gesehen. Ich muss sie mitnehmen. Jedenfalls vorläufig.«
»Aber die ganze Sache ist ... hochriskant. Der Markgraf kann uns alle verhaften und wegen Hochverrats hängen lassen.«
»Er wird nichts erfahren, bis sein eigener Strick geknüpft ist.«
»Und wenn die Sache misslingt? Wenn man Sie entdeckt?«
»Das wird nicht geschehen.«
Nicolai spürte, dass Di Tassi ungehalten wurde. Sein Blick wurde eisig, und er klopfte nervös mit den Fingern auf den Tisch. »Es wird nicht geschehen«, wiederholte er scharf, »und die Sache ist beschlossen. Und auch Sie müssen uns begleiten. Ich brauche Ihre Hilfe. Deshalb möchte ich mit Ihnen sprechen.«
Nicolai schwieg. Sollte er bitten oder flehen? Aber das würde diesen Mann am wenigsten umstimmen.
»Das Gift«, fuhr Di Tassi fort. »Haben Sie irgendetwas herausgefunden?«
Der Arzt schaute verwirrt auf. Was für ein verfluchtes Gift suchte der Mann nur?
»Es gibt kein Gift«, erwiderte er mürrisch. »Sie irren sich. Sie verwechseln alles. Meine Karten zeichnen die Signatur von Krankheitstierchen auf. Ihre Kutschenbrenner sind Menschen. Menschen, die einen Plan, einen Willen haben. Es gibt kein Gift. Und ich kann kein Gift suchen, das es nicht gibt.«

Di Tassi schaute ihn bekümmert an. »Sie begreifen es einfach nicht«, sagte er seufzend. »Röschlaub, mein Gott, alles, was ich heute Abend erzählt habe, ist doch nur die Oberfläche all dieser Vorgänge. Sagen Sie mir doch, wie gelingt es diesen Leuten, unsere Fürsten so krank und schwach zu machen, dass sie diesem verheerenden Irrglauben erliegen? Sie haben doch Maximilians Brief gelesen. Er hat das Gift sogar beschrieben. Es ist unsichtbar, dringt auf bisher unbekannte Weise in den Körper ein und bildet eine ... wie nennen Sie das noch?«

»Eine Vomika«, antwortete Nicolai.

»Ja. Eine Vomika«, sagte Di Tassi nachdenklich. »Aber Sie hatten noch ein anderes Wort dafür.«

Nicolai nickte. »Man nennt die Erkrankung auch Heimwehkrankheit«, fügte er hinzu.

»Ja. Ein eitles Sehnen, nicht wahr, das unerfüllt bleibt und zu dieser Verwachsung führt, an welcher der Körper allmählich stirbt. Ein eitles Sehnen, das ist es doch, was diese von den Illuminaten verführten Fürsten heimgesucht hat, ein eitles Sehnen nach Liebe, nach Anerkennung, nach Geborgenheit bei ihren Untertanen. Ich bin überzeugt, man hat ihnen Gift verabreicht, ein Seelengift, das eben jenen Prozess in Gang setzt, der sie dazu treibt, dieser verfluchten Sekte Unterschlupf zu gewähren, sie zu fördern und zu unterstützen, bis sie kurz vor ihrem Tode auch noch ihr gesamtes Erbe in den Dienst dieser verbrecherischen Vereinigung stellen.«

Di Tassi war aufgestanden und vor ihn hingetreten. Jetzt beugte er sich zu ihm herab und sagte: »Lizenziat, finden Sie mir dieses Gift. Helfen Sie uns, sonst werden wir alle verderben.«

»Aber ... aber ich kann nicht, ich weiß nicht, wie?«

»Doch, Sie können. Ich bin mir sicher. Sie müssen nur wollen.

Setzen Sie Ihr Wissen ein. Kombinieren Sie. Es muss eine Substanz sein, die selbst diejenigen vergiftet, die mit ihr umgehen, sie handhaben. Denn auch der tote Illuminat wies jene Vomika auf. Maximilians Körper wurde nicht untersucht. Und auch Alldorfs Frau und Tochter wurden nicht zergliedert. Aber sie litten an den gleichen Symptomen wie Alldorf. Sie sind erstickt. Schauen Sie sich um. Sie haben diese Bibliothek doch noch in ihrem ursprünglichen Zustand gesehen und müssen bemerkt haben, dass hier noch etwas ganz anderes gesammelt wurde als trockenes, staubiges Bücherwissen. Hier befand sich ein alchemistisches Laboratorium. Hier riecht es nicht nach Buchleder und altem Papier. Nein, noch jetzt dringt der Schwefelgestank der Brenner aus allen Ritzen. Lizenziat, diese Illuminaten verfügen über ein Mittel, das wir nicht kennen und das sie in die Lage versetzt, unsere Fürsten zu vergiften. Ich weiß nicht, wie sie das geschafft haben. Aber Sie müssen mir helfen, dieses Mittel zu finden. Vielleicht finden wir es in Sanspareil. Irgendwo müssen sie es ja herstellen. Sie müssen mitkommen. Mehr will ich nicht von Ihnen. Aber diese Hilfe dürfen Sie mir nicht versagen.«

Nicolai spürte, dass die Schlinge sich zuzog. Er kam aus dieser Sache nicht mehr heraus, so sehr er sich auch wand.

»Gut«, sagte er, wie zu einem letzten Verteidigungsschlag ausholend. »Aber nur unter einer Bedingung.«

»Und die wäre?«

»Ich will die Unterlagen sehen. Alldorfs Akten. Seine Notizen. Die Aufzeichnungen seiner Experimente. Seine Briefe. Alles.«

Di Tassi antwortete nicht sofort. Er musterte den Arzt mit der gleichen misstrauischen Miene, mit der er heute Mittag das Mädchen angeschaut hatte.

»Einverstanden«, sagte er schließlich. »Ich habe hier noch bis morgen Mittag zu tun. Dann bekommen Sie alles, was Sie brauchen.«

»Nein«, erwiderte Nicolai. »Nicht, was ich brauche. Alles, was hier steht. Ich will Zugang zu sämtlichen Unterlagen, im Vorraum, hier in der Bibliothek und auch im Raum hinter dem Kamin. Alles.«

Di Tassi nickte. »Ab morgen Mittag haben Sie freie Hand hier. Finden Sie das Gift. Das ist alles, was ich von Ihnen will.«

Da war es wieder. Das Rauschen in den Ohren. Jetzt gab es kein Zurück mehr. Und zugleich erfüllte ihn die Aussicht darauf, Alldorfs Archiv zu durchsuchen, mit Hochspannung. Plötzlich hatte er das Gefühl, von den Eindrücken der letzten Tage regelrecht überflutet zu werden. Er sah seine Epidemiekarten und Di Tassis Postkurse mit den markierten Überfällen. Dann war da der gelblich eitrige Gewebesack in der aufgeschnittenen Bauchhöhle des toten Illuminaten. Maximilians Brief. Seine vergebliche Warnung aus Leipzig! Sollte Di Tassi Recht haben? War in diesem Schloss ein einzigartiges Gift versteckt?

Nun gut. Er würde an diesem geheimen Kommando gegen den Markgrafen teilnehmen. Der Gedanke ließ sein Herz stocken. Doch dann schlug es wieder kraftvoll und ruhig, denn ein zweiter Gedanke war dazugekommen.

Magdalena.

20.

Es war Kametsky, der ihm am nächsten Tag meldete, dass Di Tassi die Bibliothek verlassen hatte und er nun bis zum Abend darin arbeiten könne. Es war ein eigenartiges Gefühl für den Arzt, plötzlich ganz allein in diesen Räumen zu sein. Er schritt mehrmals die ganze Länge der Bibliothek auf und ab, maß die umherliegenden Gegenstände mit neugierigen Blicken. Während der ersten halben Stunde konnte er sich überhaupt nicht entscheiden, wo er seine Untersuchung denn nur beginnen sollte. Bei den vielen Glasfläschchen, welche laut Beschriftung Magnesiumpulver, türkischen Rhabarberextrakt, Schwefel, Cascara Evacuant und andere Substanzen enthielten, die ihm durchaus bekannt waren? Oder bei den Behältern, die nicht beschriftet waren und verschiedenfarbige Essenzen enthielten? Er öffnete einen davon und roch vorsichtig daran. Aber die Substanz war geruchlos. *Ea re latenter in corpus inducta.* So hatte Maximilian die Verbreitung der giftigen Substanz umschrieben. Auf unkontrollierbare Weise gelangte sie in den Körper. Nicolai überlegte, während er langsam weiterging. Welches Organ war befallen? Offenbar die Lunge. Die Lunge und das Rippenfell. Wurde der Stoff vielleicht eingeatmet? Ein Pulver? Ein feiner, geruchloser Staub, den man leicht über die Luft verbreiten konnte, ohne dass man ihn überhaupt bemerkte? Aber es musste ein Stoff sein, der so flüchtig war, dass offenbar selbst diejenigen, die damit umgingen, sich nicht immer dagegen zu schützen wussten. Zudem eine Substanz, die nicht bei jedem Menschen gleich schnell wirkte, manchmal offenbar erst nach Monaten oder Jahren wie bei Maximilian, dann wieder recht schnell wie bei Sophie und vermutlich auch Alldorfs Frau

Agnes. Oder war die Gräfin vielleicht gar nicht an diesem Gift gestorben?

Nicolai fluchte leise, während er den hinteren Raum aufsuchte, wo Di Tassi die Korrespondenz des Grafen gesichtet hatte. Er hatte viel zu wenige Anhaltspunkte, um diese Sache beurteilen zu können. Nur eine solche Vomika hatte er überhaupt gesehen. Ansonsten war er auf reine Mutmaßungen angewiesen. Alldorfs Vomika hatte er nur *per percussionem* festgestellt.

Die Korrespondenz war ungeheuerlich, in etwa gleichen Teilen französisch und lateinisch verfasst, soweit Nicolai das bei einer flüchtigen Durchsicht feststellen konnte. Theologische Fragen standen im Vordergrund. Die Transsubstantiation. Das Wunder einer schwitzenden Steinmadonna auf Sizilien. Dann der Bericht über die Sektion eines Süßwasserpolypen und unterschiedliche Erklärungsversuche für die erstaunliche Tatsache, dass dieses Geschöpf in der Lage war, die ihm abgeschnittenen Glieder selbst wiederherzustellen. Daran anschließend eine Spekulation über die Auferstehung. *Sempiterno atque desperato dolore afficiuntur et necessario moriuntur.* Ewiges, unheilbares Leid bis zum unweigerlich eintretenden Tode. So stand es in Maximilians Brieffragment. Doch warum waren ausgerechnet diese Briefe vernichtet worden? Wenn es ein solch gefährliches Gift gab, warum sollte niemand davon wissen? War Di Tassi wirklich auf der richtigen Spur? Benutzten diese Illuminaten wirklich Gift als Waffe? Sie fielen ihm doch sogar selbst zum Opfer. Taugte etwas, das so gefährlich war, als Waffe?

Er setzte sich auf einen Holzschemel und begann, nachzudenken. Er konnte unmöglich diese ganze Bibliothek durchsuchen. Di Tassi und seine Leute hatten bereits viele Tage und Nächte damit zugebracht und nichts gefunden. Diese Sekte, wer immer sich dahinter verbarg, hinterließ keine Spuren. Und wenn, so konnte man vermutlich davon ausgehen, dass ... ja, natürlich! Jetzt war ihm auf einmal klar, was ihm an der Bibliothek so sonderbar erschienen war, als er sie das erste Mal betreten hatte. Das Durcheinander! Es hatte künstlich auf ihn gewirkt. Der verbrannte Schwefel, die herumliegenden Schriftstücke und Bücher. Es hatte alles so arrangiert ausgesehen. Nicolai konnte nicht sagen, warum er diesen Eindruck gehabt hatte, aber der Verdacht verließ ihn nicht mehr. Es sah so aus, als seien hier Spuren absichtlich gelegt worden, um Verfolger in die Irre zu führen. Und die wirklichen Spuren hatte man verbrannt. Maximilians Briefe. Diese mussten eine wichtige Bedeutung haben.

Nicolai erhob sich wieder und durchsuchte die hier abgelegte Korrespondenz nach den Resten von Maximilians Depeschen. Er begann in jener Ecke, wo Di Tassis merkwürdige Lichtmaschine stand. Aber die links und rechts davon abgelegten Papierbündel enthielten weder Briefe, noch waren jene zwischen Glasplatten fixierten Aschebögen zu finden, die der Rat ihm vor einer Woche gezeigt hatte. Nicolai schaute unter den Tischen nach, öffnete einige der Kisten, die dort standen, schichtete die gesammelten Bündel um, in der Hoffnung, auf Spuren der Briefe des Sohnes zu stoßen. Doch die Suche war ergebnislos.

Er kehrte in den Hauptraum zurück und fuhr dort fort zu suchen. Eine Zeit lang verlor er sich in den angesammelten Schätzen, auf die er dabei stieß; wertvolle medizinische Bücher, Studien über Astronomie, Geographie, Physik, viele davon nicht einmal gebunden, sondern nur als Rohbögen gesammelt. Allenthalben waren Spuren einer intensiven Lektüre zu sehen. Doch die Fragmente von Maximilians Briefen fand er nirgends.

Waren sie gesondert verwahrt worden? Was bedeutete es, dass ausgerechnet diese Briefe jetzt fehlten?

Er versuchte sich an ihren Inhalt zu erinnern.

Licht.

Es war dort von Licht die Rede gewesen. Di Tassi hatte ihm ja diese Maschine vorgeführt und auch von Licht gesprochen. »Mit Licht ist alles möglich«, hatte er gesagt. »Man muss es nur dorthin führen, wo es üblicherweise nicht hingelangt.«

Und dann hatte er ihm die Textstellen gezeigt. Einige der Schriftzüge sah Nicolai noch vor sich.

Sapientia est soror lucis ... horror luciferorum.

Die Weisheit ist die Schwester des Lichts ... das Grauen der *luciferorum*?

Danach folgte eine Aufzählung von römischen Ziffern und jene seltsame Beschreibung der Wirkung einer Substanz: ... *non modo animum gravat, sed etiam fontem vitae extinguit* ... ein Stoff, der nicht nur den Geist beschwert, sondern die Lebensquelle austrocknet.

Soror lucis. Horror luciferorum.

Das Grauen der ... *luciferorum*? Was bedeutete *luciferorum*? Was hatte Licht mit dem Teufel gemein? Oder besser: mit den Teufeln. Luzifer war doch etwas Singuläres, etwas Einmaliges. Aber die Wortverwandtschaft machte ihn stutzig. Luzifer, der gefallene Engel, das absolute Böse, war doch auch der Lichtbringer, der von Gott gestrafte Prometheus, der für die Menschen das Feuer gestohlen hatte!

Feuer!

Nicolai fuhr herum. Wo war es nur? Jenes Gemälde? Sein Blick eilte durch den Raum. Dann hatte er es entdeckt. Während er darauf zuging, fiel ihm noch etwas auf. Di Tassi schien es auch immer wieder zu betrachten, denn es stand jetzt nicht mehr im Vorraum wie am Tag zuvor, sondern hing wieder an der Wand, zwischen den beiden Fenstern, die auf den Friedhof hinausgingen.

Zunächst fiel sein Blick auf den Schriftzug auf den Flammenschwertern der Engel. *In te ipsum redi.* Schaue in dich selbst hinein. Sellings Todesurteil. Offenbar eine tödliche Warnung an alle, welche dieser Sekte zu nahe kamen. Doch sagte dieses Gemälde nicht noch mehr aus? Dass es nämlich keinen Rückweg ins Paradies gab, sobald man einmal daraus vertrieben war? Es war das Feuer selbst, das Flammenschwert der Engel, das jeden, der sich dem Eingang näherte, vernichten würde. Nicolai musterte die Menschen, welche die zornigen Engel auf dem Gemälde vor sich hertrieben. Alle flohen in heillosem Entsetzen, blickten jedoch zugleich mit verrenkten Hälsen zurück auf das ersehnte Tor, welches die grimmigen Wächter gegen sie verteidigten. Eine drastische Verbildlichung des Preises, den die Menschheit für den Gewinn des Feuers hatte zahlen müssen: den Verlust der Fähigkeit nämlich, in die Zukunft blicken zu können. Nicolai hatte schon lange nicht mehr über den tieferen Sinn der Luzifer-Legende nachgedacht. Ja, wäre den Menschen die Gabe, in die Zukunft zu blicken, nicht im gleichen Augenblick genommen worden, da sie das Feuer erhielten, hätten sie dann das Geschenk überhaupt angenommen? Sicher nicht, denn sie hätten die furchtbaren Folgen vorausgesehen! Der listige Luzifer wusste schon, was er tat. Auf dem Gemälde sah es allerdings so aus, als sei die Menschheit in eben jenem Augenblick dargestellt, da ihr der unendlich hohe Preis dieses Geschenkes noch bewusst war. Verdammt, nun auf immer nach hinten, in die Vergangenheit zu blicken, trieb sie ein entsetzliches Feuer vor sich her. Und niemals konnten die Menschen gewiss sein, ob sie nicht auf einen Abgrund zusteuerten, denn sie konnten ja nicht mehr nach vorne in die Zukunft schauen, weil sie die Zukunft gegen das Feuer eingetauscht hatten.

Die Zukunft! Das Gespräch mit Magdalena kam ihm in den Sinn. Seine Arbeit sei sinnlos, hatte sie gesagt, weil er nur die Vergangenheit verstehen könne. Und offenbar kannte sie dieses Gemälde oder war mit seiner Symbolik so gut vertraut, dass sie es auf Anhieb wiedererkannt hatte. ... *mysterium patris*, hatte sie gemurmelt. Das Geheimnis des Vaters? Was hatte sie damit gemeint? Das Geheimnis des Vaters? Ein Verdacht beschlich ihn jetzt. Gehörte sie womöglich auch zu dieser Sekte? War sie ... war sie vielleicht auch eine Illuminatin, eine heimliche Agentin dieser Verschwörer?

Er trat von dem Bild zurück und spürte Schweiß sein Rückgrat hinabfließen. Hatte Di Tassi nicht Recht, so misstrauisch zu sein? War Magdalena wirklich zufällig dort in den Wald gelangt? Warum hatte sie ihr Haar gefärbt? Nur, um vor den Nachstellungen ihres Ehemannes sicher zu sein? Und wenn sie die Frau war, die bereits zweimal auf Schloss Alldorf erschienen war? Alle, die sie identifizieren könnten, waren tot.

Soror lucis ... Horror luciferorum ... Grauen der Teufel. Illuminaten. Luciferorum. Licht.

Die Worte klangen plötzlich wie Sturmglocken in seinem Kopf. Er spürte, dass er dem Geheimnis ganz nah sein musste. Aber er konnte es nicht fassen. Er starrte auf das Gemälde. Zum Teufel mit Di Tassis Gift! Sie hatten es mit einer fanatischen Sekte zu tun, die nach einem geheimen Plan mordete. Dieser Plan mochte mysteriös sein, aber er war sicher nicht undurchschaubar. Vielleicht ging es in Wirklichkeit um einen Machtkampf zwischen verschiedenen Geheimbünden? Offenbar gab es ja sehr viele davon. Von diesen Illuminaten hatte er gestern zum ersten Mal gehört. Aber über Luziferaner hatte er schon einmal im Almanach der Todsünden gelesen. Nicht Luzifer, so lehrte diese Teufelssekte, sondern Gott selbst sei das Übel der Welt, da dieser den Menschen aus Neid und Eifersucht die Geheimnisse der Welt vorenthalten wollte, um sie in Unwissen zu halten wie die Tiere. Gottes Geheimnis. Natürlich! Das Geheimnis des Vaters. *Mysterium patris.* Das Feuer. Das Licht der Erkenntnis. Eben dies hatte Luzifer Gott entrissen und deshalb war er in die Hölle verbannt worden. War Sellings Mörder, war Zinnlechner, nackt und blutüberströmt wie der leibhaftige Baal, ein Anhänger dieser Luziferaner? Rührte daher die Warnung Maximilians? *Horror luciferorum.* Doch wenn eine Teufelssekte hinter den Anschlägen steckte, warum verbrannten sie Postkutschen?

Nicolai stand lange vor dem Gemälde und studierte jede Einzelheit, als sei dort die Antwort auf seine vielen Fragen verborgen. Doch je länger er die Darstellung betrachtete, desto stärker wurde in ihm die Gewissheit, dass seine ursprüngliche Vermutung die richtige gewesen war. Nur das erste Glied in der Kette der Ereignisse würde sie weiterbringen. Was war in Leipzig geschehen? Doch darüber wusste er nichts. Auch Di Tassi hatte bisher kein Wort darüber verloren. Dabei war doch gerade diese Frage entscheidend: Wer hatte Maximilian ermordet? Und warum?

21.

Die Landschaft, die sie durchquerten, war bedrückend, der Himmel verhangen. Kein einziges Mal kam die Sonne durch, und ein unangenehmer Wind machte den Reitern zu schaffen. Feustking und Kametsky ritten vorneweg, dann folgten Nicolai und Magdalena. Di Tassi, Hagelganz und die Packpferde, auf denen auch Nicolais Arzeneikoffer transportiert wurde, bildeten den Schluss. Die anfangs noch vereisten Wege zwangen sie oft zum Absitzen, aber selbst dann wurde kaum gesprochen, da jeder genug damit zu tun hatte, für sich oder sein Pferd einen sicheren Tritt zu finden. Die Landstraße war weitgehend verwaist. Für Wagen und Karren war gegenwärtig hier kein Durchkommen. Abgesehen von etwas Landvolk, das zwischen nahe gelegenen Höfen oder Dörfern zu Fuß unterwegs war, trafen sie niemanden.

Der Weg wurde von Tag zu Tag beschwerlicher. Zwar schneite es nicht mehr, und in der zweiten Nacht fing es sogar an zu tauen. Aber die allmählich vom Schnee wieder befreiten Wege waren nun dermaßen aufgeweicht, dass jeder Schritt zur Qual wurde. Als sie nach vier Tagen schließlich Hollfeld erreichten, waren sie alle ausgezehrt und erschöpft. Der Rat hatte auch hier einen einsamen Gutshof als Quartier gewählt, gab dem Bauern jedoch diesmal Befehl, eine Fleischsuppe zu servieren, und kaufte ihm hierfür extra zwei Hühner ab.

Am Abend erschienen zwei Boten, mit denen Di Tassi sich für längere Zeit zurückzog. Nach einer Weile rief er dann auch noch seine Leute zu sich. Nicolais Gegenwart war nicht erwünscht. So war es seit der Abreise das erste Mal, dass er wieder mit Magdalena alleine war. Sie kauerte verdrossen in der Ecke der Stube und antwortete zunächst nur einsilbig auf seine Fragen nach ihrem Befinden. Doch dann wollte sie plötzlich von ihm wissen, was sie in dieser gottverlassenen Gegend eigentlich suchten. Nicolai erzählte ihr, was er wusste.

»Und wer ist der hiesige Landesherr?«, fragte sie am Ende.

»Markgraf Alexander von Ansbach-Bayreuth«, sagte Nicolai und schaute sich zugleich furchtsam um, ob auch niemand von der Bauernfamilie ihrem Gespräch lauschte. »Er hat das Fürstentum vor zehn Jahren geerbt, als die Bayreuther Linie ausstarb. Aber er residiert in Ansbach, deshalb ist Bayreuth auch keine Residenzstadt mehr.«

»Und warum glaubt der Justizrat, dass er ein Verschwörer ist?«

»Weil er ein Dokument gefunden hat, das ihn belastet. Vielleicht finden wir morgen hier einen der Männer, die du im Wald gesehen hast.«

Magdalena schaute ihn schweigend an. Nach einer Weile sagte sie: »Alexander ist Hohenzoller, nicht wahr?«

»Ja. Er ist ein Vetter des großen Friedrich, des Königs von Preußen.«

»Du hast gesagt, der Fürst sei ein Verschwörer.«

Nicolai erwiderte nichts. Di Tassis Informationen waren eigentlich geheim. Versuchte sie, ihn auszuhorchen?

»Ja«, sagte er. »Warum fragst du?«

»Wogegen soll er sich denn verschworen haben?«

»Das weiß ich nicht.«

»Weiß *er* es denn?« Sie deutete auf die Tür, hinter der Di Tassi mit seinen Leuten arbeitete.

Nicolai zögerte. Dann sagte er leise: »Ja. Er meint, Alexander sei ein Freigeist, der eine gefährliche Gruppe unterstützt. Sie heißen Illuminaten.«

Er hatte Magdalenas Gesicht genau beobachtet, aber der Name der Sekte löste keinerlei Reaktion bei ihr aus.
»Und seine Frau?«
»Wessen Frau?«
»Die Alexanders.«
»Er hat keine Frau. Nur eine Mätresse, eine Engländerin.«
»Wer ist sie?«
»Sie heißt Lady Eliza Craven. Eine sehr schöne Frau, wie ich gehört habe. Aber alle hassen sie.«
»Warum?«
»Weil sie sehr viel Geld kostet. Alexander hat letztes Jahr sogar Untertanen für das britische Heer nach Amerika verkauft, um seine Kassen zu füllen.«
Magdalena überlegte einen Augenblick.
Dann fragte sie: »Und warum sollte solch ein Fürst ein Illuminat sein?«
Nicolai fiel auf, mit welcher Selbstverständlichkeit sie dieses Wort benutzte. Offenbar war ihr die Bezeichnung überhaupt nicht fremd.
»Das weiß ich nicht«, erwiderte er unschlüssig und hielt sich an das, was er in den Unterlagen gelesen hatte, die er von Hagelganz bekommen hatte. »Markgraf Alexander ist ein Freigeist. Er hat bereits 1758 eine Freimaurerloge gegründet, *Zu den drei Sternen*. Und da diese Illuminaten ihre Mitglieder vor allem aus den Logen rekrutieren, ist durchaus möglich, dass Alexander sie unterstützt.«
»Jemand, der seine Untertanen verkauft, um einem Tyrannen dabei zu helfen, sein Volk zu unterdrücken, kann wohl kein Freigeist sein«, erwiderte das Mädchen.
»Nein, vielleicht nicht«, sagte Nicolai nachdenklich. »Aber es

gibt Freigeister, die zugleich Tyrannen sind. Denke nur an Friedrich den Großen, den König von Preußen.«

Magdalena erwiderte nichts. Nicolais Verwunderung über sie nahm mit jedem Gespräch zu. Offenbar wusste sie nicht nur über Illuminaten Bescheid, sondern auch über die Vorgänge in den amerikanischen Kolonien, über die sie auch noch eine klare Meinung zu haben schien.

»Weißt du etwas über diese Illuminaten?«, fragte er vorsichtig.

Sie zuckte mit den Schultern. »Nur Gerüchte.«

»Und was besagen diese Gerüchte?«

»Dass sie die Welt vernichten wollen.«

»Und? Glaubst du das?«

»Darüber weiß ich nichts.«

»Aber wer sagt, dass sie die Welt vernichten wollen?«

»Die Jünger Jesu.«

Nicolai stutzte. Magdalena verkehrte mit Jesuiten?

»Haben sie es dir gesagt?«

»Nein. Aber sie schreien es von den Kanzeln herunter, bei jedem Gottesdienst.«

»Und da hast du davon gehört? In der Kirche?«

Sie schaute ihn kurz an, als habe er etwas Unanständiges gesagt. Dann schüttelte sie den Kopf. »Ich betrete keine Kirche. Man hat es mir erzählt.«

»Du betrittst keine Kirche?«

»Nein.«

»Warum?«

Er hatte die ganze Zeit über schon den Eindruck gehabt, dass die Unterhaltung sie reizte. Aber die Heftigkeit ihrer Antwort traf ihn völlig unvorbereitet.

»Was soll ich im Steinhause? Hans Wurstens Fest begehen? Ich habe meine Kirche im Herzen.«

Nicolai schaute sie verwundert an. War dieses Mädchen von Sinnen? So etwas konnte man vielleicht denken. Aber es aussprechen?

»Die Prediger sind nichts anderes als Baals Pfaffen und Bauches Diener«, fuhr sie erbost fort. »Der Altar bei der heiligen Kommunion ist ein Teufelstisch und die Kommunikanten Götzenschlucker.«

Er konnte nicht anders. Mit einer raschen Bewegung war er bei ihr und hielt ihr die Hand auf den Mund. Jetzt war die Überraschung bei ihr. Nicolai nutzte den Augenblick.

»Bist du wahnsinnig«, flüsterte er. »Weißt du überhaupt, wo du hier bist?«

Er sah nur ihre großen braunen Augen und spürte ihren heißen Atem und das Glühen ihrer Wangen auf seiner Handfläche. Im nächsten Augenblick ergriff sie seinen Arm, schob ihn jedoch sanft zurück. Sie fixierte ihn kurz, dann wandte sie stumm den Blick ab.

»Du kanntest das Bild in Alldorfs Bibliothek, nicht wahr?«, drang er in sie. »Du bist schon einmal dort gewesen.« Nicolai spürte, wie er wütend wurde. Was glaubte sie eigentlich? Was für ein Spiel spielte sie mit ihm? »Deine gefärbten Haare, die Flucht vor deinem Ehemann, he? Das ist doch alles nicht die ganze Wahrheit.«

Ihre Augen blitzten zornig auf.

Er biß sich auf die Lippen. Hatte er sich jetzt nicht selbst verraten? Er wollte sie aus der Reserve locken. Sie provozieren. Sie sollte bloß nicht glauben, dass er es nicht bemerkte, wenn sie ihm diese ganzen Lügen auftischte. Aber falls sie verun-

sichert war, so ließ sie es sich nicht anmerken. Sie schwieg einfach.
»Und dieses Gerede, *mysterium patris*, das ist doch alles Rauch und Nebel. Du bist auf dem Schloss gewesen, nicht wahr?«
Er wartete auf eine Antwort, zugleich wütend und aufs Höchste erregt. Die Berührung ihrer Haut, die Nähe zu ihrem Körper, das war alles zu viel für ihn. Er musste sich fast Gewalt antun, nicht über sie herzufallen, diese Lippen und diese Wangen zu küssen, ihr Kleid aufzureißen, sie bei ihren zarten Schultern zu ergreifen … Schweiß trat ihm auf die Stirn. Und die ganze Zeit über schaute sie ihn herausfordernd an, triumphierend, so erschien es ihm, als könne sie jeden einzelnen seiner Gedanken auf seiner Stirn abgebildet sehen. Einige Augenblicke lang saßen sie so einander gegenüber und ließen sich nicht aus den Augen.
»Nimm dich vor ihm in Acht«, sagte sie und rückte von ihm ab. »Misstraue ihm, nicht mir.« Dann erhob sie sich und verließ das Zimmer.

★ ★ ★

Je näher sie dem Felsengarten kamen, desto schlimmer wurde der Weg. Stets enger werdend schlängelte sich der höckerige Pfad zwischen grauen Felsenstücken hindurch, die dreißig bis fünfzig Fuß hoch aus der Erde hervorwuchsen. Umso überraschender war es für alle, als sich plötzlich in der Ferne inmitten dieser Einöde ein Wald am Horizont abzuzeichnen begann. Nach einer Weile sah Nicolai zwischen den entlaubten Baumkronen etwas weißlich hervorschimmern, und als sie noch näher gekommen waren, erkannte er, dass es die mit

Blech beschlagene Zinne eines kleinen Häuschens war, das inmitten dieser Waldeinsamkeit auf einem hohen Felsen thronte. Indessen wand sich der Weg erneut um einige Felsbrocken herum. Dann waren auf einmal weitere Eremitenhäuschen zu sehen. Schließlich erhob sich in der Ferne die Feste Zwernitz gegen den grauen Himmel.

Di Tassi ließ absitzen und erteilte seine Instruktionen. Hagelganz würde diesmal mit Feustking reiten. Kametsky und einer der beiden Boten, die mitgekommen waren, bildeten eine weitere Gruppe. Nicolai sollte Di Tassi begleiten. Der zweite Bote und Magdalena würden bei den Pferden bleiben. Jegliche Person, die nicht zu ihrem Kommando gehörte und in diesem Garten angetroffen wurde, sollte ohne vorherige Warnung arretiert werden. Di Tassi rief der Versammlung noch einmal in Erinnerung, was im Wald bei Schwabach geschehen war. Sollten sie hier einen dieser Illuminaten aufspüren, so sei er mit allen Mitteln und ohne Vorwarnung handlungsunfähig zu machen. Falls dies geräuschlos erfolgen könne, umso besser.

Nicolai schaute mehrfach zu Magdalena hinüber. Seit ihrem letzten Gespräch hatten sie kein Wort mehr gewechselt. Wenigstens erwiderte sie jetzt kurz seine Blicke, und einmal hatte sie sogar gelächelt. Doch sie sah ernst aus. Ihre Wangen waren von der kühlen Luft gerötet. Ihr Haar war unter einer Wollmütze verschwunden, wodurch ihr schön geformtes Gesicht noch mehr zur Geltung kam. Es sah jetzt fast ein wenig kindlich aus.

Steckte sie mit diesen Illuminaten unter einer Decke? Das konnte er sich nicht vorstellen. Denn wenn dem so war, warum war sie dann mit ihm nach Alldorf zurückgekehrt? Sie hätte sich doch denken müssen, dass der Rat sie verhören und als Zeugin dabehalten würde. Und wenn sie Di Tassi täuschen, sich bei ihm einschleichen wollte? War das ihr geheimer Plan? Und sollte er dabei zum Komplizen gemacht werden, durch verdeckt ihm zugespielte Informationen und ihre verführerischen Reize?

Die Fragen gingen ihm noch im Kopf herum, während er mit Di Tassi durch den Wald ging. Erst allmählich nahmen ihn die merkwürdigen Formen dieses bizarren Gartens gefangen. Ein riesiger Fels, in den ein schmaler Durchgang geschlagen war, tauchte plötzlich vor ihnen auf. Der Ort wirkte düster und verwunschen.

»Beginnen wir mit den Pavillons«, schlug Di Tassi vor. »Ich denke eher nicht, dass wir in den Höhlen fündig werden.«

»Aber wonach suchen wir?«, fragte Nicolai.

»Das weiß ich erst, wenn ich es gefunden habe.«

Sie erklommen die gewundene Holztreppe, die auf einen zerklüfteten Fels hinaufführte. Er war gut und gerne vierzig Fuß hoch. Auf halber Strecke war es einem kleinen Baum gelungen, seine Wurzeln in den Stein hineinzutreiben und hier zu gedeihen. Nicolai sann einen Augenblick über diesen unmöglichen Ort für einen Baum nach. Er stand viel zu hoch über der Erde, war dem Wind ausgesetzt, und eigentlich war völlig rätselhaft, woher er sein Wasser bezog. Zwischen ihm und der Erde gab es nichts als Fels. Doch dann hörte er das Splittern von Glas und stieg rasch die Stufen hinauf. Di Tassi hatte die Tür zu dem kleinen Häuschen bereits geöffnet. Es maß kaum mehr als drei Schritte im Durchmesser und war völlig leer. Der sechseckige Holzbau war mit einem kleinen Schieferdach versehen, auf dem sich ein Wetterhahn drehte. Jede der sechs Seitenwände verfügte über ein kleines Fenster, aus dem man einen weiten

Blick über die Umgebung hatte. Aber hierfür interessierte sich Di Tassi überhaupt nicht. Er lief an den Holzwänden entlang, die keinerlei Schmuck oder Verzierung aufwiesen, und schien etwas zu suchen. Aber nirgends war etwas Auffälliges festzustellen.

»Hier ist nichts«, sagte er enttäuscht. »Oder können Sie etwas entdecken?«

Nicolai schüttelte den Kopf. »Hier haben kaum mehr als drei Personen stehend Platz«, sagte er. »Kein Ort für eine Versammlung, meine ich.«

»Durchaus. Gehen wir.«

Sie stiegen wieder ab. Nicolai zählte sechsundfünfzig Stufen. Kurz bevor sie unten ankamen, entdeckten sie etwas, das sie beim Aufsteigen übersehen hatten: eine kleine Grotte, in welcher ein natürlich gekleideter Kapuziner saß. Vor ihm auf dem Tisch standen ein Kruzifix und ein Totenkopf. In der Hand hielt er ein Buch, in dem er andächtig zu lesen schien. Die Figur war aus Holz, aber so täuschend der Natur nachgebildet, dass man sogar die Adern an den Händen und Füßen sehen konnte. Nicolai und Di Tassi wechselten ratlose Blicke. Ausgerechnet ein Kapuziner! Schwerlich ein Zeichen für Freigeisterei, dachte Nicolai.

Di Tassi beschleunigte seinen Schritt. Offenbar fühlte er sich durch diesen ersten Misserfolg nicht entmutigt, sondern sogar angespornt. Nicolai folgte vorsichtig. Für sich hatte er bereits beschlossen, dass Di Tassi sich geirrt haben musste. Dieser Felsengarten war völlig verlassen. Nirgends war auch nur der geringste Hinweis zu entdecken, dass sich hier außer ihnen selbst jemand aufhielt. Dieser Garten löste ein ähnliches Gefühl in ihm aus wie Alldorfs Bibliothek. Er hatte den Eindruck, durch ein inszeniertes Geheimnis hindurchzuspazieren. Alles war bedeutungsvoll arrangiert. Aber der Schauder, der dabei entstand, war künstlich. Das Geheimnis war eigentlich geheimnislos und stimmte ihn traurig.

Di Tassi war sichtlich verärgert. Erst als sie die nächste Station ihres Parcours erreichten, hob sich seine Laune ein wenig. Und fürwahr, der fremdländische Pavillon, der sich jetzt auf einem noch höheren Felsen ihren Augen darbot, sah vielversprechend aus. Doch als sie den Fels bestiegen hatten und das Häuschen betraten, war der Anblick nicht viel anders als auf dem anderen Felsen. Der Wind strich durch die geflochtenen Wände. Der Wetterhahn auf dem Dach drehte sich mit einem quietschenden Geräusch. Nichts von Interesse befand sich hier. Nicolai sah erwartungsvoll zu Di Tassi hinüber, aber der ließ sich seine Enttäuschung nicht anmerken.

»Zum Strohhaus«, sagte er nur und begann den Abstieg. Der Weg nahm etwa fünf Minuten in Anspruch. Ob die anderen etwas gefunden hatten? Jedenfalls war bisher alles ruhig geblieben. Weder war ein Schuss gefallen noch hatte es irgendwelche Schreie oder Rufe gegeben. Aber warum auch? Der Garten war völlig verlassen. Nirgends gab es Fußspuren zu sehen. Die Einzigen, die hier Spuren hinterließen, waren sie selbst. Und wer sollte sich hier auch aufhalten? Keiner dieser Pavillons bot Schutz gegen die Kälte. Und das Haus, auf das sie jetzt zugingen, war auch von solch leichter Bauweise, dass es im Winter schwerlich als Unterschlupf hätte dienen können.

Das Haus lag unter einem großen, strohgedeckten Dach, das auf zwölf Pflöcken ruhte, versteckt. Es nahm die Hälfte der Fläche darunter ein. Eine Tür und vier Fenster schmückten die Fassade des einstöckigen Gebäudes. Di Tassi versuchte, in das Innere hineinzublicken, doch die Fenster waren verhangen. Er betätigte den Türgriff, ebenfalls ohne Erfolg.

»Sehen Sie hinten nach, ob man dort etwas sehen kann«, befahl er dem Arzt.

Nicolai ging um das Haus herum. Aber an der Rückseite waren keine Fenster angebracht. Er musterte kurz das kunstvolle Sichtmauerwerk, dann kehrte er zu Di Tassi zurück.

»Nichts«, sagte er. »Keine Fenster.«

»Gut. Kommen Sie.«

Ohne zu zögern ging Di Tassi auf eines der Fenster zu, wickelte seine Hand in seinen Umhang ein und schlug kurz entschlossen eine der Scheiben entzwei. Dann fuhr er mit der anderen Hand durch die Öffnung und fand den Riegel. Der Flügel schwang lautlos nach innen.

»Helfen Sie mir«, sagte der Rat.

Nicolai trat hinzu und stützte Di Tassi, der sich auf das Fenstersims schwang. Dann verschwand er im Innern des Hauses. Nicolai blieb unschlüssig stehen. Sollte er ihm folgen? Doch bevor er noch lange überlegt hatte, erschien Di Tassi wieder am Fenster. Ein triumphierender Glanz war in seinen Augen.

»Lizenziat, so kommen Sie doch.«

Mit einem Satz war auch er auf dem Sims und glitt dann in den abgedunkelten Raum hinein. Während er sich noch umsah, zog Di Tassi einige der Vorhänge ein wenig beiseite, um für etwas mehr Licht zu sorgen. Doch je heller es in dem Raum wurde, desto mehr schien sich Di Tassis Miene wieder zu verdunkeln. Sie hatten fürwahr etwas gefunden. Aber was um alles in der Welt sollte das nur sein?

Mitten im Raum stand eine rätselhafte Maschine. Nicolai musterte das eigentümliche Gerät neugierig. Es bestand aus mehreren Holzkisten, die über ein System von Spiegeln und Netzen miteinander verbunden waren. In den Kisten wiederum waren Häute aufgespannt. Ob das Gerät schon vollständig war, war nicht genau ersichtlich. Überall im Raum standen noch weitere Kisten herum.

Di Tassi blickte Nicolai an, aber der zuckte nur ratlos mit den Schultern.

»Ich ... ich habe keine Ahnung, was das sein soll«, kam er Di Tassis Frage zuvor.

»An die Arbeit«, befahl der Rat.

Sie arbeiteten sich systematisch vor. Manche der Kisten waren leer und hatten offenbar als Transportmittel für die seltsame Maschine gedient. In anderen fanden sich weitere Spiegel und Netze. Eine besonders schwere Kiste war noch zugenagelt. Di Tassi öffnete sie. Nicolai trat zu ihm hin und untersuchte den Inhalt. Es waren handgroße Metallstücke. Nicolai hob eines davon auf, wog es einen Augenblick ratlos in der Hand, ging dann zur Tür und hielt es an das Scharnier. Mit einem klickenden Geräusch blieb es daran hängen.

»Magnete«, sagte er . »Es sind Magnete. Hunderte.«

Dann ging er wieder zu der Maschine zurück und untersuchte die Spiegel.

»Hier«, sagte er dann, »schauen Sie, hinter den Spiegeln ist eine Vorrichtung dafür. Geben Sie mir noch einen Magnet.«

Di Tassi tat es. Nicolai nahm ihn entgegen und schob ihn zwischen die beiden Metallzungen hinter einem dem Spiegel. Der Magnet passte genau hinein.

Einen Augenblick lang betrachteten sie schweigend das Gewirr aus Spiegeln, Netzen und Holzkisten. Dann sagte Nicolai: »Ich weiß nicht, was für ein Stoff mit dieser Vorrichtung eingefangen werden soll, aber wenn Sie mich fragen, ist dies eine Maschine, um etwas zu sammeln.«

Di Tassi erwiderte nichts, sondern starrte ratlos auf die gespannten Häute in den Kisten hinab. Er ging in die Knie und strich mit dem Zeigefinger über eine der Häute. Aber er konnte nichts Außergewöhnliches feststellen.

»Die Magnete und die Spiegel ziehen den Stoff offenbar an«, mutmaßte Nicolai jetzt. »Er fällt durch die Netze und sammelt sich auf den Tierhäuten. Vielleicht ist dies die Giftmaschine, die Sie suchen?«

Der Spott in Nicolais Stimme war unüberhörbar. Di Tassi reagierte nicht gleich. Er ging um das Gerät herum und suchte weiter. Eine Weile lang hörte man nur das Geräusch von klappernden Gegenständen. Dann raschelte es plötzlich, und Di Tassi zog einen Packen von Unterlagen aus einer der Kisten hervor. Nicolai ging zu ihm hin und half ihm, die Dokumente auseinander zu falten. Es waren Zeichnungen darauf zu sehen. Detaildarstellungen von Geräteteilen.

Aber plötzlich stießen sie auf ein Bild, das sie verwundert innehalten ließ. Auf einer Waldlichtung war ein Gerät abgebildet, bei dem es sich nur um die Maschine in diesem Raum handeln konnte. Die Spiegel mit den Magneten waren himmelwärts gerichtet. Dort war eine Sternschnuppe zu sehen, die aus dem Firmament auf die Erde herabfiel. Ein feiner Staub löste sich aus ihrem Schweif und schwebte direkt auf die Spiegel zu. Von da glitten die feinen Staubkörnchen herab, verfingen sich in den Maschen der Netze, wo sie sich mit dem Morgentau verbanden, um von dort auf die gespannten Häute niederzuregnen.

Die Verblüffung über diesen seltsamen Fund ließ die beiden

Männer wortlos zurück. Es war Nicolai, der als Erster die Sprache wiederfand.

»Sternschnuppenstaub«, sagte er nach einer Weile, als sei dies die normalste Feststellung der Welt. »Diese Maschine sammelt Sternschnuppenstaub.«

Di Tassi schaute ihn kalt an. Irgendetwas schien in ihm vorzugehen, aber Nicolai wusste beim besten Willen nicht, was es sein könnte. Der Rat faltete die Zeichnung sorgfältig wieder zusammen und warf sie gemeinsam mit den anderen Dokumenten achtlos in die Kiste zurück.

»Gehen wir.«

22.

Sie trafen wie verabredet wieder bei den Pferden ein. Die Mitglieder der anderen Gruppen meldeten keinerlei Zwischenfälle.

»Alles ist leer und unberührt«, schloss Kametsky seinen Bericht.

»Uns ging es ebenso«, sagte Di Tassi. »Wir werden uns die Haupthäuser vornehmen müssen. Doch dafür ist es heute zu spät. Reiten wir zurück.«

Nicolai blickte erstaunt zu ihm hinüber, doch der Rat warf ihm einen eindeutigen Blick zu, der nur eins besagen konnte. Ihr Fund sollte offenbar erst einmal ihr Geheimnis bleiben. Nicolai versuchte, seine Verwunderung darüber zu verbergen, doch als er zu Magdalena hinüberschaute, sah er, dass sie ihn beobachtete. Hatte sie den Blickwechsel zwischen ihm und Di Tassi bemerkt?

Kaum hatten sie ihre Unterkunft erreicht, zog sich Di Tassi

alleine in einen Nebenraum zurück und kam den ganzen Abend nicht mehr zum Vorschein. Seine drei Mitarbeiter und die beiden Boten vertrieben sich die Zeit mit Kartenspielen. Nicolai saß neben dem Ofen und wärmte sich seine kalten Füße. Magdalena hatte sich sofort nach ihrer Rückkehr auf den Heuboden verkrochen, um zu schlafen. Sie sei völlig erschöpft und wünsche nur auszuruhen. Di Tassi hatte ihr gesagt, sie brauche am nächsten Tag nicht mitzukommen, da sie vermutlich keinen der Gesuchten in Sanspareil antreffen würden. Und für den Fall, dass dies doch geschehe, so könne sie auch hier vor Ort eine Identifizierung vornehmen.

Irgendetwas hatte sich schlagartig verändert. Wie war es zu verstehen, dass der Justizrat ihren Fund verschwiegen hatte? Diese alchimistische Apparatur, die sie im Strohhaus entdeckt hatten, war doch wohl der Beweis, dass, wer immer sich hinter diesen ganzen Geheimnistuereien verbarg, vielleicht nicht wirklich gefährlich, dafür aber einfach verrückt war. Im ganzen Land liefen schließlich Scharlatane umher, dachte Nicolai irritiert. Überall wurde mesmerisiert, hypnotisiert, magnetisiert, Gold gezaubert und in Zungen gesprochen. Keine Vorstellung war zu absonderlich, um nicht sofort Anhänger und, wenn es sich um Heilmittel handelte, reißenden Absatz zu finden. Der Baron von Hirschen verkaufte seit Jahren mit wachsendem Erfolg sein Wasser aus Atmosphärensalzen. Dabei hatte ein Apotheker nachgewiesen, dass es sich dabei nur um etwas Kesselstein und Vitriol handelte. Aber das interessierte das Publikum nicht. Ebenso wenig wie die Bevölkerung in Süddeutschland davon abzubringen war, ein neues, philosophisches Goldsalz zu verzehren, dem die wunderlichsten Eigenschaften zugeschrieben wurden. Wunderlich war dabei nur, dass man enthusiastisch

etwas zu sich nahm, dessen goldgelbe Farbe einzig und allein aus der Verbindung von Urin und Magnesiumsulfat entstand.
Und hier hatte jemand ernsthaft versucht, Sternschnuppenstaub einzufangen. Di Tassi hatte offenbar Schwierigkeiten, dies zu deuten. Oder hatte er etwas ganz Neues entdeckt? Viel Geld war verschwunden. Und es waren einige Verbrechen geschehen. Der Justizrat sollte dafür eine Erklärung finden. Doch was hatten sie hier entdeckt? Lediglich Hinweise auf astrologischen Zauberspuk und alchimistischen Mummenschanz. Der Markgraf von Ansbach und Bayreuth war entweder selbst ein heimlicher Schwarzkünstler, oder er bot solchen Leuten in seiner Eremitage Unterkunft an. Nun gut, das war ja nicht weiter alarmierend. An fast jedem Fürstenhof existierten Wunderkabinette, wo Somnambule und Hellseher ihre kleinen Kabinettstückchen aufführten, mit den Toten kommunizierten oder chemische und elektrische Experimente demonstrierten, um den Hofdamen kleine Schauer über den Rücken zu jagen. Wer solche Kunststückchen ernst nahm, war doch wohl selbst nicht ganz ernst zu nehmen.
Aber für Di Tassi war dieser Fund offenbar sehr bedeutsam. Und da er zweifellos kein dummer Mensch war, musste diese eigentlich lächerliche Apparatur für ihn einen Hinweis enthalten haben, der alles andere als lächerlich war. Nicolai aber mochte nachdenken, soviel er wollte, er konnte es sich nicht erklären, was dieser Fund bedeuten sollte.
Di Tassi kam an jenem Abend nur einmal aus seinem Zimmer heraus und sprach ein paar Worte mit Hagelganz. Dabei konnte Nicolai in den Raum des Rates hineinsehen. Der Tisch dort war wie üblich mit Dokumenten bedeckt. Eine Landkarte hing an der Holzwand. Wie viele Kreuze jetzt darauf verzeichnet

waren, konnte Nicolai nicht genau erkennen. Aber es waren mehr geworden, das war offensichtlich. Offenbar waren heute wieder Depeschen mit Meldungen eingetroffen.

Die Wärme des Ofens begann ihn schläfrig zu machen. Irgendwann musste er dann eingenickt sein, denn als er plötzlich aus dem Schlummer hochschrak, war alles still. Die Männer waren verschwunden. Die Kerzen auf dem Tisch waren erloschen. Das einzige Licht, das die Stube noch ein wenig erhellte, war der helle Streifen unter der Tür zu dem Raum, in dem Di Tassi offenbar noch immer arbeitete. Doch dann sah er, warum er erwacht war. Neben ihm auf der Treppe, die nach oben auf den Heuboden führte, saß Magdalena und schaute ihn an. Er richtete sich auf und reckte seinen verspannten Hals.

»Hallo«, sagte er dann leise. »Du schläfst nicht?«

Sie legte den Finger auf die Lippen. Dann erhob sie sich, kam lautlos auf ihn zu und setzte sich neben ihn. »Sprich leise«, flüsterte sie ihm ins Ohr. »Er hört alles.«

Sein Herz begann stark zu klopfen. Was meinte sie damit? Einen Moment lang vernahm man nur das Rascheln der Papiere hinter der Tür. Magdalena kam noch näher. »Was habt ihr gefunden?«

Ihr Gesicht war so nah wie eine Traumerscheinung. War sie wirklich hier, ganz allein mit ihm? Er konnte den Blick nicht von ihren Augen nehmen. Doch gleichzeitig meldeten sich seine nagenden Gewissensbisse wieder zurück. Was hatte er bloß getan, damals, als sie betäubt und ihm ausgeliefert vor ihm gelegen hatte. Wie sollte er sich das jemals verzeihen? Jetzt, wie sie so neben ihm kniete, verspürte er wieder die gleiche Sehnsucht danach, sie zu berühren, sie zu küssen und zu streicheln, ihren Körper zu besitzen. Ohne zu wissen, wie ihm geschah, lag ihr

Kopf plötzlich zwischen seinen Händen. Er spürte ihre Wangen an seinen Handflächen, zog sie langsam zu sich heran, suchte ihre Lippen und küsste sie. Einen Augenblick lang hatte er Widerstand gespürt. Oder war es die Überraschung gewesen? Er hob den Kopf ein wenig und schaute sie an. Ihr Mund stand halb offen. Ihre Augen schauten ihn ungläubig und verwirrt an. Er beugte sich vor und küsste sie erneut. Sie erwiderte den Kuss nicht, aber sie wehrte sich auch nicht. Er strich über ihr Haar, ließ seine Hände in ihren Nacken gleiten und fuhr mit seiner Zunge über ihre geschlossenen Lippen. Sie öffneten sich leicht. Die Zartheit ihrer Zunge, die ihm zaghaft begegnete, war wie ein Schock für ihn. Er umfasste ihre Taille und zog sie fest an sich heran. Aber da löste sich ihr Mund von dem seinigen.
»Genug«, flüsterte sie.
»Ich … ich muss dir etwas sagen«, erwiderte er leise.
Sie entwand sich seinen Armen. »Was ist in diesem Garten?«, fragte sie unbeirrt.
»Nein, ich muss dir etwas anderes sagen. Magdalena, damals, als wir dich im Wald gefunden haben …«
Sie legte ihm die Hand auf den Mund. »Damals ist jetzt nicht wichtig. Warum ist er so verändert? Was ist heute geschehen? Warum soll ich morgen nicht mitkommen?«
Nicolai schwieg einen Augenblick lang. Er hatte sie geküsst! Und sie hatte den Kuss erwidert! Ihre Hand suchte jetzt die seine und umschloss sie.
»Bitte, Nicolai. Ich muss es wissen.«
»Warum? Magdalena, wer bist du? Kann ich dir trauen?«
»Du kannst es nicht«, sagte sie leise. »Aber traust du ihm?«
Er schüttelte den Kopf.
»Warum arbeitest du dann für ihn?«

»Ich ... ich bin nur deinetwegen hier.«

Sie schwieg einen Augenblick. Dann lächelte sie kurz. »Dann hilf mir.«

»Aber wobei? Ich weiß ja gar nicht, wer du bist und was du tun willst.«

Sie schaute ihn fest an. Dann bewegte sie ihren Mund ganz nah an sein Ohr und sagte so leise sie konnte: »Ich muss die Leute finden, die Di Tassi sucht. Und ich muss sie vor ihm finden. Der Rat hat keine Vorstellung davon, womit er es zu tun hat. Er wird sie niemals aufhalten können, weil er sie nicht begreift. Er wird nur noch mehr Unheil stiften. Aber ich muss sie finden.«

»Wovon redest du?«

»Ich kann es dir jetzt nicht erklären. Sie haben einen entsetzlichen Plan. Deshalb brauche ich seine Informationen, seine Aufzeichnungen, die Spuren von ihren Angriffen. Bitte hilf mir, diese Aufzeichnungen zu bekommen.«

Nicolai wich ein wenig zurück. »Das kann ich nicht«, sagte er furchtsam. »Wie soll ich an seine Unterlagen herankommen? Und außerdem ... warum begreife ich das nicht?«

Sie schaute ihn flehend an. »Was habt ihr in diesem Garten gefunden?«

Nicolai schwankte innerlich. Er wollte es ihr sagen. Er wollte ihr alles sagen. Wie sehr er sie begehrte, dass keine Minute verging, da er nicht an sie dachte, sich nach ihrer Gegenwart sehnte. Was für ein Geheimnis sollte es schon sein, dass sie im Garten von Sanspareil eine alchimistische Apparatur gefunden hatten? Aber etwas anderes hielt ihn zurück. Magdalena selbst spielte nicht mit offenen Karten. Wie konnte er sich in ein Mädchen verlieben, das ihm so fremd war? War er einfach nur ihren Reizen erlegen?

»Wer bist du?«, fragte er erneut.
Sie strich ihm mit der Hand über die Stirn.
»Wer bist *du*?«, fragte sie zurück.
Er schaute sie verwundert an. Was sollte denn das bedeuten? Aber bevor er etwas erwidern konnte, gab sie die Antwort schon selbst.
»Du betrachtest mich seit Tagen mit endlosem Verlangen«, sagte sie. »Du fieberst nach mir. Ich sehe deine Augen und weiß genau, welches Feuer in dir brennt. Du bist schwach. Deine Lust ist mir vertraut. Es ist ja so viel davon in der Welt. Aber es bist ja gar nicht du, der die Lust hat. Die Lust hat vielmehr dich, nicht wahr? Sie zernagt dich, brennt in dir … wie ein Gift. Und du kannst nichts dagegen tun. Hast du es zu dir genommen in einem unbedachten Augenblick? Ist es über dich gekommen wie ein Miasma? Wo war sie verborgen, bevor sie dich überfiel? Du weißt es nicht. Du hast geglaubt, dich zu kennen, und jetzt musst du feststellen, dass etwas stärker ist als du und du ihm ausgeliefert bist.«
Nicolai rückte irritiert von ihr weg. Was redete sie da? Aber sie sprach schon weiter.
»Doch was für ein harmloses Gift ist die Lust des Fleisches im Vergleich zu jenem anderen, das dort draußen auf uns wartet! Jeder kann es herstellen. Keiner kann es aufhalten. Und niemand kann es heilen. Ich muss es finden. Um meines toten Bruders willen. Siehst du, ich vertraue dir mein Geheimnis an. Ich bin Magdalena Lahner. Mein Bruder war Philipp Lahner, ebenjener, der Maximilian Alldorf erschlagen hat und der dafür in Leipzig gehängt worden ist. Seine Tat ist mir ein Gräuel. Aber er ist mein Bruder. Falk hat ihn verführt. Es war nicht seine Schuld.«

»Falk? Wer ist Falk?«
»Ein Lichtbringer.«
»Ein was?«
»Ihr nennt sie Aufklärer. Aber ihr begreift nichts. Ich kann dir das jetzt nicht alles erklären. Alldorf hat einen Plan ins Werk gesetzt. Ich muss ihn vereiteln. Deshalb bin ich hier.«
Ein Geräusch aus dem Nebenraum ließ sie innehalten. Sie hörten, dass Di Tassi sich erhob und durch den Raum ging.
»Was für einen Plan?«, flüsterte Nicolai.
»Später«, flüsterte sie zurück. »Nimm dich in Acht vor ihm. Er ist eine Bestie.«
Damit glitt sie lautlos von der Bank und verschwand in der Dunkelheit. Die Tür öffnete sich, und Di Tassi stand im Türrahmen. Nicolai konnte sein Gesicht nicht sehen, da er mit dem Rücken zum Licht stand.
»Sie sind noch wach, Lizenziat?«
»Ja. Das heißt nein. Ich bin eingeschlummert.«
»Und was hat Sie geweckt?«
»Die Kälte, denke ich. Sie kriecht mir die Beine hinauf.«
Di Tassi schien ihn zu mustern. Aber Nicolai konnte sein Gesicht nicht erkennen. Dafür fiel sein Blick auf den Tisch hinter ihm. Mehrere Bündel Briefe lagen da, säuberlich gebündelt und verschnürt. Die Landkarten an den Wänden waren verschwunden. Dafür lehnten einige Lederfutterale an den Tischbeinen. Ein Reiseschreibpult stand auf dem Tisch. Schreibfedern lagen daneben.
»Wir reiten um sieben Uhr. Sie sollten ausruhen.«
Damit drehte er sich um und schloss die Tür.

★ ★ ★

Sie ritten zu sechst los. Magdalena und einer der Boten blieben zurück. Sie kannten den Weg nun besser und kamen schneller voran. Es war noch nicht einmal zehn Uhr, als sie die Stelle erreichten, wo sie gestern gelagert hatten. Die Pferde würden sie jetzt alleine zurücklassen, aber angesichts der umgebenden Einsamkeit sah Di Tassi darin kein Risiko. Die Sache wäre schnell erledigt. Sie würden wie gestern in Zweiergruppen aufbrechen, um die drei Hauptgebäude zu durchsuchen. Nicolai begann, sich unbehaglich zu fühlen. Der Einbruch von gestern war schon schlimm genug gewesen. Doch jetzt würden sie in das Markgrafenhaus selbst eindringen. Der Platz, um den herum die Häuser gruppiert waren, lag am Südeingang. Dort wären sie in Sichtweite der Wohnhäuser am Fuße des Schlosses. Nur ein kleines Waldstück trennte sie davon. Wie leicht konnten sie dort entdeckt werden.

Der Weg durch den Park würde etwa fünfzehn Minuten in Anspruch nehmen. Vorsichtshalber näherten sie sich dem Platz aus drei unterschiedlichen Richtungen. Wie am Vortag war alles ruhig. Die kalte Winterluft stand still zwischen den grauen Felsen. Die Stämme der entlaubten Weißbuchen, die den Weg säumten, glänzten matt wie Röhren aus Blei. Nichts rührte sich. Kein Vogel sang. Das einzige Geräusch war das Knirschen ihrer Stiefel auf dem steinigen Grund.

Sie hatten verabredet, den Hauptplatz zunächst nicht zu betreten. Di Tassi hatte befohlen, in Deckung zu verharren, bis sie sich gesammelt hätten, um dann erst die Reihenfolge der zu untersuchenden Häuser zu bestimmen. Doch hierzu kam es nicht mehr.

Er und Nicolai waren auf der Höhe der Vulkansgrotte angelangt, als ein Schuss die Stille zerriss. Nicolai blieb erschrocken stehen. Di Tassi hingegen zögerte keinen Augenblick, riss seine Pistole unter dem Mantel hervor und begann zu laufen. Im gleichen Augenblick sah Nicolai zu seiner Rechten Hagelganz und den Boten in der Ferne durch das Unterholz auf ihn zulaufen. Auch Hagelganz hielt eine Waffe in der Hand. Di Tassi war bereits ein gutes Stück von ihm entfernt. Die dritte Gruppe, Kametsky und Feustking, musste überrascht worden sein. Aber wer hatte den Schuss abgefeuert?

Hagelganz war jetzt ein gutes Stück herangekommen. »Was stehen Sie da herum! Hinterher!« Aber Nicolai rührte sich nicht. Nein. Das war seine Sache nicht. Er hatte keine Waffe, konnte nicht einmal damit umgehen. Er war Arzt, kein Soldat. Außerdem waren sie auf fremdem, fürstlichem Besitz. Man würde sie alle aufhängen.

Hagelganz stürmte an ihm vorüber, dann hatte auch der Bote zu ihm aufgeschlossen.

»Worauf warten Sie denn?«, schrie er ihn an. »Los, kommen Sie!«

Damit drückte er ihm eine Pistole in die Hand und riss ihn vorwärts. Nicolai stolperte ein paar Schritte vor ihm her, dann warf er die Waffe wütend zu Boden. Der Bote starrte ihn verständnislos an.

»Sind Sie von Sinnen?«

Er bückte sich wütend, hob die Waffe wieder auf, schnaubte verächtlich und lief davon. Nicolai stand einen Augenblick völlig handlungsunfähig da. Was sollte er nur tun? Es waren keine weiteren Schüsse gefallen. War wieder das Gleiche geschehen wie vor einer Woche? Hatte sich erneut einer dieser Wahnsinnigen vor den Augen seiner Verfolger das Haupt weggeschossen? Er machte widerstrebend einige Schritte in die Richtung, in welche Di Tassi und die anderen verschwunden waren. Er hatte endgültig genug von dieser Angelegenheit. Er würde nach Nürnberg zurückkehren. Niemand konnte ihn zwingen, weiter an dieser Sache teilzunehmen.

Plötzlich hörte er Hufschlag. Er fuhr herum. Reiter kamen in vollem Galopp auf ihn zugeprescht. Er begann zu laufen. Aber wo sollte er nur hin? Wo waren die anderen? Das Geräusch der Hufe kam näher. Er hatte keine Chance. Er würde ihnen nie entkommen. Aber dennoch lief er. Der Boden bebte unter seinen Füßen. Dann bemerkte er zu seiner Rechten eine Bewegung. Allmächtiger! Auch von dort kamen Reiter. Sie kamen von überall. Es war sinnlos. Er konnte nicht entkommen. Er drehte sich erneut herum, sah ihnen entgegen, ruderte mit den Armen in der Luft. Aber sie schienen ihr Tempo überhaupt nicht zu verringern. Verzweifelt schrie er auf. »Halt! Halt!« Aber sie kamen noch immer in vollem Galopp auf ihn zu. Er sah noch, dass sie Uniformen trugen. Soldaten?, fuhr es ihm durch den Kopf. Wie kamen plötzlich Soldaten in diesen Garten? Sie würden über ihn hinwegreiten. Aber er konnte nichts tun. Zitternd vor Angst sank er auf die Knie und verbarg seinen Kopf unter den Armen. Das Zittern der Erde wurde noch gewaltiger. Dann fühlte er sich plötzlich hochgerissen. Zwei Soldaten hielten ihn fest, ein dritter stand direkt vor ihm und schlug ihm ohne irgendeine Warnung zweimal, dreimal ins Gesicht. Die Knie versagten ihm, und er sackte zusammen. Aber die anderen Männer hielten ihn eisern fest, so fest, dass er aufschrie unter der Umklammerung. Dann wurde er plötzlich hart zu Boden geworfen. Seine Arme wurden auf den Rücken gedreht. Ein brennender Schmerz zog sich um seine Handgelenke. Er schrie erneut auf, aber die Antwort war nur ein neuer

Schlag ins Gesicht und dann ein so furchtbarer Hieb gegen seinen Hinterkopf, dass ihm für Sekunden der Atem stockte. Er spürte, wie ihm übel wurde. Ein Würgen stieg in seinem Hals auf. Ein bitterer Geschmack floss über seine Zunge. Sein Lippe war angeschwollen. Aber was war das schon gegen den stechenden Schmerz, der auf einmal in seinem Kopf begann. Er fühlte etwas Warmes und Feuchtes über seine Stirn rinnen. Dann floss etwas in seine Augen. Er leckte sich die Lippen und erfasste den unverwechselbaren Geschmack von Blut. Dann wurde er wieder hochgerissen, und man stieß ihn brutal nach vorne. Er stürzte. Er konnte nichts sehen. Das Blut nahm ihm die Sicht. Man ergriff ihn und stieß ihn erneut zum Gehen an. Doch nach wenigen Schritten war er bereits wieder hingefallen. Und noch einmal wurde er hochgerissen.

Jetzt begann er zu schluchzen. Er wollte etwas sagen, sich verteidigen. Aber er konnte nicht. Stattdessen kamen nur diese Schluchzer aus seiner Kehle. Er hörte Gelächter. Ein Faustschlag traf ihn völlig unvorbereitet im Magen. Er knickte ein. Und diesmal blieb es nicht bei einem kurzen Würgen. Er würde sterben. Hier und jetzt. Diesen Schlägen würde er nicht lange standhalten. Er merkte, wie seine Sinne sich verwirrten. Er sah nichts. Er hörte nur den Lärm der stechenden Schmerzen in seinem Kopf und das Geschrei und Gelächter der Soldaten, ein Brausen, aus dem immer wieder Schläge und Fußtritte auf ihn einstürzten. Und dann begann er bereits Dinge zu hören, die gar nicht da waren, Di Tassis Stimme etwa. Wie aus einer unendlichen Ferne drang sie an sein Ohr. Aber was rief sie? Es musste Einbildung sein. Er würde auch längst verhaftet sein. Sie waren den Soldaten des Markgrafen in die Hände gefallen. Sein Plan war fehlgeschlagen.

»Aufhören!«, hörte er aus der Ferne rufen. »Hören Sie auf! Ich befehle es Ihnen!«

Dann hörte er nichts mehr. Er kniete auf dem Waldboden. Er keuchte und würgte, erwartete jeden Augenblick den nächsten Faustschlag oder Kolbenhieb, versuchte, sich darauf vorzubereiten, auf das krachende Geräusch, den brennenden, dumpfen Schmerz. Aber der Schlag blieb aus. Wortfetzen drangen an sein Ohr.

»Aufhören, im Namen des Kaisers.«

Und dann hörte er Hagelganz. »Mein Gott, sie haben ihn totgeschlagen!«

Dann verlor er die Besinnung.

★ ★ ★

Als er wieder zu sich kam, lag er auf einer Pritsche in einem abgedunkelten Raum. Er hob leicht den Kopf, was grässlich wehtat. Er war noch immer wie blind. Er blinzelte, riss die Augen auf, so weit er konnte, und spähte in die Dunkelheit. Nein, er war nicht blind. Es war nur dunkel um ihn herum. Er versuchte, seine Arme zu bewegen. Sie waren nicht mehr zusammengebunden. Er hörte Stimmen. Er versuchte sich aufzurichten, doch kaum hatte er sich mit großer Mühe und unter gewaltigen Schmerzen hingesetzt, war die Übelkeit wieder da. Er legte sich wieder hin, wartete, versuchte es ein zweites Mal. Diesmal ging es schon besser. Jetzt sah er die Umrisse einer Tür. Hinter sich entdeckte er außerdem ein verhangenes Fenster. Er schob den Vorhang zur Seite. Ein großer Rasenplatz war da zu sehen. Mindestens zwanzig Pferde standen dort. Es waren Militärpferde. Er erhob sich. Sein Kopf schien zu platzen. Er tastete ihn ab und stieß auf eine riesige Beule, auf der sich Schorf gebildet hatte. Die Berührung schmerzte höllisch. Er biss die Zähne zusammen und humpelte zur Tür. Als er sie öffnete, verstummte die Unterhaltung.

Hagelganz, Kametsky, Feustking und der Bote schauten ihn an. Sie saßen um einen Tisch herum, tranken Wein und schienen guter Dinge zu sein.

Feustking kam auf ihn zu. »Sie Armer«, sagte er und wollte ihn stützen. »Kommen Sie, setzten Sie sich zu uns.«

Aber Nicolai stieß ihn weg. Was war hier nur los? »Wo sind wir? Was ist geschehen?«

Jetzt war es Hagelganz, der auf ihn zukam. »Bitte Lizenziat, ein Missverständnis. Hier, trinken Sie einen Schluck, das wird Ihnen gut tun.«

Er reichte ihm einen Becher. Nicolai schaute kurz darauf, nahm ihn dann entgegen und trank. Der Mann hatte Recht. Es war genau das, was er jetzt brauchte. Er ging langsam an den Tisch und setzte sich. Dabei kam er an einem Spiegel vorüber und sah sich an. Heiliger! Seine Oberlippe war geschwollen und aufgesprungen. Eingetrocknetes Blut bedeckte den größten Teil seines Gesichtes. Er sah wie ein Toter aus.

»Was ist geschehen?«, fragte er erneut.

»Sie sind einem Ansbacher Jägercorps in die Hände gefallen«, sagte Feustking. »Das ist alles.«

»Und?« Nicolai begriff überhaupt nichts. Warum war er so misshandelt worden, seine Zimmergenossen aber offensichtlich nicht?

Kametsky nahm ihm gegenüber Platz und schüttete ihm Wein nach. »Jemand hat uns gestern beobachtet und den Kastellan informiert. Dieser hat das Corps alarmiert.«

Nicolai versuchte, seine Gedanken zu ordnen. Waren sie jetzt Gefangene? »Wo ist der Justizrat?«
»Er spricht noch mit dem Hauptmann. Wir wissen auch noch nicht genau, wie es damit zugeht, aber offenbar wird man uns noch heute wieder ziehen lassen.«
Nicolai schaute ihn lange an.
»Sie hätten bei uns bleiben sollen«, sagte Kametsky nach einer Weile. »Dann wäre Ihnen das nicht zugestoßen. Herr Di Tassi hat die Sache sofort aufgeklärt.«
Aufgeklärt? Das Wort klang wie Hohn. Aber er war zu müde, um darüber nachzudenken.
»Wer hat geschossen?«, fragte er dann.
»Der Hauptmann. Es war ein Warnschuss. Feustking und ich sind ihnen in die Hände gefallen. Glücklicherweise kam Di Tassi sogleich und hat uns vor der Behandlung bewahrt, die Ihnen zuteil wurde. Der Hauptmann hielt uns für gewöhnliche Diebe.«
Gewöhnliche Diebe. Noch so ein verwirrendes Wort. Waren sie nicht hinter Illuminaten her? Stand der Markgraf, der jetzt ein Corps geschickt hatte, nicht unter Verdacht, eine terroristische Sekte zu unterstützen? Und jetzt hatte man umgekehrt sie für Diebe gehalten? Stand jetzt alles auf dem Kopf?
Er lehnte sich zurück. Der Wein tat ihm wohl, milderte das Pochen in seinem Schädel. Nach einer Weile ging die Tür auf, und der Justizrat kam herein. Er warf Nicolai nur einen kurzen Blick zu und verkündete dann, dass sie in einer Stunde reiten würden. Das war alles.
Seine Mitarbeiter schienen sich über gar nichts zu wundern. Ja, es musste an ihm selbst liegen, dass er von den Vorgängen um sich herum überhaupt nichts mehr begriff. Warum ließ man sie

gehen? War der Markgraf nun nicht mehr verdächtig? Nicolai blieb reglos auf seinem Stuhl sitzen, als fürchtete er, jegliche Bewegung würde die Unordnung in seinem Kopf nur noch vergrößern.

Als sie aufbrachen, erkannte er endlich, wo er sich überhaupt befand. Sie hatten die ganze Zeit in einem der Häuser verbracht, die zu durchsuchen sie gekommen waren. Der Platz davor war nun wieder voller Soldaten, die ihn neugierig anblickten. Welche ihn so zugerichtet hatten, konnte er nicht sagen.

Der Hauptmann salutierte vor dem Justizrat und marschierte dann zu seinen Leuten. Nicolai traute seinen Augen nicht. Es sah fast so aus, als ob die beiden sich kannten. Was wurde hier nur gespielt?

»Können Sie reiten, Lizenziat?«

Dies war die einzige Frage, die er ihm stellte.

Nicolai nickte stumm. Von dem Hass, der sich allmählich in ihm aufgestaut hatte, ließ er sich nichts anmerken. Di Tassi war eine Bestie. Magdalena hatte Recht. Um ein Haar wäre er totgeschlagen worden, weil der Justizrat sich mit seinen Überlegungen verrechnet hatte. Und die einzige Frage, die er ihm stellte, war, ob er reiten könne.

»Meinen Sie nicht, dass Sie mir eine Erklärung schuldig sind?«, fragte er ihn, nachdem sie außer Hörweite der Soldaten waren.

Di Tassi drehte sich zu ihm um. »Sie hätten bei mir bleiben müssen. Warum sind Sie nicht bei mir geblieben? Dann wäre Ihnen nichts passiert. Ich bin nicht verantwortlich, wenn Sie mir nicht gehorchen.«

Gehorchen? Verantwortlich?

»Warum lässt man uns gehen? Was sind das für Soldaten?«

»Es sind Leute des Markgrafen. Sie dachten, wir wären Diebe.«

»Und? Warum lässt man Diebe einfach so laufen?«

Di Tassi schaute missmutig zu ihm hinüber. »Beherrschen Sie sich, Röschlaub. Ich verstehe Ihren Unmut. Es ist bedauerlich, was geschehen ist. Aber es ist Ihre eigene Schuld. Ein Missverständnis, nichts weiter. Ansbach ist nicht involviert. Ich habe mich geirrt. Wir werden die Verfolgung abbrechen. Sie reiten morgen nach Hause.«

Es war der Ton, der ihn am meisten reizte, nicht allein der Inhalt seiner Worte. Er würde wieder nichts erfahren.

»Ah«, sagte er nur. »Und die Überfälle? Ihre Illuminaten? Was ist damit. Und Alldorfs Geld? Und das Gift? Alles nur Missverständnisse?«

»Schweigen Sie!«, fuhr er ihn an. »Es gibt kein Gift. Vergessen Sie diese Sache. Ich werde Sie heute Abend bezahlen, und Sie kehren nach Nürnberg zurück, haben Sie verstanden?«

Nicolai zog heftig an seinem Zaumzeug, und sein Pferd blieb mit einem Ruck stehen. Di Tassi kümmerte sich nicht weiter um ihn. Die anderen ritten einer nach dem anderen an Nicolai vorbei und betrachteten ihn mit ausdrucksloser Miene.

Der Arzt wartete, bis eine gehörige Distanz zu Di Tassi und seinen Leuten entstanden war. Dann folgte er, die Augen hasserfüllt auf jene Figur gerichtet, welche die Gruppe anführte.

23.

Als sie in Hollfeld eintrafen, kam ihnen der Bote entgegen, der mit Magdalena zurückgeblieben war. Er redete aufgeregt auf Di Tassi ein. Dieser preschte sofort los. Als sie ihrerseits den Gutshof erreichten, hatte der Rat das Mädchen bereits in Behandlung. Nicolai hörte sie wimmern.
Sie hatte versucht, seine Unterlagen zu stehlen. Der Bote hatte sie jedoch beobachtet und überwältigt. Nicolai hatte Magdalena überhaupt nicht mehr zu Gesicht bekommen. Niemand durfte zu ihr. Außer Di Tassi selbst, der sich mit ihr eingeschlossen hatte und sie drei Stunden lang verhörte, anschrie und beschimpfte. Manchmal blieb es über eine Stunde lang ruhig. Dann gab es einen lauten Krach oder Schlag, etwas fiel mit einem polternden Geräusch zu Boden, und die gellende Stimme des Justizrates drang durch das ganze Haus.
Nicolai hielt das nicht aus. Trotz seines üblen Zustands verließ er das Haus, um diese Geräusche nicht hören zu müssen. Davon wäre ihm nur noch übler geworden. Eine düstere Stimmung hatte ihn ergriffen. Die Ereignisse dieses Tages waren einfach zu viel für ihn. Und jetzt auch noch das! Wie hatte Magdalena nur so unvorsichtig sein können? Er atmete schwer, während er im toten Zwielicht dieses Dezembernachmittags durch den Wald stapfte. Seine Lunge schmerzte bei jedem Atemzug, als sei sie zugeschnürt. Er lehnte sich gegen einen Stein und betrachtete die Umgebung. Wie war er nur hierher gekommen? Welche Verkettung von Umständen hatte ihn aus seinem relativ sicheren Leben in Nürnberg nun wieder vor eine Entscheidung gestellt, die ins völlig Ungewisse führen konnte?
Er musste doch irgendetwas tun können, um ihr zu helfen. Er

wagte kaum sich auszumalen, wozu Di Tassi fähig wäre, wenn er zu der Überzeugung gelangen sollte, dass Magdalena ihn auf die Spur der Leute bringen könnte, die er verfolgte. Oder verfolgte er sie gar nicht mehr? War jetzt plötzlich alles ganz anders geworden? Er würde mit ihm reden. Er mit ihm reden? Er schaute mutlos zum Gutshof hinüber. Er wusste, dass dies sinnlos war. Er hatte keinerlei Möglichkeit, auf diesen Mann einzuwirken. Morgen würde man ihn außerdem nach Hause schicken. Das hatte er ihm ja bereits gesagt. Er solle nach Nürnberg zurückkehren. Die Sache vergessen. Vor einigen Tagen noch hätte er diesen Befehl mit Freuden befolgt. Aber jetzt? Möglich, dass er es hingenommen hätte, niemals zu erfahren, was es mit den Vorgängen um Alldorf auf sich hatte. Aber er konnte doch Magdalena nicht einfach so zurücklassen!
Nicolai zermarterte sich den Kopf. Aber die Angelegenheit wurde immer verworrener, je länger er darüber nachdachte. Er hatte noch gar keine Zeit gehabt, sich über Magdalenas Äußerung von gestern richtig Gedanken zu machen. Sie war also die Schwester dieses Philipp Lahner. Der wiederum hatte Maximilian Alldorf erschlagen. Aber warum? Was hatte Selling damals gesagt? Studentenhändel. Eine Schlägerei zwischen Burschenschaften. Und Lahner wurde dafür hingerichtet. Doch Magdalena gab ihm vor seiner Hinrichtung das Versprechen, die Familie des toten Maximilian zu beobachten, weil dort ein furchtbares Gift existiere. Ein Gift, das so einmalig und ungeheuerlich war, dass offenbar nur ganz wenige Menschen überhaupt davon wussten. Wie hatte sie sich ausgedrückt? Ein Gift, das jeder herzustellen, niemand aufzuhalten und keiner zu behandeln vermochte. Was sollte das nur sein? Und zu welchem Zweck diente es?

Er schaute in den dunkel werdenden Himmel hinauf. Was geschah hier mit ihm? Was hatten diese Ereignisse und Begegnungen der letzten Wochen in ihm ausgelöst? Lag es an dem Mädchen, an ihren rätselhaften Reden oder an seinem unstillbaren Verlangen nach ihr? War er liebestoll geworden? Nein, er war plötzlich davon überzeugt, dass es kein Zufall war, dass ausgerechnet er in diese Angelegenheit hineingezogen worden war. Dieses Geheimnis, was immer es war, betraf ihn. Vielleicht war er ja verrückt? Ja, es war durchaus möglich, dass alle seine Gedanken und Ideen, die ihn immer nur in Konflikt mit seinen Kollegen und mit der Obrigkeit gebracht hatten, falsch und irrig waren. Aber er hatte das untrügliche Gefühl, dass er auf die Spur von etwas Ungeheuerlichem gestoßen war. Er konnte noch nicht sagen, worum es sich handelte, aber dieses Gefühl verließ ihn einfach nicht. Immer wieder spielte ihm seine Erinnerung Bilder vor, die ihm den Eindruck vermittelten, dass all diese Ereignisse einen tieferen Sinn hatten, der gerade ihn betraf. Aber er begriff ihn noch nicht.

Warum kümmerte er sich überhaupt darum? Warum ließ er nicht einfach davon ab und kehrte zu den Fragen zurück, die ihn seit Jahren beschäftigten und die zu untersuchen ihn mit großer Zufriedenheit erfüllt hatten? Er war doch Arzt. Was ging es ihn an, wenn von Wahnideen irregeleitete Sekten sich merkwürdigen Ritualen hingaben, sich in Geheimbünden zusammenschlossen und vielleicht sogar gegenseitig umbrachten? Nein, das ging ihn gar nichts an. Doch zugleich spürte er, dass es einen Aspekt an dieser ganzen Angelegenheit gab, der ihn nicht ruhen ließ: Di Tassis Karten! Genau das war es, was seine Neugier jetzt unablässig reizte. Diese Aufzeichnungen verbanden ihn mit Di Tassi. Er selbst hatte den Mann ja auf die Idee gebracht, all diese Vorfälle auf einer Karte sichtbar zu machen. Und jetzt verfuhr Di Tassi genauso wie er selbst. Er erforschte eine Epidemie. Er verzeichnete die Fälle und suchte nach einem Muster für ihre Verbreitung. Und daraus wollte er Rückschlüsse ziehen und so die Ursache finden: das Gift, den Auslöser für die Vomika, die Heimwehkrankheit. Diese Erscheinungen standen für etwas. Auch Di Tassi versuchte, Signaturen zu lesen. Er war ihm in seinem Denken verwandt. Deshalb hatte er darauf bestanden, ihn bei der Untersuchung dieses Falles dabeizuhaben: weil er gespürt hatte, dass Nicolai eine Geistesverwandtschaft mit ihm aufwies.

Doch warum schickte er ihn jetzt zurück nach Nürnberg? Was sollte ihm verborgen bleiben? Waren sie der Lösung so nah, dass Di Tassi glaubte, jetzt alleine zurechtzukommen? Oder fürchtete er, dass Nicolai etwas herausfinden könnte, das unter allen Umständen geheim bleiben sollte? Ein Staatsgeheimnis etwa? Wurde ein Krieg vorbereitet? Oder hatte Magdalena Recht? Wusste der Justizrat vielleicht überhaupt nicht, womit er es zu tun hatte? War er in einem fatalen Irrtum begriffen, und drohte dieser Irrtum die rätselhafte Epidemie zu befördern?

Nicolai schaute zu dem Haus hinüber.

Je länger er über alles nachdachte, desto stärker wurde sein Hass auf Di Tassi. Der Mann war ein Monstrum. Er musste Magdalena befreien. Er taumelte vor Angst, als er sich aufrichtete, um zum Haus zurückzugehen. Aber er hatte keine Wahl. Er musste etwas unternehmen.

★ ★ ★

Seine Wahrnehmung war verändert. Er hörte anders. Er vernahm die Gespräche von Kametsky und Hagelganz, hörte die Bemerkungen des Wirtes, nahm die Geräusche wahr, die aus der Küche kamen, wo die Wirtsfrau das Abendessen zubereitete. Seine Sinne waren geschärft. Auch dass es in Di Tassis Zimmer völlig still geworden war, registrierte er mit einer Deutlichkeit, die ihm selbst unheimlich war. Niemand beachtete ihn, als er die Treppe zum Heuboden hinaufging. Er spähte über das Lager hinweg und versuchte, die Gegenstände dort auszumachen. Es dauerte ein Weile, bis sich seine Augen an die Dunkelheit gewöhnt hatten. Allmählich sah er die Umrisse der schweren, wetterfesten Reitumhänge, die zum Trocknen an den Dachbalken hingen. Der Geruch nach feuchtem Stroh drang ihm in die Nase. Schließlich entdeckte er seinen Arzneikoffer. Er zog ihn heran, öffnete ihn und tastete die Gegenstände darin ab. Ein leises Klirren ertönte. Er erstarrte und lauschte. Aber nein, die Unterhaltung im Raum unter ihm ging ununterbrochen weiter.

Er befühlte vorsichtig die kleinen Glasgefäße, zog eines nach dem anderen hervor, drehte sie in der Dunkelheit so lange vor seinen Augen hin und her, bis er einsehen musste, dass er das Gesuchte so nicht finden würde. Daher öffnete er sie nacheinander und roch daran. Schließlich hatte er die gesuchten Fläschchen gefunden. Der gleiche Stoff, mit dem er Magdalena bereits einmal behandelt hatte, würde ihr nun wieder zu Hilfe kommen. Er griff nach seiner Tasche und schlich, so vorsichtig er konnte, an das Ende des Dachbodens, wo zwischen den locker sitzenden Schieferziegeln noch etwas Licht hereinfiel, gerade genug, um die richtige Dosis abwiegen zu können. Er holte eine kleine Messingwaage hervor, befestigte sie am Dach-

balken und hängte die gläsernen Waagschalen ein. Mörser, Reibschälchen und Pistill fanden auf seinem Schoß Platz. Dann begann er, die Mischung herzustellen. Er legte die Lotgewichte auf die linke Waagschale und träufelte vorsichtig die Pulver auf die andere Schale, bis der Zeiger die gewünschte Menge anzeigte. Zwei Lot Mandragora, zwei Lot Schlafschwamm, zwei Lot Memphis-Stein. Dann schüttete er die Mischung in das Reibschälchen und vermischte die Pulver sorgfältig. Er wiederholte den Vorgang sechsmal. Dann betrachtete er skeptisch die Menge, die sich in dem Reibschälchen angesammelt hatte, und fügte noch eine weitere Dosis hinzu. Sicher war sicher. Ein Geräusch ließ ihn herumfahren.
»Lizenziat?«
Feustkings Kopf ragte aus der Bodenluke hervor. Nicolai blieb völlig ruhig. Feustking konnte aus dieser Entfernung unmöglich sehen, was er hier tat.
»Was machen Sie denn hier oben?«
»Eine Blase«, sagte er schnell. »Ich habe eine Blase am Fuß.«
»Der Justizrat will Sie sprechen.«
»Ich komme sofort.«
Feustking verschwand nach unten.
Nicolai beeilte sich, seine Instrumente und Flaschen wieder einzupacken. Einen Augenblick lang war er ratlos, wo er das Pulver aufbewahren sollte. Schließlich entschied er, dass er ein Magenmittel wohl am ehesten entbehren konnte, griff nach der Flasche mit Epsom-Salz, leerte sie aus und verwahrte das Schlafmittel darin.
Plötzlich kam ihm eine Idee, die ihm noch besser erschien. Er nahm eine weitere Flasche mit der Aufschrift »Türkischer Rhabarber« aus dem Koffer heraus. Dann verschloss er diesen

und verwahrte die beiden Fläschchen getrennt in seiner linken und rechten Jackentasche.

Als er Di Tassis Raum betrat, war von Magdalena nichts zu sehen. Der Rat saß hinter seinem leer geräumten Tisch und schaute ihn verdrießlich an. Nicolai setzte sich.

»Sie wollten mich sprechen?«

»Ja. Lizenziat, es tut mir Leid, was geschehen ist, aber solche Zwischenfälle können passieren, wenn man es mit einem gefährlichen Gegner zu tun hat. Geht es Ihnen besser?«

»Ja. Danke. Ich bin selbst schuld, wie Sie ja gesagt haben.«

»Ich fühle mich dennoch verantwortlich. Hier ist Ihr Geld.«

Er schob ihm einen Beutel hin. Nicolai steckte ihn ein.

»Wollen Sie nicht wissen, wie viel es ist?«

»Wie viel ist es?«

»Achtzig Taler. Natürlich kann ich Ihnen für diese eine Woche Dienst keinen Jahreslohn zahlen.«

»Ja. Natürlich nicht. Die Summe ist großzügig bemessen. Danke. Außerdem war ich Ihnen in keiner Weise von Nutzen. Recht besehen schulden Sie mir überhaupt nichts.«

Di Tassi hob abwehrend die Hände. Nicolai ekelte es fast ein wenig vor diesem Theater. Für wie dumm hielt dieser Mann ihn eigentlich?

»Nein. Sie haben mir sehr geholfen«, sagte der Rat.

»Die Jagd ist also beendet?«

»Ich kann darüber nicht sprechen. Bitte verstehen Sie das.«

Wie freundlich er sein konnte, wenn er wollte.

»Und das Mädchen? Was ist mit dem Mädchen?«

»Sie wird mir noch einige Fragen beantworten müssen. Sie ist verstockt. Aber in ein paar Tagen wird das schon anders sein. Die Zeit löst alle Zungen.«

»Gehört sie auch zu diesen Leuten, die Sie suchen?«

Di Tassi zog die Augenbrauen hoch. Dann verdunkelte sich sein Gesichtsausdruck plötzlich. »Lizenziat, vergessen Sie diese Sache. Ich habe Sie bezahlt. Sie sind für Ihre Mühe und das Missgeschick von heute Morgen entlohnt worden. Alles andere können Sie getrost mir überlassen. War sonst noch etwas?«

Nicolai spürte die Drohung wohl, ließ sich jedoch nichts anmerken. Von einem Augenblick zum anderen war die Stimmung völlig umgeschlagen. Aber Nicolai schwieg. In wenigen Stunden würde Di Tassi vor ihm auf den Knien liegen und ihn anflehen, seine Magenschmerzen zu lindern. Allein die Aussicht darauf, diesen eiskalten, hochmütigen und rücksichtslosen Menschen bald in seiner Gewalt zu haben, versetzte Nicolai jetzt in Hochstimmung. Vor allem jedoch war er sich auf einmal sicher, dass sich hinter dieser bedrohlichen Machtfassade eine quälende Unsicherheit verbarg. Di Tassi tappte noch immer völlig im Dunkeln. Die Spur nach Sanspareil hatte sich als Sackgasse erwiesen. Was immer diese Himmelsstaubmaschine zu bedeuten hatte, sie führte offenbar keinen Schritt näher an die gesuchten Verschwörer heran. Und wenn Di Tassi ihn jetzt nach Hause schickte, dann offenbar auch deshalb, weil er mit seinem Wissen am Ende war. Sämtliche Spitzel des Reiches hatten bisher nicht vermocht, die wahre Absicht hinter dieser Verschwörung aufzudecken. Er hatte für diesen Mann mit bloßen Händen im Leib eines Toten nach der Antwort suchen müssen, und Nicolai gab sich keiner Illusion hin, was Di Tassi mit Magdalena anstellen würde, wenn sie ihm nicht die Antwort geben konnte oder wollte, die er suchte. Er würde auch vor ihrem Körper nicht Halt machen, um das Wort zu finden, das das Geheimnis lösen könnte.

»Nun, dann können Sie jetzt gehen.«

Nicolai erhob sich wortlos, verbeugte sich und verließ den Raum. Einen Augenblick lang stand er unschlüssig da, betrachtete Di Tassis Leute beim Kartenspiel am Tisch und achtete auf die Geräusche, die aus der Küche kamen. Dann fuhr er mit der Hand in seine linke Jackentasche, bekam das Glasgefäß zu fassen und entfernte mit einer geschickten Bewegung den Verschluss. Ein rascher Blick in die Küche überzeugte ihn davon, dass lediglich eine Person über die Zubereitung des Abendessens wachte, die Frau des Wirtes. Er ging zu ihr und begann, mit ihr zu plaudern. Es dauerte nicht lange, da rührte er den Dinkelbrei für sie, während sie in den Keller ging, um einen Kohlkopf zu holen. Er hatte sich am Ende für den türkischen Rhabarber entschieden, weil er geschmacklos war. Das Schlafmittel wäre vielleicht bemerkt worden. Das hellbraune Pulver verschwand spurlos zwischen den aufgequollenen Getreidekörnern, wie eine Prise Zimt.

Alle aßen reichlich davon. Niemand schien aufzufallen, dass Nicolai den Getreidebrei mied und sich an die Kartoffeln hielt.

»Was ist mit dem Mädchen im Stall?«, fragte der Wirt irgendwann. »Bekommt sie nichts?«

»Nein«, antwortete der Rat. »Sie fastet.«

Zwei Stunden später begann es. Der Erste, der sich an Nicolai wandte, war Hagelganz. Er habe schreckliches Magendrücken. Ob er kein Mittel dagegen habe. Nicolai verabreichte das Schlafpulver in Wasser gelöst und empfahl ihm, sich hinzulegen, da die Medizin im Liegen schneller wirke. Kametsky und Feustking folgten kurz darauf. Der Justizrat unternahm mehr als drei ausgedehnte Besuche der Latrine im Hof, bevor auch er sich an den Arzt wandte.

»Der verfluchte Dinkel muss verdorben gewesen sein«, stieß er zwischen zusammengepressten Zähnen hervor, während Nicolai ihm das Pulver anrührte.

»Ich spüre auch schon ein unangenehmes Rumoren in den Eingeweiden«, log Nicolai. »Hier, das ist Epsom-Salz. Es wirkt Wunder.«

Di Tassi zögerte keinen Augenblick und trank die Flüssigkeit in einem Zug.

»Nun war es doch nicht ganz umsonst, dass ich mitgekommen bin«, sagte Nicolai zufrieden.

Der Rat hielt sich schmerzgekrümmt den Bauch, erwiderte jedoch nichts. Nicolai überschlug, dass die wunderbare Macht dieses Mittels ihm mindestens zwölf Stunden Vorsprung geben würde.

»Ist ein Becher auch genug?«, fragte Di Tassi.

»Ja, mehr als genug. Außerdem brauche ich auch noch etwas für Ihre beiden Boten und mich selbst. Legen Sie sich hin, und Sie werden sehen, die Schmerzen vergehen im Nu.«

Was er nicht bedacht hatte, waren die Wirtsleute. Er verlor fast eine halbe Stunde damit, zwei weitere Portionen anzurühren, um auch diesen unschuldigen Opfern seiner Abendmahlsvergiftung Linderung verschaffen zu können. Doch seine Arbeit wurde untermalt von den ersten Anzeichen des Erfolgs seiner Behandlung. Nichts rührte sich mehr auf dem Heuboden. Seine unfreiwilligen Patienten, die dort oben lagen, atmeten ruhig und gaben, abgesehen von kleineren Explosionen, keinen Ton mehr von sich.

Als er den Stall betrat und Magdalena sah, wäre er am liebsten ins Haus zurückgekehrt, um Di Tassi ein ganz anderes Mittel einzuflößen. Sie lag an Händen und Füßen gebunden auf der nackten Erde. Nicht einmal eine Decke hatte der Rat ihr gegeben. Sie zitterte am ganzen Leib. Als Nicolai sie aufhob, stellte er mit Entsetzen fest, dass sie völlig durchnässt war. Ihr Zähne schlugen aufeinander. Sie konnte kaum sprechen. Auf diese Weise hatte dieser Teufel sie also zum Sprechen bringen wollen. Es dauerte fast eine weitere Stunde, bis er das Haus durchsucht und trockene Kleider gefunden hatte und Magdalena so weit wiederhergestellt war, dass sie reiten konnte. Sie schien völlig willenlos, ließ alles mit sich geschehen, und Nicolai hoffte nur, dass sie genügend Kraft hatte, sich auf einem Pferd zu halten.

Zuletzt nahm er sich Di Tassis Gepäck vor, durchsuchte eiligst die unterschiedlichen Taschen und nahm alles mit, was er auf seinem Pferd unterbringen konnte. Er wollte nach Norden losreiten, Richtung Leipzig. Sie besaßen achtzig Taler und hatten zwei Pferde. Die Pferde, das war ihm klar, würden sie morgen oder übermorgen loswerden müssen. Sie könnten sie leicht verraten. Schon während er darüber nachdachte, wurde ihm auf einmal bewusst, wie übereilt er gehandelt hatte. Wie lange würden sie unentdeckt bleiben können? Wie weit reichte Di Tassis Einfluss? Er würde sie verfolgen. Sollte er die Flucht wirklich wagen? Noch konnte er zurück. Magdalena saß verstört und verwirrt da und schien überhaupt noch nicht begriffen zu haben, was hier vor sich ging. Aber ihr Anblick war es auch, der seine letzten Zweifel beseitigte.

»Komm«, sagte er leise und half ihr auf die Beine.

III.

I.

Sie ritten die ganze Nacht ohne Unterbrechung. Die ersten Stunden kamen sie nur sehr langsam voran. Im Schritttempo tasteten sie sich durch das zerklüftete Terrain zur Landstraße nach Coburg vor. Nicolai hatte sich keine klare Vorstellung davon gemacht, was es bedeutete, nachts durch eine völlig unbekannte Gegend zu reiten. Außerdem wurde ihm nun auf einmal klar, wie schwierig es werden würde, unentdeckt bis nach Leipzig zu gelangen. Die befestigten Städte waren in jedem Fall zu meiden. Sie hatten keine Pässe. An jedem Stadttor drohte ihnen Arretierung, wenn sie nicht irgendeine glaubwürdige Legitimation für ihr Erscheinen vorweisen konnten. Di Tassi würde ab morgen früh alles daransetzen, sie einzufangen. Bewegten sie sich also nicht schneller als seine Helfer, so erwartete sie bald an jedem Ort ein Suchbefehl. Doch schneller als Di Tassis Boten konnten sie unmöglich reiten. Sie konnten nicht alle vier oder sechs Stunden auf neue Pferde zurückgreifen und mussten außerdem selbst ausruhen. Die berittenen Postkuriere waren atemberaubend schnell, bewältigten die Strecke von Brüssel nach Wien in nur fünf Tagen. Wie rasch würde ein solcher Kurier von Bamberg nach Leipzig gelangen können! Selbst wenn er und das Mädchen Tag und Nacht im Sattel wären, bräuchten sie allein der Pferde wegen die dreifache Zeit. Nein, ihre einzige Chance war es, abgelegene Routen zu wählen und öffentliche Herbergen zu meiden.
Der Justizrat konnte nicht wissen, wohin sie unterwegs waren.

Das war ihr einziger Vorteil. Doch würde er das nicht schon bald erraten haben? Oder würde Di Tassi nicht ohnehin selbst nach Leipzig aufbrechen, um die Untersuchung, die in Sanspareil ins Stocken gekommen war, fortzuführen? Nicolai beschloss, dass sie so schnell wie möglich einen Unterschlupf finden mussten, wo er Di Tassis Unterlagen studieren konnte. Das war gegenwärtig seine größte Hoffnung. Wenn er die Informationen des Justizrates kannte, könnte er sich dessen nächste Schritte ausrechnen. Hierzu musste er mehr darüber in Erfahrung bringen, wer Di Tassi wirklich war. Er hatte bereits eine Idee, wie er das vielleicht bewerkstelligen konnte, brauchte allerdings hierfür mindestens einen halben Tag Ruhe. Doch zunächst mussten sie die Nachtstunden nutzen, um sich einen Vorsprung zu verschaffen.

Sie befanden sich zwischen Coburg und Hildburghausen, als die Morgendämmerung heraufzog. In einem Flecken namens Redach kamen sie mit einem Glasermeister überein, den Tag und die Nacht bei ihm ausruhen und die Pferde unterstellen zu können. Magdalena legte sich sogleich neben dem Ofen auf die Bank zum Schlafen. Nicolai plauderte eine Weile mit dem Mann, für den diese zahlenden Überraschungsgäste ein Himmelsgeschenk waren. Die enorm gestiegenen Brotpreise des vergangenen Jahres hatten sein Geschäft so gut wie zum Erliegen gebracht. Außer den wenigen Reichen in der Gegend konnte sich keiner mehr einen Glaser leisten. Und die brauchten recht selten einen. Überhaupt sei mit der wirtschaftlichen Ordnung alles wie verhext. War die Ernte gut, fielen die Preise ob des Überangebots ins Bodenlose und ruinierten die Bauern. War die Ernte schlecht, trieb die Knappheit die Preise in den Himmel und ruinierte die Bürger. Da ein Verkauf über die

Landesgrenze streng verboten war, gab es keine Möglichkeit für einen Ausgleich. Jeder hermetisch abgeschottete Duodezsprengel taumelte hin und her zwischen erstickendem Überfluss und auszehrender Knappheit.

»Ein Balken kann nicht manövrieren«, sagte der Mann resigniert. »Und tausend Balken können es auch nicht. Nur ein Schiff kann es. Aber dieses verfluchte deutsche Reich wird nie ein Schiff werden, weil wir tausend und abertausend Kapitäne haben. Tausend Kapitäne auf tausend Balken … aber kein Schiff.«

Das Bild ging Nicolai eine Weile lang nicht aus dem Kopf. Wie Recht der Mann doch hatte! Gesegnetes Frankreich. Gesegnetes England. In welch verzweifelt desolatem Zustand war doch dieses Land! Schon ein unbedeutender Kreis wie der hiesige zählte nicht weniger als ein gutes Dutzend geistlicher und weltlicher Fürstentümer, ebenso viele unmittelbare Prälaturen und Abteien, dreimal so viele Graf- und Herrschaften und noch mehr freie Reichsstädte. Dazwischen wirkte auch noch das Gemisch der vielen Regierungsarten und Religionssekten, der Druck der Größeren auf die Kleineren, die ständige Einmischung des kaiserlichen Hofes, welcher darüber hinaus viele zerstreute Stücke Landes gänzlich unabhängig vom hiesigen Kreis besaß und infolge unterschiedlicher, uralter Privilegien auch noch erweitern konnte.

Nicolai zog sich in eine Ecke der Stube zurück und öffnete eine der beiden Taschen, in denen er die Dokumente Di Tassis verwahrt hatte. Er zählte dreiundzwanzig Depeschen. Nachdem er sie eine Weile lang gemustert hatte, erkannte er, dass die meisten davon wie jene Briefe aussahen, welche Di Tassi ihm vor einigen Tagen auf Alldorf gezeigt hatte. Es mussten abgefangene Depeschen dieser Illuminaten sein. Er öffnete eine davon, kümmerte sich nicht darum, dass er dabei das Siegel erbrechen musste, denn er brauchte ja nicht als unsichtbarer Briefspion agieren. Sollten die Briefe keine für ihn interessante Information enthalten, würde er sie einfach wegwerfen. Er überflog die Zeilen, doch die Lektüre stimmte ihn zunehmend ratlos:

Hier folgt Philos Antwort auf die Anfrage wegen der Maurerey nebst dem, was er in dieser Sache an mich geschrieben, welches ich mir zurückerbitte. Ich bin mit ihm ganz einverstanden, und nun erwarte ich von Celsus, Cato, Scipio und Marius ein besonderes Gutachten über folgende Fragen:

Wie ist diese Losreißung vom geheimen Kapitel zu Athen durchzusetzen, so und dergestalt, dass sich das ganze geheime Kapitel nicht nur unserem ⊙ unterwirft, sondern alles überlasse, und nur von diesem allein die weiteren Grade erwartet?

Wie wäre es, wenn in dem geheimen Kapitel ein derley ⊙s Befehl verlesen würde? Von welchem Inhalt müsste er seyn? Welche anlockenden Beweggründe müssten darin enthalten seyn?

Was wäre zu thun, wenn sich die Capitularen zu dieser Trennung und Unterwerfung nicht verstehen wollen? In Summa, wie ist diese Losmachung zu Berlin zu benutzen, dass nicht nur allein die □ St. Theodor, sondern auch das geheime Kapitel selbst sich dem ⊙ unterwerfe?

Ich erwarte darüber, sobald möglich, ihre Meynungen und Entwürfe; und mir wäre es sehr lieb, wenn sie Celsus zum Director unsers ganzen Maurer-Systems ernennen wollen. Anbey aber, so wie es in den andern Provinzen geschieht, die Verwaltung der Provinz in ⊙s Sachen zur Erhaltung der Einheit und Ordnung an Cato überließen. Marius und Scipio werde ich ein

eigenes Departement anweisen, das sie ebenfalls unabhängig von den übrigen verwalten.
Philo schreibt mir auch unter anderm:
»Nun habe ich in Cassel den besten Mann gefunden, zu dem ich uns nicht genug Glück wünschen kann: es ist Mauvillon Meister vom Stuhl einer von Royal York aus constituierten ☐. Also haben wir mit ihm auch gewiß die ganze ☐ in unseren Händen. Er hat auch von dort aus alle ihre elenden Grade.«

Das nächste Schreiben war nicht weniger merkwürdig. *Der Zustand ihrer Provinz ist erbärmlich*, begann es. *Dem Himmel sey Dank, dass sie es selbst einsehen.* Es folgten allerlei Anweisungen, wie dem Übel abzuhelfen sei, insbesondere da alle, die *unter dem Directorio der Athenienser Areopagiten stehen, elend und verwahrlost* seien. Es dauerte eine Weile, bis Nicolai begriff, was das eigentlich Rätselhafte an diesen Schreiben war. Es war ihm schon aufgefallen, als ihm Di Tassi die Depeschen mit den Insinuationstabellen gezeigt hatte. Das Eigenartige war, der Tonfall dieser Geheimbriefe atmete den banalen Geist von Kanzleien. Auch die nächsten Depeschen, die er jetzt öffnete und las, bestätigten dies. Es war vor allem von Rangordnungen die Rede, von Kompetenzstreitigkeiten und Zuständigkeit. Verschwörerisch an dieser seltsamen Korrespondenz erschien ihm lediglich die Form, nicht jedoch ihr Inhalt. Die Geheimnistuerei hatte sogar etwas sehr Dünkelhaftes. Die bombastischen Namen wirkten lächerlich. Athen? Scipio? Areopag? Wer immer sich hier Briefe schrieb, stritt im Kleide eines mystischen Mummenschanzes um Allerweltsdinge: *Rechnen Sie auf meine Worte: Brutus, Attila, Lullus, Pericles und noch ein oder der andere sind gut: wir wollen sie schon noch vom allgemeinen Untergang erretten. Confucius taugt gar nicht viel: er ist zu nasenweis, und ein grausamer Schwätzer. Scipio wäre mir nach ihnen noch der liebste unter den Areopagiten, wenn er nur thätiger wäre. Vielleicht kömmt das noch.*

Nicolai schichtete die Depeschen übereinander und überlegte. Er konnte sich nicht vorstellen, dass die gleichen Personen, die sich solche Briefe schrieben, in der Lage wären, einem Menschen die Gesichtshaut wegzuschneiden. Dazwischen lagen Welten. Und der Mann, der sich vor ihren Augen mit einer zweifachen Ladung den Kopf weggeschossen hatte, war mit Sicherheit aus einem anderen Holz geschnitzt als der Narr, der die alberne Maschine zusammengezimmert hatte, auf die sie in Sanspareil gestoßen waren. Vielleicht gab es ja eine Verbindung zwischen diesen beiden Gruppen. Aber zweifellos waren sie nicht identisch.

Plötzlich traten all diese Vermutungen in den Hintergrund – als Nicolai nämlich auf einmal einen Brief in den Händen hielt, den Di Tassi am Vorabend verfasst hatte:

Hochwohlgeborener Herr,
insbesondere hochzuverehrender geheimer Sekretär,

was ich Ihnen heute berichte, wird Sie in Erstaunen versetzen, zugleich jedoch von einer großen Sorge befreien. Ich habe zuverlässige Informationen erhalten, wonach die Bestimmung der von Alldorf veruntreuten Gelder eine ganz andere ist, als wir ursprünglich vermutet haben. Hätte ich frühzeitig hiervon erfahren, wäre mir eine peinliche Situation hier in Ansbach-Bayreuth erspart geblieben, doch mein Vorgehen innerhalb der Domäne des Markgrafen war durch die Indizienlage erzwungen und duldet aus der Situation, da ich die Entscheidung treffen musste, eine Durchsuchung vorzunehmen, keinen Tadel.

Doch zunächst das wichtigste Faktum: Es ist erwiesen, dass ein Großteil der vermissten Summe an das Handelshaus Theodor van Smeth in Amsterdam geschickt wurde. Sie selbst haben mir ja bei unserer letzten Unterredung in einem anderen Zusammenhang den Namen dieses Geldhauses genannt, und so bedarf es keiner weiteren Erläuterung, wer der letztendliche Empfänger ist.

Es bekümmert mich ein wenig, in einer verzwickten Sache nun ausgerechnet diejenigen verfolgt zu haben, die eigentlich unsere Arbeit tun. Vom Kompagniehauptmann des Ansbacher Jägerkorps habe ich erfahren, dass W… und B… auf diese Weise in die Lage versetzt werden, ihren Einfluss zu stärken, und so ist die beträchtliche Höhe der Summe jetzt natürlich nicht mehr verwunderlich. Es steht außer Frage, dass eine entsprechende Beeinflussung, wie sie mir der Hauptmann unter Bezugnahme auf die Vorgänge in Sanspareil geschildert hat, durchaus im Sinne des Kaisers ist, da ein jedes Mittel recht ist, den aufgeblähten Koloss zu schwächen. Allerdings gestatte ich mir anzumerken, dass ich nicht davon überzeugt bin, dass Alldorfs Vorgehen sich darin erschöpft hat, W… und B… die Gelder zu beschaffen, die notwendig sind, um diese Sache zu einem erfolgreichen Abschluss zu bringen. Vielmehr habe ich den Eindruck, dass die von ihm instruierten Leute noch ein anderes Ziel verfolgen, dessen Natur mir allerdings – ich will es gerne zugeben – bisher verborgen geblieben ist.

Ich werde von einer weiteren Verfolgung des flüchtigen Zinnlechner und seiner Handlanger zunächst absehen und erwarte einstweilen Ihre Instruktionen, insbesondere auch bezüglich der beteiligten Subjekte, die bisher Zeuge unserer Untersuchung waren. Was den jungen Physikus betrifft, so kann ich Ihnen versichern, dass er über die Hintergründe der Angelegenheit völlig im Dunkeln tappt. Er verfügt zwar über eine außergewöhnliche Beobachtungsgabe und Verstandeskraft, hat jedoch keinerlei politische Kenntnisse oder Gespür, weshalb ich ihn als ungefährlich einstufen würde. Daher schlage ich vor, ihn zu entlassen und nur für alle Fälle für gewisse Zeit unter Beobachtung zu stellen. Die im Wald neben dem ermordeten Selling aufgefundene Zeugin hingegen ist im höchsten Maße verdächtig. Sie wurde beim Versuch ertappt, geheime Unterlagen zu stehlen, und ich befürchte, dass sie die Hintergründe von Alldorfs Plan kennt. Warum sie das enorme Risiko eingegangen ist, sich uns als Zeugin anzudienen, ist mir noch schleierhaft. Aber es würde mich nicht wundern, wenn ihre Identität eine ganz andere ist, als sie uns bisher hat glauben machen. Die Gegebenheiten hier gestatten leider keine angemessene Befragung, doch ich werde das unverzüglich nachholen, sobald wir am vereinbarten Ort eingetroffen sein werden, was morgen Abend der Fall sein sollte. Ich übersende Ihnen mit gleicher Post eine Abschrift des Berichtes unseres Agenten in Amsterdam, aus dem die oben gemachte Schlussfolgerung der Bestimmung der Geldmittel klar ersichtlich wird. Der Bericht wird außerdem durch unsere Berliner Agenten bestätigt, welche bereits seit einigen Monaten auf die gespannte finanzielle Lage der betroffenen Person hingewiesen haben und hier schon immer eine Möglichkeit für kluge und unauffällige Einflussnahme anempfohlen haben. Dass man uns nun von dieser unerwarteten Seite zuvorgekommen ist, bestätigt zwar die grundsätzliche Richtigkeit unserer Überlegungen, zeigt jedoch auch, dass zeitige Absprache der Beteiligten und rascheres Handeln bisweilen wünschenswert wären.

Ich bezeige, nach Hertzens-Aufrichtigkeit, dass ich mich glücklich schätze, mich mit Verehrung nennen zu dürfen und ersterbe

Giancarlo Di Tassi

Als er das Ende des Briefes erreicht hatte, zitterten seine Hände. Di Tassi war ein Agent! Ein Agent des Kaisers! Ein österreichischer Spion! Er lehnte sich zurück und starrte fassungslos auf das Schriftstück. Das war sein Todesurteil. Was hatte er nur getan? Und er hatte doch nur Magdalena retten wollen!

Er versuchte, ruhig zu bleiben, aber alles begann sich um ihn zu drehen. Um sich zu beruhigen, schaute er aus dem Fenster auf die Straße hinaus. Die Sonne schien. Es mochte wohl gegen zehn Uhr morgens sein. Je länger er darüber nachdachte, desto bedrohlicher erschienen ihm die Konsequenzen seines Diebstahls: Er hatte einen kaiserlichen Agenten demaskiert.

Allein der Gedanke daran trieb ihm Angstschauer durch die Glieder. Er fröstelte. Seine Knie wurden weich. Di Tassi war sicher längst aufgewacht. Während hier die Sonne aufgegangen war, hatte sie das auch in Hollfeld getan. Vermutlich jagten Di Tassis Leute seit einigen Stunden hinter ihnen her. Bis zur Landstraße nach Coburg waren ihre Spuren leicht zu verfolgen. Dann wurde es schwieriger, aber unendlich viele Richtungen gab es auch nicht. Und Di Tassi konnte leicht Verfolgungstruppen organisieren.

Nicolai war noch immer wie gelähmt und starrte fassungslos auf die Schriftzeichen vor sich auf dem Tisch: ... *durchaus im Sinne des Kaisers ist, da ein jedes Mittel recht ist, den aufgeblähten Koloss zu schwächen.* Damit konnte nur Preußen gemeint sein. Hinter der ganzen Sache steckte ein Komplott gegen König Friedrich?

Geldströme, die über Holland flossen? Berliner Agenten ... der Einfluss von B... und W...? Die beleidigende Charakterisierung seiner eigenen Person war an der ganzen Angelegenheit noch das Geringste. Wäre es doch wahr! Wäre er doch ein unwissender Feigling geblieben! Welcher Dämon hatte ihn geritten, diese Briefe zu entwenden? Wäre er nur mit Magdalena davongelaufen, ohne diese Dokumente zu stehlen! Vielleicht hätte Di Tassi über der Sache sein Kreuz gemacht. Doch jetzt konnte er das nicht mehr. Nun war alles zu spät. Er würde ihn bis ans Ende der Welt jagen. Und Magdalena ebenfalls. Weil er diesen Brief gelesen hatte. Weil er wusste, dass Justizrat Di Tassi aus Wetzlar ein Spion des Kaisers war und dass es in Berlin zwei Herren namens B... und W... gab, die eine Verschwörung gegen den König Friedrich planten, die durch Alldorfs betrügerischen Bankrott finanziert werden sollte. Kalter Schweiß bedeckte seine Stirn. Er war verloren. Wie sollten sie ihm entkommen? Wo sollten sie nur hingehen? Er lehnte sich zurück und vergrub das Gesicht in seinen Händen. Aber die Vision wollte nicht weichen. Von einer Minute zur anderen war die Welt in ein fahles, verzweifeltes Licht getaucht. Er konnte nicht denken. Er vermochte nicht einmal mehr, sich zu bewegen. Der Schock und die panische Angst, die ihn überfiel, lähmten ihn. Alles verschwamm. Was hatte er bloß getan? Wie konnte ein einziger Fehler sein Leben in solch eine ausweglose Sackgasse gelenkt haben?

Er fuhr zusammen, als er ihre Hand auf seiner Schulter spürte.

»Was ist mit dir?«, fragte sie.

Er riss erschrocken den Kopf hoch und starrte sie an.

»Du weinst? Was ist denn mit dir?«

Er brachte kein Wort heraus. Er hatte Tränen in den Augen.

War deshalb alles verschwommen? Nein. Es war die Logik der Welt, die auf den Kopf gestellt war. Er hatte doch nur helfen wollen. Und jetzt?

»Wir ... wir sind verloren«, stammelte er und rieb sich das Gesicht. »Er wird uns zu Tode hetzen.«

Sie warf einen Blick auf die Papiere vor ihm auf dem Tisch. »Steht das in diesem Brief?«

Er nickte.

Sie nahm den Bogen zur Hand und las. Der Schlaf hatte ihrem Gesicht eine frische Röte verliehen, aber nicht einmal ihr Anblick konnte ihn jetzt trösten. Sie strich ihre ein wenig zerzausten Haare zur Seite und ließ sich neben ihm nieder, ohne den Blick von dem Dokument zu nehmen. Als sie fertig gelesen hatte, legte sie den Brief wieder auf dem Tisch ab und sagte: »Was für ein dummer Mensch er doch ist.«

Nicolai fixierte sie entsetzt. »Ist dir klar, was das bedeutet?«, fragte er erbost. »Di Tassi arbeitet für den Kaiser. Die ganze Untersuchung ist Teil eines Komplotts gegen den König von Preußen. Und wir beide wissen davon. Verstehst du, was das heißt?«

Sie schaute ihn mitleidig an. »Könige kommen und gehen«, erwiderte sie. »Es gibt wichtigere Dinge. Di Tassi ist ein Narr.«

»Ein Narr?« Nicolai konnte sich kaum noch zurückhalten. »Ein Narr, der dich am nächsten Baum aufknüpfen lassen kann, wenn du ihm in die Hände fällst.«

»Er wird uns nicht finden.«

»Woher willst du das wissen?«

»Er wird uns nicht finden. Vertraue mir.«

Nicolai erhob sich brüsk und schaute wütend auf sie herab. Sie begriff überhaupt nicht, in welcher Gefahr sie schwebten.

»Vertrauen? Ich dir vertrauen?«

Er näherte sich ihr. Sie wich ängstlich ein wenig zurück.
»Was weiß ich denn über dich? Wie soll ich jemandem vertrauen, über den ich nichts weiß? Was hast du auf Schloss Alldorf gesucht? Warum warst du in dem Waldstück, wo Selling ermordet wurde?«
Ihre Stimme war fest, als sie antwortete: »Ich suche das Gift. Ich muss das Gift finden.«
Nicolai wollte sie ergreifen und schütteln. Er konnte es nicht mehr hören. Gift. Gift und Geheimbünde. Solch ein Unsinn. Es war doch offensichtlich, worum es bei der ganzen Sache in Wirklichkeit ging. Um Politik. Um Intrigen. Österreich plante ein Komplott gegen Preußen. Di Tassi stand im Dienst des Kaisers, der einen geheimen Schlag gegen Preußen vorbereitete. Der bayerische Erbfolgekrieg war gerade erst zu Ende gegangen. Preußen hatte Österreich eine schmachvolle Niederlage beschert. Und jetzt wurde offensichtlich in Wien der Gegenschlag geplant. Und er wusste jetzt davon! Vielleicht wurde bereits ein neuer Krieg vorbereitet. Und dieses naive Mädchen redete von Gift. Er bezwang seinen Zorn, atmete tief durch und sagte: »Magdalena, vielleicht gibt es ein Gift. Vielleicht gibt es böse Geister. Aber was in diesem Dokument steht, ist ungleich gefährlicher für uns.«
Sie schüttelte den Kopf. »Siehst du, du begreifst es nicht. Du bist selbst schon krank, spürst die wahre Gefahr nicht. Aber du hast mir geholfen, deshalb helfe ich dir auch. Sag mir, wohin du gehen möchtest. Ich werde dich sicher dorthin bringen. Das verspreche ich dir. Danach muss ich meine Aufgabe erfüllen.«
Nicolai glaubte, nicht recht gehört zu haben. *Sie* wollte *ihn* beschützen? Waren sie jetzt alle beide verrückt geworden? Zu-

gleich spürte er wieder, wie unterlegen er ihr war. Alles an ihr war ihm rätselhaft – und zugleich begehrenswert.

»Du mir helfen?«, brachte er gerade noch heraus. Dann kehrte die Ausweglosigkeit ihrer Situation wieder in sein Bewusstsein zurück. Sie hatten jetzt keine Zeit für diesen Streit. Jede Minute, die verstrich, brachte sie in größere Gefahr. Er musste sich konzentrieren, genau überlegen, was sie als Nächstes tun sollten. Aber vor allem musste er endlich erfahren, was in Leipzig geschehen war. Einzig und allein die Kenntnis der Vorgeschichte all dieser Vorgänge konnte sie vielleicht retten. Wenn er begreifen könnte, wo die Kräfte zusammenliefen, konnten sie ihnen vielleicht ausweichen.

»Magdalena«, sagte er matt, »du musst mir sagen, was sich letztes Jahr zugetragen hat. Bitte. Was ist mit deinem Bruder geschehen? Warum hat er Maximilian ermordet? Auch wenn ich es nicht begreife, wie du sagst, so musst du es mir trotzdem schildern. Ich muss es wissen.«

Sie schaute skeptisch auf ihn herab. Aber sie sagte nichts, sondern ging einige Schritte von ihm weg. Sie misstraut mir, dachte er. Er wandte sich brüsk ab, griff nach der anderen Tasche, in der die restlichen Dokumente verwahrt waren, und leerte sie auf dem Tisch aus. Es waren weitere Depeschen der Sorte, wie er sie eben bereits gelesen hatte, abgefangene Briefe dieser Verschwörer. Nicolai ließ einen nach dem anderen durch seine Hände gleiten, musterte die Siegel, machte sich jedoch nicht einmal die Mühe, sie zu öffnen. Was immer darin stand, würde ihm kaum weiterhelfen. Doch dann stieß er auf zwei Depeschen, deren Siegel von den anderen abstachen. Die Siegel waren bereits erbrochen worden, so dass die Briefe sich mühelos öffnen ließen. Er faltete die Bögen auf und überflog die

Botschaft darin. Es war eine Liste von Orten. Er nahm den anderen Brief zur Hand. Auch hier war nichts weiter zu lesen als eine Auflistung von Dörfern oder Städten, die er allerdings nicht kannte.

Magdalena war unweit von ihm stehen geblieben und hatte ihn beobachtet. Jetzt deutete sie auf etwas, das auf dem Tisch lag. Es war ein mehrfach gefaltetes Dokument. Eine Karte, dachte er. Eine von Di Tassis Karten. Er hob sie auf und öffnete sie. Sogleich fand er die Namen von den Listen wieder. Kleine Kreuze markierten die entsprechenden Stellen. Aber etwas ganz anderes stach noch viel mehr ins Auge. Es sah so aus, als verbreiteten sich von Nürnberg ausgehend jetzt schon drei Wolken von kleinen, schwarzen Kreuzen in alle Himmelsrichtungen. Nicolai starrte verwirrt auf die Karte. Wenn er es nicht besser gewusst hätte, so hätte man glauben können, es sei wirklich eine Epidemiekarte. Es war nicht zu fassen. So viele Kutschenüberfälle hatte es gegeben? Es mussten schon über vierzig sein.

Er nahm Di Tassis Bericht wieder zur Hand. Irgendwo stand doch dieser eigentümliche Satz. Dann hatte er ihn gefunden. *Es bekümmert mich ein wenig, in einer verzwickten Sache nun ausgerechnet diejenigen verfolgt zu haben, die eigentlich unsere Arbeit tun.* Was meinte er damit? Die Kutschenbrenner taten seine Arbeit? Wessen Arbeit? Die Arbeit des Kaisers etwa? Wieso hatte dieser ein Interesse daran, Kutschen zu verbrennen?

Er schaute wieder zu Magdalena hinüber. Da war es wieder, das überhebliche, wissende Lächeln, mit dem sie ihn vor einigen Tagen bereits verunsichert hatte.

Sie deutete auf die Karte.

»Siehst du«, sagte sie, »das Gift beginnt zu wirken.«

2.

Mein lieber Johann,

Ich schreibe Dir von der Poststation in Redach, wo ich mich für die Erledigung eines Auftrages hinbegeben habe und von wo ich morgen nach Leipzig weiterreisen werde. Es ist eine Freude, somit einige Zeit aus Nürnberg absentiert zu sein, wo ich mich doch von der Welt recht abgeschnitten fühle. Wie Du weißt, habe ich dort mit viel Mühe ein Amt als Adjutant des Stadtphysikus gefunden und darf mich glücklich schätzen, diesen bescheidenen Dienst versehen zu können.

Nun will es das Schicksal, dass ein hochstehender und einflussreicher Mann, der Dir bekannt sein dürfte, Gefallen an meinen Fähigkeiten gefunden hat und sich erbietet, mich in seine Dienste zu nehmen. Nichts liegt mir ferner, als an der Ehrenhaftigkeit dieses Angebots zu zweifeln. Doch da die Mühsal so erheblich war, das bescheidene Amt, das ich gegenwärtig versehe, überhaupt zu bekommen, regt sich in mir eine gewisse Vorsicht angesichts der Aussicht, es für eine ungewisse Zukunft einfach so aufs Spiel zu setzen. Daher wollte ich Dich ersuchen, mir über die Person meines möglichen zukünftigen Brotgebers, soweit er Dir bekannt ist, eine kurze Auskunft zu geben.

Der Sachverhalt ist in aller Kürze dieser: Justizrat Di Tassi des Reichskammergerichts zu Wetzlar ist vor einigen Tagen in Nürnberg erschienen, um den Fall eines betrügerischen Konkurses zu untersuchen. Da es hierbei auch einen Todesfall zu begutachten gab, wurde ich als Arzt hinzugezogen und in der Folge mehrmals zu unterschiedlichen medizinischen und anderweitigen Aspekten dieser Angelegenheit gehört. Die ganze

Sache macht nun offenbar eine größere Untersuchung notwendig, zu der ich, wie bereits gesagt, meinen Beitrag leisten soll und hierzu gehalten bin, mein Amt in Nürnberg demnächst gänzlich aufzugeben.

Daher, lieber Johann, wollte ich, bevor ich solch einen Schritt wage, Dich fragen, ob Du mir zuraten würdest, in die Dienste des besagten Justizrates Di Tassi zu treten. Sicher ist es in jedem Fall ehrenhaft, einem Vertreter des untadeligen Reichskammergerichts unterstellt zu sein und so vom einfachen Adjutanten zum geheimen Medizinalrat befördert zu werden. Dennoch wäre mir eine Einschätzung Deinerseits, der Du schließlich die Welt der Behörden, Titel und der damit verbundenen Bezüge sehr viel besser kennst als ich, sehr willkommen und ich Dir in der Folge zu tiefstem Dank verpflichtet.

Ich übersende Dir diese Anfrage durch privaten Boten. Das Entgelt für die Beförderung Deiner Antwort hat dieser bereits erhalten, und ich ersuche Dich dringend, Dein Retourschreiben keinesfalls der Reichspost, sondern ausschließlich diesem mir privat verbundenen Boten anzuvertrauen. Es wäre mir nämlich äußerst unangenehm, wenn durch irgendein Versehen meine in allein persönlicher Vorsicht begründeten Erkundigungen Dritten bekannt würden. Außerdem bitte ich Dich, Deine Antwort nach Leipzig an das Hotel de Saxe zu expedieren, da ich auf diese Weise Deine Bemerkungen vor meiner Rückkehr nach Nürnberg erhalten werde und für meine Entscheidung durchdenken kann.

Ich danke Dir im Voraus für Deine Hilfe und verbleibe in Freundschaft

Dein Nicolai

3.

Sie brachen noch am gleichen Abend auf. Nicolai hatte alles versucht, aber Magdalena war nicht dazu zu bewegen gewesen, ihm mehr zu sagen, als dass sie ihn sicher nach Leipzig bringen könne. Auf welcher Strecke? Das wisse sie sehr gut. Wo sie sich verstecken und übernachten könnten? Bei ihren Freunden. Wer diese Freunde seien? Vertrauenswürdige Menschen.

Am Ende hatte er aufgehört zu fragen. Letztlich hatte er keine Wahl gehabt. Di Tassis Karte und seine Diskussionen mit Magdalena hatten ihm nicht nur gezeigt, wie dicht das Netz der Informanten und Spione geknüpft sein musste, sondern auch, dass er ohne die offenbar ausgezeichnete Ortskenntnis und die Kontakte des Mädchens wenig Aussicht hatte, Di Tassis Häschern zu entgehen. Sie würden nachts reisen. Wann immer er sie fragte, wo sie sich den Tag über verstecken könnten, deutete sie auf eine weiße Stelle auf Di Tassis Karte und sagte: »Hier.«

Den Rest des Nachmittags hatten sie ausgeruht, dann eine ausgiebige Mahlzeit zu sich genommen und dem erstaunten Glasermeister ihren vorzeitigen Aufbruch verkündet. Als sie den Flecken verließen, war es bereits dunkel. Zumindest für eine weitere Nacht wären sie vor ihren Verfolgern sicher.

Er hatte sich gefügt, denn schon nach zwei Meilen hatte er festgestellt, dass Magdalena die Gegend wirklich sehr gut kannte. Wann immer sie die Hauptstraße verließ und er glaubte, im nächsten Augenblick würden sie zwischen den eng stehenden Bäumen oder Büschen stecken bleiben und zum Umkehren gezwungen sein, fand sie doch immer wieder einen Durchgang auf ein offenes Feld oder einen kleinen Pfad, der weit ab von der Hauptstraße in ihre vorgesehene Richtung führte. Alle zwei Stunden machten sie eine Pause, hielten einmal auch länger an, um etwas zu essen, machten jedoch kein Feuer und unterhielten sich wenig.

Das einsame Gehöft, auf das sie in der Morgendämmerung zuritten, lag am Ende eines kleinen Tals. Soweit Nicolai beobachtet hatte, gab es weit und breit keine Siedlung. Das Gehöft selbst bestand aus einem Hauptgebäude und links und rechts davon jeweils einem Schuppen. Im Haus rührte sich nichts, als sie davor abstiegen. Die Fensterläden waren verschlossen. Die Kamine rauchten nicht. Magdalena war offenbar mit diesem Ort gut vertraut. Sie ging auf die Haustür zu und versuchte, sie zu öffnen. Aber das gelang ihr nicht. Nach einigen Augenblicken gab sie auf, kehrte zu ihm zurück, nahm die Zügel ihres Pferdes wieder an sich und deutete auf einen der beiden Schuppen. Dort hatten sie mehr Glück. Sie gingen hinein. Offenbar hatten hier bis vor kurzem noch einige Pferde gestanden.

»Sie werden nach Saalfeld geritten sein«, sagte Magdalena. »Wir müssen warten, bis sie zurück sind.«

Nicolai erwiderte nichts, sondern versorgte die Pferde. Als er damit fertig war, schulterte er sein Gepäck und folgte Magdalena, die in den anderen Schuppen vorangegangen war. Als er dort eintraf, hatte sie bereits an einer Stelle Stroh zusammengeschichtet und ihre Satteldecken darauf ausgebreitet. Nicolai zog die Brettertür hinter sich zu und durchquerte den stallartigen Bau. Es befand sich nur Stroh darin, das wohl für den Winter hier gelagert wurde. Insofern hatten sie es gut getroffen. Ein bequemeres Bett war kaum denkbar. Er legte das Gepäck ab, löste seinen Reitumhang und begann, seine Stiefel auszuziehen. Magdalena lag bereits in ihren Umhang gehüllt auf dem Lager und betrachtete ihn. Nicolai wich ihrem Blick aus. Ihm war unbehaglich zumute. Er war noch nie in einer solchen Situation gewesen. Das Zwielicht des Morgens und die einsame Stille dieses Ortes versetzten ihn in eine melancholische Stimmung. Seine Augen schmerzten vor Müdigkeit. Aber zugleich war er hellwach. Sein Herz klopfte, obwohl es eigentlich keinen Grund dafür gab. Hier waren sie sicher. Die Pferde waren gut verborgen. Dieser Gutshof lag völlig einsam und abgelegen. Zwar hatten sie wenig Proviant und würden wohl noch einige Stunden hungern müssen, bis die Bewohner dieses Hauses wieder zurück waren, aber sie konnten gut versteckt ausruhen und brauchten keine Angst zu haben. Hier würde Di Tassi sie niemals finden.

Dennoch war er nervös, als er sich in zwar geringer, aber merklicher Entfernung neben Magdalena auf das Stroh legte, seinen Reitumhang über sich warf und ein Strohbündel zu einer Kopfstütze zusammenballte. Als er fertig war und wieder zu ihr hinüberschaute, sah er, dass sie ihn die ganze Zeit angeschaut hatte. Er wandte den Kopf ab und starrte auf eines der beiden Fenster, hinter dem sich der heller werdende Morgenhimmel abzeichnete. Was geschah hier mit ihm?

»Ich stamme von Eva von Buttlar ab«, begann sie plötzlich, »der Begründerin der Gesellschaft Evas. Hast du davon schon einmal gehört?«

Nicolai schüttelte den Kopf und drehte sich langsam zu ihr herum. Jetzt hatte sie also beschlossen, ihm ihre Geschichte zu erzählen. Hier, in diesem Stall.

»Eva war eine Hofdame am Hof in Eisenach«, fuhr sie fort. »Es gehörte damals nicht zu Weimar, sondern war durch die sächsische Landesteilung Residenzstadt geworden. Im Alter von vierzehn Jahren wurde sie mit dem fürstlich-sächsischen Pagenhofmeister Jean de Vésias verheiratet, einem gebürtigen Franzosen.«

Sie hatte sich jetzt halb aufgerichtet, den Kopf auf ihre linke Hand gestützt, während die andere Hand mit einem Strohhalm spielte, den sie aus dem Bündel unter sich herausgezupft hatte. »Sie führte einige Jahre lang das für diesen Stand übliche Leben, welches, wie du vielleicht weißt, ein völlig sinnentleertes, viehisches Dasein ist. Nach ihrer Erweckung in ihrem achtzehnten Jahr warf sie allen Hofstaat von sich, kleidete sich in demütiger Weise, ging gerne mit geringen und verachteten Menschen um, wodurch sie zunächst den Spott, dann den Zorn und schließlich die Verachtung des Hofstaats auf sich zog. Bösartige Gerüchte wurden in die Welt gesetzt, sie treibe Hurerei. Ausgerechnet Hurerei!«

Sie spie das Wort buchstäblich aus.

»In Wahrheit hatte sie sich seit Jahren ihrem Mann verweigert und diesem auch kein Kind geschenkt, da sie die Ehe als gottlosen Stand schon immer abgelehnt hatte.«

Nicolai glaubte sich verhört zu haben und unterbrach sie. »Die Ehe ein gottloser Stand?«

Sie nickte. »Ja, natürlich. Dies war ein Teil von Evas Erleuchtung: das Widernatürliche des Ehebundes und aller anderen damit verbundenen kirchlichen Gebote. Das wahllose Fortpflanzungsgebot. Das Scheidungsverbot. Sie hatte die würdelose, erniedrigende Existenz des Menschen, vor allem jedoch der Frauen, am eigenen Leib erfahren. Durch eine Eingebung war ihr der Ausweg daraus enthüllt worden: das *mysterium patris*, das Geheimnis des Vaters, mit anderen Worten: die von der Kirche seit Anbeginn der Zeit verratene zweite Erlösung.«

»Die zweite Erlösung?«, wiederholte Nicolai ratlos.
»Ich weiß, dass du das nicht begreifen kannst.«
»Ich versuche es«, warf er hastig ein. »Was ist die zweite Erlösung?«
»Warum ist Jesus zu uns gekommen?«, fragte sie zurück.
Nicolai zuckte etwas ratlos mit den Schultern. »Um uns von unseren Sünden zu erlösen«, sagte er dann.
»Nein. Gott liebt uns, deshalb hat er uns seinen Sohn geschickt. Als Zeichen der Liebe. Jesus war nur ein Wort. Ein Wort, das Fleisch geworden ist. Dies ist das Geheimnis. Der Geist ist im Fleisch und das Fleisch ist vom göttlichen Geist erfüllt. Und das Fleisch kann wieder Geist werden, in jedem Augenblick. Das Göttliche ist dem Leib eingeschrieben. Aber nicht in den toten Buchstaben der Schriftgelehrten, sondern in lebendigem, heiligem Sinn. Man hat uns betäubt, mit Weihrauch, Schrift und Abendmahl. Aber Eva hatte das erkannt. Sie verweigerte sich allem katholischen und auch lutherischen Götzendienst, verlachte die Schrift, das Abendmahl und alle kirchliche Autorität. Kein Mensch, der von Gott gemacht sei, bedürfe einer Kirche, sagte sie. Gott sei in ihr, jeder Körper sei eine Kathedrale, aus der das göttliche Licht von selbst erstrahle. Sie verfügte über ein geistiges Priestertum. Ihr Körper war ihr Offenbarungsmedium. Keine der Schwarzkutten, deren Herzen so hart, kalt und finster sind wie die Steine der Kirchengruften, in denen sie sich vor der Wahrheit verschanzen, hatte ihr etwas zu sagen.«
Sie machte eine Pause. Ihre Augen glänzten. Ihr Atem ging rascher. Es war, als durchlaufe sie eine Erregung, die sich auf ihren geröteten Wangen niederschlug. Nicolai senkte betreten den Kopf und betrachtete ihre schönen Hände. Magdalenas merkwürdige Gedanken verunsicherten ihn zunehmend. Das Fleisch

kann Geist werden? Die zweite Erlösung? Was meinte sie damit? Klang sie nicht ebenso wie die herumziehenden Schwärmer, die auf den Marktplätzen in Ekstase verfielen und von Erlösung faselten?

»Schon bald musste sie Eisenach verlassen. Sie hatte bereits eine kleine Gruppe von Gläubigen um sich gesammelt. Doch je mehr Anhänger ihre Lehre fand, desto bösartiger wurde die Verfolgung, der sie ausgesetzt war. Vor allem die Pietisten, deren Lehre sie doch eigentlich von allem Beiwerk befreit und auf ihren wahren Kern zurückgeführt hatte, begannen die abscheulichste Propaganda gegen sie in Gang zu setzen. Ganz Thüringen verschwor sich gegen sie, in Gotha, Erfurt und Eisenach kursierten die unglaublichsten Verleumdungen, so dass sie sich gezwungen sah, immer wieder zu fliehen und sich in den Schutz erleuchtungswilliger Fürsten zu begeben. Überall verfolgten sie üble Nachrede, Vorurteil und Hass. Doch an jeder neuen Station wuchs auch ihr Zulauf: Wer ihr begegnete, wurde ihr Jünger. In Usingen, in Laasphe, in der Grafschaft Sayn-Wittgenstein, in Glashütte und in Saßmannshausen. Sie hatte die Macht der zweiten Erlösung. Aus ihr strahlte das *mysterium patris*. Wer an ihrem Körper Anteil hatte, erlebte die Erlösung aus seiner Leibhaftigkeit. Sie kannte das wahre Geheimnis der Geistwerdung des Fleisches, der zweiten Erlösung des Leibes, welche die Erlösung des Geistes vollendet.«

Nicolai wurde unbehaglich zumute. Was redete Magdalena da? Was meinte sie mit Teilhabe an Eva Buttlars Körper?

»Diese ursprüngliche Gemeinde existiert nicht mehr. Der Hass der Verfolger war unerbittlich. Sie wurden durch das halbe deutsche Reich gejagt. Manche entgingen der Verfolgung, indem sie ins Ausland entwichen, nach Russland, nach Schweden und sogar nach Pennsylvanien in die englischen Kolonien. Meine Großmutter hatte bis zum Schluss in der Gesellschaft gelebt und floh am Ende in die Schweiz. Dort lebte sie unter falschem Namen mit einigen der Übriggebliebenen völlig zurückgezogen bei Rapperswil. Aus Angst vor Entdeckung hüteten sie das Geheimnis in völliger Zurückgezogenheit, trafen sich heimlich in Konventikeln, von deren Existenz nur wenige wussten. In manchen Nächten versammelten sie sich zu ihren heilenden Übungen, um das Geheimnis der zweiten Erlösung zu bewahren und weiterzugeben. Dort wurde meine Mutter empfangen, und auch mein Bruder und ich.«

»Empfangen?«, fragte Nicolai verwundert. »Von wem empfangen?«

»Vom Geist Evas im Körper des Vaters«, erwiderte Magdalena.

»Welches Vaters?«

»Nicht des Vaters der Luziferkirche, sondern von den Vorboten des Fleisch gewordenen Vatergottes. Ich bin von vielen Vätern in Liebe gezeugt, aus reiner Liebe. Nicht aus Lust.«

Nicolai fand keine Worte. Was sagte sie da? Hatte er richtig gehört? Aber Magdalena fuhr bereits fort.

»Wer zur reinen Liebe finden will, muss die Lust überwinden. Die Kirche hat diese einfache Wahrheit verdreht und ihr ganzes mächtiges Reich darauf errichtet. Nur *durch* die Lust führt der Weg zur Liebe, nicht *gegen* sie. Das reine Begehren unserer natürlichen Sinne ist unser einziges Vermögen, das Heilige zu erkennen.«

Sie schwieg einen Augenblick lang. Der Arzt war wie verhext von ihrer seltsamen Rede. Sie fasste ja nur in Worte, was jede Bewegung ihres Körpers, ja ihre ganze Erscheinung unverwandt ausstrahlte. Diese Frau hatte eine sinnliche Macht über ihn, der er sich nicht entziehen konnte. Er wollte aufstehen, zu ihr hingehen, sie unter sich auf ihr Lager drücken und ihren Körper besitzen. Aber er konnte nicht. Sie hatte ihn völlig in ihrer Gewalt. Ihre Stimme war in seinem Kopf. Er vermochte kaum, sich zu bewegen.

Sie betrachtete ihn jetzt mit einer Mischung aus Zärtlichkeit und Mitleid. Plötzlich erhob sie sich, ging auf ihn zu und blieb direkt vor ihm stehen. Er schaute zu ihr auf, unfähig, irgendetwas zu sagen oder zu tun. Ihr schwarz gefärbtes Haar fiel über ihre Schultern. Ihre Brüste hoben und senkten sich mit ihren tiefen Atemzügen. Ihr Unterkörper schob sich leicht nach vorne. Dann griff sie mit beiden Händen nach ihrem Kamisol, löste die Knöpfe und ließ ihr Hemd über die Schultern hinabgleiten. Nicolais Mund wurde trocken. Sein Puls begann zu rasen. Fassungslos betrachtete er Magdalenas nackte Brüste, die sich ihm entgegenwölbten. Er starrte auf ihre steifen Brustspitzen und die Gänsehaut, die sich um die Höfe herum gebildet hatte. Eine leichte, kreisende Bewegung ihrer Hüfte ließ nun auch noch den Rest ihrer Bekleidung zu Boden sinken. Die ganze Pracht ihres jungen Körpers war nur eine halbe Armeslänge von ihm entfernt. Sein Blick glitt über sie hinweg, nahm alle Einzelheiten auf: die weiche Wölbung ihres mädchenhaften Bauches, der von blondem Haar bedeckte Venushügel, die zarten Schenkel, die jetzt auseinander glitten und ... was tat sie? Sie zog seinen Umhang von ihm herunter und kam dann auf ihm zu sitzen. Sie ergriff seine beiden Hände und legte sie auf ihre Brüste.

»Denn so ist es mit der Seele des Menschen«, sagte sie jetzt. »Sobald sie von Gott berührt wird, gibt Gott ihr die Möglichkeit, zu sich selbst zurückzukehren, bei sich selbst einzukehren und sich mit ihm zu verbinden. Sie spürt dann, dass sie nicht für die

Genüsse und Kleinigkeiten der Welt geschaffen wurde, sondern dass sie eine Mitte und einen Zweck hat und dass sie sich bemühen muss, dorthin zurückzukehren.«

Jetzt hielt es ihn nicht mehr. Er fuhr hoch, umklammerte ihren Oberkörper und suchte ihre Lippen. Sie erwiderte seinen Kuss, doch nur einen kurzen Augenblick lang. Dann stieß sie ihn sanft zurück, zwang ihn, sie untätig zu betrachten, und sprach weiter.

»So ist es mit diesen Seelen. Manche bewegen sich sanft, bis zur Vollendung, und erreichen doch nie selbst das Meer der Erlösung, sondern verirren sich in einem stärkeren, reißenderen Strom, der sie mit sich fortnimmt. Dann wiederum gibt es die unruhigen, wild vorwärts drängenden, die gleichfalls zu wenig nutze sind. Sie bersten gegen die Felsen und verbrauchen sich.«

Nicolai hatte keine Geduld mehr für ihre seltsamen Reden. Er wollte durchaus bersten und sich verbrauchen. Er presste erneut seine Lippen auf ihren Mund, streichelte ungeduldig ihren Körper, liebkoste ihre Brüste, umfasste ihre Taille, hob sie ein wenig hoch und rollte sich mit ihr zur Seite. Jetzt lagen sie nebeneinander auf der Seite. Ihr Haar war voller Halme, ihr Körper von feinem Staub bedeckt, der allmählich aus dem bewegten Stroh aufstieg. Sie sprach noch immer, während er sie nun überall berührte. Sie wehrte sich nicht, versuchte jedoch sanft, ihn zum Innehalten zu bewegen. Doch er vermochte sich nicht mehr zu bremsen. Er riss sein Hemd über den Kopf, entledigte sich mit ungeschickten Bewegungen seiner Beinkleider und versuchte, sich mit ihr zu vereinigen. Doch da widersetzte sie sich plötzlich vehement, bedeckte ihr Geschlecht mit ihrer Hand und richtete sich auf. Er begriff nicht.

»Was tust du?«, fragte er atemlos.

Sie schaute ihn ernst an. »Deine Lust. Mein Gott, wie weit bist du entfernt von ihm.«

»Von ihm? Von wem?«, erwiderte er, zugleich ungeduldig und verwirrt.

Sie rückte etwas von ihm ab. »Schau mich an«, sagte sie leise und lächelte jetzt wieder. »Ganz ruhig. Ich gehöre dir. Es ist alles gut.« Sie strich mit ihrem Finger über seine Augenbrauen, seinen Mund, fuhr dann mit dem Finger zwischen seine Lippen und liebkoste seine Zunge. Ihre andere Hand glitt nun über die Innenseite seines Schenkels, bekam sein Glied zu fassen und umschloss es. Nicolai stöhnte leicht auf.

»Aber wir gehören ihm«, fuhr sie jetzt fort. »Ich bin nur das Werkzeug deiner Befreiung. Du musst *ihn* suchen, nicht mich.«

Aber Nicolai wusste längst, was er suchte. Er umfasste erneut ihre Taille, fast besinnungslos vor Lust. Die Berührung ihrer nackten Haut setzte ein rauschhaftes Verlangen in ihm frei, das sie unvermittelt spürte. Sie griff noch fester zu, umklammerte nun auch seinen Nacken, schloss die Augen und öffnete leicht die Lippen.

»…*les fleuves de Dieu sont remplis* …«, flüsterte sie, »… denn der göttliche Lebensbrunnen vertrocknet nicht und wenn nur viele seine Süßigkeit im Herzen schmecken wollten und stets danach dürsten … *la douceur divine dans l'amour de nos corps* … in der Liebe unserer Körper …«

Nicolai taumelte. Er konnte überhaupt nicht mehr unterscheiden, ob er wachte oder träumte. In den Genuss der körperlichen Berührung schob sich allmählich eine ihm völlig unbekannte Empfindung. Er hatte das Gefühl, aus sich herauszufließen, in einen Strudel aus Licht und Wärme hineingerissen zu werden. Er wollte dort nicht hin, doch er hatte keinerlei

Kontrolle mehr über sich. Magdalena zog ihn zu sich hin, auf ihren heißen, schwitzenden Körper zu, der sich an ihn presste. Ein unglaubliches Gefühl strömte aus seinem Schoß über seinen Unterleib zu ihm herauf. Er blickte an sich hinab. Ihre beiden Hände hielten ihn jetzt umfasst. Ihre Finger waren ineinander verschränkt, als betete sie. Aber sie betete ja wirklich. Die französischen und deutschen Worte aus ihrem Mund waren nichts anderes als Gebete. Jetzt lag sie unter ihm, reckte ihren Hals und warf ihren Kopf leicht hin und her. Dann fixierte sie ihn wieder, schlang ihre Schenkel um seine Hüften, löste ihre Hände von seinem Glied und nahm ihn in sich auf.

4.

Er schrak hoch und schaute sich verwirrt um. Erst allmählich begriff er, wo er sich befand. Er lag unter seinem Umhang auf dem wärmenden Strohlager. Magdalena war verschwunden. Er lauschte. Draußen hörte er Stimmen. Ihre Freunde mussten gekommen sein. Er suchte in seiner Erinnerung nach den letzten Momenten, bevor er eingeschlafen war. Ihr Haar, die Wärme ihrer Haut, die wundervolle Nähe. Ihre merkwürdigen Reden. Wie lange hatte er geschlafen?
Er warf den Umhang von sich und kleidete sich rasch an. Durch das kleine Fenster im Dachfirst sah er, dass der Himmel sich aufgeklärt hatte. Es musste schon Mittag sein. Eine Tür schlug zu, und die Stimmen draußen verstummten. Als er, noch immer ein wenig benommen, aus dem Schuppen heraustrat, war der Platz davor verlassen. Die Fenster des Haupthauses waren

weiterhin geschlossen, aber weißlicher Rauch stieg über dem Dach in den klaren Himmel hinauf. Nicolai zögerte. Sollte er ihr folgen, an die Tür klopfen? Aber da öffnete sie sich schon. Magdalena trat heraus, schloss die Tür schnell hinter sich und kam auf ihn zu.

»Sie sind zurückgekommen«, sagte sie. »Ich habe ihnen erklärt, dass wir bis zum Einbruch der Dunkelheit bei ihnen Schutz suchen und dann weiterreiten werden. Hier ist etwas zu essen. Ich komme heute Abend zu dir.«

»Heute Abend? Aber was wirst du so lange tun?«

»Ich muss einiges mit ihnen besprechen. Wir haben uns lange nicht gesehen. Du kannst nicht zu ihnen. Du bist keiner von uns. Bitte verstehe das und warte hier auf mich.«

Damit ließ sie ihn stehen und kehrte ins Haus zurück. Nicolai öffnete den Leinensack, den sie ihm in die Hand gedrückt hatte. Es war ein halber Laib Brot darin, ein Apfel und ein Stück Speck. Missmutig kehrte er in den Schuppen zurück.

Der Anblick des zerwühlten Strohlagers zerstreute alle Zweifel. Er hatte nicht geträumt. Während er aß, kehrten die Bilder in seine Erinnerung zurück. Eine Schwärmersekte, dachte er. Magdalena gehörte einer Schwärmersekte an. Er musste jetzt vor allem einen klaren Kopf behalten. Niemals hatte eine Frau so zu ihm gesprochen. Und er begriff nicht, was eigentlich geschehen war. Warum hatte sie das getan? Warum jetzt? Sie wollte ihn benutzen, ihn mit ihren Reizen betäuben, um ihn sich dienstbar zu machen. Anders war das alles doch nicht zu erklären. Aber wozu?

Er musste wissen, was hier gespielt wurde. Magdalena war im Frühjahr bei Alldorf gewesen. Daran bestand für ihn kein Zweifel mehr. Sie suchte Alldorfs Geheimnis, ebenso wie der

Justizrat. Und als Alldorf gestorben war, setzte sie sich auf die Fährte von Zinnlechner und Selling. Deshalb war sie in diesem Waldstück aufgetaucht. Sie hatte die beiden verfolgt und wäre fast selbst dem Hinterhalt zum Opfer gefallen. Doch zugleich war sie dadurch in die Gefolgschaft dessen geraten, der die Mittel hatte, die Suche fortzusetzen. Deshalb hatte sie sich Di Tassi freiwillig als Zeugin angedient.

Er erhob sich und ging auf und ab. Das Warten machte ihn nervös. Aber es gab ihm auch die Möglichkeit, noch einmal alles zu überdenken. Er musste nach Leipzig. Dort hatte das alles begonnen. Magdalena konnte er nicht trauen. Irgendetwas stimmte nicht mit ihr. Er musste jemanden ausfindig machen, der ihren Bruder gekannt hatte und ihm berichten würde, was wirklich vorgefallen war. Und er würde sich über die Verhältnisse am Berliner Hof erkundigen. Es gab ja jetzt immerhin einige Anhaltspunkte. B... und W...? Das waren wertvolle Hinweise. Dazu kam all das, was er über Alldorf und die Illuminaten herausgefunden hatte. Und dann war da noch das Gift. Der rätselhafteste Teil der ganzen Sache. Die Vomika. Die Heimwehkrankheit.

Er zog Di Tassis Karte hervor, schlug sie auf und betrachtete fasziniert das wolkenförmige Muster der kleinen Punkte auf dem Pergament. Was immer hier geschah, es geschah nicht zufällig. Jemand ließ diese Überfälle durchführen, um ein Zeichen zu setzen. Aber wie war es zu lesen? War es ein geheimer Code, so geheim, dass selbst Di Tassi und sein ganzer Stab von Spionen und Dechiffreurs ihn nicht entschlüsseln konnten? Und was besagte der Code? Bezeichnete er weitere Ziele? Meldete er Erfolge? Stellte er Fragen? Wer kommunizierte hier mit wem? Und worüber?

Nicolai zerbrach sich den Kopf. Aber so konnte man sich dieser Sache nicht annähern. Mit Vernunft kam man hier keinen Schritt voran. Hier waren Leute am Werk, die in Wahnvorstellungen gefangen waren. Er musste versuchen, diesen Wahn zu verstehen. Vielleicht verhielt es sich ja so ähnlich wie mit der Magd, die er mit Eisenplatten geheilt hatte? Ihre Krankheit war eingebildet. Aber ihr Körper hatte reale Symptome produziert. War es hier möglicherweise genauso? Reagierten diese Verschwörer auf irgendetwas, das nur für sie Wirklichkeit besaß? Und brachte diese Reaktion auf etwas Eingebildetes eine Wirklichkeit hervor? Spiegelte diese Karte das wider? War sie der reale Abdruck einer Vorstellung, einer Einbildung? Aber welcher?

Er musste die Tatsachen erfassen. Seit einigen Wochen griffen marodierende Banden Kutschen an. Allem Anschein nach hatte Alldorf vor seinem Tod das Muster dieser Überfälle festgelegt. Doch wozu? Für wen? Nicolai beugte sich über die Karte. Drei längliche Wolken von Markierungen strebten von Schloss Alldorf weg. Eine nach Osten, die anderen nach Westen und nach Norden. Im Süden hatte es offenbar keine Überfälle gegeben. Oder hatte Di Tassi noch nicht alle Eintragungen vorgenommen? Nicolai suchte die Depeschen heraus, in denen die Boten die jüngsten Überfälle gemeldet hatten, und verglich die Markierungen auf der Karte mit den angegebenen Postkursen. Tatsächlich fand er nach einigem Suchen Überfallmeldungen, die Orte südlich von Nürnberg betrafen. Aber nicht nur das. Es gab auch einen Postkurs, den er auf der Karte überhaupt nicht finden konnte. Er markierte zunächst die Kurse im Süden. Dann nahm er einige lange, dünne Strohhalme zur Hand und legte sie horizontal und vertikal so über die Karte, dass ein Netz aus

Quadraten daraus entstand. Sodann durchsuchte er systematisch jedes Quadrat nach dem ihm unbekannten Kursabschnitt. Im fünften Quadrat wurde er fündig. Der Postkurs Ueckermünde-Pasewalk lag weit im Norden, bei Stettin. Verwundert markierte er die Stelle, entfernte die Strohhalme wieder und betrachtete das entstandene Muster erneut. Bis zur Ostsee hinauf sollte diese Bande unterwegs sein? Nein, das war unwahrscheinlich. Vermutlich ging der Überfall dort oben auf das Konto gewöhnlicher Straßenräuber. Aber sogleich kamen ihm Zweifel. Nein, wenn der Fall gemeldet worden war, dann, weil wieder eine Kutsche gebrannt hatte. Und das war völlig außergewöhnlich. Kein normaler Kutschenräuber tat so etwas. Und das konnte nur bedeuten, dass diese Überfälle ganz Deutschland heimzusuchen begannen. Und welches Muster entstand dabei? Nicolai fuhr zusammen. Natürlich! Di Tassi hatte offenbar noch keine Zeit gehabt, die neuen Punkte einzutragen. Denn wenn er die nördlichsten und die südlichsten Punkte markiert hätte, wäre es ihm sofort aufgefallen. Ohne diese hatte man den Eindruck, sie lägen alle auf einer Achse zwischen Frankfurt und Wien. Doch jetzt kam noch eine zweite, sehr viel längere Achse hinzu, die in den Norden hinaufragte. Ein Kreuz! Es schien, als würde da allmählich ein Kreuz entstehen. Ein Kreuz, das auf dem Kopf stand, aus brennenden Punkten geformt.
Nicolai lehnte sich zurück und starrte auf das Pergament vor ihm auf dem Boden. Es war geradezu unheimlich. Jeder dieser Punkte stand für eine Postkutsche, die in Flammen aufgegangen war. Und in ihrer Gesamtheit begannen sie, ein gigantisches Kreuz zu zeichnen, dessen Schnittpunkt in Alldorf lag und das sich über das gesamte Deutsche Reich zu erstrecken schien. Doch das eigentlich Phantastische an der ganzen Sache war

etwas ganz anderes. Wer, außer dem Besitzer dieser Karte, konnte dieses Kreuz überhaupt sehen? Wer, der nicht wie Di Tassi über ein weit verzweigtes Spitzelnetz verfügte, das all diese kleinen Einzelfeuer zusammentrug, vermochte dieses Muster überhaupt zu erkennen? Nur ein Blick, der die Welt aus einer riesigen Entfernung betrachtete. Nur ein Auge im Himmel!

Die merkwürdige Maschine aus Sanspareil kam Nicolai wieder in den Sinn. Und das fensterlose Zimmer in Alldorfs Bibliothek, die schachtartige Öffnung, durch die man sogar tagsüber die Sterne sehen konnte. Nein, es gab keinen Zweifel. Nur ein Adressat kam für dieses gigantische Kreuzzeichen in Frage: Gott! Jemand schrieb eine Botschaft für den Himmel. Es war komplett verrückt. Aber es gab keine andere Erklärung.

Er legte erneut Strohhalme auf das Blatt und betrachtete die Städte, welche die Linien dieses Kreuzes durchschnitten. Die Nord-Süd-Achse verlief über Ulm, Nürnberg, Leipzig und Berlin zur Ostsee hinauf. Die Ost-West-Achse folgte Frankfurt, Hanau, Würzburg, Nürnberg und Regensburg und verlief dann längs der Donau in Richtung Wien. Es war ungeheuerlich. Ein Leuchtfeuer für den Himmel, genährt von verbrannten Schriften.

Nicolais Augen begannen zu schmerzen. Es wurde allmählich zu dunkel hier drin. Er packte die Unterlagen sorgfältig wieder zusammen und ging dann zur Tür. Ein feiner Dunst schwebte über der Landschaft. Entweder war es etwas wärmer geworden, oder er selbst war so erhitzt von seiner Entdeckung, dass es ihm nur so vorkam. Er ging über den Vorplatz, musterte dabei das Haus, doch es war noch immer völlig verschlossen. Im Stall war alles in Ordnung. Er zählte sechs zusätzliche Pferde, die zu den ihren hinzugekommen waren, was immerhin ein Hinweis darauf war, wie viele Anhänger dieser abgelegene Konventikel hatte. Er verstaute sein Gepäck in seinen Satteltaschen und überlegte, ob Magdalena wohl schon öfter hier gewesen war. War sie nicht in der Schweiz zu Hause? Aber diese Schwärmer waren ja bekannt dafür, dass sie viel herumreisten. Man sah fast mehr Prediger und Gebetsbrüder auf den Landstraßen als Handwerker.

Er ging wieder nach draußen und spitzte die Ohren. Aber es war alles still. Jenseits dieser Mauern hielten sich mindestens sieben Personen auf, und man hörte kein Wort. Was geschah wohl in diesem Haus? Wann würde Magdalena endlich herauskommen? In spätestens einer Stunde war es dunkel. Wenn sie frühzeitig aufbrachen und die ganze Nacht gut vorankamen, könnten sie morgen in Leipzig sein.

Er ging um das Haus herum. Nirgends ein unverdecktes Fenster. Er trat an einen der Fensterläden heran und versuchte zwischen den Ritzen hindurchzuschauen. Aber er konnte nichts erkennen. Auf diese Weise bewegte er sich langsam um das ganze Haus herum. Aber kein Lichtschimmer drang nach draußen. Die Fenster hinter den Läden mussten verhängt sein. Vielleicht befand sich die Gesellschaft im oberen Stockwerk? Oder im Keller?

Plötzlich hörte er etwas. Er legte den Kopf an das Holz. Das Geräusch war stark gedämpft, aber durchaus noch vernehmbar. Es war Gesang. Wenige Augenblicke später hatte er den Eindruck, der Boden öffne sich unter seinen Füßen. Er kannte diesen Gesang! Es war das gleiche Lied, das der Illuminat vor seinem Selbstmord angestimmt hatte! Nicolai schrak zurück. Also doch! Sie gehörte zu ihnen! Er drehte sich um und ließ seinen Blick über die Waldeinsamkeit gleiten, die ihn umgab.

Aber es war aussichtslos. Alleine würde er den Weg nicht finden. Die Gefahr, sich zu verirren oder Di Tassis Häschern in die Arme zu laufen, war zu groß. Er konnte nichts tun als warten. Er kehrte in den Schuppen zurück, schloss die Tür, setzte sich in dem nun fast völlig dunklen Raum auf einen der Strohballen und lauschte in die Stille hinein.

5.

Es war das Geräusch von Hufen, das ihn weckte. Er bewegte sich nicht, starrte zur Tür, die sich langsam öffnete.
»Nicolai?«
Es war ihre Stimme. Er erhob sich. Kalte Luft strich über ihn hinweg.
»Nicolai. Bist du wach?«
»Ja«, erwiderte er.
»So lass uns aufbrechen.«
Als er die Tür erreichte, war sie bereits auf den Vorplatz zurückgekehrt. Mehrere Menschen standen bei ihr, hielten die Pferde und unterhielten sich flüsternd mit ihr. Als er auf die Gruppe zuging, begann einer nach dem anderen, Magdalena zu umarmen, und beeilte sich dann, ins Haus zurückzukehren, bevor Nicolai herangekommen war. Der Arzt wusste nicht, ob er erleichtert sein oder sich ärgern sollte. Hatte er vielleicht die Pest? Warum waren diese Leute so fleißig bemüht, sich vor ihm zu verbergen? Er konnte nicht einmal erkennen, ob es Männer oder Frauen waren. Unter ihren Kutten, die sie übergeworfen hatten, sahen sie alle gleich aus.

Er prüfte, ob sein Pferd gut gesattelt worden war, fand jedoch alles zu seiner Zufriedenheit. Magdalena war bereits aufgesessen und wartete, bis er ebenfalls auf sein Pferd gestiegen war. Dann setzten sie sich in Gang, ohne ein weiteres Wort zu wechseln. Wie in der Nacht zuvor überließ er sich ihrer Führung. Woher sie diese unscheinbaren Pfade kannte, war ihm unbegreiflich, aber weder Saalfeld noch Neustadt oder Gera gerieten jemals in ihr Blickfeld. Was die Entfernung bis Leipzig betraf, so hatte er sich getäuscht. Gegen fünf Uhr morgens waren sie erst in der Nähe von Altenburg angelangt und völlig erschöpft. Wie schon am Morgen zuvor schien ihr einer der kleinen Höfe, welche in beträchtlicher Entfernung von der Stadt angesiedelt waren, bekannt zu sein. Sie sprach mit den Bewohnern, die Nicolai gegenüber ebenso scheu und unnahbar waren wie die gestrigen Gastgeber. Magdalena wurde ins Haus eingeladen, ihm selbst ein trockener und warmer Platz in der Scheune angeboten.
Nicolai schlief bis weit nach Mittag. Wie am Vortag brachte sie ihm das Essen. Er fragte sie, wie lange sie von hier nach Leipzig brauchen würden, und sie antwortete, es wäre in der folgenden Nacht zu schaffen.
»Magdalena«, sagte er dann, »was gestern geschehen ist ...« Er verstummte wieder und schaute ein wenig beschämt zu Boden.
»Ja«, erwiderte sie. »Was ist damit?«
»Ich ... ich habe wenig Übung in diesen Dingen. Ich weiß nicht, wie ich dir jetzt begegnen soll.«
Sie schaute ihn an. Ihr Blick war völlig offen, als sei die ganze Angelegenheit für sie überhaupt nicht unnatürlich oder merkwürdig. Nicolai hatte die ganze Nacht über Gedanken gewälzt, um sich über seine Gefühle klar zu werden. Aber er kam einfach zu keinem Schluss. Da sie jetzt nichts sagte, sondern ihn

nur stumm betrachtete, griff er nach ihrer Hand. Aber sie zog sie zurück.

»Wir sind uns in ihm begegnet«, sagte sie. »Aber er kennt dich nicht. Du hast ihn nicht gesucht, und er weiß nichts von dir.«

»Wer ist *er?*«

»Gott.«

Er verzog leicht den Mund und versuchte, ruhig zu bleiben. Spielte sie ein Spiel mit ihm? Aber nichts an ihr verriet irgendeinen Hintergedanken. Es war ihr völlig ernst damit.

»Magdalena«, versuchte er es ein zweites Mal, »warum hast du es dann getan?«

»Wie willst du ihnen entgegentreten, wenn du nicht weißt, wofür?«

»*Wem* will ich entgegentreten?«

»Alldorfs Schergen.«

»Will ich das?«

Sie nickte heftig.

»Und weiß ich jetzt, wofür?«

Sie nickte erneut.

»Ja«, sagte sie. »Weil du es selbst gespürt hast. Du bist betäubt. Dein Körper leidet. Er will Geist werden, aber du kennst den Weg nicht. Gestern habe ich dir den Weg gezeigt. Du wirst dich daran erinnern. Es wird dich heilen, über die Jahre.«

»Heilen? Heilen wovon?«

»Von der falschen Schuld. Und von der Lust.«

Nicolai begriff kein Wort von dem, was sie da sagte. Magdalena war verrückt. Es konnte nicht anders sein.

»Hast du mich nicht berührt, als ich schlief?«, fragte sie plötzlich.

Er schaute sie an, wie vom Donner gerührt.

»Hast du mich nicht geküsst, als du mich noch betäubt glaubtest?«

Er schluckte und wusste nicht, was er darauf erwidern sollte. Die Schamröte schoss ihm ins Gesicht. Er wollte etwas sagen, brachte jedoch kein Wort heraus. Sie schaute ihn herausfordernd an. Der Moment dauerte eine kleine Ewigkeit. Endlich brach sie das Schweigen.

»Gestern habe ich dich in *deiner* Betäubung geküsst. Dein Körper ist schön, er gefällt mir. Und mein Körper gefällt dir, das weiß ich. Doch was ist die Quelle unseres Genusses? Was ist das Ziel? Davon weißt du nichts. Dafür kannst du nichts. Nur wenige wissen davon, weil dieses Wissen uns vorenthalten wird von denen, welche die Macht über uns errungen haben. Aber es wird nicht mehr lange dauern. Evas Gemeinschaft wächst unaufhaltsam. Auch Alldorfs Gift wird das nicht aufhalten.«

Nicolai saß schweigend da. Sie lächelte ihn an.

»Iss. Du musst zu Kräften kommen.«

Er fasste sich wieder, schob ein Stück Brot in den Mund und begann langsam zu kauen. Dieses wunderschöne Mädchen war wahnsinnig. Alle, die mit diesem Fall zu tun hatten, waren es. Di Tassi, Alldorf, diese Kutschenbrenner. Es gab keine andere Erklärung. Es schmerzte ihn jetzt fast, sie zu betrachten. Denn er war besessen von ihr. Das musste er sich jetzt eingestehen. Darin hatte sie Recht: Er würde diese Begegnung nicht vergessen. Aber heilen, nein, heilen würde sie ihn nicht. Vielmehr würde sie ihn krank machen, allein der Gedanke, ein derartiges sinnliches Hochgefühl erlebt zu haben mit einem Wesen, dessen Geist völlig verwirrt war.

»Ich will mit jemandem sprechen, der deinen Bruder gekannt hat«, sagte er schließlich.

Sie nickte.

»Warum ist er überhaupt nach Leipzig gegangen?«, fragte er dann.

»Er wollte die Rechte studieren.«

»Und warum blieb er nicht in eurer Gemeinschaft?«

»Er glaubte nicht an Eva.«

»Und warum?«

Sie zuckte mit den Schultern. »Wir wussten lange überhaupt nicht, was er in Leipzig tat. Es hieß, er sei in einer Gruppe aktiv geworden, welche republikanische Ideen verbreitete. Er trieb sich in Lesegesellschaften herum, war Mitglied in einer Burschenschaft, die sich regelmäßig mit anderen schlug. Der Himmel weiß, wie oft er im Karzer gesessen hat, um für seine Verfehlungen zu büßen.«

Er hörte ihr zu, oft versucht, sie zu unterbrechen, denn wie sie jetzt so vor ihm saß, waren wieder ganz andere Gedanken in ihm wach geworden. Aber er wusste nicht, was er sagen wollte. *Sie* sollte etwas sagen.

Etwas, das ihn betraf, das sie beide betraf. Da er schwieg, fuhr sie fort.

»Bei einer dieser Auseinandersetzungen hat er Maximilian Alldorf tödlich verletzt. Er hatte ihn vor den Augen mehrerer Zeugen durch Faustschläge so schwer getroffen, dass er wenig später starb. Philipp war mein Bruder. Ich musste ihm helfen. Also fuhr ich nach Leipzig, brachte ihm Essen ins Gefängnis, leistete ihm während der Gerichtsverhandlung Beistand und war bei ihm bis zum Schluss. Sein Fall war aussichtslos. Er wurde zum Tode verurteilt und am achtzehnten Dezember gehängt. Vor einem Jahr.«

Sie verstummte. Eine Weile lang sprach keiner von beiden ein

Wort. Auch draußen war alles still. Man hörte nur den Wind, der über das Dach strich.

»Philipp hatte sich völlig verändert«, begann sie dann wieder. »Ich fragte ihn natürlich, warum er Maximilian Alldorf so schwer verletzt habe. Und er antwortete mir, Maximilian sei der Kopf des römischen Satans.«

Sie schüttelte den Kopf und fügte hinzu: »So etwas hätte er früher niemals gesagt. Er hatte über den Satan immer nur gelacht. Ihm war alles verhasst und lächerlich, was mit Religionsdingen zu tun hatte. Er las Voltaire und Diderot und suchte sein Heil bei den Lichtbringern. Doch jetzt war er wie umgedreht. Philipp war völlig von Sinnen vor Angst. Er beschwor mich, Maximilians Familie zu beobachten. Sie hätten etwas Entsetzliches vor. Ich verstand nicht, was es damit auf sich haben sollte. Dabei waren Philipp und Maximilian anfangs sogar Freunde gewesen. Sie disputierten immer, aber sie lernten auch viel voneinander und ließen sich nie zu Handgreiflichkeiten hinreißen, obwohl die Studentenorden, denen sie angehörten, immer wieder aneinander gerieten.«

Das war Nicolai vertraut. Die Studentenorden waren schon zu seiner Zeit eine regelrechte Pest gewesen. Fast täglich hatte er in Würzburg das Ritual der Ehrenschlägerei beobachtet, wenn ein in seiner Ehre gekränkter Ordensbruder vor ein Haus trat, mit seinem Stock auf das Pflaster hieb und schrie: »*Pereat*, der Hundsfott, der Schweinskerl, tief *pereat, pereat!*« Dann erschien der Herausgeforderte, die Schlägerei nahm ihren Lauf. Endlich kam der Pedell, beendete das Raufen, und die Schläger kamen in den Karzer.

»Maximilian muss ein ganz besonderer junger Mann gewesen sein«, sagte Magdalena dann. »Alle sprachen mit großem

Respekt, ja sogar Ehrfurcht von ihm. Ich glaube, Philipp beneidete ihn nicht nur, weil er reich war, sondern bewunderte ihn auch wegen seiner umfassenden Bildung. Im Frühjahr und Sommer 1779 verbrachte Maximilian ein halbes Jahr auf Reisen. Als er zurückkehrte, war er sehr krank. Außerdem schien er völlig verändert. Er war unnahbar und schlug bei Diskussionen plötzlich einen schneidend scharfen Ton an. Philipp war verletzt und fühlte sich zugleich herausgefordert. Was war nur in Maximilian gefahren? Aber der junge Graf war völlig unzugänglich geworden. Wann immer Philipp ihn ansprach, schüttete er nur beißenden Spott über ihn aus.«

Ein Geräusch draußen vor der Tür ließ sie aufhorchen. Es war ein Rascheln. Aber dann erkannten sie beide, dass es Blätter sein mussten, die der Wind vor sich herblies.

»Alldorfs Sohn war zutiefst melancholisch geworden. Sein Blick war leer, seine Neugier und sein Wissensdurst waren völlig verschwunden. Er litt an Herzweh und Reißen in der Lunge. Er war blass, abgemagert, aß kaum. Er mied all das, wofür Philipp ohnehin nie das Geld gehabt hatte: Konzerte, Bälle, Assembleen und Spazierfahrten. Doch Philipp und die Lichtbringer zu verspotten versäumte er indessen nicht. Die beiden Orden befehdeten sich auf alle erdenkliche Weise, beschimpften sich auf der Straße und zeigten sich gegenseitig bei der Universität an. Philipp galt als gottloser Aufklärer, Maximilian als Kreatur der Jesuiten. Doch diese Differenzen waren nur die Oberfläche. Mein Bruder glaubte, dass Maximilian auf seinen Reisen mit etwas Ungeheuerlichem in Berührung gekommen war.«

Sie machte eine Pause, um dem Ereignis die gebührende Bedeutung zukommen zu lassen.

»Philipp sprach jetzt sogar auch vom *mysterium patris*, von der zweiten Erlösung, die kommen sollte. Jemand bereite alles vor, um dies zu verhindern. Und Maximilian gehöre dazu. Alldorf sei das Zentrum. Alles würde von Alldorf aus gelenkt. Ich müsse ihm versprechen, Alldorf zu beobachten. Denn dort würde das Mittel ersonnen, um die zweite Erlösung aufzuhalten.«

»Und deshalb bist du nach Alldorf gefahren? Um Alldorf auszuspionieren?«

Sie nickte. »Ich wollte das Versprechen erfüllen, das ich Philipp gegeben hatte, um ihn in seiner Verzweiflung und Todesangst zu beruhigen. Ich glaubte nicht wirklich, dass sein Verdacht zutraf. Doch als ich in Alldorf eintraf, sah ich, dass er Recht hatte. Alldorfs Familie lag bereits in Agonie.«

»Agonie?«

»Das zweite Licht ist ihnen vorenthalten. Sie suchen nur das Licht der Natur, der Vernunft, aber nicht das Licht der Gnade. Maximilians Schwester war bereits gestorben. Seine Mutter verging vor meinen eigenen Augen. Alldorf selbst litt Höllenqualen. Ich habe mich erbarmt, so entsetzlich erschien mir sein Leiden.«

»Du hast ... was?«

»Ich weiß, das war ein Fehler. Ich wollte ihm Trost spenden, ihn zur Umkehr bewegen. Er flehte ja darum, bat mich, im Schloss zu bleiben, wie auch seine Frau mich schon angefleht hatte, ihr beizustehen. Doch der römische Satan ist ein furchtbarer Gegner. Er sitzt so tief in ihnen, lenkt ihre verdrehten Sinne und peinigt ihr vergiftetes Fleisch. Niemand kann ihnen helfen. Sie sind verloren und tun alles, um seine Herrschaft zu fördern. Ich musste das Schloss wieder verlassen, sonst hätte er mich vernichtet.«

»Aber die Bibliothek? Warst du in der Bibliothek?«

»Nein. Niemand konnte dort hinein. Niemand außer Alldorf und Selling.«

»Selling?«

»Ja. Ich habe Selling hineingehen sehen.«

Nicolai verstand nicht. Das konnte doch nicht sein. Selling hatte ihn doch extra geholt, weil angeblich niemand Zugang zur Bibliothek hatte. »Und Zinnlechner? Hatte er auch Zugang?«

»Nein. Aber er versuchte mit allen Mitteln herauszufinden, was dort vor sich ging. Alldorf empfing laufend Gäste, mit denen er sich einschloss, um zu beraten. Niemand durfte sie stören. Aber ich weiß, dass Selling dort aus und ein ging. Deshalb hat Zinnlechner ihn wohl auch nach dem Tod des Grafen verfolgt und ihm im Wald diesen Hinterhalt bereitet.«

Nicolai stutzte. Das war doch unlogisch.

»Du sagst, Selling habe mit Alldorf zusammengearbeitet. Aber Selling wurde im Wald von Zinnlechner ermordet. Und Zinnlechner war nicht allein. Er hatte Helfer, eben jene, die vermutlich von Alldorf bezahlt wurden, die Kutschen zu überfallen. Das passt doch nicht zusammen.«

»Ich weiß nicht, wie das alles zusammenhängt«, erwiderte sie. »Aber ich weiß, dass Maximilian und Graf Alldorf einen schrecklichen Plan verfolgten. Zu keinem anderen Zweck hat Graf Alldorf monatelang mit diesen Leuten in seiner Bibliothek konferiert. Und jetzt sind sie irgendwo dort draußen und führen durch, was Alldorf geplant hat. Und ich muss herausfinden, was es ist.«

Ihre Entschlossenheit stand ihr ins Gesicht geschrieben. Nicolai wusste nicht, was er sagen sollte. Das zweite Licht? Das waren doch alles nur Wahnvorstellungen dieser Pietisten. Di Tassis Brief schien ihm eine erheblich plausiblere Erklärung für all die merkwürdigen Vorgänge zu liefern. Eine politische Verschwörung gegen den preußischen König Friedrich, geduldet und möglicherweise unterstützt durch Agenten des Kaisers, welcher diese von Wien aus in Berlin und im ganzen Reich steuerte. Man musste die Sache von hier aus betrachten und versuchen, die restlichen Ereignisse sinnvoll einzuordnen. Er musste sich frei machen von diesen Wahnideen. Jemand manipulierte dieses Geschehen mit Geisterspuk und Zauber, um einen riesigen Nebelschleier über eine handfeste politische Verschwörung zu legen. Sein Verstand durfte sich hier nicht täuschen lassen.

»Aber wie willst du diese Leute finden?«, fragte er.

»Ich werde sie finden«, antwortete sie.

Er überlegte kurz. Dann sagte er: »Kann man denn nicht erfahren, was Maximilian letztes Jahr gemacht hat? Seine Reise. Seine Krankheit. Dort liegt irgendwo der Schlüssel.«

Magdalena erhob sich. »Es gibt jemanden in Leipzig, der alles über Philipp und Maximilian weiß. Aber mit mir spricht er nicht.«

»Wer ist das?«

»Er heißt Falk«, antwortete sie und verzog dabei angewidert das Gesicht. »Ein Lichtbringer.«

»Wer ist Falk?«

»Ein Freund meines Bruders. Ich kann dir erklären, wo du ihn finden kannst. Aber ich weiß nicht, ob er mit dir sprechen wird. Nur für Geld vielleicht. Er ist käuflich, wie alle Lichtbringer.«

Nicolai schaute sie erstaunt an.

»Falk verachtet mich«, fuhr sie fort. »Er glaubt, Philipp sei nur deshalb dieses Unglück zugestoßen, weil Evas Gemeinschaft seine Sinne verwirrt habe.«

Ihre Augen wurden kalt. »Aber er weiß sehr viel.«

Damit ging sie hinaus.

Nicolai biss ein Stück Speck ab, kaute es bedächtig und schaute ihr ratlos hinterher, wie sie die Scheune durchquerte. Man hörte kaum ihre Schritte auf dem Boden der Tenne. Dann war sie verschwunden.

Ein Lichtbringer?

6.

Sie ritten gemeinsam bis Lindenau. Magdalena hatte die westliche Route gewählt, die an Knauthayn, Knautkleberg, Windorf, Zschocher und Plagwitz vorbeiführte. Er würde durch das Ranstädter Tor hindurchmüssen, aber Magdalena meinte, es sei völlig gefahrlos. Wegen der Neujahrsmesse sei so viel Betrieb an den Toren, dass er keine großen Kontrollen zu befürchten habe. Er solle nur das Torgeld bereithalten und sich als Messebesucher ausgeben.

Nicolai war dennoch nervös. Di Tassi würde Häscher nach Leipzig ausgesandt haben. Als er in Lindenau die ersten Kaufmannswagen sah, änderte er daher seinen Plan. Sein Pferd könnte ihn zu leicht verraten. Er würde zu Fuß gehen. Magdalena sollte sein Pferd mit nach Rückmarksdorf nehmen.

Sie erklärte ihm noch einmal genau, wie er zum Haus dieses Falk finden würde, und gab ihm dann eine kleine Karte mit einer merkwürdigen Aufschrift.

Er traute seinen Augen nicht. »Aber ... das ist doch?«
Weiter kam er nicht.
»Es ist eine ihrer Geheimschriften«, sagte Magdalena.
Nicolai betrachtete die Zeichen, noch immer völlig verblüfft. Den Schriftzug kannte er doch! Es waren die gleichen Zeichen wie auf den Siegeln der abgefangenen Briefe.
»Wessen Schriften?«, stieß er hervor.
»Der Lichtbringer. Es ist ein noachitischer Code«, sagte sie und zeichnete rasch einige Quadrate auf.

a	b	c
d	e	f
g	h	i

l •	m •	n •
o •	p •	q •
r •	s •	t •

u ••	v ••	x ••
y ••	z ••	

»So sieht er aus.«
»Aha«, sagte Nicolai.
»Kannst du es entziffern?«
Er betrachtete die Zeichen einen Augenblick lang. Dann erkannte er die Logik. Die Punkte markierten, aus welcher der drei Gruppen das Zeichen stammte. Das Zeichen selbst verwies auf eines der jeweils neun Quadrate.
»Amicus«, übersetzte er nach kurzer Suche.

»Viele Lichtbringer benutzen diesen Code. Falk wird ihn wiedererkennen. Es ist ein Geheimnis der unteren Grade.«
»Woher kennst du ihn?«
»Falk?«
»Nein. Diesen Code.«
»Von meinem Bruder.«
»War er ein Illuminat?«
Sie schüttelte den Kopf. »Nein. Philipp war ein Lichtbringer.«
»Ist das nicht das Gleiche?«
»Ja und nein. Sie sind sich ähnlich, aber nicht gleich. Was sie alle verbindet, ist, dass sie vom wirklichen Geheimnis nichts wissen wollen. Deshalb erfinden sie dauernd ihre eigenen, künstlichen. Falk weiß alles darüber. Frag ihn.«
Er steckte die Karte ein. Dann aßen sie schweigend ihre Morgensuppe. Nicolai musterte die Kaufleute, die um sie herum an den anderen Tischen saßen und sich lautstark unterhielten. Solch eine bunte Versammlung von Menschen hatte er schon lange nicht mehr gesehen. Er hörte die verschiedensten Dialekte. Am Nachbartisch wurde sogar Englisch gesprochen. Eine allgemeine Erregung war deutlich spürbar. Wie musste es erst in der Stadt sein, wenn der Messeplatz schon die Vorstadt in solch eine aufgeregte Stimmung versetzte.
Doch als er schließlich allein die Landstraße entlang auf das Stadttor von Leipzig zuging, wanderten seine Gedanken nicht voraus zu der Begegnung, die ihn erwartete, sondern zurück zu den letzten Augenblicken ihres Abschieds. Sie würde in Rückmarksdorf auf ihn warten. Gab es dort auch einen dieser pietistischen Konventikel, in dem sie Unterschlupf finden konnte? Und würde sie dort mit ihren Glaubensbrüdern das *mysterium patris* zelebrieren? Er konnte einfach nicht aufhören, an sie zu

denken. Und je näher er der Stadt kam, desto auffälliger wurde ihm der Kontrast zwischen Magdalenas naiver Natürlichkeit und dem gespreizten Gebaren der Menschen hier.

Als er das Stadttor von Leipzig ohne Zwischenfälle passiert hatte, fiel ihm zuerst die blasse, meist gelbliche Farbe der Einwohner, besonders der Frauenzimmer, auf. Selbst die kleinen Mädchen trugen hier Schnürbrüste. Die erwachsenen Frauen waren so eng geschnürt wie die Gepäckballen auf den zahllosen Wagen, die zum Abladen vor den Handelsgewölben standen. Ein voller Busen war hier selten, die Zahl der Ammen auf den Gassen hingegen Legion. Die eingesperrte Luft in den engen Straßen trug sicher auch zu dieser ungesunden Gesichtsfarbe bei.

Die Sprache der Bewohner hatte einen quengelnden, unterwürfigen Ton. In den kurzen Gesprächen, deren unfreiwilliger Zeuge Nicolai wurde, hörte er oft Wendungen wie »mein Herzchen«, »mein Bester«, »mein gutes, liebes Herrchen« und dergleichen. Es wirkte ebenso falsch wie das Lächeln, mit dem das Bezahlen quittiert wurde.

Die dreistöckigen Häuser waren grün und rot gestrichen und mit Schieferdächern gedeckt. Die untersten Etagen dienten fast ausnahmslos als Lager oder Kaufmannsgewölbe, in denen sich Waren stapelten. Das Schauspiel der hin und her eilenden Messehelfer sowie der Kunden und Händler nahm Nicolai indessen nur kurz gefangen. Seine Füße begannen schon bald zu schmerzen. Die spitzen Steine, mit denen die Straßen gepflastert waren, machten das Gehen zur Qual. Außerdem saßen die meisten Steine so locker, dass das darunter gesammelte Regenwasser bei jedem Schritt hervorspritzte und die Strümpfe mit braunem Schmutz überzog. Ein Regenguss erschwerte das Vorankommen noch mehr, und so flüchtete er sich in eines der vielen Kaffeehäuser.

Er studierte die Valuationstabelle, die praktischerweise am Eingang angeschlagen war und den gegenwärtigen sächsischen Münzkurs auswies. Der Louis d'Or war hier 5 Taler wert, der Laubtaler wurde zu 1 Taler 13 Groschen entgegengenommen, der halbe Laubtaler zu 18 Groschen und 6 Pfennig. Dies war der Vorteil einer Messestadt, dachte er. Jedes Kleinkind kannte hier wohl die zahllosen Münzen der unterschiedlichen Territorien und ihre Kurse, seien es jetzt Mark, Schillinge, schwere Batzen, gute Groschen, Stüber, Reichstaler, Örtchen, Krummsteert, Petermännchen oder Schwaren.

Der Kaffee war vorzüglich, etwas ganz anderes als das Ersatzgebräu, das man in Nürnberg servierte. Entweder war der Zoll in Sachsen weniger streng oder der Schmuggel besser organisiert. Aber wahrscheinlich war auch dies eine Folge des regen Handelsverkehrs, der während der drei jährlichen Messen durch diese Stadt hindurchging.

Von dem anregenden Getränk gestärkt, nahm er einen neuen Anlauf, das Haus ausfindig zu machen, wo er jenen Falk zu finden hoffte. Er überquerte den Markt und betrat das Universitätsviertel. Der Anblick einiger Studenten, die an ihm vorüberkamen, stimmte ihn ein wenig wehmütig. Es war noch keine drei Jahre her, da war er selbst auch so keck und frech durch die Gassen gezogen, den Kopf voller Hoffnungen und großer Träume. Er musterte die Anschläge an den Türen: »Allhier sind Studentenstuben zu vermiethen.« Vermutlich waren es die gleichen Löcher, die man auch in Würzburg beziehen musste, wenn man wenig Geld besaß: verwanzte, unbeheizte Kammern, meist im Hof und im Parterre, wo die Luft stand. Hier kam allerdings noch hinzu, dass alle Zimmer zu Messezeiten geräumt werden mussten, da sie dann zum Mehrfachen des Preises an Messebesucher vermietet wurden. Wenigstens das war ihm erspart geblieben.

Nicht jedoch jenem Falk, wie sich herausstellte, als er das von Magdalena bezeichnete Haus gefunden hatte. Es gehörte zum sogenannten Paullino, einem etwas heruntergekommenen Teil des an sich prächtigen Paullinerhofes, dessen Rückseite jedoch auf den ungesunden, ja kläglichen Hinterhof des Paullinums hinausging. Eine Aufwärterin sagte ihm, der gnädige Herr sei der Messe halber umlogiert worden und wohne vorübergehend im Goldhahngässchen. Sie beschrieb ihm den Weg, nicht ohne ihn auch zweimal mit Herzchen und Bester anzureden.

Türklingeln schien es in dieser Stadt nicht zu geben. Offenbar rief man hier, pfiff oder gab sonst ein Zeichen. Er beschloss, zu klopfen. Ein Mann öffnete. Ja, hinten im Hof wohne ein umlogierter Student. Nicolai durchquerte den Hausflur. Ein enger Hinterhof empfing ihn. Der Erdboden war aufgeweicht. Einige Bretter waren darüber gelegt und dienten als Brücke zum rückwärtigen Gebäude. Er trat vor die Tür, die der Mann ihm gewiesen hatte, und klopfte an. Zunächst war nichts zu hören. Doch dann drang ein schlurfendes Geräusch an seine Ohren, und im nächsten Augenblick öffnete sich die Tür.

Der junge Mann, der jetzt vor ihm stand, sah auch nicht besonders gesund aus. Er trug die typische Studentenkleidung, eng anliegende, schwarze Beinkleider, einen ebenfalls schwarzen Rock und außerdem einen zerschlissenen Mantel, den er über seine Schultern geworfen hatte. Er wirkte recht abgerissen. Seine blonden Haare hingen, von keiner Perücke bedeckt, in Strähnen herunter. Seine Haut war gelblich, die Lippen blau

vor Kälte. Seine hohe Stirn und sein spitzes Kinn verliehen ihm etwas Schulmeisterliches. Doch am auffallendsten waren seine Augen, die durch seine etwas armselige Erscheinung hindurch ein Feuer versprühten, von dem man allerdings nicht genau sagen konnte, ob eine scharfe Intelligenz, eine unterdrückte Leidenschaft oder einfach nur ein Fieber darin glühte. Er musterte seinen Besucher mit einer Eindringlichkeit, die Nicolai zunächst auf Letzteres schließen ließ, und so sagte er einfach: »Guten Tag. Mein Name ist Nicolai Röschlaub. Ich bin Arzt.«
»Was verschafft mir die Ehre?«, kam die Antwort wie aus der Pistole geschossen.
»Ein gemeinsamer Freund. Philipp Lahner.«
Nicolai griff in seine Hosentasche, holte den kleinen Karton mit der Hieroglyphenkritzelei hervor und reichte sie dem jungen Mann.
Falk schaute kurz darauf, verzog keine Miene, fixierte ihn dann wieder und sagte: »Philipp ist tot.«
»Sie sagen es.«
»Woher haben Sie das?«
»Von Magdalena Lahner.«
Die Nennung ihres Namens führte zu einer erheblich stärkeren Reaktion.
»Treibt sich diese durchgedrehte Schlampe immer noch hier herum?«
»Herr Falk, ich muss Sie sprechen. Darf ich hereinkommen? Ich sehe, dass Sie unter einem Fieber leiden. Wenn Sie gestatten, kann ich Ihnen einen Tee machen, der Ihnen Linderung bringen wird.«
Der Mann schien von diesem Angebot völlig verblüfft. Er brauchte einige Sekunden, bis er seine Schlagfertigkeit wieder-

gefunden hatte, und sagte: »Ich habe kein Fieber. Was wollen Sie?«

»Ich möchte etwas über Maximilian Alldorf wissen.«

»Alldorf ist auch tot. Wer interessiert sich für diese ganzen Toten?«

»Ich weiß, dass er tot ist. Aber das, was er angestiftet hat, ist sehr lebendig.«

Falk schaute ihn misstrauisch an. »Was wissen Sie schon darüber?«

»Nicht genug. Deshalb suche ich Sie auf.«

Er zog seinen Mantel fester um seine Schultern. »Warum sollte ich Ihnen davon erzählen?«

»Seit Philipps Tod sind einige Dinge geschehen, von denen ich Ihnen berichten möchte. Es dauert nicht lange.«

Er runzelte die Stirn.

»Bitte hören Sie mich an«, fügte Nicolai hinzu.

Falk zögerte noch einen Augenblick. Dann trat er zur Seite. »Kommen Sie herein.«

»Danke.«

Falk ließ Nicolai an sich vorbei. Er durchquerte einen Flur, der sich nach einigen Schritten zu einem Zimmer hin öffnete. So etwas Armseliges hatte er nicht erwartet. Das Zimmer war so gut wie leer. In einer Ecke lag eine Matratze auf einem Strohlager. Die Wände waren kahl, an manchen Stellen hatte der feuchte Kalk Blasen hervorgetrieben. Sonst gab es hier nicht viel. Ein Koffer lag mitten im Raum und diente als eine Art Tisch. Ein Holzschemel stand daneben. Auf dem Koffer lag eine Tabakspfeife in einer Blechschale, daneben ein Lederbeutel. In der Ecke am Fenster stand ein Waschbecken auf einem schmiedeeisernen Gestell. Ein schmutziges Handtuch hing daran herunter. Die dazugehörige Wasserkaraffe war nirgends zu sehen. Stattdessen stand ein Blecheimer neben der Tür. Einen Ofen gab es nicht.

Falk ließ sich auf der Matratze nieder, Nicolai nahm auf dem Hocker Platz. Er erzählte seine Geschichte, so rasch er konnte, ohne Abschweifung, jedoch so umfassend wie möglich. Wie er nach Alldorf gerufen worden und was dort geschehen war, wie die Untersuchung begonnen hatte und durch welche Kette von Ereignissen er jetzt hier nach Leipzig gekommen war. Nur was Magdalena betraf, war er vorsichtig und erwähnte fast nichts von dem, was zwischen ihnen vorgefallen war.

Falk unterbrach ihn kein einziges Mal. Sein Gesicht blieb völlig ausdruckslos. Selbst als Nicolai über den Mord an Selling und den Selbstmord des Illuminaten berichtete, konnte er bei seinem Zuhörer außer einem schwachen Kopfschütteln keine besondere Regung ausmachen. Lediglich als er Di Tassis Briefspionagenetz und die abgefangenen Depeschen erwähnte, bemerkte er, dass der junge Mann trotz seiner nach außen zur Schau getragenen Gleichgültigkeit sehr aufmerksam wurde. Als er zum Ende gekommen war, war es in dem Zimmer fast dunkel geworden.

»Haben Sie den Brief dieses Justizrates dabei?«, fragte der Mann als Erstes.

Nicolai nickte.

Falk lehnte sich vor, nahm sein Rauchzeug von der Kiste herunter, öffnete sie, holte eine Kerze heraus und entzündete sie. »Darf ich ihn sehen?«

Nicolai griff in seinen Mantel und holte den Packen Briefe heraus. Er fand die Depesche, entfaltete sie und reichte sie seinem Gegenüber.

Falk las. Einmal schüttelte er leicht den Kopf und musste sich offenbar zurückhalten, nicht etwas auszurufen. Nicolai wartete. Als er mit dem Lesen fertig war, faltete er den Brief einmal in der Mitte und legte ihn respektvoll auf der Truhe ab.
»Das ist ein gefährliches Schriftstück«, sagte Falk.
»Es ist ein Beweis.«
»Ja. Es beweist vor allem, dass Sie ein großes Problem haben.«
»Ich weiß«, sagte Nicolai. »Deshalb bin ich hier.«
Falk griff nach seiner Pfeife und begann sie zu stopfen. »Nicht sehr schmeichelhaft, was der Justizrat über Sie schreibt. Hat er damit Recht?«
»Ich wünschte fast, es wäre so, denn dann wäre ich nicht hier.«
Falk zog eine Augenbraue hoch. Wer war dieser Mann wohl, fragte sich Nicolai. Ein Freund von Lahner? Einer von diesen Lichtbringern? Aber stattdessen fragte er: »Wissen Sie, wer sich hinter den Initialen B und W verbirgt?«
»Ich kann es mir denken«, antwortete Falk.
»Und? Wer ist es?«
»Die Namen werden Ihnen wenig sagen.«
»Wissen Sie, warum Philipp Lahner den jungen Grafen Alldorf erschlagen hat?«
»Es war ein Unfall. Philipp war betrunken.«
»Aber es gibt eine Verbindung zwischen diesem Unfall und den Vorgängen, von denen ich Ihnen berichtet habe, nicht wahr?«
Falk nahm den Brief erneut zur Hand und überflog ihn noch einmal. »Es sieht ganz so aus«, sagte er schließlich, machte aber keine Anstalten, sich zu erklären. Er lehnte sich vor, hob seine Pfeife an die Kerze und begann zu rauchen.
»Seine Schwester hat Sie also geschickt?«

»Sie gab mir Ihre Adresse, ja. Aber sie hat mich nicht geschickt. Ich habe sie gefragt, wer mir Maximilians Geschichte erzählen kann. Da hat sie Sie genannt. Aber es war allein meine Idee, mit Ihnen sprechen zu wollen.«

Nicolai wurde nervös. Warum erzählte der Mann ihm nicht einfach, was er über Alldorf und Lahner und die Vorgänge in Berlin wusste? Er wollte jetzt nicht über Magdalena sprechen. Aber Falk interessierte sich offenbar für sie.

»Ist sie auch in Leipzig?«

»Nein. Sie ist in der Vorstadt geblieben.«

Falk schwieg kurz. Dann sagte er: »Nehmen Sie sich vor ihr in Acht. Diese Leute sind schlimmer als die Wilden. Wissen Sie, von wem sie abstammt?«

Er musste den Umweg wohl mitgehen. »Ja. Sie hat es mir gesagt.«

Falk brummte etwas Unverständliches. »Philipp ist vor ihnen geflohen. Deshalb kam er hierher nach Leipzig. Er hat mir oft erzählt, wie sie in der Buttlar'schen Rotte die Weiber verschneiden und sogar die Kinder sterben lassen, wenn doch mal eine von ihnen schwanger wird. Es ist das entsetzlichste Geschmeiß von Sektierern, das man sich vorstellen kann. Er hatte überhaupt keinen Kontakt zu ihnen, bis der Unfall mit Alldorf geschah. Da erschien seine Schwester hier. Ich weiß nicht, warum er sie überhaupt zu sich gelassen hat.«

»Aber wie kam es denn zu dem Unfall?«, fragte Nicolai vorsichtig.

»Max hat Philipp provoziert.«

»Haben die beiden sich hier kennen gelernt?«

»Ja. Sie hörten Metaphysik bei Seydlitz.«

»Und?«

»Anfänglich waren sie sogar befreundet, obwohl sich das überhaupt nicht gehört. Philipp hat Maximilian einmal nach Brand-Vorwerk mitgebracht. Das ist ein Sammelpunkt für Arme und Geringe unter den Burschen hier. Buchdrucker treiben sich dort herum und Perückenmachergesellen und dergleichen. Es liegt vor dem Peterstor. Da gibt es eine Kegelbahn und Bier und vor allem Frauenzimmer von der elenden Sorte. Max wollte sich das ansehen. Im Gegenzug nahm er Philipp einmal mit auf den Ranstädter Schlossgrabenball. Er lieh ihm sogar ein edles Kostüm dafür. Aber ihre eigentliche Gemeinsamkeit war die Freimaurerei.«

Nicolai fror erbärmlich. Die Kälte des Zimmers war schon lange durch seine Kleidung hindurchgekrochen, und es fühlte sich so an, als würde sie demnächst seine Knochen erreichen. Aber Falk sprach endlich. Also würde er sich gedulden.

»Es gibt hier an der Universität eine Menge von Geheimbünden. Die bekanntesten sind die Schwarzen, die Amicisten und die Constantisten. Aber es gibt noch viele andere mehr, unterschiedliche Ausprägungen der immergleichen Geheimnistuerei. Je stärker sie verfolgt werden, desto größer wird die Zahl ihrer Anhänger. Um sich zu schützen, haben sie alle geheime Zeichen und eine geheime Sprache. Alle betreiben eine Art von Maurerei, meist närrisches Zeug. Sie treffen sich zu geheimnisvollen Versammlungen, laden Magnetiseure und Somnambule zu sich ein und suchen gemeinsam den Stein der Weisen und das Geheimnis der Welt. Es ist eine regelrechte Epidemie hier in Leipzig, aber auch anderswo, wie ich mir habe sagen lassen. Philipp war dafür genauso anfällig wie Maximilian.«

»Wissen Sie, wie Maximilians Geheimbund hieß?«

»Es war ein Ableger einer Berliner Loge mit dem Namen *Zu*

den drei Weltkugeln. Max hat Philipp dort eingeführt. Wenn ich es recht bedenke, fing damit alles an. Philipp kam eines Abends von einem dieser Treffen zurück. Er war kreidebleich und völlig verstört. Ich fragte ihn, was denn geschehen sei, aber er sagte nichts. Erst ein paar Tage später rückte er allmählich mit der Sprache heraus. In dieser Loge, so behauptete er, gäbe es fast nur Jesuiten. Es sei ein Jesuitenorden.«

»Jesuitenorden sind doch seit Jahren verboten«, erwiderte Nicolai.

»Eben deshalb sind viele von ihnen in den Freimaurergesellschaften untergetaucht. Philipp behauptete, in den ›Drei Weltkugeln‹ habe man versucht, ihn als Spitzel anzuwerben.«

»Als Spitzel wofür?«

»Zunächst innerhalb der Universität. Er sollte Gesprächsprotokolle erstellen, Professoren und Studenten aushorchen, was sie für Gedanken äußerten. Offenbar hielten sie ihn wegen seiner Freundschaft zu Alldorf für einen der ihren. Und so arbeiten diese Geheimbünde ja. Sie suchen Kandidaten, von denen sie glauben, dass sie später Einfluss an den Höfen und in den Verwaltungen gewinnen werden. Der Jesuitenorden war in die Freimaurerlogen eingedrungen, um auf diesem Umweg das Ordensverbot zu umgehen. Doch ihr Ziel ist noch immer das Gleiche. Sie wollen die Kontrolle über den Staat. Nach vierzig Jahren Aufklärung und Religionsspötterei soll endlich wieder ein Gottesstaat errichtet werden. Maximilian hatte sich nur mit Philipp angefreundet, um ihn auf seine Seite zu ziehen. Als Philipp bemerkte, in welcher Gesellschaft er sich da befand, distanzierte er sich. Maximilian sprach kein Wort mehr mit ihm. Philipp gründete seinen eigenen Geheimbund, um den Plan der Jesuiten zu vereiteln.«

Falk zog an seiner Pfeife, und sein Gesichtsausdruck war ein beredter Ausdruck für die Geringschätzung, die er diesem Vorhaben entgegenbrachte.

»Welchen Plan?«, warf Nicolai ein.

»Das ist ja das Kuriose. Niemand kannte den Plan wirklich. In diesen Geheimbünden ist Geheimnis auf Geheimnis geschichtet wie die Häute einer Zwiebel. Doch wenn man in die Mitte vordringt, umschließen sie ein Nichts. Aber Philipp war fest davon überzeugt, dass es diesen Plan gab. Eine gefährliche Verschwörung. Wir stritten uns oft darüber. Es gibt doch genügend weithin sichtbare Übel, gegen die sich zu kämpfen lohnt, finden Sie nicht? Hunger, Franzosen, Steuern, Krieg. Aber Philipp wollte lieber gegen Gespenster kämpfen. Sein Hauptgeschäft bestand darin, die Loge *Zu den drei Weltkugeln* zu infiltrieren. Er war besessen davon herauszufinden, was diese Leute planten. Aber nach allem, was ihm von seinen Freunden und Mitstreitern zugetragen wurde, planten diese Leute überhaupt nichts. Sie trafen sich nur immer zu rätselhaftem Zauberspuk und elektrischen Geisterexperimenten. Selbst Maximilian zog sich bald aus der ganzen Sache zurück, weil er offenbar erkannt hatte, wie lächerlich und einfältig diese Leute waren.«

»Oder um ein anderes, wirksameres Vorhaben in Gang zu setzen«, entgegnete Nicolai.

Falk machte eine Pause und schien zu überlegen. Nicolai wartete.

»Sie klingen ja schon wie Philipp. Vielleicht war es ja so. Ich weiß es nicht. Ich weiß nur, dass Maximilian im Sommer 1779 für längere Zeit aus Leipzig verschwand. Philipp war überzeugt, dass er irgendetwas vorbereitete, aber er hatte natürlich nicht die Mittel, einen Grafensohn zu verfolgen. Immerhin brachte

er einiges über ihn in Erfahrung. Maximilian war nach Berlin gegangen. Ein Kommilitone aus dem Kolleg von Seydlitz hatte ihn im Salon von Markus Herz gesehen.«
Nicolai runzelte die Stirn. Der Name sagte ihm nichts. »Wer ist das?«
Falk zog die Mundwinkel herab. »Ein Jude aus dem Kreis um Mendelssohn und die anderen Berliner Aufklärer. Philipp war überzeugt, dass Maximilian dort spionieren wollte, denn wie war sonst zu erklären, dass ein Skorpion von Jesuit den Salon von Herz frequentierte? Herz gehörte doch zu den Freunden der Vernunft. Philipp hatte ihn sogar für seinen eigenen Bund gewinnen wollen zum Kampf gegen fürstlichen Despotismus, religiöse Doktrin und Aberglauben, mit dem die Massen in Dummheit und Unmündigkeit gehalten wurden. Wie konnte Herz jemanden wie Alldorf zu seinem Salon zulassen?«
Eine berechtigte Frage, dachte Nicolai. Aber eine Antwort bekam er nicht.
»Zu Ende des Sommers verließ Maximilian Berlin und ging nach Königsberg. Im November kehrte er nach Leipzig zurück. Er war fast nicht wiederzuerkennen. Er war abgemagert und blass, sprach mit niemandem, mied die Gesellschaft, und es ging sogar das Gerücht, er habe sich in Königsberg die Franzosenkrankheit geholt. Philipp war noch immer überzeugt, dass er etwas aushecke, und beobachtete ihn ständig. Er verfolgte ihn, so weit er konnte, notierte, mit wem er sich traf, wann er ausging, welche Ärzte er konsultierte und dergleichen mehr.«
»Er war also wirklich krank?«
»Ja. Er wirkte müde und matt. Er aß fast nichts mehr und verließ kaum das Haus. Er schrieb sehr viele Briefe. Und er ging oft spazieren. Auf einem dieser Spaziergänge ist Philipp ihm dann

begegnet. Ich weiß nicht, was sie gesprochen haben, aber Philipp kam höchst erregt nach Hause. Wir hielten damals Mittagstisch im Paullino. Er erzählte mir erschüttert, Alldorf stehe kurz vor der Vollendung eines geheimen Vorhabens. Er redete von irgendeiner schrecklichen Gefahr. Personen hätten sich zusammengetan und einem gefährlichen Plan zugestimmt. Man habe ein unfehlbares Mittel gefunden.«
»Ein Mittel? Ein Mittel wozu?«, fragte Nicolai.
»Ich weiß es nicht. Ein Mittel, um Maximilians Feinde zu zerstören, denke ich.«
»Er hatte also Feinde?«
Falk atmete tief ein und begann dann zu husten. Als er sich wieder gefangen hatte, sagte er: »Nun, einen hatte er bestimmt: Philipp. Er war wie von Sinnen. Alles begann sich in seinem Kopf zu verwirren. Er redete nur noch wie diese Freimaurer von Graden und Arkana und dergleichen. Doch eine Sache war wirklich seltsam: Maximilian wusste offenbar schon alles über Philipps neuen Geheimbund von der Deutschen Union. Er wusste nicht nur alles darüber, sondern er verlachte ihn, indem er nämlich behauptete, all dies seien Narreteien und Dummheiten im Vergleich zu dem, was er herausgefunden habe. Philipp sei ein ahnungsloser Narr, der von den wirklichen Vorgängen in der Welt überhaupt keinen Begriff habe. Nur er, Maximilian, wisse davon. Doch er werde den Teufel tun, Philipp etwas davon zu erzählen. Im Gegenteil. Sie würden dieses Geheimnis für immer in ihrem Orden bewahren, denn die Welt sei nicht reif dafür, und dergleichen mehr. Ich versuchte Philipp zur Vernunft zu bringen. Noch so ein Geheimnis, dachte ich, zu dem man neunundneunzig Affengrade durchschreiten muss, bevor man hinter dem letzten Vorhang in

einem Spiegel sein eigenes blödsinniges Eselsgesicht wiederfindet.«

Seine Pfeife war über der langen Rede ausgegangen, und er beugte sich erneut zur Kerze vor, um sie wieder zu entzünden. Nicolai nutzte die Pause für eine Frage.

»Dieses Mittel, von dem Maximilian sprach ... wissen Sie, worum es sich dabei handelte?«

»Nein.«

»Erinnern Sie sich an die Symptome von Maximilians Krankheit?«

»Nein. Ich habe ihn kaum zweimal gesehen, und dies nur aus großer Entfernung. Was ich weiß, habe ich alles von Philipp gehört. Und der redete nur noch wirres Zeug. Ich wusste ja auch nicht, dass die ganze Sache so schlimm enden würde, sonst hätte ich mich bestimmt mehr darum gekümmert.«

»Und was geschah dann?«

»Im Dezember gibt es hier immer ein Studentenfest, und dabei kommt es fast jedes Mal zu kleineren Ausschreitungen. Die Orden provozieren sich, es wird gerauft, danach geht es durch die Stadt, ein paar Scheiben krachen, und meistens ist es damit gut. Maximilian hatte dem Fest beigewohnt, und Philipp soll ihn beleidigt haben. Philipp war erstens betrunken, wie fast alle anderen Festteilnehmer auch, und zweitens nicht satisfaktionsfähig. Maximilian kümmerte sich also nicht weiter um ihn. Außerdem wird bei diesen Festen so viel an Beleidigungen herumgebrüllt, dass man sein Lebtag die Duelle nicht schlagen könnte, die man angeboten bekommt. Wie dem auch sei: Maximilian warf Philipp als Antwort irgendeinen Satz an den Kopf. Da hat Philipp völlig den Verstand verloren. Er stürzte sich plötzlich ohne Warnung auf ihn und schlug ihn mit zwei furchtbaren

Faustschlägen nieder. Niemand konnte schnell genug reagieren. Der junge Graf lag besinnungslos am Boden. Sein Gesicht war bereits blutüberströmt. Aber Philipp ließ nicht von ihm ab, sondern stürzte sich auf den Verletzten, kam auf ihm zu sitzen und schlug immer wieder mit den Fäusten auf sein Gesicht ein. Endlich wurde er zurückgerissen. Da begann er wie ein Rasender zu schreien: Er hat das Geheimnis, holt es aus ihm heraus! Er hat das *mysterium patris!* Es war entsetzlich. Ich hielt selbst einen seiner Arme fest und sah, dass ihm die Haut auf den Handknöcheln aufgeplatzt war, so fest hatte er zugeschlagen. Dann kam der Pedell und in der Folge weitere Männer, die ihn wegbrachten.«

Falk verstummte wieder. Nicolai erhob sich und ging ein paar Schritte auf und ab. Er spürte seine Füße kaum noch, so kalt war ihm jetzt. Falk kauerte auf seinem Lager und starrte in die Kerzenflamme.

»So etwas war hier noch nie vorgefallen. Die Universität, die eigentlich die Gerichtsbarkeit über den Fall innehatte, fand die Sache so schwerwiegend, dass sie es ablehnte, darüber zu statuieren. Damit kam der Fall vor das Leipziger Halsgericht, und Philipps Schicksal war besiegelt. Drei Wochen später starb er am Galgen.«

»Hat er sich nicht verteidigt? Hat er nicht erklärt, warum er das getan hat?«

Falk zuckte mit den Schultern. »Glauben Sie an Gespenster?«

»Nein.«

»Sehen Sie, ich auch nicht. Aber Philipp glaubte daran. Er sah überall Verschwörungen. Er hielt Maximilian für den Kopf einer geheimen Bruderschaft, die ein gefährliches Geheimnis hütet, das die Welt bedroht. Diese Bruderschaft war seiner Auf-

fassung nach so mächtig, dass sie alles und jeden kontrollierte. Natürlich auch das Leipziger Halsgericht. Es war völlig sinnlos, sich da verteidigen zu wollen. Er hatte sich geopfert. Er verstand sich als Märtyrer im Kampf gegen das kommende Dunkel. Als Lichtbringer.«
»Lichtbringer?«
»Ja. So nannte er sich. Er sah sich als Aufklärer, als Luziferaner. Philipps Welt war ein Kampf von Licht und Finsternis. Allerdings war Luzifer für ihn der eigentliche Held der Weltgeschichte. Er habe das Licht aus dem Himmel gestohlen und den Menschen die Vernunft gebracht. Dafür wurde er in die Hölle verbannt. Denn Gott und die Kirche wollten nicht, dass der Mensch frei sei. Sie wollten ihn auf der Stufe eines niedrigen Tieres halten. So etwa sah er die Dinge.«
»Ist dies die Auffassung der Illuminaten?«
»Nein. Die Illuminaten sind Schöngeister, die überhaupt keine Religion haben. Sie rekrutieren hier nicht viel. Soweit ich gehört habe, machen sie wenig Zauberspuk. Sie wollen einen aufgeklärten Staat und versuchen, Regierungsämter zu besetzen. Hier im Norden ist das aber nicht notwendig, denn noch gottloser als in Preußen kann man ja gar nicht regieren. Aber im Süden gibt es wohl viel Zulauf.«
Nicolai überlegte. Allmählich zeichnete sich wenigstens äußerlich ein Zusammenhang ab. Lief die ganze Angelegenheit darauf hinaus, dass sich hier zwei oder vielleicht noch mehr Geheimbünde bekriegten?
»Und Maximilian? Wissen Sie auch etwas über seinen Orden?«
»Maximilian war Rosenkreuzer.«
»Rosenkreuzer?«
»Den Rosenkreuzern ist alles verhasst, was nach Aufklärung

und Vernunft riecht. Ihr System ist ebenso wie das der Illuminaten von den Freimaurern entlehnt. Sie ködern ihre Anhänger jedoch mit der Aussicht auf eine geheimnisvolle, in ihrem Fall angeblich göttliche Offenbarung. Rosenkreuzer sind überzeugt, einem Orden von auserwählten, begnadeten Sterblichen anzugehören, denen das Weltgeheimnis enthüllt wird. Sie sind hier sehr aktiv.«

Er deutete auf Di Tassis Brief und fügte hinzu: »Das war wohl der Irrtum Ihres Justizrates. Er ist von der falschen Annahme ausgegangen, Alldorf sei ein Illuminat. Doch jetzt hat er seinen Fehler bemerkt. Graf Alldorfs Geld soll offensichtlich in Berlin für ein Vorhaben der Rosenkreuzer Verwendung finden.«

»Woraus schließen Sie das?«, fragte Nicolai erstaunt.

»Die Initialen. B... und W...«

»Sie wissen also, wer das ist?«

Falk nickte.

»Und?«

»Ich habe großen Hunger. Sie nicht?«

7.

Das Wirtshaus lag nicht weit entfernt. Es war früh am Abend, daher war wenig Betrieb. Sie stiegen eine gewundene Treppe hinauf und betraten einen großen Speicher, der mit geringen Mitteln und großem Einfallsreichtum zu einer Wirtsstube umgebaut worden war. Die Tische waren an den Dachbalken aufgehängt. Als Stühle dienten Holzkisten. Man saß nah an den Dachziegeln. Falk steuerte zielsicher auf einen

Platz am Ende des Raumes zu. Der köstliche Duft von gebratenem Lammfleisch erfüllte den Raum. Auch Nicolai hatte jetzt Hunger. Wie lange war es her, dass er etwas Richtiges gegessen hatte? Sie bestellten und bedienten sich aus einer großbauchigen Rotweinflasche, die zwischen ihnen auf dem Tisch stand. Auch das Brot war köstlich. Nicolai verspeiste drei Schnitten, noch bevor das Fleisch gekommen war.

Der Weingenuss löste die Zunge von Nicolais Gesprächspartner. Es dauerte nicht lange, und er erzählte ihm, dass er aus der Pfalz stammte und eigentlich Pfarrer hätte werden sollen. Sein Vater hatte alles darangesetzt, ihm seine Pfarre zu übertragen, aber dergleichen sei nun einmal überhaupt nicht nach seinem Geschmack. Sein Traum sei es, für das Theater zu schreiben, aber beim gegenwärtigen Zustand der Bühnen sei das völlig hoffnungslos.

»Wieso hoffnungslos?«

»Waren Sie jüngst einmal in einem deutschen Theater?«, fragte Falk.

Nicolai verneinte.

»Wenn Sie nicht über Mordbrenner, melancholische Selbstmörder oder rasende Narren schreiben wollen, nimmt kein Theaterdirektor Ihre Stücke. Die Regel in Deutschland ist, dass die Hauptperson alle zwölf bis fünfzehn mitspielenden Personen der Reihe nach umbringt und sich dann zur Vollendung des löblichen Werkes den Dolch selbst in die Brust rammt.«

»Die Menschen suchen eben Unterhaltung und keine Belehrung«, erwiderte Nicolai amüsiert.

»Sie sagen es. Sogar die Schauspieler klagen schon, was für eine Not sie damit haben, auf verschiedene neue Arten sterben zu lernen, denn es kommen Stellen vor, wo die Leute unter abgebrochenen Reden und anhaltenden Konvulsionen eine halbe Stunde lang in den letzten Zügen liegen müssen. Sie liegen auf der Bühne zu viert oder fünft im Todeskampf ineinander verknäult und verenden unter langen Deklamationen. Das Parterre beklatscht jede Zuckung der unterschiedlichen Glieder. Der Geschmack des Publikums ist entsetzlich.«

»Und woran liegt das?«

»Ich weiß es nicht. Vielleicht, weil vor allem der große Haufen ins Theater geht. Bekanntlich läuft der Pöbel gerne zum Richtplatz und zu Leichen.«

Das Fleisch kam. Nicolai griff zu, während Falk sich das Herz erleichterte.

»Schauen Sie sich doch einmal die Verfasser dieser als Geniewerke gepriesenen Theaterstücke an«, sagte er angeekelt. »Diese Stürmer und Dränger sind doch mit der Welt, über die sie so wutschnaubend schreiben, noch nie in Berührung gekommen. Vor lauter Hass stammeln sie ja auch nur. Man nennt es literarische Revolution. Aber eigentlich sind es nur Auslassungen und Verstümmelungen. Man spuckt hier auf der Bühne Sätze in die Welt, die alle wie unzusammenhängende Orakelsprüche dastehen.«

Nicolai hatte wenig Erfahrung mit dem Theater, um nicht zu sagen: überhaupt keine. Aber er begann allmählich Gefallen an diesem armen Studenten zu finden, der sich ja von den jungen Genies, über die er sich in Hohn und Spott ergoss, recht besehen gar nicht so sehr unterschied.

»Wie in den Geheimbünden, nicht wahr?«, ergänzte er, um wieder auf das eigentliche Thema ihrer Unterhaltung zurückzukommen.

»An diese Verbindung habe ich noch gar nicht gedacht«, sagte

Falk. »Woher kommt das nur, diese Sucht nach Orakeln und geheimen Orden und Bruderschaften? Fast jeder Student hier ist mit Maurerei zugange.«

Nicolai zuckte mit den Schultern. »Der Mensch braucht Geheimnisse«, schlug er vor.

»Aber es gibt doch genügend Geheimnisse«, erwiderte Falk. »Warum besitzen so viele so wenig und einige wenige so viel? Das ist doch schon ein großes Geheimnis, über das sich nachzudenken lohnt.«

»Vielleicht sollten Sie darüber einmal ein Stück schreiben?«

»Das habe ich ja bereits getan. Aber niemand will es spielen.«

»Dachte Philipp genauso wie Sie?«

»Philipp war ein verwirrter Träumer. Er studierte Metaphysik und die aufgeklärten Philosophen. Aber von Politik begriff er überhaupt nichts. Im Grunde unterschied er sich in keiner Weise von Max Alldorf. Er dachte, dass Gedanken die Welt verändern.«

»Und was glauben Sie?«

»Gedanken sind gar nichts. Die Tat ist alles.«

»Aber der Gedanke geht doch der Tat voraus«, erwiderte Nicolai.

»Das mag ja sein, obwohl es genügend Philosophen gibt, die das Gegenteil bewiesen haben. Mir ist es einerlei. Aber eines ist gewiss: Wirklich wird ein Gedanke erst durch die Tat. Davor ist er gar nichts. Weniger als Luft.«

»Und diese Leute, die Kutschen anzünden und für die Herren B... und W... Geld beschafft haben, welche Gedanken wollen sie verwirklichen?«

»Überlegen Sie doch selbst einmal«, erwiderte Falk und schaute Nicolai herausfordernd an. »Nach allem, was Sie mir erzählt haben, können Sie den Schluss doch leicht selbst ziehen.«

Nicolai schüttelte traurig den Kopf. »Nein. Das kann ich nicht.«
»Es ist doch offensichtlich. Denken Sie an den Brief Ihres Justizrates. Was hat er denn darin geschrieben?«
Nicolai überlegte. Es gefiel ihm nicht besonders, den Schüler abgeben zu müssen, der eine Lektion erteilt bekommt. Außerdem war ihm durch Falks merkwürdige Behauptung von eben plötzlich eine vage Idee gekommen, die in seinem Hinterkopf herumspukte. Er konnte sie aber noch nicht fassen. Doch da war soeben etwas Wichtiges gesagt worden. Wann werden Gedanken wirklich? Darüber hätte er jetzt gerne in Ruhe nachgedacht. Aber erst musste er erfahren, was Falk in Di Tassis Brief entdeckt hatte.
»Ich könnte es vielleicht herausfinden«, sagte er, »aber da Sie es schon wissen, warum sagen Sie es mir nicht einfach?«
Falk sah offenbar ein, dass das Spiel nicht besonders amüsant war. Seine Miene veränderte sich schlagartig.
Er wurde wieder ernst, schob seinen Teller zur Seite und sagte: »Lizenziat Röschlaub, was ich Ihnen jetzt sage, bleibt unter uns. Ich will auf keinen Fall in diese Sache hineingezogen werden. Diese Geheimniskrämer sind allesamt verrückt, aber wie Sie selbst festgestellt haben, dennoch gefährlich. Was immer Sie in Zukunft tun, lassen Sie mich aus dem Spiel, verstehen wir uns?«
Nicolai sagte erst nichts. Dann nickte er langsam.
»Wie viel Geld haben Sie?«, fragte Falk als Nächstes.
»Warum?«
»Weil ich keines habe und welches brauche. Ich will hundert Taler für diese Information.«
»Hundert …? Das ist unmöglich.«
»Also. Wie viel ist es Ihnen wert.«

»Ich weiß ja noch gar nicht, ob das, was Sie mir sagen können, mir überhaupt weiterhilft.«
»Versprechen kann ich es Ihnen nicht. Fünfzig also.«
»So viel ... so viel Geld habe ich nicht«, log er und dachte bekümmert an die achtzig Taler, die er von Di Tassi bekommen hatte. »Ich bin in diese Sache hineingeraten und fast so mittellos wie Sie. Man verfolgt mich, und ich weiß nicht einmal genau, warum. Und das wollen Sie ausnutzen. Aber gut. Ich sehe, dass Sie in großen finanziellen Schwierigkeiten stecken. Ich biete Ihnen zehn Taler für Ihre Mühe. Mehr kann ich unmöglich erübrigen.«
Falk sah ihn grimmig an. Dann zerfloss sein angespanntes Gesicht zu einem Lächeln. Der Mensch wurde ihm zunehmend unheimlich.
»Na gut. Man soll verkaufen, solange Markt ist, nicht wahr?«
Nicolai erwiderte nichts. Konnte er dem Mann überhaupt trauen? Er sah sich im Restaurant um, aber niemand beachtete sie. Nein. Der Mensch war nur abgewirtschaftet und witterte eine Chance auf raschen Gewinn.
»Warum, glauben Sie, hat Di Tassi nach dem Vorfall in Sanspareil die Verfolgung aufgegeben?«, fragte Falk jetzt.
»Ich weiß es nicht.«
»Ganz einfach«, antwortete Falk. »In Sanspareil hat er festgestellt, dass er es gar nicht mit Illuminaten zu tun hat. Er hat die Falschen verfolgt.«
Nicolai schwieg verblüfft. »Woher wollen Sie das wissen?«
»Illuminaten sammeln keinen Himmelsstaub, sondern schreiben sich humanistische Briefe über Moral und Staatsethik. Es sind fast nur Beamte und Adlige darunter, Leute wie dieser Freiherr von Knigge und andere aufgeklärte Schöngeister. Und

natürlich jede Menge Studenten, alles lauwarme Schwärmer. Diese Leute würden niemals für den Kaiser arbeiten, und noch weniger würden sie an einer Verschwörung gegen König Friedrich teilnehmen. Im Gegenteil. Es heißt sogar, Friedrich sei selbst Illuminat.«

»Also dann diese andere Gruppe … diese Rosenkreuzer?«

»Ja, schon eher. Sie sind das genaue Gegenteil der Illuminaten. Sie rekrutieren ihre Mitglieder aus erzkatholischen, reaktionären Kreisen. Diese Maschine, die Sie mir beschrieben haben, ist typisch für sie. Sie betrachten Sternschnuppenstaub als *prima materia*, als Ursubstanz.«

»Und was macht man damit?«, fragte Nicolai resigniert.

Er bereute es fast schon, den Handel eingegangen zu sein. Wo sollte das nur hinführen?

»Man stellt daraus die Universaltinktur her, einen Balsam, der dazu dient, Könige zu salben.«

»In Sanspareil wurde Sternschnuppenstaub gesammelt, um einen König zu salben?«

»Ja. Offenbar. Die Frage, die sich als Nächstes stellt, ist: welchen König?«

»König Friedrich offensichtlich nicht«, schlug Nicolai vor.

»Nein, sicher nicht. Wen also dann?«

Nicolai zuckte ratlos mit den Schultern.

»Was steht in Di Tassis Brief?«, fuhr Falk fort. »Es sei jedes Mittel recht, den preußischen Koloss zu schwächen. Da bietet sich, wenn König Friedrich nicht in Frage kommt, nur ein Kandidat an. Oder?«

Nicolai wurde starr.

»Sie meinen … den Thronfolger?«

Falk nickte. »Ja. Friedrich Wilhelm II.«

Nicolai hatte es die Sprache verschlagen. Falk kostete dessen Verblüffung weidlich aus, bevor er eine Erklärung zu dieser ungeheuerlichen Behauptung lieferte.

»Dieser Thronfolger ist das Beste, was den Österreichern passieren konnte«, sagte Falk. »Und der König Friedrich von Preußen weiß das. Der Prinz Friedrich Wilhelm wird niemals in der Lage sein, die Rolle des Königs auszufüllen. Ganz davon abgesehen, dass es schwierig sein dürfte, überhaupt jemanden zu finden, der Friedrichs Nachfolge antreten könnte. Wer herrscht schon wie Friedrich der Große? Man muss ein Übermensch sein, um dieses Preußen zusammenzuhalten und gegen Österreich, Frankreich und Russland zu verteidigen. Der Thronfolger ist dafür jedenfalls nicht geeignet. Er hat schon genug Mühe damit, seine Mätressenwirtschaft zu verwalten.«

Falk goss sich Wein nach und trank einen gehörigen Schluck. Nicolai sagte nichts. Es gelang ihm noch nicht, eine Verbindung mit Graf Alldorf zu erkennen. Sein Unverständnis war ihm wohl ins Gesicht geschrieben, weshalb Falk zu einer Erklärung ansetzte:

»Preußen ist Österreichs ewiger Stachel«, begann er. »Ein tieferer Gegensatz als der zwischen Preußen und Österreich lässt sich überhaupt nicht denken. Alles, was im Deutschen Reich geschieht, geschieht am Ende zwischen Berlin und Wien, Fortschritt oder Rückschritt.«

Nicolai widersprach. »Seit Josef II. an der Macht ist, bewegt sich jedoch einiges in Österreich.«

»Ach ja?«, erwiderte Falk.

»Es heißt, er wolle siebenhundert Klöster aufheben, die Folter und die Leibeigenschaft abschaffen und sogar Nichtkatholiken die Einwanderung erlauben.«

Falk schnaubte verächtlich. »Da sehen Sie ja, womit man es in Wien zu tun hat. Starre katholische Altgläubigkeit, die jede geistige Selbständigkeit und Regsamkeit erstickt. Versklavung der Bevölkerung. Rückständigkeit und Unrecht, wo man hinschaut. Selbst wenn Österreich jetzt ein paar Reförmchen durchführt, wird das niemals an das heranreichen, was Friedrich geleistet hat. Preußen! Das ist ein Befreiungsschlag. Es kämpft gegen das seit Jahrhunderten zwischen Elbe und Pregel eingewurzelte Sklaventum und wird es irgendwann ausrotten. Es liefert dem verfluchten Junkertum und den ständischen Privilegien erbitterte Schlachten. Wenn das Deutsche Reich irgendwann einmal eine freie Nation werden sollte, dann nur weil Preußen damit begonnen hat, die Zersplitterung in seinem Innern zu bekämpfen.«

Er trank erneut. Nicolai hoffte nur, dass Falk nicht ausfällig werden würde. Aber im Gegenteil. Er beugte sich vor, senkte seine Stimme sogar noch und sagte:

»Wenn irgendjemand eines Tages die Geschichte dieser Jahrzehnte schreiben wird, dann wird er genau dies darüber sagen: Österreich oder Preußen – ein zerfahrenes, geistloses, wehrloses Deutschland im Schlepptau von Obskuranten und habsburgischer Hauspolitik oder ein frisches, aufstrebendes, geistreiches Deutschland unter der Führung eines modernen Staates von aufgeklärten, gebildeten Bürgern. Man sieht es vielleicht noch nicht, aber hier tobt ein Kulturkampf. Wenn Preußen fällt, fällt das deutsche Reich ins Mittelalter zurück, in ein rückständiges, kraftloses, gelähmtes Gebilde von eintausendvierhundert Duodezstaaten mit einer Mönchskutte als Grabtuch. Und jetzt sehen Sie sich an, wer Preußen demnächst lenken soll. Friedrich Wilhelm II. Ein Mann ohne Talent oder Substanz mit einem allseits bekannten Hang zu Vergnügungen der nicht gerade hoffähigen Sorte. Er ist von weichem, sentimentalem Gemüt. Jeder, der ihn kennen lernt, sagt das Gleiche. Ein liebenswürdiger Trottel. Der König weiß das. Außerdem hat er ihn ja selbst ein wenig dazu gemacht. Der Prinz umgibt sich ausschließlich mit Kanaille, weil er den Ansprüchen des Königs nicht gewachsen ist. Aber das ist nicht das Schlimmste. Wissen Sie, was das Schlimmste ist?«

Nicolai schüttelte den Kopf.

»Sein Hang zur Mystik. Er ist längst ihren Einflüsterungen ausgesetzt. Und wenn erst die Gelder zur Verfügung stehen, die in diesem Brief angedeutet sind, dann werden sie ihn restlos in der Hand haben.«

»Wer?«

»Wöllner und Bischoffwerder. Das sind die beiden Namen, die sich hinter den Initialen in Di Tassis Brief verbergen. Sie müssen mit Alldorf übereingekommen sein, dass er ihnen die Mittel zukommen lässt, die sie brauchen, um den Prinzen in ihre Hand zu bekommen. Und wahrscheinlich gibt es noch andere Geldgeber, die auch ihren Beitrag leisten. Der Lebenswandel des Thronfolgers verschlingt Unsummen. Der König gibt ihm jedoch kaum Apanage. Das ist eine Schwachstelle, die sich leicht nutzen lässt. Doch die eigentliche Schwäche ist nicht der Geldbeutel des Thronfolgers, sondern seine mystisch veranlagte Seele. Wer indessen über beides gebietet, der wird in einigen Jahren Preußen regieren und in jede gewünschte Richtung lenken können.«

Nicolai versuchte, mit Falks Ausführungen Schritt zu halten und die neuen Informationen in das Bild einzufügen, das er sich bisher von Alldorf gemacht hatte.

»Woher wissen Sie so gut über Friedrich Wilhelms Seelenleben Bescheid?«, fragte er.
»Fahren Sie nach Berlin«, antwortete Falk. »Fragen Sie die Leute. Friedrich Wilhelms Erweckung im Lager von Schatzlar war vor zwei Jahren Salongespräch. Man amüsierte sich darüber, dass der Lebemann auf einmal fromm geworden war. Er hatte vor seinem Zelt gesessen und plötzlich eine Hand auf seiner Schulter gespürt. Das Gnadenzeichen des Höchsten. Dann vernahm er das leise gesprochene Wort ›Jesus‹ als Zeichen der Aufnahme in den Kreis der Erwählten. Umdrehen durfte er sich nicht, denn das ist nicht gestattet. Hätte er es getan, hätte er nicht Jesus, sondern den Herzog Friedrich August von Braunschweig erblickt, der sich ebenfalls den Rosenkreuzern verschrieben hat. Daher machte später das Bonmot *Jesus von Braunschweig* die Runde. Seitdem hat die Verdüsterung seines Geistes eher noch zugenommen. Friedrich Wilhelm ist ernst geworden, in sich gekehrt, schwermütig. Und immer und überall ist dieser Wöllner um ihn herum, der den Geisterspuk organisiert.«
»Und der König tut nichts dagegen.«
»Doch. Natürlich. Er festigt den Apparat. Noch gibt es Leute wie Zedlitz und die anderen Beamten, die diesen Obskurantismus mit Leib und Seele bekämpfen werden, auch wenn Friedrich einmal nicht mehr am Leben sein sollte. Doch im Gegensatz zu Königen sind Beamte absetzbar. Wer den Kopf hat, hat den Staat.«
Jetzt goss sich Nicolai ein weiteres Glas ein und trank einen guten Schluck.
»Und Sie glauben, dass Österreich an dieser Sache beteiligt ist?«
»Selbstverständlich. Man beobachtet die Vorgänge dort genau.

Was glauben Sie, warum Di Tassi in Alldorf aufgetaucht ist? Wer hat denn das Postmonopol der Reichspost? Habsburg! Nirgendwo weiß man über die Vorgänge im Reich so genau Bescheid wie in Wien. Sie haben doch mit eigenen Augen gesehen, wie Di Tassis Spitzelsystem organisiert ist. Und wenn so viel Geld verschwindet wie im Fall Alldorf, will man in Wien wissen, in welchen Taschen es gelandet ist. Bei Freund oder Feind. Deshalb wurde Di Tassi geschickt. Sein Irrtum war, zu glauben, dass Illuminaten hinter den Anschlägen steckten. Daher hat er diese Kutschenbrenner verfolgt. In Sanspareil muss ihm jedoch klar geworden sein, dass er sich geirrt hatte. Er hat diese Rosenkreuzer-Maschine entdeckt. Außerdem war anscheinend inzwischen das Bankhaus identifiziert worden, das die Transaktion abgewickelt hatte, und es stellte sich heraus, dass das Geld für den Thronfolger bestimmt war. Lesen Sie den Brief. Es steht ja alles darin. Sie verdanken Ihre Situation einer vorübergehenden Fehleinschätzung im österreichischen Spitzelsystem.«

Nicolai sagte zunächst nichts. Falks Ausführungen erfüllten ihn mit Staunen. Das war alles durchaus logisch. Aber eine Sache begriff er nicht. Wenn Alldorf Teil dieser Verschwörung war, warum hätte er sie dann ausgerechnet vor jemandem wie Di Tassi geheim halten sollen? Graf Alldorf hatte sein halbes Leben am Wiener Hof verbracht. Er war dort gut bekannt gewesen. Vielleicht war er sogar dort mit Vertretern der Rosenkreuzer in Kontakt gekommen. Aber das erklärte doch nur einen Teil dieser ganzen Vorgänge. Machtpolitik? Das war sicher ein Aspekt. Aber was nutzte es den Berliner Verschwörern, wenn Kutschenbrenner ein Flammenkreuz über dem Deutschen Reich aufgehen ließen? Warum hatte der eingekreiste Illuminat,

Rosenkreuzer oder was immer er gewesen war, sich vor ihren Augen erschossen? Warum war Selling ermordet und verstümmelt worden? Und wo war Zinnlechner?

»Sie haben zwei Namen genannt. Was sind das für Leute?«

»Wöllner ist Kammerrat in der Domänekammer des Prinzen Heinrich, des Bruders des Königs. Der Mann ist überall mit dabei, sowohl bei den Freimaurern als auch bei den Aufklärern. Ich glaube, er ist der Gefährlichste von allen. Er kennt alle Gruppen, gehört jedoch letztlich keiner an. Er benutzt sie nur. Sein bestes Instrument jedoch ist Bischoffwerder. Im Gegensatz zu Wöllner, der ein aalglatter Heuchler ist, glaubt Bischoffwerder sogar an den mystischen Unsinn, den er dem Prinzen einflüstert. Der Mann ist eine beeindruckende Erscheinung, ein richtiger Magus. Der Prinz ist dem Mann völlig verfallen. Bischoffwerder hat außerdem Schrepfers Apparat geerbt, mit dem er dem Prinzen Geistererscheinungen vorspiegelt.«

»Wer ist Schrepfer? Was für ein Apparat?«

»Vor sechs Jahren gab es einen Skandal hier in der Nähe. Der Leipziger Kaffeehauswirt Schrepfer erschoss sich in Rosenthal vor den Augen einiger Logenfreunde. Der Mann war hoch verschuldet. Aber danach hieß es, in Wirklichkeit habe er versucht, sich selbst als Geist erscheinen zu lassen. Zu den wenigen Zeugen dieses Unglücksfalles gehörte auch Bischoffwerder. Er und der geheime Kriegsrat von Hopfgarten hatten den Abend zuvor mit Schrepfer verbracht und sie gaben später an, er habe für den folgenden Morgen ein Wunder in Aussicht gestellt. Die Sache wurde nicht weiter verfolgt, aber Bischoffwerder erbte Schrepfers Hohlspiegel, mit denen der seine früheren Geisterbeschwörungen veranstaltet hatte.«

Vor den Augen seiner Freunde erschossen? Nicolai schauderte.

Das Ereignis aus dem Wald bei Schwabach war also durchaus nichts Außergewöhnliches?
»Bis kurz vor seiner Verhaftung hat Philipp von seinen Logenbrüdern sehr detaillierte Berichte aus Berlin über die Vorgänge dort erhalten. Im Herbst 1779 fand der Orden des Gold- und Rosenkreuzes Eingang in die Kreise der Strikten Observanz, also der mächtigsten Strömung der Freimaurerlogen. Es entstand ein besonderer Rosenkreuzerzirkel in Berlin, dem Wöllner vorstand. Bischoffwerder trat auch dort ein.«
»Es war also die Zeit, als Maximilian in Berlin weilte?«, fragte Nicolai.
»Ja. In etwa. Maximilian Alldorf war kurz zuvor da gewesen. Aber als die Verschmelzung der Strikten Observanz mit den Rosenkreuzern vollzogen wurde, war er bereits nach Königsberg abgereist.«
»Und was tat er dort?«
»Das weiß ich nicht.«
»Und was wurde sonst noch aus Berlin gemeldet?«
»Die interessanteste Meldung war das Ordensziel: Vernichtung der Aufklärung und hierzu vor allem die Gewinnung von Ormesus Magnus als Ordensbruder.«
»Ormesus Magnus?«
Falk nahm sein Glas, trank aber nicht, sondern spielte versonnen damit.
»Ja. Der zukünftige König von Preußen. Wenn König Friedrich gestorben sein wird, werden sie auf diesem Wege seinen Staat an sich reißen. Wenn Friedrich Wilhelm in ihren Orden eintritt, kann sie nichts mehr aufhalten.«
Dann verstummte er wieder. Nicolai schaute betreten vor sich hin.

»Nun denn«, sagte Falk dann und prostete ihm spöttisch zu, »war Ihnen das Ihre zehn Taler wert?«
Aber Nicolai antwortete nicht. Sein Gesicht war auf einmal bleich geworden. Am Eingang waren zwei Männer erschienen. Einer von ihnen sprach noch mit dem Wirt, aber der andere ließ bereits seinen Blick durch den Raum schweifen.
Es war Kametsky!

8.

Hätte er einen weniger aufmerksamen Gesprächspartner gehabt, so wäre er aus diesem Restaurant niemals lebend herausgekommen. Doch Falk erfasste sofort, was Nicolais plötzlich aschfahles Gesicht nur bedeuten konnte.
»Bewegen Sie sich nicht«, sagte er leise. »Schauen Sie nach unten.«
Nicolai tat, wie ihm geheißen. Von einem Augenblick auf den anderen war er schweißüberströmt vor Angst. Sein Herz begann wie rasend zu klopfen. Jeden Augenblick konnte Kametsky ihn entdecken.
»Wie viele sind es?«, fragte Falk.
»Zwei«, flüsterte Nicolai angsterfüllt.
»Die Dachziegel sind locker«, sagte Falk hastig und mit gesenkter Stimme. »Die Überraschung wird Ihnen einige Sekunden Vorsprung geben. Das muss Ihnen reichen. Springen Sie nicht sofort herunter, sondern laufen Sie zum Ende des Daches. Dort landen Sie weich. Und vergessen Sie meine zehn Taler nicht.«
Damit sprang er plötzlich auf, stieß einen röhrenden Schrei aus,

packte Nicolai am Kragen und warf ihn mit voller Wucht gegen die Dachschräge. Nicolai fühlte einen furchtbaren Schlag gegen den Rücken und dann die kalte Winterluft in seinem Gesicht. Er fiel und landete krachend auf einem umlaufenden Vorsprung. Dachziegel polterten hinter ihm her und rutschten auf ihn herab, aber er drehte sich schnell zur Seite, schüttelte die Scherben von sich ab und begann den First entlangzulaufen. Hinter sich hörte er Falks Stimme durch das Restaurant dröhnen: »Verfluchter Hundsfott, wenn ich dich erwische, diese Beleidigung zahlst du mir heim!«

Dann entstand ein Tumult. Irgendetwas fiel polternd zu Boden, Gläser klirrten, und das Letzte, was Nicolai hörte, war Kametskys Stimme. »Hagelganz, los, schauen Sie, wer das war!«

Nicolai sprang. Er landete in einem Beet, schaute sich kurz um, rappelte sich auf und rannte eine schmale Gasse hinab. Er hatte keine Ahnung, wo er war, aber das galt wohl auch für seine Verfolger. Sie waren hier ebenso verloren wie er, und je tiefer in den verwinkelten Gassen des Studentenviertels er sich verstecken würde, desto geringer wären die Chancen, dass sie ihn fänden. Er blieb kurz stehen und lauschte. In der Nähe hörte er Schritte. Hagelganz war keine zwanzig Schritte hinter ihm. Nicolai ging in die Knie. Da war ein Kellerfenster. Aber es war verschlossen. Er blickte nach oben. Doch da bot sich auch kein Ausweg an. Also weiter. Er schlich an den Häuserwänden entlang. Gott sei Dank war es hier stockdunkel. Er blieb erneut stehen. Jetzt war alles still. Er hielt den Atem an, so gut er konnte. Dann hörte er ihn wieder. Er durfte sich nicht bewegen. Man sah hier so gut wie nichts, aber die Geräusche seiner Schritte konnten ihn verraten. Daher ging er erneut in die Knie und kauerte sich im Schatten einer Regentonne ganz nah an die

Hauswand. Und er tat noch etwas, das er niemals für möglich gehalten hätte. Er tastete den Erdboden ab und bekam einen großen, scharfen Stein zu fassen. Was war nur mit ihm geschehen? Er würde doch ... er würde doch niemanden erschlagen? Aber in ihm sah es ganz anders aus. Doch. Er würde Hagelganz niederschlagen, wenn er ihn entdecken würde. Er hatte keine Wahl. Was würde mit ihm geschehen, wenn sie ihn fingen? Er wäre verloren. Sie würden kurzen Prozess mit ihm machen. Er hatte nicht darum gebeten, all diese Dinge zu erfahren. Aber jetzt konnte er nicht anders. Er würde sich wehren.

Sein Herz schlug plötzlich wieder ganz ruhig. Sein Atem ging langsam und stetig. Er hörte, wie jemand vorsichtig die Gasse heraufgeschlichen kam. Das Dunkel war undurchdringlich. Offenbar waren sie darauf nicht vorbereitet gewesen, hatten keine Lampen mitgebracht. Jetzt konnte er ihn schon atmen hören. Aber sehen konnte er nichts. Oder fast nichts. Ein dunkler Schatten zeichnete sich vor ihm ab, vielleicht fünf Schritte von ihm entfernt. Der Schatten blieb stehen. Ob er seine Anwesenheit spürte? Nicolai hielt den Stein fest umklammert, war bereit zum Sprung. Er würde sofort zuschlagen, ohne jegliche Vorwarnung. Das war seine einzige Chance. Die Überraschung. Aber noch verharrte er regungslos. Der Schatten bewegte sich ein wenig auf ihn zu. Aber er schaute in eine andere Richtung, die Gasse hinab. Er konnte ihn nicht sehen, ahnte nicht, dass er keine drei Armeslängen von ihm entfernt auf dem Boden kauerte. Dann erklang ein Ruf aus der Entfernung.

»Hagelganz?«

»Ja«, brüllte der Schatten.

»Kommen Sie zurück«, rief die Stimme. »Blinder Alarm. Es waren betrunkene Studenten.«

Der Schatten erwiderte nichts. Nicolai konnte regelrecht spüren, wie sein suchender Blick die Dunkelheit durchbohrte. Aber der Mann konnte ihn nicht sehen. Er spuckte aus. Nicolai spürte den Aufschlag der Spucke auf seinem Schuh. Dann entfernten sich die Schritte.

Er blieb noch minutenlang sitzen. Dann begann er zu zittern. Seine Zähne schlugen aufeinander, und er musste mehrfach heftig schlucken, um sich nicht zu übergeben. Es war Wahnsinn gewesen, nach Leipzig zu kommen. Er musste so schnell wie möglich aus der Stadt heraus. Aber nachts? Er überlegte, welches das größere Risiko war. Bis zum Morgen zu warten und im Schutz des Messegewimmels aus Leipzig zu verschwinden oder die Dunkelheit der Nacht zu nutzen. Er entschied sich für Letzteres. Er ging in einem großen Bogen bis zum Paullinum zurück und folgte dann dem Weg zu Falks Wohnung. Das Haus lag völlig unscheinbar da. Es war nichts Auffälliges zu sehen. Er klopfte den Aufwärter heraus, ging in den Hof und schaute durch das Fenster in Falks verlassenes Zimmer hinein. Bestimmt wurde der Arme jetzt noch verhört. Nicolai fühlte sich schuldig. Der Mann hatte ihm das Leben gerettet. Wie konnte er ihm das danken?

Er zog seinen Geldbeutel hervor und zählte die Stücke. Wie lange würde diese Summe ihm zum Überleben reichen? Wie lange würde er sich vor Di Tassi verstecken können?

Er zählte statt der vereinbarten zehn nun zwanzig Münzen ab und steckte sie nach kurzem Überlegen in den Tabaksbeutel, der noch immer auf der Kiste lag. Dann hätte er gerne eine Notiz geschrieben, doch so gründlich er sich auch umsah, er fand nirgends Papier oder Schreibgerät. Schrieb Falk nicht Theaterstücke? Oder hatte er das aufgegeben? Einen Augenblick stand er unschlüssig herum, dann fiel ihm noch etwas ein. Er musste ja noch ins Hotel de Saxe. Das hatte er völlig vergessen. Konnte er das riskieren, oder war es zu gefährlich?

Er ging auf die Straße und fragte einen Passanten nach dem Weg. Das Hotel lag in der Klostergasse, also durchaus auf der Strecke zum Ranstädter Tor. Doch als er es in der Ferne hell erleuchtet aufragen sah und das Kommen und Gehen der wohlhabenden Gäste beobachtete, verließ ihn der Mut. Es war dort zu hell und zu elegant. Er würde sofort auffallen mit seinen jetzt auch noch verschmutzten Strümpfen, an denen eingetrocknete Erde klebte. Aber glücklicherweise war es hier auch nicht viel anders als in Nürnberg. An jeder Ecke standen junge Burschen herum und waren für ein paar Groschen für Botengänge zu haben. Er griff sich den Erstbesten und gab ihm das Briefgeld. Keine drei Minuten später war der Junge wieder da und überreichte ihm tatsächlich einen Brief, den er am Empfang des Hotels de Saxe ausgelöst hatte. Nicolai gab dem Jungen noch zwei Groschen, so sehr freute er sich über das Schreiben. Dann steckte er es ein und machte sich auf den Weg zum Ranstädter Tor, sorgfältig bedacht, nur dunkle Gassen zu wählen.

Trotz all der verwirrenden Informationen war ihm nun wenigstens eines klar geworden: Di Tassi hatte sich tatsächlich geirrt. Er hatte die Falschen gejagt. Aber das war nicht sein einziger Irrtum. Graf Alldorf hatte Gelder für eine politische Verschwörung beschafft – doch zugleich musste er noch ein anderes Ziel verfolgt haben. Sein Instinkt war richtig gewesen. Dieses andere Vorhaben hing mit Maximilian zusammen, doch was immer es war, es hatte nicht in Leipzig begonnen, sondern weit entfernt von hier. Es war eine unscheinbare, fast unsichtbare Spur. Doch er würde sie verfolgen: Königsberg.

9.

Mein lieber Nicolai,

welche Freude, Neuigkeiten von Dir zu erhalten. Nürnberg, bei meiner Seele, es soll dort recht schlimm sein, wie ich mir habe sagen lassen. Aber denke nur nicht, dass Wetzlar besser wäre. Jeder Schritt hier auf den Gassen ist ein halsbrecherisches Werk, und im Winter kann ein Fremder die Straßen ohne Fußhaken überhaupt nicht betreten. Entweder läuft man Gefahr, sich auf den Treppen, deren es hier sehr viele gibt, weil die Stadt an einem Berge liegt, die Rippen zu brechen, oder abends mit der Nase in einem der Misthaufen zu landen, die vor den Häusern mannshoch aufgeschüttet sind. Auch ist die Gefahr nicht gerade gering, von einem baufälligen Schornstein erschlagen zu werden. Das liegt vor allem am Geiz der hiesigen Beamten. Der Kammerrichter, der über 16 000 Taler im Jahr hat, geht lieber zu Fuß durch den Matsch, als dass er mit vier Pferden zu Rate fährt. Lustbarkeiten gibt es kaum, und ein Theater-Unternehmer, der im vorigen Sommer hierher kam, weil er wohl nichts Besseres wusste, musste schon nach drei Wochen wieder abziehen, weil der Ruin seiner ganzen Gesellschaft die Folge eines längeren Aufenthaltes gewesen wäre.

Um nun aber zu Deinem Anliegen zu kommen, ob Du Dein Schicksal in die Hände eines hiesigen Justizrates legen sollst, so muss ich Dir wohl zunächst einmal Aufklärung darüber geben, was ein Justizrat ist. Denn der Titel, mein lieber Nicolai, gibt es hier so viele wie Blätter im Wind, und was sich dahinter verbirgt, ist oft so welk und ernüchternd wie die Haut unter dem Puder der französischen Damen.

Folgendes ist die Ursache der Titelschwemme hier: Es ist nun nämlich den Advokaten und Prokuratoren durch ein eigenes Gesetz verboten, sich von ihren Bedienten und Mägden gnädige Herren nennen zu lassen. Sie suchen sich aber dafür durch eine andere Unart schadlos zu halten und schleppen sich mit einer erbärmlichen Titelsucht. Wenn Dir also einer begegnet, dem Du an der Nase ansiehst, dass er kein Assessor, an der Erbärmlichkeit, dass er keine Kanzelei-Person, oder an den Fingern, dass er kein Schuster ist, so kannst Du gewiss darauf rechnen, dass Du zum wenigsten einen geheimen Rat, einen Hofrat, einen Finanzrat, einen Justizrat, einen Kriegsrat, einen Kammerrat, einen Kanzeleirat, einen Rechnungsrat oder weiß der Henker was für einen Rat vor Dir hast. Dergleichen Titel kauft man sich gewöhnlich von großen und kleinen Reichsständen, die sie für ein paar Kreuzer Trinkgeld zu Dutzenden feilbieten.

Eine weitere Klasse machen die Kanzelei-Personen aus. Hier möchte ich wirklich Hogarths Griffel und Lichtenbergs Zauber des Witzes haben, um Dir diese Karikaturen vorzustellen. Überhaupt, wenn Du über diese ganze Erbärmlichkeit lesen willst, so kannst Du meisterhafte Schilderung von der Hand des vortrefflichen Göthe in ›Werthers Leiden‹ finden, die buchstäbliche Wahrheit ist und jedem, der mit den hiesigen Verhältnissen bekannt ist, ungemeines Vergnügen macht. Aber eigentlich ist das alles eher zum Weinen als zum Sichamüsieren. Alles, wirklich alles ist erbärmlich hier, und dies hängt einzig und allein von dem Eigensinne des Reichskanzlers ab, der alle Stellen bloß mit Katholiken besetzt, während der Kurfürst auch Protestanten anstellen wollte. Daran lässt sich aber in Deutschland nicht denken.

Und soll ich noch von der geringsten Klasse sprechen, den Praktikanten und Sollicitanten, zu welch unglücklicher Herde ich mich selbst rechnen muss? Ach, lieber Nicolai, was soll ich dir schon berichten über das Extrahieren von Akten, mit denen ich meine verdrussreichen Tage verbringe, und außerdem wolltest Du ja Nachricht über Deinen Justizrat haben, der hier übrigens, soweit ich herausfinden konnte, nicht bekannt ist. Das muss aber nun wiederum gar nichts heißen, denn da es hier in politischer Hinsicht zwei Hauptparteien gibt, nämlich die preußische und die österreichische, so wimmelt es hier von Beamten aus beiden Reichsteilen, die oft nur für einige Monate hier verweilen, um sich mit dem Schlendrian vertraut zu machen. Sie bedienen sich des Öfteren jener wohlfeilen Titel, die ich Dir oben genannt habe, sei es, weil sie über keine anderen verfügen, sei es, weil derjenige, über den sie verfügen, hier nicht zu Markte getragen werden soll, mit anderen Worten: Sie ziehen eine gewisse Unauffälligkeit vor, weil ihre Aufgaben delikater Natur sind. Ich hoffe, Dein Justizrat gehört nicht zu dieser unscheinbaren Sorte, da ich Dir dann zu größter Vorsicht raten würde.

Nun, mein lieber Nicolai, damit Du jetzt nicht denkst, alles sei schrecklich hier, will ich nicht schließen, ohne bemerkt zu haben, dass die Mädchen hier lieblich sind wie die Rosen und munter wie die Rehe. Fast jeder Praktikant hat eine Geliebte, und diese geben ihren Liebhabern von früh bis spät Rendezvous an ihren Fenstern, nehmen Briefe an, gehen mit ihnen spazieren, spielen und tanzen mit ihnen auf mancherlei Art, lassen sich besingen nach Endreimen und ungebundenen und bisweilen auch entführen. Allerdings ist es leider auch Sitte, sich rasch untreu zu werden. Man weint bei der Trennung, schreibt sich auch wohl zwei, drei Briefe, aber damit pflegt auch alles ein Ende zu haben. Die Mädchen schließen augenblicklich einen neuen Bund der Liebe mit einem anderen Praktikanten, der dann bald auf die nämliche Art getrennt wird. Und so geht das einige Jahre fort, bis die Reize abgeblüht sind und ausgewuchert haben. Tempus fugit.

Insgesamt wirst Du also feststellen, dass Dein Los, in Nürnberg gestrandet zu sein, verglichen mit dem meinen sich gar nicht so übel ausnimmt. Wetzlar könnte so gut als einer in Deutschland der Ort zur Konzertierung des deutschen Geschmacks sein, wenn das eiserne Vorurteil es nicht anders wollte. Hier kommen gebildete Leute aus allen Teilen dieses großen Landes zusammen, die Vermögen und Kenntnisse besitzen. Allein der leidige Aktenstaub, der schon so manches aufblühende Genie erstickt hat, erstickt auch hier größtenteils den besseren Geschmack. Viele dieser Herren gehen nicht einmal mit der Literatur ihres Brotstudiums fort, wie sollten sie auch an andere Sachen denken.

Überlege es Dir also gut, Dich einem der Hiesigen in Dienst zu stellen. Mich würde es natürlich freuen, Dich hier in meiner Nähe zu wissen, aber mein Sinn für Eigennutz ist doch nicht ausgeprägt genug, Dir selbiges tatsächlich zu wünschen.

So lebe wohl und sei herzlichst gegrüßt,

Dein Johann

10.

Nicolai hatte noch am selben Tag die Pferde verkauft und dann auf der Ordinaripost zwei Plätze nach Königsberg gebucht. Früh am nächsten Morgen begannen sie die weite Reise. Wie lange sie unterwegs sein würden, das wusste der meist graue Himmel. Noch war es trocken, während sie die Niederlausitz durchquerten. Doch ein jeglicher Regen oder Schneefall konnte sie leicht für einen oder gar mehrere Tage im Nirgendwo festhalten.

Der erste Ort nach Leipzig war Eilenburg und blieb ihnen in Erinnerung, weil die Postmeisterin freundlich war und gutes, gesundes Brot servierte. Die Pferde wurden gewechselt, und es ging weiter nach Torgau, wo sie die Nacht verbrachten. Das Wirtshaus lag zwar am Markt, sah jedoch innen wüst und traurig aus. Um vier Uhr morgens traten sie die Weiterreise an. Sie passierten Herzberg, Hohenbucko, Luckau, Lübben und dann Lieberose. Damit endete das sächsische Gebiet, und der gelbe Schwager auf dem Kutschbock verwandelte sich zu Beeskow, der ersten preußischen Grenzstadt, in einen blauen. Nicolai musste sich vom Zöllner eine Reihe unangenehmer Fragen gefallen lassen, und auch Magdalena wurde gründlich visitiert. Schließlich wurden Nicolais Koffer und Tasche versiegelt, eine Post später in Müllrose dann sogar plombiert mit der Auflage, sie bis Königsberg nicht mehr zu öffnen. Nicolai musste an den Glaser denken und seine Klage über den erstickenden Protektionismus der deutschen Länder. Hier in Preußen war es besonders schlimm. Immer wieder sahen sie die verhassten französischen Beamten der preußischen Regie, die im Auftrag des Königs ausländische Waren jagten, die streng verboten waren, da so preußisches Geld ins feindliche Ausland floss. Doch selbst drakonischste Strafen konnten den überall grassierenden Tabak- und Kaffeeschmuggel offenbar nicht eindämmen. So wurde denn auch das Gepäck von Durchreisenden versiegelt.

Nicolai war über jede Meile froh, die er zwischen sich und Leipzig bringen konnte. Die endlose Strecke, die vor ihnen lag, enthielt immerhin den Trost, dass sie vor ihren Verfolgern in diesem Landesteil vermutlich weitgehend sicher waren. Oder reichte Di Tassis Netz bis nach Ostpreußen?

Die Straßenverhältnisse waren katastrophal. Nur einmal hatten sie Chaussee gehabt. Nicolai fragte sich bisweilen, warum sie eigentlich für jede Meile zwei Groschen Wegegeld zu entrichten hatten. Es waren ja oft gar keine Wege vorhanden. Indessen hatten sie Glück, dass der Wagen nur einmal umfiel und dieser Sturz ohne große Verletzungen ausging. Allerdings mussten sie fast einen halben Tag lang warten, bis Hilfe aus einem Dorf geholt worden war, um den Wagen wieder aufzurichten. Aber Zwischenfälle gab es dennoch genug. So blieben sie am dritten Reisetag die halbe Nacht in einem Waldstück stehen, weil der Postillion die Orientierung verloren hatte und auf den Tagesanbruch gewartet werden musste.

Nach den ersten vier Tagen waren sie bereits völlig erschöpft. Das Schlagen und Stoßen der dahinpolternden Karosse wurde ihnen bisweilen so verhasst, dass sie es oft vorzogen, neben der Kutsche herzugehen. Nicht selten kamen sie dabei sogar schneller voran und mussten dann auf das heranschleichende Gefährt warten. Die Poststationen und Gasthäuser wurden immer schlimmer, je weiter sie nach Osten kamen. Nicolai glaubte manchmal, in den von den Ausdünstungen eines Dutzends schlafender Reisender erfüllten Stuben ersticken zu müssen, und brachte ganze Stunden damit zu, nachts in seinen Mantel gehüllt vor dem Gasthaus auszuharren, unschlüssig, ob jetzt die Kälte, die Müdigkeit oder der Gestank der Herberge die unerträglichste Plage war. Am folgenden Tag saß er dann halb besinnungslos vor Erschöpfung im Wagen, schwankte mit dem ungefederten Kasten stundenlang hin und her, bis ein Achsenbruch das Fortkommen unterbrach und von nervtötendem Warten auf Ersatz im strömenden Regen abgelöst wurde. Nicolai hätte fast gewünscht, ein paar dieser Kutschenbrenner wären hier aufgetaucht, um sie vom Fluch der preußisch-brandenburgischen Post zu erlösen. Doch das Gebiet, das sie durchfuhren, war öde und verlassen. Kaum ein Mensch war in diesem trostlosen Landesteil unterwegs. Hier wären wohl selbst Bären und Wölfe vor Einsamkeit gestorben.

Aber die endlosen Stunden das Fahrens oder Wartens gaben ihm auch die Möglichkeit, in Ruhe über alles nachzudenken, was ihm bisher zugestoßen war. Das Gespräch mit Falk hatte ihm fast alle Fragen beantwortet, welche Di Tassis Verbindung mit dieser ganzen Angelegenheit betraf. Je länger er über alle Einzelheiten nachdachte, desto stärker wuchs in ihm allerdings die Überzeugung, dass Graf Alldorf nicht nur ein doppeltes, sondern vielleicht sogar ein dreifaches Spiel gespielt hatte. Sicher war es richtig, dass Österreich einen Weg suchte, Preußen zu schwächen. Und auf einer zweiten Ebene war das erbitterte Gegeneinander der Illuminaten und Rosenkreuzer der ideologische Schauplatz der gleichen Auseinandersetzung. Aber warum war Selling auf diese Weise ermordet worden? Was hatte die Kutschenbrennerei mit der Sache zu tun? Und die Vomika?

Alldorf und sein Sohn Maximilian mochten Preußenhasser und Rosenkreuzer gewesen sein, doch ihr Vorhaben war offenbar selbst innerhalb ihrer eigenen Gruppe ein sehr gut gehütetes Geheimnis. Und bei diesem Geheimnis schien es um sehr viel mehr zu gehen als die preußische Thronfolge oder die Führungsrolle im Machtkampf von Geheimbünden. Menschen waren bereit, für dieses Geheimnis zu sterben. Und all diese Menschen litten an einer Vomika. Doch weiter kam er nicht mit seinen Überlegungen. Hatte ein Gift das alles ausgelöst? Oder eine Krankheit?

Nicolai konnte nicht aufhören, an die plötzliche Veränderung zu denken, die in Maximilian vorgegangen war. Er war mit etwas Ungeheuerlichem, etwas Gewaltigem in Kontakt gekommen, das ihn von einem auf den anderen Tag krank gemacht hatte. Und nicht nur ihn. Alle, die in der Folge damit in Berührung gekommen waren, hatten diese Symptome gezeigt: den schweren Atem, die bedrückte Seele, ein eitles, verzehrendes Sehnen, das der Heimwehkrankheit glich, sich aber aus etwas anderem speisen musste, etwas, das offenbar übertragen werden konnte. Ein Miasma. Ein Kontagion. Ein krank machender Stoff. Oder doch ein Gift?

★ ★ ★

Magdalena hatte Nicolais Bericht über sein Gespräch mit Falk kommentarlos zugehört. Das Einzige, was sie überrascht hatte, war, dass er ihm auf so spektakuläre Weise zu Hilfe gekommen war, als Hagelganz und Kametsky aufgetaucht waren. Aber sie schrieb das seinem glühenden Hass auf alles zu, was auch nur entfernt etwas Österreichisches an sich hatte.

»Er hat es nicht für dich getan. Er handelt nur für sich, aus niederen Instinkten. Er ist schuld an Philipps Unglück.«
»Warum sagst du das?«
»Weil es die Wahrheit ist. Er hat Philipp in diese ganze Sache hineingezogen.«
»Soweit ich gehört habe, war es genau umgekehrt«, erwiderte Nicolai. »Falk behauptet, dein Bruder sei besessen gewesen von diesen Geheimbünden.«
Sie schüttelte den Kopf. »Falk ist ein gefährlicher Atheist. Er dreht sich alles so hin, wie er es gerne sehen möchte.«
Der Vorwurf, dachte Nicolai verwundert, klang irgendwie merkwürdig aus ihrem Mund. »Dein Bruder war doch auch ein Atheist«, erwiderte er.
»Philipp war verwirrt. Das hat Falk ausgenutzt. Er selbst war schlau genug, im Hintergrund zu bleiben. Er hat eine ganze Bande von jungen Männern um sich, denen er seine gefährlichen Ideen einimpft.«
»Was für Ideen?«
»Materialismus und Republikanismus. Die Herrschaft des Geldes und der Bürger.«
Nicolai betrachtete sie kühl. »Und was ist daran so schlecht? Ist dir die Herrschaft von Mönchen und Fürsten lieber?«
»Nein. Sie haben ihren heiligen Auftrag verraten. Aber ich sehe nicht, was wir gewinnen, wenn der Bürger an ihre Stelle tritt.«
»Wer soll denn sonst an ihre Stelle treten?«
»Niemand. Die Fürsten müssen sich daran erinnern, wer sie sind und woher sie kommen. Wir müssen sie daran erinnern. Sie vertreten das Heilige. Sie sind fast alle schlecht. Doch wenn sie fallen, gibt es kein Halten mehr.«

Nicolai schaute sie ratlos an. Wie naiv sie doch war. »Heilig? Die Fürsten?«
»Ihr Auftrag. Ja.«
»Das kann doch nicht dein Ernst sein«, sagte er schroff. »Schau sie dir doch an, die ganzen kleinen Tyrannen von Gottes Gnaden, die uns aussaugen und unterdrücken. Irgendwann wird das Volk aufstehen und sie beiseite fegen.«
»Ja, genau das wird geschehen. Und das Volk wird hundertmal schlimmer sein als der schlimmste aller Fürsten«, entgegnete sie und fügte hinzu: »Die Menschen müssen einander fressen, wenn man sie früher frei als gut macht.«
»Niemals«, protestierte Nicolai. »Das Volk wird solche Ungerechtigkeit und solchen Despotismus, unter dem es Jahrhunderte gelitten hat, niemals begehen. Die Bürger werden sich erinnern, wie es ist, wie Vieh behandelt zu werden.«
»Warst du schon einmal auf einem Sklavenmarkt in Frankreich?«, entgegnete sie scharf, »wo die armen Kreaturen aus Afrika für die französischen Kolonien umgeladen werden? Dort siehst du das wahre Gesicht des Bürgers, die Fratze des gewissenlosen Kaufmanns. In Paris klagt er natürliche Rechte für sich ein, von denen er bereits in La Rochelle nichts mehr wissen will. Nein, er tritt sie mit Füßen, sobald er Profit machen kann. Schau, was in den englischen Kolonien geschieht. Herr Jefferson schreibt eine Erklärung der Menschenrechte und ist doch selbst ein Sklavenhalter. Die Bürger erheben sich nicht gegen die Fürsten, weil sie aus den Fürsten Menschen, sondern weil sie aus Bürgern Fürsten machen wollen. Dem Bürger ist gar nichts heilig. Er kennt nur Handel und Profit. Und du wirst sehen: Wenn man ihn lässt, wird er sich den ganzen Erdkreis in viel entsetzlicherer Sklaverei unterwerfen, als es gegenwärtig

der niederträchtigste Fürst tun könnte. Denn sie sind viele, so unendlich viele wie die Heuschrecken der ägyptischen Plagen. Und vergiss nicht: Sie haben kein Gewissen. Sie können das Heilige nicht sehen. Sie sind völlig blind dafür. Sie hassen es, weil man es nicht tauschen kann. Sieh sie dir doch an, dort, wo sie bereits die ersten Stufen der Macht erklommen haben. Wer kommt denn in den Genuss ihres angeblichen Freiheitskampfes? Wer bezahlt den Preis ihrer Freiheit? Ihre geknechteten Sklaven. Ihre rechtlosen Frauen. Die unterdrückten Bewohner ihrer Kolonien.«

Nicolai wollte etwas erwidern, aber Magdalenas entrüsteter Ausbruch ließ ihm keine Gelegenheit zu einem Einwand.

»Falk hat genau gespürt, dass Philipp tief in seinem Inneren etwas besaß, von dem Leute wie er überhaupt keine Vorstellung haben. Und Philipp wiederum hat es bei Maximilian gesehen: das Heilige. Auch wenn er Evas Gemeinde verlassen hatte, spürte mein Bruder doch genau, dass die Erlösung nicht dort liegen konnte, wo Falk und seinesgleichen sie suchten. Er fühlte sich zu Maximilian hingezogen. Aber er ließ sich von Falk und den Lichtbringern und ihren Ideen verwirren. Er sah die Tür nicht mehr, durch die allein die Antwort zu finden ist.«

»Und wo ist diese Tür?«, fragte Nicolai spöttisch.

»Im Heiligen. In der Demut und im Schweigen. In der Gnade. In Gott.«

»Schweigen. Gegen Krieg und Hunger?«, fragte er ungehalten. »Demut gegen Unrecht und Despotismus?«

»Das ist genau der Wortnebel, mit dem sie euch ködern.«

»Wer?«

»Falk und die Leute seines Schlages. Die Lichtbringer. Sie glauben, der Mensch könne die Wahrheit erfassen, indem er darüber abstimmen lässt. Auch der Bürger wird Kriege führen, viel grauenvollere, als du und ich uns vorstellen können. Auch der Bürger wird Hunger und Tyrannei in den letzten Winkel der Welt tragen, weil es gar keinen Grund für ihn gibt, es nicht zu tun.«

»Natürlich gibt es den.«

»So? Welchen Grund sollte es geben?«

»Die Achtung, den Respekt«, sagte Nicolai bestimmt.

»Das sind schwache Gründe«, entgegnete Magdalena. »Warum sollte ich überhaupt jemanden achten, wenn ich nicht glaube, dass er Anteil an etwas Heiligem hat. Ich bin stärker. Ich kann ihn erschlagen. Das bringt mir Gewinn. Warum sollte ich es nicht tun?«

»Weil du selbst nicht erschlagen werden möchtest. Du verzichtest auf deine Freiheit, zu erschlagen, um selbst nicht erschlagen zu werden.«

»Ich handle also aus Angst«, sagte Magdalena.

»Nein. Du handelst aus Vernunft.«

»Das ist das Gleiche. Jedenfalls handle ich nicht aus Einsicht und Vertrauen, nicht aus Respekt vor dem Heiligen.«

»Das verstehe ich nicht«, sagte Nicolai schroff.

»Natürlich nicht«, sagte sie scharf. »Alle Vernunft entsteht aus Angst, Angst vor dem Tod. Bevor der Mensch dem Lichtbringer anheim fiel, wusste er nichts vom Tod. Danach ergriff ihn die Angst, furchtbare Angst. Gott hatte Mitleid und gab dem Menschen die Sinnlichkeit, damit er den Weg finde, die Angst ertragen zu lernen. Er gab ihm das Vermögen, das Heilige zu erkennen, damit es ihn tröste und er sich nicht fürchten müsse. Doch der Lichtbringer ruhte nicht. Er verführte den Menschen immer wieder und versprach ihm, er könne ihm die Angst für immer nehmen und ihn als Herrn der Welt einsetzen. Er gaukelte ihm vor, eben das, was seine Angst verursacht, könne sie auch überwinden: die Vernunft. Dabei ist allein unsere Angst das Zeichen, dass wir nicht verlassen sind. Und ihr wahrhaftiger Name ist: Ehrfurcht. Aber die Lichtbringer hassen die Ehrfurcht, weil sie ihre Geschäfte behindert. Sie möchten alles tauschen und eins durchs andere ersetzen. Aber das Heilige kann man nicht tauschen oder ersetzen. Es ist unendlich wertvoll. Aber man kann es nicht tauschen. Es hat einen Wert. Keinen Preis.«

Nicolai hatte sich resigniert abgewandt. Sollte sie doch ihre merkwürdigen Überzeugungen im Kreis ihrer Sekte leben. Die Welt war groß genug. Er für seinen Teil hatte mit diesen Dingen nichts zu schaffen. Er war Arzt. Er wollte die wenigen Jahre seines Lebens dazu nutzen, die Zusammenhänge der Natur zu erforschen. Er wollte wissen, an welcher Krankheit Maximilian Alldorf und seine Familie gestorben war und wie er sich vor Di Tassis Nachstellungen würde schützen können. Das war alles. Die Religionen waren ihm alle gleichermaßen zuwider, und an allererster Stelle die Pest der Mönche. Welchen Grund konnte es dafür geben, arbeitsscheue und der Welt überdrüssige Menschen auf öffentliche Kosten zu mästen? Was taten sie denn, außer in unförmiger Kutte daherzuschreiten, mit sinnlosem Gebrüll die Kirchen zu erfüllen und völlig geistesabwesend die sich dauernd wiederholenden Gebete zu Gott an den Kugeln des Rosenkranzes abzuzählen?

Allerdings hatte er zugleich das Gefühl, Magdalena ein wenig Unrecht zu tun. Das alles war ihr ja auch verhasst. Wie hatte sie die Kirche genannt? Das Steinhaus der Götzenschlucker. Hans Wurstens Fest. Baals Pfaffen und Bauches Diener. Er beobachtete sie und versuchte, sich einen Reim auf ihre seltsamen Ansichten zu machen. Oft saß sie ihm stundenlang in der Kutsche gegenüber, aber er hatte den Eindruck, dass sie ganz woanders war. Sie hatte die Augen geschlossen, aber sie schlief nicht. Immer wieder wanderte sein Blick zu ihr hinüber. Etwas an ihr zog ihn unwiderstehlich an. Er wollte sie begreifen, aber er wusste nicht, wie. Es verunsicherte ihn, dass sie sich so nah gewesen waren und sie ihm jetzt wieder so reserviert begegnete. Waren sie denn vielleicht nicht Mann und Frau füreinander gewesen? Er fühlte sich von ihrer Zurückweisung verletzt. Und zugleich verstand er überhaupt nicht, worin diese Zurückweisung begründet lag. Empfand sie überhaupt nichts für ihn? Hatte sie das Recht, ihn zuerst so zu reizen und dann wieder zurückzustoßen?

11.

Die Strapazen der Reise nahmen eher zu als ab. Der Postillion verfehlte am fünften Tag gleich zweimal den Weg, und so waren sie am Ende gezwungen, in einem Dorf einen Wegweiser mit Laterne zu mieten. Es war dunkel und neblig, als sie am Abend wieder aufbrachen. Kaum waren sie eine Stunde gefahren, so hatte auf einmal der Wegweiser selbst den Weg verloren. Sie irrten wieder hin und her und erreichten schließlich um fünf Uhr am nächsten Morgen die nächste Poststation. Nach einem Frühstück sollte das Tageslicht genutzt werden, um gleich weiterzukommen, doch hinter dem ersten Berg brach auf einem völlig verkoteten Stück Weg die Achse. Der

Postillion schimpfte und fluchte die Elemente zusammen, während die Passagiere erschöpft und ermattet durch den knöcheltiefen Kot von der Unfallstelle wegwateten, um in der soeben verlassenen Poststation zu warten, bis eine Notachse gefunden und festgebunden war. Dies nahm den guten halben Tag in Anspruch.

Beim Warten war Nicolai mit einem Kaufmann aus Königsberg ins Gespräch gekommen, der in die Gegenrichtung nach Berlin unterwegs war und aus Unpässlichkeit zwei Tage in der Herberge hatte verweilen müssen, die meiste Zeit davon auf dem Abtritt. Nicolai riet ihm, sich vom Wirt Gerstenschleim anrühren zu lassen, und empfahl außerdem, einfach Tee zu trinken, um die Därme zu beruhigen.

Der Mann dankte ihm, indem er ihm ein lebendiges Bild von ihrem Reiseziel malte. Das verheerende Feuer von 64 habe der Stadt großen Schaden zugefügt und sie habe sich davon noch nicht ganz erholt. Er solle vor allem den Kneiphof besuchen. Von den drei Städten, aus denen Königsberg bestand, sei der Kneiphof am schönsten, weil er vom Pregel umflossen werde, der ihn zu einer Art Insel mache. Die Altstadt und der Löbenicht seien weniger interessant. Die vorzüglichste Straße im Kneiphof sei die Langgasse, und in der Altstadt solle er den Schlossberg und die französische Straße besichtigen. Dann fragte er Nicolai, zu welcher Gattung Reisender er sich denn zähle, denn von den Kaufleuten abgesehen, die wie er überall unterwegs waren, gäbe es offenbar in jüngster Zeit neben den bekannten drei eine neue, vierte Gattung von Reisenden, zu denen er vermutlich gehöre, nicht wahr?

»Ach ja«, fragte Nicolai erstaunt, »und welche sollte das sein?«
»Ich reise seit Jahren viel herum«, sagte der Mann, »und treffe

immer wieder auf zivilisationsmüde Einzelgänger, die es in die Alpen zieht, an ökonomischem Fortschritt Interessierte auf dem Weg nach England oder politische Hitzköpfe, die nach Frankreich unterwegs sind. Aber neuerdings reist man nach Königsberg, und ich frage mich natürlich, warum?«

»In einer Familienangelegenheit«, sagte Nicolai, um sich weitere Erklärungen zu ersparen.

»Ach ja, das ist natürlich ein Grund. Und ich war schon versucht, eine neue Gattung von Reisenden zu behaupten.«

»Und welche Gattung wäre das?«, fragte Nicolai erneut.

»Ich weiß nicht, wie ich sie nennen soll. Pilger vielleicht, obwohl die wenigsten von ihnen religiös zu sein scheinen. Es sind vor allem Studenten, die meisten abgerissen, aber auch so manche von Adel. Sie kommen von überall her und verbringen einige Monate in der Stadt, um sich Kollegien eines Professors anzuhören, der seit Jahren kein Buch mehr geschrieben hat. Nun ja, er ist ja auch schon siebenundfünfzig Jahre alt und hat sein Lebenswerk bereits geleistet, andernfalls er ja auf so viele junge Geister nicht solch eine Anziehungskraft ausüben würde.«

»Und wie heißt dieser Mann?«

»Sie werden ihn wahrscheinlich nicht kennen. Oder betreiben Sie Metaphysik?«

»Nein, das nicht.«

»Sein Name ist Immanuel Kant.«

Nicolai zuckte mit den Schultern. »Nein. Ich habe noch nie von ihm gehört. Und warum fährt alle Welt zu ihm?«

»Nun, alle Welt natürlich nicht. Es sind schon eher besondere Menschen.«

»Kennen Sie diesen Herrn?«

»Ich hatte vor einigen Jahren die Ehre, bei dem Grafen Kayserling zu speisen. Da war Herr Professor Kant ebenfalls zugeen. Er ist sehr lebhaft im Umgang und von feiner Lebensart. Man würde gar nicht vermuten, dass sich solch ein tief forschender Geist in ihm verbirgt, wie man ihm nachsagt. Er hat, wie gesagt, in Königsberg viele Anhänger, und es liegt wohl vor allem an ihm, dass dort so viele Metaphysiker zusammengelaufen kommen. Da er mir sympathisch war, besuchte ich bei nächster Gelegenheit sogar eine seiner Vorlesungen. Er las ein Collegium, das großen Beifall fand und zum Endzweck hatte, seinen Zuhörern richtige Begriffe von den Menschen und ihren Taten zu geben. Da ich Laie bin, habe ich gewiss nicht alles verstanden. Aber er untermischt seinen Vorlesungen immer auch Geschichten und Anekdoten von allerlei Leuten und Ländern, was viel Beifall findet. Er ist sehr beliebt, und umso mehr ist seine Gemeinde verdrossen, dass er nichts mehr schreiben will. Er verspricht zwar immer, demnächst wieder ein Bändchen herauszugeben, aber damit wird es wohl nichts mehr.«
»Und die Studenten, sagen Sie, kommen von überall her?«
Der Mann bejahte mit Nachdruck.
»Ich sage Ihnen, ich fahre diese Strecke seit elf Jahren und könnte mittlerweile eine kleine Bibliothek füllen mit Gesprächen, die in den Kutschen über diesen Professor Kant geführt wurden. Die merkwürdigsten Gespräche übrigens, denn offenbar besteht keine Einigkeit darüber, woraus die Lehre des Herrn Kant eigentlich besteht. Sie hat die eigentümliche Eigenschaft, die Gemüter zu bewegen, obwohl sie angeblich ausschließlich an den Verstand gerichtet ist. Aber ich denke, er ist sich selbst noch nicht darüber klar geworden, sonst hätte er seine Spekulationen ja wohl längst aufgeschrieben.«

»Und wer sind seine Studenten?«, fragte Nicolai.

»Meist sind es halb verhungerte Pastorensöhne mit von zu vielem Lesen entzündeten Augen, die sich von Leipzig oder Berlin auf den weiten Weg machen. Aber es gibt auch nicht wenige wohlhabende, wohlgeborene Herrschaften, welche die Neugier in diesen öden Weltteil lockt. Sie gehören also nicht zu dieser Gattung?«

»Nein, durchaus nicht«, antwortete Nicolai, bemüht, seine Aufregung zu verbergen. »Wohlgeborene Herren, sagten Sie? Die zum Studieren nach Königsberg fahren?«

»O ja, viele Prinzen aus allen Weltteilen machen hier Station und besuchen die Kollegien von Professor Kant. Aber vornehmlich sind es junge Leute aus dem bürgerlichen Stand, weshalb ich Sie ja gleich irrtümlich dieser Gruppe zugeordnet habe. Ich hoffe, Sie sehen mir das nach.«

Das Gespräch verlief sich dann in dahinplätschernden Artigkeiten, doch Nicolai war mit seinen Gedanken bereits ganz woanders. Er dachte sofort an Maximilian. In Leipzig hatte er bei Seydlitz Metaphysik gehört. War er deshalb nach Königsberg gereist? Um bei diesem Kant Kollegien zu hören? Auf jeden Fall war dies ein interessanter Hinweis. Je länger er jedoch darüber nachdachte, desto mutloser wurde er wieder. War diese ganze Reise nicht sinnlos? Sie hatten keinerlei konkrete Anhaltspunkte, was Maximilian in Königsberg gemacht haben könnte. Wenn Nicolai die Augen schloss und sich alle Stationen vorstellte, die mit den Vorgängen auf Alldorf zu tun hatten, so entstand wieder die Deutschlandkarte vor seinem geistigen Auge, auf der ein Heer von brennenden Punkten ein Kreuz über das Land legte, in dessen Schnittpunkt Alldorf lag. Aber Königsberg? Das lag am Rand der Welt, und die einzige Verbindung damit war Maximilian, sein Aufenthalt dort und der Beginn seiner Krankheit.

Oder war dies gerade der wichtigste Punkt? Eben jener, der aus dem Muster herausfiel?

Die Krankheit. Die Vomika. Kam sie aus Königsberg? War sie durch Maximilian bis nach Alldorf gelangt? Aber Maximilian war doch gar nicht mehr in Alldorf gewesen? Das konnte also nicht sein. Warum hatte außerdem sonst niemand diese Krankheit bekommen? Bisher hatte es nur drei Opfer gegeben, und alle drei litten zwar an einer Vomika, waren jedoch nicht an ihr gestorben. Nein, sie hatten sich umgebracht oder waren ermordet worden. Oder gab es noch mehr Opfer, von denen man nichts wusste? War doch ein Gift im Spiel, von dem Maximilian in seinem Brief gesprochen hatte? Eine Vergiftung, die niemand behandeln konnte, ausgelöst durch einen unsichtbaren Stoff, der einfach herzustellen, unauffällig zu transportieren und jederzeit leicht zu verstecken war. In seiner Wirkung so teuflisch bemessen, dass Monate vergingen, bis seine tödlichen Folgen einsetzten. Und besonders dies hatte Maximilian in seinen Briefen hervorgehoben. Diese verzögerte Wirkung war das Schlimmste daran, denn da man lange nichts von der Vergiftung wisse, trage man sie ahnungslos weiter. Doch was für ein Stoff sollte das sein? Und wie war er von Königsberg durch Maximilian nach Alldorf gekommen?

Ein Gedanke ließ ihn plötzlich erstarren. Maximilians Briefe! Es gab durchaus einen Stoff, der durch Briefe verbreitet werden konnte. Konnte das sein? War dies das Geheimnis? Der Einfall kam ihm so ungeheuerlich vor, dass er für einen Augenblick alles um sich herum vergaß. Die Konsequenzen dieser plötzlichen Eingebung setzten ein wahres Feuerwerk in seinem Kopf in Gang. Etwas, das jeder herstellen, unbemerkt transportieren und niemand aufhalten kann. Konnte damit ein Gedanke gemeint sein? Eine Idee? Und dann durchfuhr es ihn wie ein Donnerschlag. Eine giftige Idee? Unberechenbar in ihrer rasend schnellen Verbreitung?

Er fuhr sich nervös mit der Hand über das Gesicht. Nein, das war doch völlig phantastisch. Es war die Erzählung dieses Kaufmanns, die diese Vorstellung in ihm wachgerufen hatte, das Bild dieser nach Königsberg pilgernden Studenten. Die Vorstellung hatte sich mit dem Bild von Di Tassis Karte überlagert, deshalb war er auf diesen absurden Gedanken gekommen. Wie hatte der Mann die Studenten genannt? Halb verhungerte Pastorensöhne mit vom Lesen entzündeten Augen. Dass zu vieles Lesen krank machte, war ja bekannt. Aber ein Gedanke? Eine Idee? Konnte eine Idee die Heimwehkrankheit übertragen und eine Vomika hervorrufen? Nein, das war doch völlig abwegig. Aber der Gedanke verließ ihn nicht mehr. Er war in ihn eingedrungen ... wie ein süßes Gift. Woher war er gekommen? Er wusste es nicht. Und wenn er ihm unsinnig erschien, warum verließ er ihn dann nicht? Oder war er nicht unsinnig? Verhielt es sich mit Ideen vielleicht ähnlich wie mit den Miasma-Tierchen? Woher kamen sie? Niemand wusste es. Aber von heute auf morgen waren sie überall und ließen ganze Reiche zusammenstürzen ... oder entstehen. Konnten Ideen in den Körper eindringen und ihn verändern? War die Vomika der Niederschlag einer Idee, einer Idee, die den Körper angriff, oder seine Seele? War das Alldorfs Geheimnis? Wurden deshalb Postkurse angegriffen?

Die wunderliche Vorstellung spukte während der ganzen restlichen Reise in seinem Kopf herum. Er sprach kaum noch und

betrachtete stundenlang die trostlose Landschaft. Magdalena schwieg ebenfalls und nur ganz selten trafen sich ihre Blicke. Draußen erschien alles leblos und erfroren. Der Boden war braun, der Himmel grau. Der schlierige Horizont stand wie eine abweisende Mauer in der kargen Landschaft, davor bisweilen eine Gruppe von Bäumen, deren dürre Äste sich schwarz dagegen abzeichneten.
Alles war eintönig und monoton.
Und doch war plötzlich alles anders geworden.

12.

Sie kamen in einer Herberge in der Altstadt unter. Nicolai vermeinte jeden einzelnen Knochen seines Körpers zu spüren, so zerstoßen fühlte er sich. Nie wieder würde er diese Reise machen, schwor er sich. Warum waren sie nur nicht mit dem Schiff gefahren? Magdalena hatte sich bei einem der Kutschenstürze den Hals verrenkt und konnte sich erst jetzt allmählich wieder bewegen. So verbrachten sie den ersten Tag und die erste Nacht in ihrem Zimmer und schliefen das erste Mal seit fast zehn Tagen, ohne hin und her geschaukelt oder vom Gestank überfüllter Schankräume erstickt zu werden.
Ihr erster Spaziergang durch die Stadt dauerte nicht lange. Die Kälte war so schneidend, dass sie bereits nach einer Stunde wieder in die Herberge flüchteten und sich bei einer Tasse Tee aufwärmten. Nicolai hatte den Eindruck, in eine vergangene Welt eingetaucht zu sein. Wie die Menschen sich hier kleideten! Auf der Straße hatte er ein paar Advokaten gesehen. Sie trugen

schwarze Röcke mit kleinen Mänteln, die auf dem Rücken ganz schmal heruntergingen. Der unterste Teil der Mäntel wurde in die rechte Rocktasche gesteckt, eine Mode, die wohl ein halbes Jahrhundert alt sein musste. Mit den Hüten war es nicht viel anders. Auch die Sprache der Menschen hätte fremder nicht sein können. Die Wirtsleute unterhielten sich untereinander in einem Dialekt, von dem sie kein Wort verstanden. Überall roch es nach gebranntem Malz, da in diesem Stadtteil nicht nur die Brauer, sondern offenbar auch viele Bürger für den eigenen Bedarf das Malzbraugeschäft betreiben.

Nicht allein die äußere Welt schien ihm fremd. Auch in ihm hatte sich etwas verändert. Immer wieder nahm er Di Tassis Karte zur Hand und betrachtete sie. Er las die Briefe erneut, die er entwendet hatte, verglich die genannten Orte mit den Markierungen, betrachtete die Muster aus der Nähe und aus der Ferne, drehte die Karte auf den Kopf und zur Seite und wurde immer schweigsamer. Magdalena betrachtete ihn verwundert, aber wenn sie ihn fragte, was er da tat, sagte er nichts. Als es dunkel geworden war, gingen sie in ein Kaffeehaus und aßen zu Abend.

»Was sollen wir jetzt tun?«, fragte sie ihn.

»Ich werde morgen ein Kolleg besuchen«, antwortete Nicolai.

»Was für ein Kolleg?«

»Ich will Herrn Professor Kant lesen hören.«

»Wer ist das?«

»Es ist ein berühmter Mann. Ich glaube, Maximilian ist wegen ihm hierher gekommen.«

Sie blickte ihn verwundert an. »Ach ja, woher weißt du das?«

»Ich habe vor zwei Tagen mit einem Kaufmann gesprochen, der sehr oft zwischen Berlin und Königsberg verkehrt. Er sagte, seit einigen Jahren gäbe es einen regelrechten Pilgerstrom von Studenten aller Stände, die nach Königsberg fahren, um hier Metaphysik zu hören. Vielleicht ist Maximilian deshalb gekommen. Er studierte doch Metaphysik, erinnerst du dich? Falk hat das erzählt. Bei Seydlitz.«

Magdalena löffelte ihre Suppe und schaute dann traurig vor sich hin.

»Was ist mit dir?«, fragte er.

»Ich weiß es nicht«, erwiderte sie düster. »Dieser Ort. Er ist schrecklich. Kalt und grau. Ich weiß nicht einmal mehr so recht, warum ich überhaupt hergekommen bin. Ich hätte nicht auf Philipp hören sollen. Ich tue genau das, was er getan hätte. Ich verliere mich.«

Er betrachtete ihr schönes langes Haar. An ihrem Scheitel begann die natürliche blonde Farbe wieder durchzuschimmern. Das rief ihm in Erinnerung, was sie alles getan hatte, um sich auf Di Tassis Fersen zu heften. Aber was war denn wirklich geschehen? Jedes Mal hatte sie eine andere Version der Vorgänge erzählt. Sie log ihn an. Der Gesang in dem Haus bei Saalfeld bewies doch, dass sie auch zu diesen Leuten gehörte. Sie verheimlichte ihm noch immer etwas. Hatte sie das Verbrechen im Wald damals mit angesehen?

»Warum lügst du mich immer noch an?«, fragte er plötzlich.

Sie reagierte nicht.

»Warum sagst du mir nicht endlich die Wahrheit? Du weißt, wer Selling damals ermordet hat, nicht wahr? Du hast es beobachtet.«

Sie schüttelte langsam den Kopf.

»Ich habe Selling vom Schloss wegreiten sehen. Kurz darauf folgte ihm Zinnlechner. Ich hatte kein Pferd, also folgte ich

ihnen zu Fuß. Die Spuren waren ja deutlich im Schnee. Als ich auf die Lichtung kam ...«
Sie verstummte kurz. Dann fuhr sie fort.
»... waren drei Männer da. Aber sie haben mich nicht gesehen. Selling lag schon bewegungslos auf dem Boden, und der nackte Mann saß auf ihm. Ich werde das Bild nie vergessen. Er war blutüberströmt. Sein Gesicht, seine Haare, seine Hände, alles war voller Blut.«
»Und es war Zinnlechner?«
»Ja. Seine beiden Kumpane standen bei den Pferden, und Selling lag auf dem Boden. Er war gewiss schon tot. Zinnlechner saß auf ihm und ... riss an seinem Kopf herum. Als er sich erhob, trug er etwas in der Hand. Damals dachte ich, es sei ein blutiger Lumpen oder so etwas. Ich hätte nie geglaubt, dass ein Mensch zu so etwas fähig wäre. Er ging quer über die Lichtung zu diesem Baum und heftete ... dieses Messer daran fest. Danach begann er, sich im Schnee zu waschen.«
»Und dann?«, fragte Nicolai.
»Ich bekam Angst. Ich kauerte mich so nah wie möglich an den Boden und betete, dass sie mich nicht entdecken mögen. Ich wagte kaum hochzuschauen. Einmal tat ich es doch, und da sah ich Zinnlechner, nun wieder vollständig bekleidet, wie er seine Gamaschen schnürte. Dann befahl er einem seiner Kumpane etwas, und der ging zu dem Toten und ... und hieb ihm die Hände ab.«
»Aber ... aber warum?«
»Ich weiß es nicht. Er nahm die Hände ... und steckte sie ein.«
»Und das hast du alles beobachtet?«
»Ja.«
»Und dann ritten sie weg?«

»Ja.«

»Und du? Was hast du gemacht?«

»Ich bin auf die Lichtung gegangen und wollte schauen, was dort lag. Aber als ich auf ein paar Schritte herangekommen war, konnte ich nicht weitergehen. Der Anblick des Toten war so grauenhaft ... ich hatte Selling ja gekannt. Ich sah die Armstümpfe, die riesige Wunde in seinem Gesicht. Ich stand wie erstarrt. Ich weiß nicht einmal mehr, wie lange. Dann ging ich zu dem Baum, aber als ich sah, was da aufgespießt war, da wollte ich nur noch weglaufen. Aber ich konnte nicht. Ich kauerte in diesem Waldstück, unfähig, irgendetwas zu tun. Irgendwann hörte ich Hufschlag. Ich sah, dass zwei von Di Tassis Leuten durch den Wald kamen. Mein Bruder hatte Recht gehabt, dachte ich. Maximilian und sein Vater hatten ein furchtbares Vorhaben in Gang gesetzt. Es gab für mich nur eine Möglichkeit, auf ihrer Spur zu bleiben.«

»Di Tassi.«

»Ja. Der Justizrat würde sie verfolgen, und auf diese Weise konnte ich in ihre Nähe kommen.«

»Und deshalb hast du uns dieses Theater vorgespielt.«

Sie nickte.

»Aber warum hast du Di Tassi das alles nicht so erzählt, wie es geschehen ist?«

Sie antwortete nicht.

»Warum, Magdalena? Warum?«

»Weil ich ihm nicht traue. Und weil es keinen Sinn hätte, er würde die Wahrheit gar nicht verstehen.«

»Und mir? Traust du mir?«

Sie schwieg und starrte vor sich auf den Tisch.

»Du meinst, ich verstehe es auch nicht?«

Sie hob müde den Kopf und schaute ihn an. Aber sie erwiderte nichts.

»Magdalena«, sagte er schließlich, »hier ist irgendetwas geschehen, das all diese Dinge in Gang gesetzt hat, und ich werde es herausfinden. Ich brauche deine Hilfe. Du musst mir endlich sagen, was du darüber weißt. Du musst mir vertrauen.«

Sie spielte mit ihrem Löffel, aß jedoch nicht mehr weiter. Er ergriff ihre Hand.

»Du hast mir nicht alles erzählt, nicht wahr? Da ist doch noch etwas, von dem ich nichts weiß?«

Sie antwortete nicht und wich seinem Blick aus. Einen Augenblick lang schwiegen sie beide. Aber Nicolai hielt noch immer ihre Hand, und sie zog sie nicht zurück.

»Wir beide ...«, flüsterte er sanft, » ... ich meine ... die Zärtlichkeit zwischen uns ... warum hast du ...?«, fragte er dann. »Warum?«

»Weil ...«, sie schaute zu Boden. »Weil du mir das Leben gerettet hast. Du hast mich vor Di Tassi beschützt. Aber du sperrst dich ... du bist so weit weg ... du verstehst nicht ... wir können nicht zusammen sein. Nicolai, das geht nicht.«

»Warum nicht?«, protestierte er sanft.

Sie zog ihre Hand zurück und strich sich das Haar aus der Stirn. Dann lächelte sie verlegen. »Es geht nicht. Selbst wenn ich es wollte.«

»Willst du es denn? Wenigstens ein bisschen?«

Jetzt wurde sie rot. Ganz wenig nur, aber Nicolai spürte, dass hinter all ihren Überzeugungen doch auch noch eine andere Magdalena existierte. Eine bezaubernde junge Frau nämlich, die ihn zumindest ein wenig mochte.

»Lass uns gehen«, sagte sie. »Es ist schrecklich hier drin.«

Sie spazierten durch die Gassen, beide in Gedanken versunken. Nicolai hatte den Arm um sie gelegt, und sie ließ es sich nicht nur gefallen, sondern er spürte, dass ihr die Nähe angenehm war.

Es war noch kälter als am Vortag. Wer immer an ihnen vorüberkam, war dick vermummt, und alle hielten den Kopf zum Schutz vor dem schneidenden Wind tief gesenkt. Es war erst acht Uhr, als sie ihre Herberge betraten, aber auch dort schlief schon alles. Sie stiegen die knarrende Treppe zu ihrem Zimmer hinauf und schlossen die Tür hinter sich. Magdalena fror so sehr, dass sie einfach in Mantel und Mütze im Zimmer stehen blieb, während Nicolai einen Kerzenstummel auf dem Tisch entzündete, damit sie ausreichend Licht hatten, um in die Betten zu finden. Doch als er sich wieder umdrehte und ihr Gesicht im warmen Licht der Kerze unter ihrer Wollmütze hervorscheinen sah, da konnte er nicht anders. Er ging auf sie zu und küsste sie. Sie reagierte erst nicht, dann schüttelte sie leicht den Kopf. Er küsste sie erneut und umarmte sie fest.

»Nicolai …«, flüsterte sie.

Er antwortete nicht. Stattdessen fuhr er mit seinen Armen unter ihre Jacke und umfasste ihren schlanken Körper. Ein leichtes Zittern durchfuhr sie. Sie hob den Kopf. Er schaute auf sie herab. Dann verschmolzen ihre Lippen zu einem langen Kuss.

»Es geht nicht …«, flüsterte sie noch einmal.

Dann sagte sie nichts mehr, weder als seine rechte Hand ihren Rücken hinabstrich, noch als seine linke die restlichen Knöpfe ihres Mantels öffnete und ihn dann über ihre Schultern zu Boden gleiten ließ. Er öffnete ihre Wolljacke, dann das Kamisol darunter, ging leicht in die Knie und vergrub sein Gesicht zwischen ihren Brüsten. Endlich spürte er ihre Hände in seinen Haaren, und er sagte sich, dass er hundertmal die Strecke nach Königsberg erdulden würde, wenn er am Ende der Reise in den Armen dieser Frau ankommen durfte. Er roch den Duft ihrer Haut und liebkoste sie. Er würde sie niemals wieder gehen lassen. Niemals. Sie ging nun ebenfalls in die Knie und suchte seine Lippen mit den ihren. Gleichzeitig begann sie, seine Beinkleider zu lösen, und berührte ihn wieder auf die gleiche Weise, wie sie es schon in jenem Schuppen bei Saalfeld getan hatte. Und sie begann erneut, ihre Gebete zu sprechen. Aber waren es denn wirklich Gebete? Nein, es war jetzt wie Poesie für ihn. Sie sprach wieder von den geistigen Strömen, die durch ihre Körper flossen, redete von den unterschiedlichen Seelen, die ihren Weg ins unendliche Meer suchten und dort miteinander verschmolzen.

Als sie später nebeneinander unter der Decke lagen, fragte er sie, woher diese Worte stammten. Sie sagte, es seien Meditationen der Madame de Guyon, einer französischen Mystikerin, welche die Lehren des vom römischen Satan ermordeten Miguel Molinos nach Frankreich gebracht habe.

»Und was besagt diese Lehre?«

»Sie besagt, dass das wahre Gebet stumm sei.«

»Und dafür wurde er verfolgt?«

»Er predigte, dass Gott nicht außerhalb von uns ist, sondern in uns.«

»Das war alles?«

»Ja. Er wurde verfolgt, 1685 verhaftet und zwei Jahre später verurteilt. Man mauerte ihn zur Strafe lebenslänglich in einer Klosterzelle ein. Er starb 1696.«

Nicolais Augen weiteten sich. »Zehn Jahre in einer Klosterzelle eingemauert? Da muss er doch wirklich etwas Schlimmes getan haben.«

»Ja. Er beharrte auf dem stummen Gebet. Das stumme Gebet ist der Kirche verhasst. Der Mensch soll nicht persönlich mit Gott in Verbindung treten, sondern durch Hans Wurstens lateinisches Gefasel und Götzenschluckerei.«

»Und warum beharrte er auf dem stummen Gebet?«

»Um Gott zu hören, bedarf es des dreifachen Stillschweigens.«

»Und was ist das?«, fragte er.

Sie legte ihren Zeigefinger auf seine Lippen und sagte: »Das erste ist das Stillschweigen der Worte. Es macht dich bescheiden.«

Nicolai küsste ihren Finger. »Und das zweite?«

Sie kicherte. Ihr Finger wanderte langsam über seine Wange und seinen Hals, dann über seine Brust hinab, weiter und weiter bis in seinen Schoß.

»Das zweite Stillschweigen«, sagte sie flüsternd, »ist das der Begierden.«

Er schloss die Augen und genoss die Berührung. Doch sie ließ sogleich wieder von ihm ab und sagte streng: »Aber das ist noch ein sehr weiter Weg für dich.«

Er öffnete die Augen wieder und strich ihr zärtlich über das Haar. »Und das dritte? Was ist das dritte Stillschweigen?«

»Es ist das Schwierigste und zugleich das Wichtigste. Es ist der Ort, wo alles beginnt und wo alles endet. Das Schweigen der Worte ist vollkommen, das der Begierden ist vollkommener. Aber das dritte Schweigen ist das Vollkommenste, weil es alles heilen kann.«

»Und«, fragte Nicolai, »was ist es?«

Ihre Hand wanderte seinen Körper wieder hinauf und verharrte

einen Augenblick an seinem Herzen. Er schaute sie fragend an und wollte etwas sagen, aber sie schüttelte den Kopf. Sie strich mit ihrem Finger über seine Schulter, seine Wange, über seine Augenbrauen, über seine Ohren und um seinen Kopf herum, bis schließlich ihre Hand auf seinem Haupt zu ruhen kam.
»Es ist das Schweigen der Gedanken«, sagte sie.
Nicolai blickte sie fragend an.
»Weil sie das Gefährlichste sind, das wir haben.«
»Aber auch das Wunderbarste«, widersprach er.
»Ja. Aber um ihre wahre Natur zu erkennen, musst du erst durch sie hindurchgegangen sein. Du musst sie im Licht der Gnade betrachten, nicht nur im Licht der Vernunft.«
»Wie das?«
»Das ist die Lehre Molinos'. Du musst lernen, ihr Wesen zu sehen, ihre Rückseite, wenn du so willst. Eben den Teil von ihnen, den nur Gott sieht, ihre schweigende, stumme Seite. Wie willst du denn sonst über einen Gedanken entscheiden?«
Nicolai überlegte. »Indem ich ihn ausspreche. Indem ich ihn den Menschen erzähle, ihn in die Welt lasse?«
Ihre Augen wurden starr vor Entsetzen. Sie zog ihre Hand von seinem Kopf zurück und richtete sich auf. »In die Welt?«, rief sie bestürzt. »Weißt du, was sie dort anrichten können?«
Nicolai hob beschwichtigend die Hände. »Nein, das kann ich vorher nicht wissen«, sagte er. »Aber Gedanken und Ideen kann man nicht in sich selbst prüfen. Man muss sie Wirklichkeit werden lassen, dann erst weiß man, was sie sind. Man kann sie auch nicht kontrollieren. Sie kommen uns einfach in den Sinn. Sie sind plötzlich da.«
Sie schüttelte energisch den Kopf. »Alle Ideen sind von Gott«, sagte sie.

»Also auch die schlechten?«

»Gedanken sind nicht gut oder schlecht. Es sind Entscheidungen.«

Nicolai runzelte die Stirn. »Was für Entscheidungen?«

»Entscheidungen, welche Art von Welt wir wollen.«

»Also gibt es doch wahre und unwahre Gedanken?«

»Nein. Es gibt nur Gedanken. Unterschiedliche Gedanken erzeugen unterschiedliche Welten, in denen dann ebenjene Wahrheiten gelten, welche sie erzeugt haben. Es gibt nur eine absolute Wahrheit, aber die ist in Gott. Dem Menschen ist sie verschlossen.«

»Dann ist es also gleichgültig, welche Gedanken ich mir auswähle?«

»Nein. Denn sie bringen unterschiedliche Welten hervor. Manche von ihnen sind nah an Gott, andere entfernen sich von ihm.«

»Und wie kann ich das eine vom anderen unterscheiden?«

»Durch das Gebet. Durch Schweigen. Du musst durch den Gedanken hindurchgehen. Es gibt keinen anderen Weg. Deshalb ist es so wichtig, alle Gedanken lange und sorgfältig zu beschweigen, bevor man sie in die Welt lässt.«

»Und wie lange?«

»Das kommt auf den Gedanken an. Ein Jahr. Zehn Jahre. Dreihundert Jahre. Manche sogar für immer. Sie dürfen niemals in die Welt kommen.«

»Magdalena«, erwiderte Nicolai. »Soll ich zehn Jahre lang eine Idee beschweigen, mit der ich vielleicht eine Krankheit heilen kann?«

»Du kannst überhaupt keine Krankheit heilen. Das kann nur Gott.«

»Gut. Einverstanden. Aber vielleicht kann ich Gott dabei helfen. Vielleicht hat Gott mir einen Gedanken geschickt, dass eine Pflanze, die ich bisher übersehen habe, eine Erkrankung heilen kann. Soll ich dann zehn Jahre warten, bis ich diese Idee freilasse?«

»Nein. Das ist überhaupt kein Gedanke, sondern eine Entdeckung. Du verwechselst alles. Wer redet von Zeit. Die Zeit ist unerheblich. Die stumme Seite deines Gedankens, das allein zählt. Sobald du die Gewissheit erlangt hast, dass du die andere Seite gesehen hast, kannst du sprechen. Vorher nicht.«

»Aber wenn ich andere Meinungen über meinen Gedanken einhole, dann kann ich schneller herausfinden, ob er richtig ist oder nicht?«

»Warum?«

»Weil wir ihn gemeinsam prüfen können.«

»Prüfen? Niemand kann Gedanken prüfen. Man kann nur ihrer Natur durch das Gebet nahe kommen und sich dann für sie entscheiden. Alles ist möglich. Alles ist denkbar. Gott ist unendlich. Wenn er wollte, könnte er uns Gedanken schicken, die es uns gestatten, durch die Luft zu fliegen oder unter Wasser zu atmen. Er könnte uns mit einer Welt locken, in der es keine Könige gibt oder die Bauern über die Könige herrschen. Er kann uns Ideen schenken, die es uns erlauben, hundertfünfzig Jahre alt zu werden und niemals Hunger oder Kälte zu leiden. Aber die Frage bleibt immer die gleiche. Was wäre das für eine Welt? Und welche Welten wären dadurch nicht mehr? Und wären wir Gott dadurch näher oder nicht? Alles andere ist unwichtig.«

Nicolai verstummte für einen Augenblick. Alles in ihm sträubte sich gegen das, was sie da sagte. Sie hatte Unrecht. Er wusste,

dass sie Unrecht hatte. Aber ein ganz anderer Gedanke war plötzlich wieder in ihm wach geworden. Ein Satz, den sie gesagt hatte, hatte eine Tür in ihm aufgestoßen.
Manche Gedanken dürfen niemals in die Welt kommen!

13.

Das Kolleg würde um sieben Uhr beginnen. So viel hatte er über diesen Professor schon herausgefunden. Er stand sehr früh auf und pflegte seine Vorlesungen mit dem Sonnenaufgang von sieben bis neun abzuhalten. Es war nicht schwierig, den Raum zu finden. Auch andere Zuhörer waren dorthin unterwegs. Als er die ersten erblickte, musste Nicolai an die Schilderungen des Königsberger Kaufmannes denken. Es zählten durchaus einige Studenten in abgerissenen Kleidern zum Publikum. Aber ansonsten waren vor allem wohlgeborene Herren sowie reifere Männer aus dem bürgerlichen Stand gekommen.
Ein Pedell am Eingang zum Hörsaal kontrollierte, ob der Zuhörer ein ordentlicher Student war, der sein Kollegiengeld schon entrichtet hatte, oder ein davon freigestellter Stipendiat oder ein Besucher wie Nicolai, der mit klingender Münze bezahlen musste.
Der Vorlesungsraum war schlicht und schmucklos. Es saßen etwa dreißig Menschen darin und warteten. Sie unterhielten sich zum Teil, allerdings in sehr unterdrückter Manier, als zwinge bereits die Erwartung des noch gar nicht eingetroffenen Gelehrten zu respektvoller Ruhe. Nicolai ließ sich in der vor-

letzten Reihe nieder. Zum einen wollte er nicht zu vorwitzig erscheinen, denn er war ja nur ein Zaungast dieser Vorstellung. Zum anderen konnte er auf diese Weise die anderen Besucher besser mustern. Es dauerte nicht lange, da blieb sein Blick an einem jungen Studenten in der ersten Reihe hängen. Der junge Mann war ausgesprochen hübsch und nach der neuesten Genie-Mode gekleidet. Sein Hemd war geöffnet und entblößte in skandalöser Weise Hals und Brust. Sein blondes Haar hing lose über Stirn und Nacken herab, und Nicolai fragte sich, wie der Herr Professor wohl auf solch eine geniemäßige Tracht reagieren würde. Aber der junge, versonnene Schwärmer schien hier keinen Skandal zu machen und gehörte wohl zur üblichen Zuhörerschaft.

Zu weiteren Beobachtungen des Publikums kam Nicolai indessen nicht mehr, denn plötzlich ging ein Raunen durch den Saal, einige Besucher, die noch in den Gängen gestanden hatten, beeilten sich, Platz zu nehmen, und zwischen den auseinander laufenden Menschen erblickte Nicolai eine vorüberhuschende, vorbildlich gepuderte Perücke und kurz darauf den dazugehörigen Kopf. Schlag sieben nahm Professor Kant seinen Platz hinter einem niedrigen Katheder ein, ließ seine lebendigen blauen Augen rasch über das Publikum hinweggleiten, runzelte kurz missbilligend die Stirn, als er des Genies in der ersten Reihe gewahr wurde, und begann seinen Vortrag.

Nicolai verstand zunächst wenig, denn die Stimme des Mannes war so leise, dass er anfangs kaum etwas hören konnte. Hier und da wurde noch herumgerutscht, gehustet, eine Tasche polternd abgestellt oder ein Stück Papier abgerissen. Doch immerhin konnte er den Philosophen von seinem Platz aus recht gut mustern.

Der Leib des Mannes war sicher nicht dazu bestimmt, sehr alt zu werden. Das ganze Gebäude des Körpers sah schwach und wenig dauerhaft aus. Nicolai hatte sogleich den Eindruck, dass die Natur bei der Bildung dieses Menschen das meiste auf den geistigen Teil verwandt hatte. Die ganze Person war kaum fünf Schuh hoch. Der Kopf war im Verhältnis zum übrigen Körper sehr groß. Die Brust wirkte flach und fast ein wenig eingebogen, der rechte Schulterknochen sogar hinterwärts etwas herausgedehnt. Der ganze Körper war offenbar mit so wenig Fleisch bedeckt, dass die Kleider nur durch künstliche Mittel gehalten werden konnten. Jedenfalls hätte man zwischen die Säume seiner Kniebundhosen und die darunter befindlichen gelben Kniestrümpfe leicht zwei Finger schieben können. Das Gesicht indessen hatte eine sehr angenehme Bildung. Die Gesichtsfarbe war frisch. Die Wangen hatten sogar eine gesunde Röte. Doch das Beeindruckendste an der ganzen Erscheinung waren die hellen blauen Augen, die mal prüfend, mal freundlich lächelnd auf dem einen oder anderen Gesicht kurz verweilten und im Übrigen unablässig durch den Raum schweiften.

Allmählich hatte Nicolai seine Gehörnerven ausreichend geschärft, um dem Vortrag folgen zu können. Wenn er allerdings erwartet hatte, tiefsinnige und grüblerische Gedanken über das Jenseits serviert zu bekommen, so fand er sich eines Besseren belehrt. Von Metaphysik war hier jedenfalls nicht die Rede, sondern von einer Erziehungsanstalt in Dessau, die ein Herr Basedow vor einigen Jahren gegründet hatte. Dieses Philanthropin mit seinen völlig neuen pädagogischen Ansätzen hatte Herr Kant zum Anlass genommen, um über allgemeine erzieherische und moralische Grundsätze zu lesen.

Offenbar hatte gestern ein Zuhörer im Anschluss an die Vorlesung gefragt, wie denn die schändlichen Anfechtungen der Lust, denen vor allem der junge Mensch nun einmal ausgesetzt sei, mit den Mitteln der Vernunft bei der Erziehung mit der Sittlichkeit in Einklang gebracht werden könnten. Der Professor hatte sich darüber Gedanken gemacht und trug diese nun einleitend auf eine Weise vor, die Nicolai nicht wenig beeindruckte.

Der Gelehrte wiederholte zunächst die Frage, da eine Frage, wie er ausführte, nur dann beantwortet werden könne, wenn sie richtig gestellt sei. Lust sei dabei ein zu vager Begriff. Vielmehr müsse die Frage nach der moralischen Handlung gestellt werden, die also lautete: Wie kann der wechselseitige Gebrauch der Geschlechtswerkzeuge vernünftig, das heißt sittlich erfolgen. Die Antwort auf diese Frage, so sagte er, würde er zunächst vorwegnehmen, um danach den Gedankengang, der notwendig zu dieser Schlussfolgerung führte, umso klarer demonstrieren zu können. Sodann postulierte er folgenden Satz: Für eine sittliche und damit vernünftige Verwendung der Geschlechtsorgane käme – erstens – nur der Ehevertrag in Frage und – zweitens – zeige sich daran auch, dass dieser kein beliebiger, sondern ein der Menschheit durch das Gesetz vielmehr notwendiger Vertrag sei.

Nicolai hatte nicht den Eindruck, dass diese Behauptung eines neuerlichen Beweises bedurfte, denn genau den gleichen Standpunkt vertrat ja die Kirche. Aber er war dennoch neugierig, was der gelehrte Mann daraus nun machen würde. Es herrschte gespannte Stille im Saal, während der Professor sich nun seinen Ausführungen hingab.

»Der natürliche Gebrauch«, so begann er, »den ein Geschlecht von den Geschlechtsorganen des anderen macht, ist ein Genuss, zu dem sich ein Teil dem anderen hingibt. In diesem Akt macht sich ein Mensch selbst zur Sache.«

Hier machte er leider keine Pause, weshalb Nicolai nur Gelegenheit hatte, verblüfft zu blinzeln.

»Dies«, so fuhr der Philosoph dann fort, »widerstreitet dem allgemeinen Recht der Menschheit an der eigenen Person. Nur unter einer einzigen Bedingung ist dies möglich: Wenn nämlich die gleiche Person, die von der anderen gleichsam als Sache erworben wird, diese im Gegenzug dann auch erwerbe. Denn so gewinnt sie wiederum sich selbst und stellt ihre Persönlichkeit wieder her.«

Nachdem Nicolai den ersten Schreck überwunden hatte, in den Armen Magdalenas zu einer Sache geworden zu sein, brachte ihm dieser zweite Schluss nun wieder ein wenig Erleichterung. Man durfte sich also durchaus zum Sklaven machen, wenn derjenige, dem man sich unterwarf, dies gleichermaßen für einen selbst auch tat. Aber er hatte keine Zeit für lange Überlegungen, da der Gelehrte bereits fortfuhr.

»Es ist aber der Erwerb eines Gliedmaßes am Menschen zugleich Erwerbung der ganzen Person, weil diese eine absolute Einheit ist. Daraus können wir schließen, dass die Hingebung und Annehmung eines Geschlechts zum Genuss des anderen nicht allein unter der Bedingung der Ehe zulässig, sondern auch allein unter derselben möglich ist.«

Der Professor machte jetzt eine kleine Pause und blickte freundlich ins Publikum. Einige Zuhörer schrieben fleißig mit. Manche schauten beschämt zu Boden, da ihnen das Thema, Moral hin oder her, wohl etwas zu schlüpfrig war. Wieder andere schienen noch damit beschäftigt, die scharfsinnige Analyse zu analysieren. Nicolai war dergleichen Vorlesungen nicht gewohnt und tröstete sich damit, dass er immerhin das Wichtigste verstanden hatte. Man durfte sich nur einem Unterworfenen unterwerfen, und das konnte er durchaus gelten lassen.

Nun rundete der Professor seinen Gedanken ab, indem er schloss: »Dass dieses persönliche Recht aber auch ein dingliches ist, gründet sich darauf, dass, wenn eines der Eheleute sich verlaufen oder sich in eines anderen Besitz gegeben hat, das andere es jederzeit und unweigerlich, gleich als eine Sache, in seine Gewalt zurückzubringen berechtigt ist.«

Nicolai war beeindruckt. Wie aus dem Nichts war das Gebot der Kirche, keinen Ehebruch zu begehen, auf elegante Weise durch einfache, logische Denkschritte vernünftig geworden. Allerdings konnte er sich eines leichten Unbehagens nicht erwehren, dass es hierzu notwendig gewesen war, aus Menschen eine Sache zu machen.

Nach dieser Ouvertüre begann nun der eigentliche Vortrag. Der Mann sprach völlig frei, ohne jegliche Schnörkel oder rhetorische Verzierungen, die dem unmittelbaren Verständnis abträglich gewesen wären. Er malte in lebendigen Farben das Dessauer Philanthropin als eine echte, weil sowohl der Natur als auch allen bürgerlichen Zwecken angemessene Bildungsanstalt, die jedem Menschenfreund eine willkommene Neuerung sei. Der Vortrag war unterhaltsam und anschaulich, gewürzt mit klugen Beobachtungen und Anekdoten, welche die Grundgedanken der neuen Schule sozusagen als einprägsames Bild in der Vorstellung des Zuhörers verankerten. Um Punkt viertel vor neun war der Vortrag zu Ende, und nach einigen Fragen aus dem Publikum verließ Herr Professor Kant mit einem freundlichen »Meine Herren, ich danke für Ihre Aufmerksamkeit« den Saal.

Die Zuhörerschaft erhob sich. Nicolai war sitzen geblieben. Sein Blick war wieder auf dem jungen Genie zu ruhen gekommen, das noch immer emsig schrieb, obschon der Vortrag längst zu Ende war. Doch dann geschah etwas Eigenartiges. Ein Zuhörer, der hinter dem Genie gesessen hatte, erregte plötzlich Nicolais Aufmerksamkeit. Der Mann hatte sich wie die meisten anderen erhoben, als der Herr Professor den Vorlesungssaal verließ. Doch anstatt sich umzudrehen und den Ausgang aufzusuchen, war er noch einige Augenblicke stehen geblieben und schien verstohlen erfassen zu wollen, was das junge Genie dort in sein Heft schrieb. Er tat dies freilich sehr unauffällig, doch da Nicolai von dem jungen Schwärmer gleichermaßen fasziniert war, war ihm der Beobachter hinter ihm aufgefallen.

Einige Augenblicke später drehte der Mann sich um. Nicolais Körper reagierte schneller als sein Verstand. Sein Herz verkrampfte sich kurz und setzte einen Schlag aus. Dann kam die Hitze. Sie umfloss seinen Hinterkopf und stürzte wie heißes Wachs seinen Nacken hinab. Er hatte die Frage in seinem Kopf noch nicht geformt, da zog sich sein Körper bereits zusammen. Er schaute zu Boden, den er jedoch im Moment nicht mehr spürte. Aus den Augenwinkeln folgte er der Person, die keine drei Armeslängen von ihm entfernt vorüberging. Ein Geist! Ein Gespenst! Aber viel zu real, um wirklich als solches durchgehen zu können. Dann war er vorbei.

Nicolai musste sich festhalten. Das Genie schrieb noch immer. Aber das interessierte jetzt nicht mehr. Allmählich kehrte sein Verstand zurück, doch er konnte noch immer nicht aufstehen. Er hatte das Gesicht nur kurz gesehen, nur einen Augenblick lang. Sein Verstand weigerte sich, es anzuerkennen, aber seine schweißnassen Hände ließen keinen Zweifel zu. Oder war er

verrückt geworden? Mit wenigen Schritten war Nicolai an der Tür. Es hatte etwas Unwirkliches. Aber er sah sie klar und deutlich. Sie standen etwas abseits und sprachen miteinander. Sie waren zu dritt. Zwei Männer, die er nicht kannte und die auch nicht in der Vorlesung gewesen waren. Und das Gespenst, das von den Toten auferstanden war.
Kammerherr Selling!

14.

Er ließ sie nicht aus den Augen. Was sie miteinander besprachen, konnte er natürlich nicht hören. Aber konnte noch ein Zweifel bestehen, was sie hier in Königsberg zu suchen hatten? Während er ihnen in vorsichtigem Abstand auf die Straße hinaus folgte, fügte sich plötzlich alles zu einem logischen Ablauf zusammen. Eine Reihe entsetzlicher Bilder raste vor seinem geistigen Auge vorüber. Deshalb war der Mörder nackt gewesen! Deshalb das abgeschnittene Gesicht und die Entfernung der Hände!
Nicht Zinnlechner hatte Selling, sondern Selling hatte Zinnlechner ermordet. Nicolai erinnerte sich nur zu gut an die Nacht, als er mit Zinnlechner den Körper des toten Grafen untersucht hatte. Der Apotheker musste gewusst haben, dass auf Alldorf eine Verschwörung geplant worden war. Aber die Hintergründe kannte er nicht. Deshalb hatte er darauf gebrannt, Alldorfs Todesursache herauszufinden. Ja, war es nicht sogar Zinnlechner gewesen, der ihn auf den Gedanken gebracht hatte, die Leiche noch einmal zu untersuchen?

Und nach Alldorfs Tod war Selling der letzte Anhaltspunkt für die geheimen Umtriebe gewesen. Das hatte ja auch Kalkbrenner bestätigt, der offenbar nicht eingeweiht gewesen war. Nur Selling hatte alles gewusst. Daher hatte Zinnlechner den Kammerherrn vermutlich beobachtet. Selling hatte die Nachstellungen des Apothekers bemerkt und ihm bewusst eine Falle gestellt. Und dabei war ihm noch etwas gelungen: Er konnte seine Spuren für immer verwischen.

Es musste so gewesen sein: Zinnlechner war Selling in den Wald gefolgt. Vielleicht vermutete der Apotheker wirklich, Selling habe dort das verschwundene Geld versteckt. Doch auf der Lichtung warteten die Mörder. Der Plan war teuflisch einfach. Selling würde Zinnlechner ermorden, es aber so aussehen lassen, als sei er selbst das Opfer. Den Mord selbst hatte Magdalena nicht beobachtet, dazu war sie zu spät gekommen. Aber jetzt war Nicolai mit einem Mal klar, warum Selling nackt gewesen war. Er hatte mit Zinnlechner die Kleider tauschen müssen, bevor der eigentliche Mord geschah. Das Blut musste aus Zinnlechners Körper auf Sellings Kleider fließen. Welch entsetzliche Vorstellung! Lebte Zinnlechner womöglich noch, als er ausgezogen und mit Sellings Sachen bekleidet worden war? Hatten sie ihn nur niedergeschlagen und ihm erst nach dem Kleidertausch die Kehle durchgeschnitten? So musste es gewesen sein. Selling war nackt geblieben, um Zinnlechners Kleider, die ihm selbst später als Maske dienen würden, nicht mit dem Blut voll zu spritzen, das aus dem durchschnittenen Hals dieses armen Menschen hervorgeschossen sein musste. Und wie er sein Werk begonnen hatte, so führte er es auch zu Ende. Dies hatte Magdalena mit angesehen: den blutüberströmten, nackten Selling, der dem soeben ermordeten Zinnlechner das Gesicht wegschnitt, um alle Spuren dieser grässlichen Vertauschung und Maskerade zu verwischen. Das Gesicht. Die Augen. Und später ließ er ihm auch noch die Hände abhacken, um sicherzugehen, dass niemand den Betrug erkennen würde! Und dazu das Messer mit der eingravierten Inschrift. Nein, das war alles zu teuflisch ausgedacht, um nicht bis ins Einzelne geplant gewesen zu sein. Selling hatte Zinnlechner in einen Hinterhalt gelockt, um auf diese Weise alle Nachforschungen in eine andere Richtung zu lenken und selbst für die Welt zu verschwinden.

Und was hatten diese Mörder jetzt vor? Sie waren auf dem Marktplatz angelangt und blieben stehen. Drei völlig unscheinbare Gestalten inmitten der anderen Menschen, die dort ihren Geschäften nachgingen. Und in Wirklichkeit eine Bande von brutalen Mördern, die vor keiner Gräueltat zurückschreckten, um der Welt ihre wahnsinnigen Vorstellungen aufzuzwingen. Er musste sie aufhalten. Was immer sie vorhatten, sie mussten gestoppt werden. Aber wie? Und wie sollte er sie überhaupt im Auge behalten? Denn jetzt trennten sie sich. Die zwei Unbekannten gingen in Richtung Kneiphof davon, während Selling noch einen Augenblick stehen blieb und nachzudenken schien. Nicolai konnte kaum glauben, dass dies der Mann war, der ihn damals auf Schloss Alldorf empfangen hatte. Seine ruhige, besonnene Art. Sein zurückhaltendes, angenehmes Wesen. Das war alles die harmlose Oberfläche eines grausigen Monstrums.

Er hatte alles bis ins letzte Detail hinein inszeniert, sicherlich gemeinsam mit Alldorf. Und es war ihnen gelungen, alle zu täuschen: den armen Kalkbrenner, der das Instrument gewesen war, das Geld zu beschaffen, Zinnlechner, Magdalena, Di Tassi und auch ihn selbst. Die Kutschenbrennerei hatte ein Zeichen setzen sollen, aber zugleich war sie nur ein Scheinmanöver gewesen. Während bezahlte Handlanger im Westen rätselhafte Überfälle begingen, wurde hier im Osten, am Ende der Welt, der eigentliche Schlag vorbereitet. Aber worin bestand er? Was erschien Alldorf, Selling und den anderen Männern so gefährlich, dass solch eine gewaltige Verschwörung in Gang gesetzt wurde? Nicolai konnte sich beim besten Willen nicht vorstellen, was eine solche Reaktion heraufbeschworen haben konnte. Wusste es Magdalena?

Der Gedanke an sie erfüllte ihn plötzlich mit Wut. Sie musste es wissen! Jetzt war es genug! Er würde diesen Mördern das Handwerk legen. Und wehe ihr, wenn sie nicht endlich, endlich all ihr Wissen mit ihm teilen würde.

Selling hatte sich mittlerweile über den Platz bewegt und bog nun in einen Stadtteil ein, in dem Nicolai zuvor noch nicht gewesen war. Der Mann schien den Weg indessen gut zu kennen. Nach einigen Minuten blieb er vor einem stattlichen Haus stehen, schaute auf eine Taschenuhr, die er aus seinem Rock hervorzog, und war plötzlich, von einem auf den anderen Augenblick, verschwunden. Nicolai erschrak. Er ging ein paar Schritte weiter, um besser sehen zu können, doch Selling war nicht mehr da. Er wechselte die Straßenseite. Aha. Das war des Rätsels Lösung. Ein Kaffeehaus. Nicolai ging näher heran. Aber auf diese Weise würde Selling ihn bemerken. Er wechselte erneut die Straßenseite und nahm das Haus gegenüber in Augenschein, das Selling soeben noch gemustert hatte. Es war ein großes Gebäude, kein normales Wohnhaus, wie sie diese Straße säumten. Im Erdgeschoss war ein Buchladen untergebracht. Auf einem umlaufenden Schild stand der Name des Besitzers geschrieben: Johann Jakob Kanter. Nicolai befragte einen

Passanten und erfuhr, dass das Haus früher einmal das Rathaus gewesen war. Nicolai überlegte. Sollte er in den Laden hineingehen? Nein. Er wollte wissen, was Selling hier tat.

Er näherte sich dem Kaffeehaus. Neben dem Eingang gab es drei große Fenster, die auf die Straße hinausgingen. Aber aus dieser Perspektive konnte er nicht sehen, ob Selling sich an einem davon niedergelassen hatte. Es war zu gefährlich. Der Mann konnte ihn leicht entdecken und das durfte auf keinen Fall geschehen. Stattdessen überquerte Nicolai jetzt die Straße und nutzte den Umstand, dass gerade einige Studenten den Buchladen verließen, um auf unauffällige Weise hineinzugelangen. Er bewegte sich langsam und vorsichtig durch den Verkaufsraum und warf bisweilen einen raschen Blick durch die Schaufenster auf die andere Straßenseite. Und so entdeckte er ihn.

Selling hatte sich am Tisch hinter dem letzten Fenster des Kaffeehauses eingerichtet und beobachtete den Buchladen. Soeben nippte er an seiner Tasse, ohne jedoch den Blick abzuwenden. Nicolai schaute nur kurz hinüber, denn besonders gut fühlte er sich durch die vor ihm gestapelten Auslagen nicht geschützt. Aber nach einem weiteren Blick, den er trotz allem wagte, bemerkte er, dass Selling gar nicht den Laden, sondern das Stockwerk darüber im Auge zu haben schien.

Nicolai drehte sich um und nahm den Verkaufsraum in Augenschein. Er hatte schon einige Buchhandlungen gesehen, aber diese hier schien beweisen zu wollen, dass sich Bücher besser verkaufen, wenn man sie wie Ziegel stapelt. Wie man sich in diesem Gewirr von Papierballen, losen Drucken und gebundenen Büchern, die aus riesigen Fässern hervorquollen, überhaupt durchfinden sollte, war kein geringes Rätsel. Aber die Angestellten des Herrn Kanter kannten sich in diesem Labyrinth offenbar gut aus, und auch die einheimischen Kunden schienen kein Problem mit der Ordnung zu haben, denn sie bewegten sich recht sicher zwischen den Ladentischen hindurch und beäugten neugierig die Auslagen. Und wie billig Bücher hier waren! Herr Kanter musste entweder ein schlechter oder ein besonders guter Kaufmann sein, denn solch niedrige Bücherpreise, wie sie auf kleine Kartons gemalt an Schnüren über den Tischen baumelten, hatte Nicolai noch nie gesehen. Kein Wunder, dass hier unablässig Studenten auftauchten, um sich an dieser preiswerten Kost zu laben.

Die Wände waren bis obenhin mit Regalen voll gestellt, auf denen gleichfalls zahllose Papierballen gestapelt waren. Rote Trennkartons staken wie vorwitzige Zungen dazwischen hervor. Nur an einer Stelle war ein Stück Wand frei geblieben, um einigen Porträts Platz zu bieten. Nicolai erkannte nur einen der Dargestellten. Professor Kant war aufrecht stehend in lesender Pose gemalt, schaute jedoch gerade auf und damit dem Betrachter direkt in die Augen. Es lag etwas Ungeduldiges in seinem Blick, als wolle er so rasch wie möglich mit diesem Porträtsitzen zum Ende kommen, um sich wieder seinem Buch widmen zu können, das er aufgeschlagen in der rechten Hand trug. Seine Gesichtszüge waren recht gut getroffen, denn der Maler hatte genau das eingefangen, was Nicolai auch in der Vorlesung am Morgen gespürt hatte: eine sanfte Unerbittlichkeit des Ausdrucks, die den ebenmäßigen Zügen etwas Kaltes, Unnahbares gaben.

Umso überraschender war es für ihn, als plötzlich der so Porträtierte leibhaftig im Laden erschien. Allerdings kam er nicht von der Straße, wie die anderen Kunden, sondern trat ohne Mantel oder Stock aus einem Türrahmen hinter dem Verkaufstresen, richtete ein paar Worte an einen der Verkäufer und verschwand wieder. Nicolai schaute ihm neugierig hinterher, wie er eine enge Stiege erklomm, die dort ins Obergeschoss führte. Der Mann wohnte hier? Über einem Buchladen? Aber recht besehen war das ja kein schlecht gewählter Wohnort für einen Professor, der sicher nicht viel verdiente und auf diese Weise nur einen Stock tiefer zu gehen brauchte, um sich aus dem Strom der neuesten Schriften herauszupicken, was ihn gerade interessierte.

An der Eingangstür war wieder etwas Gedrängel entstanden, und Nicolai nutzte die Gelegenheit, den Buchladen wieder zu verlassen. Selling und seine beiden Helfer waren hinter diesem Professor her. Er musste etwas unternehmen.

15.

Magdalena wurde bleich, als er ihr erzählte, wen er in der Vorlesung gesehen hatte. Sie saß auf dem Bett und folgte stumm Nicolais Schilderungen. Er konnte sich gut vorstellen, woran sie jetzt dachte. Auch sie begriff nun, was sich im Wald bei Nürnberg wirklich abgespielt hatte, bevor sie dort eingetroffen war.

»Seine beiden Begleiter«, sagte sie tonlos, nachdem er geendet hatte, »wie sahen sie aus?«

Doch Nicolai schaute nur mit unterdrückter Wut auf sie herab.

Sie runzelte irritiert die Stirn. »Was ist mit dir?«, fragte sie.

Er erhob sich plötzlich. Magdalena blickte ihn verwundert an. Er ging einige Schritte im Zimmer auf und ab. Er war so erregt. Doch dann besann er sich und setzte sich zu ihr aufs Bett.
»Du musst mir etwas erklären«, sagte er mit belegter Stimme. »In Saalfeld, in jenem Haus, wo du dich mit deinen Freunden getroffen hast, da habe ich euch singen hören. Waren das auch Lieder dieser Madame de Guyon?«
Magdalena wurde starr. Aber dann nickte sie stumm.
»Und eure Gemeinde. Seid ihr eine Gruppe oder gibt es mehrere davon?«
»Warum fragst du das?«, erwiderte sie misstrauisch.
»Magdalena!«
Seine Stimme bekam einen bedrohlichen Ton. »Der Mensch, der sich im Wald vor unseren Augen erschossen hat, sang kurz vor seinem Tod eine Strophe dieses Liedes.«
Er wartete. Aber Magdalena blieb stumm.
»Er war einer von euch, nicht wahr?«, setzte er hinzu. Seine Stimme war noch schärfer geworden.
Sie schaute düster vor sich hin. Jetzt hielt es ihn nicht mehr. Er ergriff sie am Arm. »Du hast mir die ganze Zeit nicht die Wahrheit gesagt, nicht wahr? Du gehörst auch zu ihnen. Deshalb bist du hier.«
Sie schwieg noch immer.
»Ist das dein Verständnis von Wahrheit?«, fragte er erbost. »Menschen zu ermorden, um ihre Gedanken zu verhindern?«
»Sie gehören nicht zu uns«, protestierte sie.
Dann wurde es still in diesem Zimmer. Er starrte Magdalena an. Sie wich vor ihm zurück und kauerte sich gegen die Wand, als suche sie Schutz vor ihm.
»Wer sie?«

Sie drehte sich zur Wand, aber Nicolai ergriff sie am Arm und zog sie wieder zu sich her.

»Magdalena! Wer sind sie? Es ist eine Gruppe, die sich von euch gelöst hat, nicht wahr? Es reicht ihnen nicht, ihre eigenen Gedanken zu beschweigen, sondern sie wollen allen anderen Menschen das Gleiche vorschreiben. Und wenn sie sich weigern, dann zwingt man sie dazu. Ist es nicht so? Siehst du nicht, was für ein entsetzlicher Widerspruch das ist?«

Sie schaute ihn an. Ihr Atem ging rasch und ihre Augen glänzten. Aber sie sagte nichts.

»Deshalb warst du auf Alldorf, oder?«, fuhr er fort. »Du weißt genau, was dort vorgefallen ist. Und deine Aufgabe war nichts anderes, als Di Tassi in die falsche Richtung zu locken. Ihr wollt diesen Herrn Kant daran hindern, seine Gedanken zu denken? Ist es nicht so?«

Noch immer reagierte sie nicht. Sie starrte ihn nur an.

»Rede!«, befahl er. »Sag mir die Wahrheit. Ihr glaubt, ihr könntet die Welt in einen mystischen Schlaf der Vernunft zurückversetzen, aus dem dann die Wahrheit wie zufällig hervorscheint? Aber der Schlaf der Vernunft gebiert keine Wahrheit, sondern Ungeheuer.«

»Auch die wache Vernunft gebiert Ungeheuer«, rief sie zornig. »Die Vernunft *ist* das Ungeheuer.«

Nicolai wusste für einen Augenblick nicht, was er sagen sollte. Er schaute aus dem Fenster. Alles war grau und trüb dort draußen. Nirgends brannte ein Licht. Das Ende der Welt konnte nicht düsterer aussehen.

»Wir haben versucht, sie aufzuhalten«, begann sie plötzlich mit leiser Stimme. »Wir wollten nicht, dass es so weit kommt. Aber was sollen wir denn tun? Wir werden immer weniger. Die Zahl der neuen Ideen und Gedanken kommt wie eine Sintflut über uns. Sie breiten sich überall aus, bis in die letzten Winkel der Erde dringen sie ungehindert vor. Und wir sind so wenige. Einst gab es Tausende und Abertausende von uns, welche die Stille bewachten. Denn nur in der Stille ist Gott hörbar. Doch es gibt keine Stille mehr, nur noch Rauschen und Getöse. Es betäubt uns. Es macht uns irre.«

»So irre, dass ihr um euch schlagt und willkürlich Menschen ermordet?«

Sie starrte vor sich hin. Nicolai spürte, dass sie unsicher wurde.

»Maximilians Königsberger Briefe haben Schockwellen bei uns ausgelöst. Niemand wusste genau, was sie zu bedeuten hatten.«

»Aber woher wusstest du überhaupt davon?«

»Durch Selling. Er war Alldorfs Gesandter beim Wittgensteiner Konvent. Er findet einmal im Jahr statt.«

»Was für ein Konvent?«

»Es ist ein Konvent aller Freimaurerlogen. Alle kommen dort zusammen. Wir gehören nicht zu ihnen, aber manche von uns nehmen dennoch daran teil. Selling berichtete von Maximilians Briefen und von seiner Krankheit. Er suchte Mitstreiter, die Alldorf bei einem großartigen Vorhaben unterstützen sollten, um eine gewaltige Gefahr abzuwenden. Aber das widersprach völlig unseren Gepflogenheiten. Doch Selling verstand es, die Gefahr in solch grauenhaften Farben zu malen, dass einige sich ihm anschlossen.«

»Also hat Selling diese Leute angeheuert?«

»Ja. Selling hat alles für Alldorf getan.«

»Und Zinnlechner?«

»Zinnlechner gehörte nicht zu uns. Ebenso wenig wie Kalkbrenner. Aber Zinnlechner muss Selling beobachtet und ihm im Wald aufgelauert haben. Er muss hinter dem Geld her gewesen sein.«

»Und was genau wurde auf Alldorf geplant?«

Magdalena begann zu erzählen.

»Von Falk hast du ja gehört, dass Alldorf und sein Sohn Rosenkreuzer waren. Die Rosenkreuzer haben alle anderen Gemeinden unterwandert. Sie sind in den Illuminatenorden eingedrungen, waren bei den Asiatischen Brüdern vertreten, und es gibt wohl keine Gemeinschaft, in die sie sich nicht eingeschlichen haben. Manche ihrer Ideale sind jedoch auch unsere, daher haben wir uns nie gegen sie verschlossen. Sie gaben vor, bei uns das Geheimnis der dreifachen Stille erlernen zu wollen. Und das *mysterium patris*. Doch ihr wirkliches Ziel war immer ein anderes. Sie wollten uns kontrollieren und zu Rosenkreuzern machen. Denn sie waren davon überzeugt, dass die Zeit der großen Auseinandersetzung mit dem Antichrist gekommen sei und ein Heer aufgestellt werden müsse, um ihn aufzuhalten. Wir teilten ihre Sorge, aber nicht ihre Mittel. Wir sind Silentisten. Wir beschweigen die Welt. Wir bewachen die Stille und das Heilige. Wir ermorden keine Gedanken, sondern wir halten sie aus und beschweigen sie. Doch als wir von Maximilian und seiner Krankheit erfuhren, wurden viele von uns von großer Furcht ergriffen. Maximilian war mit einem Gedanken in Berührung gekommen, der ihn zerfraß. So schilderte es Selling. Der Antichrist habe einen Weg gefunden, die Seele des Menschen zu vernichten. Es gäbe kein Mittel gegen diesen Gedanken. Überhaupt keines. Er bedeute das Ende der christlichen Welt.«

Nicolai unterbrach sie. »Aber wenn Maximilian den Gedanken hatte, dann war er doch schon in der Welt?«

»Nein. Ein wirklicher Gedanke kündigt sich über lange Zeit an, bevor er in die Welt kommt. Nur wenige verstehen sich darauf, ihn vor allen anderen Menschen kommen zu sehen. In Berlin, im Salon von diesem Markus Herz, hörte Maximilian Gespräche darüber. Aber diejenigen, die darüber sprachen, begriffen überhaupt nicht, worüber sie da sprachen. Sie waren wie Kinder, die mit gefährlichen Waffen spielten. Sie hatten leere Gedanken, eben das, was wir Meinungen nennen. Leere Gedanken saugen die Wirklichkeit aus, machen sie arm, alt und grau. Aber sie zerstören sie nicht restlos. Es gibt viele solche Gedanken, die die Wirklichkeit austrocknen. Sie lassen die Welt verkümmern, aber ihr Wesen bleibt unangetastet, so wie ein verarmter Mensch immer noch ein Mensch bleibt. Ein wirklicher Gedanke hingegen erzeugt eine ganz neue Wirklichkeit. Es gibt nur ein Davor und ein Danach. Kein Dazwischen. Und vor allem: kein Zurück. Deshalb sind wirkliche Gedanken so gefährlich. Denn sie erzeugen Gottnähe oder Gottferne. Und sie vernichten die Wirklichkeit, die einmal ihre Heimat gewesen ist, mit einem Schlag ...«

»Wie die Miasma-Tierchen«, sagte Nicolai.

»Ja«, antwortete sie. »Wie deine Miasma-Tierchen, von denen du glaubst, du könntest sie zähmen. Aber du kannst wirkliche Gedanken nicht zähmen. Sie verändern dich. Für immer. Sie können dich verwandeln und sogar töten, ohne dass du es merkst. Deshalb ist es so wichtig, den Weg Molinos' zu gehen. Vor allem darfst du deine Gedanken nicht freilassen, bevor du ganz durch sie hindurchgegangen bist. Aber davon wusste Maximilian nichts. Das hatte er nicht gelernt. Er hatte zwar die Gabe, einen gefährlichen Gedanken zu erkennen, aber er konnte damit nicht umgehen. Und da machte er einen furchtbaren Fehler. Er versuchte, ihn zu widerlegen. Er versuchte, ihm mit Vernunft beizukommen. Ebenso gut kann man versuchen, Feuer mit Öl zu löschen. Das ist der große Fehler der Freimaurer und damit auch der Rosenkreuzer. Sie beten die Vernunft an. Sie sind im gleichen Irrtum gefangen wie die Lichtbringer. Sie glauben, die Vernunft sei vernünftig. Maximilian wurde krank. Nicht nur er. Auch Alldorf. Und auch unsere Freunde, die sich von Selling hatten verführen lassen, mit Alldorf gemeinsame Sache zu machen. Sie alle wurden krank.«

Sie machte eine Pause. Nicolai schaute auf sie herab. Aus welcher Welt kam dieses Mädchen nur? Sie sprach jetzt eindringlicher, die Worte flossen schneller und schneller aus ihrem Mund.

»Die Heftigkeit der Erkrankung erschreckte uns. Als wir hörten, wie schlimm es um sie stand, boten wir unsere Hilfe an. Ich besuchte Alldorf mehrmals. Aber ich wurde abgewiesen. Ich versuchte, ihm die dreifache Stille nahe zu bringen, das Licht der Gnade zu zeigen, den einzigen Weg, einen Gedanken zu zähmen. Aber er war schon völlig in der Gewalt der Krankheit. Alldorf behauptete, niemand dürfe mit diesem Gedanken in Berührung kommen. Nur sie, die ihn bereits in sich trugen, würden Sorge tragen, dass er vernichtet würde. Er sei so ungeheuerlich, dass niemand, aber auch niemand davon erfahren dürfe. Sie allein würden ihn aushalten und sich dafür opfern, damit er nicht in die Welt käme.«

»Und deshalb kam es zu dieser Auseinandersetzung zwischen Philipp und Maximilian in Leipzig?«

Sie nickte. »Wir alle wollten helfen. Niemand glaubte daran, dass es einen Gedanken geben könnte, den wir nicht durch Beschweigen und Gebete beherrschen lernen würden. Aber

Alldorf begann uns zu drohen. Wer immer versuche, sich ihnen zu nähern oder sie aufzuhalten, sei des Todes. Sie hatten geschworen, das Geheimnis mit ihrem Leben zu schützen. Sie konferierten monatelang und ersannen einen Plan, wie dem Problem begegnet werden könnte. Und so begann es.«

»Aber ... wie viele waren sie denn?«, fragte Nicolai. »Wie viele Helfer konnte Alldorf gewinnen? Einer von ihnen hat sich vor unseren Augen erschossen. Wie viele sind noch übrig?«

»Selling hat damals drei von uns gewonnen. Aber wie viele er sonst noch rekrutiert hat, weiß ich nicht.«

»Und was haben sie vor?«

»Ich weiß es nicht. Ich kenne nur einen Weg, einen gefährlichen Gedanken aus der Welt zu schaffen: das Beschweigen, das Gebet. Aber Alldorf lässt Kutschen anzünden. Und offenbar will er noch mehr ...«

Sie verstummte. Aber Nicolai konnte den Satz auch alleine zu Ende führen. »Er will den Urheber des Gedankens vernichten.«

Magdalena schaute ihn lange an. »Kein Mord, kein Krieg, kein Heer kann einen Gedanken aufhalten, dessen Zeit sich nähert. Nur die Seele eines jeden Einzelnen von uns kann das. Nur das Gebet, das Beschweigen. Nur der Glaube.«

Nicolai fühlte sich plötzlich an einen fernen Morgen im Dezember zurückversetzt, als er den Friedhof hinter Schloss Alldorf betreten hatte. Er sah die beiden Engel wieder, die den Garten bewachten, die beiden Cherubim: *Behüte mich der Himmel, dass mein Herz nicht etwas glaubt, was meine Augen sehen.* Jetzt begriff er, was damit gemeint war. Aber Alldorf ... er hatte es offenbar anders verstanden.

»Aber was für ein Gedanke soll das sein?«, fragte er dann.

Magdalena schaute ihn an, sagte aber nichts.
»Wir müssen sie aufhalten«, sagte er dann.
Magdalena schwieg.

16.

Nicolai wagte nicht, noch eine Vorlesung des Professors zu besuchen, aus Furcht, von Selling entdeckt und erkannt zu werden. Stattdessen wartete er mit Magdalena in sicherer Entfernung draußen vor dem Gebäude. Gegen neun Uhr bevölkerte sich der Vorplatz mit Zuhörern, die aus dem Ausgang strömten. Magdalena duckte sich unwillkürlich ein wenig, als sie Selling und seine beiden Begleiter aus dem Portal treten sah. Nicolai schaute sie stumm an, und sie nickte nur kurz.
»Der Große ist Winter«, flüsterte sie. »Der Kleinere heißt Ichtershausen.«
Dann geschah das Gleiche wie am Vortag. Die drei gingen zum Marktplatz, besprachen sich kurz, dann schlug Selling den Weg zu Kanters Buchladen am Holztor ein, während die beiden anderen Männer in der entgegengesetzten Richtung davongingen.
Diesmal folgten sie den beiden Männern. Winter und Ichtershausen durchquerten den Kneiphof, dann die Altstadt und näherten sich dem Schlossteich. Kurz davor bogen sie jedoch nach links ab.
»Ahnst du auch, wo sie hingehen?«, fragte Nicolai.
Magdalena schüttelte den Kopf.
»Erkennst du die Strecke nicht? Es ist der gleiche Weg, den wir

vor zwei Tagen in umgekehrter Richtung gegangen sind. Der Weg zur Poststation.«

Wenige Minuten später erreichten sie den kleinen Platz, wo sie zwei Tage zuvor angekommen waren. Winter und Ichtershausen verschwanden in der Poststation. Nicolai und Magdalena warteten unschlüssig. Aber die beiden kamen nicht wieder zum Vorschein.

»Sie dürfen dich nicht sehen«, sagte Nicolai. »Ich gehe alleine hinein und schaue nach, was sie machen. Wartest du auf mich?«

»Nein. Ich gehe in die Herberge zurück.«

»In die Herberge? Warum?«

»Ich will nachdenken.«

Nicolai wusste nicht, was er darauf erwidern sollte. Sie drehte sich um und ging davon. Er schaute ihr noch einen Augenblick lang hinterher, dann ging er auf die Poststation zu und trat ein. Die beiden Männer hatten es sich am Tresen der Schenke gemütlich gemacht. Zwei Krüge mit Bier standen vor ihnen. Winter, der Schlankere von den beiden, las Zeitung. Ichtershausen durchspähte den Raum, und sein Blick streifte Nicolai kurz, als dieser an ihnen vorüberging.

Der Arzt ließ sich im Warteraum nieder, nahm sich einen der herumliegenden Fahrplanzettel und tat so, als studiere er ihn. Was taten die beiden hier? Wollten sie abreisen? Aber danach sah es überhaupt nicht aus. Nicolai behielt Ichtershausen verstohlen im Auge. Zuerst hatte er den Eindruck, der Mann beobachte nur gelangweilt das Treiben um sich herum, doch allmählich bemerkte Nicolai, dass er sich offenbar nicht zufällig an dieser Stelle im Schankraum postiert hatte. Er hielt den Verladeschalter im Auge. Nach einer Weile wechselten die beiden

Männer die Plätze. Ichtershausen las nun die Zeitung und Winter übernahm die Wache.

Nicolai bewegte sich unauffällig an eine Stelle im Warteraum, die den beiden Männern am Tresen verborgen war, und beobachtete nun seinerseits den Verladeschalter. Das Gepäck der Reisenden wurde dort gewogen. Ein Beamter der Regie stellte Fragen, öffnete so manche Tasche, wühlte darin herum, verschloss sie dann wieder und befestigte die Zollsiegel. Ein anderer Beamter befasste sich mit Briefen und Paketen, sortierte sie nach ihrem Bestimmungsort und schichtete sie in dafür vorgesehene, mit Wachstuch ausgeschlagene Holzkisten. Nicolai änderte seinen Standpunkt erneut, bis er die beiden Männer wieder im Blick hatte. Ichtershausen las noch immer. Winter studierte unauffällig jeden Handgriff des Beamten, der die Briefe und Pakete sortierte.

Nicolai hatte genug gesehen. Er steckte den Fahrplanzettel ein und verließ die Schenke wieder. Während er durch die Straßen spazierte, fühlte er einen stillen Triumph. Er hatte das Rätsel gelöst. Er war diesen wahnsinnigen Fanatikern auf die Schliche gekommen. Selling würde sich um den Professor kümmern, Winter und Ichtershausen um etwas, das dieser offenbar demnächst mit der Post verschicken wollte. Das Manuskript für ein neues Buch vielleicht? Sie würden die Kutsche verfolgen, welche diese Sendung beförderte. Und das Schicksal dieser Kutsche konnte er sich nur zu gut vorstellen. Und Selling? Was würde Selling tun? Wollte er den Professor ermorden? Aber warum tat er das dann nicht gleich? Warum warteten sie überhaupt, bis Herr Kant sein Manuskript fertig gestellt hatte, und schlugen nicht sofort zu?

Er warf einen Blick über den vereisten Schlosspark und über-

legte. Glaubten diese Leute wirklich, sie könnten verhindern, dass die Gedanken dieses Professors einen Weg in die Welt fanden? Das war doch völlig absurd! Hielt er nicht seit Jahren Vorlesungen? Kamen nicht aus aller Herren Länder Studenten hierher, um bei diesem Gelehrten zu lernen? Ja, sogar Maximilian hatte in diesem Salon in Berlin von den Gedanken des Herrn Kant gehört. Alles Geld und alle Geheimbünde der Welt konnten doch eine Idee nicht verhindern. Oder doch?
Nicolai setzte sich auf eine Bank und betrachtete versonnen den zugefrorenen Schlossteich vor seinen Augen. Die Sonne reflektierte sich auf der glatten Fläche und blendete ihn ein wenig. Er kniff die Augen zusammen. Hatte er wirklich alles richtig verstanden? Sah er auch schon Gespenster? War er durch die Erlebnisse der letzten Wochen bereits von den seltsamen Vorstellungen dieser Sekte angesteckt? Seine Gedanken kreisten plötzlich unablässig um die Idee, dass Ideen möglicherweise ein Eigenleben führten. Reisten sie durch die Welt wie die Krankheitstierchen, lange Zeit harmlos und unsichtbar, um dann plötzlich in irgendeinem Kopf eine ungeheuerliche Kraft zu entfesseln, eine Vorstellung zu erzeugen, die alles unwiderruflich verändern konnte? Und war der Mensch ihnen genauso hilflos ausgesetzt wie diesen Miasma-Tierchen? Oder trug er sie möglicherweise sogar in sich, und sie kamen nur unter bestimmten Bedingungen zum Vorschein?
Alldorf, Selling und in gewisser Hinsicht auch Magdalena schienen das jedenfalls zu glauben. Magdalena meinte, man müsse neue Gedanken so lange beschweigen, bis man ihre Natur erkannt hatte. Und Alldorf und Selling? Wollten sie die Geburt des Gedankens verhindern, indem sie den Urheber vernichteten? Aber welchen Gedanken überhaupt?

Nicolai erhob sich und ging einige Schritte auf und ab. Alles in ihm revoltierte gegen diese Anmaßung einer kleinen Gruppe von religiösen Fanatikern, die es sich herausnahm, für den Rest der Menschheit entscheiden zu können, welche Gedanken oder Ideen in die Welt kommen durften und welche nicht. War dies nicht schon immer der Ursprung von Tyrannei und Despotismus gewesen, dass eine selbst ernannte Priesterkaste gemeinsam mit einigen so genannten Erbkönigen oder Fürsten unter sich ausmachten, was dem Menschen ziemte und was nicht? Waren Gedanken und Ideen nicht die Triebkraft des Fortschritts, der Entwicklung der Menschen hin zu einer besseren, gerechteren Welt? Wer hatte das Recht, sich hier zum Zensor zu machen? Auf welcher Grundlage überhaupt? Magdalena mit ihrem überheblichen Schweigen? Alldorf und Selling mit ihren mörderischen Anschlägen? Nein, dachte er. Jeder Gedanke, jede Idee musste in die Welt kommen dürfen. Und die Welt hatte darüber zu entscheiden, ob sie ein Bleiberecht darin bekamen, und nicht eine Gruppe von Gedankenbeschweigern oder Kutschenverbrennern. Es war überhaupt nicht so, wie Magdalena gesagt hatte. Nicht die Angst brachte die Vernunft hervor, sondern umgekehrt. Die Vernunft erzeugte nur bei denjenigen Angst, die ihr nicht vertrauen wollten. Man musste sich für die Vernunft entscheiden. Wofür denn sonst? Für Orakel und Gespenster? Das war der Scheideweg, vor dem er hier stand. Und was ihn betraf, so wusste er genau, wie er sich zu entscheiden hatte.

Aber er brauchte einen Plan. Sollte er den Professor warnen? Der Mann würde ihn auslachen. Was konnte er ihm denn schon konkret beweisen? Dass eine mörderische Sekte ihn vernichten wollte? Sollte er Selling bei der Polizei anzeigen? Als

Mörder Zinnlechners? Zinnlechner wurde ja selbst als Mörder gesucht. Wie sollte er all diese Zusammenhänge erklären, geschweige denn beweisen? Und lief er nicht Gefahr, in das Netz der politischen Intrige zu geraten und Di Tassi, Wöllner oder Bischoffwerder ausgeliefert zu werden? Das durfte auf keinen Fall geschehen. Außerdem hatte er gar nicht genügend Zeit. Diese Verrückten konnten jeden Augenblick zuschlagen.

Es musste einen Weg geben, sie unschädlich zu machen. Sie litten an einer lebensgefährlichen Vorstellung. Diese Vorstellung hatte Maximilian sterbenskrank gemacht und Alldorf in den Tod getrieben. Sie hatte dazu geführt, dass Zinnlechner grausam ermordet und entsetzlich verstümmelt wurde und dieser Rosenkreuzer sich den Kopf weggeschossen hatte, um sein Geheimnis zu bewahren. Und jetzt bedrohte sie auch noch den unschuldigen Professor. Nicht die Vernunft war die Gefahr, sondern diese wahnsinnigen Vorstellungen. Und wie mächtig Vorstellungen waren, wusste Nicolai. Er musste sich etwas einfallen lassen, um diese Menschen aufzuhalten. Und es musste rasch geschehen!

17.

Magdalena saß reisefertig auf dem Bett. Sie hatte bereits ihren Mantel angezogen, ihre Tasche stand neben ihr auf dem Boden, und ihr schönes Haar war unter ihrer Wollmütze verschwunden.

Nicolai schloss die Tür und schaute sie entgeistert an. Als er sich genauer umblickte, stellte er fest, dass auch sein Gepäck säuberlich gepackt war. Sein Arztkoffer stand neben seiner Reisetasche.

»Was hast du vor?«, fragte er verdutzt.

Sie erhob sich, ging auf ihn zu, küsste ihn auf die Wange und sagte: »Ich habe nachgedacht, Nicolai. Lass uns abreisen.«

Er glaubte sich verhört zu haben. »Abreisen? Magdalena. Dort draußen warten Mörder! Sie wollen diesen Professor ermorden, und du willst abreisen?«

Sie schüttelte den Kopf. »Sie werden ihm nichts tun. Sie werden nur seine Idee aufhalten. Und das muss geschehen.«

Nicolai war sprachlos. Er wusste nicht, ob er lachen oder weinen sollte. Jetzt gab es keinen Zweifel mehr. Sie war genauso wahnsinnig wie diese Leute. Dieses wunderschöne Mädchen, zu dem er sich so unwiderstehlich hingezogen fühlte, war verrückt, komplett verrückt.

»Warum bist du so sicher, dass sie ihm nichts tun werden? Warum beobachtet Selling ihn dann? Warum bewachen sie die Poststation?«

»Um ein Unglück zu verhindern«, sagte sie ruhig. »Du kannst das alles nicht begreifen, weil du keinen Glauben hast. Komm mit mir. Vertraue mir. Du wirst sehen, dass alles einen Sinn hat, wenn du dich nur entscheidest, zu glauben. Bitte, Nicolai, komm mit mir und lass geschehen, was geschehen muss.«

Sie erhob sich und ging zur Tür. Mit einem Satz war er neben ihr und riss sie zurück.

»Jetzt ist es aber genug«, fuhr er sie an. »Ich habe endgültig genug von diesem ganzen Theater. Bist du dir darüber im Klaren, was du von mir verlangst? Diese Irren dort draußen wollen einen Menschen umbringen, nur weil ihnen nicht gefällt, was er denkt. Findest du das richtig?«

»Sie werden ihm nichts tun. Wenn das ihr Ziel wäre, dann hätten sie es längst getan.«
Dagegen war zunächst nichts einzuwenden. Aber das machte Nicolai nur noch wütender. »Und was ist ihr Ziel? Woher willst du wissen, was sie vorhaben?«
»Ich weiß es jetzt. Sie werden verhindern, was verhindert werden muss. Wir können beruhigt sein und diese Stadt verlassen.«
Beruhigt sein? Die Stadt verlassen? Die Empörung nahm ihm fast den Atem. »Und Zinnlechner? Selling hat Zinnlechner ermordet. Hast du das vergessen?«
Jetzt traten ihr Tränen in die Augen. Sie legte einen Finger auf seine Lippen und schüttelte den Kopf. »Nicolai, es ist furchtbar, was Selling getan hat. Aber noch furchtbarer ist, was geschehen wird, wenn du ihn jetzt nicht tun lässt, was getan werden muss. Selling wird für sein Verbrechen bezahlen. Es wird sich zeigen, ob es keine andere Möglichkeit gegeben hätte, das Geheimnis vor Zinnlechners Nachstellungen zu schützen. Aber ein Fehler macht nicht die ganze Sache falsch. Doch wenn dieser Herr Kant der Urheber dessen ist, wovon Maximilian in seinen Briefen gesprochen hat, dann müssen wir jetzt geschehen lassen, was Alldorf und Selling und die anderen geplant haben. Diese entsetzliche Idee darf niemals in die Welt kommen. Ich flehe dich an, komm mit mir. Vertraue mir.«
Nicolai musste sich jetzt ernsthaft zusammenreißen, dieses Mädchen nicht zu schütteln.
»Was für eine Idee, verdammt noch mal?«, brüllte er jetzt.
Sie schrak zurück und starrte ihn an. Dann schüttelte sie fassungslos den Kopf. »Du begreifst es nicht. Und dabei ist es doch auch in dir, du musst es doch spüren wie jeder Mensch, und dennoch wehrst du dich mit aller Kraft dagegen.«

»Was für eine Idee?«, sagte er jetzt noch einmal. Seine Stimme hatte einen bedrohlichen Ton angenommen. Aber Magdalena hatte sich wieder etwas gefasst und ließ sich nicht einschüchtern. Sie stellte ihre Tasche ab, ging auf ihn zu, streichelte sein Gesicht und küsste ihn.

»Bitte Nicolai, komm mit mir. In diesem Gedanken ist kein Geheimnis. Er ist das Ende aller Geheimnisse. Bitte bleib bei mir.«

Er starrte sie hasserfüllt an. »Du bist entsetzlich«, zischte er zwischen zusammengepressten Lippen hervor. »Das war von Anfang an deine Aufgabe, nicht wahr? Mich einzuspinnen in eure Welt aus Geheimnissen und Zauberspuk, mich zu behexen mit deinem schönen Körper. Du bist noch schlimmer als Di Tassi und seine ganze Rotte von Spionen. Er hat nur meinen Kopf missbraucht. Aber du …« Die Stimme versagte ihm. Erst jetzt bemerkte er, wie tief verletzt er sich fühlte.

Er spürte den riesigen Abgrund, der sie trennte, aber er wollte es einfach nicht wahrhaben, dass sie ihn so getäuscht haben sollte, dass in allem, was zwischen ihnen gewesen war, nichts existiert haben sollte als Berechnung und Kalkül, Täuschung und Verstellung. Aber was haderte er da überhaupt mit sich. Dieses Mädchen war wahnsinnig. Es hatte überhaupt keinen Sinn, vernünftig mit ihr sprechen zu wollen.

»Nein, Nicolai«, sagte sie sanft. »Meine Aufgabe ist die gleiche wie die eines jeden Menschen: ein Geheimnis zu bewachen, ohne das die Welt nicht leben kann.«

Nicolai trat ans Fenster und atmete zweimal tief durch. Aber sie sprach einfach weiter.

»Für dich sind das leere Worte. Denn du bist auch schon krank, Nicolai. Du weißt es nur nicht.«

Einige Minuten lang sprach keiner von beiden. Dann vernahm er wieder ihre Stimme.

»Ich wusste nicht, was sie geplant hatten. Ich habe dich nicht belogen. Ich habe dir nicht alles erzählt, weil ich wusste, dass du mir nicht glauben, dass du mich nicht verstehen würdest. Wir machten uns große Sorgen, weil wir befürchten mussten, dass sie eine Unvorsichtigkeit begehen würden. Doch dann geschah dieser Mord. Ich war ja selbst auch getäuscht worden, obwohl ich die Tat mit eigenen Augen gesehen hatte. Ich hielt Selling für tot und wollte um jeden Preis Zinnlechner finden, deshalb habe ich mich euch angeschlossen. Ich hatte keine Ahnung, dass Selling am Leben war. Ich wollte herausfinden, ob Zinnlechner das Geheimnis kannte und möglicherweise verraten wollte. Das war alles. Deshalb bin ich Di Tassi gefolgt, und dann dir. Ich habe dich nicht belogen, Nicolai. Und ich habe dich nicht getäuscht. Aber konnte ich dir vertrauen? Ich wollte es ja, aber hättest du mich verstanden? Ich habe dir meinen Körper geschenkt, damit du eine Ahnung von einem Geheimnis bekommst, das zu suchen sich lohnt und das Welten stiftet, anstatt sie zu zerstören. Aber du musst dich entscheiden. Du musst dich entscheiden, was du suchen willst.«

»Ich will wissen, woran Maximilian Alldorf gestorben ist«, sagte Nicolai.

Magdalena zuckte mit den Schultern. »Er ist an einem Gedanken gestorben. An einer Idee, die so entsetzlich ist, dass wir sie nicht überleben können.«

Nicolai schnaubte. »So ein Unsinn! Man kann nicht an einem Gedanken sterben.«

Sie ließ sich nicht beirren. »Am Ende ist es das Einzige, woran wir wirklich sterben«, sagte sie.

Nicolai schaute verächtlich zu ihr herüber. »Sagst du das zu einem Menschen, den die Pest zerfrisst?«

Magdalena erhob sich und griff nach ihrer Tasche. »Und du?«, fragte sie. »Was sagst du ihm?«

Es trat eine Pause ein.

»Du weißt nichts vom Sterben«, sagte sie dann, »denn du weißt nichts vom Leben. Du suchst nicht das Leben, sondern das Überleben.«

Nicolais Gesichtsausdruck wurde noch düsterer. Aber er wusste nicht, was er darauf erwidern sollte. Sie schaute ihn noch immer an, als erwarte sie eine Antwort. Aber er wusste nichts zu sagen.

»Diese Idee ist zu mächtig«, sagte sie dann. »Sie zermalmt alles. Sie verspiegelt den Himmel und führt uns in den Wahnsinn. Das ist alles, was ich dir darüber sagen kann. Wenn sie in dich eindringt, verändert sie deinen Körper und deine Seele. Du wirst daran sterben. Diese Welt wird daran sterben, und zugleich wird sie niemals erfahren können, woran sie gestorben sein wird, denn die Welt, in der diese Krankheit noch verstehbar gewesen wäre, wird es dann nicht mehr geben. Mit der Welt wird auch die Krankheit verschwunden sein. Man wird ihr irgendeinen neuen Namen geben, gemäß der neuen Welt, die dann entstanden sein wird. Wie ich dir schon gesagt habe, es gibt nur ein Davor und ein Danach. Kein Dazwischen und kein Zurück. Es wird so sein, als habe jemand deine Augen ausgetauscht. Du kannst hinschauen, wohin du willst, du wirst das Heilige nicht mehr sehen können. Es wird verschwunden sein. Wo immer du hinsiehst, wirst du nur eine Spiegelung deiner selbst erblicken. Es ist die Idee der absoluten Macht und der absoluten Einsamkeit, die größte denkbare Gottferne, die tiefste, luziferische Verirrung. Nicolai, bitte komm mit mir. Es ist die einzige Möglichkeit für uns beide, in der gleichen Welt zu bleiben. Mehr kann und darf ich dir nicht sagen. Du darfst nicht einmal davon kosten. Du musst wenigstens diese eine absolute Grenze anerkennen, sonst fällt alles. Sonst ist kein Halten mehr. Diese Grenze soll beseitigt werden, und das darf nicht geschehen. Eine Grenze muss bleiben, sonst fallen wir ins Nichts, in eine verspiegelte Welt, in der sich unser Geist in endloser Verdoppelung ursprungslos verliert.«

Nicolai schaute sie an. Ihr Gesicht war ihm nie schöner erschienen. Ihre Stimme nie verführerischer und ihre ganze Gestalt nie begehrenswerter. Aber zugleich hatte er den Eindruck, dass die Trennung ihrer beiden Welten längst vollzogen war. Sie sprach zu ihm wie aus einer anderen Zeit, aus einer anderen Wirklichkeit. Zu jedem ihrer Sätze fielen ihm nur Entgegnungen und Widersprüche ein.

»Welch maßloser Anspruch!«, sagte er empört. »Siehst du denn nicht, wo das hinführt? Ich soll zulassen, dass eine gewaltige Idee aufgehalten wird, ohne diese Idee überhaupt geprüft zu haben? Einige wenige sollen also darüber entscheiden dürfen, was für die Allgemeinheit richtig oder falsch ist?«

»Einige wenige!«, rief sie jetzt aufgebracht. »Einige wenige sollen nicht entscheiden dürfen? Aber ein Einziger darf es? Ein einziger Herr Kant darf einen Gedanken aussprechen, der diese Welt vernichten kann?«

Nicolai schnaubte erbost.

»Du hast doch die Wirkung gesehen«, erwiderte sie jetzt verzweifelt. »Maximilian. Alldorf. Du hast es doch mit eigenen Augen gesehen. Musst du es erst in dir selbst spüren, das Gift erst selbst trinken, bevor du daran glaubst? Das geht nicht,

Nicolai. Wenn es erst einmal da ist, ist es zu spät. Du musst dich dagegen entscheiden. Vorher. Du kannst es nicht prüfen. Das nicht. Das ist eine Illusion. Es ist zu groß, zu mächtig, zu absolut. Du musst Nein sagen. Dieses eine Mal nur. Jede Generation von Menschen wird vor diese Aufgabe gestellt. Immer wieder anders, und immer wieder gleich. Jede Generation muss immer wieder entscheiden, jeder einzelne Mensch muss es tun. Ein wirklicher Gedanke kann nicht geprüft werden. Er dringt in dich ein und verändert dich unwiderruflich. Es gibt kein Mittel dagegen. Nur inneren Widerstand. Das Aushalten im Gebet. Das Licht der Vernunft ist machtlos dagegen. Es bedarf des Lichts der Gnade. Und der Zeit. Es wird Jahrhunderte dauern, bis wir diesen Gedanken aus der Welt geschwiegen, bis wir ihn gezähmt haben werden.«

»Was?«, fragte er verblüfft. »Was soll denn das heißen? Ich denke, du kennst den Gedanken nicht?«

Sie schüttelte resigniert den Kopf. Dann sagte sie matt: »Wie sonst könnte ich ihn beschweigen? Ich weiß, dass er da ist. Ich spüre, dass er in die Welt kommen will. Auch durch mich, auch durch dich. Nicht nur durch diesen Immanuel Kant. Wir alle können ihn hervorbringen. Jeder kann ihn herstellen. Wir alle sind ihm ausgesetzt, manche mehr, manche weniger. Deshalb hat es der Lichtbringer ja so leicht. Aber wir dürfen nicht nachgeben, nicht aufhören, die Stille zu bewachen.«

Es war einfach unerträglich für ihn.

»Woher willst du das alles wissen, wenn du den Gedanken nicht kennst? Worauf stützt du diese Entscheidung, kannst du mir das sagen? Ihr überzieht das Land mit Mord und Terror für eine Sache, die ihr nicht einmal kennt. Ihr schlagt um euch aus Angst und Unwissenheit. Ihr seid blind, weil ihr Angst habt vor Veränderung, vor neuen Gedanken, die euch fremd und unheimlich sind. Das ist die ganze Wahrheit. Und ich werde das nicht zulassen. Niemals!«

Sie senkte den Kopf und betrachtete ihre Hände. Nicolai wartete, aber Magdalena sagte nichts mehr. Er hatte das merkwürdige Gefühl, einen Sieg davongetragen zu haben, der ihn zum Verlierer machte. Aber er hatte keine Gelegenheit mehr, dieses Gefühl genauer zu untersuchen.

Magdalena drehte sich langsam um und verließ den Raum. Er sah, wie die Tür sich schloss, und er hörte ihre Schritte auf der Treppe. Er war unfähig, irgendetwas zu tun. Schließlich verhallten ihre Schritte.

Eine riesenhafte Stille umgab ihn. Er trat ans Fenster und spähte auf die Straße hinab. Aber er sah Magdalena nicht mehr. Er sah gar nichts mehr, nur das verschwommene Bild einer schmutzigen Gasse zwischen krummen, eng stehenden Häusern unter einem grauen Himmel.

18.

An die darauf folgenden Tage erinnerte er sich sein Leben lang nur lückenhaft. Einzelne Augenblicke konnte er sich mit fast übernatürlicher Klarheit ins Gedächtnis rufen, andere waren wie hinter einem Nebelschleier verborgen. Er wusste mit Bestimmtheit, dass er tagelang in der Nähe von Kanters Buchladen ausgeharrt hatte, Selling beobachtete und auch das Fenster nicht aus den Augen ließ, hinter dem er bisweilen den Kopf des Mannes ausmachte, dessen Gedanken die Welt nicht erfahren sollte. Er sah, wie am Morgen des 21. Januar 1781 ein Bote den Buchladen betrat und kurz darauf in der Wohnstube des Gelehrten von diesem ein Paket entgegennahm. Er sah, dass Selling dem Boten bis zur Poststation folgte und dort mit seinen beiden Komplizen genau überwachte, mit welcher Kutsche die Sendung Königsberg verlassen würde.

Danach bestanden Nicolais Erinnerungen nur aus einer Reihe von undeutlichen Bildern.

Vor allem erinnerte er sich an keinerlei Geräusche. Alles geschah wie unter einem Mantel der völligen Geräuschlosigkeit. Er hatte ein Billett nach Berlin gelöst, denn dorthin würde diese Kutsche fahren. Bevor er einstieg, hatte er sich eine Waffe besorgt und während der ersten Stunden unablässig aus dem Kutschenfenster geschaut, ob sich nicht von irgendwoher verdächtige Reiter näherten. Schließlich hatte er den Postillion und die Mitreisenden informiert, dass er in einer Schenke in Königsberg drei üble Subjekte dabei belauscht hätte, wie sie einen Überfall auf diese Kutsche planten, und riet daher allen, während der Reise die Zündsteine in ihre Pistolen einzulegen und diese scharfzuhalten.

Danach war alles zunächst sehr langsam und dann sehr schnell gegangen. Da war eine Bewegung am Horizont gewesen. Drei vermummte Reiter kamen aus der Entfernung in vollem Galopp auf die Kutsche zu. Der Postillion klopfte nervös mit der Faust zweimal gegen die Rückwand, und die Reisenden zogen ihre Waffen.

Die Gegenwehr aus der Kutsche überraschte die Angreifer völlig. Ohne einen einzigen Schuss abgefeuert zu haben, ritten sie in die Feuersalve der Angegriffenen hinein. Aber an den Augenblick selbst erinnerte sich Nicolai nicht. Er war wie aus seinem Gedächtnis herausgeschnitten. Die Reiter am Horizont. Die Toten auf der Erde. Dazwischen war nichts.

Nur der Geruch des verbrannten Pulvers blieb ihm in Erinnerung und das, wie ihm schien, minutenlange Zucken von Sellings Körper. Die anderen beiden mussten auf der Stelle tot gewesen sein. Jedenfalls regten sie sich nicht mehr. Nicolai stand abseits, während die aufgebrachten Reisenden die drei getöteten Angreifer durchsuchten und weitere Waffen sowie eine große Menge Schießpulver und Petroleum in ihrem Gepäck fanden. Dokumente, die Auskunft über die Identität der Banditen geben konnten, wurden nicht gefunden. Ihre Pferde wurden eingefangen. Man band die Leichen darauf und beförderte sie zur nächsten Poststation, wo sie bis zum Eintreffen der Polizei bewacht wurden.

Einige Gazetten der Gegend berichteten über den Zwischenfall und nahmen ihn zum Anlass, Reisende zu erhöhter Wachsamkeit aufzufordern. Es habe sich hier wieder einmal gezeigt, dass eine aufmerksame Reisegesellschaft dieser Pest der Straßenräuber erfolgreich Widerstand und so einen wirksamen Beitrag zu Ruhe und Ordnung im Reich leisten konnte.

Nicolai nahm teilnahmslos die Dankesbekundungen seiner Mitreisenden entgegen. Er habe ihnen allen das Leben gerettet, wurde ihm immer wieder versichert. Er war froh, als er an der nächsten Poststation für einige Stunden alleine ausruhen konnte, und beschloss am Ende sogar, unter dem Vorwand der Unpässlichkeit auf die nächste Kutsche zu warten. Man dankte ihm noch einmal, wünschte ihm gute Besserung und ein langes Leben, dann erklang der Peitschenknall, das Zaumzeug klirrte, übertönt vom Horn des Postillions.

Nicolai sah dem Wagen hinterher, wie er langsam über die

gefrorene Erde Ostpreußens davonrumpelte. Der Himmel war bleich, der Horizont verhangen. Einige Krähen hüpften auf den Feldern von Furche zu Furche und pickten in der Erde herum.
Ein letztes Klingeln des Geschirrs.
Dann war alles still ...

Epilog

Warum schreiben so viele,
die nicht schreiben können – und S i e nicht …
Warum schweigen S i e – bei dieser,
dieser n e u e n Zeit … sagen Sie mir doch,
warum Sie schweigen? Oder vielmehr,
sagen Sie mir, dass Sie reden wollen.
Und dann – doch ich werde indiskret,
wenn ich fortfahre zu schreiben,
dann wünschte ich noch –
von Ihnen wenigstens –
da mir's alle Welt versagt,
einige L i c h t g e d a n k e n …

J. C. Lavater
an Immanuel Kant, 1774

Er schlief schlecht und erwachte schweißgebadet. Ein entsetzlicher Traum hatte ihn heimgesucht. Er war auf einen Marktplatz geführt worden. Er war von Menschen erfüllt, deren Augenhöhlen leer waren. Ein Arzt stand in der Mitte des Platzes und war damit beschäftigt, diesen Menschen die Augenhöhlen mit einer schleimigen Flüssigkeit zu füllen. Nicolai war neugierig auf den Arzt zugegangen. Als er vor ihm stand, lachte der Mann ihn an. Nicolai erschrak. Der Arzt, das war er selbst. Er sah sich selber, wie er soeben die Augen eines Kindes füllte. Die Masse gerann zu zwei schönen, großen, glänzenden Augen im Gesicht dieses Kindes, das ihn vorwurfsvoll anstarrte.

Das Traumbild erschreckte ihn so sehr, dass er sich ruckartig erhob. Wo befand er sich? Was tat er in diesem Raum? Er trat ans Fenster und schaute hinaus. Es war noch dunkel, aber das erste Frühlicht zeichnete sich am Himmel ab. Doch seine Eindrücke waren schemenhaft: jenseits der Wiese ein Wald sowie hie und da die Umrisse weiterer Häuser. Erst allmählich kehrte seine Erinnerung zurück. Die Eisenbahnfahrt mit Theresa. Der Ausflug zu diesem Kloster. Er befand sich in Wolkersdorf.

Ihn fröstelte. Er ging zu seinem Sessel am Kamin zurück und hob die Decke auf, die im Verlauf der Nacht zu Boden geglitten war. Auch das Buch, in dem er gelesen hatte, bevor der Schlaf ihn überwältigte, lag da. Er hob es auf, blätterte darin und suchte die Stelle, die ihn schon mehrfach so gespenstisch berührt hatte. Jetzt war er sich sicher. Es war dieses Buch gewesen, das ihn bewogen hatte, die Reise nach Nürnberg zu unternehmen. Es hatte ihn aus einer langen Betäubung aufgeweckt. Doch woher wusste dieser verschriene junge deutsche Dichter so genau, was ihm zugestoßen war? Woher nahm er diese Fähigkeit, ein Erlebnis in Worte zu fassen, das er selbst, obschon er es doch unmittelbar erlebt hatte, niemandem mitteilen konnte?

Er kauerte einige Minuten unter seiner Decke, bis die Wärme in seine Glieder zurückkehrte. Doch in Wirklichkeit waren es die Worte dieses Buches, die ihm jetzt das Herz mit Hoffnung füllten. Denn er war nicht allein mit seinen Zweifeln.

Der alte Fontenelle hatte vielleicht Recht, als er sagte: »Wenn ich alle Gedanken dieser Welt in meiner Hand trüge, so würde ich mich hüten, sie zu öffnen.« Ich meinesteils, ich denke anders. Wenn ich alle Gedanken dieser Welt in meiner Hand hätte – ich würde euch vielleicht bitten, mir die Hand gleich abzuhauen; auf keinen Fall hielte ich sie so lange verschlossen. Ich bin nicht dazu geeignet, ein Kerkermeister der Gedanken zu sein. Bei Gott!, ich lass sie los. Mögen sie sich immerhin zu den bedenklichsten Erscheinungen verkörpern, mögen sie immerhin wie ein toller Bacchantenzug alle Lande durchstürmen, in unsere Hospitäler hereinbrechen und die kranke alte Welt aus ihren Betten jagen – es wird freilich mein Herz sehr bekümmern, und ich selber werde dabei zu Schaden kommen. Denn ach!, ich gehöre ja selber zu dieser kranken alten Welt.

Ich bin der Krankste von euch allen und um so bedauernswürdiger, da ich weiß, was Gesundheit ist. Ihr aber, ihr wißt es nicht, ihr Beneidenswerten. Ihr seid kapabel zu sterben, ohne es selbst zu merken.

Er hielt inne und ließ die Worte eine Weile in sich nachklingen, bevor er weiterlas.

Ich spreche jetzt von einem Manne, dessen Name schon eine exorzie-

rende Macht ausübt, ich spreche von Immanuel Kant. Man sagt, die Nachtgeister erschrecken, wenn sie das Schwert eines Scharfrichters erblicken. – Wie müssen sie erst erschrecken, wenn man ihnen Kants »Kritik der reinen Vernunft« entgegenhält.

Er war wieder in Königsberg, erinnerte sich an den Vortrag, an dem er teilgenommen hatte. Der Autor der Zeilen, die er gerade las, war da noch nicht einmal geboren gewesen. Aber das war gleichgültig. Wahrheiten mochten ihre Zeit haben. Aber sie hatten kein Alter.

Sonderbarer Kontrast zwischen dem äußern Leben des Immanuel Kant und seinen zerstörenden weltzermalmenden Gedanken! Wahrlich, hätten die Bürger von Königsberg die ganze Bedeutung dieses Gedankens geahnt, sie würden vor jenem Manne eine weit grauenhaftere Scheue empfunden haben als vor einem Scharfrichter, vor einem Scharfrichter, der nur Menschen hinrichtet – aber die guten Leute sahen in ihm nichts anderes als einen Professor der Philosophie, und wenn er zur bestimmten Stunde vorbeiwandelte, grüßten sie freundlich und richteten etwa nach ihm ihre Taschenuhr.

Wenn aber Immanuel Kant, dieser große Zerstörer im Reiche der Gedanken, an Terrorismus den Maximilian Robespierre weit übertraf, so hat er doch mit diesem manche Ähnlichkeiten, die zu einer Vergleichung der beiden Männer auffordern. Die Natur hatte sie bestimmt, Kaffee und Zucker zu wiegen, aber das Schicksal legte dem einen einen König, dem anderen einen Gott auf die Waagschale. Ja, Kant zeigt, wie wir von Gott gar nichts wissen können und wie sogar jede künftige Beweisführung seiner Existenz unmöglich sei. Ich würde dies weitläufiger besprechen, wenn mich nicht ein religiöses Gefühl davon abhielte. Schon dass ich jemanden das Dasein Gottes diskutieren sehe, erregt in mir eine so sonderbare Angst, eine so unheimliche Beklemmung ...

Er hielt erneut inne, nicht um das Gelesene zu verarbeiten, sondern um sich auf das Nachfolgende vorzubereiten. Denn dieser Passus machte den stärksten Eindruck auf ihn. Wenn er ihn las, veränderte sich unweigerlich die innere Stimme, mit der er diese Worte erlebte. Es wurde seine eigene.

Ein eigentümliches Grauen, eine geheimnisvolle Pietät erlaubt es mir heute nicht, weiterzuschreiben. Meine Brust ist voll von entsetzlichem Mitleid – denn es ist der alte Jehova selber, der sich hier zum Tode bereitet. Wir haben ihn so gut gekannt, von seiner Wiege an, in Ägypten, als er unter göttlichen Kälbern, Krokodilen, heiligen Zwiebeln, Ibissen und Katzen erzogen wurde. – Wir haben ihn gesehen, wie er diesen Gespielen seiner Kindheit und den Obelisken und Sphinxen seines heimatlichen Niltals ade sagte und in Palästina, bei einem armen Hirtenvölkchen, ein kleiner Gott-König wurde und in einem eigenen Tempelpalast wohnte. – Wir sahen ihn späterhin, wie er mit der assyrisch-babylonischen Zivilisation in Berührung kam und seine allzu menschlichen Leidenschaften ablegte, nicht mehr lauter Zorn und Rache spie, wenigstens nicht mehr wegen jeder Lumperei gleich donnerte. – Wir sahen ihn auswandern nach Rom, der Hauptstadt, wo er aller Nationalvorurteile entsagte und die himmlische Gleichheit aller Völker proklamierte, und mit solchen schönen Phrasen gegen den alten Jupiter Opposition bildete, und so lange intrigierte, bis er zur Herrschaft gelangte und vom Kapitole herab die Stadt und die Welt, urbem et orbem, regierte. – Wir sahen, wie er sich noch mehr vergeistigte, wie er sanftselig wimmerte, wie er ein liebevoller Vater wurde, ein allgemeiner Menschenfreund, ein Weltbeglücker, ein Philanthrop – es konnte ihm alles nichts helfen. –

Hört ihr das Glöckchen klingeln? Kniet nieder – man bringt die Sakramente einem sterbenden Gotte.

Du lächelst, lieber Leser. Diese betrübende Todesnachricht bedarf viel-

leicht einiger Jahrhunderte, ehe sie sich allgemein verbreitet hat – wir aber haben längst Trauer angelegt. De profundis!

Er schloss das Buch und strich mit seiner Hand über den Titel auf dem Ledereinband. *Salon* von *Heinrich Heine*. Hoffmann und Campe, Hamburg 1835.

Er schaute auf seine Taschenuhr. Es war halb sechs Uhr morgens. Bald würden die Wirtsleute aufstehen und ihn hier finden. Und Theresa? Auch sie würde sich über ihn wundern – und er wäre ihr irgendwann eine Erklärung schuldig. Aber zunächst war es ihm gleichgültig. Er dachte an Magdalena. Ob sie ihn empfangen würde? Und wenn ja, was sollte er ihr sagen? Dass er seine Entscheidung bereute? Dass er anders hätte handeln sollen? Nein, er würde wieder so handeln. Hatte er denn wirklich eine Wahl gehabt?

Während der ersten Monate nach dem letzten Kutschenüberfall hatte er alles daran gesetzt, sich unauffällig eine neue Existenz aufzubauen, was ihm zu Hamburg allmählich gelungen war. Als das Buch des Königsberger Gelehrten im Mai 1781 erschien, bestellte er unverzüglich ein Exemplar. Im November traf es bei ihm ein.

Doch als es vom Binden zurückkam, vermochte er die Bögen nicht aufzuschneiden. Er kam nur bis zum Frontispiz, worauf der Titel gedruckt war: *Critik der reinen Vernunft*, stand da. Von Immanuel Kant, Professor in Königsberg. Die Berliner Firma Spener hatte es für den Verleger aus Riga bei Gruner in Halle drucken lassen.

Critik der reinen Vernunft.

Der Satz beeindruckte ihn. Es lag etwas Bestechendes in diesen Worten, etwas Mitleidloses, rasiermesserscharf Unerbittliches. Aber noch etwas anderes schwang darin mit: eine erhabene

Heillosigkeit, eine abstrakte Kälte, von der er zunächst respektvoll Abstand nahm.

Er hütete sich, das Buch zu öffnen oder gar zu lesen. Wann immer er es zur Hand nahm, sah er Alldorfs leblosen Körper vor sich. Eine unerklärliche Scheu hielt ihn zurück. Er wollte zunächst die Reaktion der gelehrten Welt abwarten. Doch die gelehrte Welt reagierte überhaupt nicht. Das Buch schien auf niemanden einen besonderen Eindruck zu machen. Nur zwei unbedeutende Besprechungen erschienen darüber. Das war alles.

Beruhigt und zuversichtlich, dass offenbar keine Gefahr davon ausging, las er es im Frühjahr 1782 zum ersten Mal. Es dauerte einige Monate, bis er die erste Lektüre abgeschlossen hatte. Eine zweite und dritte Lektüre folgten. Doch es erging ihm genauso wie den meisten Zeitgenossen. Die alles zermalmende Gewalt des Hauptgedankens entging ihm. Der Gedanke war so unauffällig, dass er mühelos in ihn eindrang, ohne dass er es bemerkte. Er stellte es später daran fest, dass er den entsprechenden Satz bereits beim ersten Mal unterstrichen hatte, obwohl er ihn da noch gar nicht erfasst oder gar verstanden haben konnte. Dafür war er zu groß, zu umfassend. Ihn hier zu Beginn schon zu verstehen wäre dem Versuch gleichgekommen, ein bisher völlig unbekanntes Panorama vom Gipfel eines noch nie erstiegenen Gebirges erfassen zu wollen, ohne zuvor den wochenlangen Aufstieg erlebt zu haben. Doch war man erst einmal angekommen, so war es unmöglich, das neu entdeckte Land nicht zu betreten, auch wenn man ahnte, dass dieser sagenumwobene, bisher geheimnisvoll verborgene Kontinent bei der ersten Berührung mit diesem Fremden, Neuen unaufhaltsam dahinschwinden würde. In diesem Buch verschwand eine

Welt. Wer es las, wurde unweigerlich zum Kolumbus seiner eigenen Seele.
Nein, es war kein Wunder, dass die Welt so langsam darauf reagierte. Denn sie war wie ein Leib, ein Teil der Natur, der sich instinktiv gegen den plötzlichen Verlust eines lebensnotwendigen Sinnesorgans zu schützen suchte: durch Erstarren in einem Schockzustand. Die Illusion der vormaligen Ganzheit, der alten Vollständigkeit war noch vorhanden. Der Schmerz würde erst noch kommen. Die Operation indessen war längst vollzogen, das Sterben hatte begonnen.
Habt keine Angst. Habt keine Angst.
Immer wieder las Nicolai den ungeheuerlichen Satz:

Bisher nahm man an, alle unsere Erkenntnis müsse sich nach den Gegenständen richten; aber alle Versuche, über sie a priori durch Begriffe auszumachen, wodurch unsere Erkenntnis erweitert würde, gingen unter dieser Voraussetzung zunichte. Man versuche es daher einmal, ob wir nicht in den Aufgaben der Metaphysik damit besser fortkommen, dass wir annehmen, die Gegenstände müssen sich nach unserer Erkenntnis richten ...

Durfte das sein? Durfte die Denkungsart des Menschen so verändert werden? War der Mensch damit nicht für immer von der Welt abgeschnitten? Musste sie ihm da nicht am Ende notwendig fremd, ja gleichgültig werden?
Die Gegenstände müssen sich nach unserer Erkenntnis richten?
Doch wonach richtete sich dann unsere Erkenntnis?
Es sollte keine erkennbare, übervernünftige Wahrheit der Welt mehr geben? Nur noch eine Wahrheit unserer Vorstellungen, nach der die ganze Welt sich zu richten hatte?

Je länger Nicolai darüber nachdachte, desto mehr faszinierte ihn die unwiderstehliche Verführungskraft dieses Gedankens. Er war von einer unfassbaren, ja dämonischen Größe. Welcher Mensch, gesetzt, man überließe ihm die Entscheidung, würde dieser Versuchung, selbst das Maß aller Dinge zu sein, nicht erliegen? Doch wer konnte die Verantwortung dafür wirklich übernehmen? Auf welcher Grundlage? Mit welchem Recht? Aufgrund von welcher Vorbedingung? *Die Gegenstände müssen sich nach unserer Erkenntnis richten.* Welch ungeheuerlicher Satz! Dieser Gedanke enthielt keine Erkenntnis, sondern er bereitete eine Entscheidung vor. Doch wer wäre in der Lage, das Gewicht dieser Entscheidung zu tragen? Musste man darunter nicht notwendig zusammenbrechen?

Maximilian *war* daran zerbrochen. Er hatte den Grundgedanken dieses Mannes in Königsberg gehört und per Brief seinem Vater mitgeteilt. Die unwiderstehliche Verführungskraft dieser Idee, von der sie ahnten, dass ihre Zeit gekommen war, hatte diese Menschen krank gemacht. Nicolai mochte Magdalenas Entsetzen nie ganz begriffen haben. Aber ihre Warnung hätte wohl auch Graf Alldorf so formuliert. *Wir werden sterben,* würde er gesagt haben, *und zugleich wird niemand verstehen können, woran wir überhaupt gestorben sein werden. Wenn wir scheitern, dann wird jene Welt, in der unsere Sehnsucht noch verstehbar gewesen wäre, nicht mehr existieren. Mit unserer Welt wird auch diese Sehnsucht verschwunden sein. Man wird ihr einen anderen Namen geben, aber es ist nicht das Gleiche.*

Die Heimwehkrankheit. Die Vomika.

Es wird so sein, als habe jemand den Menschen die Augen ausgetauscht. Sie werden das Heilige nicht mehr sehen können. Es wird verschwunden sein. Wo immer sie hinschauen, werden sie nur eine

Spiegelung ihrer selbst erblicken. Ihre Macht wird absolut geworden sein, so absolut wie ihre Einsamkeit, die größte denkbare Gottferne, die tiefste, luziferische Verirrung. Es wird kein Leben mehr geben. Nur ein Überleben.

Nicolai hatte versucht sich vorzustellen, was sich in Alldorfs Bibliothek abgespielt haben mochte. Die Verschwörer hatten dort zusammengesessen wie eine kleine Gruppe von pestkranken Todgeweihten. Der Gedanke, in einer Welt gefangen zu sein, deren Erscheinungen nichts als die Spiegelungen ihrer eigenen Vorstellungen waren, hatte sie irre gemacht. Sie erstickten daran. Maximilian hatte von der Idee gekostet und war ihr erlegen. Graf Alldorf, seiner Frau, seiner Tochter und all den anderen musste es ähnlich ergangen sein. Und eben weil sie wussten, wie unwiderstehlich dieser Gedanke war, wollten sie die Welt davor bewahren, ein ähnliches Schicksal zu erleiden. War das Buch erst einmal geschrieben, der Gedanke formuliert, so wäre er nicht mehr aufzuhalten.

Graf Alldorf war wie ein Arzt vorgegangen, der die Bevölkerung gegen eine doppelt gefährliche Epidemie zu schützen hatte: eine tödliche Krankheit nämlich, die niemand als Krankheit erkannte. Er wusste um die mächtige Anziehungskraft dieses Allmacht vorgaukelnden Giftes. Niemand würde ihm widerstehen können. Es gab keinen Schutz dagegen. Daher musste er so unauffällig wie möglich vorgehen. Niemand durfte erfahren, dass es diesen Gedanken überhaupt gegeben haben könnte. Das Unvorstellbare, dass die Welt nur eine Vorstellung sei und jenseits dieser Vorstellung nichts existierte, musste undenkbar bleiben.

Er ließ die gefährlichsten Verbreitungswege für Gedanken angreifen: die Nachdruckrouten. Und er setzte dabei ein Zeichen:

ein Lichtkreuz für den Himmel. Doch an erster Stelle war die Kutschenbrennerei nichts als ein gewaltiges Ablenkungsmanöver gewesen. Wenn erst in ganz Deutschland Kutschen brannten, so würde ein Angriff auf diese eine, die irgendwann von Königsberg nach Berlin unterwegs sein würde, nicht weiter auffallen. Wie fällt man unbemerkt einen Baum? Indem man einen Wald anzündet.

★ ★ ★

Es war noch früh am Morgen, als Nicolai und Theresa wieder vor dem Portal des Klosters angekommen waren. Der Himmel war bedeckt. Der gestrige Herbsttag war ein Nachhall des Sommers gewesen. Der heutige trug bereits Spuren des kommenden Winters in sich. Kühle Windböen. Blassere Farben. Langsamkeit.
Der Kies knirschte unter ihren Schuhen, während sie auf die Eingangstür zugingen. Sie hatten sie noch nicht erreicht, als sie sich vor ihnen öffnete. Schwester Rachel stand auf der Schwelle und bedeutete ihnen, einzutreten. Doch bevor Nicolai eine Begrüßung äußern konnte, ließ ihn die Gestalt, die in geringer Entfernung im Kreuzgang stand, in der Bewegung erstarren.
Sie trug ein einfaches Leinengewand, das bis zum Boden reichte. Nur ihre Hände waren zu sehen und ihr Gesicht, das von langem, fast weißem Haar umrahmt war.
Niemand sprach ein Wort. Nicolai wollte etwas sagen, doch sobald er Anstalten machte, den Mund zu öffnen, schossen ihm Tränen in die Augen.
Sie hatte ihn sehen wollen! Nach all den Jahren. Trotz allem. Sie hatte ihn sehen wollen!

Sie schaute ihn an wie aus einer unendlichen Entfernung. Nicolai nahm wahr, dass Schwester Rachel sich lautlos zurückzog. Theresa stand wie angewurzelt da und wusste überhaupt nicht, wo sie hinschauen sollte. Wer war diese alte Frau? Nicolai ergriff Theresas Hand, ohne jedoch den Blick von Magdalenas Gesicht zu nehmen.

Dann kam sie langsam auf ihn zu.

Es gab keinen Weg zurück. Was geschehen war, das war geschehen. Aber es gab diese Stille.

Sie blickten sich an. Was mochte sie in ihm sehen? Und er? Was sah er? Ihre Augen. Die weiche Linie ihrer noch immer vollen Lippen, die ein unaussprechliches Geheimnis bewachten, das er verraten hatte, verraten musste.

»Magdalena«, flüsterte er, »ich …«

Aber weiter kam er nicht. Sie hob die Hand und legte ihren Zeigefinger auf seine Lippen. Sie ließ ihn einen Augenblick dort ruhen. Dann geschah etwas Merkwürdiges. Ihr Zeigefinger fuhr langsam von seinen Lippen über sein Kinn herab. Ohne ihren Blick von ihm zu nehmen, legte sie ihre Hand auf seine Brust, drehte dann leicht den Kopf und fixierte Theresa. Das Mädchen rührte sich nicht. Magdalenas Gegenwart hatte sie sprachlos gemacht.

Magdalenas Hand löste sich von Nicolai und kam auf Theresas Brust zu ruhen. Das Mädchen erstarrte unter der Berührung. Aber sie war zu keiner Reaktion fähig. Schließlich legte die rätselhafte Frau sanft ihre Hand auf Theresas Kopf und schaute sie an.

Dies alles geschah in völliger Stille.

Magdalena wandte sich nun wieder Nicolai zu, lächelte ihn an, beugte sich vor und küsste ihn sanft auf beide Wangen. Sie trat zurück, ließ ihre Hand sinken und hielt noch einige Momente lang Nicolais Augen mit den ihren fest. Ihr letzter Blick, bevor sie sich umdrehte, galt jedoch Theresa. Dann ging sie still davon.

Nicolai schaute ihr nach.

Er hatte das Gefühl zu ersticken, als pressten zwei unbarmherzige Gewichte sein Herz zusammen. Doch dann begriff er, dass Magdalena ihm soeben ein wunderbares Geschenk gemacht hatte.

Er blickte Theresa an, die noch immer wie gelähmt dastand.

»Wer ... ist sie?«, stammelte sie fassungslos.

»Komm«, flüsterte er und schob sie nun rasch auf die Ausgangstür zu. »Wir haben einen weiten Heimweg vor uns. Und eine lange Geschichte, die ich dir erzählen will.«

»Was für eine Geschichte?«

»Eine Geschichte, die jedem Menschen einmal im Leben zustößt.«

Theresa blieb auf der Schwelle stehen und schaute ihn an. »Über die Liebe?«, fragte sie schließlich, sichtlich ergriffen von der seltsamen Begegnung, die sie soeben erlebt hatte.

Er schüttelte den Kopf. »Nein. Es gibt etwas, das größer ist als die Liebe.«

Er zog sie sanft von der Schwelle weg, und während sie langsam den Weg zur Straße hinaufspazierten, fügte er hinzu: »Die Liebe kann dir mehrmals begegnen. Aber diese Geschichte begegnet jedem Menschen nur einmal.«

»Und?«, fragte sie jetzt, neugierig geworden. »Was für eine Geschichte soll das sein?«

Er hakte sich bei ihr unter und schaute in den Himmel hinauf. Die beiden Quellen des Lichts, von denen Magdalena immer

wieder gesprochen hatte. Ehrfurcht und Mitleid. Habt keine Angst. Das Licht der Vernunft. Das Licht der Gnade.
»Es ist die Geschichte einer Entscheidung«, antwortete er.
Sie blieb stehen und runzelte die Stirn. »Einer Entscheidung wofür?«
Er drehte sich zu ihr um. Doch bevor er antwortete, nahm er den Anblick dieses Ortes ein letztes Mal in sich auf. Er war jetzt sehr froh, dass er gekommen war. Nein, eine Antwort hatte er nicht gefunden. Aber eine Frage, von der zu erzählen sich lohnte.
»Für das Licht, Theresa«, sagte er. »Für das Licht deiner Welt.«

Vermischte Meldungen
aus der zweiten Hälfte des
achtzehnten Jahrhunderts

1756–1763
Siebenjähriger Krieg. Friedrich der Große gegen Österreich, Russland, Frankreich und Kursachsen. Es geht um Schlesien.

1759
Écrasez l'infâme. Voltaires Schlachtruf gegen die katholische Kirche: »Vernichtet die Schändliche!«
Bombal vertreibt Jesuiten aus Portugal.

1760
Auenbrugger führt Perkussion (Abklopfmethode) in die Medizin ein.

1761
Mark Anton Pleniciz macht sich Gedanken über Mikroorganismen als mögliche Krankheitskeime.
Früheste bekannte Quelle des stark mystisch orientierten Geheimbundes der Rosenkreuzer: Mitschrift aus der »Prager Assemblée« über Statuten, Ritual und Mitglieder.

1763
Ende des Siebenjährigen Krieges. Friede zwischen Österreich, Sachsen und Preußen. Preußen behält Schlesien, leidet jedoch an schweren Kriegsfolgen.

1765
Die Kartoffel wird in Deutschland bekannt und zunächst umstrittenes menschliches Nahrungsmittel.

1766
Nordamerika verweigert Steuerzahlungen an England.

1767
Alle Jesuiten wegen Hochverrats aus Spanien ausgewiesen.
Nach der ersten Aufhebung des Prager Rosenkreuzerzirkels (1764) erfolgt nun das zweite Verbot des Geheimbundes. Die Folge ist ein sprunghafter Anstieg der Mitgliederzahlen.

1769
Erster Blitzableiter in Deutschland auf der Jakobikirche in Hamburg.

1770
Ludwig XVI. von Frankreich heiratet Marie Antoinette von Österreich.

1771
Entdeckung des Sauerstoffs.

1772
Entdeckung des Stickstoffs.
J. H. Lambert entwickelt die flächengetreue Kartenprojektion.

1775

De Morveau führt die erste Desinfektion mit dem Giftgas Chlor durch. Man glaubt, dass Miasmen durch dieses Gas getötet werden.

1775–1782

Freiheitskampf Nordamerikas gegen England.

1776

Verfassung der USA. Am 4. Juli Annahme der Unabhängigkeitserklärung im Kongress der USA und Erklärung der Menschenrechte.
Adam Weishaupt gründet als Reaktion auf die jesuitische Agitation an der Universität Ingolstadt den radikal aufklärerischen Geheimbund der Illuminaten.

1777

Turnusmäßige, alle zehn Jahre erfolgende, erste Reformation des Rosenkreuzerordens.

1778–1779

Bayerischer Erbfolgekrieg. Deutsche Fürsten unter Preußens Führung hindern Österreich an der Besitznahme Bayerns.

1779

Wärmemessung an Tieren. Lichtenberg führt den Begriff positive und negative Elektrizität ein.
Friedrich Wilhelm II. hat ein Erweckungserlebnis und bewirbt sich um Aufnahme in den Orden der Rosenkreuzer.
Schiller: *Die Räuber*

Generalchirurg van Theden konstruiert eine Maschine zum Sammeln von Sternschnuppenstaub.
Lessing: *Nathan der Weise*

1780
In Österreich werden durch Reformen Josefs II. siebenhundert Klöster aufgehoben. Abschaffung der Leibeigenschaft und der Folter. Nichtkatholiken dürfen nach Österreich einwandern.
Galvani entdeckt Berührungselektrizität an Froschschenkeln.

1781
Mai: Kants *Kritik der reinen Vernunft* erscheint.
August: Der preußische Thronfolger Friedrich Wilhelm II. tritt unter dem Einfluss von Wöllner und Bischoffwerder als »Ormesus« in den Rosenkreuzerorden ein.

1782
Letzte Hexenhinrichtung in der Schweiz (Glarus).

1783
Inquisitionsverfahren gegen spanische Automatenbauer.

1785
Wöllner überreicht Friedrich Wilhelm II. seine Schrift *Abhandlung über die Religion*. Es ist seine Programmschrift zum Krieg gegen die Aufklärer.

1786
Friedrich der Große stirbt.
Friedrich Wilhelm II. wird König von Preußen.

1788
Kants *Kritik der reinen Vernunft* erscheint in der zweiten Auflage. Plötzlich europaweite Aufmerksamkeit und heftige Reaktionen.
Der aufklärerisch gesinnte preußische Minister von Zedlitz wird entlassen. Wöllner wird Chef des geistigen Departements. Religionsedikt und Zensuredikt und in der Folge strenger »Spezialbefehl« an Kant, sich jeglicher herabwürdigender Äußerungen über die Religion zu enthalten.

1789
Mit dem Sturm auf die Bastille am 14. Juli 1789 beginnt die Französische Revolution.

1793
21. Januar: Ludwig XVI. in Paris geköpft.

Spitzenunterhaltung ›Made in Germany‹

Wolfram Fleischhauer
Die Purpurlinie

›Gabrielle d'Estrées und eine ihrer Schwestern‹:
Generationen von Betrachtern hat dieses anonyme Gemälde
fasziniert, auf dem eine Dame mit spitzen Fingern die
Brustknospe einer anderen umfasst.
Liegt in der seltsamen Pose der Schönen
eine tödliche Botschaft?

Wolfram Fleischhauer
Die Frau mit den Regenhänden

Paris im Frühjahr 1867:
Aus den dunklen Gewässern der Seine
wird die Leiche eines Kindes geborgen.
Für die Polizei steht fest: Die Mutter des Babys ist schuldig
und muss zum Tode verurteilt werden.
100 Jahre später beginnt eine junge Frau,
den Fall zu recherchieren.

Knaur Taschenbuch Verlag

SPITZENUNTERHALTUNG
›MADE IN GERMANY‹

WOLFRAM FLEISCHHAUER
DREI MINUTEN MIT DER
WIRKLICHKEIT

Eine angehende Tänzerin an der Berliner Staatsoper –
und ein junger Tangostar aus Argentinien.
Eine traumhafte Liebesgeschichte –
und bald darauf ein Alptraum.
Denn Damián ist plötzlich wie vom Erdboden verschluckt.
Die einzige Spur, die er Giulietta hinterlässt,
ist sein rätselhafter Tanzstil …

Knaur Tachenbuch Verlag